一部反映农民工和三农问题的现实主义小说

大山的呼唤

杨小柏 著

中国文史出版社

图书在版编目（CIP）数据

大山的呼唤 / 杨小柏著 . — 北京 : 中国文史出版社 , 2019.7

ISBN 978-7-5205-1225-1

Ⅰ . ①大… Ⅱ . ①杨… Ⅲ . ①长篇小说 — 中国 — 当代 Ⅳ . ① I247.5

中国版本图书馆 CIP 数据核字（2019）第 172482 号

责任编辑： 徐玉霞

出版发行：中国文史出版社

社　　址：北京市海淀区西八里庄 69 号院　　　邮　　编：100142

电　　话：010–81136606 81136602 81136603（发行部）

传　　真：010–81136655

印　　装：河北燕龙印刷有限公司

经　　销：全国新华书店

开　　本：16 开

印　　张：26.25

字　　数：480 千字

版　　次：2020 年 1 月北京第 1 版

印　　次：2021 年 6 月第 2 次印刷

定　　价：69.00 元

振聋发聩的呼唤

——《大山的呼唤》序

黄良*

这是一场奇妙的轮回。当年，知青下乡，结识了大山中底层生活的农民，而今天，当年的农民及其后代又进了城，成了农民工。

在城镇某工地，农民工同当年下乡的知青邂逅相聚，产生了许多带有传奇色彩的故事，演绎出了诸多生死患难的人生戏剧。

农民工，此乃当代中国大地上一个形象的职业称谓。就严格的户籍管理制度规定，他们的身份是农民，同土地上的耕作生产形态如影随形，也仿佛他们仍然居住在田坝垄头、菜畦桑陌之间，甚至还会怀旧错觉地将其想象成田园牧歌中的“暧暧远人村，依依墟里烟”中的夕照牛背上的牧童竹笛的境界。

但在现实中他们从事的却是城市工人的职业，建高楼、筑公路、铺轨道、挖煤炭、架桥梁、制成衣、组装电子元件和各种家电产品，乃至城市中名目繁多的种种服务行业：保安、快递、餐饮、家政、商贩等。他们的生活场景也早已转移到以工业和服务业为主的现代城市。

农民工，这称谓虽然约定俗成，听惯不惊，细想一下，却也难以抹去背后的身份尴尬，城不城，乡不乡，农不农，工不工，这同当年城市知青被下乡上山到农村的身份尴尬颇为类似。

我所生活的这座大城市，街头的农民工常常被呼喊为“棒棒”，不以为忤，也只能接受。棒棒一语，甚至堂而皇之登上电视广为传播。

可以常常琢摸这种尴尬处境，咀嚼这种尴尬心态，尴尬令人难堪、令人屈辱，让人的自尊在不尴不尬之际慢慢被吞噬，一如当年吾辈为知青一般。

或许，正是这种不尴不尬的相通相痛之处，让写出知青大部头作品《逝水年华》的杨小柏转而写了这部《大山的呼唤》。这部小说取材于当下中国农民工群体，记叙

---

* 黄良，生于重庆，1965 年重庆南开中学高中毕业下乡，在大巴山当知青七年有余。当工人六年半。1977 年恢复高考，考进重庆师范大学中文系就读，1982 年毕业留校任教。重庆师范大学文学院教授，硕士生导师，美育美学研究所所长，重庆市政府文史研究馆馆员。

具体、真实、可信。有的部分真实到细致入微，例如关于小煤窑矿井下的掘煤过程，人物在昏暗如豆的矿灯的掩映明灭光照下的种种感觉，总令人联想到法国自然主义作家左拉的某些类似作品。

作者写道：认识中国就要认识中国的农民，认识中国的农民就要认识中国的矿工，矿工也是中国农民的另一种命运形态。这几十年，越来越多的农民丢下锄头拿起镐头……在井下，他们是一群看透生死的人。

其实，知青运动也罢，农民工大潮也罢，对其本身的前因后果，价值判断尚被云遮雾罩，尚被诸多说辞弄得莫衷一是之际，以个人亲力亲为之经历，质朴而贴实的笔力记述这段生活，也许是最明智的一种选择。

无论是历史书写还是艺术书写，历史眼光与书写能力都是关键。

对作者而言，可贵的是那些丰富杂多的底层生活经历和见闻，从知青到农民工，从矿坑到工棚，从一日三餐粗茶淡饭到婚恋纠结乃至性的困顿苦恼，这是一座富矿，也是这部作品令人动容、扼腕叹息之处。

书中写道：东部沿海一座座现代化城市的崛起，沿海工业的高速发展，何尝不是这些衣衫褴褛进城打工的农民带来的呢？这些从贫困山区走出来的农民工，用他们不畏艰苦的精神和勤劳的双手推动着中国的崛起，城市的每一栋高楼大厦里都有他们的汗水，每一件工业产品里都凝聚着他们的希望。

书中故事描述朴实，摘录一段：天渐渐地黑了下来，唯有建筑工地的打工仔们还在挥汗如雨地忙碌着，尽管早已经饥肠辘辘，可工作摆在那里，还不知忙到什么时候才能收工，在这前不着村后不着店的工地，打工的人只得喝口凉水收紧裤腰带，再接着干吧。直到万家灯火慢慢熄灭，建筑工地上的机器才停止了轰鸣。

书中讲述，为了节省那么一点打工挣来的血汗钱，他们对自己的生活，甚至到了苛求的境地：他们舍不得给自己添一件新衣；早上去 4 公里外的建筑工地上班，他们舍不得花 1 元钱乘坐公交车，步行省下的钱又可以买两个馒头充一顿早餐了；半年（甚至一年）没有见面的老婆探亲来了，他们舍不得花几十元去住小街旅馆，让老婆同自己一道挤在群租的小屋或搭建的彩条工棚里过夜。

这些农民工身份尴尬，虽然是与企业签订了合同的职工，但是他们中的大多数人没有五险一金，以致伤残死亡得不到应有的赔偿，年纪大了做不动了没有养老保险，还得回到农村去务农。

书中一个个取材于真实素材的故事非常具有震撼力，故事情节跌宕起伏，引人入胜，人物血肉丰满，一如身边的芸芸众生，把农民工那种卑微且坚强的形象跃然纸上。

作者本人并非农民工，故这部作品难以冠名农民工传记作品。但作者以高速公路建筑技术专家的身份，长达10年的时间在工地与农民工们相处厮混，难分你我。更难得的是，昔日当知青时曾经经历过小煤窑的挖煤过程："像狗一样爬进狭窄的掌子面挖煤，被塌方堵在矿洞里两天两夜，险些饿死困死。"这种苦难经历令作者完全熟悉小煤窑从挖煤到经营管理的方方面面，更令作者抑制不住对农民工的深切的同情、关注和理解。

作者在前言中写道：去年我家里装修房子，先后有三十多位农民工来我家做工（有砖工、泥工、木工、水工、电工、搬运工、油漆工、电器安装工、家具安装工），我每天与工人们一起干活，替他们打杂。为了像《聊斋志异》作者蒲松龄那样收集故事，我请每一位来家做事的农民工吃盒饭，大热天给他们买西瓜、冰冻矿泉水解暑，为的是听他们讲述他们的家乡，聊他们的打工的故事，收集素材。这些都促成了这部作品的不可替代的价值。

城镇化的进程已经不可逆转，开弓已无回头箭。中国近三亿进城的农民工，他们的子女后辈已然在城镇扎下了根。回看故乡，一个个"空心村"，一群群留守老人、留守妇女和留守儿童，昔日的良田熟地被荒芜在那里。

任山野呼唤，任田土呼唤，整体而言，他们很难再返回去了。

农业，作为中国的一个支柱产业，期待着集约化、规模化，期待着振兴。

山野田地的呼唤，已经渐行渐远，又仿佛渐近渐强最终置换成为整个人群（并非只是农民工）的某种精神依恋，作为数千年古老生命根底之回响，一定且必须时时荡漾在耳畔。

小柏多次给我讲述书中一个个真实故事的取材。我数次同小柏讨论这部作品，相互之间常常小叩大发，多有往来。小柏数次索序于我，最终从命。写下了这些文字。

2019年5月于重庆师范大学

目 录

前言

党的十九大提出的"实施乡村振兴战略"和"全面建成小康社会"成了当前最热门的话题。乡村振兴靠什么？靠人，特别是年富力强有创业精神的青壮年。没有他们，乡村振兴就难以实现。可现实是：农村绝大多数青壮年丢下锄头进城打工去了，剩下留守妇女、留守老人和留守儿童，留下了"空心村""空壳村"和"一个人的村庄"（《天下周刊》杂志调查的结果）。

本书依据书中主人公张天洪走出贫困大山的足迹展开，通过一个个亲历或调查的真实故事，讲述了农民打工虽能脱贫，却难以长久致富，从而回乡创业，开拓自己新天地的奋斗历程，全景式地反映农村、农业、农民、农民工的各种状态，内容根植于武陵山区少数民族，结合"木叶情歌"等民歌，原生态地展示了武陵山区迤逦淳朴的少数民族风俗画卷、民族风情。

早在 2009 年 12 月 16 日，美国《时代》杂志揭晓了当年的年度人物，"中国工人"作为唯一入选的群体，排在第二的位置。而这一荣誉在过去只授予了两个中国人——周恩来和邓小平。《时代》杂志这样写道："中国今年能成功保八，归功于数以千万计背井离乡的中国工人。正是这些男男女女，他们过去的奋斗、现在的思考以及对未来的看法，引领着世界经济走向复苏之路。"这个群体，就是目前中国称为"农民工"的群体，根据国家人社部统计，2018 年底这个群体总人数接近 3 亿人，几乎占到全国人口的四分之一。可目前我们的文学艺术作品，却很少涉及这个群体的真实生活。

他们宁愿花大把的钱去戏说杜撰出来的宫廷剧、神鬼剧，因为这些剧可以随心所欲地编造：可以把唐伯虎写成武林高手，把猪八戒写成痴情萌男，把遁入空门云游四方的济公和尚写成三角恋的主角，搞笑就行，有商业卖点就行，而且收视率还高。而对于农民工，则很少有作品去关注，很少有作者去深入了解留守老人和留守儿童生活的窘迫。他们关心的是文艺圈内明星的花边新闻、桃色艳遇、大腕的绯闻。

改革开放后，特别是实行土地承包后，广大乡村的农民工背井离乡来到城市打工，这股潮流造就了中国历史上也是世界历史上最大规模的"特色迁徙"。农民进城打工是中国改革发展的需要，共和国的发展，离不开这些走出大山、走出田野的农民工兄弟，他们是转型时期中国特有且不可或缺的一支重要力量。

他们建设了城市却荒芜了自己的家园，背井离乡的农民工，抱着美好的愿望，但现实的城乡差异让他们身份尴尬，对于绝大多数农民工来说，在城市安家落户只是一个遥远的梦想。他们是一个知识相对贫乏的群体，他们用汗水换取微薄的报酬，他们辛苦打工几十年的收入不及“明星”代言一个商业广告或登台演唱一首情歌的所得。他们的打工生活写满了艰辛。前几年文学界曾经呼吁作家们关注这个庞大的农民工群体，也见到一些传统作家写过相关题材的作品，终因缺乏打工生活的经历和深入生活的体验，没有亲身的切肤之痛，故难以写出深刻反映农民工真实生活题材的作品。

作家和记者被西方人称为“社会的良心”，在他们的笔下更多的应该是反映现实社会中的真实情况，而不是瞎编乱造历史，这是社会和谐进步所必需的。

我是1964年下乡的老知青，曾在大巴山里当过八年知青，说来也巧，算起来，我曾经是中国最早的农民工，那是在“文化大革命”中混乱的1968年，大山深处赖以生存的社办林场解体了，我们一群十七八岁的少男少女为了生存，结伴到国营林场去打工，在荒无人迹，野兽出没的大山顶上挖树窝子，险遭饥饿狼群吞食；去因派性武斗而濒临停产的县办煤窑打工，像狗一样爬进狭窄的掌子面挖煤，被塌方堵在矿洞里两天两夜，险些饿死，困死；在陡峭崎岖的小路上背着180斤重的大煤筐手脚并用爬行给煤场转运煤炭，几次连人带筐滚下陡峭的山坡，被树枝挂住才免去一死。几十年过去了，当年打工遭受的苦难至今历历在目，记忆犹新。

从农村回城后，我在工厂当过六年半工人，大学毕业后又搞了30多年的工程技术管理，其间长期与农民工打交道，熟悉他们的生活方式，了解他们的思想感情。特别是在参加国家骨干高速公路——包茂高速公路重庆段（渝湘高速公路）的建设中，我与书中的主人公张天洪的原型长期工作在一起，曾经一起面对生死奋不顾身救助对方、一起面对困难、一起奋斗、一起欢乐、一起流泪，相互之间结下了深厚的感情。他们也愿意把他们那些平凡琐碎的打工经历讲出来，我用笔把这些故事记录下来进行整理、塑造和加工才有了这本书的问世。

去年我家里装修房子，先后有30多位农民工来我家做工（有砖工、泥工、木工、水工、电工、搬运工、油漆工、电器安装工、家具安装工）。我每天与工人们一起干活，替他们打杂。为了像《聊斋志异》作者蒲松龄那样收集故事，我请每一位来我家做事的农民工吃盒饭，大热天给他们买西瓜、冰冻矿泉水解暑，为的是听他们讲述他们的家乡，聊他们打工的故事，收集素材。

“为什么我的眼里常含泪水？因为我对这土地爱得深沉。”诗人艾青的话语深深印刻在我的脑海里。文艺是民族精神的火炬，是鼓舞人民奋进的号角。

当前，我们的社会急需一部鼓舞人民，激励有志青壮年回乡创业，振兴乡村，建设社会主义新农村的文艺作品。愿《大山的呼唤》这部10年调查酝酿，6年创作，贴近现实、贴近生活的小书能引起在外打工人的心灵共鸣，能鼓舞人民，激发在外打工、事业有成的青壮年回乡带头创业的热情，带领乡亲们在家门口共同致富奔小康，实现党的十九大提出的“乡村振兴”，守住14亿中国人民的生存底线，端稳中国人自己的饭碗，让人民吃上放心的绿色环保食品。

第一章　神奇武陵山

书中的故事，发生在重庆市黔河区（重庆直辖前，这里属四川省），这是一片神奇的土地，黔河地处巍巍武陵山的腹地，地理位置正处于渝、鄂、湘、黔四省市的接合部，素有“渝鄂湘黔咽喉”之称，是渝东南地区的重镇。

书中主人公张天洪一家，住在重庆市黔河区境内的一片大山上，大地名叫杉树岭。这里是武陵山区最灵气秀丽、最妩媚迷人的地方之一：气候温和，山雄水秀，植被葱郁，林中野生动物繁多，从山上向下望去，大小田坝点缀其间，如串串翠绿的珍珠撒在山野上。

在中国广袤的大地上，这是绵延在渝、鄂、湘、黔四省市，面积超过11万平方公里的山岭重丘地带——武陵山区。武陵山区属于褶皱山，地质地貌独特，多数地方呈岩溶地貌发育，在这片长420公里、宽300公里的广袤山区，有海拔2000多米的高山、600米的谷地，一般海拔高度800—1000米。这里雨量丰沛，站在山顶，映入眼帘的是常青的松柏、翠绿的香樟、挺拔的杉树，它们像一把把张开的绿伞，顺着山势，攀坡过峡，如同绿色的大海涌向远方。秋风吹来，枫树经秋霜染过，万绿丛中，红枫点染，呈现为一幅气势雄伟、气象万千、色彩斑斓的油画。

这片连接中国中原、东南、西南的一块兀然凸起的山地，山高林密，地广人稀，历来是逃避兵荒马乱人家的避难之地，因而形成了南北民族种族的大融合。千百年来，逐渐成了多民族杂居之地，除了汉族之外，还聚集有苗族、土家族、侗族、白族等少数民族。在武陵山区，山同脉，水同源，树同根，居住在这片土地上的各民族的老百姓可以互通婚姻。在这里，世代争执与和睦相处并存，以家族与礼俗为体，以姻戚与邻里为亲。

武陵山区，在孕育着中国南方广大地域历史和文明的同时，也滋生了无数战乱和苦难，这片山区又是历代土匪啸聚之地，让居住在这片土地上的人民饱受兵匪战乱之苦。

我们的故事，就从380年前湘西张家寨讲起。张家寨，一个富庶的苗族山寨，大小院落聚集在山间坝子上，人们在田间地头辛勤耕种，牛羊在坡上悠闲吃草，呈现一派平安祥和的景象，人们安居乐业。

一个月黑头的夜晚，寂静的张家寨，田野里蛙鸣声声，偶尔有一声狗吠。夜幕中，辛苦了一天刚刚倒下睡觉的族长张啸天，被屋外的人声惊醒，他翻身下床提起枕边的大刀冲出门去。

屋外，火光冲天，马嘶人叫，老弱妇孺从惊恐中醒来，呼儿唤娘声响满山寨，从天门山下来的土匪，正在抢劫血洗张家寨。

火光刀影中，族长张啸天掏出腰上的牛角，“呜呜呜！”吹响了集合号。

张啸天振臂高呼：“土匪进寨子了，正在抢劫血洗张家寨，老少爷们快拿上武器出来战斗。”

听见呼声，男人们拿着大刀、长矛、棍、耙冲出家门，张啸天带领着迅速聚拢来的精壮男丁与土匪进行浴血抵抗。

多少年来，为了保卫寨子的安全，平时苗寨里训练有一支护寨乡勇。刀光剑影下，乡勇们异常英勇，顽强抵抗。

一名乡勇双手握着大刀，力战群匪，一个土匪手握大刀急速扑了过来，只见他迅速一个转身，手起刀落，扑上来的土匪瞬间人头落地。不幸的是乡勇被隐蔽在后面的土匪甩过来的飞刀刺中心脏，胸口顿时涌出鲜血，群匪见状蜂拥而上，群刀乱砍，乡勇悲壮地倒地身亡。

一名乡勇手持长矛，朝着一个刚杀了老娘的土匪胸口刺去，长矛穿透土匪胸膛。他用力拔出长矛，土匪应声倒下。他正要去拉老娘，两个土匪持长矛冲过来，同时刺穿他的腹部，随着长矛地拔出，顿时肠子流了出来，他怒目土匪，咬牙持矛朝一土匪刺去，那名土匪躲避不及，被刺穿胸膛倒地而死。另一土匪见状，举矛再次向他刺来，他最终含笑倒地身亡。

眼看土匪越来越多，他们是有备而来，早就盯准了富庶的张家寨。拥上来的土匪越来越多，一个个乡勇倒在血泊中，看来今天仅靠寨子里乡亲自身的力量无法击退这群穷凶极恶的匪徒了。

啸天的二弟张虎天对着哥哥吼道：“哥，你快带着老弱妇孺从后山秘密通道冲出去，我带领一小队的兄弟们在这里拖住他们。”说完，他带着乡勇迎面冲了过去，边战边把土匪往后山相反方向的东坡引去。

看着眼前的形势，啸天含泪朝三弟说：“景天，吹口哨集合人，组织大伙快撤退到后面林子集合。”

听到景天悠长刺耳的口哨，平时操练过应对紧急情况的老少爷们、妇孺细娃，快速而有秩序地隐蔽进了寨子后面的林子集合起来。

啸天挥手：“景天，你带五个兄弟殿后守护隘口，记住，绝不能让土匪知道秘密通道追踪我们。其他人，快跟着我走！”

悬崖绝壁上，两块天然的巨石相向而立，形成一道天然的隘口。隘口前不远处，推开顽石，一处秘密通道直通山下。一群人静悄悄地跟随在啸天身后，进入秘密通道。出口在后山隐秘荆棘丛中，一群人手牵着手，快速有序地离开了他们世代居住的家园。

张景天带着留下的五个乡勇隐蔽在巨石侧面，牢牢地守护着一夫当关、万夫莫开的隘口。

一名土匪小头目发现后山有动静，挥手道："快，弟兄们跟我来。"土匪小头目带领土匪追了过来，被隐蔽在暗处的景天发现，待土匪追到隘口处，巨石上空突然落下乱石，砸在土匪头上，一片鬼哭狼嚎，砸死砸伤十多个。张景天带领弟兄们顺势冲出来奋勇杀敌，剩下的土匪落荒而逃，寨子对面坡上，一小队的众乡勇奋勇杀敌，缠着土匪在东坡上拼杀。张虎天力战群匪，土匪头子扑过来，与虎天大刀对砍，你来我往十几个回合。

几个乡勇与一群土匪对杀，刀光剑影，血肉横飞。一个又一个土匪被砍翻，一个又一个乡勇身负重伤倒下。张虎天身负几处刀伤，仍然带领弟兄们在与土匪拼死搏斗，他们要尽量拖住土匪，为族人争取一点宝贵的逃生时间。

后山下有一处秘密的贮藏山洞，这是张家寨的秘密战备仓库。啸天站在洞外大石头上说："老少爷们，这是为了防备兵匪的秘密山洞，里面贮藏有衣物粮食，张家寨不能再住了，今天我们死了族人，土匪也死了不少人，他们随时可能再来复仇血洗，刚才我同族里几位长老商量了，这次要举家迁移到别处。老少爷们吃的用的尽量多带走点。"

收拾停当，趁着天还没有亮，啸天带着族人顶着月光开始了向西的征程。他们翻山越岭蹚河过涧，向着西面的四川进发。

两天后，景天带着十多个负伤脱险的人，终于追上了大队人马。看着他们，啸天问："其他殿后的兄弟呢？"

脱险的十几个汉子齐刷刷地跪下，景天流着泪说："为了掩护你们，虎子哥和二十多个兄弟全都战死了。"

啸天清点完人数："这次土匪血洗中，老老少少一共死了 58 人，受伤 40 人。"

这次逃难，已经是这支族人一千多年来的第三次大迁徙。第一次是东汉末年乱世，由中原迁徙到江南；第二次是唐朝末年大动乱，由江南迁徙到湘西；这是第三次，此时正值明末清初，社会动乱兵匪为患。

茫茫武陵山，处处山峰险峻，道路崎岖。一路上不断有老人在攀爬悬崖时，手未抓稳掉了下去，随着轰隆隆的响声，发出声嘶力竭的呼叫。旁边的女儿望着悬崖一声惨叫：“爹呀！”

过湍急河流，有一位老妇人脚下不稳，跌入水中，旁边孙子伸手去拉，没有够着，老妇人被湍急水流冲走，霎时没了身影。孙子惨叫：“阿婆！阿……婆啊！”

由于多年战乱，向西行进的沿途，十里八乡难觅人影。缺医少药的逃难人群，时常有人倒下，婴儿因母亲没有奶水撕心裂肺地哭闹，渐渐没了声音。

一行人风餐露宿，历尽艰辛，沿途寻找落脚的地点。经过二十多天的艰难跋涉，他们终于来到川鄂湘三省交界的杉树岭。

啸天招呼道：“走了半天，大伙也累了，坐下歇会吧。”

景天指着旁边的几位年轻人：“大黑、二牛跟我去找水；正天，你带两个人去找干柴草；虎妞，你多带几个妇女去附近找野菜野果。”

啸天转过身：“顺子、二狗子，跟我去附近查看地形。”三人来到高处，眼见此地树茂草绿，山势似可开垦，且有天险可据，啸天便回来与几位老人商量：“各位长老，连续两个月的跋涉劳顿，逃出来时一百多人的队伍，伤痛病倒目前仅余92人，我看这里山形地势，植被水草与我们原来的张家寨极为相似，四周险峻，且有寨门天险可据守……”

正说着，派出打探的三娃子匆匆来到啸天跟前说：“报告大哥，我们打头阵的三人已经上山打探过了，经过多年的战乱，目前这山上也仅剩三户人家了，我们若留在此地不会发生与当地人争地的问题。”

啸天高兴道：“照此说来，若去同他们商量，许能容我们留下来共同开发？”随即转过身来望着几位老人，“你们几位长辈意欲如何？”

族中最年长的三大爷说：“啸天说得有理，眼见饥饿劳累，一路上都有人倒下起不来，族人在一天天减少，再不能这样走下去了！”

安排好众人，啸天带着景天、三娃子、三大爷上山，来到李家祠堂商谈。

张啸天抱拳:“小弟拜见李人田兄及各位兄长，我们是湖南湘西张家寨遭土匪抢劫，被迫逃难到贵地的张氏家族，今天来，是想向兄长们讨个方便，恳请容我们留下来与你们共同开发，不知各位兄长意下如何？”

族长李人田抱拳回敬：“要说我们龙门寨，经过这么多年的战乱、逃亡，山上目前也只剩下我们三户不足20口人了，我们几家也是苗族人。”

李人田略做思考：“你们想留下来与我们共同开发，也好！这么多年来土匪官兵欺我们人少，常来骚扰抢劫，龙门寨亏就亏在我们人少力不够上面。俗话说‘众人拾柴火焰高’，有你们入伙，咱们人丁旺了，山才能旺。”

二弟李桂田："上次土匪来抢粮食，我们就是因为人少，没有守住寨门，土匪进寨，人虽然保住了，但粮食却生生地被土匪抢光，没了粮食，王家和周家才被迫逃荒去了。"

三弟李和田："大哥说得对，人丁旺了山才能旺，有了人，土匪再来咱们就能守住山寨。"

李人田问："这么说，兄弟两个都同意他们留下？"兄弟二人点头："同意。"

李人田转向啸天："张家兄弟，欢迎你们留下来同心协力、同心协力共同开发龙门寨！"

张啸天含泪抱拳："多谢李家兄弟大义容留我们住下。"

三大爷抹了一把老泪说："看来咱苗家人，还是血浓于水，一说就通融。"

在这以后的几十年里，由于战乱和社会动荡，不断又有遭遇天灾人祸的氏族人家逃到龙门寨。龙门寨则大义包容地迎接新上山的逃难人群。

落户龙门寨的人，大家同病相怜和睦共处，共同在这里砍树建房，眼见昔日的荒山坡上一座座院子落成。

大山上回响着古老的歌曲：

打弯刀哟，锤镰刀，
拉起风箱，日夜忙。
打锄头哟，开荒地，
锻造梭镖，保家乡。

几台铁匠炉上，熊熊大火映照着打造弯刀、镰刀、锄头、梭镖的铁匠。

烈日下，李和田带领人们手舞砍刀，披荆斩棘，共同在这片大山上开荒种地，硬是让野兽出没、遍地荆棘的荒山野岭长出了好庄稼。

寒冬里，李桂田带领人们开山劈石，抬石头的号子声响彻云霄。

大山上回响着古老的歌曲：

我们手舞砍刀，披荆斩棘。
我们挥舞锄头，开荒挖地。
我们劈山引水，垒石造田。
昔日荒山坡哟，变成良田。

龙门寨的老少爷们披星戴月在坡上垒石造田，昔日的荒山上一排排梯田已初具规模。李人田带领众人在坡上开沟引渠，山水汩汩流淌，层层梯田水波粼粼。

为了保护山寨，避免再次遭受在张家寨的遭遇，龙门坝上，张啸天带领众乡勇正在坝子上操练，对打、对砍。啸天面对操练的乡勇道："大家要拿出实战土匪的劲头认真操练，平时多流汗，战时才会少流血。操练时要把对方当成土匪，练起对打来才有劲。”

一个月黑星稀的夜晚，黑池山上的土匪老大黑风，纠集附近天池山、天东山的两股土匪，前来偷袭龙门寨。还没到清溪河边，嘚嘚的马蹄声被路边的暗哨听见，哨兵见大队人马，悄悄转身进屋，点燃小房灶里的干草，屋顶烟囱霎时冒出小股青烟。寨门上哨兵发现青烟，迅速点燃寨门上的干柴堆；正在龙门坝站岗的哨兵发现寨门的情况，立即跑去报告张啸天：“报告队长，发现寨门上有烟火。”

啸天：“吹牛角号，紧急集合乡勇和寨子里的老少爷们。”

“呜呜呜！”哨兵吹响了牛角号。

牛角号划破了寂静的夜空，听到号角声，乡勇拿上武器迅速集合在龙门坝上，老少爷们也手握砍刀、青杠棒、铁耙汇集拢来。张啸天振臂说道：“乡亲们，土匪偷袭山寨来了，快去赛门。”啸天带领队伍火速奔向寨门，待土匪到达时，寨门里的人早已是严阵以待。

后山垭口的哨兵听到龙门坝牛角号，立即报告了后山族长余成林：“前山龙门坝上发现匪情！”很快，后山的乡勇集合起来，在族长余成林的带领下火速赶到前山支援。

两块对峙的巨石下，寨门紧闭，寨门外，人声鼎沸，马嘶人叫，寨门对面，土匪点燃柴草，寨门前顿时明亮起来，借着火光，一群土匪呐喊着向寨门冲来。

火光中，寨门上的乡勇和旁边山坡上的乡勇高举石块向着下面的土匪狠狠砸去，寨门下一片鬼哭狼嚎、喊爹叫娘，冲在前面的土匪被石块砸中倒下。

急了眼的黑风高叫：“老二，你带几个人抬铁头圆木把寨门给我撞开。”

老二黑鹰高喊：“兄弟们，抬铁头圆木撞寨门。”几个土匪抬着包了铁头的水桶般粗壮青杠原木，在咚咚的战鼓和呐喊声中冲向寨门，企图撞开寨门。突然，寨门上的石块像下雨一样从天而降，抬木撞门的土匪丢下原木和伤兵仓皇逃窜。

右边坡上，天池山老大钻山狼带领土匪，头顶棉衣，冒着飞来的石块，拼命冲上寨门旁边的山坡，与山坡上守护的乡亲们展开了肉搏拼杀。

叮叮当当，只见血肉横飞听到喊爹叫娘。土匪眼见强攻不下，只得丢下伤兵退下。

寨门左面悬崖下，天东山老大爬地虎带领土匪，悄悄攀岩爬上悬崖，企图绕过寨门天险，从侧面偷袭，被张景天带领的乡勇发现。张景天带着三娃子悄悄靠近爬地虎抛上来的铁爪，对着抓住树丛的铁爪绳索，手起刀落砍断了绳索，几个正在顺着绳子攀岩的土匪随着断绳，只听到几声“娘呀！”土匪掉下了悬崖粉身碎骨。爬地虎一看偷袭不成，只得带着土匪从悬崖下灰溜溜地撤退了。

一夜的对抗，直到山头露出了霞光，土匪与龙门寨乡亲仍在相持。黑鹰说："大哥，龙门寨今非昔比，寨子里现在是人多势众，咱们久攻不下，再僵持下去我们这点老本可就全完了，不如撤退吧！"

眼看局势不利，黑风无奈地将手指放进嘴里，一声尖厉的哨声伴随着咆哮："撤退！"土匪放弃攻打，背着拽着伤兵，仓皇逃窜。

正在寨门上指挥的啸天见此情景，振臂高呼："全体出动追穷寇，让他们下次不敢再来，号兵，吹响牛角，追！"

"呜……呜……呜……"冲锋的号角声响彻山谷。

兵强马壮的土匪撤出攻打，牵着驮着伤兵的骡马，拽着还能移动的伤兵，仓皇逃窜。龙门寨的老少爷们手握大刀、砍刀、铁耙、青杠棒，呼啸着冲出寨门，追击来犯的土匪，眼见土匪丢盔弃甲喊爹叫娘地狼狈逃窜。

土匪们抢着逃命，马嘶人号挤着过小木桥。几匹骡马被挤下木桥掉入了清溪河；几个挣着逃命的土匪被挤下了木桥，也掉入了清溪河；黑风手举皮鞭，抽打着拥挤在小桥上的众土匪："让开！让开一条道。"

挨了皮鞭的土匪纷纷闪开，黑风、钻山狼、爬地虎骑着马匆匆通过木桥。过了河，三位土匪老大骑着马跑了。挤过小桥的土匪也跟着狂奔逃命。

清溪河边，负责殿后的黑鹰指挥一队惊慌失措的土匪与乡亲们对杀，只听见杀声震天。黑鹰与啸天大刀对砍，双方你来我往，难分伯仲。

李人田对着土匪大喊："愿意活命的放下刀枪投降，可以留你一条性命，各自回家。"听见喊声，除黑鹰和少数几位亲兵，其余土匪纷纷跪地缴械投降。

黑鹰眼见大势已去，顿时泄了气，张啸天疾步上前一刀结束了黑鹰的性命。

经过这一仗，龙门寨名声大振，远近几百里范围内的土匪提到龙门寨都不敢轻举妄动。几百年中偶有土匪骚扰，也都有去无回。经过20代人的艰苦努力，流落到龙门寨的苗家人，终于在大山上建成了层层梯田，坡地桑林，成片杉树。龙门寨的百姓过上了温饱的日子，还给子孙后代留下了一份丰厚的家业。

龙门寨宗族祠堂，就坐落在龙门坝背后坎上，里面供奉着龙门寨的李、张、杨、王、陈家族的先祖牌位，一杆红豆杉的旗杆矗立在祠堂前的平坝上，它是龙门寨的精神象征和精神支柱。

神奇的武陵仙山，大自然的鬼斧神工造就了蔚为壮观的砂岩大峰林地貌，历经亿万年的风化剥落而姿态万千。巨大峰林中的羽人山、公母山、八角庙、双石墩因势赋形，惟妙惟肖，远远看去，如公孙相携，似婆媳俏语，像八仙赴会，造型神形兼备，在茫茫群山中亭亭玉立。

在这里，每座山峰都有一个娓娓动听的故事传说，令人浮想遐思。旭日中青山如波，白云如絮，峰云相携。山上古木参天，绿叶婆娑，林荫蔽日。许多国家级的珍稀植物点缀其间，有红豆杉、黄杉、铁尖杉、水杉、白豆杉、马尾松、珙桐等，来这里考察的植物学家称这里为“松杉王国”。林中常有麂子、金钱豹、黄猴、野猪、獐子、锦鸡等动物出没，使得武陵仙山更具勃勃的生机与灵气。

站在杉树岭就能看见的武陵仙山，一千多年来，曾是湘鄂川黔朝山问道的圣地，这里的宗教始自汉唐，盛于明清，清代时候还曾与贵州梵净山、四川峨眉山齐名。武陵仙山的庙宇容佛、道、儒三教并存，极盛时庙宇广布，寺僧数百，香火繁华。其真武观、香山寺、观音阁、天子殿、川祖庙、莲峰寺及朝山大道上遍布的小庙充分体现了能工巧匠巧夺天工的建筑艺术。素有“尚爱此山看不足，每逢佳处辄参禅”一说。正可谓：山不在高，有仙则名。这片神奇的土地深深地吸引着南来北往的游客。

北宋名相寇准游历这里，曾赋《武陵景》传世：“武陵乾坤立，独步上天梯。举目红日尽，回首白云低。”

俗话说，山以水为血脉，以草木为毛发，以云雾为神采，故山得水而活，得草木而华，得云雾而秀媚。由于这里雨水丰沛，山上经常云雾缭绕，奇特的云雾、云海、云涛、云瀑和云彩，风姿各异，一会儿变一个样。雨后初霁，先是朦胧大雾，继而化为白云，缥缈沉浮，群峰在无边无际的云海中时隐时现。远远望去，如蓬莱仙岛，似玉宇琼楼，置身其间让人飘飘欲仙；有时云海涨过峰顶，然后以铺天盖地之势，飞滚直泻，化为云瀑，蔚为壮观。

第二章　欢乐的少年

张天洪家有五姊妹，他上面有三个姐姐，大姐金香，二姐银翠，三姐麦香，老爹一直想要个儿子，直到娘生第四胎的他才是小子，过了两年，娘又有了，老爹说这次一定还是个儿子，坚持要生下来，结果又是个女儿，只好作罢，有一个儿子也算上天眷顾张家，是要烧高香的了。

小时候的天洪，成天喜欢跟在二姐银翠的后面，二姐去地里打猪草，他也拿把小铲子去挖野菜，他喜欢在地里打滚、奔跑，快活得像一只撒欢的小羊。

春天来了，她像一个步履轻盈的小姑娘，携着神奇的花篮，把五彩的鲜花撒向山坡，撒向原野。莺飞草长，花朵挂满了果树的枝头，鲜艳粉红的桃花、雪白的柚子花和李花，使整个春天充满芬芳，那馥郁沁人肺腑的香味像水一样荡漾着，香飘几里之外：飘过像卫兵屹立的杉树林，飘过正在翻耕的田野，飘过了那迎春怒放流金溢彩的油菜地，飘过长满绿油油玉米苗的山岗。

“二姐，快来看，这里又发现几朵牛肝菌！”天洪高兴地叫着。他不过六七岁，圆圆的小脸蛋格外显得虎虎有生气。

不远处，被叫作二姐的小姑娘银翠提着小竹篮跑了过来，竹篮里已经采摘有半篮子各色野生菌，小姑娘红扑扑的脸上泛着异样的红光，看见十几朵巴掌大的牛肝菌，弯腰小心地捧起放入竹篮，不一会儿竹篮装满，小弟在旁边高兴得又蹦又唱。二姐说：“小弟，回去叫娘给你煮一大碗，再放点猪油和葱花，管你吃个够。”

平常日子放学后，天洪喜欢跟着二姐去杉树林里拾柴，拾柴累了的时候，二姐就会带着天洪到山洼去拾野果。山洼里的树特别茂盛，林子里静极了，小松鼠坐在树上张望，见到人来也不躲藏，直到天洪尖着嗓子去赶，它们才用尾巴一弹一弹地跳开。山野的自然美丽，在天洪幼小的心灵里深深地扎下了根。

为了拦住山水，那几年农业学大寨，大队在龙门坝坎下山洼里修建了一座拦洪坝，大坝用山石垒成，大山上第一次有了水库，水面足有二三十亩，长庚爷爷说：“水是龙王爷赐福给我们的，就取名龙潭吧。”由于不断有潺潺溪流水注入，自从蓄水以来龙潭从未干枯过。

天洪喜欢跟着二姐来水塘里洗衣服，几个人在青石板上蹲着，手里搓着仅有的几件衣服，看着水中的鸭鹅突然张开翅膀，挺直身子扑扇着翅膀嘎嘎地大叫着，从水的这一边迅疾地滑向另一边，在水面上溜出一道笔直的白色划痕，优美极了。

不过天洪最喜欢的还是约上几个小伙伴，走上几里路，去山下的清溪河戏水玩耍，在河里捞小鱼、翻螃蟹，光着屁股在河里游泳，这是天洪最开心的事。

1969 年过了春节，一群城里的知识青年响应毛主席的号召，插队到龙门寨大队，龙门坝东院的二伯娘家偏房和中间堂屋里，住着重庆城里来的知青，三个男生都是高中毕业生，三个女生都是初中毕业生。天洪从小爱往知青大哥堆里钻，喜欢听他们唱歌，更喜欢听他们神侃。夏日傍晚，吃过晚饭坐在街沿上，天洪睁着一双大眼，静静倾听并憧憬着外面的斑斓世界。几岁的他就知道大城市里的故事，知青大哥也喜爱这个虎头虎脑聪明机灵的小兄弟。

这些知青，与天洪大姐的年龄差不多，比天洪长了十多岁。站在身边，天洪的个头还不及知青哥哥的腰。混熟了，小天洪竟与知青大哥称兄道弟起来。虽然他没有出过远门，对外面的世界却一点也不陌生，满嘴都是从知青大哥那里学习来的新鲜时髦词语。

天洪从小聪明，手脚灵巧，爬起树来像猴子一样灵活，高大的板栗树、核桃树，巨伞一样的柿子树、李树、桃树，一站到树下，他像猴子一样三下两下就蹿了上去。山上的果树多，也贱，家家户户门前屋后都长着，谁要吃果子，只要事先同主人打了招呼，小孩子上树摘几个吃也没什么。

城里来的知青大哥不好意思随便上树采摘，成熟后老乡们是要背上街去卖钱来称盐打油，总是支起他：“小天洪，看，树上绿油油的李子酸酸的甜甜的可好吃了……”天洪乖巧，总是叔叔婶婶甜甜地叫了，爬上树去摘了，往知青大哥怀里扔，知青大哥也把钢笔本子送给他，教他写字画画。

天洪家里姊妹多，生产队里出工的人就爹娘两人，一大群吃长饭的孩子，小的时候，贫穷一直伴随着他们。春荒期间，天洪娘站在灶台边端着一盆野菜，正在往大锅里煮着的苞谷糊糊里撒野菜，随后拿锅铲搅和，看着一大锅野菜糊糊，娘不由得轻声叹息：“再过几天，米缸里连苞谷面都没有了，他爹，你看想想什么办法？”

天洪爹坐在灶口前的长条凳上，正在往灶里添柴，火光中映出一张发愁的脸：“我也想不出什么好办法，实在不行，咱就把圈里的那条架子猪背到街上去卖了，换点苞谷回来，总不能让细娃饿着。”

天洪娘：“是啊，大的几个姐姐还能挺过去，洪儿和菊儿还小，野菜里不掺和点粮食怎么行？”

天洪爹："生产队里分的那点粮食哪年不是没到清明就没啦，自留地里那点洋芋、麦子还得过两个月才能当顿……"

"对，把猪卖了，正好把留来喂猪的那点苞谷面和麦麸子还有糠省出来，就着野菜还能对付几天，度过这两个月就有洋芋吃了。"天洪娘用衣襟抹了一把脸上的泪水，当家的女人总能想出一些办法度过春荒。

大姐金香正在剁猪草，抬头见爹娘发愁："娘，下半年放暑假我就初中毕业回乡务农了，家里多一个劳力，也能多分点工分粮。"

天洪娘默默点头："家里七张口吃饭，坡上就两个人出工，分的那点粮食哪里够吃，大女儿回来，家里多一个帮手，工分粮食也能多分点，有什么办法，穷人的孩子早当家嘛。女儿家早晚是人家的人，早点回家来学着做活，今后才好找婆家。"

生产队里分的粮食不够吃，二姐银翠就带着天洪上山挖野菜。春天来了，清明草破土而出，山坡壁上一片一片的，远远看去，像绿毯上点缀的点点黄花，嫩叶上长着一层白色的绒毛，茎上顶着一朵绒毛般黄色的清明花，在和煦的阳光下，散发出一阵阵浓郁的清香。

背着小竹篮的天洪，欢叫着掐下一株："二姐，你看，毛茸茸的小花。"

"阿洪，多采摘点，今天回去给你蒸清明粑吃，甜甜香香的，馋得你流口水……"二姐两手在清明草上灵活地跳动，不到中午，小背篼里装满了。

清明菜采摘回家，洗了剁了，晚上，在天洪眼巴巴地期盼下，清明菜窝头终于出笼了，看着热气腾腾、清香四溢的清明菜窝头放到桌子上，几姊妹一拥而上，拿起来就往嘴里塞，二姐忙说："别慌，这儿还有红油凉拌的野葱和折耳根。"天洪夹了几根放进嘴里："好吃，好吃！"笑得眼睛眯成一条缝。

山里的野菜多，嫩蕨菜、芨芨菜、鹅儿长，还有那香喷喷的椿芽、野香葱，摘回家去再从鸡窝里掏出一个鸡蛋，叫娘炒上，想想都让人馋得流口水。天洪是张家独子，姐姐们都护着他，让着他。

每当夏天雨后时节，天洪总要叫放暑假在家的二姐带他去松林子里采蘑菇，白的、黄的、粉红色的，他最爱那黄褐色的松菌，顶着松针，从腐叶中探出头来，就像顽皮可爱的拇指小人在那里捉迷藏。

"二姐，快来看，这里又有几朵小松菌躲在松针下！"天洪跑过去，翻开松针，捧出黄澄澄的松菌。

二姐过来，嘻嘻哈哈把手里的松菌放进小竹篮里。走出这片松林时，小竹篮已装满了黄澄澄、香喷喷的松菌，足够一家人熬一锅香菌汤了。

回到家，娘将采回的蘑菇和新挖的洋芋放在一起煮汤，天洪拿勺子舀了来尝尝："好鲜，像鸡汤一样好喝。”

天洪小时候，老是叫肚子饿，吃不饱。那些年，全家人一年苦到头，生产队分的粮食还不够吃半年，一年的时间只能半年糠菜半年粮地凑合着过。谁家要是吃一顿洋芋干饭，会让馋嘴的小孩记住半年，端起碗，那高兴的劲头，不亚于过年。

为了养活五个孩子，天洪的爹娘总是起早贪黑，终日劳作。农村生产队，大锅饭似的一窝蜂出工，每年微薄的收成，果腹尚且困难，哪里有钱供孩子上学。老爹在中华人民共和国成立后，跟着乡里扫盲班也识得几个字，知道学习文化的重要性。国家实行九年制义务教育，老爹咬咬牙，自己多累点，也要让儿女们多读点书。

同院的知青大哥下工回来，空闲时喜欢在街沿上摆张桌子下象棋。天洪站在旁边看得仔细，杨其韵大哥是重庆市少年棋校出来的，那一手又快又狠的招数让小天洪着迷，他天天跟着杨家大哥，要拜他为师，磨不过他的杨其韵叹口气：“罢罢罢，我算服了你个天洪，收了你这个徒弟吧！”天生聪明的他，小学还没有毕业就已经是下棋高手了，初中时，他曾经代表县里参加黔河地区的象棋比赛，取得了黔河地区的象棋比赛业余组亚军。

过年前，生长在书香门第的杨其韵给乡亲们写大红对联，他一手好毛笔字令经常被老师叫到办公室罚站写大字的天洪羡慕不已，老师批评他写的字“像鸡脚爪一样，不知道在纸上乱画什么？”他自己也常常怨爹不给他买同学们用的那种鸡狼毫，看着同学们拿着笔书写自如，他羡慕极了。家里姊妹多，他用的是两个姐姐用过的旧毛笔，笔尖都发叉了，哪里能写出好字来？

这天，他又在自家街沿上练写字，被路过的杨其韵看见：“天洪，你这笔不能再用来写字了，洗一洗用来刷糨糊还差不多。”看到天洪拿着笔呆呆地望着他，杨其韵回屋把自己带来的两支新毛笔递给小天洪。

接过笔，天洪恭恭敬敬地给杨其韵鞠躬，口里说着：“谢谢杨老师，谢谢知青大哥！”看着他可爱的样子，杨其韵笑了：“今后我教你写字，保证你书法得学校的第一名。”

杨大哥从坐姿、握笔、运笔、基本笔画、字形结构教起，一直到谋篇布局，颜体柳体，天洪也学得认真，一丝不苟。

两个月后，天洪的字大有起色。这天，老师在课堂上偶然拿起天洪的笔记本检查，看后大为惊讶：“张天洪，这是你写的字吗？”

“是我写的，老师。”天洪轻声回答。

“天洪，你这字是跟谁学的？”老师诧异地问道。

“跟我们队里的知青杨大哥学的。”小天洪有些自豪地说。

老师大为感叹："大城市来的知青里面真是藏龙卧虎，人才济济，一个字写得最差的学生，经他小作调教，不几天就变了，佩服！佩服！"

二伯娘家住着的三个男知青中，数王文轩长得白净秀气，他出生于书香世家，父母都是中学老师。有了父母的言传身教，文轩从小就会二胡、笛子、手风琴等几种乐器，又是天生的好嗓子，唱起歌来，婉转悠扬，深情动人。

这天，王文轩坐在街沿自拉二胡清唱：

十五的月亮，升上了天空哪。为什么旁边，没有云彩。我等待着美丽的姑娘呀，你为什么还不到来哟嗬……

旁边的女知青和西院的张灵秀姑娘不约而同地鼓起掌来。

张灵秀羞涩地轻声："文轩哥哥唱得真好，再来一首。"

灵秀叫得亲热，把个刚二十出头的小伙子羞得满脸通红。旁边三个女知青挤眉弄眼，差点笑岔了气。

王文轩尴尬地故作镇静，停止了唱歌，顺手拿出自己整理的《苗岭歌曲集》翻看，文轩喜欢听苗岭的山歌，每次听到苗家山歌，他都要跟着学唱，还认真地记录下来。

杨其韵拿过《苗岭歌曲集》看："哟，已经收集了一百多首苗岭山歌，还试着将曲子也套写下来了，真不简单！"

李力威笑道："文轩真是个山歌痴。"

王文轩轻声应道："我就是个山歌痴。"

龙门坝西院的张灵秀，时年 19 岁，初中毕业后回家务农，生得娇小玲珑，一双水灵灵的凤眼顾盼生辉，特别迷人。她从小受爹娘的影响，山歌唱得特别好。

王文轩轻声："灵秀，你把昨天在坡上唱的《赞美歌》再给我唱一遍，我记录一下，好吗？"

灵秀站在街沿靠着柱头，羞涩地点点头，轻声唱了起来：

这是谁家的花园？花儿开得这么鲜艳。

这是谁家的姑娘？脸儿长得如此漂亮。

眼睛像天上的流星，脸儿像十五的月亮。

说话好像蜜糖甜，走路好像浮云飘。

哪天能和妹成双，喝口凉水心也欢。

苗岭上秀美婉转的山歌，经灵秀甜润清脆的嗓子唱出来，格外地动听。优美婉转的山歌，让文轩听得入迷，他一边聆听一边将歌词记录下来。

一天晚上吃过晚饭，王文轩正在跟张灵秀学唱山歌，大队长福伯匆匆赶来："刚才接到公社通知，叫你俩代表公社，去参加县里的民歌选拔赛，你俩准备一下，后天一早去公社带上介绍信，去城里文化馆报到。"

王文轩惊诧地问道："叫我和灵秀代表公社去县里参加比赛？"

福伯点头道："对，上次你们知青在公社演出，被书记看上了，灵秀唱歌，早就在公社榜上有名，所以选你们两个代表公社去县上参加比赛。"

灵秀羞涩道："台子上唱情歌，叫人不好意思嘛！"

福伯说："情歌是咱苗族民歌的灵魂，有啥不好意思的？"

王文轩点头："福伯，我们去。"

福伯笑了："这才对嘛，这两天好好准备，别给咱们公社丢脸！"

王文轩答："是，一定好好准备。"

黔河县人民礼堂，舞台上方悬挂着"武陵山区民歌大赛选拔赛"横幅，大会堂里，坐满了来自武陵山区的选手和文艺界人士。

报幕员："下面，请听苗族山歌对唱，由杉树岭公社的王文轩、张灵秀演唱。"

两人身着苗族服装，灵秀在前文轩在后，微笑着款步走向舞台中心站定。

台下响起热烈的掌声。王文轩深情地看了灵秀一眼，微笑着点了点头。

王文轩：

哎嗨，妹耶。
抓把草儿在手中，挽个草结等妹拢。
一把草儿一份情，悄悄挽住你的梦。

张灵秀：

哎嗨，哥耶。
月亮升上了天空，是谁挂了红灯笼。
又是一个好日子，花儿绽开了笑容。

王文轩：

鸟儿飞回了巢中，我的心上人可走拢。

张灵秀：

今夜是个唱歌夜，要洒那情歌满山坡。

……

全场爆发出热烈的经久不息的掌声，二人一再鞠躬谢幕。

民歌大赛主持人宣布“武陵山区民歌选拔赛评审委员会”结果。主持人宣布：“现在公布第二名得主：杉树岭代表队王文轩、张灵秀，入选县代表队。”

杨其韵拍手：“看你们二人唱起山歌那个亲热劲儿，就像是热恋中的情侣那么投入，真不愧是男才女貌。”

灵秀听了，娇羞地捂住双眼，红晕立刻漫上了她秀气的脸庞，只从指缝中偷偷地张望文轩。文轩红着脸憨憨一笑，没有回答，他是一个害羞的男孩，平时不多言语。

龙门坝的夜晚，明月高照，夜静如水，文轩和灵秀坐在大青石上。文轩说：“灵秀，下个月就要代表县里参加地区的比赛了，咱俩把歌练一练，争取在地区赛歌会上拿个名次。”

灵秀点头：“我听文轩哥的。”张灵秀站起来，羞涩地点点头，张口轻轻唱：

火辣辣的情歌，羞红了天空。
甜蜜蜜的爱情，流淌在山中，
妹呀我的妹哎，何时进心中。

王文轩：

树大多枝丫，绿叶遮阴凉。
看你这情妹，像个龙女祥。
同你玩一会，一生都难忘。

张灵秀：

不见很想你，见了呆呆坐。
没有水要挑，没有话要说。
痴痴看着你，才感到满足。

银色的月光洒在二人身上。

不久，文轩的妈妈来信了。

文轩：

昨天学校通知我，这学期完了，就可以办理退休手续了，学校同意你回学校来顶我的班当老师，只是回来后要先去教师进修学校学习半年。

你自己也可以先准备回城的事，还有同学没有走，你先别张扬……

看着同来的知青都在想办法调回城里，文轩的心也动了，是回城工作还是留在苗岭，他的心一直摇摆不定。躺在床上，想着将要回城接妈妈的班去中学当正式老师，他的心就激动万分，可是一想到留下孤单的灵秀妹子，他又马上动摇了。

龙门寨大队长福伯这天找到文轩，笑吟吟地说："今天叫你来，是征求一下你的意见，愿不愿意留下来在大队小学当老师，小学的陈老师生了孩子照顾关系调到清溪中心小学去了，眼下学校只剩下李老师一个人忙不过来。"

文轩犹豫了，稍后才轻声问："福伯，你让我想想再答复你好吗？"

福伯点头："行，你先想想，同家人商量后回答我，我好回复公社和学校。"

傍晚，灵秀过来，见王文轩一个人站在街沿发呆，走近文轩，轻声问："文轩哥，听说福伯今天找你了？"

王文轩："他说大队小学差老师，征求我的意见，愿不愿意去学校当老师。"

"文轩哥，你答应了吗？"

王文轩低着头："我，我暂时还没有答应。"

"文轩哥，你真的要回城吗？"望着灵秀那带着期盼、抑郁的眼神，还在犹豫不决的文轩，顿时像吃了定心丸，立刻就安定了下来。

他坚定地抬起头望着情妹子："灵秀，我想好了，就留下来去学校当老师。"

灵秀疑惑不解："真的要留下来当老师，不回城去接你妈妈的班啦？"

文轩神情坚定地点点头："留下来陪伴你，就在这里当老师，不回去了！"

"文轩哥，别这样，千万别因为我耽误了你的前程，你妈妈还眼巴巴地等着你回去呢！"灵秀的声音带着乞求。话没说完，灵秀捂着脸哭了，从感情上来说，她舍不得文轩哥走，能与文轩哥两人亲亲热热、白头偕老是她的梦想。

见灵秀疑惑，文轩站起来径直去了福伯家，红着脸沉默了一会儿才开口："福伯，那天你说叫我当老师的事，我经过慎重考虑，同意留下来。"

福伯高兴地拍着文轩："小伙子，好样的，我就知道你一定会同意留下来的，咱苗岭需要你这样有知识文化的年轻人，我明天就去向公社和学校汇报。"

一年后，王文轩与张灵秀这对有情人终成眷属，结婚宴就在学校的操场上。

伴郎杨其韵拍着文轩的肩头："老同学，你小子也算得太精了，娶了个杉树岭最美的姑娘不说，还生生高出了我们一辈，看来，今后我们得跟着天洪和二牛他们叫你小姑父啦。"

王文轩笑了："谁叫你们都不愿意留下来当老师，古人说得好：天地君亲师，我是老师，当然就该高出你们一辈嘛。"

杨其韵哈哈一笑："算你小子有这个福气，祝你们百年好合，白头偕老。"

茫茫武陵山区，山高谷深，自古多土匪，山民为了防身自卫，多有习武的风气，但中华人民共和国成立后，这种风气逐渐淡薄以至消失。知青李力威大哥是重庆市少年业余武术学校的学生，曾经在四川省少年武术大赛中获得过散打亚军，有一手令人叫绝的武功，每当他练起武来，那飒飒作响的动作，又快又狠的招数令一旁的天洪拍手叫好，也跟着力威哥哥比画起来。

见力威收场擦汗，天洪凑拢跟前："力威哥，我想跟着你学武术，行吗？"

看着他那稚气未脱的模样，力威笑了："小不点，练武可是个苦差事，真想学吗？"

天洪立正回答："想学，力威哥，我不怕吃苦。"

"好，就收了你这个徒弟吧。"

每天清晨，师徒二人就在院坝里练武，聪明虎气的小天洪学得认真，力威大哥教得尽心。

一晃三年过去了，小天洪已经长成为一个半大小子，天洪在院坝里练武，那身段，一招一式都像模像样。

看着天洪的进步，李力威说："以你现在的水平参加四川省少年武术比赛，定能拿个奖。"

天洪憨憨一笑："师傅，我知道还差得远，还要认真操练。"

天洪从学校回家，把毕业证拿出来："娘，我小学毕业了。"

天洪娘："时间过得真快，看我们洪儿都小学毕业了。哦，还忘了告诉你，隔壁的几位哥哥姐姐都要回城走了，你赶快过去看看吧！"

娘俩正说着，杨其韵进屋，把自己带来的字帖、毛笔和纸张全拿出来："天洪，大哥明天就要走了，临走送你一句话：学无止境，练字没有最好，只有更好。"

天洪恭恭敬敬地接过这些珍贵的礼物，抹着眼泪："大哥的话小弟记住了。"

李力威大哥过来，拍着天洪的肩膀："大哥学的武术招式全部教给你了，今后你要想再往前走，就要去找名师指点，我去过武陵仙山，听说庙宇捣毁前那里曾有几位高僧，武艺高强，你如果想继续学武，假期可以去那里寻找师父。"

天洪点头："师傅，谢谢你三年的悉心教授……"话没说完眼泪就滚了下来。

力威笑了："学武术的人不讲究哭，来，临走前我们再练练。"

"是，师傅！"天洪破涕为笑。说完，师徒两人到地坝摆出招式，天洪与师傅武术过招，认真操练了一遍，看得周围的知青哥哥姐姐们哈哈大笑："好！好！天洪长本事了。"

第三章　成长的少年

除了王文轩留下来在大队小学当老师，其他知青哥哥姐姐回城走了。

第二年，全国恢复了高考，杨其韵招呼分布在各行各业的昔日知青战友一道复习功课。李力威说：“离开学校十多年了，备考没有书，怎么办？”

杨其韵说：“我的书藏在床下纸箱里，一本也没有丢，保存得好好的。”

陈莉芊说：“一得到消息，我就在家里翻箱倒柜地找，还去书店和废品回收站寻找，也凑齐了一套课本，还有复习资料。”

汤茵茵说：“我哥的课本和复习资料他还放在床下，我昨天找到了。”

“这么说来，我们有三套书，互相交换着看，争取今年都能考上。”杨其韵笑了。

经过一番努力，五人都考上了各自心仪的本科或大专；王文轩也考上了西师函授大学。

知青大哥走了，没有了良师益友，天洪从此好像少了主心骨。

放暑假那天，天洪说：“爹，力威大哥说以前武陵山区多土匪，香山寺的师父们平时都习武强身护庙，还有不少是武林高手，我想暑假里去那里拜师学艺。”

爹听了有些迟疑：“这都啥年月了，几十年都没有土匪了，还习武练功的做啥？有那闲工夫你跟我下田学习种庄稼还实惠点。再说，前几年红卫兵破四旧，把武陵仙山附近的寺庙全都捣毁了，庙里的和尚道士全都下山还俗走了，你去哪里找他们。”

天洪说：“寺庙被捣毁后，僧人道士被迫还俗，但多数人选择在附近成家立业，力威哥曾经去找过他们。”

“你习武干啥？真刀真枪舞弄起来伤了人可不得了。”老爹一辈子生性懦弱，得理让人三分，不愿意让儿子习武。

倒是旁边心疼独生儿子的娘回答得干脆：“老头子，就让洪儿去吧，他还小，家里的事有他姐姐帮着做就行了，儿娃子家，要的就是身体健康强壮。”

听了娘的发话，爹没有作声，默默地点了点头。

有了娘的支持，天洪自带干粮去了几十里外的武陵仙山，在寺庙周围的村庄寻觅以前寺庙里的习武僧人，无奈当地人都说不知道，找了两天问了许多当地人仍没有个结果，天洪是个倔性子人，想干的事情一定要办成。

第三天一早，当他路过一院子，抬头看见一个气宇轩昂的老者在古老的黄桷树下的地坪上晨练，看那一招一式，就不是普通庄户人家。他心里一热，走过去礼貌地轻声问："敢问老伯，可是原来香山寺里的师父？"

老者停下，抬头，狐疑地看着天洪："你是？"

"哦，老伯，我是后山杉树岭公社的人，想寻觅原来香山寺的师父，拜师习武强身，不知老伯可认识我欲寻找的师父？"

老者沉思片刻，眯缝着眼，再次仔细打量眼前的少年，问："太平年代了，你习武做啥？"

天洪看着眼前的老者，精神矍铄，童颜鹤发，说起话来掷地有声，心想老伯一定是我想要寻找的师父，不由得双膝跪地，口呼："师父，我终于找到你了！我想学习武术是为了传承中华文化、强身健体，匡扶正义，如有外敌入侵，也可施展出来，保家卫国。"

老者又问："你从小喜欢与人打架吗？"

"师父，我爹生性懦弱，对我管教甚严，我从小至今从未与人打过架，我娘也说：凡事要与人为善，与人为友。"

"哦……"老者点头，略微思考后道，"小伙子，起来吧！"

天洪站起来，老者又问："你有习武的基础吗？"

"有一点，我跟下乡到我们队里的知青大哥学习了三年，他下乡前是重庆市少年业余武术学校的学生，在四川省少年武术大赛中获得过散打亚军。"

"那你能否先舞几招让我看看？"

天洪双手抱拳行礼："行，师父看好，徒儿献丑啦！"遂将力威大哥教的武术认真地练了两套。

老者点头："看你的基本功还算扎实，贫僧今生原本不打算再收徒弟了，今天见你是良家子弟，练武心诚，且有一定功底，也罢，收下你这个徒弟再关门吧！也算为我武陵派的功夫留下传人吧。"

闻听老者此言，天洪再次双膝跪地，口称："师父在上，受徒弟一拜。"

老者道："习武练功是一桩苦事，你吃得下这苦吗？"

天洪答："徒弟从小不怕吃苦，愿意跟着师父勤学苦练。"

"有你这句话就行了。"老者点头，算是收下了天洪这个徒弟。

从此，天洪每个周末和寒暑假，都背上粮食蔬菜，步行几十里来师父家小住学习武术，回家后也坚持在自家院坝里苦练。

看到天洪的进步，师父也喜欢这个虎头虎脑、机灵勤奋的小子，他对天洪道："练功就要练气，是把气贮存于丹田之中，到急用时再调出来，手掌、腿脚，甚至头部都可以用到。像金钟罩、铁布衫之类的功夫就是如此，只是这类功夫所用之气太过于分散。如果能集中起来突然迸发，那威力就会成倍增加，我现在教你的就是后者，只是这类气功，最是难练成，许多人练到半路就知难而退了，你是少数几个坚持练下去的弟子，我武陵气功要的就是这种持之以恒的精神，练到最好，可以用手掌开山劈石，这就是人们常说的内力的作用了。”

练武让天洪身体结实了，脱下衣服，一身腱子肉，据说有铁棒打弯都不怕的功夫，为的是今后在社会上不被人欺负，有知道内情的羡慕道：“还是你小子聪明，书读了身体也锻炼好了。”

国家在少数民族地区推行九年制义务教育，天洪三个姐姐好歹都读到初中毕业，就不再继续读书，16岁的姑娘，该回家学习女红，学习操持家务，学习下田务农了，不然到出嫁时啥都不会是不好找婆家的。

到天洪读初中的时候，上面的三个姐姐都陆陆续续出嫁了，这些年农村开始实行土地承包到户，老爹和娘天天忙着地里田里的农活。

天洪从小就聪明过人，小学和初中都是三好学生。那年乡里中学举办文艺会演，天洪坐在台下，看着台上背着小背篓、打扮成藏族姑娘的女生在表演，虽然只是远远地望着，但台上那领舞少女特有的清纯模样，令天洪这般内心萌动的愣小子看得呆了，一时间竟失魂落魄，他轻轻地问旁边的同学：“台上那个领舞的女子是哪里来的天仙？”

周金山笑了：“哪里来的天仙？哈哈，书呆子，傻了吧！这是初二（2）班的余翠香，大家都叫她阿香，学校的名人。”

“啊！学校的名人？我怎么不知道！”天洪喃喃自语，两眼呆呆地望着台上。这后面又演了些什么他完全不知道，直到会演完毕散场时，他才如梦初醒地站起来，看着人们慢慢散去。

见台下的小演员正在卸妆和收拾自己的行装，机灵的天洪匆忙从口袋里摸出一张纸，掏出钢笔匆匆地在上面写了几个字，从人群中挤了过去，看着翠香收拾完转身正准备走，他急忙上前，冒昧地把字条塞到翠香手上。

正准备走的翠香，冷不丁见横伸出的一只手把字条硬塞到自己手上，她愣住了，抬头望了天洪一眼，天洪用手指了指她手里的字条，又指了指自己的嘴。

翠香见周围的同学都在忙着收拾行装，没有谁在注意她，尴尬地握住字条背过身去，借着人缝中透过来的微弱灯光，羞涩地看着字条，只见字条上面一排娟秀的字体：“翠香同学，我们交个朋友好吗？张天洪。”

翠香粉嫩的脸唰地一下红到了耳根，看着面前傻傻站着的天洪，忍不住抿嘴笑了，她认识这个帅气机灵的少年，知道他的象棋下得特别好，是学校的象棋冠军，曾多次代表学校到县里和地区比赛。翠香看了看周围，快速地把字条放进上衣口袋里，对天洪神秘地递了个眼色，泛出少女的活泼与纯真。

散场后，天洪的眼睛一直瞄着阿香，悄悄地跟在她后面。

天上月儿正圆，万里无云，银色的月光铺满山头。见阿香背着包来到清溪河边，天洪心里不由得一阵高兴，难道阿香住在后山大队？他紧跑几步："阿香同学，等等我！"

阿香回过头看着他，惊奇地问："怎么又是你？"

天洪尴尬一笑："是我，刚才给你字条的张天洪。咦，你怎么也走这条路，你家住？"阿香脆生生道："后山余家湾。"

天洪说："我住龙门坝，奇怪，上学几年了，我怎么从来没有见到过你？"

阿香笑了："我倒是见过你几次，每次见你都是匆匆忙忙地跑去学校。"

天洪道："是，是，我每天早起要练武，所以出门晚，是跑着去学校。"

阿香说："你不认识我，但我认识你，知道你的象棋下得特别好，是学校的象棋冠军，还多次代表学校到县里和地区比赛。"

天洪脸唰地一下红了，不好意思道："承你记得这么清楚。"

阿香悄然一笑："谁叫你是咱们学校的红人。"二人一路说着话，来到分道的山岔路口。

阿香嫣然一笑："再见！张天洪同学。"天洪意犹未尽："我送你一程吧！"

阿香坚持："不用了，就几里路，你明早还要练武，早点休息，再见！"

天洪傻傻地抬起手："再见！"

第二天，天洪早早练完武，背着书包一路小跑来到岔路口，远远看见一位婀娜的姑娘迎面走来，热情招呼："早上好，阿香同学！"

阿香嫣然一笑："今天怎么作息时间变了，这么早就等在这里？"

天洪俏皮一笑："今天啊我是特意赶在前面来等一个人啊！"

听见这话，阿香满脸绯红："谁让你来等啦？"

话虽然这么说，但阿香心里一股热流涌上，大山的少男少女对男女之间的那层朦胧关系醒世得早，从小就听惯了那种男女之间的撩拨情歌。从这天开始，俩人春心萌动。

走出寨门上大路后，阿香紧跑几步，走在前面装着匆匆赶路的样子。天洪则有意停了下来，待阿香走远后才迈步，两人有意地一前一后走着，装作是互不相干的两个学生去上学，避免老师和同学猜疑说闲话。

放学了，天洪走进老寨门，在飞来石后面等着，太阳慢慢落在了山巅，当阿香刚走进寨门，天洪笑吟吟地站了出来。

阿香一怔，随后有些歉意地笑了："今天班里有点事，放学晚了点。"

天洪："没什么，我等着你。"

阿香："今后晚了你就别等我了。"

天洪："不，我要天天等你一块走。"说着，他伸出手来牵住阿香。二人边走边谈，布满晚霞的小路上，朦胧情感中的少年总有说不完的话。爬上两道山梁，太阳落到山边了，群山在晚霞中清亮而静谧，浓郁的花香慢慢地飘散。

这天，下着雨，天洪牵着阿香来到岔路口，阿香松开牵着的手："明天见！"

天洪说："我送你回去吧，今天路滑不好走。"

"没事的，天天走惯了，你放心好了。"阿香婉言拒绝。

天洪坚持道："今天下了雨，山梁上那段路不好走，还是送送吧！"

阿香微笑："那你就天天送哟？"

"我就天天送嘛。"天洪顽皮回答，扮了个鬼脸，一种浪漫又美丽的情愫在两颗稚嫩的心中潜滋暗长，两人手牵着手，行走在泥泞的小路上。

夏日的一个晚上，黔河电影队来杉树岭中心学校的操场放映电影《少林寺》，此时正值学校放暑假，当天洪得知消息时，太阳都快落山了。他急急忙忙对娘说了句："娘，街上放映电影，我去了。"

"洪儿，你还没吃晚饭。"

"来不及了！"天洪换了衣服就要出门。"洪儿，等等。"娘进厨房拿了几个刚蒸好的洋芋，用布袋装了递给天洪。

天洪把布袋装进挎包，说了声："娘，我走了。"一路小跑着向后山赶去。

天洪一口气跑到后山余家院子，阿香正好在院子里收晾晒的衣服，远远看见一个熟悉的身影向院子跑来："是天洪那个冒失鬼。"

天洪匆匆跑来："中心学校操场放映电影《少林寺》，你快收拾了跟我走。"

望着满头大汗的天洪，阿香迟疑了一下，点点头说："你在三棵杉树那里等我。"说完转身回屋里，不一会儿出来，把手里拿着的两个熟鸡蛋和两个煮熟的嫩苞谷放进衣服口袋，朝着自家的狗儿轻叫了声："阿黄，走！"快步向约好的地点走去。

群山渐渐宁静下来，夕阳把一抹粉红色的芙蓉般的云霞洒向天边，落日的余晖从云缝中穿出，温柔地延展向山巅，晚风轻拂，天洪牵着阿香快步向街上走去，阿黄屁颠屁颠地跟在后面，天洪顺手扔给它了一个熟洋芋。

当两个人赶到中心学校的时候，电影刚好开始放映，操场上黑压压的一场子人。两个人松了牵着的手，只能踮着脚尖站在人群后面看。跑了二十多里山路的天洪，身上的衬衫早就被汗水湿透了贴在背上，挤在密不透风的人堆里，汗水顺着他的脸颊流。阿香看着他难受的样子，轻声说："来，我带你去一个好地方。"

两人绕过人群，来到学校办公室的后面，拨开一丛高高的巴茅草，那里有一架通向屋顶的钢制简易楼梯。阿香向天洪眨眨眼："我们爬到上面去看。"说完，她抓着楼梯敏捷地爬了上去。

天洪紧跟着她爬到了楼顶。顶上足有半个篮球场大，正中架有一个水塔，站在楼顶向下望去，场地上所有的情景，包括骑在父亲脖子上哭闹的孩子、放映员的动作皆尽收眼底。而露天电影的幕布，就在离他们俩前面20米远的地方，虽然他们面对的是幕布的反面，电影里的景物和字幕都是反的，却也清晰可见。

"怎么样？"阿香有点得意地看着天洪问。

"是个好地方，比挤在操场上凉快舒服，咦，你是怎么发现这里的？"

"不告诉你。"阿香脸上带着神秘的笑容。

"啊，我知道了，一定是哪个男生带你来过这里。"

"死天洪！"阿香生气地转过身去，噘起嘴不理睬他。

天洪知道自己错了，不该那么说，连忙双手作揖："阿……阿香，我……我说错了，我不……不是那个意思。"

"那你是什么意思？"阿香故意嗔怒。

"好阿香，我……我错了还不行吗？"天洪又是认错，又是作揖。

"不行，今天你一定要说清楚！"阿香故意得理不饶人。

见阿香还是不原谅自己，天洪额头上顿时急出了汗，站在那里不知所措。

当阿香隔了一会儿回过头来偷看他时，天洪瞥见她的嘴角边露出来一丝好笑的神情，他灵机一动，连忙抓住时机献上殷勤。跑过去搬来两块方砖头，用手抹干净了："阿香，坐，坐着看不累。"

阿香没有看他，但却挪过身来坐在砖头上，天洪跟着坐在她身边，一时不敢开口说话。电影里这会儿正在唱《牧羊曲》：

莫道女儿娇，

无暇有奇巧，

冬去春来十六载，

黄花正年少……

牧羊女婉转的歌声，回响在杉树岭那年八月的夜空里，也永远回响在天洪那幻想懵懂岁月里。

过了一会儿，阿香才淡淡一笑：“告诉你吧，去年放暑假那天，我和班上的阿兰找竹棍，发现了这个地方。以后我和她来看过一次电影，就是坐的这个地方。”

阿香终于开口，天洪如逢大赦，连连道：“是是是！”

阿香忍不住扑哧一下笑出声来：“是是是，是什么呀？”

“我……阿香，我保证以后再也不敢乱说话了。”

阿香伸出手指，轻轻戳了一下他的脑门：“张天洪，下次你要是再这样耍贫嘴，看我睬不睬你！”

“是是是，还是你大人大量，高抬贵手。”天洪这才大起胆子，伸手过去，握住了阿香温暖的手。月亮升起来了，照着幸福的杉树岭。天洪和阿香坐在水塔下面，一直到电影放映完了，所有人都散场走了，才如梦初醒想起要回家。

阿黄早就在塔楼下等急了，看见他俩下来，不住地摇头摆尾，扑过来亲热。

回家的乡间小路上，天洪牵着阿香，一路轻声谈着电影里的情景。夜风如水，夜露无声，微风吹起阿香的长发，拂过天洪的脸颊，痒痒麻麻让天洪心魂似醉。

寂静中，阿香轻轻地唱起了《少林寺》中的插曲：

日出嵩山坳，晨钟惊飞鸟。

林间小溪水潺潺，坡上青青草。

野果香，山花俏，

狗儿跳，羊儿跑，

举起鞭儿轻轻摇，

小曲满山飘……

以后很多时候，天洪会一直呆呆地回想那一天在一起看电影的滋味，也许那就是电影里说的幸福的滋味吧。

参加完省里统一举行的毕业考试，天洪以优异的成绩初中毕业，考上了黔河城里的省属重点中学，这年，他刚满16岁。

这时，辛苦大半辈子的老娘累病了，两个多月了还下不了床，老爹年纪大了，一家四口人的生活让他忙不过来，幺妹今年小学毕业，马上也要到乡里上初中了。

班上与天洪同时考上重点中学的周金山来天洪家，两人在偏房卧室里低声说着话，天洪说："金山，我娘病了，看着老爹整天忙碌，我实在不忍心再给爹增添担子了。"

金山问："那你不想去城里读书啦？"

天洪说："想，但家里这个情况……"他说不下去了，眼里盈满了泪水。

金山说："我爹给生产队砍树摔下坎，右腿骨折了，几个月了还下不了床，我娘一个人忙里忙外腰疼得直不起来，也累倒了，所以我准备不去城里读高中了。"

天洪说："你数理化那么好，将来准考上大学当科学家，这就准备放弃了，多可惜啊！"

金山泪流满面："这就是咱的命，家里就这个条件。"

天洪抹了一把涌出的泪水："那，我俩都不去城里读书了。"

金山问："天洪，你也不准备去城里读高中啦？你可是我们学校成绩最好的学生。"

天洪："不准备了。"从小的苦日子让他懂得了孝顺父母。

两人快快分手，周金山回后山去了。老爹问："洪儿，刚才我听见你与同学在说什么都不去城里读书了，咋回事？"

天洪应了一声："嗯，爹，我不想去城里读书了，回来跟着你耕田种地行吗？"

爹听了，顿时火冒三丈，气得脸都变了形："不行，你给我好好读书，好歹咱们张家今后也要出个读书人。"

高高举起手中的烟锅子："打死你这个没出息的东西，你想一辈子戳牛屁股啊？"可高高举起的烟锅子始终没有落下，娃子这么懂事，他不忍心啊！

娘从床上艰难地支起身子，喘着气："洪儿，听爹的话，去学校读书，爹是为你着想，不读书今后连媳妇都说不上，别叫你爹失望，啊！"

泪水一个劲地涌出来湿了衣服，天洪把头扭过去，他不愿意娘看见他落泪，半晌，才低低地应了一声："嗯！"

听说天洪不想读书了，三个姐姐专程回娘家，轮番劝小弟继续把高中读完，二姐说："小弟，不去上学，就回来一辈子待在大山沟里修地球，戳牛屁股，一辈子只能见巴掌大的一块天。"

大姐指着天洪："娶个笨媳妇子，再生一堆笨娃子，只要你回学校去安心读书，农忙时节我们几个姐姐轮流回娘家来帮助老爹。"

看着年过六十的老爹，多病在床的老娘和年幼的妹妹，天洪没有吭声。姐姐们走后，天洪还是背着爹娘回学校办理了退学手续，背着书包回乡务农了，从小的苦日子让他懂得了孝敬、懂得了勤劳。

老爹拗不过他，家里还有一个在读书的幺女，老伴躺在床上，家里目前这个情况，一个人要管四个人的生活，要凑足两个儿女的学杂费，家里的病人治病还需要用钱。

抹着泪老爹也只好默许了。

天洪认真跟着老爹务农，耕田犁地、栽秧打谷、伐树盖房，一年下来，他完全成了农村的全把式，农村的活路样样精通。

繁重的体力活使得天洪身体强壮、四肢发达，繁重的体力活也没有压抑住他的成长，胸脯上的两块胸肌与胳膊上的肌肉把他塑造成一个完美的T字形身材，浓眉大眼，鼻直口方，旺盛的精力更把他衬托得虎虎生风。

有时，精力旺盛，身强力壮的天洪也喜欢时髦地哼上几句电影流行歌曲，特别是电影《少林寺》的插曲《牧羊曲》。山间小道上，飘扬着悠扬的歌声，飘满了玉米花甜丝丝的味道。

天洪天生就是个乐天派，回乡务农天天与大山为伴，碧绿的麦田，姹紫嫣红的山野，高远而湛蓝的晴空，玉带一般蜿蜒流去的小河，让人看不够、爱不够。他学着少林寺里的小和尚，结合生活和劳动健身强体，为了练臂力，他不用扁担挑水，学着少林寺的和尚提着水桶健步如飞。

厢房窗上，梳理羽毛的雏燕尚未飞去，此刻正瞪圆一双宛若黑色米粒的眼珠，静静地望着天洪。春风荡过坝子的时候，又翻开了新的生活。

第四章　涌动的青春

回家务农的天洪并没有忘记阿香，他的心里时刻都想念着阿香。

阿香比天洪小一岁，第二年，阿香初中毕业也回乡务农了，山里的女娃成绩再好也只能读到这个份上，她是家里的大姐，下面还有两个弟妹在读书，这么多张嘴吃饭，爹娘年纪大了得有大女儿帮手才行。

沿袭古老的苗家习俗，苗家山上的小哥和阿妹醒世得早，谈婚论嫁也比城里的学生娃早，女孩子长到 18 岁大都定下了婆家。

周金山家住后山周家坪，与余家湾不过一里路，金山与阿香从小是互相看着长大的。金山从下就爱慕美丽清纯的阿香，无奈阿香像个不醒事的小姑娘，对金山献的殷勤一点也不来电，甚至约她一块儿去赶场，一块儿去街上看电影都是找借口不去，金山纳闷了，莫非阿香心里早有别人？

金山的叔叔周隆华参军到了云南，对越自卫反击战中立功受奖提了干部。前几年复员后回到家乡。不久，江城的战友宋建华办起了建筑公司，需要人协助打理，邀请了工作踏实能干的周隆华。叔叔回家，周金山缠着要跟着出去打工，临走前来找阿香："你看周围的姑娘小伙都开始订婚了……"阿香羞涩道："金山哥，我们都还年轻……"金山说："阿香，我跟二叔去江城打工，你等着我，衣锦还乡我来娶你。"

阿香淡淡一笑："金山哥，你是个聪明能干的人，在外面好好干，相信你会有出息的。"

知道阿香毕业后也回乡务农了，天洪决意去后山找她，早点同她把亲事商定下来，免得夜长梦多事情有变。

夏日夜晚，一弯新月挂在树梢清新明亮，天洪径直去了后山，悄悄地来到阿香家的院子旁边，躲在地坝边的大梨树后面探头朝屋里看，见阿香家大门开着，在煤油灯忽闪忽闪的亮光下，隐约看见阿香在屋里准备猪食。

躲在树后的天洪大气不敢出，还没有定亲的他不敢冒失地去女方家拜访，这是苗家山上的规矩，他只能等在这里寻找机会。

一只狗踏着方步走了过来，这是阿香家的狗，天洪顿时紧张起来，生怕狗叫起来惊动院子里的人。天洪急忙从口袋里掏出烤得喷香的洋芋，阿黄走到地坝边上，刚吠叫了一声。

“阿黄，别叫！是我。”天洪轻轻把洋芋扔了过去，阿黄摇着尾巴来到洋芋跟前，嗅了嗅，咬在嘴里，满意地吃了，摇着尾巴走拢跟前，见是熟人，便没有再叫，摇着尾巴蹲在天洪身边，天洪见阿黄这么懂事，又从口袋里掏出一个烤洋芋，阿黄也就不客气地享用了。

听见狗叫阿香来到门边，伸出头看了看没见有什么动静，嘀咕道：“这个懒狗，乱叫什么。”她径直来到地坝边去收绳子上晾晒的衣服，还没走拢，就听到大树后一个轻微的声音在呼唤：“阿香，我是天洪，有话同你说。”

听到熟悉的声音，阿香吓了一跳，这么晚了，这个冒失鬼怎么跑到这里来了，也不怕爹娘知道了怪罪。她蹑手蹑脚来到大树边，低声嗔怪：“吓人一跳，有什么要紧话要说。”

“这里说不方便，我在三棵大杉树的苞谷地那边等你，你一会儿来，我有要紧的事找你。”天洪声音甜甜的，有些颤抖，像在乞求，抬手指了指右边那三根高大笔直的红豆杉树。

阿香迟疑地点点头：“你先去那边等我，我回屋去，一会儿再来。”

入夜的杉树林，在微风吹动下发出如诉如歌的涛音，明月悄然升起，皎皎的，洗净了一般，山岗上弥漫着庄稼地里飘来的清香，透过杉树的月辉淡淡飘忽如丝如缕。天洪随手摘了一片深绿的黄桷树叶片，放在嘴里，吹起了“木叶情歌”，古老悠扬的曲声，在杉树林里飘扬，在杉树岭后山回响。

伴随着木叶曲，阿香轻盈的身影终于来了，天洪伸出手去轻轻握住阿香那温暖柔软的手。阿香想把手缩回来，可已经来不及了，她轻声说了句：“轻一点，别像饿狗一样。”

时间仿佛忽然间停滞了，周围的一切都倏然离他们远去，就连跟在阿香身后的狗儿阿黄的哼哼声，也似乎变得十分遥远。阿香却清清爽爽、亭亭玉立地站在他的面前，如此亲密地接近，明亮的月光下，天洪甚至可以看见她水汪汪忽闪忽闪的大眼睛里自己的影像。

此刻的天洪，站在那里张口结舌，手足无措，红着脸不知该说什么，他窘迫地搓着双手，望着阿香只傻傻地笑，刚才在心里酝酿的话一句也说不出来。

阿香娇嗔道：“你这个人也真怪，说有要紧事把人约了出来又不说话，就我们两个木头人站在这里啊？”

天洪红着脸说：“阿香，对不起！我是想……”

阿香故作不明：“想什么？”阿香的话似乎给天洪搭了一个梯子，他终于鼓足勇气：“阿香，我有要紧事找你。”

“么子事这么急？”

“你看我们俩的事怎么办？”天洪鼓足勇气终于把心中的话说了出来。

“么子事怎么办？”阿香故意揣着明白装着糊涂，这个年龄上的姑娘小伙晚上出来约会还有什么要紧事谈，她心里明白。

见阿香不冷不热的语气天洪有些慌了，莫非阿香另外有人好上了，他的心都紧了：“就是……就是我俩定亲的事。”他只好硬着头皮把事情挑明说了。

“你才多大的娃娃，就要忙着说这事了！”她是想再试试天洪的心。

“你看周围同我们一般大的姑娘小伙，该订婚的都在行动了，万一说晚了你跟别人订了亲，叫我后悔都来不及。”见阿香把话说到这个份上，天洪只得厚着脸皮把心里的担心说出来。

山乡的夜晚静得能听见彼此的心跳，月下看美人，越看越心动，望着阿香润滑细白的皮肤在月色中闪烁着迷人的光泽，他感到有些目眩神迷。月亮悄悄地爬上了树梢，淡淡的银光洒落下来，穿过叶子的缝隙斑驳地洒落一地。白天的燥热已渐渐地退去，风吹到身上分外凉爽。

看着心仪的姑娘，苗家古老的山歌从嘴里飘出：

小河涨水大河浑，不知大河有多深。
丢砣石头试深浅，唱首山歌试妹心。

阿香红着脸羞涩地抬头，两眼含笑，看去那么纯真可爱，她红着脸轻声应道：

说唱歌来就唱歌，开门见山莫啰唆。
你敢唱来我敢对，你要好多有好多。

天洪唱：

阿妹山中来放牛，唱首山歌逗一逗。
牛不抬头为吃草，妹不抬头是害羞。

阿香红着脸羞涩地唱：

六七月间怕太阳，大树底下去乘凉。
妹不见哥心头痒，见了阿哥妹心慌。

天洪深情地看着阿香，接着唱：

老远望到月亮落，妹像月亮摸不着。
不知妹心想的啥，妹唱出来哥好说。

阿香听了，羞涩地望着天洪，抿嘴一笑，没有继续往下唱。

天洪见阿香停了下来没有接着唱，心里慌了，只好厚着脸皮又唱：

我俩相隔一座山，我俩相隔一条岭。
愿做春风吹你衣，愿做蝴蝶绕你飞。

唱完，深深地吸了一口气，想说的话这时鼓足勇气终于说了出来：“阿香，嫁给我好吗？我喜欢你，从那次我给你写条子开始，就喜欢上了你，我……我……会让你一辈……子……幸……福！”他战战兢兢，话没有说完，倒先红了脸，用手摸着滚烫的脸，像一个做错了事的孩子局促地站在那里，等着阿香发话。

银色的月光透过散发着清香的杉树叶，洒落在一对恋人身上。阿香闪动着明亮的眼睛，充满着少女特有的柔情，更有着一种吸引人的地方，她那好看的小嘴微微朝上翘着，总像是在微笑，越发显得天真妩媚逗人喜爱。

阿香莞尔一笑：“你回去托媒人来我家，同我爹娘说好，咱俩先把亲定了，到国家法定结婚年龄时你来娶……”话还没有说完，阿香先红了自己柔嫩的脸。

听到这话，天洪高兴得跳了起来，他没有想到这么重大的事情会这么简单就解决了，禁不住展开双臂拥抱住阿香，轻轻在她脸颊上亲吻：“谢谢你，阿香！没想到你会这么爽快地答应我！”

莫道女儿娇，无暇有奇巧，
冬去春来十六载，黄花正年少……

阿香没有正面答话，而是轻声地哼唱电影里学来的歌曲，婉转的歌声回响在杉树岭八月的夜空，回响在天洪懵懂的岁月里。

千百年来，苗家青年男女就是用这种古老的交际方式——情歌来表达自己的思想感情。以歌代言、以歌传情、憧憬未来，甜蜜的情歌伴随着苗乡的阿哥阿妹建立起了千千万万个幸福的家庭。

一回到家，天洪就迫不及待地把去会见阿香的事说出：“爹、娘，我想娶后山的阿香，就是大姨他们院子里余家大妹子，我俩都愿意，也商量好了，想请你们给拿个主意。”他生怕爹没容他说完就打断他的话，憋着劲一口气说完。

老爹吧嗒着旱烟没吭声，似乎在思考天洪提出的要求，半晌才说：“洪儿，我去年上你大姨家时见过余家大妹子，是个好姑娘，人是你自己看好的，我倒没什么说的，你小子可想清楚，可别提了亲又后悔，耽误了人家姑娘！”

天洪没想到爹这么容易就同意了，急忙点头：“爹，我知道，其实我俩早两年前就好上了，我喜欢她，非她不娶，我这辈子绝不会后悔。”

爹长长地吐了一口旱烟，抬起烟锅，指着天洪娘：“这事还要看你娘怎么说。”

娘早就听嫁到后山的大姐说过，见老头子征求她的意见，高兴得一个劲地点头：“行，余家妹子我见过，大姐也叨念过，是个能干孝顺的妹子。”

听到这话，天洪长长地舒了一口气，高兴地蹦出门外，对着后山方向大声道：“阿香你听着，我爹娘他们同意了！”

群山回应着：“阿香你听着，我爹娘他们同意了！”

明朗的月光洒满山岭，一切都充满着无以言说的美。想着阿香，天洪笑了，笑得那么欢畅、那么忘情。

这苗家山上，年轻后生私订终身还不行，自古以来讲究个明媒正娶，提亲是要请媒人出面的。隐秘在秀美山川背后的是苗家人的敬畏之心。那是对天地与自然的敬畏、对祖先与传统的敬畏、对圣人之言祖宗之训的敬畏。

第二天，娘就带着天洪上门请同村的媒人阿好婆去后山余家提亲。

阿好婆提亲回来了，还没进门就高声喊道："天洪娘，事情说妥了！"

进门后，阿好婆就迫不及待地拉着天洪娘："一早我去后山，把天洪提亲的事说了，又把天洪生辰八字拿出来，阿香娘把女儿的生辰八字拿出来一对，巧得很，两人的八字真是绝配，好得很，余家的爹和娘发了话，说天洪的大姨不是外人，对你们家也是知根知底的，叫你们请人写好帖子把聘礼下了就成。"

阿香娘以前是见过天洪的，当年，她和天洪的大姨都是从前山嫁到后山去的，娘家与天洪他们家同在龙门寨大队，知道龙门坝是这大山里少有的好地方，算得上是杉树岭山上的富庶之地，女儿嫁到坝上不会吃亏，她转身同老汉商量："他爹，张家那娃子不错，我见过，人老实能干，身体也好。"

老爹点点头："成！女儿的婚事听你的。"老两口算是同意了这门亲事。

阿香娘转身问正在忙着煮饭的阿香："香儿，阿好婆替天洪来提亲了，我和你爹都答应了。"

阿香满脸羞涩："嗯，娘和爹答应了就是。"

见女方的爹娘和阿香姑娘都同意了，阿好婆高兴道："大妹子和兄弟放心，这事包在我身上了，定亲的事包叫你们满意就是了。"

见阿好婆把事说妥了，天洪娘把礼品准备好，带着儿子趁热打铁赶紧把定亲的事办了。

天洪背着大红鸡公、腊猪脚登门去谢媒人，阿好婆把个老脸高兴得像三月的桃花，张着缺了门牙的嘴一个劲地说："还是你小子有福气，看上这么好的妹子，我先给你们道喜了。"

谢了阿好婆，天洪又急着同娘去后山余家下定亲的聘礼。阿香以少女特有的矜持和羞涩迎接："前几天你才来把事情说了，今天这么急急慌慌就上门来了，也不让人家仔细想想！"

天洪红着脸："我俩那天不是都说好了，还有什么需要仔细想想的，我是怕来晚了万一你跟别人定了亲，到时候我后悔都来不及了。"

“你胡说什么！”阿香笑着嗔怪地望着他。

“我知道你们后山有几个同我一般大的后生都暗地里喜欢你，特别是周金山亲口对我说过，我要是来晚了，怕你跟别人飞了。”天洪红着脸说。

“我能飞到哪里去？”阿香娇嗔地问。

这边两个年轻人说笑着，那边两家的娘在屋里轻声商量着后面要办的事。两家的娘还是儿时就互相认识，说起话来也不觉生疏，就像两姊妹在商量。

吃过午饭，天洪娘有事先告辞走了，留下天洪晚点走。

吃了晚饭，天洪向未来的岳父母告辞，小妹翠芸拉着他，小弟明桂说：“哥哥不要走，今天就在我们家里睡。”

天洪笑了：“哥哥明天再来玩行吗？”明桂懂事地点点头。

天洪依依不舍地出了门，阿香送到门口向着屋里说了声：“娘，我去送送天洪就回来。”娘知道两个小青年有话还没说完：“哎，早去早回啊！”

苗乡的夜色静极了，月光星光伴着一块儿洒下来，把万物映成朦胧色，哪是花儿、哪是草儿、哪是庄稼，让人分辨不出来。

天洪顺手摘了一片翠绿的黄桷树叶子，含在嘴里，那木叶便发出玲珑的响声，在寂静的夜空里悠扬悦耳。

踏着朦胧的夜色，两人沿着石板路走到大杉树下，天洪说：“阿香，回去吧，别送了，免得娘担心。”

阿香摇头，幸福地望着天洪，没有回答，四周一片寂静，只听见两个青年轻轻喘气的声音。

天洪拉着阿香：“阿香，给我唱一支歌好吗？真想幸福地单独听一回。”

“山歌哪有一个人唱的道理，要唱我们还是对唱！”阿香撒娇。

“我不像你有一副天生的好嗓子，唱不好你可别见笑哟！”

头一昂，天洪唱：

腊肉炒菜不用盐，哥妹订婚不用钱。

阿香粲然一笑：

只要哥心合妹意，就用山歌定姻缘。

天洪：

我俩相隔一座山。

阿香：

我俩相隔一条岭。

天洪：

愿做春风吹你衣。

阿香：

愿做蝴蝶比翼飞。

天洪摇头："这样唱不过瘾，干脆我们一人唱一首，对唱好吗？"

阿香点头："行！就照你说的。"

天洪稍顿一会儿，张口就唱：

只要妹真心，只要哥真心。
富者放金银，穷者放颗针。
把心放出来，才算咱交心。

阿香笑着接道：

碰到你这人，不送也不成。
想送哥颗针，怕说妹不真。
送只银手圈，哥只得一半。
送就送一对，爱哥爱得深。

天洪笑了：

哥还怕妹骗。

阿香看他：

妹还怕哥哄。

两人都忍不住抿嘴一笑，天洪拉着阿香合唱：

咱俩都担心，怕爱情会变。
我俩去筹钱，买张帕子来，
撕它两半边，各人拿一半，
藏在胸口前，谁起了变心，
许他（她）像这帕，死也不得连。

两人信誓旦旦，手拉着手共同表达了对爱情的忠贞不渝。天洪涎着脸对阿香："你单独给我唱一支歌好吗？"阿香笑了，没有推辞：

路边的小哥你羞什么，好像要说什么又没说。
是不是这乡的妹仔美，叫你心儿醉。

望着阿香，天洪不由自主地点着头：

那边的阿妹你笑什么，小哥想说爱你没敢说。
山里的妹仔花样儿美，叫哥美得醉。

阿香娇羞地望着天洪，头伏在天洪的肩头，天洪轻轻地搂着她唱道：

月亮升上了天空，情歌把脸庞映红。
是谁悄悄躲在草丛里，丢个草结将情人套中。

阿香微笑着：

太阳升上了天空，惜别在黎明山中。

是谁定下约会的日子，秘密泄露在甜甜梦中。

天洪又唱：

老远望到月亮落，妹像月亮摸不着。

不知妹心想的啥，妹唱出来哥好说。

阿香接唱：

三块石头支口锅，四只膝盖搁饭钵。

只要阿哥仁义在，酸菜当饭也快乐。

夏夜里的萤火虫在田野里闪闪烁烁，像飘浮在天空中的小星星，苗岭上年轻人的心，也像这闪烁的萤火虫照亮恋人心中的希望。

大山上有个什么好事总是像风一样传得飞快，后山几个与天洪一般大的后生听说天洪来他们后山已经抢先同阿香姑娘定了亲，个个气得捶胸顿足。杨长林说："晚了！晚了！阿香是我们后山的一枝花，怎么会让外面的天洪抢了先机？"从江城回乡探亲的周金山直呼："我怎么这么傻，不在上次向她表白时抢先把婚订了。"大有要为爱决斗的劲头，可现在说什么都晚了。

自古以来，苗家人讲义气，讲究乡约乡规，定了亲的人家是不能随便反悔的，也不容许谁随意中间插一杠，天洪暗自庆幸自己聪明，不然来晚了阿香可能就属于别人了。

从这以后，天洪一月中总要在老爹那里扯个把子、找个借口去阿香家里帮忙，老爹把个脸拉得老长："你才多大的娃娃，定了亲没几天就天天往妹子家里跑，连自己家都不要了，也不怕别人说闲话，以后要是娶了媳妇，还不把个家搬了过去，把爹娘全给忘了！"天洪听了，也不辩解，只是傻傻地一笑。

还是娘心疼这唯一的宝贝儿子，冲他爹道："现在都啥时代了，你还守着那老脑筋，就让洪儿去吧，家里有我们两个，他几个姐姐也常回来，家里种地不指靠他一人，可阿香是家里的大姐，弟妹都还小，洪儿多去她家帮忙做点事也是应该的嘛，你倒是好，来个一毛不拔，人家女方家把姑娘养大了白送给你呀？"

娘这么一说，老爹顿时没有了言语，只吸着烟傻笑。从这以后，天洪再去阿香家就变得名正言顺，不用再躲躲藏藏了。

这以后，天洪完全把自己当成了岳父家中的一员，阿香的爹娘也把天洪当成亲儿子一样，有什么好吃的总是叫阿香给天洪留着，小弟明桂和小妹翠芸也洪哥哥叫得亲热。

第五章　男耕和女织

热恋中的日子过得真快，五年后，两人都到了结婚年龄，天洪如愿地与阿香去乡政府办理了结婚证。

迎亲那天，阿香身着苗家的大红绣花嫁衣满脸泪水抱着娘依依不舍在唱着苗岭山上的《哭嫁歌》：

金竹梯，苦竹梯，
女儿穿的是离娘衣；
金竹苔，苦竹苔，
女儿穿的是离娘鞋……

明桂扑过来抱住姐姐："阿姐不要走！"

翠芸牵着姐姐的衣襟："阿姐不要走哟！"

阿香也舍不得走，已经走出了门的她又折返回来抱着明桂和翠芸："阿姐不走，阿姐陪着你们。"

院子里迎亲队伍的唢呐声又响起来，是在催促新娘该启程了，见三姊妹还抱着哭得不舍，娘过来拉着明桂和翠芸："桂儿，芸儿，今天是姐姐的大喜日子，要笑才是，别哭了，你们两个也跟着阿姐去吃喜糖喝喜酒吧。"

明桂顿时风雨转晴，跳了起来，拉着妹妹："走啰，我们跟阿姐喝喜酒去啰！"

前山，龙门坝锣鼓喧天，婚宴就摆在龙门坝子上，三乡四邻的亲友都来助兴，坝上坝下，简易公路两旁站满了人，人们都赶来争睹新娘的芳容，大姑娘拿着没有纳完的鞋底或刺绣，小媳妇抱着孩子，嘻嘻哈哈地看着刚刚到来的迎亲队伍。

吹着长长唢呐的乐手走在迎亲队伍的前面，天洪穿着亮丽的苗家新郎服紧随其后，几个儿时的伙伴作为伴郎紧随左右，嘻嘻哈哈地一路说笑着。

年逾六十的阿好婆面带笑容步履矫健地走在新娘队伍的前面，阿香在娘家小姐妹的簇拥下款步向着龙门坝走来，现在虽然说改革开放了，也有出嫁坐花轿的，但阿香不喜欢那样，她说："我喜欢新事新办，半个小时的路程，姐妹们热热闹闹地说着笑着走来就好了，坐那花轿反倒拘束，你看《红高粱》里面的九儿，坐轿子给颠簸晕了。"

接亲的队伍来到龙门坝前，张氏家族老族长张正福领着张家的人迎了上来，与后山余氏家族的老族长余礼云拱手相贺："余家大哥，咱们又见面了，前次是我送姑娘去你们后山，这次是你送姑娘来我们龙门坝，咱们真是亲上加亲呀！"

"是呀，多少年来咱们张余两家都是亲上加亲，改革开放了，如今这婚礼硬是越来越办得热闹喜庆。"

坝上的阿坤婶说："还是咱们天洪娃有福，找了个好媳妇，真是有福人不在早起，被窝里拾斗白米。"天洪听了抿着嘴笑，阿香也红了脸。

送亲的队伍里来了许多后山的年轻人，因阿香出嫁，作为阿香娘家的亲朋近邻也跟了过来，要看看阿香到底嫁了何人，到这时他们还心有不甘，还想着有朝一日能娶了阿香，可是一切都晚了，姑娘都嫁人了，想也白想。

结婚第二年，龙门坝东院天洪家，西厢房门上挂着红布帘子，陈医生的声音从屋里传了出来："阿香生了，是个大胖小子。"天洪听了喜形于色。

老爹在旁边也露出笑容："老天保佑，儿媳妇第一胎就生了个小子，咱们张家有接班人啦！"

天洪说："爹，孩子的名字我早就想好了，是个儿子就叫张宇，宇宙的宇。"

老爹笑了："好，这个名字响亮。"

龙门坝上阿香的勤快和能干是出了名的，这天，天洪娘抱着宇儿在街沿玩耍，坎上阿坤婶急匆匆地来到院子。

阿坤婶："他幺娘，想同你商量个事。"

"他坤婶，么子事哟？"天洪娘问。

阿坤婶："天顺结婚明天办喜酒，想请阿香过去主厨，不知她是否有空？"

"结婚办喜酒，阿香的手艺行吗？"天洪娘问。

阿坤婶："行，她娘就是个能人，阿香跟着她娘，从小就能干，前些日子祥伯家盖新房，就是请她去帮忙上灶主厨，咱寨子里的人吃了都说好。"

正说着，阿香从坡上回来，阿坤婶拍手："哟，阿香姑娘回来了，我同你娘正在说起你呢。"

阿香笑问："说啥呢？"

天洪娘："阿坤婶在说你能干，你天顺兄弟明天结婚办酒席，想请你过去帮厨，不知你有空没有？"

阿香笑道："我这点厨艺，不知你们看得起看不起？"

阿坤婶忙道："看得起，看得起！不然怎么专程儿来请你呢！"

阿香点头应道："承蒙婶婶看得起，我明儿一早就过来。"

阿坤婶一脸高兴："那就先谢谢阿香了。"说完喜滋滋地走了。

巍巍武陵山，千山万岭峰峦叠嶂。大山的子民们在狭窄的坡地上种瓜点豆，连一尺见方的泥土都不肯放过，统统被垦为耕地。山里汉子在那里犁地，三五步便到了头，半站在悬崖边，既不能进也不能退，只得从泥土里提起沉重的犁铧，身子往后坐，几乎悬空在山崖外，吆喝着牛拉着犁铧向前走。山上土壤呈沙质，积水困难，因此，靠天吃饭成了山里种田的主要特征。

这里是偏远的少数民族高山地区，计划生育政策允许大山上的夫妻生二胎。四年后，阿香又生了一个秀丽活泼的小姑娘，取名张丽。

阿香嫁过来这几年政策放开了，养蚕喂猪，成了普通农家挣钱的主要门路。天洪和阿香仍然闻鸡起舞，把家人的早饭煮好，猪牛喂了才能上坡。实行土地承包后农家分到的承包地肥瘦兼搭地分散在几面坡上，去到承包地里要走几里路。大山上的农民是辛苦的，也是幸福的，分到地后，吃饱穿暖就靠自己搞定了。

庄户人家的日子过得单调而又温馨，每当天洪从坡上回到家里，自家的小狗总会摇着尾巴跑过来亲热，用它湿漉漉的舌头舔主人的手，鸡们鹅们奔过来围着主人转，圈里的猪们哼哼唧唧拱着圈板吵着要吃的，一时间，院子里充满了生机。

吃饭前，是院子里妇女奶孩子的时候，从坡上匆匆赶回家的阿香顾不得什么，抱起一身泥土的小丽喂奶，刚才还是泪人的女儿立刻止住了哭闹，风雨转晴，发出咯咯的笑声。

武陵山的春天伴随着滚滚春雷从远处奔来，在天空发出巨大的声响，生怕唤不醒在大地上沉睡了一冬的生命。春雷过后，春雨就淅淅沥沥地下起来了，蒙蒙烟雨，浸润了苍莽秀丽的群山，庄稼地里的泥土在畅快地呼吸，麦子、油菜张大嘴巴在尽情地喝着春雨，枯黄的小草、光秃的树枝沐浴在春雨中，渐渐地绽出绿色，桃花、梨花、李花在打花苞，蜿蜒的河岸都铺上了一层碧绿的绒毯。难怪人们说"春雨贵如油"。早春，就这样被滋润着，像牛毛、像青丝一样的细雨，时落时停，整个大山氤氲在朦胧的水雾里，大山里的农民又开始了"一年之计在于春"的农活。气温还不够高，穿着厚厚的衣服，龙门坝的乡亲们开始了忙碌的春耕。

土地承包到户了，今后要想过上好日子，全靠自己计划打理。经过几年田里地里的磨炼，天洪小夫妻俩成了耕田种地的一把好手。天洪还特地请木匠师傅打了一副特大号的杉木粪桶，又到街上铁匠铺请铁匠师傅打了一把大号的板锄，凭着这几年的劳动锻炼，他有比一般人更强壮的身体，别人挑 100 斤的粪桶，他挑起 150 斤的粪桶还健步如飞。

山上的地块小，许多坡地不方便牛耕，收割完小麦，翻耕土地，天洪站成个骑马的姿势，抡起比别人大一号的板锄，高高地举起，双臂暗暗一使劲，狠狠地挖将下去，嚓！锄板深深地揳进土里，周围的人看他这副势头都啧啧称奇：“都像天洪这样坑命地干，奔小康那还了得呀！”

整出的地栽上了红薯秧，薯秧很快长出了新芽，在阳光和雨露的催促下，嫩绿的薯藤满地乱爬。

爹和娘都年过花甲了，爹当年被国民党抓壮丁逃跑，被抓回去打折了腰，现在还经常犯痛，这两年只能在近处菜园子里种菜、帮助喂牛；娘多病在身，只能在家帮着照看孩子做点家务事，坡上和大田的事就靠天洪和阿香两人。

农村耕作，依靠的是二十四节气，这是祖先们在农耕时代留下的宝贵经验，节气的印记嵌进庄稼人的每一道年轮中，成为他们生命的历法。像雷打立春节，惊蛰雨不歇；谷雨栽上红苕秧，一窝能收一大筐；芒种忙忙种；芒种雨涟涟，夏至旱燥田；寒露不算冷，霜降变了天；立夏不下，犁铧高挂。节气谚语以及它们深层的含意他们早已熟稔于心，并以个人的生命体验反复佐证这些短句的灵验性。天洪从小就听老爹念叨这些农谚，知道节气对于农家的重要。

栽秧季节临近，天洪戴上斗笠、披上蓑衣，扛着犁铧，牵着自家养的那头膘肥体壮刚能上枷的水牯牛去田里，走在田坎上，望着满眼的浓绿，闻到泥土的芬芳和庄稼地里飘来的清香，心都要醉了。

架好犁轭，天洪右手扶犁，左手执鞭，浑厚的嗓门叫一声：“驾！”

那牛便四平八稳地往前走，柔软黑亮的泥坯从犁铧上片片倒下，在泥水里排成顺溜溜的一行，散发着扑鼻的泥香。他不时地扬一下鞭，水牯牛轻快地向前走着，犁坯则似破竹撕篾般往一旁分出来，天洪踩着犁沟不紧不慢地走，犁到田头时，他轻松地将沉重的犁铧提起掉转方向。老人们说：土能生万物，地可发千祥。在自己的土地上辛勤劳作，天洪感受到的是轻松快乐和享受。

农忙季节，男人们忙着灌水、耕田、耙田，女人们披星戴月忙着在秧田里拔秧苗，扎成把子，再挑到平整好的田边，扔手榴弹一样均匀地扔在稻田里，太阳升起来了，人们随手捡起身边的秧把子，顶着太阳插秧。

等所有田里都插上了秧苗，漫漫群山又恢复了山谷水田相间的搭配，那种“绿满山原白满川，子规声里雨如烟”的景致又来到了武陵山上。

早春的夜晚，天气还有点冷，一家人坐在火炕边向火（烤火），老爹说：“以前养鸡鸭、喂猪羊都被说成是走资本主义道路，现在不同了，政府鼓励发展生猪牛羊，养鸡鸭，鼓励农民致富。”

阿香说：“爹，娘，我想今年多喂几头猪。”

天洪说：“咱们家的老式猪圈狭小，一年喂不了几头猪，我今天下午抽空专程去了杉树岭街旁边的新型养猪场学习别人的经验，我想把咱们家的猪圈也重新修整扩大，多养猪多积攒肥料。咱们不能再搞广种薄收了。”

老爹赞许地点头：“你爹搞了一辈子农活，知道‘庄稼一枝花，全靠肥当家’的道理，你这个主意好，猪圈和牛圈架子上还有前几年砍下的杉树料备在那儿，正好可以用来做猪圈的房梁。”

娘说：“阿香喂猪忙不过来，我和你爹还可以帮着煮个猪食、喂个猪。”

阿香满心高兴：“依我看，要修就搞大一点，免得以后嫌不够又来搞二次。”

天洪点头：“行，就照你说的办。”

第二天，天洪找来木工和石匠，经过半个月的努力，把猪圈着实扩大了一倍。

看着新建的宽敞猪圈，阿香满意地点头：“洪哥这次还像个办大事的样子。”

天洪擦着汗：“咱们再不搞过去那种小打小闹，要搞就搞个现代化。”

天洪娘也不闲着，每天给自己鼓劲：“不能就这么躺在床上，再怎么难，也要起来帮着儿媳煮饭照看孙女，让儿子媳妇安心坡上田里的事。”

阿香说：“娘，你把小丽带好就行，煮饭喂猪的事你就别担心。”

这以后家里一年喂三季桑蚕，出栏十头肥猪，一家人就这么和和气气铆足了劲齐心奔小康。

土地生动活泼了，地里的庄稼姹紫嫣红地展示着大姑娘似的娇艳，水塘埂上的两丛水竹飘柔着长发摇曳，桑葚已经渗出些粉红了，油菜也开始悄悄妊娠，等待着分娩，小麦的穗也包裹在最后的旗叶中间了，就连屋后窗下的金银花也盛开了，一大簇一大簇地开得轰轰烈烈，先是雪白的花，几天就变成金黄色了，所有这一切都在昭示着山村的美好。

天洪早早地修补好田坎，翻耕好土地，提前把肥料送到了田边地角，踩着露水，迎着朝阳，去地里点苞谷，今年要多喂猪，苞谷可是最好的饲料。

初夏时节，一抹金灿灿的朝阳穿过院后面两棵参天杉树，变成几柱丝丝缕缕斑驳的光影，落在地坝上；地坝边上桃李快要成熟了，密密麻麻，压弯了枝头。地坝上晾晒着收割回来的油菜；龙门坝的石板上昨天打下的麦粒铺在上面晾晒，黄灿灿地散发着新麦的清香。天洪将麦子倒在石板上蹚平，擦了一把热汗，伸手摘下一个李子来，放在嘴里，酸酸的涩涩的，扭头道：“爹，你老人家在这里翻晒油菜麦子，我和阿香去东坡割麦子。”

东坡上最后一块麦地里，金黄色的麦穗迎风摇曳，香喷喷地让人心醉的芳香。谁都知道，麦子收获季节对于山里庄户人家意味着什么。天洪站在麦田边，眼里充满了喜悦，麦子都黄了，顺手捋下一个麦穗，像小时候一样，双手搓一搓，然后将鲜嫩饱满的麦粒放进口中，满嘴全是小麦的清香。

大块云朵向这边飘来，看着眼前这一大片黄澄澄的麦子天洪忧虑道：“天气预报说今晚开始又要下雨了，咱俩今天无论如何也要把到手的麦子收回家。”

阿香擦了一把满脸的汗水：“老话说麦怕连夜雨，谷怕午时风，麦子都熟成这样了，禁不住大雨淋。”

正说着，老爹拿着镰刀过来了，走拢地头天洪才看到：“咦，爹你怎么也过来了？地坝那边晒着东西，没有人可不行！”

爹擦了一把汗：“眼见天气要变，你娘拄着棍到地坝来，硬要把我替换下来帮你们割麦子，说添把手争取今天把麦子抢收回家。”

“爹，你腿脚不利索还是回地坝去吧，这里有我们两个。”

“眼下要抢收麦子就顾不了那么多，公社那几年我们抢收，连续几个夜晚打着火把干的也有，总不能让到手的粮食烂在地里。”老爹边说边下地割麦子，年轻时爹可是龙门寨里的庄稼好手。

夕阳的余晖在天边散尽，乌云越积越厚，眼见着远处的暴雨追赶过来，吐射着刺眼的闪电，从高山、从天地之外摇撼着山岚，人在地里都能嗅出暴雨将至的滋味。天洪和阿香挑着大捆的麦子刚跨上街沿，豆大的雨点已经狂暴地洒落在屋顶，黑沉沉的天像要崩塌下来，雷鸣电闪狂风暴雨，仿佛要吞没整个宇宙。

一道闪电在屋顶划过，闪亮中，天洪看见老爹蹒跚着步子淋着大雨刚走到地坝边，他顺手抓了一顶斗笠冲过去，戴在老爹头上，牵着他进了屋。老娘拿着干衣服过来说：“老头子，快把湿衣服换下。”

这是一年中农村最忙的日子，收割油菜和小麦要抢天气，洋芋要除草培土，田里要耙田栽秧，腾出来的空地里要忙着种苞谷，田边地头零星地块要种高粱，还要把空出来的坡地整理出来栽种红苕……不然农谚里怎么会有“芒种忙忙种”的说法，要想吃饱饭就要抢在时间前面。

田地分到户了，各家各户都忙自家的几亩地，田里坡上再也难见前几年那种“出工一窝蜂，地里人头窜”的情景了，那个时候，说说笑笑，打打闹闹，唱起山歌，你应我答好不快乐，就是地里不长庄稼，屋里没有余粮，肚里没有油水。

天洪是个爱热闹嘴里闲不住的人，几天不唱山歌，喉咙里就痒得难受，这不，扶着犁耙，他又唱起了山歌：

郎在高山打一望啰喂，
妹在哟河里哟，
洗衣裳哟喂。
洗衣棒棒捶得响啰喂，
郎喊哟几声哟……

那边，坡那边有人听见歌声附和着唱了起来（女声）：

哥在那山把我望啰喂，
幺妹我河边哟，
洗衣裳啰喂。
棒棒捶在哟岩板上啰，
心里想着郎哟……

又该你唱了哟！山那边甩过来一句话，天洪清了清嗓子又唱起来：

叫我唱歌我唱歌，开门见山莫啰唆。

那边对道：

你敢唱来我敢对，你要好多有好多。

天洪对道：

想唱歌来我就唱，唱支山歌好欢乐。
唱绿九岭十八岗，唱得千山花万朵。

那边对道：

你唱我和好兴趣，大家唱歌好欢喜。
唱得凤凰落山坡，唱得小河流水转。

天洪略一思考，接着唱道：

阿妹山中来放牛，唱首山歌逗一逗。
牛不抬头为吃草，妹不抬头是害羞。

那边的人唱道：

砍柴要砍老青杠，嫁人要嫁老情郎。
青杠砍倒扎成捆，见了情郎妹心慌。

一阵哈哈哈的爽朗笑声甩了过去："哪个认你是老情郎？"

苗家山歌响起，沉寂多年的大山似乎又恢复了生机，有了歌声，苗家山乡才有人气，才让人感到充满希望。唱着山歌，天洪感到快乐，也轻松了许多。

在坡上田里忙碌了一天，披着月光回到家里，端着阿香递过来的一碗稀粥，再吃上两个刚出笼的带着丝丝甜味和清香的新麦粑，一身的劳累都烟消云散了。

初夏夜晚，夜凉如水，一弯新月挂在树梢，窗外，微风轻轻地吹过水田里青青的秧苗，吹过半人高的苞谷地，发出沙沙的声音，院子里静得连狗都躺在街沿上偏头酣睡，劳累了一天的天洪，枕着月光，枕着希望，美美地睡了。

秋天，是武陵山最美丽的季节，秋风把满树的叶子都吹成了艳丽的金黄色，混交林中那层层叠叠的树叶，在阳光的照耀下摇曳，美丽的色彩仿佛是来自于天堂，特别是夕阳西下时，火红的晚霞好似艳丽的大氅，披在万物的身上，硬是把实实在在的美景映照成了虚虚幻幻的仙境。

水稻收割了，金灿灿的稻谷挑进屋，原来装粮食的柏木柜子早就装不下了，天洪干脆自己动手把西面的整个偏楼改造成了小粮仓；挖回来的红苕、洋芋，除了喂猪，其余的下到地窖里存放起来，家里楼上楼下，屋里街沿到处都堆放着收回家的粮食和准备存放过冬的瓜菜。乐得老爹和娘天天念叨："还是搞土地承包好，再不会像前几年吃不饱饿肚子了。"

种庄稼虽然辛苦，但一家老小在一起情意暖暖，奔小康嘛，苦点累点算不了什么，天洪喜欢这种苦，这是乐在苦中嘛。生活还是早迎太阳晚照月亮，听着庄稼地里蛙鸣鸟叫，看着庄稼一天一个样，能吃饱穿暖，心里那个高兴就别提了。

儿子小宇上小学了，龙门寨的小学撤销了，全部都合并到乡中心学校去了，学校在杉树岭街上西头，去学校要走一个小时，回来全是上坡，要走一个半小时，这对几岁的孩子来说是很辛苦的事，特别是雨天雪天，简易机耕道上就像抹了油，让家长们很不放心。

每天放学回来，小宇总爱手里拿着一本语文课本，学着学校老师的样子摇头晃脑地读着课文。刚从坡上回来的天洪，没有顾得上喝一口水擦一把脸，站到儿子背后，静静地看着儿子那满脸稚气和听着充满童真的声音，心里洋溢着幸福的微笑："小宇他们是赶上了好时光，现在生活好了，不缺吃，不缺穿。国家实行九年义务制教育，学校的学杂费也减少了。"

阿香正在忙着煮猪食，女儿拿着一个布娃娃叫着："娘，你看，布娃娃的衣服脏了，我想给她洗洗。"阿香接过布娃娃看了看，娃娃的小衣服上清晰地印着几个灰黄色的手印，她抬起女儿的手："呀！全是泥土，小丽，布娃娃的衣服和你的小手都该洗洗了。"说着，拿了洗脸盆去舀了半盆水。女儿小心地把布娃娃的衣服脱了，放在水里，欢快地玩着水，小脸堆满了笑容。

阿香除了上坡下田帮助天洪，在家每年要出栏几头肥猪，喂三季桑蚕，一家人就这样快乐地忙碌着。

养猪对每一户农家来说，是坡上回来后最繁忙、最辛苦的活，几头猪要喂，忙得回来就围着猪们转，每天准备两大锅猪食，还要打扫猪圈让人忙得团团转。

天洪耕田回来刚坐下，看着阿香背着一大花篮（竹编的大背篼）红苕藤，红苕藤在背篼里堆码得比头顶还高，远远看去，移动的红苕藤中间只露出一双被汗水蒙住的眼睛，汗水顺着她的脸颊往下流，衣服裤子全被汗水湿透了，天洪接下背篼，心疼地说："这么大一背篼，把腰都压弯了，以后就少背点。"

阿香长长地舒了一口气："嗨！这么几头正长的半大猪张嘴要吃，少了不够。"

看着阿香通红的脸，浑身充满着生命的活力，天洪心里充满了敬意和爱怜。几年的农村劳作，阿香原本细腻的皮肤被日晒雨淋得白里透红，艰苦的劳作也没改变她乐观的天性，那秀丽灵动的脸上时常露出微笑，俗话说，"仙山秀水出美女"，这武陵仙山的苗家岭上，确实是美女如云，阿香就是其中姿色出众的一位，不然从小聪明过人、爱挑剔的天洪怎么会在文艺会演中一眼看中阿香。

自古以来，武陵山区的苗家人就有栽桑养蚕的传统，山里人惜土，总爱把桑树栽种在田边地角，为的是尽量把整块的土地让出来种粮食。

养蚕人有句老话：要想蚕喂得多，收茧子好，就得勤给桑树修剪枝条，松蔸施肥。每到冬天，稍有空闲，阿香就会催促天洪一道给桑树剪枝松蔸施肥，还要把蚕房打扫修整出来，撒上石灰和消毒药水以备来年再用，不然开春后农活一忙就顾不上这头了。

前几年，乡农技站推广新式蚕房，天洪第一批就去报了名，当其他养蚕户还在用传统的老式蚕房和方法养蚕时，天洪就在乡农技站里工作的同学帮助下搞起了新式养蚕饲养方法。把学来的蚕房建设、蚕房消毒、多层饲养、防止鼠害、鸟害、虫害和纸盒方格上茧技术都应用起来了。

新式养蚕要求蚕房要建在阴凉通风处，蚕房要注意防雨防害。心灵手巧的天洪在农技站那里描了蚕房图纸，砍来笔直粗壮的杉树，在大院旁边的空地上新盖了蚕房，高大笔直的杉树和如伞似盖的柚子树正好成了蚕房的天然遮阳伞。蚕房里新做的木架分成多层，这是为了提高蚕房的利用率，又便于阴凉通风；蚕房的下面半截用红砖砌墙，砖墙上面是空的，用黑色纱窗围住便于空气对流，又给蚕房遮光通风，还可防止鼠害、虫害和鸟害。

小小的蚕房是山区农家的主要副业，也是全家人用钱的希望，国家鼓励农村致富奔小康，栽桑养蚕还有专项奖励补贴。苗岭山上的家家户户都栽桑养蚕，加上补贴每年都有几千元的收入。

田坎上的桑树，因为冬天松蔸施肥好，现在新枝条上已经是满枝绿叶，叶厚片大，桑果果也开始发红发紫。阿香背着硕大的花篮，一根田坎又一根田坎，一面山坡又一面山坡边走边采摘桑叶，一天上上下下要走几十里山路。

一般雨水好的年份武陵山上春夏秋可以喂三季桑蚕，阿香的蚕房里每季喂三张纸。每天都要吃三大背篼的桑叶。

每天从坡上收工回来，天洪喜欢站在蚕房外面，听蚕子吃桑叶的声音："沙沙沙沙！"蚕虫在里面吃得真棒，听着这美妙的声音，阿香和天洪相互望着会心一笑，一切辛苦都化解在笑中了。蚕宝宝马上就要上茧了，阿香把方格纸盒分层放好，看着吃得肥亮的成蚕慢慢地爬进它们最后的家，她笑了，该要收获了。

在阿香的心里，幸福其实就是一碗白开水，每天都在喝，她不羡慕别人喝的饮料里有各种颜色和香料，那未必有自己的白开水解渴，看着自己的辛勤劳动马上要有收获了，就是一种幸福、一种享受。

每天喂完蚕，夜幕已经降临，再去准备猪食喂猪，等打扫完猪圈准备好明天的事情，已经夜深了。劳累了一天的天洪和阿香一倒上床便进入梦乡，银白的月光洒下来，四周只有小虫的轻声呢喃，仿佛怕惊扰了这对神仙眷属的良宵美梦。伴着蛙鸣虫叫，两人进入了梦乡。群山睡了，只留下净人心神的安详。

每次回娘家，娘总是喜欢问这问那，临走时还要像她刚出嫁那会儿拉着她的手："阿香，有什么事两个人当面说清楚，别窝在心里，你哪里去找这么好的女婿。"

听到这话，阿香只是红着脸笑笑："娘，我知道。"

在娘的面前，已经有了两个儿女的妈妈仍然满脸娇羞。

"知道就好，知道就好！"娘满意地点点头。

天洪用手抹了一把汗，笑盈盈地望着她："阿香，今年风调雨顺，我们的辛苦没有白干，看来又是一个丰收年。"

"是啊，这田里的秧苗、地里的苞谷长势硬是喜人。"阿香笑着点头。

望着远山近水，天洪心中不觉升腾起一股豪气，几百年来，张家的祖先就在这片土地上耕种，把野兽出没的荒山野岭打造出一层层梯田、一块块旱地，田边地角长满了桑树，沟沟岭岭笔直粗壮的杉树在这块土地上繁衍生息。他知道，只要政策对路，这大山里不会缺吃少穿，遇上风调雨顺，还能得个丰年。"谁说这农民不好过，我看只要舍得用力，就会有好收成。"

"洪哥，忘了同你商量一件事。"

"么子事？"天洪问。

“明天清溪赶场，我想再去买四头猪仔来喂。”阿香说。

“圈里还喂有四头大架子猪，你不嫌累呀。”天洪爱怜地问。

“种几家人的田土，猪喂少了这点肥料哪里够哟！”

“是，听媳妇的，明天我们早点起来，赶在其他人前面，去挑选肯吃肯长的猪仔。”天洪略带俏皮地回答。

天洪知道“庄稼一枝花，全靠肥当家”的道理，要种好庄稼，就得养猪养牛，积攒农家肥料。种好庄稼光靠化肥还不行，化肥施多了土壤要板结，种庄稼还是农家肥料才肥地壮苗，乡里人说：“一头猪就是一个小型肥料厂，有了肥料庄稼才能茁壮成长。”

阿香嫁过来后，圈里就没有少养过猪，一来自己有肉吃，二来又给庄稼准备了肥料，多余的肉还可以卖钱增加一点收入。

这几年推广良种猪，买猪仔都是去几十里外的清溪镇买，阿香喜欢去买那种身架子长既能吃又肯长的猪崽。

阿香赶紧和面准备明天路上的干粮。

鸡叫二遍两人就起床了，赶到场上正好卖猪仔的人背着小猪仔到了，一番挑选，讨价还价，买好猪仔已近中午。匆匆吃了带的干粮，两人背着猪仔，一路说说笑笑往回走。

来到老寨门的一线天路口，太阳快要落山了，走在前面的天洪闪身藏在了飞来石的后面，看着后面喘着粗气的阿香来到口子上，他学着当年上学路上在这里等阿香的样子，捏着嗓子细声说：“阿香，我在这里等你呢！”

阿香擦一把脸上的汗水，柔声笑答：“哎，洪哥，等等，我来了！”

两人会心地望着对方笑了，两小无猜的美好记忆又萦绕在两人的心间。

大山上的农家事情多，庄稼不停地生长，你要追赶着季节干活，慢上一拍就错过农时，庄稼就长荒了；回到家零七八碎的事儿也不少，猪喊羊叫牛哞哞，不喂桶食扔把草行吗？院子里的鸡饿得在脚下跟来绊去，不撒把苞谷籽行吗？等家里的事儿打理清了，人也该困了。洗完脸，阿香打来一盆热水倒入木盆里，两人同用一盆热气腾腾的洗脚水，边烫脚边说着见闻，商量明天的农活安排。

俗话说，再好的夫妻也有拌嘴的时候，繁重的劳作，琐碎的家务，两人也会因意见不一致而发生口角，恩爱夫妻也难免有磕磕碰碰的时候。农忙时活路哪样先做、哪样后做，有时意见不统一：一边是水田要平整，秧苗要插；一边是几头猪等着要吃，桑蚕要喂养打扫要上茧。都是需要马上解决的急事，拖不得的，两人的意见难免有分歧。苗岭上的山歌唱得好：

天上下雨地上流，

两口子吵架不记仇。

争吵后，天洪常常会一个人待在屋里生会儿气，等冷静下来，心里免不了后悔，感到刚才不应该那样大声侉气对待阿香。要说辛苦，阿香比自己辛苦多了，一家人的吃穿她要操心，猪牛她要备料喂养，猪圈要她打扫，桑蚕她要背着大花篮，一根田坎一根田坎、一片坡一片坡地去采摘桑叶，这些琐碎事情真是辛苦了她，自己有时为了点小事还要发脾气争吵，真是不该。想着想着，他又去向阿香讨好认错。如若阿香还在生气，他还会厚着脸皮轻声唱上几句：

一辈子夫妻，第一要知心，

第二讲道理，看准再连亲。

阿妹有不对，阿哥来讲清。

阿哥生气时，阿妹就会忍……

他故意把歌唱得有点怪，特别是声调，抑扬顿挫免不了使人听了发笑，不像是在唱歌，倒像是在念白。阿香先是忙自己的活，不理睬他，听着唱白，看着他那一脸委屈、一脸诚恳、一脸滑稽，终于忍不住扑哧一笑。

天洪知道，阿香这是谅解他了，天洪常用这种曲线道歉的方法和解。

每当这时候天洪心里想得最多的就是两人在一起的艰苦岁月，想起阿香对自己的好来。其实两个人闹矛盾能有多大的事啊，不都是为了这个家好？只要沟通了，她的气也就消了。两人又和好了。

俗话说：女人是水，男人是泥。水掺进泥里，把泥塑造了；泥吸收了水，使水有了形体的依托。这便是千百年来具有象征意义的男女结合。

《红楼梦》里说得更形象：女儿是水做的骨肉，男人是泥做的骨肉。

这时的阿香，立刻把白天那些个不愉快忘到九霄云外，像有一股暖流从心头滚过。夫妻之间原本就是一对统一的矛盾体，一边怨恨一边思念，只要一句体贴的话，一个关切的眼神，就会轻而易举地将对方俘虏，投入新一轮的燃烧。

阿香的山歌唱得好，曾代表学校参加武陵山少数民族文化艺术节演出，获得优秀表演奖，要不是家里姊妹多，她也许早就报考文工团或部队文工团去了。

以前在稻田里薅秧是要唱山歌的，艳阳当头，男男女女头戴草帽，在田里一字排开，唱歌逗乐。现在杉树岭山上的青壮年都走出大山打工去了，人走了，把优美的山歌也带走了，没了山歌，对苗家人来说，就像生活中少了点什么。

隔壁才过门不久的小兄弟二牛的媳妇灵芝拉着阿香的衣襟：“阿香嫂子，好久没有听见你唱山歌了，给我们唱一曲提提精神怎么样？”

阿香也不忸怩：“好，就给你唱一支《苗女忘郎歌》。”

初一看见郎过街，那头缠丝帕脚趿鞋。
问郎哥哥哪方来，那郎从黔中送盐来。
十五赶场去望郎，那我郎相思病在床。
问郎哥哥想哪样，那天上星星都不想。
叫声情哥我的郎，那今日与你定鸳鸯。

没有雕琢的原始的唱声，就像山中泉水，清澄透亮，叮咚作响，潺潺流淌，那柔情蜜意婉转悠扬的情歌声使得周围的人都停下手中的活路屏息倾听。

坡上的人正听得兴起，对面山梁上的男女又对起了《薅草情歌》：

（男）：六月太阳像把火，你把凉帽借给我。
（女）：你要凉帽你拿去，六月太阳不晒我。
（男）：薅草锄头把把长，麦根草帽遮太阳。
（女）：只要你心合我意，我来薅草你歇凉。

“好！好！好！你来薅草我歇凉。”众人哈哈大笑。

悠扬的歌声伴随着清溪河的翠柳碧波，伴随着武陵仙山的奇峰云海，源远流长生生不息。唱山歌是民俗文化，民俗的东西终归离不开男女之间那点好事，对唱起来是何等有情趣、何等快活，越过几千年，成为武陵山区的一朵美丽的奇葩。

自小爱往知青堆里钻的天洪打小就濡染了笔墨灵气，知青们回城了，天洪便成了龙门坝上的名人，成了龙门寨上数得着的“秀才”，谁家办婚丧嫁娶红白喜事，需要写点请帖对联，都专程来请他写字。

大年三十前两天，天洪又忙着给乡亲们写对联，写“福”“寿”，他那从小跟着其韵大哥练就的一手好毛笔字在这里派上了用场，儿子小宇也来凑热闹帮着牵红纸，他蘸满墨汁，在纸上笔走龙蛇，完全沉浸在写春联的快乐中，神情里还露出一副超脱于烟尘生活之外的雅士风范。

“天洪，麻烦你给写一副春联，街上卖的对联实在太短小了，还是买红纸回来请你写了贴在门上大气。”坎下李爷爷拿着一卷红纸，满脸春风。

天洪抬起头笑笑：“爷爷，你把纸放下，我把这几副对联写好就给你写。”

李爷爷：“咱龙门坝就数你的字写得好，要在早些年，你真可以称得上我们龙门坝的秀才了。”

“爷爷过奖了，我这只是向知青大哥学了点皮毛，哪里敢自称秀才。”天洪腼腆地摆摆手。

阿香带着院子里的小孩在街沿上扎灯笼，这比上街去买要喜气得多，院子里的小孩们跳上蹦下地追逐嬉闹，宇儿和小丽正欢天喜地提着自家糊的红灯笼在地坝里转圈子给同伴显摆，一脸喜气洋洋。

平时冷寂的村寨，因春节临近顿时热闹起来，外出一年的人们回来了，串亲访友休闲娱乐，使得平日萧条的村庄顿时增添了几分人气，增添了火辣辣的年味。

第六章 抗旱保丰收

这两年，在中国农村，呼哧哧地出现了进城的打工潮，西院和东院伯伯家的几个堂兄弟都到铁路建设工地打工去了，家里没有男人，田地也撂荒了。过年期间，二伯家的天文哥和天全哥来到天洪家。

天文说：“家里的田地荒着也太可惜了，天洪兄弟，你若忙得过来，我们想把这耕田犁地的重活拜托给你，轻一点的活路你嫂子她们可以做。”

天全握着天洪的手，眼里盈满了泪花：“地里收点粮食，留守在家里的老人娃儿有个饭菜吃就行了。”

天洪真诚地道:“大哥、二哥,你们就放心地出去打工,耕田犁地的重活我包了就是,你们在外面不用担心家里的农活。”

寨子里兄弟姊妹大都外出打工去了，从这开始，除了自家的田地，天洪一个人还要代耕种四家人的田地。

天洪牵着牛去了东坡替大哥家耕地，整个东坡上，就只有大嫂背着还在吃奶的小儿子在点苞谷。

第二天，天洪架着牛在山坳里替二哥犁田，偌大的山坳里空无一人，只有二嫂用铁铲在抹田坎防止漏水，农忙时节快到了，耕田耙田要早做准备。

芒种时节，天洪在西坡替三哥家耕地，三嫂背来一背篼红苕藤准备栽种。

傍晚，天洪牵着牛，肩扛犁铧回家，路上见坎上阿坤婶艰难地背着借来的风车，天洪见状，赶紧拴了牛，放下犁铧：“阿坤婶，我来帮你把风车扛回去。”

阿坤婶：“天洪啊，你都在忙，怎么能麻烦你？”

天洪：“婶，没事的。”说着，接过阿坤婶的风车，帮她扛回家。

天洪生性豪爽人缘极好，坝子上的谁家有拿不起的大事总爱喊他，天洪则是有求必应。他知道，邻居家也难，青壮男子都外出打工去了，家里的妇幼老弱扛不下来。

武陵山区地处中国东南和西南的过渡地带，这里属亚热带湿润季风气候区，一般年份雨量丰沛，溪河纵横。俗话说“山高压不断山泉水”，由大山深处缝隙中流出的涓涓细流，在大山腰部汇集成汩汩溪水，一路欢快奔流。这里的土壤含沙质较重，山上的土壤大多存留不住水，所以少有自然形成的水潭。寨子里仅在农业学大寨时候筑坝修建了一口山塘，它像一颗翠绿的宝石镶嵌在群山之中，让龙门坝的人也能享受水带来的便利。

古人说：山因水而活，水得山而媚。武陵山区有山有水，生活在这里的人们是幸福的。大山肚子里淙淙流出的小溪水，润泽了一方土地，哺育了大山的生灵。

“千里暮山重叠翠，一溪寒水浅深情”，杜牧的诗正好说明了山区人们对溪水的深情。小溪水灌溉着层层梯田，让大山深处的人家也能吃上大米，千百年来，经过先辈们一代又一代的努力，山上虽然很少见到成片的梯田，但是凡有条件蓄水的坡地都被修建成一块一块梯田从山顶延伸下来。苗山上的子民也多依山傍水修建房舍，水给山民生活以方便，给生活以灵气。

在风调雨顺的年份，武陵山区的稻田有从山窝里常年汩汩流淌的泉水就能满足灌溉之需，即使在这完全靠天吃饭的山区，干旱的现象也不常发生。

上过初中的天洪知道，苗家山上种庄稼在很大程度上必须依赖季节和天气，武陵山的沙质土壤不怕涝就怕旱，去年他家里安装“小锅盖”，主要就是为了收看天气预报和农技知识。

刚过谷雨，电视里天气预报说：“据气象专家预测，今年夏天重庆地区可能会遭遇 40 天以上的伏旱，请各地要及早做好抗旱保苗工作，特别要充分利用已有的农田水利工程，要有把大旱造成的损失降到最小的预防措施。”

正在旁边搓棕绳看电视的天洪一下睁大了眼睛，招呼在灶前忙碌的阿香：“快来看天气预报，说今年夏天可能会有 40 天以上的连续伏旱，叫我们早做准备。”

看完天气预报，阿香发愁：“去年夏天连晴 24 天，水稻减产三成，东坡上的晚苞谷基本颗粒无收，今年真要是连续 40 天伏旱，怕是要收了我们的饭碗哟。”

“所以说，我们还得早做准备，去年没有准备就吃了大亏。”天洪脸上布满了愁云，心里却在盘算预防伏旱该做些什么准备工作。

第二天一早吃了早饭，两人挨个把自家和代耕的几家人的田土、堰沟、蓄水池逐点逐个细细查看，天洪用小本子做了详细记录。检查后，夫妻俩感到问题严重，这几年青壮年都外出打工去了，农业学大寨那几年修的堰沟，多少年没使用，多数已经垮塌，水池内外开着拇指宽的裂口，有点水流进池里都从裂缝漏掉了。

前几年这一片山区，由政府补助，帮助大山上的每家农户修建了一个或两个带有盖子的蓄水池，小型水池一个能蓄几吨水，中型的能蓄十几吨水。这几年风调雨顺，水池都没有派上用场，也就没有谁去检查维修。

“蓄水池和堰沟马上得修补堵漏，得早做抗旱的准备。”

阿香点头说：“洪哥，这事可耽误不得，得早动手。”

“从今天检查的情况来看，修复的工程量不小，明天我们就去供销社把水泥、河沙买回来，抓紧时间修复，趁谷雨清明这段时间雨水多，把水池蓄满水。”

“咱们还要买几副水桶，真要遇上伏旱，就只有挑水保苗了。”

“你说得对，如果用堰沟自流灌水，水池里蓄的那点水还不够沿途蒸发。”天洪点头赞同。

夫妻两人都是那种说干就干的急性子，第二天一早，夫妻俩就带上钱赶到乡供销社，买了水泥、河沙和防水涂料，叫了拖拉机帮助把材料送到了家。

买回材料的第二天，两人早出晚归，花了 20 天的时间，终于把几个蓄水池漏水裂缝补好，又刷了防水涂料；又垒石填土把引水堰沟垮塌的地方修好。

功夫不负有心人，老天爷也为他们的行动所感动了。当两人把这一切做完的当天晚上，一家人正在吃饭，久违的春雷从远处滚来，不一会儿，电闪雷鸣，黑沉沉的天空见不到一颗星星，朦胧中，眼见大块大块的乌云向着杉树岭这边飘来。随着几声春雷巨响，哗啦啦地下起了开春后的第一场大雨。

春雨淅淅沥沥连绵不断，整整持续了一个星期，哗啦啦的山溪水通过引水堰沟流进了蓄水池，天洪承包的龙潭也蓄满了水，看着清波荡漾的龙潭，看着蓄满的水池，天洪欣慰地笑了：“这下咱们有本钱与老天爷斗法了。”

清明后，三晴两雨，地里的庄稼齐刷刷地往上蹿，绿油油的小麦、茁壮的洋芋、迎风摇摆的油菜，眼前的一切令天天在坡上忙碌的天洪感到无比欣慰。

水稻秧苗分蘖后，原本稀稀拉拉的大田成了一片散发着勃勃生机的绿毯，微风中，层层梯田泛动着绿油油的浪波，微风把秧苗特有的芳香传播向四方。一群群鸟儿欢快地飞旋在这片绿浪的上空，直到天将黑尽的时候才恋恋不舍地离去。

梅雨天一结束，老天就开始暴热了，骄阳似火、赤日炎炎的夏天正式开始登场了。天洪和阿香忙着收割地里的庄稼，抢种夏粮，还得侍弄夏蚕。今年春天的雨水多桑叶长得特别好，蚕房也早做了准备，阿香又比往年多养了两张蚕，眼看蚕虫开始做茧，天洪从农技站买来了新型格子盒，让蚕虫多结茧。

果真，过了夏至就是连续二十几天的连续高温，骄阳似火，酷暑难耐，气温飙升到了 41℃，电视里预报未来十多天仍然将持续高温，最高气温将达到 43℃，甚至可能突破 44℃的历史纪录，西院 90 岁的大伯吸着长长的烟袋发愁：“我活这么大这还是第一次遇到这么严重的旱情，几十年不遇，几十年不遇啊！”

田里的裂口大得可以放得进脚，溪沟断流，田里没了水，连天洪承包的龙潭也干涸开裂了，只有加有盖子的蓄水池还有贮存的水，百年未遇的大旱啊。

高温炙烤着大地，散发着阵阵热浪，庄稼在痛苦地呻吟，蝉儿在有气无力地嘶叫。

连那根深叶茂的大树也扛不住了，叶子卷曲地耷拉着，土层浅的地方，树叶能点着火；地上的杂草早就枯黄焦干，连溪边那上百年的竹子也急忙开花结籽，想在临死之前留下后代繁衍。

清晨起来，白花花的阳光照得庄稼人心里发毛，稻田干裂着大口，正在扬花的水稻无力地耷拉着；坡上的苞谷叶，早干起了卷，点根火柴马上就能把一大片苞谷地燃个精光。太阳无情地炙烤着大地，庄稼人心里着急，多数人是干着急拿不出对抗干旱的办法，附近的溪沟早就断流了，抗旱变成了一句空话，人们只能眼巴巴地看着粮食无收。整座山上，只有龙口下那口泉水暂时还没干涸，筷子头粗的细流水还不够附近几家人生活用水，山上根本没水去对抗旱魔。

早先，多数老人不相信电视里的天气预报，瘪着嘴说："几个月前就知道今年要大旱，那不成了神仙？"他们没有提前把蓄水池和堰沟补漏修好蓄上水，这么多年来靠天吃饭早已习惯了，土地分给各家各户承包，青壮年们都出门打工挣钱走了，剩下的老人妇女即使想到了也没有力量去修堰补渠引水。虽然各家各户也采取了一些自救措施，但在老天爷面前人的力量是那么弱小。人民公社在龙潭上竖立的"人定胜天"石刻碑，早就歪倒在干枯的杂草丛中，没人去扶正。

老天不下雨，塘里沟里都没水了，只有山下清溪河还苟延残喘，断断续续的细流早已失去了往日的灵气，往年这个时候是满河清水碧波荡漾，如今也日渐干枯，踩在水中，水刚及脚背，满河沟的鹅卵石都裸露在河床中晒太阳。

隔壁二伯娘看着白花花的太阳直叹气："老天爷硬是不想让人活了，再这样干旱下去，今年的庄稼算是白种了！"她的两个儿子都外出打工去了，家里只剩下二牛的媳妇灵芝和她，带着四岁的大孙子和一个还在吃奶的小孙子。

"现在一家一户种庄稼，遇上点天干水涝靠我们自己根本抵扛不了。"西边院子的兄弟媳妇巧帧发愁道。

"可不是！男人都外出打工去了，留下我们这些妇女儿童根本扛不过去，连院子后面从不干枯的龙眼，今天也只剩下筷子头大的一股流水，只怕再晴几天也要断流了。别说庄稼，连人畜吃的水都要下清溪河去背了。"下面院子的堂嫂杏姑也苦着脸。

"这老天爷，啥时才下雨啊？"望着万里无云的蓝天，阿香挑着水桶自言自语。这段时间天气太热，只有加盖的蓄水池里还有点水，如果利用堰沟自流到地里，贮存的这点水还不够堰沟沿途蒸发，为了节约用水，夫妻俩就只能采取挑水单窝灌水的办法抗旱，可上午灌下去的水，下午就蒸发得差不多了。

偶尔，带着热气的山风吹过稻田，正在杨花灌浆的水稻立刻像被火烤了一样耷拉下来，翠绿的稻田里顿时缺少了生气。

这会儿，只有站在成片的杉树林下才会感到有一丝清凉，在杉树下歇气喝水休息片刻的天洪还不忘幽默两句，他是天生的乐天派，这么难的事摆在面前，他也没皱眉头："咱们斗不过老天爷，喝点水吃点饭享受点凉风总还是可以的吧！"

"都啥时候了，还有心情说俏皮话，看你的肩头都磨肿了，明天换一副小一号的水桶好吗？"阿香心疼地看着天洪。

"磨肿了它还是长在肩膀上的嘛，咱们总不能眼睁睁地让庄稼就这么干死。"随着一串爽朗的笑声，天洪张着沙哑的嗓子又唱起苗家山歌：

我在池边把歌唱，歌声惊动海龙王。

今年庄稼还像样，全靠几口蓄水池。

天洪和阿香一早一晚挑水抗旱，阿香将一头秀发盘绕在脑后，挽上一条花手帕，头上戴个麦草编的草帽，但这仍然抵挡不住骄阳的暴晒。

望着地里的庄稼，二牛的媳妇灵芝看在眼里急在心里，婆婆病了，家里不到一岁的小儿子和四岁的侄儿让她脱不开身，她也想加入天洪他们的抗旱保苗中去，但是心有余而力不足。这天，院子里几个学生放学回来，她眼睛顿时一亮，招呼道："素秀，学校还有几天放假？"

"今天下午已经开了散学典礼，明天开始放暑假。"

"有件事想同你们几个学生娃商量……"灵芝欲言又止。

看着幺婶的期盼眼神，素秀似乎明白了什么，脆生生地答道："幺婶是不是说叫我们参加挑水抗旱的事？"

灵芝点头："还是我们秀妹子机灵，你四爹和四婶他们忙不过来，你们能参加进来就好了。"

素秀说："其实我们几个学生早就商量好了，一放假都来参加挑水抗旱。"

阿香挑着水桶回来，满脸通红，汗水顺着脸颊往下流淌，蓝色碎花衣服满是汗迹紧贴在身上，灵芝招呼她："阿香姐，秀妹子说他们几个学生娃明天要参加挑水抗旱，你看……"

"知道他们几个学生娃放假后肯定都会来帮忙，洪哥特地给他们买了小塑料桶。"阿香转身回屋里拿出几副水桶过来放在街沿上。

"谢谢四爹四婶，你们想得太周到了。"素秀说。

第二天早晨天还没亮，男女老少挑着水桶，拿着水盆就在东院地坝聚集起来，看着眼前十多个参差不齐的兵，天洪笑了："我们这支抗旱大军人数还不少啊，挑水抗旱，是个辛苦路，大家有信心没有？"

“有，我们不怕吃苦受累，保证听四爹的指挥。”十来个学生娃像事先约好的，齐声回答。

天洪点点头：“那我就开始分配浇水的次序：今天大家先挑水浇大牛哥的红苕地，那块地在旱阳坡上，再不浇水就全干死了，下午太阳落山后浇苞谷地；明天去二哥家。我们一家一家地突击浇水，争取一个星期几家地块轮转浇一次水。”

“爹娘他们不在，全靠四爹在家里撑着，抗旱浇水，你把我们家的地排在前面，而把自己家的地排在后面……”话没说完，大哥家的素秀早已热泪盈眶。

“秀妹子快别这么说了，我们原本就是一家人，哪能分你家我家。”天洪眼圈红了，侄儿、侄女这么懂事，让他唏嘘感动。

远处的山头渐渐泛出了红光，这支参差不齐的队伍迎着黎明挑着水桶出发了，十几副水桶的水，一块地一块地地浇水救苗，中午避开暴热的太阳在树荫下休息一会儿，太阳偏西又上坡挑水救苗，这是大山上目前唯一还在抗旱的队伍。

不到十岁的栓柱挑着一副小塑料水桶，走在陡峭的山路上，一不小心，连人带桶摔倒了，素秀放下水桶跑过来扶起他：“兄弟，摔着哪儿没有？”

栓柱坐在地上，看着膝盖上渗出的鲜血没有哭，素秀掏出手绢给他包上，背着他到旁边林子里：“兄弟你在这里歇会儿，我把水挑去浇了苗再来背你回家。”

栓柱含泪点头：“姐姐，你放心，我不哭，我是男子汉。”

“是，咱是男子汉！”素秀说着，眼圈红了。

有了这支抗旱队伍，奄奄一息的庄稼喝上了水，卷曲的叶片又伸展开来，终于又活了过来。

伏旱继续着，午后的太阳像火一样炙烤着大地，远远地就能看见地上升腾着的热气，烤得人们不愿意说话，鸟儿不鸣，狗也不叫，趴在街沿上，伸出长长的舌头在那里养神，院子里一片寂静，只有远处的知了在树上叫着“知了！知了！”

又连晴高温了十多天，气温突破43℃，似乎还要往上蹿，艳阳高照，天上没有一朵白云，站在地里，烈日马上就来亲吻你，还会在你裸露的皮肤上留下一片热辣辣的黑红印迹！

下午，明净的天空，几朵淡淡的白云悠闲地从远处飘来，根本不像有雨的样子，天洪仰望天空，叹了口气，挑着水桶又带着这支老少队伍上路了。

大山上与平坝地区不同，立秋以后，昼夜温差大，白天骄阳似火，夜里总算有一丝凉风。太阳落山了，月亮慢慢地爬上山顶，一片云过来，山林似裹上了一层轻纱薄绢，造化的云雾宛如一个魔术师，鬼斧神工，一挥手就将大山变了模样。蓄水池里的水用光了，这支老少抗旱队踩着月光来到清溪河挑水浇苗，十多里的上山路，考验着抗旱队伍里的每一个人。

连续二十多天挑水下来，队伍中的大人细娃走起路来都是一瘸一拐的，肩头肿起老高，却没有一个退却。

每天晚上收工回来，阿香都要打一盆凉水，把毛巾浸在凉水里，拧了给大家冷敷，爹和娘端来凉好的稀饭和新麦粑，时鲜的蔬菜摆满了小方桌。

吃着晚饭，孩子们又恢复了往日的笑靥。

山上的昼夜如同两个季节。要在往年，白天累了，凉爽的夜晚正好睡觉，可是今年伏旱这几十天，屋里的暑热从没褪尽，夜里难免还是有点闷热，睡在屋里，汗水直往外冒。干脆，几家人都拿了门板凉席到街沿下摆开，四周点上蚊烟，劳累了一天的人们，一倒下就鼾声大作，立即进入了梦乡。

再苦再累，生活还得继续，心中的梦还要做。伏旱加秋老虎，大旱整整持续了 42 天，天洪和阿香挑了 42 天的水，硬是要从虎口夺粮。42 天下来，原本白皙的阿香完全晒成了非洲黑人，除了牙齿还是雪白的外，身上的颜色与头发的颜色相差不多，天洪与阿香相视一笑，那苦涩，只有两人心里知道。

皇天不负有心人，大旱之年天洪他们也获得了不错的收成，虎口夺粮，总算抢回了七成粮食。天洪和他代耕的几家人收获的粮食基本够吃上一年。

看到黄灿灿的稻谷挑回家、拳头大的红苕背回家，赶回家来帮助抢收的天文，感激地拉着天洪的手：幸好兄弟早有神算，把水池和堰沟提前补漏蓄满水，不然咱们几家里人忙活大半年颗粒无收，连种子都要丢在地里。

村长天九说："龙门坝有一半的人家，秋粮基本上是绝收，明年的吃饭都成问题，这一家一户哪能斗过老天哟。"

天洪点头："都说手里有粮心里才会不慌，不过今年的付出也太大了，要不是我们几家的人齐心合力，全体出动，明年还真要饿肚子了。"

田里的庄稼总算收割干净，深秋的阳光洒满那赤裸的土地，弥漫心间的是焦躁、恐慌，还伴着沉甸甸的忧虑。说起抗旱那阵的艰辛，年逾九十土改后第一任村长长庚爷爷还心有余悸，谈虎色变："唉，今年可是百年未遇，百年未遇啊！"

第二任村长福伯长长地吐了一口烟："看来，咱人还是斗不过老天爷，这承包后的一家一户就更没那个力量与老天爷斗了，一旦遇上今年这种情况，辛苦半年颗粒无收，连投入的种子、肥料、人工费都收不回来，难啊，难！"福伯摇着头，抹了一把眼角的泪水，今年他家连种子肥料钱都没有收回来，明年他和老伴吃饭都成了问题，年纪大了，斗不过老天爷。

青壮年都出去打工了，村长张天九说："开会时连区上乡上的领导都在说，现在的农村到处是‘8756’部队驻守（指农村只剩下七老八十的老人，五六岁的孩子在农村坚守），真要遇上个天灾，难啊！也只好听天由命了。”

天被薄薄的云彩遮掩着，微风阵阵，裹着干枯禾苗的味道，在杉树岭山间缭绕，夕阳懒懒地照在那些没有成熟就倒下的庄稼和野草上，原本应该是青山绿水的景色如今多了一些悲壮色彩。

第七章　打工起潮涌

龙门坝距杉树岭街上有八公里，杉树岭街上距黔河城里还有五十公里，通往山上的大路至今还只是一条简易的砂石泥土路，大山上的苗寨是封闭和落后的，留在山里确实难奔小康。用老辈人留下的方法在这里刨食，最多能刨出个温饱，却无论如何也刨不出富裕来。

龙门寨村的最早外出打工的张天德回来了，初看到张天德，龙门坝上的人一脸的怔忡，在外打拼十多年的他外貌变化很大。

一刹那的陌生之后，坝上的老人们的表情马上变得丰富起来，一边打量着他，一边和他开起玩笑来："哟，张支书回来了！"

"哪里，哪里，是打工仔回来了。"张天德一脸客气。

长庚爷爷说："天德完全变了，穿着变了，形象变了，就连声音也变了。"以前的天德，打着赤脚，穿一身对襟衣服，粗白布自染的裤子。

人们逐渐围拢过来，张天德穿一身深灰色的夹克，正在同天洪的爹和西院的三伯说着话，周围的人向他投去羡慕的眼光。

天洪挽着裤腿肩扛犁铧牵着水牛回来，老远对他微微一笑："天德哥回来了。"

天德微笑着点头，天洪对天德哥有点陌生，他参军时天洪还懵懵懂懂刚上小学，他是坎上院子福伯家的大儿子，比自己大十岁。后来，天德跟随部队参加了对越自卫反击战，他所在的部队是工程兵。在老山前线他带领班里的战友，把生死置之度外，冒着越军猛烈的炮火为前线的部队铺路架桥，保证了战斗的胜利。

在部队，天德入了党提了排长，被授予集体二等功和个人三等功。1986 年退伍回来的时候，正赶上改革开放，天德被大家选为村支部书记。

到了换届时，部队的战友约他去广东打工。临走时，村里的乡亲们洒泪挽留："天德，我们舍不得你走啊！"

长庚爷爷拉着他的手说："天德，留下来吧，大伙需要你。"

看着衣衫褴褛的乡亲，天德热泪盈眶："父老乡亲们，放心吧，我张天德走到哪里都是龙门寨的人，我出去历练历练本领，终究会回来的！"

寨子里的人说他出去这么多年完全变了。他是杉树岭最早一批进城打工的人，赚到了第一桶金后与在外事业有成的人一样选择了回乡创业，在城里搞了个建筑队专门在城里建房子。那几年正是城市建设大上的时候，几年后成立了建筑公司。

天德见识广为人谦和，公司这几年发展好。去年天德回家，在原来的老屋旁边盖了一栋三层楼的小洋房，新楼搞得大气恢宏，墙面全贴了白玉色的瓷砖，楼顶上仰天安装了一口小锅盖接入屋里的平板电视，今年他又在城里买了一套三居室，让在城里读书的两个儿女进出方便。

天德的新楼房就矗立在龙门坝的后面的坪上，小洋楼修成后惹来众多邻里乡亲的羡慕，也极大地刺激了十里八乡人们的眼球，向天德哥学习激励着周围的乡亲。带动了龙门寨一批人弃农进城打工。

"福伯，你咋不去城里帮助照看两个孙子，同享天伦之乐？"天洪问。

"那次他接我去城里住了几天，成天在个水泥屋子里，一出门就找不到东南西北，回去的路也找不到了，一栋楼里没有个认识的人说个话，洗衣机电饭煲也不会用，电费价钱还老贵，住在那里难过得很，还是寨子里好，起码可以自由自在，四处走走。"福伯说。

按说，天洪安心在家耕作，一家人在一起吃苦受累也其乐融融。但大山上全靠双手劳作，生产率低下，加之交通不便农产品价格低廉，所以尽管每天起早贪黑，一年辛苦到头，除去种子肥料和其他开支，纯收入不过几千元。若再遇上今年这种大旱，还真要了命，村里有一多半的人家连种子都没有收回来，投入和产出完全不成比例，经济账根本不能细算。

山区坡陡路窄，耕种全靠人，用不上现代化的农机具，能够用的只是自己的一双手，一副肩头。人到中年，除了照顾儿女，还要照顾多病的爹娘。天洪小两口起早贪黑，一年辛苦到头，到头来还只落得个基本温饱。

天洪的娘病了，这次病得不轻，几天高烧不退，喉咙溃疡吃不下一点东西，咳嗽时喘得缩成一团。天洪急了，叫上在家务农的大姐夫，两人抬着竹滑竿到了街上，乡卫生院检查说是已经烧成急性肺炎，需要及时转到城里中心医院，两弟兄赶紧背着娘坐上班车到了城里。在医院住了十天，老娘才转危为安，可这次住院花去了七千多元，把一年辛苦养蚕的钱全花光了，这让天洪终于感到钱对于老百姓是何等的重要。

儿子小宇今年小学毕业，考上了黔河城里的重点中学，女儿小丽在乡里中心学校读小学，两个娃一年的学费和生活费加在一起要一万多块，这对于山区的农民来说，无疑是一笔吓人的高昂费用。当收到宇儿的录取通知书和缴费通知单后，天洪就作难了，一年的收入，就是全家不吃不喝也凑不足，面对这一笔沉重的负担，从来不知何为忧愁的天洪终于发愁了。可是不去城里上重点中学，儿子今后可能也像自己一样永远在这贫困的大山里苦苦挣扎，重复自己的老路，他下定决心：自己再苦再累，也要支持儿女读书。

看见爹这几天为了学费的事愁眉不展，懂事的宇儿对天洪说："爹，我不想去城里读书了，你和娘一年辛苦到头挣的钱还不够我一个人花费，让我坐在教室里不得安心，妹妹上学也要用钱。我们班那两个考上城里重点中学的同学，听说家里也在愁学费，昨天我们几个同学已经商量好了，就在乡里的中学读，一年交不了多少钱，等初中毕业我们就去广东打工，几个人互相也有个照应帮助。"

"胡说，看你老子，当年就是没听你爷爷的话多读点书，结果搞得现在连个儿子上重点初中都供不起。宇儿，我和你娘早就商量好了，再苦再累也要供你读书，就是你考上大学也要让你安心读书。"天洪虽然气得脸上青筋暴起，可是口袋里没有钱，说起话来仍然显得底气不足。

"我们几个考上黔河一中的同学昨天说好了都不去学校报到，我改主意又要去了，那就是不讲信用，有点对不起同学。"儿子仍然倔强。

"你以为不读书出去打工好啊，你没听隔壁大伯说好多工厂都不收初中生，工厂流水线只招收高中毕业生。"

儿子还想争辩几句，听到爹的话一下子住了口。

阿香在厨房听见父子两个在争执，柔声劝道："宇儿，读书有了知识才有前途，我和你爹就是吃了读书少的亏，好好读书，争取将来考上大学，别像你娘和你爹一辈子脸朝黄土背朝天，啊！"

天洪又陪同儿子一道去两个同学家说服他们，两个因为家庭困难准备不去城里学校报到的学生听了天洪的劝告，都同意去重点中学读书。

话是给儿子说了，可是学费钱从哪里来？开学前，天洪与阿香翻箱倒柜，把家里凡是能够出卖的土特产、鸡鸭都背到场上去卖了，还把圈里的两条半大架子猪也背到街上去卖了，钱仍然不够，怕宇儿知道了中途生变，阿香说："明天宇儿就要开学了，还差 1500 元，只好先去大牛哥家借钱解急。"

天洪黯然点头："也只好去借钱了。"这时的他才真切地感到古人说的"一文钱逼死英雄汉"，确实有朴素的道理。

第二天，天还没亮，阿香就起来煮早饭，天洪起来帮助儿子收拾行装，匆匆吃了早饭，宇儿背了背包，与阿爷阿婆告别。

爷爷拉住宇儿的手："小子，当年你爹就是没有听我的话去城里重点中学读书，进了城，你就给我好好读书，争取咱们张家也能出个大学生。"

宇儿点点头："爷爷，我一定记住你的话，好好读书。"

阿婆说："还是我们宇儿能，去城里上重点中学，今后还上大学。"

阿香在旁边抹泪："宇儿这么大了，从来没有出过远门……"她总觉得13岁的宇儿还小，放心不下。

天洪在旁边催促："好了，别再啰唆了，我们赶快走，不然就赶不上车了。"

听到这话，阿香停止了念叨，赶紧把才出笼的包子装进口袋。

小宇背着书包，提着箱子，天洪背着儿子的行李卷，阿香把爷俩送上大路，站在大青石上，流着泪目送着儿子远去的身影，直到看不见了还痴痴地站在那里。

天洪把儿子送到学校报到，又送到寝室安顿好。走出校门，他那一颗悬着的心才算落了地。

苗岭山上的青壮年，常年窝在家里的越来越少，把粮食收到家后，整个冬天地里坡上的活儿就不多了，留在家里务农的人也都托亲朋好友联系去城里的建筑工地做临时工，没有门路的，带上一根竹杠两根绳子去城里当"棒棒"（挑夫），就像电视剧《山城棒棒军》中的毛子，靠力气吃饭，找几个现钱补贴家用。

天洪的几个姊妹也都随着进城打工的大潮，弃农打工去了。

大姐金香，随村子里的亲戚一道去了新疆，给建筑工地的老乡当炊事员，留下身体有病的大姐夫独自一人在家种田。

二姐银翠嫁到仰头山上的土家族山寨，前两年也随同辞去乡村教师的丈夫进城打工，一家人的日子过得红红火火，走上了小康。

不甘心平庸的二姐夫受堂弟的蛊惑，像中了邪一样，将汽修厂卖了加入传销队伍，半年后落魄回来。第二年，大儿子考上大学，可家里早已经债台高筑，亲戚朋友都躲着，银翠四处借钱无门，眼见大儿子流着泪把入学通知书放入箱子底部夹层，背着背包提着箱："娘，我与同学们一道去浙江打工，你保重……"

银翠抱着儿子泣不成声："儿子，是娘……对……不……起……你……"

三年后，16岁的二儿子初中毕业考上高中，也辍学外出打工去了。

发财的梦想落空了，可生活还得继续，银翠把结婚时娘家陪嫁的一对祖传的金耳环和银首饰卖了，报名去厨师培训学校学习厨艺，考取了三级厨师证，回来后把黔河城中心的"北京饺子馆"盘了下来，因为诚实经营，待人热情，生意红红火火。

三姐麦香的女儿考上大学，为了给女儿凑学费，三姐到黔河城里卖小面，炸洋芋，做起了小生意，留下有残疾的三姐夫在家种地，收的粮食只要够家里人吃就行了。

幺妹菊香婆家离城近，干脆合家进了城，在城边租了间小房子，妹夫在部队上是汽车兵，这时正好派上用场，去那建筑工地开工程车，省吃俭用慢慢有了积攒，把结余出来的钱用来买车。在农村，自已有了车就不用再外出打工，就在附近的建筑工地上接活也有不错的收入，幺妹去了板材加工厂食堂当了炊事员，一月也有一千多元的工资。一双儿女就跟着进城，在城里的学校读书。

第八章　两难的选择

在进城打工的滚滚潮流中，天洪和阿香是少数滞留家中安心务农的青壮年之一。龙门坝周围，凡是出去打工的人，回来都像模像样地有了城里人的派头，思想变了，穿着变了，寨子里流传着“一年土、二年洋、三年盖上新楼房”的顺口溜，道出了人们出去打工的动机和动力，土到洋的转变，其实就是身份的转变，而新楼房则是进城找到钱的象征。

这几天，天洪心中一直在考虑一个问题：老娘今年大病一场，养蚕卖的钱全都用进了医院，儿子上学借的钱至今没有还，眼见远近的青壮年都外出打工挣钱去了，他有些心动了，却又有些犹豫不决。

古老的中国历来就有“父母在不远游”的古训，深居大山里的人，恋家的情结更是根深蒂固。在中国，历朝历代，只有战争和自然灾害，人们才被迫背井离乡，现在是和平年代，即使有田有地，衣食无忧，人们还是义无反顾相继走出大山，并且很少有再回头的，“故土难离”的观念早就变了。

回家探亲的天伟哥说：“在农村辛勤劳动一年下来，也基本能吃饱饭，可为啥现在大家都不要家乡了？看不起生养自己的家乡，总觉得外面的钱好挣，老话说，树挪死人挪活。打工人说，外面的世界很精彩，外面的世界很无奈。兄弟，你出去了才能体会到这句话的分量。”

天伟哥的一番话，天洪听得似懂非懂，若有所思地点了点头。

龙门寨没有外出打工的人家不多了，天洪数了数，不过八九户人家，就在土地里讨生活，天洪和阿香就属于这一类，他在这片土地上生活得自在温馨。但这一次儿女的学费和娘住院的费用给了他不小的打击，使他的自信心一下子坍塌了，在祖祖辈辈生活的大山上，苗家留传下来的男耕女织的传统还行得通吗？这几天他不停地在问自己，但总找不出答案。

杉树岭的人大都出去打工了，都是亲带亲、邻帮邻、兄弟姊妹跟了去。年轻人主要集中在重庆城区和广东珠三角，在建筑工地打工，或在工厂生产流水线上；没有什么一技之长的人去了山西挖煤。

现今农村的年轻人不管男孩女孩，只要有个小学或初中文化，过了 16 岁，一旦有能力闯天下，都把目光抛向山外，能单脚利手走的头也不回地就把大山甩在了身后，成了离土不归的年青一代。

与父辈们的留恋和保守不同，这些“80后”“90后”甚至“00后”受过教育，从书和电视电影中知道外面的世界。在他们眼中，父辈们太老坎了，就知道眼前这点利益，干吗要老死大山里不出去呢？

外出打工的人每年就只有春节回家与家人团聚几天，年轻人回来，穿着说话已经很有城市范儿，他们非常看不起从没有出过远门的老土，总喜欢显摆一下自己的优越感。他们已经渐渐地习惯了城市生活，哪怕在那里他只是一个租住在狭小的棚户区成天臭汗的一个工人，回到家乡，他就是一个回乡探亲的城里人，不再是一个面朝黄土背朝天的农民。

龙门坝的周围住了二十多户人家，坝南边古老的黄桷树下有一块青石板，石板深深地埋藏在土中，只露出一点背脊，老人们说大青石是天外飞来的仙石，不然不会那么大，大青石露出的石背足有三十多平方米大。

前些年，每到吃饭的时候，地坝上和青石板上就挤满了人，男女老少说笑着，一边传递着闲言碎语，一边端着大号海碗吃饭。晚上，就着明月，这里又是歇凉的中心，即使到了半夜时分，还有人在这里摇着蒲扇有一句没一句地聊天。久而久之，村长把新闻发布会和村里的一些会议也搬到了坝子上来开。

而如今，大多数青壮年外出打工了，少有人经常来这里光顾，巴茅和蒿草覆盖了坝子周围，晒坝冷清了，青石板上也慢慢覆盖了尘土，长出了绿色的青苔。

改革开放后，农村土地承包到户了，农业生产又回到了单家独户的小农经济的生产模式。风调雨顺的年份大山上的百姓解决个基本温饱倒没有什么大问题，但是子女的教育费、老人生病住院的医药费、盖房子需要的大笔费用……对于山里人来说，这些都是一笔笔可怕的天文数字，这几年，土地承包了，但山里人的收入仍然少得可怜，常常是入不敷出。

每天清晨，当天洪孤零零地一个人去往承包地的路上，看着生他养他的村庄，看着冒烟的院子越来越少，总觉得自己的家乡这几年变了，变得一天天瘦弱下去，变得像一个被岁月风干的衰老农妇惨不忍睹。龙门寨青壮年快走光了。

天洪是很另类的一个，以前他是个乐呵的人，不管是在田里坡上高兴了出口就唱，现在不行了，没有人来和，他渐渐感到自己孤单了，一个人在那里干唱有什么意思？

前几天他陪阿香回娘家，看到后山的青壮年也外出走得差不多了，多数院子空无一人，一把锈迹斑斑的大铁锁把着门；即使有人，也只是几个老头老太；以前人来人往的石板大道，也荒芜在了茅草丛中，石板缝隙里都歪歪扭扭长出草来，走起路来磕磕绊绊。结婚前的那几年，他几乎天天晚上都要去后山，走在古老宽敞的石板路上来去自如，现在不行了，走在路上经常有毒蛇窜出来吓人一跳，每次去后山，手里都得拿根竹棍在前面拨打荒草才敢行走。

村长张天九 1978 年参军到了工程兵部队，1979 年的对越自卫反击战中，天九在抢修浮桥时被越方的炮弹炸伤，伤愈复员。腿脚伤残的他没有外出去打工，留在龙门坝当了村长。前年，支书张天礼去世，天九又挑起支书的重担，不挑怎么办，青壮年都出去打工了。

这天上午，天九就在广播里通知晚上召开村民大会。吃过晚饭，他早早地来到坝上，两盏 100W 的大灯泡把坝子照得通亮，坝子上放着一张条桌和几张长凳，等了一会儿，才陆陆续续地来了几个老头老太。天九急了，又对着喇叭通知村民来龙门坝上开会，过了许久又来了几个老头，其他的托人带了口信，不是病了就是细娃哭闹走不脱。月亮已经高悬天空。天九数了数来开会的人，加上他自己，刚凑齐 20 个人，96 户人家六百多人口的山寨，有五分之四的人家没派代表来开会，没办法，不少人家都走空了，就这几个人将就开个小会吧。

天九宣布了会议内容，是传达贯彻中央关于继续执行土地承包政策的精神。天洪坐在前排，每次开会他都准时到场，他喜欢坐在前排，这样会议内容才不会听漏。

散会后，天洪和天九两兄弟聊了起来，天九说："说起我们村支部有 50 个党员，现在除了几个土改时期的老党员，就我两个还在农村坚守。"

天洪点头："青壮年都外出打工去了。"

天九说："昨天开会听区上的人说，这贫穷也有'遗传性'，原来我不相信，仔细想想，也的确是这样，你看啊，几十年了，我们村才出了两个大学生，这还都是外出打工的爹娘拿钱供出来的。"

天洪点头："九哥说的是，现在娃儿去城里读个重点中学，爹娘把吃奶的力气使出来还是供不起，你说哪个办？"

"在我们山区，还是只有外出打工的人才能供得起娃儿去城里读书。"天九有些无奈，他这个村长一年也没几个工资，两个儿子只在乡里读了初中就外出打工去了，村里大小的事情都要他跑，承包的田地就靠老婆一个人在家拾掇，有一半撂荒了。

晚上，天洪和阿香在床上小声商量，天洪说："今年四十多天的高温伏旱，庄稼歉收，虽说收获的粮食解决全家人的吃饭没有大问题。九月开学前两个娃儿要交的八千多元七凑八借也对付过去了，但两个娃后面几个月的生活费还没有着落，娘这一次住医院，把我们今年喂蚕的收入全花费了，这农忙过了，我想外出打工挣点现钱回来，不然借的钱怎么还？大哥他们家的牛牛和素秀也要去城里读书，他们家的钱也不富余。”

阿香：“是啊，我们两口子虽然不缺力气，但一年到头的辛苦也只能使农田丰产，家人足食。要想花钱，田里不会生银子，现今国家对农田虽然有补贴，但那点钱还不够买化肥种子农药，家里开支和孩子读书，都得另想办法。”

天洪黯然：“唉，辛苦一年下来，想添置一件新衣服都成了奢望。”

听到这话，阿香泪眼迷离：“洪哥，看来再不出去打工怕是不行了，像我们现在这样光靠种点庄稼，养个桑蚕要供两个娃儿城里读书哪里够哟！”

“真是屋漏偏遇连夜雨，借的钱还没有还，又遇上娘生病住院，一年养蚕的钱都花费了，借的钱啷个还啊，都说‘一文钱能逼死英雄汉’，以前我认为是污蔑英雄的话，但现在我信了，没有钱的确是寸步难行。”

人世间有一个词叫“无奈”，它像一枚钉子插在心尖上，一碰便会流血。要说只要有一点办法给孩子凑足学费，两口子也不会想到去离家几千里的地方打工。

说到半夜，两人才迷迷糊糊地睡了。

商量结果，天洪决定外出打工，外面回来的人都说出去打工比在家里务农挣钱。在天洪的想象中，只要肯出力总能挣到钱。

听说天洪真要出去打工，坎下出去打工砸断了手指的天禄哥说：“兄弟呀，我在广东顺德冰箱厂里开了五年冲床，经常是每天 12 个小时以上连班干，有时都困得睁不开眼睛。去年中秋节那天晚上又加班，人实在是太疲倦了，结果一不留神右手食指和中指被冲床砸断，指头当时就被锤成了肉泥，血溅得一脸一身，满手血淋淋的，人当时就痛晕了，被送到医院包扎处理。”

天洪问：“那后来怎么赔偿的？”

天禄说：“老板按照当初签的合同，给了 5000 元。缺了两根指头的右手，现在做什么事都不方便，使不上力。”

坎上的发哥说：“我在建筑工地被塔吊落下的东西砸了个正着，缺了胳膊断了腿，当老板的为了省钱没给干活的工人买保险，出了事故受了伤哪个赔偿？就凭我们去要，能要多少？”

腊月二十那天，正在坡上给桑树修枝压肥的天洪听到背后一声招呼：“过年了还在坡上忙呀？”数九寒天，只穿了一件蓝布褂子的他正干得满头大汗。

天洪站起来转过身：“哦，是天福哥回来了呀！”天洪笑着招呼，原来是坡后的堂兄张天福回来了，他背着背包，提着箱子，红光满面地走在路上。

“兄弟没有出去打工呀？”天福看见正在修整桑树的天洪，惊奇地问。

“正在同阿香商量呢，开年后想出去打工，就是现在还没有找到门路。”

“想不想跟我去山西打工？”天福在路边停下来，把箱子放在脚边，掏出毛巾擦了一把汗水。

“三哥回来得正好，我正愁找不到打工的门路，想向您打听山西那里有些什么活路？”天洪满脸诚意。

“山西那边遍地是煤，去那里主要是下井挖煤，活路是辛苦一点，工作也有危险，但不要求什么专门技术，像兄弟这样有一身力气的人，比在城市里打工挣钱多一半。”天福说。

听说能比其他地方挣钱多一半，天洪有些心动了，没有出过远门打工的人，一听说能多挣钱，眼睛都发亮了。

天福说：“矿山的人都说种田辛苦找钱难，所以他们宁愿下煤矿挖煤也不愿意种田。挖煤已经是最苦最累最危险的活了，但还是比种田挣钱啊！”

听到这话，天洪若有所思地点了点头。

天福初中毕业就回家务农了，去山西挖煤，一走就是三年，中途一直没有回来，连过年都没有回来过，就因他临走时说了：“不干出点名堂来誓不回家！”

就因为这句话，他憋足了劲在外面挣钱，一定要干出个样子才回来，他去山西打工有一年多没有消息带回来，家里的人还以为他出事了，娘急得病倒了，直到他寄信回来，家里人才放了心。

这次回家，天福带回了 5 万元，回到家的第二天他就联系砖厂订了砖瓦，说是准备在老屋旁边盖新房子，这让周围的亲友和邻居羡慕不已。

第二天晚上，天洪去了天福家：“天福哥你昨天说的情况，晚上我同阿香商量了，还正在犹豫去不去挖煤。”

天福说：“在山西打工的农民工少说也有几十万，兄弟想好了跟我一道去，那里遍地是煤，大大小小的煤矿多的是，只要有力气，不愁找不到工作挣不到钱。”

天洪说：“以前听人说过井下挖煤危险，所以还拿不定主意。”

天福说：“出去打工，如果有个技术，会个砖工木工焊工，咱肯定去建筑工地挣钱，可咱没有专业技术，去建筑工地只能做点打杂活，工资低还尽干些笨重体力活；我们那里的矿工都说下煤窑比去建筑工地挣钱来得快，有力气干得好的比城里的建筑工人挣钱多。”

听到这话，一直犹豫不决的天洪心动了：“我同阿香商量一下给你个回音。”

“行，你考虑考虑，给我个回话，我准备过了初六就走。”

张家大院的两个院子是背靠背建在一起的，从房屋结构看分为东院和西院，房子是原来两亲弟兄合盖的房，老大住东院，老二住西院，后来的小一辈（天洪爹这辈）长大后就分住东院西院，但每年春节两个院的后人都要聚在一起拜祭祖先。团年的酒席照例由阿香当主厨，其他妯娌姑子们打下手当帮厨。人到齐了，弟兄姊妹聚在一起吃着团年饭，说起外面打工经历来，有的眉飞色舞，有的趾高气扬，有的潸然泪下，兄弟们谈论着一年来的酸甜苦辣，城市生活的不易，还没有出去打工的天洪和阿香听着，还不能完全明白个中的滋味。

晚上，躺在床上，两口子又商量着，真要说到外出打工，阿香又有些犹豫了，太多的不舍，太多的不放心，十多年的温馨生活，天洪这一走就要……她想不下去了，滚烫的热泪从眼角流了出来，她不去擦，任泪水流淌。

见阿香舍不得让他去挖煤，天洪叹了口气，心里乱得拿不定主意。

天洪从小就是听着城市知青哥哥的故事长大的，读书期间又几次去城里参加象棋比赛，见过宽阔的街道和高楼大厦，对城市还不是那么陌生。

两口子最后商量结果，天洪还是决定跟随天福哥去山西挖煤，不出去打工儿女读书借的钱怎么还？下学期的学费怎么办？

大年初二，天洪陪阿香回娘家，把准备去山西挖煤的事告诉了岳父岳母。听说姐夫要去山西挖煤，小弟明桂也心动了。明桂今年24岁，与姐夫一样生得健壮有力，初中毕业后一直在家务农。

明桂问："洪哥，我想同你一起去山西挖煤行吗？"

"你不是准备今年同玉秀妹子结婚吗？"天洪问。

"唉，去年大旱收成不好，桑蚕收入也比往年少了一半，办酒席的钱还没凑齐，前几天我就和玉秀商量好了，结婚的事明年再办，我先出去打工挣点钱，原准备过了年就出去，还正愁去哪呢？听哥你这么一说，我干脆跟你一块儿去山西挖煤。"愁了几天的明桂高兴起来。

阿香笑道："这样也好，你们两兄弟都去，互相有个照应，我也就放心了。"

"听说井下不安全，你两兄弟去一定要多长个心眼。"娘叮嘱。

"娘放心好了，我们会注意安全的。"天洪脆生生地回答。

准备出去打工的事一直没有定下来，天洪也就一直没有同爹娘商量，从后山回来的当天晚上，天洪才把去山西的事告诉了他们。

老爹和娘听说天洪要去那遥远的山西挖煤，异口同声地反对，老爹敲着烟锅指着天洪的鼻子："你小子在家务农干得好好的，去那么远做什么，啥地方不去，还专门要去那煤矿，没听说过挖煤危险？”

“洪儿，咱不去那危险的矿山吧。”娘也反对。

天洪说：“两个细娃读书借的钱没还，这马上又要准备宇儿和小丽下学期的学费和生活费了，不出去想法多挣点钱能行吗？”

见爹娘坚决反对，阿香也后悔：“洪哥，今年我们多养几张蚕，多喂几头猪，还是别去煤矿挣钱，井下危险，听说城里的工厂和建筑工地要安全得多，要不你们换个地方打工吧。”

“你看看后山的余明义在建筑工地，坎下的六哥在工厂打工，还不是受了伤。山西有几十万名矿工，你放心好了，人是活的，是好是坏去干干再说，不合适我们就换地方，别担心，大不了苦点累点。”

想想儿女读书欠下的钱，婆婆住院急需钱时着急的情景，阿香含泪道：“暂时也没有找到更好的地方去，你们两弟兄一同去有个照应，不过咱们先说好，不行就早点回来还是种我们的庄稼，别让爹娘在家里担心，啊！”

天洪点头：“听你的就是，人是活的，真不行咱就换个地方打工。”

整整两天，天洪的心里酸酸的，不知为什么心里总有一种难受的感觉，不是为了要还钱，要准备宇儿和小丽下学期的学费，他还真的不想去山西挖煤。

晚上，天福哥过来看天洪准备的行李，特别嘱咐：“一路上随时有小偷盯着我们外出打工的人，要把买票的钱和身份证放在内衣口袋里，用一颗大锁针别好，外面衣服口袋里只能放点零用钱。”天洪点头照着办了。

明桂过来：“洪哥，我已经准备好了，明天一早过来，一块走。”

女儿小丽同院子里的几个小孩子在院坝玩，伴着一地如霜的银色跑进跑出，叽叽喳喳高兴地说个不停，完全没有大人那种心酸和不舍。

月色如银，虽然立春了，山上的寒风吹在身上仍然透心地凉。明天要走了，下午天洪就同阿香一道整理好了出门的行李。

屋里，阿香交代：“出门在外，安全第一。”

天洪交代：“我走了，咱家喂两头猪就够了，远处的地只好撂荒，桑蚕一季最多喂两张纸。禄哥答应了，如果耕田找不到人，他来帮忙。爹年纪大了，腿脚不好，只能喂牛和在近处侍弄菜园子，娘身体不好，下不了地，帮着喂猪喂蚕，田里地里的事就全靠你了。”

两口子温存后，又说了半夜的悄悄话，直到鸡叫头遍才入睡。

第九章　去山西挖煤

天还没有亮，阿香就起来煮好早饭，吃完饭，女儿小丽上学去了。天洪向爹娘辞别，还没开口眼圈就红了，第一次出远门，他要让爹娘放心，不能让他们看到泪水，他背过脸去，用衣袖偷偷地擦了一下湿润的眼睛。

倒是娘豁达："洪儿，放心去吧……"话刚出口娘哽咽得说不下去了。

天洪赶紧背上包，阿香提着新买的牛津布拉杆箱，随天洪出门，明桂背着牛津布背包匆匆赶到，跟在后面向坝子走去。

天边一抹金灿灿的阳光刚刚从杉树岭山巅升起，几朵白云飘浮在空中，四周笼罩在薄雾里，龙门坝上静悄悄的，只有林中雀鸟在叽叽喳喳叫个不停。

远处，一个姑娘边跑边叫："明桂哥，等一等！等一等……"

明桂转过身去，是他定了亲的玉秀妹子送别他来了，昨晚两人分手的时候说好了不要来送，免得哭哭啼啼难舍难分。

玉秀气喘吁吁跑到跟前，把一双昨晚刚赶着做完的布鞋和粗白布褂子递到明桂手中："阿桂哥，你走得急，鞋和褂子是昨晚才赶着缝出来的，你带去晚上收工回来穿着舒服。"玉秀穿一件蓝色碎花小袄，蓝色暗条绣有鲜艳花朵的布裤，跑得满脸通红，头上冒着热气，脸上的汗水像两条小溪在汩汩流淌，直到跑拢跟前，她都没有顾得上用手帕擦去满脸的汗水。

明桂停下，伸出双手拉着玉秀，眼眶里盈满泪水："谢谢你，玉秀，看眼睛都熬红了，昨晚肯定又是一宿没睡。"

玉秀掏出手绢擦了擦满脸的汗水，不好意思地点点头，扑上来抱着明桂哭了："阿哥，到了那里别忘了多给家里来信，啊！"这几天，她一直在给明桂赶缝衣裤，收拾东西。

明桂点头，紧紧地抱着玉秀："放心吧，玉秀，我和洪哥会照顾好自己的，到了矿上立马给你写信。"

旁边，天洪松开了阿香的手深情地看着她，掏出手帕轻轻地拭去阿香眼角上的泪水，随即转身蹲下，从地里捧起一抔泥土，放进塑料口袋，默默地放进挎包里，阿香深情地看着他没有出声。苗家人外出，临行前都要揣一抔故乡的土带在身边。正像一首歌中唱的"乡愁是一抔故壤，有它就不会迷失方向"。

龙门坝的地坝边，天洪站在阿香面前，拉着她的手："阿香，回去吧，家里地里还有那么多的活路等着你，别担心，我们是兄弟仨在一起，会互相照顾的，天福哥不是一个人在那里干了几年，好好的，我……们……走……了。”说着说着，眼圈红了，他背过脸去，抹了一把涌出的泪水，强挤出笑脸转过身来说：“阿香，唱支歌吧，莫用泪水，就用山歌给我们送行！”

阿香满脸泪水，默默点了点头，拉着天洪的手哽咽着：

阿洪哥你走山西，
家里你就别惦记，
再怎么苦啊，再怎么累，
也要熬出头。
阿洪哥呀！
实在是舍不得你走，
阿洪哥呀……

她是在唱来自武陵山上的苗家山歌，苍凉悲怆哀婉得揪人心扉；天洪走了，阿香纵有千个不舍，万个不放心……可她留不住洪哥他们，只能祈求老天爷保佑远去的洪哥和兄弟，保佑他们一路顺利平安。

天洪松了阿香的手，低声道：“走了！”转身背着包，提着箱子，跟在天福哥和明桂后面招手走了。

阿香和玉秀站在青石板上，仍然在唱着委婉凄美的山歌，目送亲人远去。亲人分离，就是一场一场的目送，直到天洪他们的身影消失在山梁对面的山沟里。

到了街上，中巴车的司机正在用塑料桶给汽车加水，赶来坐头班车的人正在上车，三兄弟买了车票，放好行李，上了车，中巴车就开始发动了。

中巴车卷着飞扬的尘土，载着希望、载着憧憬飞奔而去，窗外俊秀的武陵仙山，在云雾中时隐时现，天洪在心里默默地说：再见了武陵山，度过这几年，等儿女们都读了大学，我还会回来的，我离不开大山，离不开生我养我的故乡。

巍巍群山，如画的风景，让天洪心中留恋不舍，看着窗外，他眼睛模糊湿润了。汽车渐渐消失在群山环绕的盘山公路上，中午时分车到黔河火车站。

远远就看见车站广场上人山人海，有警察在维持秩序。寒风中，天洪排了两个小时的队才到窗口：“买三张到重庆的坐票，座号最好在一起。”

“没有座位了，只有站票。”售票员说。

“没有座位啦？”没有出过远门的天洪拿着钱在犹豫买不买，售票员不耐烦地催促：“买不买？再晚几分钟你连站票都没有了！”

天洪回过神来，尴尬答道：“买！买三张到重庆的票。”他把钱递进窗口，买了三张没有座位的站票。

天福说：“出门有站票能走就不错了。”天洪点点头。

列车晚点两个小时才姗姗到来，三个人随着进站的人流挤上了列车，行李架上早已堆满了大大小小的各种箱包，天洪背着包正在四处张望行李放哪里。

“兄弟，别找了，行李就塞椅子底下。”天福轻声请旁边的人让开一条道，把三个人的行李用力塞进座椅下面，车厢里到处是人，人只能像插笋子一样挤在过道上。

列车飞驰，车厢里热闹起来，聊天的，说笑的，站着打瞌睡的，一眼望去，车厢里的人多数是外出打工的农民。

坐的是普快，从黔河到重庆北站要四个半小时。渝怀铁路是单线，已经晚点的列车一路上要避让正点列车，因此，许多小站都要停下来上下客或等车错车。闷热的车厢里，过道上、车厢接头处，甚至厕所里，到处是见缝插针拥挤的人，车厢内站着的人没有一个人能舒舒服服地站在那儿，要想换一下体位姿势必须先告知周围的人，不住地说“劳驾”和“谢谢”，才能扭动一下身体。车厢内的拥挤程度是没出过远门的天洪所没有想到的。

天福哥却说：“这还不是春运最忙的时节，春节前回家路上那才叫个挤。”

在重庆北站又是买的站票，天福叹气：“唉，还得硬站二十多个小时。”

天洪小声问：“二十多个小时，那等会要是瞌睡了怎么办？”

天福：“怎么办，还不是只能站着打盹，反正睡不舒服站不踏实，有人过路、卖盒饭、卖小吃，你还必须侧着身子给人家让个路，站着的人都是出来挣辛苦钱的，有钱谁会来这硬座车厢里受罪。”

人多空气不好，天洪在拥挤的车厢里昏昏沉沉欲醒欲睡，无法活动的腿脚像灌了铅一样胀痛麻木。早春季节，车厢外的气温还在0℃左右，车厢内的人却汗流浃背，就这样又煎熬了二十多个小时，午夜时分列车终于到达山西中部一个叫吕山的小县城，三人下了车。

一路上前后连续30个小时的煎熬，下车的三个人实在太困了，昏暗的路灯下，找不着东南西北的三人，见路边一家小旅馆亮着灯，于是进屋，天福问：“老板，还有床位吗？”

老板看了三人一眼：“只有一张大床了。”

“一张大床也行，我们挤挤，反正睡不了几个小时天就亮了。”

交了30元钱，三个人挤在吱扭作响的大床上和衣睡了。

天还没亮，正在睡梦中的天洪，忽然听见老板粗声大气地叫喊：“天快亮了，要坐车赶路的起床了！”三人跳将起来，伸了伸酸痛的腿脚，没顾得上擦一把脸便背上行李匆匆赶往城西汽车站，排队买了去煤矿的车票。

天洪在车站外面买了几个馒头，三人边吃边上了汽车。

班车行驶在崎岖的山路上，一路上不断地与超载的运煤卡车错车避让。这些运煤炭车辆，都是满装重载的加长拖挂车。为了多装煤，卡车都用钢板把车厢加高了一倍，车厢内超载的重量往往是核定载重量的一倍以上。车顶背着个大水箱，下坡时水管一路向刹车片喷水降温，防止刹车片过热，随着“扑哧扑哧”的刹车声，轮胎间就冒起水汽，车轮下则流出一道道水沟，久而久之道路就损坏了。

公路被运煤的重车碾压得坑坑洼洼高低不平，无论晴天雨天，被车轮碾压出来的沟槽里积满稀泥浆和煤渣。前面路上，一辆被颠翻的小货车四脚朝天地歪斜在公路中间挡住了道路。急着赶路的汽车按着喇叭排成了长串。小货车主人找了几个当地人费了好大劲才把车翻转过来，排成长串的车慢慢地从翻转过来的小货车旁挤过去。

破旧的班车似乎已经颠簸惯了，毫无顾忌地在一个个泥坑中穿行，车轮子弹弹跳跳，车屁股摆来甩去，车轮下的泥浆煤屑被抛溅得到处都是，车窗玻璃上糊满了黑色泥浆，车里的乘客完全看不到窗外的风景，大白天车厢里漆黑一片，只有司机前面被雨刷刮出的一小块玻璃窗透进光亮，才使人感到这是白天；乘客鼻孔里充斥着运煤车排出的黑色废气，弄得人昏昏沉沉，胃里不停地翻腾。

直到太阳偏西，客车冲上一个斜坡，又开进一个很深的山沟，才在一条小街旁停下来。司机开了车门转过身子大声招呼：“金银沟到了，请收拾好行李下车！”

正在打盹的乘客从昏睡中睁开眼睛，坐在第一排的天洪看清了，停车的路边矗立着一块醒目的站牌，上写“金银沟”三个大字。

下了车，天洪伸展胳膊腿，四处张望，太阳照耀下的群山一片灰黑，小街周围几乎见不到一棵像样的大树，就连常见的路边野草在这里也难觅踪影，地下挖出的大量煤矸石就堆放在远处山坡上，近处堆放着油黑发亮的煤堆，像一座座黑色的小山，西北风吹来，裸露的煤堆和煤矸石的粉尘随风起尘，漫天飞舞，周围的一切全被粉尘模糊了，看不到一块像样的庄稼地，远山近壑草枯树蔫，整个小街周围显得毫无生气。

天福介绍道：“听当地人说，早些年金银沟不是现在这个样子，那时的金银沟绿树环绕，碧水荡漾，从山上石头缝里涌出来的泉水四季常清，冬天里水都是暖得冒着热气，捧起来就能喝。小街被两条小溪夹在中间，东边的小溪叫金溪，西边的小溪叫银溪，所以小街得名金银沟。金溪的水含矿物质高，用来浇灌周围的麦地；银溪的水清澈见底，用来生活，夏季银溪最宽时河床有六米宽，站在岸边，能看清河底那些五彩光滑的卵石，村民四季饮水都取自银溪。”

“可现在完全变了。”天洪说。

见天洪他们听得专心，天福继续说：“村里人都说金银沟因水而有灵气，十八年前，村里还没有挖煤，小街周围长着青松翠柏，家家房前屋后种着香梨树、苹果树，四周沟壑里山梁上常年开着野花，特别是迎春花、杜鹃花和野菊花，那叫个争奇斗艳。村内空气常鲜，树荫蔽日，尤其在夏日最炎热的三伏，街上走着还清凉异常，村民家中根本不需风扇和空调。”

听着介绍，天洪耳边响起了郭兰英唱的歌《人说山西好风光》：

人说山西好风光，地肥水美五谷香，左手一指太行山，右手一指是吕梁……

再看眼前，完全变了，整个远山近水竟没有一处值得称颂的地方，整条街上就像一个大垃圾场，虽然东街头矗立着几栋独立豪华的小洋楼，那是发了财的煤老板们的公馆，但屋顶瓦上、瓷砖墙上布满厚厚的煤灰黄土，就好像是帅小伙穿上了破衣服，看着极不协调。

街上停着几辆小货车，人们正在往家里搬运桶装水，天洪感到奇怪。

天福说：“金银沟周围的煤窑。污染破坏了地下水源，水井里早已干涸打不出水来；金溪和银溪也快断流了，从矿井流淌出来的乌黑水散发出多种怪味，村民生活严重缺水，只好在水缸前面安装净水过滤器，有钱的人家，不敢吃当地的水了，吃的全是买来的桶装纯净水。”

一辆小货车从三人面前开过，把地下的粉尘扬起，溅了三人一身粉尘。贯穿金银村的街道是一条南北走向的6.5米宽的硬化石子路面，路面已经被运煤的重车压坏，坑坑洼洼的路面上覆盖着一层厚厚的煤灰，行人一脚踩下去，扑哧一下全埋进了煤灰里，只能看见脚背。

街道沿着公路两旁延伸，街上是低矮的砖木结构的老房子，街上有几家食店、两个小卖部，一家缝纫店，几间美容院和洗浴室。

来到岔路口一栋三层的砖房，天福带两人拐向右边老街走去，老街是一条百年小街，两边是高高矮矮的百年老屋，虽然陈旧，但房顶和屋檐上的精工木雕依然栩栩如生。中间是石板小道，老街宽四米，长却有五六十米。在一些门口斜放着人力三轮车，使原本不宽的街道仅剩下窄窄的人行通道。

街道尽头，天福指着前方：“前面山谷边几排矿渣砖搭建的工棚，就是村办金银沟煤矿的矿工宿舍。”一条泥土碎石铺就的简易公路从街头通向工棚。

早春肆虐的寒风裹挟着黑色的煤渣和黄色的尘土，猛烈地抽打着行人的面部和身体，风刮过后，人的脸上身上就蒙上了一层黑煤灰和黄沙尘。

天洪和明桂跟在天福后面走了大约十分钟，快到宿舍工棚了，迎面来了一队刚从煤窑下班的矿工，从身边走过时，浓烈的汗臭味和呛人的煤粉味扑鼻而来，一顶顶破旧的安全帽下脸黑得像锅底，只有一双眼睛还有点白色的在那里转动，帽子上面顶着一盏矿灯，身上的工作服上满是被磨破的大洞小孔，有的矿工的后面还露出半个黑白相间的光腚，一扭一扭地格外引人注目。

天福不断地与熟识的矿工打着招呼："下班了！"

"哟，天福回去又带新人来了？"

"呵呵！是自家的两个兄弟。"天福应道。

三个人来到工棚前的坝子上。这是一个三面环山、中间空旷的狭长山谷，山谷深处的空地上堆满了出窑不久、油黑发亮的原煤。

狭长的坝子上，平行并列着三排工棚宿舍，墙是矿渣砖搭建而成的房屋，屋檐高不过 2 米，伸手就能摸到；房顶的毛竹席上盖着油毛毡。三排工棚被隔成 45 间宿舍，每排 15 间，中间一排的西头是矿工食堂，大门开着，里面摆了几张饭桌，一台老式的简易锅炉立在屋边，炉边是湿漉漉的炉渣。

天福手指着右边："我住在第二排东头的 201 房。"

两人跟着天福进了屋，天福指着自己的床位："行李暂时放在我这吧。"

放下行李，天洪抬手看了看手表："这会儿才四点半钟。"

"那我们先去小街食店把晚饭吃了，再去老板家报到，他家就在小街东头。"

天洪点头："好，我把送老板的礼物带上吧。"

天福说："行，省得等会儿又回来拿。"

天洪把去老板家要送的礼品从箱子里拿出来提上，三个人又回到了小街上。

第十章　金银沟煤矿

来到街上的小食店，天福与老板打过招呼，老板问：“哥几个想来点什么？”

天福说：“就来三碗山西拉面，要大碗，一份青笋炒肉片，一份素炒白菜，再来一钵大骨炖萝卜汤。”

很快，菜面上桌，看着热腾腾的大骨炖萝卜汤和拉面，天洪说：“在路上奔波几天，一直没有吃上一口热饭菜。”

天福招呼：“兄弟，快趁热吃。”

吃过晚饭，天福带着两弟兄，拿着见面礼——家乡带来的两大包土特产、两瓶重庆特产诗仙太白酒、两条龙凤呈祥牌的香烟，来到老板李占彪家里。

李占彪住在小街东头一栋新盖的独栋洋房里，楼房共有三层，金黄色的琉璃瓦配上四角的飞檐翘角，橘红色的外墙瓷砖在暮色中尽显荣华富贵，院子四周围着铁栅栏，院内青砖铺地，宽敞的院子西边停着一辆美国原装的悍马越野车。

三人刚要走近大门，一红一黑两条雄壮的大狼狗呼地一下突然从朱红的门柱后窜了出来，对着来人一阵狂吠，三人惊吓了一跳，天洪仔细瞧去，见狼狗的脖子上拴着铁链，这才放了心。屋里老板娘伸出粗壮白嫩的胳膊挑起窗帘，朝窗外瞅了一眼，扭着腰出来，是一个肥胖的中年妇女。隔着铁栅栏见来人提着礼品，抹着厚厚脂粉的脸上挤出了一丝笑容，朱红色的嘴唇张开，露出亮闪闪的黄金牙：“黑虎，红豹过去！”气势汹汹的大狼狗听见主人厉声招呼，到一边去了。

女人开了门，三人随着女主人过了院子进了屋，只见客厅里左右各摆着一只缅甸进口的红木雕刻大象，正对大门的桌上摆着一尊纯金坐佛，那坐佛足有 40 厘米高；右边是一套进口的意大利真皮沙发，对面墙上挂着 54 英寸的日本索尼平板液晶电视，地下铺着印度红的大理石地板砖，酒柜里放着法国的拉菲葡萄酒，客厅里的摆设尽显示出豪华，只是地上随手乱扔的垃圾和茶几上凌乱的摆放，显示出了这家主人的身份和品位。

三人穿过大厅，来到侧屋，屋里暖暖的，老板正在颇具洋气的炕上坐着与村干部喝酒，见天福带着新来的人进屋，还提着礼品，他欠了欠身子，笑着招呼道：“来来，炕边坐。”

天福欠了欠身子：“李老板，这次我回老家给你新带来了我的两个本家兄弟，绝对的好劳力，人也机灵，两天后就能个抵个地干，这你放心。”

李占彪眯缝着眼，细致端详着面前站着的天洪和明桂：一个三十出头，一个二十出头，中等个头，健壮的身体，看起来还很精神。他转过身同炕上的两个村干部悄悄地商量了几句，冲着天福点了点头：“好，这俩兄弟我留下了，眼下矿上开工正需要人，下午另外还新来了 8 个人。”

“李老板，这是兄弟俩从家乡带来的重庆土特产，不成敬意，您换个口味尝尝。”天福笑着从天洪手里拿过礼品，双手递给李老板。

“天福，你来了几年，还不了解我这个人，直爽好说，你带着礼品反倒让我感到受之有愧。”李老板故作谦虚。

“家乡带来的，不成敬意，不成敬意！”天福恭谦道。

李老板示意门口站着的婆娘收了礼品，随后面对三人：“天福，你带兄弟们去找老二给他们安置下来，明天就去办公室报到学习，老规矩，包吃包住计件工资，月底发工资，出活多挣钱多。”

“谢谢李老板。”三人出了院子来到街上，路过一栋两层楼房，门口挂着两块牌子，暮色中看不清牌子上写的什么，天洪问：“哥，这是啥地方？”

天福说：“这是金银沟村委会的办公楼，别看门面不咋样，里面的装潢摆设气派得很。”

三人走后，屋里李占彪笑着对旁边的村长和支书道：“我说咱们过了年就开工，你们还担心井下工人不够，我说劳力不成问题，这不主动送上门来了，下午另外还来了8个，估计这几天陆陆续续还会再带人来。老实说，井下我喜欢用外省工人，干活卖力，出了事比本地工人容易打发，另外的好处，则是他们不会随意暴露煤矿的秘密——比如超采、煤炭质量、成本等问题，因为他们不认识外面那帮人。”

“还是大哥你的点子多，到底是当过村干部又出去见过世面的人，同我们两个没有出过门的土包子比就是不一样。这几年政府关井压产，还是你的坚持使咱们三口井都产煤，依现在煤炭的价格，如果不出大事，一年纯赚个三千万元是没有问题的，傻瓜才希望矿井停产呢！”村长献媚，随后呷了一口酒。

“我这里给你们算笔账，咱们去年 1 号井年产 9 万吨，2 号井 8 万吨，3 号井 8 万吨，三个井加在一起是 25 万吨煤，你们心里掂掂咱们的办法好不好？这会儿高硫煤一吨能卖一百四五十元，我们这种优质低硫煤一吨两百多元。比四五年前涨了一倍多。”李占彪说这话时脸上泛着豪气。

“是啊，在咱山西没靠山你又没魄力就别开煤窑，当年村里把煤窑承包给大哥，就是看着大哥县里有靠山又有魄力的份上。”村长不忘拍马屁。

“我还一直在担心上次的瓦斯爆炸没有平息，井下的工人趁春节回家就不回矿上来了，今天总算眼见为实，看来还是你老哥有远见。”支书说。

“咱山西哪个小煤窑一年不出安全事故，咱们镇上的十多家小煤窑，哪一家不是出了事被关闭，不久又悄悄开了，这年头就是撑死胆大的饿死胆小的，兄弟说是不？”李占彪把头偏向村长。

“是，是，是！大哥说得对。”村长不住地点头。

“开煤矿生产支出，工人工资，税收，给上面各路的打点，哪一样的成本都省不了，只有安全成本才是可以压缩的，哪个煤矿不是只重产量舍不得安全投入，就说那安全投入，你以为简单？那是大把大把的钞票往矿洞里塞，还远没个完，只有傻子才那样干。”

李占彪夹了一片麻辣牛肉放进嘴里，呷了一口酒，抹了抹油嘴：“昨天安监局的秦局长给我打电话，说我们上次瓦斯爆炸的安全事故还没了，这几天安监局的人还要来检查，你们二位就负责帮忙接待一下，话怎么说你们知道，所用的开支嘛还是记在矿上。”

“好说，都是自己人，我们知道怎么办。”村长抹了抹油嘴。

“占彪你是大哥，又是老领导，有事你吱个声，我们照办就是。”支书举起酒杯，做了个请的手势。

李占彪也举起了酒杯：“来来来！咱们先各自把杯子里的酒干了！”

“干！”支书满脸通红，从下午喝到这会儿，他有点醉了。

说完，三个酒杯碰在一起，干了。

穿过街道，西行100米左右，三人来到一栋新修的独立的小洋楼前，楼前有一个小院，楼里透出灯光，这里是老二李占魁的家。

天福敲门：“李二哥在家吗？我是张天福，李老板叫我们到你这儿报到来了。”

敲门声和叫喊声划破了寂静的夜空，里面的狼狗汪汪汪地狂叫，院子里的灯亮了，一个披着军大衣的人走出来开门，此人身材魁梧、浓眉大眼、鼻直口阔，在昏暗的灯光下瞧去有些面带凶相，他就是李占彪的二弟李占魁。

天福上前：“李二哥，这是我的两个兄弟，来煤矿上班，李老板叫我们来你这里报到。”

天洪双手送上一条龙凤呈祥香烟：“二哥，这是从老家带来的香烟，不成敬意，请你尝尝换个口味。”

李占魁笑着接过烟："你们来得还真巧，正好张天福隔壁 202 房间年前塌顶事故受伤的两个人回去了，空出的两个铺位你们两弟兄正好能安置，我打个电话通知食堂王师傅，明早你们就可以在食堂吃早饭。"他笑的时候脸上与人打架留下的刀疤仍然醒目地斜挂在脸上。

没想到来矿上的当天就把工作和吃住的事敲定了，天洪心里感到高兴，好好干上半年，不但借的学费就可以还清了，儿女明年的学费也会有了。

天上一轮明月，皎洁的银光洒在灰色的碎石路上，三人高兴地回到住地，天洪算算日子："今天正好是正月初十，这几天赶路，把日子都忘了。"

二人在 201 房间拿了行李，跟着天福去了隔壁的 202 房间。

站在门口朝里望去，房间不过 20 多平方米，宽约 3.3 米，长约 8 米，房间的门是用旧木板钉成，门上几条裂缝则用包装塑料布蒙住以抵挡无处不入的寒风，对着门的后墙上有一扇一尺见方的窗户透气。

天洪用眼扫视了一下室内布置，进门的右边放有一张油黑发亮的木桌，上面横七竖八地放着饭盒、茶杯、牙膏、肥皂盒之类的东西；紧挨着桌子是一个木头架子，上下四格，上面堆满了箱子背包；从木架到里墙是一铺大土炕，用手一摸，炕头有点热气。炕上铺着几床芦苇席，席子上面摆着几床黑黝黝的棉被，炕对着的墙上挂着沾满煤尘的衣裤。

屋里面有人抽那种劣质纸烟，有人嗑瓜子，还有人低沉地说着笑话，惹得旁边的人哈哈大笑。天福同屋里的人打招呼："哟，正好兄弟们都在屋里，我这里给你们带来了两个新人。"

天福手指天洪和明桂："这是我的兄弟张天洪，这是天洪的内弟余明桂。"

一进屋，天洪立刻被屋里刺鼻的浊气给镇住了：劣质纸烟味、汗酸味、臭脚丫子味，夹杂着一股说不出来的霉味。室外冷，关着门窗的小屋里通风不畅，浊臭味囤积起来散发不出去，进屋前还心情舒畅的天洪，被屋里的气味噎得差点呕出来，他用手使劲往下压了压胸口才忍住了。

大炕上的人都头朝东脚朝西睡觉，进门的左面墙上钉有一排大铁钉，上面挂着粘满煤面的衣裤；土炕边与对墙之间仅有一米的过道，房间里要住 7 个大男人，屋里显得十分拥挤。

空出来的两个床位在小屋的最里面，进屋后，天福哥掏出香烟挨个递给屋里坐着的人，同时给两人介绍："这位是张小烛兄弟，这位是杨义全兄弟、这位是赵大发兄弟、这位是王金义兄弟、这位是黄富贵大哥。"

屋里的人坐在炕边，接过烟，都朝进来的人点头笑笑，算是表示欢迎。

来到里面，二人把行李放下，天洪转过身来，抱拳朝着屋里的人："我们兄弟二人初来乍到，今后还有劳各位弟兄提携帮助。"

紧挨着天洪铺位的黄富贵操着一口浓浓的川北方言微笑道："好说，好说，都是打工兄弟，理应互相帮助。"

他乡遇故里，天洪惊喜地问道："黄大哥是……四川人？"

黄富贵："川北大巴山来的。"

"那，我们还是老乡！"天洪伸出手去，握住了黄富贵的手。

"你老家在？"

"重庆黔河，重庆就是从四川分出来的，才分家没几年嘛。"

"对对对，以前都是属四川省管辖。"

屋子住的另外四个人也都互相报了老家，赵大发是贵州桐梓来的，杨义全是河南淅川来的，张小烛是湖南吉首来的，王金义是湖北利川来的。

长得高大魁梧、阳光帅气的赵大发今年 27 岁，一双眼睛炯炯有神。他也是今天下午刚回到矿上。

见赵大发像有心事，杨义全逗趣："小赵，你说趁过年赶回去结婚，怎么回去没几天就赶回来了，媳妇跟人飞了，婚没结成吧？"

"你小子胡说，你的媳妇才跟人飞了！"赵大发扬了扬拳头，那意思是：再胡说小心挨揍。

杨义全仍然面带笑容："那怎么不多住几天？"

见杨义全不像是在取笑，倒像是在关心，赵大发的情绪也缓和下来："本来是应该在家多住几天，是我想早点回来上班多挣点钱，家里盖房差钱……"

稍后，赵大发又说："我回家第二天就同媳妇去乡里扯了结婚证，第三天就摆席请客，婚礼就在土改分的老屋地坝里举行，媳妇花儿倒没说什么，可我心里挂不住，在她娘家人面前老觉得对不住花儿，咱不能委屈了媳妇，让她在乡亲们面前没有面子。在我们村里，外出打工早的人家都住进了新盖的楼房，让我们这些仍旧住破房子的人很没有面子，所以我在家里只住了 8 天，就坐火车赶回来了。"

杨义全喃喃自语接道："多挣点钱！多挣点钱！我也是结婚 10 天就回矿上班，两年了，一直没有舍得请假回去，怕耽误了挣钱。年前媳妇阿华来信催我过年回家，不是不想回去，连做梦都梦到媳妇阿华和儿子。"

住在门边的张小烛转过身去悄悄地擦眼泪："娘在家里托人给我说了个姑娘，几次来信催促我回去订婚，直到年前井下出了事停产，我才抽空回家，可相完亲女方就没了音信，肯定是嫌咱是个煤黑子。"

听到张小烛的话，同屋的人全哑了，这屋里的人，哪个不想在家里多待几天，多陪陪老婆孩子和爹娘，可是没办法呀，家里老人看病、儿女读书、修房子，哪样都要用钱，不出来挣钱行吗？

夜深了，满屋的人都睡了，只有天洪躺在炕上久久不能入睡。不远处传过来的鼓风机的呼呼声、升降机的轰隆声、运煤车的喇叭声、装载机的撞击声、煤场的哨子声及人的嘈杂声不绝于耳。从青山绿水宁静秀美的武陵山来到彻夜喧嚣的矿山，天洪一下子还不习惯，尽管旅途疲惫，脑子昏涨，可他没有一点儿睡意，长这么大他第一次失眠了。屋里的呼噜声、磨牙声、呓语声此起彼伏，一闭上眼，阿香就来到了眼前，轻声地叫着他："洪哥，洪哥！"一睁眼，阿香又飘然而去，来来去去好几次，整夜里他似睡非睡直到天亮。

天刚蒙蒙亮，全屋的人都起来了，洗漱完毕去西头食堂吃早餐，每人一大碗玉米粥，两个大窝头，一个足有二两，每张桌子上一大盘青辣椒炒酸菜、一盘炒红油萝卜丝，一群人围着桌子站着吃。

吃过早饭，天福带着天洪和明桂来矿办公室报到，昨天另外的8个新矿工也到了。办公楼离工棚不远，是一栋独立的二层砖木楼房，以前是金银沟村民李占雨的住房，五年前他搬到小街上住去了，李占彪把房子买下做了办公室。

填了职工登记表，几个人拿着《采煤工合同》在小声议论，天洪也拿着合同在逐条细看。第一次与煤矿签订合同，对条款上那些语句，天洪还弄不太明白，天福在旁边低声说："兄弟，别人都是这么签的，咱们没法修改，也只好认了，不认同就只有走人，黄大哥他们走了几个煤矿，家家合同上都是这么写的。"

天洪点头，他知道说了也没有用，来都来了，干干再说吧。签了合同，另交1000元钱的保证金，就算办完了手续，办公室的陈主任一脸和善地笑着说："你们的身份证还要拿到派出所去报临时户口，暂时就放这儿不拿走，办公室代你们保管，再说放在你们住的工棚里不保险。"

天洪想把身份证要回来，张嘴刚想说，天福哥低声道："来这里的人都是把身份证放在办公室保管，反正又不会弄丢，放宿舍反倒不安全。"

天洪把到嘴边的话缩了回来。但他的眼睛仍然在看着桌上的合同条款，心里犯着嘀咕，看着《采煤工合同》，天洪隐隐感到不公平。

就像杨义全昨晚对他说的："在我们豫西山里，一年辛苦下来，都难净挣5000元，遇上灾年，种田的收入还不够种子肥料人工费，下煤矿固然危险，可辛苦一年就能净挣两三万元拿回家，苦点累点也值了！"

合同上的条款，天洪似乎看明白了，又似乎没看懂，条款的内容明明白白是对咱们不利，是哪里不利，他暂时还说不清楚，合同上明白地道出了井下工作危险，不然合同上也不会这么直白地写明谁的责任，一次性赔偿多少。

签完合同，陈主任带着几个新来的工人来到1号井口边的“安全培训室”，这也是一排矿渣砖墙的油毛毡工棚房。

在培训室，技术员老孟对新来的矿工进行了半天的安全生产培训，介绍井下的情况、巷道和采区分布情况、教给大家发生矿难事故怎样逃生、挖煤计件的算法，还看了几组井下的生产照片和幻灯片。通过学习，新来的矿工对井下的情况算是有了一个初步的了解。

下午五点半，培训结束，李占魁带着10名老工人来了。他站在台上，对着新来的人说：“安全培训结束了，明天各位就要开始下井干活了，我旁边这几个老工人是矿上安排带你们的师傅，每位新人跟一个师傅，边学边干，跟一天两天就会了，毕竟这和农村挖地一样是力气活，师傅带你们，主要是教你们看煤层，分辨煤和矸石，教你们挖煤打眼放炮的技巧，教你们巷道支护和遇到矿难逃生的方法，井下你们就独立干活，矿上实行计件工资，多挖煤多得钱。下面，我点一个新工人分配一个师傅。”

新来的工人有的分配到采煤班，有的分配到炮工班，天洪分配在采煤甲班，明桂分配在炮工甲班。

天洪的师傅正好是同寝室的黄富贵，他来山西十多年了，来金银沟煤矿也有六年了，是井下资格最老的一批矿工，大家都称他老黄大哥。

分配带余明桂的师傅叫周田海，四十来岁，中等个子，瘦弱精干，是炮工班的班长，与天福哥同住在201房间。

初春的晋西山区，早几年也是山青水绿风光秀丽的地方。自从遍地开办小煤窑后，一切都变了，一眼望出去，铺满煤灰的山岭沟壑灰蒙蒙的一片，连野草都不肯生长，近处的树都被砍光了，只有远处几株光秃秃的老榆树，像一把把张开的叉头扫帚，点缀在沟壑上，展示着不屈的生命。

黄昏时分，太阳落在山巅，残阳如血般搁浅在远近的山峦上。老黄大哥带着新来的矿工来到离1号井口不远的土地庙，天洪好奇：“大哥带我们到这里？”

黄富贵说：“明天你们就正式下井了，这里有个习俗，凡是新来的矿工下井前，都要到这土地庙来烧香，拜土地菩萨，请他原谅我们这些个讨生活的人惊扰了他。咱矿工得有个信仰、有个敬畏才行。”

天洪点头：“大哥说的是。”

黄富贵从挎包里拿出香，抽出三炷点燃，口里念道："我们兄弟几个是远道来讨生活的矿工，在这里惊扰了诸位神仙，还望原谅我们的不敬，祈望土地爷、山神、窑神保佑我们平安，免遭塌方冒顶和瓦斯爆炸等灾难。"

新来的工人跟着拜了三拜，黄大哥道："这叫敬土地、敬山神、敬窑神。"

敬罢诸神，一群人踏着朦胧的夜色，回到宿舍。

吃过晚饭，天洪和明桂找到黄富贵："大哥，我们初来乍到，不了解情况，想请你把矿上的情况给我俩做一个介绍好吗？"

这黄富贵，45 岁，一米七二的个子，长得结实匀称，黑红的脸膛布满黑褐色的痕迹，显得坑坑洼洼，给原本刚毅清秀的脸上留下永远擦洗不去的疤痕，这是长期严重缺少清洁的生活用水造成的，他说话洪亮，走起路来虎虎生风，左手在一次矿难中因为救人受过伤，到现在还有些罗圈伸不直，使不上力。

听天福哥说，黄大哥为人耿直，待人诚恳，在金银沟煤矿工人中很有威信，在几次遭遇重大矿难事故中，是他临危不乱沉着镇定地带领大伙安全逃出，所以大伙都信服他，老板也信任他，安排他做了采煤甲班的大班长。

黄富贵说："咱们是老乡，今晚我先把矿上有关的情况给你们讲讲，让你们下井前有个思想准备。"

天洪感激道："谢谢黄大哥。"他庆幸自己找到一位好师傅、好大哥。

喝了一口茶水，黄富贵用他那浑厚略带沙哑的声音开始了讲述：

要说这山西是遍地黑金，随便刨个坑下面都能挖到煤，听人说，山西 60% 的地下埋藏着煤，从古到今山西都有挖煤这一行。前些年只有国营大煤矿才有资格开采，1982 年后，中国的工业和交通运输都上去了，需要大量的煤炭，在"把经济搞上去"的口号下，报纸上、广播里宣传的是"大矿大开，小矿小开，有水快流，分散办矿"。有了准挖的政策，私营小煤窑很快就在山西遍地开花，从晋北到晋南的山沟里，小煤窑如雨后春笋般一下子都冒了出来。从全国各地赶来打工的农民也涌进了山西。

要说我们金银沟煤矿，从产量和规模来说只是个村办小煤矿，以前是金银沟村的村委会办的煤窑，几口井加起来一年大概出 20 万吨煤，产量不高，生产设备和技术工艺是最原始的那种方式采煤。我来时金银沟煤矿还是村里干部在管理，互相扯皮管理不善。南下广东做生意的李占彪听说后想回来承包，几个村干部一合计，干脆承包给了他私人，一来他爹是县里的老干部吃得开，二来李占彪早些年曾经当过金银沟大队的大队长。

李占彪脑子灵活会倒腾，改革开放后他去广东几年，经营建材、煤炭，见了世面发了财。村里把几口井承包给了他，一年生产下来只是向村里缴纳 20 万元承包费，剩下赚的钱就是他和股东分账。

在老家承包煤窑当然比在外面东奔西颠好。这十多年，陆续有很多在外面挣了钱的山西人纷纷回乡办煤矿。听人说山西遍地都能挖到煤，村村都办有小煤矿。挖煤的工人多数是从四川、贵州、河南、湖北、湖南来的农民，国营的大煤矿外省来的农民工一般进不去，就是有进去的，顶多也就是个临时合同工。

要说现在小煤矿的老板，舍不得花钱购买设备和安全投入。许多小煤矿连国家规定最基本必备的安全措施和安全装备都没有，能不投入就不投入，能少投入就少投入。根据国家规定，煤矿用电必须是安全可靠的双电源专线供电，可金银沟煤矿为了省钱，搭接的是村上的农业用电，因为农业用电国家有补贴，价格便宜，光用电这一项老板就省去不少投资。

但农电负荷小，动力不足，供电无保障，经常是说拉闸就停电，井下的通风、排水和生产用电得不到保障。私人承包的小煤窑，投入设备花的是老板自己口袋里的钱，投入多了赚取的利润就会少。为了减少投资，井下煤层薄的地方，采煤工人用铁镐挖煤，煤层厚的地方才用风镐打眼加小爆破。

我来山西挖煤十多年，到金银沟也有六年了，亲身经历和亲眼看见矿上发生的大小事故有十多起，像瓦斯爆炸、冒顶、透水、升降机坠落、放炮伤人，说得出来的矿难都遇上了，反正去年12月20日那天1号井和3号井发生瓦斯爆炸，两口井出事时间前后相差不过半个小时，一下子就死伤了十多个弟兄。那天出事的时候，井上的矿工和家属们大多正在吃晚饭。1号井里面的工人有一半是当地农民，3号井里面的工人全是外省来的农民工。

消息传到街上，人们纷纷扔下饭碗就往井口跑。三天过后，巷道才打通。矿难中死伤的人绝大多数是二三十岁的年轻人。他们身强力壮，是家里的顶梁柱，他们上要养老，下要养小，一场突发的瓦斯爆炸，把这些活蹦乱跳的生命扼杀于瞬间的爆炸中。井下的矿工们把瓦斯爆炸比作雷电，透水比作洪涝，冒顶比作地震，落大顶比作台风。

就说原来睡你们这个铺的朱志武和朱志文两弟兄，他们在2号井挖煤，因为老板舍不得加密支护，发生冒顶事故，哥哥的右腿被落石砸断了，弟弟的肋骨被砸断两根，矿上按合同给8000元外加500元的车船费就准备把人打发回去，矿上的工人们都帮着兄弟二人说话，每人又加了2000元还是把人打发走了。

矿工的生活，你们今天吃饭前也看到了，水里含很高的硫及有害矿物质，对皮肤有腐蚀作用。老板又舍不得花钱买净水设备。矿工每天用一个水桶的水，抹上肥皂冲洗，随便用毛巾往身上擦一擦，你看我们的背部和脸都不干净，不知道这里水质情况的人还认为我们不爱干净，其实，这都是没有办法的事。如果有洁净的水，谁不想下班回来舒舒服服地洗个热水澡。

我们这片工棚里住的都是2号井和3号井的工人，这两个井因为安全检查不合格，事故频发，是被安监局封闭的井，可话说回来，对于我们这些井下矿工来说，能挣钱保证全家人的生活才是最重要的。

听了黄大哥的介绍，天洪半晌没说话，一直沉浸在黄大哥讲述的情景中，要是早听到这些故事，就不会来山西挖煤，一路上花了路费受了罪，今天合同签了，押金也交了，总不能赔了钱就走人，再说，明知井下危险却还有这么多人来山西挖煤，那是为了啥？天洪摇摇头：“唉！来都来了，好赖干段时间看看再说吧，反正人是活的，见机行事吧。”

明桂点头：“哥，也只好这样了。”

夜里，天洪梦见了自己一个人在井下蜘蛛网状的巷道里行走，转来转去怎么也找不到出口，急得他张大嘴想喊，可是嗓子干得发不出声音。

第十一章　初次下煤井

早春的太阳驱开了云层，有点慵倦地照耀着大地，清晨的山风，刀子一样刮在脸上，依然让人感到寒冷刺骨春寒逼人。吃过早饭，天洪跟随工棚里走出的上班人流来到金银沟2号井口。

金银沟煤矿的2号井和3号井都只开了一个井口，下料、提煤、上下人都从这一个井口进出，远远望去，这里与周围的荒山没有什么特别之处，唯一的特点是不断有隆隆的大拖车进进出出。

太阳刚从山边露脸，60多名矿工已列队来到2号井口，各作业班长点完名，大班长黄富贵扫视了大伙一眼问：“兄弟们，下井后我们最要紧的是什么？”

众人回答：“安全生产。”

黄富贵点头：“对，安全生产。下井后我们就是‘眼观六路耳听八方’的孙猴子。要‘敲帮问顶’，注意你身边是否有不安全的情况。要记住，咱们是家里的顶梁柱，爹娘妻儿在等着你安全回来。话不多说了，大家抓紧时间换工作服，在井口依次等候着坐罐笼下井。”

煤井下温度一年四季变化不大，下井前，矿工们把身上的冬衣脱了放在各自备用的塑料编织袋里，编织袋上写着各人的名字，堆放在井口更衣室的木架上，矿工们只穿一身井下工作服——帆布衣裤，足蹬胶鞋。天洪和明桂也学着大伙的样子穿着家里带来的厚实的劳动布旧单衣，随着人流走进罐笼。

罐笼是煤矿特有的一种直上直下简易电梯，是煤矿用来运输人员和材料的主要设施，但比起电梯就显得非常简陋，2号井使用的罐笼是买的其他煤矿淘汰的二手货，罐笼中没有必要的控制开关、对话机、警铃、空调风扇等装置，升降只能由地面和地下工作人员通过信号控制启停。

罐笼内4平方米的空间像插竹笋一样挤满了二十多个人，狭小的空间里充满着矿工身上散发出来的各种刺鼻的气味，里面的人就像被塞到一个特大号的发臭的罐头里，虽然升降只有短短的2分钟。

罐笼终于到达了井口底部——距离地面80米的地下，天洪长长地出了一口气，随着人流走出罐笼。

来到井底，新来的矿工才知什么叫下煤矿，天洪这是第一次真正从地面到井下，心里突然忐忑不安起来，昏暗阴森的井下，穹顶犬牙交错的各色岩石面目狰狞像噬人的怪兽；岩壁湿漉漉的，天棚上时而沙沙沙地掉下石渣、煤屑；时而听见海碗口粗壮的撑木平白无故地咔嚓一声断裂；头顶上的矿灯发出暗淡的光，主巷道中间轻型铁轨上面行驶着人推的运煤车。

面前，主巷道两侧壁上稀稀拉拉吊着照明灯，灯上落满了煤灰，闪闪烁烁，借助灯光，井下的人勉强能看见周围物体的大致轮廓，棚梁上的煤尘足有一两寸厚，地上满是煤屑，一脚下去，漫过脚背，行走中脚下带起的煤尘飞扬，几米之外都看不清楚。

天洪问："黄大哥，井下标牌模糊不清，岔道又多，让人越走越糊涂。"

黄富贵答："咱们这种小煤窑没有设计规划，哪个方向有煤，巷道就往哪里延伸，就连我们这些天天在井下上班的工人都免不了会走错道。"

光线越来越暗淡，再前行就仅靠矿工头顶上的矿灯了。天洪一手拿镐头，一手拿着铁铲跟在黄大哥身后，踉踉跄跄地前行，头上昏暗的灯光让他看不清脚下的路，一路上不时被地下凸出的煤块或石头绊一个趔趄，他还不适应在井下走黑路，黄大哥不时地提醒："注意脚下凸起。"

越往前走人越少，矿工们都各自到分配给自己的掌子面采煤去了。黄大哥手指着前方说："看，我们就到了。"

天洪睁大眼睛朝前看：矿灯照着的岩壁上有一条细窄的通道，不过两尺宽，三尺高的通道向黑暗中延伸。

黄大哥低声道："千万记住，井下不能大声吼，以免引发掉顶事故，你跟着我进去后，先看我的示范，挖煤的时候要眼观六路，耳听八方，随时注意周围的动静，老板为了省钱，一再强调巷道要少支护或不支护，掌子面的支护就更少了，在里面挖煤，要随时注意石块煤块掉下来砸伤自己。"

天洪听得背心直冒冷汗，面前这个窄矮工作面人怎么进去采掘?

只见黄大哥握着铁镐，手脚着地，低着头，胸口贴着地面，小心地爬过这道狭窄坚硬的岩石关口，里面才稍稍变大，这就是采煤的掌子面，整个掌子面采煤现场没有灯光，唯一的照明来源于黄大哥头上的矿灯。矿灯照射下，灰色岩石间夹杂着一层黑色的煤。这里煤层薄，煤层厚度不过一米，黄大哥弯着腰跪在地上，挥动着镐头挖煤，从侧面看去他完全就是秦始皇墓中出土的跪式兵马俑。

来山西的路上，天福老是给兄弟两人讲"掌子面"，那时天洪听得懵懵懂懂，好像听明白了，又好像什么都不知道，今天亲眼得见，总算明白了掌子面的真正含义——原来，"掌子面"是井下采煤中的一个术语，即采煤中不断向前推进的工作面，在煤层薄的老式方法开采中，向前推进的工作面非常狭小，因此老矿工们把这个只有巴掌大的工作面称为“掌子面”。

黄大哥说：“金银沟煤矿井下多数地方煤层薄，是斜带型分布，煤层夹在岩石和泥土中，最薄的地方不到一米厚，煤层的上下都是坚硬的岩层或泥土，就像你刚才见我跪着才能挥动镐头干活。”

常听人说：“掌子面里的矿工是三块石头夹一块肉。”眼前的情景让天洪真正地体会到这些话的真实含义。

黄大哥把挖出的煤装入柳条煤筐，煤筐的底部绑有两条钢片，绳子的一头拴在煤筐上，一头挎在肩上，人弓着身子爬着，四肢着地用尽全力才把煤筐拖出掌子面，送到主巷道，再由运煤车转运到井口下面提升上去。

天洪默默地学着黄大哥的示范姿势爬进掌子面去，进去后他才感觉到这与在老家坡上挖地截然不同，在地里他可以甩开膀子铆足了劲大干，这里可不行，狭窄的工作面让人施展不开，得处处小心谨慎，甩开膀子弄不好会伤着自己。

歇气的时候，黄大哥又教给天洪怎么看煤层、怎么分辨煤和矸石、巷道支护、辨识危险情景的技巧。

中午，食堂炊事员推着小车摇着铃铛到井下送饭菜来了。在主巷道一处宽敞的地方，矿工们排着队，每人三个玉米面窝头，一瓢萝卜烩白菜，一瓢青椒炒酸菜，菜桶旁边有一桶菜汤，上面飘着油珠子。

干了一上午，挖煤的人早就饿得肚皮贴着背脊了，天洪前面的杨义全排到小车前，伸出沾满煤屑的大手接过窝头就啃，窝头合着煤屑，一口接着一口，三下五除二，只几大口，一个窝头就下了肚。

瞅着自己的黑手，天洪眼睛四下张望，那神态是想找水洗手，没有见到可以洗手的水，巷道排水沟里流淌着带着硫黄味的黑水。

黄富贵说：“这水有腐蚀性，不能洗脸洗手，更不能直接喝。”

再看周围的工友，也没有谁去洗手，最多把手在沾满煤屑的衣服上来回蹭几下，就这么伸出黑手拿起窝头大口吃起来。

杨义全瞅见，知道初下井的人都这样，冲天洪笑：“井下哪来干净水洗手，找也没有，煤是黑的也是干净的，你放心合着把煤屑吃进去不会闹肚子。”

天洪看看周围的人都用黑手拿着窝头，对上面的煤屑视而不见，都像杨义全那样连同着一块儿吃下肚去，他只得讪讪一笑，拿着窝头吃了起来。

巷道里湿漉漉的，地上满是煤屑，没有坐着吃饭的地方，领了窝头和菜的工人，只能蹲着或站着吃。每餐的饭菜是定了量的，超强的体力支出的工人不能填饱肚子，多次给老板提出增加饭菜的建议也未被采纳，大伙也只能认了，老板包食宿，他可不愿意让大伙敞开肚子吃。

在这地层深处的掌子面，黑暗、寂寞、孤独、单调而繁重的劳动，让开始单独采煤的天洪深深体会到了井下工作的艰辛和无奈。

在井下人像机器一样连续干 12 个小时，直到肚皮饿得咕咕叫，身上穿的衣服都能拧出汗水来的时候，天洪才同工友们拖着沉重的脚步来到罐笼上井。

上得井来，已经是夜色降临，一群灰头黑脸一身煤面儿的矿工，只剩下骨碌碌转的眼珠子和门牙带点白色。走出井口，一群人不约而同地停下了，山风阵阵吹来，掀动着他们被煤矸石划破的工作服，在井下吸了一整天充满煤粉的空气，鼻孔里又干又痒很难受，细微的煤粉全留在了鼻孔里，用手指头一掏，一坨湿漉漉的煤粉掉了下来。现在，他们可以大口大口地呼吸山野的新鲜空气。层峦叠嶂的山峰在朦胧夜色的笼罩下，一直伸向遥远的天边。

随着夜色的来临，一辆辆拉煤车满装重载着刚从地下开采出来的黑金，在坑坑洼洼的山路上颠簸着，醉汉一样摇摇晃晃向前移动，尾部卷起一股长长的黑烟。远远看去盘山路上星星点点的车灯连成线，像一串跳跃的彩灯，一阵尘土飞扬过后，留下黑色的煤粉末子在空中盘旋飞舞。

杨义全和赵大发跟在后面，看着一辆辆重型拖挂车满载着黑金轰隆隆远去，运往全国各地。

回到住地，天洪到厨房后面水池里舀了大半盆水，水呈黑绿色，池子里的水根本没有经过净水处理，仅仅是任其自由沉降的山水，有害的矿物质全溶解在了水里。天洪皱着眉头唾了一口："这水池里的水简直就是洗煤水。"

黄大哥说："这里的煤质好油分高，沾在皮肤上很难清洗。"

杨义全说："煤粉钻进了皮肤上的小毛孔里，不管抹上肥皂怎么擦洗都不掉。"

擦洗完毕，天洪站在镜子前自嘲："洗了半天，还是一个煤黑子。"

开饭了，天洪拿着饭碗去食堂，每人一大碗大米和苞米混合干饭，一碗青椒炒萝卜丝，一勺炒酸菜，灶前放着一大盆菜汤。

杨义全说："别看了，一周只有两天见荤。"

明桂心里愤愤不平："这些就是老板说的包吃？"

端着碗还伸出舌头在舔饭碗的杨义全说："说是包吃包住，可我没有哪天是吃饱了的。"他拍拍咕咕作响的肚子，"这不，肚子还在咕咕叫。"

赵大发说："那是因为你付出的太多，吃的这点饭还不够补充你的付出。"

黄大哥说："说是包吃包住，还不是羊毛出在羊身上，吃的我们自己的。"一群人七嘴八舌议论着老板的吝啬。

李占魁带着他那条纯种狼狗巡查过来，众人才打住了不满和发泄，那狼狗纯黑色，一对眼睛总是露出淡绿色的凶光，站在那里足有半人高，长得膘肥体壮，听人说是纯种东洋狗，价值上万元。这狗在家里有单独的居室和专人喂养。每次出巡，李占魁总是带在身边，新来矿上的工人看到这气势汹汹的畜生，不免心里打战，狗仗人势，每见主人在训人时，这畜牲也在旁边龇牙咧嘴露出牙齿。

经过黄大哥的言传身教，一天下来，天洪基本掌握了挖煤要领。第二天，就开始在掌子面上独立挖煤，同班的工友就在他旁边的掌子面。整个上午，虽然顶上偶尔掉下一些碎石砸在头上手上，但因为头上戴着安全帽，总算没有伤着。

午饭后，危险却不请而至。正在埋头挖煤的天洪，突然听到背后“哗啦啦”的声音，他警觉地转过身，只见背后一步之遥的头顶上顷刻间塌下一大堆碎石块堵在身后，碎石还在呼呼啦啦往下落，只一会儿就在身后堆起一座小丘包，把他与外界的唯一通道完全阻断了，吓得目瞪口呆的他正想呼叫黄大哥，忽然想起掌子面里不能大声呼叫，只得自己拿起身边的铁铲自救。

刚下井的第二天就遇上这事，他心里不由得害怕起来，长这么大在他心里还从来没有过“害怕”二字，可这次他是真的害怕了。

掌子面里原本就空间狭小，背后的通道被堵死了，渐渐地，天洪感到胸闷心慌，头上豆大的汗珠直往外冒，顶上仍在不断落下的石块，砸在手上背上，他没敢停下，艰难地在乱石堆的顶部面凿出一个小小的口子，他长长地舒了一口气，可以通气了，他继续扩大口子。

旁边有灯光照射过来，是黄大哥来叫他收工，天洪轻声呼叫：“黄大哥，我这里塌方了！”

听见呼叫声，看着眼前的情境，黄富贵明白天洪遇到危险了，他提着铁铲奔了过来，从塌方外上方帮着天洪快速地铲出一条狭窄的口子。

黄富贵伸过铲把：“抓住，我拉你出来。”天洪抓住铲把，借助黄大哥的拉拽，艰难地从口子里爬了出来。黄大哥替天洪拍去身上的煤屑泥土，搀扶着受了轻伤的他慢慢地走向井口，上到地面后天洪还心有余悸。

在天洪他们挖煤方向相反的掌子面，是明桂他们炮工班的采煤区，这里是富煤区。炮工的责任就是在煤层厚的工作面里打眼放炮，将原始煤层炸下来，装运到主巷道运走，这是小煤窑富煤区采煤的第一道工序。

明桂跟着周师傅学炮工。这边的煤层厚，为了提高工效，采用风镐打眼装药放炮的方式将厚厚的原始煤层炸下来。这里的采煤工高效得多，但也是最危险的工种，特别是遇上掌子面潮湿流水的地方，常常会出现哑炮需要排除，有时是真哑炮，有时不是哑炮，去排除的人还没走拢，炮响了炸伤了人。

师傅周田海中等个子，偏瘦但给人精干的感觉，话语不多，亮出膀子手臂上的肌肉像健美运动员一样一块一块地鼓起，与他瘦弱的外表极不相称，一看就知道是个做老实活路的人。

看了师傅的示范，明桂第一次拿起风镐，一拧开关，风镐突突地在手掌里跳动起来，师傅在旁边叮嘱："抓紧风镐别松手。"

明桂这才感到拿风镐不比拿铁镐挖煤轻松，特别是打高处的炮眼，几十斤重的风镐握在手中，举过头顶，使不上劲，风镐振动起来，两手发麻，头和五脏六腑随着风镐的振动节律颤抖。

旁边，几个工友正专注地在打眼，黑色的煤粉末子随着钻头的旋转在空中盘旋飞舞，一排炮眼打好后，周师傅招呼："大伙把风镐收捡好，两人一组装填炸药引信布电线，咱们炮工班不怕慢就怕乱，装药放线要特别细心，乱不得，出了差错可不是小事。"

昏暗的灯光下，十几个人来来去去井然有序。李春生在逐个仔细检查炮眼和布线，李春生报告："班长，一切准备妥当。"

周田海指挥："大家伙散开躲藏好，明桂留下，跟我摁按钮。"

明桂点点头，周田海环顾四周，见工人们都隐蔽好："明桂，注意听我的口令，一、二、三，起爆。"

随着明桂摁下了按钮，炮响了，轰隆隆的巨响使整个巷道都跟着震动起来，顶上哗啦啦地掉着石块煤渣，满是烟尘的巷道里充满了火药味和煤粉的味道。

十多分钟后，周田海才招呼："大家上前清理战场，运输班装运。"

一天下来，明桂感到胸口疼痛，双手发麻，吃饭时连筷子都握不稳，天洪看着兄弟，心疼地撩起他的衣袖，整个膀子都红肿了，手贴在上面觉得滚烫。

天洪说："兄弟别怕，出来干活，总要经过这一关，看你师傅和师兄，哪个不是这么练出来的，过了这一段时间适应后就好了，等会儿晚上我给你按摩一下。"

吃过晚饭，天洪从食堂打来热水，给明桂擦洗后又给他热敷按摩，从小跟师父练武学艺的他知道一些消肿止痛的按摩方法。

像金银沟这种小煤矿大多没有经过勘测设计，十多年的乱采滥伐，采掘面完全是无序伸展。老板只看重煤产量，对井下的安全设备舍不得投入。

每次井下出了事故县主管部门的人来调查，都是在松岭镇大酒店里住下听汇报，然后到矿上找事故的当事人问情况做笔录，回酒店写个事故调查报告，就算完成了事故的调查处理。至于善后处理，家属赔偿，矿上自然知道会怎样摆平。

金银沟煤矿三口井都在铆足了劲开工生产，村里干部都入了股。1 号井的工人有一半多是金银沟本乡弃农下井的当地人，工人下班后都回家里住，井里的设备基本到位，这主要是用来应付检查，1 号井口在前山脚下，离天洪他们居住的工棚不远，井口竖立有“金银沟煤矿”的大招牌，每次上面来检查的人都是直接去 1 号井。

而与天洪他们一起住在工棚里的外省矿工，下的是 2 号井和 3 号井，平时，三口井的地下专门打有巷道互相贯通，下井的工人都可以从 1 号井口下去，再通过贯通的巷道去 2 号井和 3 号井，遇到上面风声紧或有人来检查的时候，李占彪再叫老二派人把 1 号井通往 2 号、3 号井的巷道临时封死并做好掩饰。2 号井和 3 号井的工人则绕道从后山下井。

煤矿出了事故大都是私了，反正矿工多数都是外省来的，与外人基本上也没有什么联系；去年 12 月 20 日 1 号井和 3 号井瓦斯爆炸，县里派人来调查，对出事的井下令停产整顿的通知，李占彪派老二组织人员清理事故现场，对巷道进行修复，春节前村里已经打报告给县里，说是已经整顿好，要求恢复生产。

年过完了，在县里没有正式下文同意继续开工的情况下，金银沟的 3 口井都私自开工恢复了生产，李占彪说：“停产，那停的可是钱。”

几个村干部也都乐意，反正是山高皇帝远的山沟里，只要没有人去上面反映。

井下挖煤的工人，都是贫困山区来的一群汉子，他们有着强烈的改变贫穷生活的愿望，能吃苦，干活不讲条件，老板要的就是这种人。看着每天几十车煤运出去，李占彪心里又在盘算着怎样增加产量多出煤。

晚上，村长和支书又来到李占彪家，小车司机今天专门从青岛买回了海鲜，下午李占彪就打电话叫他们过来换个口味尝个鲜。

里屋炕上小桌，三人边喝酒边谈论着如何多出煤的话题。

正喝得高兴，李占魁匆忙进来说：“大哥，今天差点又出大事了，3 号井的升降机停转，罐笼半道上突然卡住悬在半空中，二十多个工人被困在笼子里下不去上不来，开罐笼的操作工正在处理中，刹车失灵罐笼突然下坠，幸好当时离井底只有十多米高，罐笼里有几个人受伤。当时我正在井底，看着快速下坠的罐笼差点吓傻，上次瓦斯爆炸的事还没了结，要再伤人就麻烦大了。”

“赶紧安排技术员和修理工去。”李占彪急了，罐笼停了可就真要停产了。

“已经叫他们修去了，大哥，咱们买回来的罐笼是已经过了两个东家的甩货，修过多次也没能彻底解决，你看？”

“我看什么，还是以修为主。”李占彪有些动火。

李占魁没好再问了，知道大哥是惜钱如命能省就省的主，从来舍不得拿钱更新设备，讪讪道：“伤员已经送镇卫生所，这次还算幸运，罐笼里只有两个被压在人堆底下的工人骨折，其他人都是轻伤。”

李占魁匆忙走了，李占彪举起酒杯：“来，兄弟两个，我们接着喝，别让老二带来的坏消息给败了雅兴。今天我叫二狗子专程从青岛带回的海鲜和青岛鲜扎啤酒，尝尝！”

“大哥的一片盛情让小弟感激不尽，我这里借花献佛，敬大哥一杯酒。”村长双手拿着啤酒杯，虔诚地敬李占彪。

“我也敬大哥一杯！”支书也举着酒杯敬李占彪。

“干！”三人一同举着酒杯相碰。

酒至三巡，李占彪说：“刚才你们说到明天县里联合检查组又要来，这几年来，整顿小煤窑像搞运动似的，不知搞了多少回。”

村长点头：“大哥说的是。”

在西头食堂屋后阳沟上，搭有两间简陋的浴室，不然，煤粉粘在汗漉漉的身上确实让人无法入睡。浴室是用几根油黑的废旧坑道支木搭建而成，芦苇席做墙，油毛毡盖顶。浴室里没有自来水管，洗澡的人只能在水池里提半桶山沟里流下来的山水，兑一瓢煤炉子上铁桶里的热水，抹上肥皂拿上毛巾浇着洗，再胡乱擦洗一下就算完事，水里含硫、磷、砷等矿物质太多，泡久了对皮肤有害。天长日久，那些没有洗掉的煤黑就渗进皮肤里了。

每天吃了晚饭擦完澡，是矿工们一天中最放松的时间，睡前大家喜欢坐在炕上聊天，聊得最多的话题还是女人，是家里的老婆。

赵大发爱拿着个巴掌大的收音机听点播歌曲，矿上没有电视，没有娱乐场地，要想看电视只能去街上的游乐室，花 5 元钱坐在那里看；也有几个人聚在一起玩扑克牌和长牌赢小钱的。

天洪和明桂则喜欢在屋后的石头坪上坐着发呆。有时候天福哥在一起，三弟兄则喜欢在一起聊家乡的故事，从穿开裆裤的小时候聊起，爬树掏鸟窝、摘李子、打核桃、捡板栗、下河游泳……什么都谈。

下井挖煤的人除了吃饭时和睡觉前说上几句话，实在没有多少空闲的时间，十多个小时的井下工作回来，浑身疼痛，困得要命，躺在炕上就不想动了。

由于水质问题只能马虎擦个澡，矿工们身上的汗臭根本没法去除，宿舍里 7 个大男人散发出来的汗臭、脚臭、衣服臭，使得整个宿舍充满着臭烘烘的怪味，让初来的天洪和明桂极不适应。

房间小，坑上 7 个大男人，睡觉一个个紧挨着，以致翻身都需要憋足劲才能翻过身子，还常常把旁边的人弄醒。

夜深了，天空阴沉沉的，没有月光和星星，早春的寒风在昏天黑地之间抖着威风，卷着落叶和尘沙，打得窗纸哗哗响。杨义全躺在床上，直直地伸了个懒腰，脸上的表情像是就着可口的菜喝了二两纯高粱酒那样满足惬意，打了个呵欠翻个身，又响起了呼噜。

劳累了一天，同屋里另外 5 个人都睡沉了，天洪给兄弟做了按摩，明桂也舒展着睡了。顷刻，屋里呼噜声此起彼伏，绵绵不断，唯独天洪还不习惯这里的生活，躺在炕上脑子始终静不下来，来矿上这十几天的生活工作，就像电影一样在脑子里回放，回想起来他真还有点后悔来这里。

天洪想不下去了，唉，来都来了，干干再说吧，就像天福哥说的："咱来这里是想挣点现钱，家里急着要用，不是来享福的，只有这样你才会想得通。"想着想着，进入了梦乡，梦里，他又回到了杉树岭，回到了龙门坝的老屋，吃着阿香煮的热乎乎的酸菜肉丝面片，又和女儿说笑着。

那边，赵大发的腿长，一只脚又搭在了旁边杨义全的肚子上，在睡梦里踢了杨义全一脚的时候，杨义全嘴里还在喊着："阿华！阿华！"

旁边的王金义翻了一个身，口里嘀咕道："吵死了，还让不让人睡觉？"

只有赵大发的鼾声仍然震耳欲聋。挨了蹬的杨义全抹抹自己嘴边流出的哈喇子，睁开眼睛，这才确定自己是在做梦，刚才在睡梦里，他又一次梦到了媳妇阿华搂着自己亲热。

杨义全说："最叫我愧疚的是妻子生孩子的时候，我刚从井下出来，听说办公室有电话叫我，跑着去接，路上还摔了一跤，妹妹在电话里告诉我媳妇生了一个胖小子，我乐了，又哭了，结婚十天我就丢下媳妇回矿上来了，阿华一再求我再住几天，为这我还跟她生了气，我说，多在家住几天，这结婚借的钱啥时还？回到矿上，我才后悔不该对媳妇这样凶，这么好的媳妇都不知道疼。"这话杨义全都说过几次了。

赵大发打趣道："像你这样不疼自己的媳妇，谨防她跟别人飞了，到时你后悔都来不及。"

杨义全瞪着赵大发："你小子想报复我不是，把你自己的新婚媳妇花儿看好了就是，我那生了娃的敞口货没有谁要。”赵大发满脸涨红，要上前捶杨义全。

被黄大哥拉住了：“好了！好了！弟兄们闹着玩的可别当了真，谁不是没法子了才把媳妇丢在一边，要说来矿上的农民工，哪个不疼爱自己的媳妇，就说我，都老夫老妻了，还经常梦见她搂着我睡在一起，醒来才知是梦一场，唉！”黄富贵抹了一把涌出的泪水说不下去了。

一屋人都哑了声，只听见有人在低声哭泣。天洪也红了眼圈，平时，他是一个很少流露感情的硬汉子。

旁边，王金义也在偷偷哭泣，27岁的他还没有成家，读了两年高中的他因老爹车祸去世而中断了学业，他不愿意让老娘为难，毅然来到山西打工，挑起了家里生活的重担，家里还有一个正在读初中的小妹需要他负担。他原本生得细皮嫩肉，经过井下三年的磨炼成熟了许多，不过仍然还是一表人才，说起话来慢声细气，性格像个女孩子。平时，他喜爱读书，枕头上总是放着有唐诗宋词、百科知识、短篇小说选。他娘在邻村给他相中了一个姑娘。

去年春节王金义回家相亲，姑娘名叫邢如玉。那天，媒人带着姑娘来了，姑娘玉脸粉腮，颇有演员相，二人谈笑融洽。开始如玉见他谈吐不凡，是个有知识有模样儒雅帅气的小伙子，媒人悄悄问她：“妹子，你觉得人怎么样？”她羞涩点头一笑，表示给她的第一印象很满意。

如玉抬起头笑盈盈问：“金义哥，这几年出去在哪里工作？”

王金义犹豫了一下，小声答道：“在山西煤矿挖煤，收入还算可以。”

“什么，在山西挖煤？不是说你在哪个机关单位吗？”姑娘面带狐疑。

“是在山西煤矿挖煤。”王金义提高了声调，再次肯定，他不想欺骗姑娘。

让王金义意想不到的是，听到他的回答姑娘脸色骤变，立即站立起来，拉着媒人的手道：“张婶，我们走！！”

媒人一脸狐疑：“如玉妹子，刚才还有说有笑好好的，怎么突然就不谈了？”

姑娘一脸不高兴，断然拉着张婶头也不回地走了，来到村外，姑娘才对媒人说：“你刚才没听他说在山西煤矿挖煤，张婶你说，谁愿意跟着他这种煤黑子受一辈子穷！”姑娘铁青着脸扭头走了。

姑娘走后，王金义哭了，第一次相亲就遇上这样的事，让他痛苦不已，他发誓：再也不回老家相亲了。回煤矿后，他只字不提回家相亲的事，原来爱哼山歌的他变得沉默寡言。

晚上，黄富贵又同几个新来的兄弟聊起矿上的事，他使劲吸了一口简装的劣质香烟："这矿工，不是每个人都能干的，除了有力气外，在井下还得有眼观六路、耳听八方的本领，随时观察周围的情况。"

天洪说："黄大哥这话，我太有感触了，独立工作的第一天我差点就被顶上塌落的碎石活埋，仅一步之遥的顶上，瞬间就塌落几立方米的碎石，如果不巧正好落头顶上，不砸死也得重伤，想跑是来不及的，现在回想起来我还心有余悸。"

黄富贵说："小煤窑才不讲究那些个安全预防措施，那可都是要投入大把钞票的，私人承包后的小煤窑就是自己的私有财产，村干部都是矿里的大股东，谁都乐得少投入多产出。小煤矿没有设计规划蓝图，反正朝有煤的方向挖，李老二陪着矿里聘请的工程师下井勘查，决定各个巷道的掘进方向，这就计划生产。"

赵大发说："这里的小煤窑，并非外界所想象的，井下的煤像一堵墙一样立在面前随便挖，像我们这种小煤矿，多数煤层薄，一米左右的煤层夹在泥土或岩石里。遇上石夹煤，老板为了省钱，一般是不叫用木料支撑的；遇上泥夹煤，要防泥土塌下来，开挖前，矿工还必须准备各种木料。挖一米，就往里支上一块木板顶住，支得不好就可能挖塌了把自己埋在里面了。"

"下井挖煤和赌博一样，不过赌的不是钱而是咱们的命，咱们挖煤工是阎王嘴里刨食，都知道危险，但还是要下井挣钱啊！"杨义全说。

这天在井下，天洪看见掌子面顶上又在不断地掉落石块，他去主巷道扛来木料准备支护，正好遇上老二李占魁来检查，他看了看顶面："现在一根坑木需要八十来元，我们这是小煤窑，巷道小，出不了大事，老板要大家节约成本，尽量少支坑木，掉落点煤渣小石块碍不了大事，能不支的地方尽量不支，采完煤之后，能把坑木抽出来的尽量抽，支到新的巷道里去。"

陪同李占魁来检查的黄富贵指着顶上说："你看头顶上这块大青石已经开着一寸多宽的裂缝，再不支护要出大事，上次天洪就被塌方堵在掌子面里出不来了，要不是我看见赶过来帮助他，可能早就见不到人了。"

李占魁用灯照了照顶上的裂缝，见已有两米多长，这才没有吭声。

得到同意的天洪这才冒着被石块砸伤的危险前去支护。

晚上，黄大哥向同屋的兄弟讲述一次事故："我在大同煤矿南区的一个小矿当生产班长的时候，去检查安全生产，就盯着工作面的一块顶板，看着好像有点松动，我赶紧把正在里面工作的一个四川老乡叫了出来，让他暂时停止铲煤，我马上去叫人来帮助他把顶板加固好才能再干。可等我扛着坑木进来的时候，就听到有人在喊：'出事了！'我赶紧跑过去，那个老乡不知怎么又进去把煤筐拖出来，正好一块石头掉下来砸在他头上，当时人已经没救了。”

话还没有说完，黄富贵已经泪流满面：“那个遇难的工人与我在一起下井有四年，我俩住在一个宿舍，感情好得像亲兄弟一样。”

杨义全说：“你兄弟俩新来，采煤工人有一句话，每天当班来到工作面，第一道程序就是‘敲帮问顶’。地下的煤层结构是一层石头夹一层煤，采煤就是把两层石头之间的煤采出来。煤层上面的石头叫顶板，下面的石头叫底板，两旁的巷壁叫作‘帮’。工作前要先把自己周围的情况‘问清’，这一天才能安心挖煤。”

赵大发说：“我们都晓得下井就意味着离危险很近，但在工友和外人之间从不讨论这个问题，这是忌讳。”

这天吃了晚饭，天洪到隔壁房间找天福哥，抬头看了看墙上的日历，一算，来煤矿已经50天了，天洪问：“哥，上个月的工资到今天还没见发，矿里工资到底是怎么个发法？”

天福道：“合同上倒是说的是每个月的月底发，实际上工资都是过了好几个月才发，老板说到处要用钱，来拉煤的老板都欠着账，矿里资金周转不过来。”

“来的那天老板说是按月发工资，怎么变成过几个月再发了？”天洪不解。

“矿上都是四月份发一月份的工资，久而久之，也就是说最快也要欠三个月的工资，反正钱少不了，只是要往后拖延几个月。”

听到天福哥说这话，天洪一时没了言语，阿香前天来信说家里等钱还账。

走出低矮的工棚，抬眼望去，深沟里偶尔几声鸟雀的鸣叫，悠远得像是从天外传来，一队队的运煤车穿梭往来，有一半是早已经报废的老式圆头解放卡车和没有任何牌照的加重卡车在山沟里运载煤炭。

赵大发指着不远的几辆独眼龙：“看，油漆全都掉了，车灯也没有了。”

天洪笑了：“这些卡车拉去当道具拍战争的电影，完全不用再装饰了。”

黄富贵：“城里的报废车，到山里脱胎换骨后重新跑起运煤来了。”

杨义全：“看这一路上趴窝的、爆胎的车扔得到处都是，路也全给压坏了。”

第十二章　井下遇塌方

早春的金银沟周围，一道道灰黑的山梁上，裸露出干涸的泥土，一块石岩下居然萌出几点新绿，自信地开出几朵黄灿灿的小花，在春天的阳光照耀下，竟是透着那么一份惊喜，展示着它们倔强的生命力，它们的根就扎在这块毫无湿润的土地上。小花有两片小小的叶子，像两只举起欢呼的小手，那根细弱的小茎，极绿，在春风吹拂里战栗不止，弱小而精致，令人不忍触碰。就是这样一个小小的生命，一朵开放在春天里的小花，让天洪感悟到生命力的强大。在如此干旱的土地上，扎根，吸收到哪怕一丁点儿的养分，极顽强地生长，还绽开小小花朵留下后代。他蹲下来，轻轻地抚摸这微小的生命，心中升起一股由衷的喜悦：它也是这春天里的花朵呵！

煤炭，这种远古森林的化石，把希望的绿色献身远古，把热烈的红色献媚火炉，唯把深沉冷峻的黑色面对矿工，它的骨髓仍然流淌着那种没有被社会染缸熏染的清纯，它的灵魂仍然保持着那种生命本源的圣洁唯美！

有人说，认识中国就要认识中国的农民，认识中国的农民就要认识中国的矿工。在中国，矿工也是中国农民的另一种命运形态，这几十年，越来越多的农民丢下锄头拿起镐头。他们有城市的生活习惯，又保留着乡村的习俗，是两种习惯掺杂在一起的复杂的人群。他们具有农民的心态、农民的文化传统，只是他们比田野耕作的农民更艰难也更强韧，在井下，他们是一群看透生死的人。

傍晚时分，风越来越狂，一道闪电过后，雨铺天盖地下了起来，春天来第一次暴露出了狰狞，闪电照射下高耸的大山，像是一头巨兽矗立在那里。

也不知过了多久，风停了雨止了，山谷里升腾起薄纱似的雾气，影影绰绰，说不出的温柔。草丛中优雅地飞舞着无数个像萤火虫那么小的“仙女”，雨珠不停地从叶尖往下滴，发出玲珑的声音。要在十几年前，夜幕下的金银沟，这时早已静悄悄的没有了人声，顶多偶尔会有一只狗吠几下。

而今金银沟变了，四周大山地下的煤井里，机器轰鸣，突突突的风镐声不绝于耳，此时正是大干快出煤的时候，周边的小煤矿老板，见李占彪私自将安监局下令停产整改的井开工恢复生产，也都悄悄开工了。管他呢，有钱才是草头王，祖宗留下的煤炭也不是他李占彪一个人的，凭什么他能采我们不能采，地下的宝藏不采白不采。

地面上，雪亮的车灯把路面照得如同白昼，重型拖挂车正在把地下掘出的乌金源源不断地运到铁路转运站去。处在漫天烟雾中的小街四周全变成了原煤堆放场，每个煤堆都在数百吨至数千吨，装载机冒着呛人的黑烟，把那些刚挖掘出来闪亮的乌金装到等候的重型卡车上，等候拉煤的车队排满了煤场外各条支路。

在井下干了12个小时的挖煤工人从井下一出来，就嗅到了春风吹送过来的麦子扬花的香味，他们都是从农村来的，熟悉地里庄稼的味道，即使在井下待久了，鼻子被煤粉堵住了呼吸的通道，他们仍然能从随风飘来的气味里分辨出麦香的味道，那是从小就熟悉的味道，那是老家丰收在望的麦田里飘过来的气味，他们和土地还保持着紧密的联系，对庄稼的气息格外敏感。

在小煤矿，不知何时降临的灾难，始终是悬在矿工们头顶的达摩克利斯之剑，每天自己能完好地走出矿井就有希望，就能给家里挣钱。

国家安监局要求煤矿井下的瓦斯、CO、CO_2、井下温度、供电状态、风机、风速等涉及安全因素的数值，必须控制在安全范围内，而且要24小时连续监控；有专门的安全监测监控设备，配备专职的安全人员。

而在金银沟煤矿，为了节约开支减少非生产人员，对这些关系到矿工生命安全的规定大打折扣，井下既没有专门的安全监测监控设备，也没有配备专职的安全监督人员，上面来检查时才把设备摆出来，许多设备连电源线和监控连线都没有接通，设备放在那里只是一个虚假的摆设。戴着红袖箍的安全员，也是临时叫几个采煤工人戴上袖箍来装点门面应付检查，问起安全生产知识一问三不知。

这些矿工都是来自四面八方刚丢下锄头安全防范意识淡薄的农民工，他们从娘肚子里出来，就跟泥土打交道，来到井下挖煤，骨子里就没有那种安全意识，矿上再不重视安全，这矿难就在所难免了。

清明节过了，天气晴朗，远山一片翠绿，近处墙角沟边，也能见到稀稀拉拉的野草长出绿油油的嫩芽。

转眼季节到了谷雨，都说谷雨时节雨纷纷，过了谷雨，干旱了近半年的北方也淅沥沥下起雨来，而且是一口气连续下了十几天，今天早晨才见到太阳。

连续十几天的雨使井下巷道壁渗水逐渐加大，巷道里一个个水洼面，下井后，班长黄富贵就感到井下的情况有些异常，他提醒大家道："连续下了十几天大雨，到工作面后大家先各处看看，有情况提前预防。"

上午总算平安过去，中午，一班人聚到主巷道刚端着碗吃饭。突然前方响起嚓嚓嚓的支护原木折断声音，紧跟着，吃饭这块地方的顶上哗哗啦啦地开始掉石子，老板为了节省坑木，平时总是交代井下节约木材，连主巷道的支护都比国有煤矿少了一半。

巷道深处连续传来塌方的巨响。

“不好，要出事了！”黄富贵惊呼起来，他是生产大班长，赶紧指挥大家：“快！快！跟着我往安全地方撤离。”险情就是命令，三十多个人扔下饭碗跟在他后面向井口方向奔去。

跑着跑着，就听到前面轰隆隆的几声巨响，随即，鼓风机停止了送风，巷道里的照明灯一下子全熄掉了，“前面也塌方了！”黑暗中不知谁喊了一声。

四周一片漆黑，只有矿工们头顶的微弱灯光还亮着，前方井下输电线路被塌方砸断了，到处是稀里哗啦地一片垮塌声，头顶上不断地有煤渣、石子掉下来砸在人的背上手上，巷道里满是呛鼻的粉尘味，四壁的水也仿佛被捅漏了，像水枪一样四处喷射。这群矿工大多数是进矿不久的农民，自打从娘肚子里出来还没有见过这吓人的场面，一个个被吓得脸青面黑，腿脚打战，迈不开脚步，还有几个吓得尿了裤子。身上穿的衣服早被汗水和喷水给湿透了，鼻子耳朵里都是泥土和煤灰，矿工们一个拉着一个，跟在黄富贵身后，踩着高低不平的煤渣，摸索着前进了三百多米，在前面探路的赵大发传来声音：“班长，前面出去的巷道被塌方堵死了，怎么办？”

“去 1 号井那边的巷道呢？”

“刚才看了，也被塌方堵死了！”

听到这话有几个新来的矿工吓哭了，人群里一阵惊慌。黄富贵说：“兄弟们别慌，杨义全、赵大发、张小烛，你们在四周看看有没有能冲出去的地方。”

几个有经验的矿工在塌方周围用镐头扒拉，希望能找到一个可以打通出口的薄弱处，反复试了几处地方都不行。想要通过自己的力量冲出去已经不可能了。

面临险境黄富贵反倒镇定下来，他扫视了一下惊慌的大伙说：“兄弟们把矿灯都关掉吧，只留我这一盏灯亮着，从现在起，我们要准备打持久战，除了还要继续努力想办法打通出口，就是等待救援。风机停了，送电停了，地面上的兄弟肯定已经知道井下出事了，他们会来营救我们，大家检查一下带的吃的还有没有，杨义全，你带两个兄弟原路返回去，把刚才没有来得及吃的饭菜找到带上，哪怕是掉在地上沾有煤粉的饭粒都要捡起来，这是我们的救命粮。大家听我的指挥，尽量保存体力，树立活下去的信心，家里的父母妻儿都等着我们。”

黄富贵的话还没说完，几个新来的矿工被吓得失声痛哭。

天洪深深地叹了口气说：“大家都别哭了，相信黄大哥会把我们大伙带出去，像他说的，要做持久准备，要学会保存自己的体力，光哭解决不了问题。”

杨义全拍了拍天洪的肩膀：“兄弟说得对，这种事我遇到过几次，现在最重要的是要有走出去的信心，你们两个跟我回到刚才吃饭的地方把没有来得及吃的饭菜带回来，现在就靠它来活命了。”

三个人借助头顶上微弱的灯光，在四周一片垮塌声的巷道中深一脚浅一脚向前摸索，巷道中落石腾起的尘烟让人看不清楚周围的一切，头顶上还在哗啦啦地掉石块，胶鞋踩在流水的地面上，发出咕叽咕叽的声响，回旋在空荡的井巷中。

当三人把没有吃完的饭菜捡回来的时候，黄富贵已经把30多个人带到一块相对安全的地方，作为班长，他平时下井总是留意周围的环境，哪里安全，哪里能避险，他脑子里都有一幅图，以便在紧急遇险时用得上，这套本领，还是他的师傅当年传授给他的。

这避险的地方，头顶是一整块巨大的青石岩，周围都在哗哗啦啦地垮塌，这里却相对安全。30多个人挤在20平方米的狭窄空间里，身上单薄的衣衫早已被水淋透，浑身湿透的矿工们只得挤在一起取暖，眼睛闭着，脑子里却在思念老家读书的儿女、温柔的妻子和年迈的父母，以此来鼓励自己活下去的信念。

黄富贵领着几个下井多年的工人在想出去的办法，他们现在身处的是2号井的主巷道，原来有一条巷道与1号井相通，刚才的塌方时又掉下来几块巨石，中断了通往1号井的巷道。

平时乐观好说的张小烛刚才随黄大哥探查出口时被掉下来的石块砸伤，躺在石板上，天洪用灯照看，只见他腿上淌着血，口在轻轻地倒吸着气，嘴里发出咝咝细微的响声，疼痛得整个脸都抽歪了，井下没有药没有洁净的水，天洪在旁边干着急，只能安慰他，小烛轻轻地摆手，那意思是：这点小伤别惊动大伙。

平时下井时小烛总爱戴着他那只上发条的老式机械手表，过一段时间他伸出手腕看一看，给大家报一下时间，也轻声地说一段故事提一下大家的精神，别看他年纪不过26岁，但已经历过五次矿难，算是个身经百战的矿工了。

两天后，一些年纪较小的矿工精神接近崩溃，找回来的那一点饭，原本只是一顿饭的量，黄富贵让分作四次吃，连饭渣都没剩一粒，已经被困井下52个小时了，几名新来的矿工失声痛哭，情绪激动。

被困井下，最重要的是吃，井下没有洁净的水，黄富贵说：“这里的地下水含有的杂质太多，而这些杂质大多对身体有害，喝这种水不但对身体无益，反而容易拉肚子，确实渴了宁可喝自己的尿也不能随便喝井下的水。”

肚子里的那点食物早就空了，饥饿难忍的几个人抱住身边支撑顶棚的木头，咬下碎木屑，咀嚼着慢慢往肚里咽；几个矿工把自己腰间的真牛皮带解下来切成薄片，牛皮太硬，只能放嘴里慢慢地嚼。

嗓子干得冒烟，实在口渴了忍不住，把舌头伸出舔几口石壁上的渗水润润。四周一片黑暗，只有石块掉落的声音，身边是横流的污水，每个人都在忍受阴冷、饥饿、绝望、精神崩溃的考验。

看着愁眉苦脸的工友，赵大发心里像五味瓶，几次遇险经历告诉他，千万不能被眼前的境况吓得绝望，一定要有走出去的信心，他故作轻松地将在贵州挖煤时一名矿工被困井底六天生还的励志故事讲述得无比生动：

那是我在贵州六盘岭煤矿发生的一次煤矿透水事件中的故事。

有一个名叫李水生的工友，我们在一个采煤班，他所在的掌子面在巷道的最里头，井下突发大水时其他人都逃出去了，他跑的时候被脚下的石块绊了一跤，膝盖被磕破了鲜血长流，头上的帽子和矿灯被摔出去好远，他顺着刚才帽子落地声音发出的方向慢慢爬过去，把帽子捧在手里，不幸的是矿灯被摔坏了，漆黑中他辨不清方向，没能跑出去，被困漆黑的井下。他凭着感觉拖着流血的右腿艰难地爬上一块高出地面几米的大石板上，饥饿寒冷的他穿着湿淋淋的帆布单衣，躺在大石板上。时间一分一秒地过去了，根据以往的经验，他估计出事已经两天两夜了，这时他的精神已经临近崩溃。

他是经历过几次矿难的人，但那都是和工友们在一起，这一次他知道可能是在劫难逃了。一个人孤零零地身处百米下的矿井中，没有吃的，没有喝的，更没有一点声音，不说饿死，孤独的恐惧也会把人憋死。

他听老矿工说过，以往煤矿透水事件中死亡的人，很少是饿死或窒息死亡，大都是精神崩溃，在救援队伍还未到来之前，已经先绝望死去。

一般人是肉体死了，而后精神随之消失；而精神绝望的人，一般都是精神死去，而后肉体才随之死去。

从小至今，他没有经历过大的磨难，这次遇上了，第一次孤独的一个人就遇上了透水，并且已经过了两天，与其这样孤孤单单地熬下去，这样在孤独中无望地等待，还不如早些死了，早些解脱。

黑洞洞的巷道里什么也没有，除了死亡的影子紧紧地跟随着他，咬噬着他的肉体、咀嚼着他的灵魂之外，什么也没有。这个时候，倘若有一点儿声音，哪怕是对他最恶毒的诅咒，或者是一双手打在他脸上发出的声音，也会让他欣喜若狂，让他从恍恍惚惚中苏醒，重新振作起来。

但除了远处隐隐约约有水滴答的声音外，其他任何声音也没有。

迷迷糊糊中，他感到光着的膀子上有点痒，下意识地用手去挠。同时，有一个声音响起，声音很小，若有若无，但在他耳中听来，却如巨雷一样惊天动地。

嗡嗡嗡——分明是蚊子翅膀扇动发出的声音。

他悚然一惊，使尽全力坐起来，听着这天外之音：嗡嗡嗡，细细的一波三折，时断时续。一会儿离他耳朵近了，很是清楚，如二胡的尾音；一会儿又远了，像梦的影子，让他努力侧着耳朵去寻找。

这大概是一只饿极了已临近死亡边缘的蚊子，他暗暗地叹了一口气。当这只蚊子再一次落在他的脖子上时，他一动不动。他清晰地感觉到蚊子几只长长的脚在他皮肤上爬动。接着，是一只管子扎了进去，在吸他的血。可他如老僧入定一般，静静地躺在那里，一动不动。

蚊子吸饱了，飞起来了，嗡嗡地唱着，真好听。它飞向哪儿，他的头就转向哪儿，一直到它飞累了，停在了他裸露的胳膊上，他也停止了寻找。这一刻，他的心宁静极了。

他知道，他还活着，他不孤单，也不感到黑暗，至少，这儿还有一个生命陪伴着他。虽然它那么小，可此时，他们互相是对方的全部，包括希望，包括精神，也包括生命。

要活下去，他想，生命之间是相互关心的，尤其在患难中更是需要相濡以沫。他相信，外面的工友们一定在千方百计地营救自己，他们绝不会坐视不管，对于他来说，是等待，再等待。

饿了几天，他没有别的吃的，颤抖的手就将煤撮着一点一点往胃里咽。他听说过，有人在煤坑里就曾以吃煤救过命。此后的五天，他就以听蚊子叫和吃煤屑延续着自己的生命。

第六天，终于有人声、金属的撞击声传过来，过了一会儿，一道亮光照射过来，救援他的人终于找到了他。

当他被救出时，耳边依然听到蚊子嗡嗡的唱歌声。

他的眼睛被工友们用一块黑布包着看不见，但他的耳朵分明感觉到了蚊子飞走的姿势：矫健、优美。

黄富贵以前也听到老矿工讲过类似的故事，他知道，小赵是在真实故事的基础上做了加工，小伙子学习成绩优秀，在县城重点中学读了两年高中，只因家里贫穷才中断了学业出来打工，在大伙意志临近崩溃的时候，他是在用故事鼓励大伙，这个时候，大伙最需要的就是精神鼓励。

黄富贵轻轻地鼓掌："小赵的故事真好，世上没有绝望的处境，只有对处境绝望的人，我们是全家的靠山，家里的亲人等着我们，我们一定要活着走出去！"

天洪紧握拳头说："大哥说得对，活着走出去！像黑暗中的一支火把，让我们这些新来的矿工在绝望中树立了信心，看到了希望。"

天洪蓦然觉得，像黄大哥他们这些阅历丰富的老矿工代表的不仅仅是煤矿工人的达观自信，更是矿工越挫越勇的精神代表，正是老矿工们在濒临绝境时的精神坚守，才使得矿难中自救的人们能活着走出去。

不知又过了多久，突然，黑暗中一声惊人的嘶鸣：“听，井口方向处传来声响，这是地面的兄弟救援我们来了！”斜着身子，一直把耳朵贴着石板倾听动静的黄大哥用尽全力把这惊喜告诉大家，为了在黑暗中仔细聆听外面传来的声音，他一直采用这个姿势斜躺在石板上，以便能及时地向外面来救援的人发出信号，取得联系。一群横七竖八倒在地下已经奄奄一息的汉子一下子活跃起来：“我们得救了！我们得救了！”声音微弱，充满喜悦。

得知井下发生塌方，井下的进出通道被阻断，地面的工友们一呼百应，自发地组织起了救援队。矿山有它独特的传统，在矿上，大家就是亲如兄弟的一家人，抢救井下被困的矿工，是地面上的人义不容辞的责任。

经过三天三夜的奋战，一路上清除了几十吨的塌方，终于打通了出事的2号井，三十多个被困的工人被救了出来。大伙抬着、扶着被救出的矿工，呼喊声、哭泣声在矿山上空久久回响。

模模糊糊的眼神望着前来救援的亲人，这群在地下被埋整整76个小时的汉子痛哭流涕、百感交集，终于又活着走出来了。

遇险矿工被救出后，其他人都活了下来，唯独戴着手表在井下过一段时间就通告大家时间的人张小烛死了，他是在被困的人精神快要崩溃的时候同黄大哥一道寻找出口时被头顶上落下的石块砸伤，几天了伤口一直没有条件得到及时处治，在井下被污水浸泡感染而死。

晚上，大炕上睡着的几个人在哭泣，张小烛，多好的兄弟，在危难关头，他自告奋勇与黄大哥前去寻找出口，被掉下的石头砸伤，身负重伤的他甚至在昏迷中醒过来的时候，还不忘给大家报时间，鼓励大伙坚持下去等待救援。

天洪他们被救后的第三天，老板终于将欠发的一、二月份的工资发给了工人，三、四、五月份的工资还是欠着没有发，说是人家欠矿上的钱，矿工们知道这是老板找的借口把工资扣着，这是防止工人离开煤矿的一种手段。

经过三天的休息，天洪感到已基本恢复，去了街上的邮局代办点给家里汇出了第一笔4500元钱。想象着阿香收到钱的高兴模样，天洪心里甜甜的。不过，他并没有把几天前井下遇险的事告诉家里的人，不能让家里的人担心，来都来了，再怎么苦，也要挣点钱再走，儿子和女儿马上又要交下学期的学费了。

想着同睡在一张大炕上的兄弟张小烛就那么走了，走得那么凄凉孤独，连家里的亲人都不知道，想着他那苦苦等待着的爹娘，天洪心里酸酸的，眼泪止不住流了下来，他为这个过早就失去生命的好兄弟悲哀，也为自己悲哀，指不定啥时灾难就降临到自己头上了。

这以后矿上总算平静了一段日子，不过落石伤人的小事故还是不断。

收到天洪寄回家的钱，阿香痛哭了一场，她能感觉得到天洪他们在煤矿井下挣钱不易，虽然收到的几封信里天洪从未说过矿上的辛苦和危险，但夫妻间那种心灵感应让她真切感觉到了。去煤矿几个月了，才第一次收到汇款，一定是他有难言的苦衷。洪哥是个特别顾家的人，知道借的钱急着要还，如果钱好挣他早就汇回来了。她能体会到那种挣钱的艰难，几回回在梦里她见到了洪哥：梦见他在密如蛛网的巷道中怎么也走不出来，她哭着叫着，只身一人千里迢迢去山西找洪哥，可怎么也找不到他，醒来才发觉是梦一场，抹着眼泪，她的心沉甸甸的。

拿着天洪寄回的信，她的双眼模糊了，怕老爹和婆婆看见，她上了屋后的苞谷地，坐在那里痛痛快快地哭了一场，她后悔当时没有拦住他，心里想念洪哥，想着想着就唱了起来：

叫一声阿哥哟你快回来，
你快回来！
几回回崖畔畔望哟，
不见你的身影，
不闻你的歌声，
几夜夜梦里里盼哟，
不见你的笑颜，
不闻你的鼾声，
阿哥哟，你快回来，
快回来……

唱着唱着，她又失声痛哭起来。

第十三章　兄弟姐妹情

阿香的堂姐余茗香在河北打工，前几天回家看望老人儿女后，今天专程来看望阿香，两姊妹从小在一起长大，又同年嫁到龙门寨。

“哟，茗香姐回来啦，请屋里坐！”阿香热情地招呼。

茗香笑道：“回来两天了，今天专门来找你。”

阿香问：“姐，你是在哪里打工呀，我琢磨着想出去打工，也正想咨询你。”

茗香拍手：“这就巧了，我刚才还在寻思怎么开口同你说，这下好了，咱们姐妹想到一块儿了。”

阿香疑惑：“姐说什么想到一块儿了？”

茗香说：“我说的是你想出去打工这件事。运生兄弟在河北石家庄搞房屋建设，他成立了一个建筑队，专门分包房建工程，我在工地上给打工的兄弟们煮饭，开始三十多人吃饭我还忙得过来，现在八十多人就忙不过来了。上个月运生兄弟又接了工程，他回乡又招了二十多个工人，我俩就想到了你，知道你手脚利索，不怕吃苦，村里谁家办个红白喜事，都要请你去主厨掌勺。”

阿香笑了：“原来是这样。我这几天也正在为宇儿和小丽学费的事在着急，洪哥去了山西挖煤，估计他那里的情况也不太好。今年的小春粮食都已经收进屋了，要出去打工夏粮也只好放弃，反正这几年家里存的粮食足够吃两年。”

“妹子，那我们就说好，你安排完家里的事就同我们一起走。”

真要说外出打工，阿香又犹豫了：“唉，我最不放心的是家里养的大水牛，那可是庄稼人的命根子。”

老爹在旁边听见两姐妹的谈话，说：“阿香你放心，家里有我呢，你想出去就放心走吧，给宇儿他们筹集学费是大事情，可别再像他爹那样辍学。”

阿香含泪点头：“爹说得是，宇儿和小丽他们再不能因为学费中途辍学了。”

茗香笑了：“那后天你就同我们一道走，你赶紧准备行装吧。”

夜里，阿香在给天洪写信：

洪哥，你好：

今天茗香姐来请我去河北石家庄建筑工地煮饭，建筑队是运生兄弟承头搞的，队里的人多数是咱们杉树岭的乡亲。宇儿和小丽今年的学费马上又要交了，爹娘说，千万不能因为家里缺钱让儿女们中途退学了。

这几年家里的存粮还够吃两年，猪已经卖了，夏蚕茧也卖了，爹答应喂牛，让我跟茗香姐她们去打工……

阿香跟着茗香和运生去了河北石家庄。建筑队的食堂就在几间旧房子里，这次回老家时运生已经安排人把老房子的厨房和卧室打通，将小厨房改成了大厨房。

原来茗香一个人煮饭忙不过来，墙壁上、灶台上尽是黑烟油垢。来到工地的第一天，阿香卷起袖子同姐姐一道，把食堂里里外外来了个彻底清扫，运生从工地回来，看到干净整洁的厨房赞不绝口："阿香姐能干，半天就让厨房换了新貌。"

打工兄弟的饭菜简单，但要分量足，每顿饭两素一荤一汤，逢着加班或星期天打牙祭还要加菜，回锅肉、红烧肉、烧白都是他们喜欢又实惠的荤菜；平时只是在炒菜时把肥肉片下锅里爆出油，再放素菜，加上大葱或蒜苗混炒了就算荤菜。

为了省去房租钱，建筑工程队就在建设工地的一角，用楠竹和树干搭架，席子加油毛毡盖顶，粗篾席围了当作墙，楠竹搭架成床，全队人的住宿就这样解决了，对打工人来说，只要有个能伸展胳膊腿的地方躺着就行了。

起风了，从西北方向吹过来的风透过门缝墙缝挤了进屋，天洪抹了一把脸，梦中淌下的眼泪还在脸上残留着。自从得知阿香也到石家庄打工去了，他的心一直不平静，身强力壮的男子汉连老婆儿女都养不起，还成什么家。阿香这一外出，家里就只剩下老的小的，老人有个三痛两病怎么办？可是阿香不出去，宇儿和小丽下学期的学费又怎么办？眼下矿上工资又拖欠几个月了，还不知何时发，靠矿上发工资……阿香打工去了……家里的事……他只得尽量不去想。

煤窑里一年四季温度相差不大，在黑咕隆咚的狭小洞子里，矿工们衣服穿得很少。劳动生活的单调和性爱对象的缺乏，使他们对异性有一种特别的渴望。在井下矿工们谈起异性来，更是"窑下不见天，说话没有边"。矿工中有句顺口溜：掘井工不谈妻，巷道压得低；采煤工不谈妻，干活没力气；机电工不谈妻，烧了电动机。对于他们来说，紧张、繁重、危险的工作，成天与死神打交道，压抑的心情必须释放，他们喜欢那些最原始、粗俗、简单、直接的发泄方式。

古老的金银沟村东头银溪边，有一棵六百年树龄的大槐树屹立在银溪岸边，大槐树树冠呈伞状，由于近水生长，它比起周围的大树显得枝叶繁茂，勃勃有生气。古老的大槐树见证了金银沟几百年来的兴衰和人间悲欢，浓密的大树下有一口明朝嘉靖元年的大钟，至今已有五百多年的历史。以前，但凡村里出了事或有大事协商，这口大钟就会低沉悠扬响起，人们总要聚集在这里共商大计。几百年来这里清净又热闹、圣洁又神圣。傍晚，村里的人们三三两两来到大槐树下，坐在青石板上闲聊。

而今，大槐树下变了，村里的人都忙着挣钱，金银沟村民的心里早把大槐树给忘了，这里已经成了外来妹和打工人的相聚之地。

小街上开有几个发廊，但数东头靠近银溪的丽人发廊生意最好，王金义说："那是因为丽人发廊有一位长得清纯美丽、秀气水灵宛若天仙的姑娘。"

矿上一个月有一天轮休，说是留给工人洗衣服和赶场买东西，工人们也需要生理上的慰藉，在工作的地方找一个相好，哪怕只是暂时的，也是值得珍惜的。

井下的矿工也是有喜怒哀乐七情六欲的人。他们工作起来很粗犷，但他们在感情上却是十分细腻的人。他们爱自己的老婆胜过爱自己，甚至临时的相好，在他们来说，也值得他们去珍惜、去倾心爱护。

被生活所迫，在小街上发廊里打工的小姐妹也希望遇到自己的梦中王子，她们打心底里不希望虚情假意的游戏人生。打工妹谁不渴望真爱？就像山西老戏中的杜十娘那样真心想寻觅一个知心伴侣成家，生个小宝宝，过自己幸福快乐相濡以沫的小日子。

近来天洪发现，王金义有个习惯，不管怎么忙怎么劳累，轮休这天他都要到小街上丽人发廊去理发，整理一下自己的仪容，正值青春年华的小伙子谁不爱美，更重要的是他心里藏着一个不可告人的秘密——去发廊里看巧蓉姑娘。他喜欢看她那略带忧伤的笑容，哪怕是看几眼过过瘾。

巧蓉今年 20 岁。真是人如其名，身高一米五五的巧蓉长得娇小玲珑，一张樱桃小嘴配着一双清澈见底的丹凤眼，加上小巧玲珑的鼻子，显得楚楚动人，特别是她那略带忧伤的笑容，活灵活现的一个山寨版的林黛玉。巧蓉是小街上有名的美人，她有一头最让人叫绝的长发，乌黑靓丽飘逸动人。每当矿工们伸手去接找补的钱时，那双拿着找补零钱的葱白嫩手，让粗俗的汉子们不知所措。她的秀美让人惶恐赞叹。小街上凡是去过发廊的人都叫她"虞美人"。巧蓉人巧手也巧，她理出的发型总能博得小伙子的喜爱。巧蓉理发时总要弯下腰为顾客细细地修剪，哪怕是面前坐着一个粗俗的汉子，随着她那一上一下、忽左忽右的灵巧修剪，弯腰时隐约露出的胸前风景让面前的汉子醉眼欲馋，伸出手来，想摸又舍不得摸，生怕破坏了眼前暴露的风景；垂下来的长发左右摇动，扫荡在人的脸上，痒酥酥的，让坐着的人心摇神荡。

这天，王金义来理发，巧蓉给顾客理发完了，轻步过来微笑着招呼："这位小哥，这边请坐理发。"

王金义微笑着坐到椅子上，笑问："妹子是湖北恩施来的吧？"

巧蓉惊诧道："小哥是怎么知道的？"

王金义神秘一笑："改不了的乡音告诉我的。"

巧蓉羞涩一笑，用方言问道：“听口音，小哥也是那方的人？”

王金义点头：“恩施利川县土家山寨的人。”

巧蓉笑了：“那小哥与我是老乡啰，还都是土家人。”

王金义惊奇道：“妹子也是土家人？”

巧蓉说：“土家人还假得了，我唱两句土家山歌你看是不是。”遂轻声唱道：

这山没得那山高，那山娇妹把草薅。

六月太阳当把火，你来歇哈我来薅。

王金义点头，轻声接唱：

大雨前来细雨飘，打湿妹子细围腰。

淋倒哥哥不要紧，淋倒妹子咋开交。

两人对唱完山歌，相互望着哈哈一笑。店堂里的姐妹和顾客齐鼓掌：“唱得真好！”两人说起来既是老乡又都是土家族。有了这层关系，二人慢慢地开始有话说，如果没有顾客来时，王金义还帮着巧蓉挑水打扫清洁。

巧蓉与其他姐妹们不同，她是一个有个性、有主见的女孩，在发廊里她只专心理发美容，从不找外水钱，在她心里藏有一个小秘密：找一个勤劳善良的后生，好好过日子。

巧蓉三岁时爹因病早逝，从此与娘相依为命。从小经受的磨难，在她乖巧的笑脸上留下了淡淡的忧伤，一副凄婉惹人爱怜的面孔和与众不同的性格，让与她有相似身世的王金义心生爱怜，格外看重与她的交往，他在心灵深处早把巧蓉看作是自家的亲妹子了。

一次，巧蓉接到舅舅电报：你娘病重需急送医院做手术，盼寄 1 万元回家。数了数身上的钱只有 5000 元，巧蓉哭了两天也愁了整整两天，实在想不出办法，娘的这个病再不做手术可能就没有救了。娘是巧蓉的唯一亲人，她从小死了爹，是娘一手把她拉扯大的，对她来说，哪怕把自己身子卖了，也要把娘救活。

这天正好是王金义轮休的日子，来到丽人发廊，一进门就瞅见巧蓉红肿着双眼耷拉着脑袋坐在那里发呆，他走近巧蓉身边轻声问：“妹子，出什么事了？怎么把眼睛都哭肿了？”

听见王金义关切的问话，巧蓉一下子哭出声来，稍息才抬头说道：“舅舅来电报说我娘病重，得马上送医院做手术，可我钱不够……”她说不下去了。

王金义一听急了：“妹子，你娘住院动手术这么大的事你怎么不早告诉我。”边说边把自己口袋里的钱全部掏出来放到桌子上，数了数，不到 500 元钱，他把钱放回口袋，转身跑回宿舍，向工友们借钱凑足了 6000 元跑着送来：“给，妹子，赶紧给娘电汇去！”

巧蓉红着脸摆着手不肯接钱：“金义哥，这钱是你借别人的，我不能要。”

王金义急了：“你娘还等着钱救命呢，还你的我的做什么。快走，去邮电所！”不由分说拉上巧蓉到邮电所把钱电汇了回去。

春节前巧蓉回到家，一进门，见娘正佝偻着腰在灶跟前忙活，她扔下行李直奔娘的跟前，拉着娘上下左右看了个仔细：“娘，这么快就好利索了？”

“好了，只是腰还有点信天气。”娘有意挺直了腰杆朗声回答。

“病好了我就放心了，腰信天气那是老毛病了，娘也别着急，慢慢来。”巧蓉久久的思念终于有了结果，看娘现在的模样，她欣慰地笑了。

娘笑着拉着她的手轻声道：“巧啊，多亏你及时寄钱回来，才救了我这条不中用的老命……”说着，又放声大哭起来，巧蓉急了，刚才还好好的娘，怎么转眼间就哭了，难道她还藏着什么伤心事没有说出来？

她不知怎么劝慰娘才好，赶紧掏出手帕替娘擦去脸上的泪水：“娘，好了应该高兴才是，你怎么说着说着就哭起来了？”

见女儿这么说，娘忍住了悲伤，不好意思慢慢地露出了笑容：“巧啊，娘这是见到你高兴啊！出去打工这么些年，谈了男朋友没有？”

巧蓉说：“可以说有一个，也可以说没有，我们是老乡，只是互相帮助有好感，这次你住院看病，他二话没说就回去借钱凑足6000块叫我马上电汇给你治病。”

“巧啊，这么好的后生娃你上哪里去找？”娘轻声责备道。

“我是担心娘不接受他。”巧蓉答。

“我接受，接受，这么关心人的好女婿……”娘用手背抹去喜悦的泪水。

听见娘的回答，巧蓉一颗悬着的心才落地：“娘……”巧蓉抱着娘，把头埋进娘温暖的怀抱里。

娘轻轻地抚摸着女儿的脸颊：“关心我的巧，我就喜欢这样的后生娃。巧啊，你能不能带他回来让我瞧瞧，在我闭上眼睛前还想见见未来的女婿长啥模样。”

娘说着说着又哭了，她知道自己来日不多了，但这事她不能现在对巧蓉说，出院前她悄悄问了医生，医生只说了一句：“急性的炎症我们已经止住了，但这……”医生打住了，没有往下说。

少顷，医生才说：“大嫂，回去好好把家里事安排好，把儿女叫回家见见面。”

她问邻床的病友，别人告诉她：“大嫂，想通一点，像我们这种病花再多的钱也治不好了，何必住在医院里花冤枉钱，今天下午，我就出院回去了。该吃吃，该玩玩，人生就这么一辈子……”话没说完，病友捂着被子放声大哭起来。

娘这才明白自己得的病是不治之症，第二天，她也出院回家了，不能让女儿背着债过日子。

可丢下巧蓉一人她不放心，她要亲眼见见女婿，把女儿托付给他，这样她才能放心而去：“巧，能带他回来让娘看一眼吗？”

巧蓉哭了：“娘，不是我不想带他回来，说起来他也是咱们恩施利川土家山寨的人，他是我们那里的一个挖煤工，是个好人，有文化，也体贴我，今年春节他没舍得回家，说在矿上加班，想多挣点钱把借的账还了，他家的小妹还等着他拿钱交学费。挖煤是个危险工作，他们那个小煤窑经常出事故，死人伤人的事经常发生，你叫我怎么办？”

娘流着泪说：“巧啊，只要人对你好就行，工作危险，你们结婚后可以换个地方打工嘛，反正到哪里都是下力挣钱。”

巧蓉说：“他说他喜欢我，我愿意跟他到天涯海角。”

“那就成嘛！”娘喘着气，脸上露出幸福的笑容，女儿有了可以托付的后生娃，她可以放心地走了。

回到金银沟后，巧蓉同王金义说了娘的意思，王金义拉着巧蓉的手哭了：“妹子，咱们就照你娘说的办，等老板把欠的工资给我们付清后，我们就远走高飞，去江城或者江苏打工，我不信就活不出来。”

巧蓉抱着王金义，哽咽道：“金义哥，我跟你走，我听你的。”

老二李占魁一直垂涎巧蓉的清纯美丽，无奈巧蓉软硬不吃，就是不上钩，他思忖：真他妈的邪门了，这些个发廊妹不是来挣钱的吗？

这天，街上一个叫“二赖子”的混混急匆匆跑来对着他悄声道：“二哥，你不是想丽人发廊那个叫巧蓉的妹子吗？我知道，你在她身上下了不少功夫，可她就是不上钩。”二赖子故意卖了个关子。

稍后，才神秘地问：“你知道为什么吗？”

“为什么？”从来就瞧不起二赖子的李占魁听到这话一下子来了劲，瞪着一双狼眼看着他。

“我刚才看见一个叫王金义的煤黑子拉着巧蓉姑娘站在发廊门口说悄悄话，说着说着，她倒在了那个煤黑子怀里，依我看，这个姓王的小子八成是她的相好，有了这个煤黑子她才对你软硬不吃。”二赖子绘声绘色地讲述。

“原来这样！”李占魁脑子里转动着：得想办法把这个想吃天鹅肉的癞蛤蟆做掉才行，免得挡住我的道，叫老子心里不痛快。想着，随手摸出20元，二赖子一见，眼睛都亮了，接过钱，点头哈腰道："再有情况，一定来告诉二哥。"

丽人发廊老板牛丽丽是李占魁长期包养的情人，听了李占魁说的情况，笑着道："看看，你这下子用得着老娘了哈，照你的想法去搞，欠下人命不说，万一被井下那伙人知道了是你叫人干的，说不定你哪天下井去的时候设个局反倒先要了你的命，还是请老娘给你出个万全的主意，包你吃上小鲜肉就行了。"

李占魁听了急忙道："娘子有啥好主意？"

丽丽媚笑："看你猴急的样，生怕吃掉了。"

"那你不嫉妒？"李占魁狞笑着伸手摸了一下丽丽胭脂厚粉的脸蛋。

"我嫉妒个啥，只要二哥心情舒畅就行。"

丽人发廊是一栋砖木混合独立的两层楼房，布局是那种典型的前店后卧的格局，前面是开店营业的发廊，后面一楼是一排卧室，每个小姐一间便于接待客人。

巧蓉拒绝接客，自从秀美走后，她和一个新近来店叫芸儿的妹子同住最角落的一间偏房。二楼装饰华丽的套间是牛丽丽的住房，兼接待达官贵人的处所。

这天下午下班的时候，丽丽来到店堂，其他的妹子都上街吃饭去了，见巧蓉刚好理完一位顾客的头正在收拾，她媚笑着来到巧蓉身边道："哟，巧妹子忙完了，你上楼来，我找你有事。"

"好，我洗了手就来。"巧蓉脆声应道。

巧蓉洗完手上了楼。平时，巧蓉和发廊的姐妹们没事不去二楼，二楼的豪华布置让她们感到神秘不适。见门虚掩着，她站在门边轻轻敲了敲门，听见里面人说："请进！"是牛丽丽的声音。

巧蓉推门进屋，屋里有些暗，只开了夜灯，柔柔的，巧蓉进屋后径直朝丽丽走去。突然一双大手从身后伸出把她拦腰抱住，巧蓉惊叫起来，扭头一看，是李占魁，只见他一双狼眼放着淫光，在暗淡灯光映射下显得面目狰狞，在巧蓉惊魂未定的时候，像抱着一只小兔一样把她抱到床边。

李占魁终于就像猛兽吞食小动物一样粗暴疯狂地占有了她，巧蓉惨叫着晕死过去，床上厚厚的新毛巾被鲜红的处女血浸透。

不知过了多久，巧蓉苏醒过来，见李占魁还骑在自己身上，她愤怒至极，使尽全力，终于把李占魁掀了下去，她跳起来抓过衣服，捂在身上。

李占魁在巧蓉身上野兽般的发泄了半天，也累了，他像一条筋疲力尽的野狗，哼哧哼哧倒在床上，睁着一只眼恶狠狠地威胁道："丫头，你要把今天的事情向外说出去，你那相好王金义就别想活着走出金银沟！！"

两天了，巧蓉哭得死去活来，不吃不喝。王金义来发廊，见状问巧蓉，她死活不说，王金义坐下来安慰她，她仍然只是哭。

与巧蓉同住一屋的小妹芸儿悄悄告诉他："听说前天晚上李占魁来店里，老板叫巧蓉姐去楼上，后来巧蓉姐就……"

王金义牙齿咬得嘎嘣响，一向胆小怕事的他横了心："绝不能便宜了那个老浑蛋！"但他毕竟读过高中，看过世界名著《基督山伯爵》，知道报仇不能急。

晚上回到宿舍，他把事情悄悄地向天洪说了，天洪深思半晌才说："兄弟，这事千万急不得，弄得不好会惹来杀身之祸，咱们得寻找机会才行，都说君子报仇十年不晚，啊！"

王金义含泪点头："我听洪哥的，先把这笔账记下来。"

几天后的一个夜晚，舅舅来电话告诉巧蓉：她娘走了，临走的时候，她一直在呼唤着巧蓉。她没能同女儿和未来的女婿见面就孤零零地走了，她的心不甘呀。

第十四章　危难见真情

遭遇过矿难的天洪，只要是听说井下又出事了，不管是在吃饭还是睡觉，总是第一个站起来，提上镐头随时准备出发去救井下的兄弟，他知道，井下的兄弟们时刻在盼着地面的人来营救，早一分钟就有活着出来的希望。

经历过矿难，那种在黑暗中强烈的求生欲望在天洪心底留下了深刻的印象，在这里，他才真正地体会到什么是生死之交和患难与共。

知道天洪是重庆来打工的，食堂的陈淑良每次给矿工打饭，逢到天洪时总会不经意间抬头看他一眼，那眼里饱含着一种温情，碰上打牙祭，她总会在打菜时，在勺子里多夹带几片肉，或深埋上一个鸡蛋。

淑良刚到四十岁，长年的辛劳，给她眼角留下浅浅的鱼尾印迹。不过，她那浓密油亮的头发仍是那么乌黑发亮，用一条淡紫色的手巾扎起；眼睛虽是单眼皮，但秀气明亮；那挺直的鼻梁下经常有力地紧抿着的嘴唇，露出淡淡的忧伤。

听黄大哥说，淑良是重庆彭水县山里来的，三年前，淑良是同丈夫李云山一起来矿上打工的，丈夫下井，她就在食堂煮饭，一月也能挣个1000多元，比在家里种庄稼强。丈夫遇难后，矿上仅按合同赔偿给了她15000元的抚恤金，她本不想再在这个令她伤心欲绝的地方干了，家里的两个孩子还小，寄放在娘家由外婆带着，家里还要生活，孩子读书还要用钱，淑良无奈地留在这令她伤心的地方。活着的人生活还得继续，她还得独自把这个不完整的家庭撑起来。

亲不亲故乡人，知道了淑良的情况，又都是重庆家乡来的，天洪在心里多了一份怜悯和同情，在他心里不由自主地把淑良当成了自己不幸的姐姐。

夜里10点了，陈淑良还在食堂忙着准备明早的饭菜，天洪来食堂打开水，问："淑良姐，这么晚了一个人还在忙呀？"

"唉，吃饭的人多，食堂就三个炊事员，天天都忙到夜里11点，天不亮就得起来做饭。这不，明早的菜还没有洗……"

天洪说："淑良姐，我来帮你洗菜。"

淑良说："兄弟，你忙累了一天，早点休息吧！"

天洪说："你们食堂的人比我们累，每天半夜就起床。"天洪把理好的菜放入大盆，把洗好的菜放入大筲箕里。洗完菜，见灶前没有煤了，天洪又帮着运煤。

生活，就像是从矿洞口流出来的煤浆水，凝重而缓慢地流淌着，一天复一天，日为三餐，夜为一宿，又过了几个月。当凉风吹起，枫叶像火把一样把远处山岭统统燃遍的时候，井下又出事了。

这天，又是天洪他们采煤甲班和炮工甲班在井下。中午，食堂送饭到主巷道来了。采煤班的人都吃饭来了，炮工班的人带了口信过来：他们要把装填好的这一炮放了再过来吃饭。

一群人站着、蹲着在吃午饭，小赵端着碗刚吃了几口就停下了愣在那里，他那像狗一样灵敏的鼻子又似乎嗅到了什么，他停下了嘴里窝头的吞咽，伸长脖子四处使劲嗅了嗅：“黄大哥，今天巷道的气味好像有什么不对？”

听到小赵的话，正在吃午饭的人都忘记了往嘴里塞东西，全都停止了咀嚼，侧身用耳朵细听，用鼻子深嗅。经历过几次矿难的人，对发现的细微情况随时都保持着高度警惕，敏感程度甚至到了杯弓蛇影谈虎色变的境地。

暗淡的灯光里，从巷道深处飘过来的空气中夹杂着黑色颗粒和弥漫着呛人的气味，小赵一说，其他人也感觉到今天巷道里的空气确实有些怪怪的。当众人还在七嘴八舌的分析时，几声沉闷的巨响从远处传来，轰隆隆！轰隆隆！

不好，前面巷道里肯定出事了，黄富贵指着天洪和小赵说：“你俩快跟我到前面去看看，其他人带上没吃的饭菜捡好赶快朝井口方向撤退。”说完，三人快步向巷道前方跑去。

当三人跑到前方巷道的一个岔道口时，一下子被眼前的情景惊呆了：右边2号支巷道里的棚子全部震倒塌，顶板大面积冒落。烟雾中突见几个炮工班的人向这边拼命奔来，周田海满身鲜血一边跑一边呼叫：“里面瓦斯爆炸了！”

三人惊呆了，黄富贵急忙上前，扶住了周田海，明桂跟在师傅后面，上气不接下气地比画着说：“我们放完线正在准备点炮，就听见旁边巷道里爆炸了，紧跟着，我们面前也爆……炸……”话没说完，他一头朝旁边偏倒下去。

天洪伸手将他架住：“兄弟，咋了？”暗淡的灯光下只看见他头部和身上都是血，天洪急忙架起兄弟朝洞口奔去。

大火和烟雾从前方的巷道深处蔓延过来，烟雾中又冲出来几个浑身鲜血的炮工班工人，小个子郑荣生跑着跑着朝前扑倒了，赵大发飞奔过去，一把抓住他，连拽带拖向出口方向走去。巷道里涌出的灼热气浪和有毒的气味让他也坚持不住了，还差几米就到岔道口，赵大发同被救的郑荣生一同倒下。在倒地的一刹那，他惊醒了，瓦斯爆炸区内绝不能倒下，倒下就等于死亡。他咬紧牙关，拽着郑荣生挣扎着又站起来向前挪动。

浓烟中，采煤甲班又有几个工友跑了过来接过郑荣生，其他的人架着受伤的炮工班工人朝洞口跑去。

赵大发喘着气朝着巷道深处查看还有没有炮工班的兄弟，身后突然传来微弱的声音："兄弟……救……救……"

赵大发一惊，还有炮工班的兄弟没出来？他大口喘着气，胸口像有巨大的石块压在上面，让他呼气困难坚持不住，但他还是毅然转身又冲进了灼热的烟雾中循着声音找人。这时的他感到非常难受，胸口针扎般的刺痛，呼吸也显得急促起来，他自己也快要支持不住了，可还伸长脖子睁大眼沿着地面仔细搜索。

昏暗的灯光里，前方有一个黑影倒在地上，一只手在朝着他的方向挥动："救……救……"声音中断了。他心里一沉，猛然冲过去拉起地上的人，他想拽着他跑，但他已经没有那个力气了，他自己马上也要窒息了，只是架着救起的人向着洞口方向挪动……

黄富贵正带着大伙撤退，不见了赵大发，急问："赵大发在没？"

天洪说："刚才看见他又返回去救人了。"

黄富贵火了："他不懂这个时候再返回去就是送死吗？"说着，他猛然扯下脖子上的毛巾，快速地撒了一泡尿在毛巾上，把尿湿的毛巾蒙在鼻子上，后面的铁扣连上。对天洪说了句："你带着人赶紧朝洞口撤。"转身冲进热浪滚滚浓烟弥漫的巷道救赵大发去了。

巷道岔路口，赵大发和他救的人倒在地上，烟雾中黄富贵看见了他们，跑过去拉住赵大发的手就要走，赵大发使劲把手往回缩："你先救李大哥，他……有……孩……子……"

黄富贵点头，架上李春生就走："小赵，你先自己往洞口方向爬，一会儿我再返回来接你。"

天洪领着井下的工人朝井口跑去，远处洞口中断运行的鼓风机又开始了送风，临近窒息的一群生命有了一点生的希望。巷道里的人加快了向洞口奔跑的步伐。

奔跑中见班长还没有出来，王金义也返回来接应，遇见黄富贵二人，黄大哥把浑身是血的李春生交给他："兄弟，你架着他赶紧撤退，小赵还在里面。"

黄富贵返回来找到赵大发时，他头向着洞口的方向，已经爬不动了，黄富贵拼尽全力连拖带拽把小赵拖到鼓风机出风口能到达的位置，他自己也累得倒下了。

资料表明，煤矿瓦斯爆炸产生的瞬间温度可达 1850℃ –2650℃，压力可达初压的

9倍，爆炸源附近气体以每秒几百米以上的高速度向外冲击，使人员伤亡、巷道和器材设施毁坏。爆炸后附近的氧浓度急剧降低，爆炸和燃烧生成大量 CO_2 和 CO 等有毒有害气体，使在场的人中毒窒息，所以瓦斯爆炸事故处理的第一步就是通风，新鲜空气对于井下工人来说就是生命，不解决通风问题，井下工人会窒息死亡，烟雾也不能冲散，救援人员也无法下井救援。

国家法令要求采煤的矿井必须有两个井口通风，形成空气对流，严禁只开一个井口就野蛮生产。而金银沟煤矿的 2 号井和 3 号井都只开有一个井口，下料、提煤、上下人都是这一个井口出入，只是为了造成通风对流，在煤窑的另一端仅用打井机钻有两个小小的出风口让空气流通。

直到这时，李占魁才匆匆组织救险队下到井底，迎面遇见炮工班的人，个个浑身鲜血，周田海拉着李占魁喘着气道："快……还……有几个炮工班的兄弟没有……出……来。"

"怎么搞的？混账东西！"李占魁甩开周田海的手，恶狠狠地问。

"我们……还在放线做准备……还没点炮，旁边的 2 号巷道就瓦斯爆炸了，可能是线路老化……接头松动产生的火花……引……起……瓦……"周田海头上的血在汩汩往下淌，话没说完就晕了过去。天洪急忙背着他向罐笼奔去。

李占魁带来的救险队员没有配备防毒装备，脸上仅仅戴了一个用水泡过的纱布口罩，头上一顶矿工帽。救险队员冒险冲过 100 多米的窒息区准备去抢救遇难和受伤的工友，迎面扑来的熊熊烈火和浓烟拦住了他们的去路，眼见巷道里还有人没有逃出来，救援队被逼得退了回去，再进去也只能是去送死，巷道内的空气令人窒息，救援队的人只得同采煤甲班的工人一道上井。

大火在 2 号井的巷道里燃烧，爆炸声不时传来，余火还没有熄灭。直到炮工乙班用炸药炸掉洞口旁边的小丘，倒塌的泥石才将整个井口封闭严实，断绝了进出空气，巷道内的大火才慢慢熄灭。

这次瓦斯爆炸中，炮工班还有两名工人受伤最终没有跑出来，被黄富贵舍命救出的赵大发也最终没能救活。

秋日雨后的阳光格外毒辣，晒在人光裸的膀子上火辣辣的，天洪他们却顾不了这么多，光着膀子抬着赵大发，他们没有直接回工棚，而是有意地抬着他的遗体绕回小街又从小街的西头回走，然后才踏上回工棚的碎石路，他们这是在无声地为赵大发鸣冤。

今天终于收到邮电所送来几封被雨水浸透地址模糊的信件，信已经来了几个月，被邮递员遗忘在漏雨的角落里了，信封已经部分腐烂发霉，还黏附着碎屑沙子，上面的寄信人地址全模糊了，唯有中间“金银沟煤矿”和“赵大发”几个字还勉强看得清楚，天洪拿着这些信断定是小赵媳妇花儿从老家寄来的，抽出信纸，天洪在赵大发灵前读着花儿那盼夫心切的家信：

大发哥，孩儿他爹：

可能你还不知道，我肚子里已经怀上了你的孩子，虽然我们在一起只有短短的几天，也许是老天爷特别眷顾我们，送子娘娘给我们送来了孩子，他是我们俩相爱的证明。

大发哥，你走后家里一直没有接到你的来信，也不知道你的安危，真让我和爹娘着急。大发哥，家里有你的妻儿爹娘，你是家的靠山。你累了，随时都可以回来，我和孩子欢迎你，爹爹和咱娘天天都在盼着你回来。

大发哥，走的时候你对我说：“肚子里如果有孩子了，一定要在第一时间告诉你。”近些日子来，我一直吃不好，睡不好，心里一直担心着你，思念着你，还老恶心吐酸水，娘问我是不是有喜了，叫我上医院检查，我去县医院检查了，化验结果显示是有了孩子。

大发哥，你说我的嗓子好，唱起歌来就像百灵鸟，你最喜欢听我唱苗家的山歌，现在，我就在信纸里给你唱一段吧，你仔细听着：

都说我俩配成对，樱桃树儿两人栽。

只要阿哥有心意，妹已做好绣花鞋。

自从阿妹到哥家，家有难事两人扛。

阿哥远走他乡去，留下阿妹守空房，

哎哟哟，守空房……

大发哥，爹娘他们还在等着你回家盖新房子，我还在等你回家来看一看我们的孩子，等你回来给咱们的孩子起一个响亮的名字……

大发哥，我听人说煤矿工作危险，你在那里千万要遵章守纪，时时刻刻注意安全，我和孩子希望你平平安安每一天……渴望你……我写不下去了，想到你在那深深的矿井里，我这心里就如刀割一般。大发哥，我不想要什么金玉满堂荣华富贵，我只想要一个平平安安回来的你——我的大发哥。

你的花儿　4月2日

天洪拿出第二封信，信是大发走后四个月后写的：

大发哥，孩儿他爹：

家里的人都在盼着你的来信，左盼右盼总也没见你的信，我肚子里的孩子前几天已经有了动静，每天晚上，我都给他唱咱们苗家的山歌，唱着唱着他会扭动一下，肚子里的孩儿也在想念爹爹了……

一直没见到你的来信，真让我和爹娘着急，自从你走后，娘天天都去寨子门口的老鹰石上眺望，说是能看见你的身影；咱爹天天都扳着手指头数着日子，说你走了多少天了。娘问我：“铁蛋（注：赵大发的小名）能听见吗？”我说：“娘，他能听见，不信你叫他试试”，娘笑了，抹着泪果真叫了起来：“铁蛋哟，铁蛋哟……听见了吗？听见了吗？娘在家里喊你哟！”

大发哥，你听见了吗？

大发哥，我知道你喜欢唱咱们大山上的苗家山歌，每天上坡，我都要流着泪对着北方唱几首山歌给你，虽然你远在天边，但夫妻的心是相通的，我知道你能听得见，哥，你说是吗？

天上彩云追白云，地上阿哥追阿妹。

阿哥一日走山西，妹妹想哥泪花流……

大发哥，村里开会，说政府又出台了富农的新政策，只要勤劳就能致富，政府还有优惠。大发哥，我是多么想你回来我们一起努力奔小康啊！

泪水遮住了我的双眼……我……我写不下去了。

你的花儿　6 月 20 日

天洪拿出第三封信，信是大发走后半年写的：

大发哥，孩儿他爹：

一直等不到你的来信，全家人都急得不行，娘天天以泪洗面，怕你遇上了什么意外……不然怎么会半年了还杳无音信。

肚子里的孩子已经会踢腿翻身了，昨天我又去医院检查，医生说咱孩子的各项指标都正常，你就放心好了。

大发哥，我和孩子、爹爹还有咱娘天天都在盼着你回来呀！！

我又给你唱山歌了，你听着：

阿哥你走山西哟，半年了不见个信。

你的安危系着我，系着孩子和爹娘。

远在天边不见面，近在跟前不相识。

哥呀我的那个哥，你何时才能归呀，

我的哥啊……

大发哥，前不久，爹爹去坡上放牛，天雨路滑，一不小心跌下土坎，被摔折了右腿，爹爹不叫我告诉你，怕你知道了担心。爹受了伤，娘自从你走后天天盼着你，担心你，恰好这几天病了，发着高烧，我又挺着个大肚子，咱们家的粮食在坡上收不回来，爹娘都着急呀，幸好隔壁大嫂和她小姑子过来帮助我们，才没让粮食烂在坡上。前面寄给你的两封信不知你收到没有，也不见你写封信回来，真是急死人！

你的花儿　8月30日

大发和花儿，从结婚到离别虽然只有短短的十天，可爱早已植入两人的心底，花儿认定，从此以后，自己的一切都是属于大发哥了。

初中毕业的花儿，喜爱读书，从小成绩优秀，只是因为家里穷，才没能继续上高中。花儿写得一手娟秀的钢笔字，读着信，花儿在信中盼夫心切，怀了孩子的喜悦跃然纸上。天洪捧着信热泪盈眶，失声痛哭，他的心为赵大发的逝去悲哀，多么好的兄弟，几次矿难，他都以一个有经验的老矿工的名义冲在前面，他才27岁呀，可遇到危险的事情他总是抢着去做。这次瓦斯爆炸，他如果不返回去救别人，完全可以活着跑出洞口，他如果不把生的希望让给李大哥，他完全可以被救出，可是……一个鲜活的生命就这么在眼前消失了，到这个时候他的家人还不知道，媳妇花儿还蒙在鼓里，还在等他回去盖新房子，等他回去看一看可爱的孩子，等他回去给孩子起一个响亮的名字。

为了避免家属来矿里闹事，矿上隐瞒了事情真相，没有立即通知几位死难者的家属，准备过几天再以病逝为由通知家人。

安葬了赵大发，天洪整整两天没有说话，他的心在流血，多么好的兄弟啊就这么走了，家里连个信儿都不知道，他那新婚有孕的媳妇还在家里痴痴地等着他……

收拾赵大发遗物时，天洪从他的箱底的夹层里找到了两封没有发出去的家信，一封是小赵回来后一个月时写的：

亲爱的花儿，你好！

结婚几天我就匆匆离别，你不会埋怨哥不懂感情吧！

咱家穷，能娶回你这么漂亮能干的媳妇，真是八辈子烧了高香。花儿妹，这次结婚，在破旧的茅草屋举办婚礼，你一点都没有埋怨，就凭这一点，你就是我一辈子都要感谢的恩人。

咱俩还年轻，等我拿到工资，回家盖上新房，我们再要孩子吧……

你的大发哥　4月10日

另一封信是几个月后写的。

亲爱的花儿，你好！

不知为什么，回矿后一直没有接到你的来信，是不是因为结婚没几天，我就匆匆离别的事你一直在生气，在埋怨哥哥。

花儿妹妹，哥哥急着回矿上来，就是想多积攒点钱，早点把咱家的房子盖好，给孩子积攒点学费。

一直在等待你的来信，再把我写好的信寄回来。

花儿妹妹，别埋怨哥好吗……

你的大发哥　7 月 10 日

天洪拿着信道："黄大哥，信封上面有他家的详细地址。"

黄富贵说："你就照这个地址，悄悄给他家里发一封电报。"

天洪去小街给赵大发的家里拍了电报："赵大发受伤，请速来山西吕山县松岭镇金银沟煤矿。"为了避免花儿路上出事，他没有告诉花儿赵大发的死讯。

接到天洪发来的电报。花儿哭着叫着："大发哥，大发哥呀……"这突然而来的消息令她椎心泣血，苦苦期盼了半年的消息却是这么残酷，花儿当时就昏倒在地。婆婆急了，哭着用绣花的钢针刺花儿的指尖，掐花儿的人中和虎口，仍然不见她苏醒过来，爹爹拄着拐杖端来凉水喷在她的头上，前后足足弄了半个时辰，花儿才慢慢睁开眼睛，醒来后的第一句话就是："我要去找大发哥！"

婆婆哭着："花儿，你挺着个大肚子路上万一出了危险怎么办？"

公公说："等几天，等我拄着拐杖能下床了，我去找他们评理。"

"好好的一个人，不能这么说伤了就伤了，我要去找他们讨个说法！"花儿边说边收拾行李，她听娘家的兄弟说过煤矿危险，煤矿老板往往是出了事不明说，这次说不定大发哥是出了大事，不然不会有人拍电报过来叫家里人去煤矿。她是个有主见的女人，下定决心：活要见人，死要见尸，不能就这么不明不白地算了。

估计花儿要到的这两天，黄富贵和天洪两人提前下班去车站等候。黄富贵和天洪站在站牌下，见一个年轻孕妇下车，黄富贵问："这位是花儿妹子吧？"

花儿疑惑地点了点头："大哥是……"

黄富贵答："我们是赵大发一个宿舍的工友，这位就是给你发电报的张大哥。"

花儿含泪点头："谢谢两位好心的大哥。"

天洪道："妹子一路辛苦了，先安排你住下休息吧。"

花儿摇头："我们先去看大发哥。"

天洪和黄富贵互相交换了一下眼色："也行，辛苦你了，我们这就去。"

去的路上，天洪悄悄叫住黄大哥："你去街上买些个祭品，我先带着花儿直接去墓地。"黄富贵会意，点头去了。

第十五章　花儿的泪水

出了街口，天洪径直带着花儿去了小街后面的荒山，路上，花儿感到诧异：“大哥，你怎么带我上这儿来，不是说大发哥受伤住了医院……你不带我去，怎么带我来这荒山野岭？”她站住，疑惑地望着天洪。

“妹子……”话一出口，天洪眼圈就红了，稍息，他才流着泪说：“大发兄弟……他……已经伤重去世……”

“伤重去世……”花儿望着天洪。这消息如五雷轰顶，花儿支持不住，眼见要倒下，天洪手快，扶住了她：“妹子，在电报里不好明白告诉你们……怕家里老人受不了，只得说他受伤。”他抹了一把泪水。

花儿伤心欲绝，虽然在来的路上她早有预感，可她还是幻想着她的大发哥好好地活着，天洪的话一语把事情点穿，幻想破灭了，希望也破灭了，花儿站立不稳，瘫倒在地下。

黄富贵买了祭品过来，和天洪两人慢慢扶着花儿来到赵大发墓前，黄大哥替花儿披麻戴孝，花儿长跪在墓前不起：“阿哥啊，你……你……怎么就……走了，叫我和望儿（在路上时她给肚里的孩子取的小名）怎么活……哥……啊……”花儿哭晕过去。天洪和黄大哥不断地安慰她：“妹子，大发是好样的，走前叫你一定要节哀保住孩子。”（因为没有接到家里的来信，赵大发临死都不知道花儿肚子里已有他们的孩子了。）

天快黑了，花儿颤颤巍巍想站起来，可腿脚发软试了两次都没能成，天洪和黄大哥上前扶住，慢慢地扶着她朝矿上办公室走去。

金银沟煤矿办公室这几天大门老是锁着，2号井停了产，李占魁悄悄派人下井把罹难的矿工抬了出来，把井下大火烧毁的柱子顶板换了。李占彪一直躲着不见踪影，村长和支书借着到镇上开会学习躲出去了，人们只是见到李占魁带着维修队在2号井下收拾事故现场，2号井出事瞒着没上报，事故发生十天了，一直没有人来调查，矿上也没有安排人接待死者家属安排后事。

花儿来后，一直没有见到矿上实际管事的人，太阳落山了，西北风吹来，阵阵的透心凉。淑良过来，扶住花儿：“妹子，大山上夜里凉，这么坐着谨防生病，咱保住肚子里的娃比什么都要紧，你就到我住的宿舍将就歇歇吧！”

花儿摇头：“谢谢嫂子，我就坐在这儿等他们。”说着她失声痛哭。

想着自己相同的遭遇，淑良也跟着放声大哭：“云山哥呀，你走了叫我和两个孩子怎么办啊……”长久积蓄的委屈和思念终于哭了出来……

天洪和黄大哥怎么劝花儿也不走，山里的风大，天洪回宿舍把赵大发的被子抱来盖在花儿身上。两人披着棉大衣在旁边的椅子上坐着陪她。花儿的泪水哭干了，一个外地女人，人生地不熟的该去哪里告他们，她找不到门路。

天洪和黄大哥陪着花儿去村里和镇上找人申述，得到的答复是：“承包了的煤矿出了事我们管不着，要找你们自己去县上找管矿山的部门。”

看着花儿挺着个大肚子，天洪觉得不是办法，去县城的道路破烂，一路颠簸，万一路途上出点差错可就害了赵家，毕竟保住肚子里的孩子可是头等大事啊！

天洪同黄大哥商量，由他陪着花儿在这里等矿上主事的人，天洪独自一人带着花儿的申述去了县上，直到这时安监局这才知道了金银沟煤矿 2 号井瓦斯爆炸，答应派人来调查。

天洪回来，对花儿说：“妹子，这么下去不是办法，咱还是肚子里的娃要紧，再怎么难，也要给老赵家留下一个苗呀。”

黄大哥说：“妹子快临产了，不能在这里同他们耗着，先拿上丧葬费回去，等把娃生了再找他们行吗？”花儿抹着眼泪：“我听两位大哥的。”

见几位遇难家属来矿上，办公室的陈主任终于来办公室了，刚坐下，天洪和黄富贵带着花儿来了。

黄富贵说：“陈主任，我们找你几天了，好不容易才把你给等到。”

陈主任答：“我这几天在镇上开会，你们找我有啥事？”

黄富贵说：“赵大发矿难去世，他媳妇来矿上已经一周了，挺着个大肚子在等矿上给个说法。”

陈主任说：“矿上有啥说法，出了事，还不是依照双方签订的合同进行赔偿。”

天洪问：“难道咱们矿工的生命就只值一万多元？”

陈主任说：“进矿时签订的合同，就是赔偿的法律依据，双方签字认可的事就是合理的。”陈主任说得斩钉截铁理直气壮。

黄富贵和天洪出门，在走廊上小声商量了一会儿。两人进来，花儿一直坐在椅子上抹眼泪。黄富贵扶着花儿到陈主任面前的办公桌边坐下，陈主任拿出赵大发签订的合同，指着上面的第三条说：“因瓦斯爆炸造成的死亡，本矿一次性付给 15000 元的埋葬抵偿费，由死者家属负责处置一切后事。”

看着这血染的合同，花儿哭了：“这可是大发哥的卖身钱啊！”稍息，花儿在矿难事故确认书家属签字栏上签字摁了手印。

两人把花儿送上了回去的火车，黄富贵叮嘱道："妹子，一路上注意安全。"

天洪叮嘱道："妹子一路平安，到家后给我们来电报报个平安。"

花儿泪流满面："谢谢二位大哥，我想等平安生下孩子，能丢给公公婆婆后再来找矿上讨要抚恤金。"火车启动了，二人含泪挥手目送着花儿远去。

夜深了，这是一个阴沉的夜，没有月光，没有星星，深秋的大风在昏天黑地之间抖着威风，卷着落叶和尘沙，打得窗纸哗哗响。

天洪躺在炕上辗转难眠，来矿上的事情一桩桩一件件，像一幕幕电影在脑海里回放：在八个多月的时间里，同屋的七个人，死了两个、伤了一个，老板为了牟取暴利，根本不把矿工的安危放在心里，伤者的痛苦、死者的无辜在老板眼里一钱不值。天洪恨自己软弱，恨自己不能振臂一呼，要求老板摸着良心公平地解决矿工们的死伤问题，他知道，在这里，他没有这个能力。

花儿来这儿的遭遇，天洪现在想起来还愤怒难平，他说："花儿哭述的场景我现在还深深地印刻在脑子里；张小烛就这么不明不白地走了，直到现在家里还不知道，矿上还没有通知他家里的人来领取那可怜的抚恤金，分明是老板有意赖掉这笔钱。"

天洪收到了花儿平安回到家后发来的电报：我已平安到家，由于沿途折腾，孩子提前20天出生了，是个儿子，不足五斤，就叫赵念发吧，谢谢几位好心的大哥。花儿。

睡在一张炕上的兄弟赵大发和张小烛走了，思念他们的时候，天洪和黄大哥会去坟上点一炷香，祈愿他们的在天之灵永远安宁，祈求他们保佑矿上的兄弟们平安无事。

明桂在这次瓦斯爆炸时只是被顶上掉下的石块砸伤了点皮肉，没有大碍，脸上的擦伤，已经结痂了，只是现在手上还包扎着纱布。

这天，从井下上来，天洪没有去食堂吃晚饭，一个人呆呆地坐在坡上，看着满目萧瑟的秋景和血红的晚霞。亲身经历的3次矿难让天洪认识到，在这里干下去，下一次再发生矿难，遇险的可能就是自己了，如果也像张小烛那样，家里连个信都不知道，就这么不明不白地死去……他想不下去了。

直到天黑尽，天洪才拖着疲惫的身子回到宿舍。明桂问："哥，你上哪儿去了，害得我跑上跑下到处找你，饭在碗里放着，还有点温热，赶紧吃了吧。"

天洪不好意思地接过碗说："我一个人就在后面坡上，一点不饿。"

晚上，天洪同明桂商量："天福哥家里老爹病危，前几天就拿回身份证请假走了还没回来，从他走时的口气，我估计十有八九是不会再回来了。"

"哥，这挖煤的工作我看是不能干了，老板尽是想着法子赚钱，对生产的安全不重视，我们才来几个月，就遇到两次矿难，你看井下的机电设备尽是买的一些老掉牙的二手货，不出事故才怪。”

“是啊，塌方、瓦斯爆炸，两次事故一次比一次厉害，一次比一次死伤的人多，别钱没挣着，还把自己的小命搭进去，咱们还是三十六计走为上策。”天洪心情沉重地回答。

“我也是哥这个想法，正好我们昨天说要到移动公司去办移动电话，已经把身份证要了回来。”

“但矿上还差我们一个月工资和1000元押金没有拿怎么办？”天洪问。

“我看只有吃点亏算了，如果现在走，大不了这几千元不要了，但损失不大。”明桂倒还想得开。

“真要想走也只好吃点亏算了，按签订的合同，像我们这么说走就走的人是要扣三个月的工资才走得脱。”天洪此时已坚定了走的决心。

“哥，这是个难得的好机会，凭咱们这个身体，哪里挣不到钱，非要像大发和小烛那样把命丢在这里。”明桂轻声说着走到门口，探头朝门外看了看，屋外漆黑一片，没有一个人。

不知什么时候外面刮起了西北风，不一会儿电闪雷鸣，在闪电的照耀下整个山形像是一头张开大嘴的野兽，铺天盖地露出狰狞，接着哗啦啦地下起了雨。

“今夜就走最好，这种天气，他们会放松警惕，在垭口小房子值班的人和狗会躲进屋里避雨，只是路不好走。”天洪知道，为了防止矿工不缴纳三个月的工资赔偿私自离开，矿上在金银沟唯一通向山外的公路隘口有人带着狗在亭子里把守，山清月明时是走不出金银沟的。

明桂点头道：“随身携带的东西就只有一床被子和几件衣服，没什么好准备的，我们走，今晚就走。”

两人在屋里悄悄地收拾行装，同屋的王金义和杨义全到街上去了，这会儿下着雨，估计一时半会儿还不会回来，黄大哥到隔壁屋里看打牌去了，这里平时没有娱乐活动，也没那个条件，打牌赌点小钱是矿工们唯一的娱乐活动。

东西收拾好，来矿山大半年了，大家同住一屋，亲如兄弟，共同的命运把他们紧紧地连在一起，特别是共同经历了两次矿难，使得大家那种血肉相连的情感更进了一层。天洪到了隔壁，黄富贵正在那里看别人打牌，天洪轻轻拍了拍他，嘴唇附在他耳边在轻声道：“大哥，有点事找你。”

黄富贵跟了天洪过来，进了屋，天洪拉着他的手，还没说话眼圈就红了：“黄大哥，真对不起，我和明桂打算今晚就离开这里去江城打工，真舍不得你和同屋的兄弟们，这两次矿难，要不是大哥你带着我们想办法，我和明桂这把骨头可能早就埋在矿井里面了……”天洪泣不成声，泪流满面。

明桂流着泪拉着黄富贵的手说：“说心里话，还真舍不得离开你们，大哥，我们走后你要多保重，井下工作危险，你要时刻注意安全！”

“大哥，同屋七个人，我们来这里仅大半年就两死一伤，天福哥先走了，他家老爹瘫痪在床，他回家照料去了，可能也不会再来了。我们这一走，这屋里就剩下你和王金义两个人了，如果江城那边好找工作，你也到那边去吧。”

“兄弟，要说这矿上的确不是久留之地，设备太旧，老板一心找大钱，压根就不重视安全生产，他们赚了钱，矿工们遇难连个赔偿都不愿拿，还瞒着不告诉家属，张小烛的家人至今还不知道他的死讯。你们先走，有合适的工作帮我也留意一下。”

“好，有了机会一定告诉你。咱们后会有期，我们先走一步。”明桂再也忍不住滚滚热泪。

“下着雨，晚上走夜路特别要注意安全，你们就到大梁镇那里赶车，离这里也就十五公里路，每天早晨七点钟有一班车，你们不熟悉路，记住向南沿着运煤的公路对直走。这一路上没有岔道，有的也只是小的机耕道，一眼就能分辨出来哪是运煤大道，到江城后给我来封信或电话，就说‘你要的东西买到了’，免得万一信落到老板手里，还说我怂恿你们悄悄走了要罚我的款。”

三个人小声地说着，黄富贵帮两人背好背包，见隔壁房间的人都陆续睡了，这才带着他们悄悄地出去，绕过了公路隘口的值班房。

离别时，黑暗中三个人紧紧地抱在一起，天洪紧紧握着黄大哥的手，大颗的泪珠滴在手上，一切都是静悄悄的，直到天洪他们的黑影消失在远处，黄富贵才悄悄摸回到宿舍。

两人打着伞沿着运煤的大路深一脚浅一脚急急赶路，也顾不得身上背包上沾满泥浆。路面被重型运煤车碾压出一道道深沟，沟里满是煤屑和泥浆。幸好出发前两人的行李用塑料口袋封装好了不怕雨淋。

鸡叫二遍的时候，风停了，雨止了，山谷里升腾起薄纱似的雾气，影影绰绰，说不出的温柔，庄稼地里飞舞着无数个像萤火虫那么小的仙女，优雅地飞来飞去，雨珠还在不停地从高粱叶尖往下滴，发出玲珑的声音，清晰而圆润，雨后的夜色分外幽静。

渐渐地，天边泛起了鱼肚白。经过一夜狂风暴雨的袭击摔打之后，近处的山峦，远处的群山、河谷、原野，都笼罩在朦胧中，晨雾像一块白纱帐，弥漫在远山近水。天渐渐亮了，四周的山野一片沉寂，偶尔听见远处传来雄鸡的报晓声。

太阳终于从东边山顶升起，放射出万道霞光，天洪和明桂终于来到大梁镇街上，向早起的老乡打听到了汽车站的方向。

买好汽车票，把行李放上车顶，两兄弟这才长长地松了一口气。天洪到车站门口买了几个窝头，一袋榨菜，两人上车坐下，冒雨在泥泞的烂路上走了大半夜这才感到饿了，拿着窝头大口地吃了起来。

汽车启动了，在泥里雨里行走了大半夜的两兄弟感到困乏，睁不开眼睛，便眯着眼在汽车上打起盹来，无奈汽车在破烂泥泞的公路上颠簸，人在座位上东摇西晃抛上跌下，被倒腾得五脏六腑都要吐出来。两人淋了雨受了凉，这会儿头疼得难受，天洪从口袋里掏出康泰克，二人就着矿泉水吃了药。

班车到县城火车站时，已是下午两点，匆匆到窗口买了晚上十点钟去江城的火车票，又是无座的站票。这里是中途小站，只有慢车经过。还有八个小时才上车，车站内外挤满了外地来的打工者，有新来的，有准备离开的。候车室早已不堪重负，只得规定乘车人凭票提前半小时进站。

天洪打算到江城去找天全哥，他在江城一个建筑工地打工，到那里去看看是否找得到工作。

天洪匆匆给阿香写了一封信，简要说明了离开山西去江城的原因，告诉阿香不要再写信寄往矿上，他把信投入站上的邮箱。

兄弟俩在广场边上的花台上坐下，抱着行李被卷背靠着背打盹等候进站。

直到凌晨三点，列车才姗姗来迟，晚点五个小时，因为一路上乘车的人太多，耽误了时间。随着人流，天洪和明桂上了车，没有座位只得靠着站着。

终于登上了南下江城的火车，兄弟二人长长地出了一口气。

明桂说："想起在井下遇险的情景，我的心现在还咚咚地跳。"

天洪庆幸，总算离开了煤矿，可今后打工的路途在哪里？车到山前必有路，到江城找到二哥再说。

已经拥挤的硬座车厢里，沿途又挤上来不少背着行李外出打工的农民。抬眼望去，车厢里满是外出打工的农民。城里人出远门不是坐飞机就是坐火车软卧，最不济的也买个硬卧躺躺，哪有像打工的农民这样，为了节省几个辛苦钱，在这硬座车厢里插笋子似的硬站二十几个小时，还要不断地给人让道。

有幸坐在座位上的"沙丁鱼们"则交叉地枕了大腿或胳膊，扭着身体打盹，直到胳膊发麻腿脚抽筋，才换了体位又接着迷糊。车厢里闷热难耐，满车厢的人都汗流浃背，车厢里几台老式小风扇在头顶无力地旋转。

火车头才不管车厢里的人拥挤不拥挤，只管轰轰隆隆一路向前奔去，山川河流都被甩在身后。掀开窗帘，大地、树木、庄稼从眼前一掠而过，掩映在树木竹林中的房屋沉默着，大多数房屋连炊烟都懒得冒，田间已很少见到壮硕的身影，偶尔见到的也只是弯腰驼背的老人和背着孩子的妇女，昔日欢歌笑语的乡村到哪儿去了？没有人能回答，但谁的心里都明白：青壮年们都外出打工挣钱去了。

列车晚了点，一路上走走停停，在火车上整整苦煎苦熬了二十多个小时，直到第二天上午10点火车才到达江城车站。

天洪按照二哥信中写明的地点，向执勤的警察问明了公交车站的位置，来到车站排队坐上公交车，又换乘了两次，才来到城南的城乡接合处。

下车已是下午太阳偏西，在街上问一位老人，对方说的是广东话，比画了一阵，两人似乎听懂了又似乎没听明白，让不懂广东方言的两人一头雾水。

前面来了一个中年人，天洪操着四川普通话："大哥，请问到南溪街怎么走？"

中年人用南方普通话回答："在这片开发区的南边，离这儿3里地，公交车只能到此为止，需要徒步穿过这片开发区走着去。"

被圈的这片地是城市规划的新开发区，建设还没有全面铺开：西边和北边已经拆迁完了正在平整场地；东面才刚刚开始征地测量和拆迁补偿谈判；而南面仍然保留着原始的旧模样。两人朝着指引的方向，踩着瓦砾，沿着断垣残壁往前走，遍地流淌着乌黑黏稠的污水，水面上漂浮着杂草树叶。

终于来到南溪街，古朴的老街道在原有住户近几年的私搭乱建中全变了模样，原本宽敞的街道变得狭窄，路边电线杆上随意搭接的各种线缆如蛛网密织，现在一切都变了，等待着拆迁的老屋，一层陈旧但还坚固，二层和三层多是近几年来加盖上去的，简易的木楼梯或外挂式铁架楼梯特别显眼，这是房主为了多出租，拆迁时用来多计算拆迁面积后来加盖的板房。

街上的门牌多数不知去向或被新近乱搭建的板房遮掩，让初来乍到的人找不着北，不过街上菜店、小食店、五金店、小超市、移动通信店倒还应有尽有，店的主人也都是外地人。街上操各种口音的人都有，但互相打招呼说话，多数是带着浓重方言的普通话。因为小街的房租相对周围其他地方便宜，来江城打工的农民工愿意租住在这里。

在迷宫式的老街里东问西找，转了不少冤枉路。在一处不起眼的独栋老式院落，见到一个穿着蓝色工作服的人坐在小凳上择菜，天洪上前："请问张天全是住在这里吗？"那人停下，转过身来诧异地打量着他们，然后大声叫道："天洪，是你们呀？"见天洪背着包提着箱，顿时就明白了是怎么回事。

"二哥，这么巧啊，我们找了半天才找到这里。"见面前的人正是他们费尽千辛万苦要寻找的二哥，天洪上前拉着他的手："二哥……"千言万语，竟哽咽得一句话也说不出来。

“我也是刚下班回来，今天的活路做完了下班的早一点，平时要干到天黑才能回来。”

几句寒暄后，二哥用手指了指二楼：“走，兄弟上二楼去家里坐。”

天洪和明桂跟着二哥来到二楼，一拐弯，突然一下子进入完全的黑暗之中，两眼一抹黑，什么都看不到，天洪吓了一跳：“太阳还没有下山，怎么突然黑了？”

二哥骂道：“房东坏得很，给他说过多少次这楼道里的电灯线路坏了，就是不找人来修理。”

“哦，我说怎么一下子眼前就黑暗了！”

二哥说：“我们脚下这块以前是外走廊，被房东用铁皮和木渣板严严实实地包封起来，成了内走廊，这会儿房间里没人，都关着门。”

“他干吗把楼道四周都包封了？”天洪不解地问。

“按拆迁规定，必须是封闭空间才能算房屋面积，二楼原来只有两间房，房东为了多得赔偿，就将外走廊围起来，又增加了两间房。街上家家户户的房屋都这样改造过，这样一来，每户人家的房屋面积至少比原来增加了一倍。”

“哦，原来是这样。”天洪终于明白了。

二哥进屋，先开亮房间的灯。房间被隔成里外小套间，总面积不到15平方米。进门是厨房兼盥洗，放着电磁炉和锅等做饭家什；里面是卧室，厨房与卧室之间用木渣板间隔，一扇三合板钉的门；隔断板上留了一个框，算是为厨房留的采光和通气口，平时，二嫂在这里挂了一块天蓝色的纱布算作窗帘；卧室有一扇长宽两尺的小窗，西下的夕阳总算透进一缕阳光，照射在白石灰下透着黑色的墙壁上；桌上放着一台从旧货市场淘来的25英寸的老式电视机；室内灰黑色的水泥地面，低矮的木凳、重叠的贮物纸箱，随意拉的尼龙绳上晾晒着衣服。

“兄弟，前不久接到你们的来信，知道你们在山西挖煤太危险，想来江城找工作，我就托打工的弟兄们帮忙留意，江城这地方随便找个工作容易，但要想找一份满意的工作可就急不得。”

“我们这也是碰上机会了，要不然中途离开煤窑非得让老板扒一层皮才走得脱。”

“怎么会要让老板扒一层皮才走得脱？”

“合同上写明乙方（工人）提出要离开煤矿，必须提前三个月通知甲方，否则，乙方要负违约的责任，扣罚三个月的工资，这就等于三个月工资白送给老板了。”天洪愤愤不平。

“老板这一招也太狠了！”二哥骂道。

“二哥，我们给你添麻烦来了，看着矿难中死伤那么多人，走的前一天，正好我俩的身份证在手上，这才临时决定离开。”明桂补充。

天洪说：“就这老板还欠我俩一个月的工资和保证金，也只好吃点亏算了。”

二哥说：“你二嫂要天黑了才能回家，她打工的地方要转两次公交车，回来就晚一点。兄弟，你们先坐一会儿，我下楼去买点菜回来，平时我们俩回来，有剩饭就热了吃，没有就下点面条将就。”

“二哥你别去麻烦了，晚上我们就吃面条吧。”天洪满脸歉意。

“不，不，不！我们兄弟好久没在一起聚聚了，小超市就在楼下不远，我去去就来。”二哥说着就下楼去了。

不一会儿，二哥买来了啤酒、卤猪耳朵、卤猪舌、油酥花生米、一小块鲜猪肉和一条活鲤鱼，另外还买了几样时令蔬菜。

二哥刚用电饭煲把饭煮好，菜择好洗净，二嫂梅香就回来了，听见屋里有人说话，还没进屋就说：“我说今天下午怎么会耳朵根发烧，原来是来客了。”

进屋见是天洪和明桂，连忙招呼：“兄弟来了，欢迎，欢迎！”

“二嫂好！”兄弟俩站起来打招呼。

二嫂语带歉意道：“不知道你们要来，我这屋里乱七八糟地还没收拾。”

天洪知道二嫂是个讲清洁爱面子的人：“你这屋里还算收拾得整齐干净，租别人的房子，只有这个条件。”

二哥在厨房里炒菜，对刚进屋的二嫂说：“梅香，摆桌子拿碗筷吃饭了。”

二嫂把放在床下的桌子拿出来：“你二哥从旧货物市场淘来的收折圆桌。”

天洪和明桂帮着摆桌子，二嫂把皮包挂好，拿来玻璃杯子、碗筷，二哥把菜摆上桌子：一大拼盘卤菜、一盘炒肉丝、一盘油酥花生米、一条糖醋鲤鱼、一钵番茄肉片汤、一盘凉拌三丝、一盘炒青菜，把个小圆桌摆满了。

二嫂笑道：“你二哥是个能干人，手脚又麻溜，我们厂里下班晚，平常家务事都是你二哥做。”

二哥谦虚：“哪里哪里，还不是你二嫂调教得好！”说着，笑了起来。

大家坐下，二嫂把几个玻璃杯倒上啤酒。

二哥举起酒杯：“欢迎兄弟两个来江城打工，第一杯我们一起干了。”

“干！”几个酒杯举起，一口干了。

二嫂又把啤酒倒上：“天洪兄弟，这一杯酒，我敬你，去年老家大旱，要不是你带着家里的人修堰补水池，挑水抗旱，家里老人细娃今年吃饭都成问题。”她眼睛里盈满泪水，哽咽得说不下去，感激之情溢于言表。

“二嫂快别这么说，都是一家人，那么做是应该的，那几个放假在家的细娃，个个都不怕吃苦，就连你家的栓柱也跟着大人挑水抗旱。”

二哥说：“种庄稼就是付出的太多，得到的太少，一年辛苦到头也挣不了几个钱，遇上儿女读书就没办法了。”

“是啊，哪个愿意丢下儿女远离家乡，来城里住这破房子……”二嫂话没说完眼圈就红了，她是在想念老家两个未成年的孩子。

吃饭中，不时有苍蝇、蚊子前来捣蛋，二嫂歉意地站起来拿苍蝇拍：“周围环境太差了，太阳一落坡这死蚊子苍蝇就来了，唉……”无奈之情溢于言表。

二哥赶紧站起来去关纱窗。

天洪问：“二哥，你们怎么住这么偏远。”

二哥一怔，随后低声道：“就这么点工资，谁都想多攒些个钱寄回家。这里环境差点，但是租金低，小街上买东西方便可以自己开伙，所以成了打工仔的租房首选。”

天洪点头：“哦，我们刚来就已经感觉到了江城挣钱不易。”

吃了晚饭，天洪这才把去山西挖煤的遭遇详细地说给二哥二嫂听，几个人一直摆谈到深夜。

夜深了，二嫂抱了被子，对三兄弟说了声：“我去隔壁玉容家睡，路上辛苦了，你们也早点休息吧！”

二哥说：“隔壁也是重庆老乡，两口子都在江城打工，男的今晚上夜班，只有女人在家，你二嫂正好去给她搭伴。我们这里，平时谁家有客人来，都是打地铺或到邻居家里挤一挤，一天挣的工资还不够旅馆费，谁舍得花那冤枉钱。”

睡在床上，二哥才把来江城打工的经历细细道来：“这里居住的条件和环境今天你们也看到了，外出打工，谁不愿意住得好一点，环境干净一点。”

天洪问：“若要在城里租个一间一厨一卫的旧房子得多少钱？”

二哥回答：“配套小间得两千块，差不多是我们一个月的工资，所以为了节约开支，就只好住这里，就这房一个月还得三百元。在江城和珠三角打工的人工资也不高，前几年每月不过一千多块，今年起来了点，拿到手的也不过才两千多块。”

第十六章　石料加工厂

到江城的第二天，天洪和明桂就去中介公司找工作，两天过去了，还没找到合适的工作，两人心里着急，天洪说："这么等不如找个事先做，再想办法等机会，出来打工挣钱，哪有合适的工作摆在那里等着你。"

明桂点头："洪哥你说得对。"

这天，石料加工厂的老板郑石林送货到建筑工地，二哥正在验货，随意问了一句："郑老板，你那里还招收工人吗？我的两个兄弟来江城，正在找活干。"

郑石林："近段时间接的活多得忙不过来，厂里正想新招几个工人。"

二哥高兴道："那我就从中做个担保，你看行不？"

"行，明天你带他们来厂里找我。"见二哥是老熟人，郑老板干脆地答应。

"那就先谢谢啦！"两人谈妥。

第二天一早，二哥带着俩兄弟去了石料厂。厂的位置就在南溪街北边三里路，这里也是城乡接合部的一处已经规划拆迁的城中村。说是加工厂，其实就是几间用钢管做柱子搭建起来的简易大工棚，架上面铺一层毛竹席加油毛毡做屋顶，四周空敞着，工棚里冬冷夏热。

在办公室，郑石林接待了哥仨，看到天洪和明桂生得强健有力，高兴地说："你这二位兄弟来得正好，我们厂是专门替建筑工地和装修公司加工石材的工厂，厂里实行计件工资，不保底不封顶，干得多工资多，这里都是体力活，我看你俩年轻脑子灵，跟着师傅干几天就会了。"

天洪说："多谢郑老板，苦点累点没什么，只要有活干能挣到钱就行。"

见天洪二人露出笑容，二哥松了一口气，刚才看到厂里脏乱的样子，他还担心两兄弟不愿意来，他笑着站起来，拍了拍天洪的肩膀："兄弟，好好在郑老板这里干，我们是多年打交道的老朋友了。"说完，他与郑石林握手道别。

郑石林带着兄弟俩去加工车间，还没走拢，就听见砂轮切割花岗石的尖厉声传来，鼓风机吹出的风中夹杂着令人难闻的刺鼻气味，让初来的天洪和明桂不禁皱了眉头。车间里遍地是加工扔掉的边角余料，两个师傅弯着腰在粘接石材，旁边一位师傅双手握着砂轮在打磨粘接成型后的石柱，粉尘顺着砂轮的切线方向飞扬，打在旁边人的身上，工棚空气里弥漫着石料和树脂的粉尘。

旁边，几个工人双手握着电刷为成型的石料抛光，电刷声尖锐刺耳，抛光之前，需要先给石料上胶，那是有机树胶，电刷一挥，白色的树胶粉末漫天飞舞，即使戴着口罩也直往鼻孔里钻。

工棚的一角，一台大型电锯正在分解切割石材。采购来的整块石材，首先要在这里进行切割分解，锯条解破石料的巨大的噪声和漫天飞舞的石粉，似乎要把人淹没。人在工棚里，就像在河里游泳呛水时吸入满带泥沙的浊水，鼻腔里满是金属的质感：硬、涩、呛人。

天洪跟着陈炳全师傅学习石材加工造型，这是个既需要力气，又需要细致的活路。大的加工件重达几百斤，加工时需要搬动换位；小的装饰件仅指头大，需要用棉签大小的磨具精雕细琢，石料大小根据需求来定，工件是否合格全靠工人手上功夫。

一天干下来，天洪手膀子酸痛得端不住碗握不紧筷子，浑身像散了架一样疼痛，头上身上覆盖着厚厚的一层细粉末，嗓子里鼻孔里火辣辣的，操作时戴的普通纱布口罩根本抵挡不住超细粉末往鼻孔里钻，擤出来的鼻涕五颜六色。

只两天，天洪就同陈师傅熟悉了。师傅长天洪十岁，中等个子，胖瘦高矮与天洪差不多，乍一看，师徒二人就像父子，也像兄弟，只是师傅饱经风霜的脸上多了几道皱纹。师傅出来打工之前是乡里的手艺精湛的石匠，对石料的加工造型很有研究；来江城已经有 15 年了。师傅人品好，手艺好，是加工厂里的一块金字招牌，许多有钱的大老板家里装修新屋，指名点姓要陈师傅亲手加工的件，厂里的工人都敬佩他的手艺、敬佩他的为人。

天洪正跟着师傅学习石栏杆打磨，贺天光羡慕地伸出大拇指："兄弟，你算跟了个好师傅，好好学。"天洪知道，这是因为有二哥推荐，老板才安排他跟陈师傅的。天洪跟着师傅，从基础的下料学起。

陈师傅说："在咱们匠人心里，任何石材都是有生命又有灵性的物件，石材纹理和质地软硬都不同，加工前要先对着石材谋篇布局。"

师傅指着一块要加工的汉白玉石材说："加工前一定要先看设计图，熟悉客户要求，再看石材的尺寸、纹理，（指着石材）比如咱们今天要雕刻栏杆上面的石狮，你看，这个部位适合做狮子的头部，我们就先从这里下手。"跟着师傅，天洪知道了石材纹理、材质的软硬和谋篇布局，每次加工，师傅都要先讲解要领，再让天洪复述一遍，然后才开始工作。师傅教得仔细，天洪学得认真。

明桂跟着切割石料的李挺玉师傅学习了一周，就正式当上电锯操作工，为了充分利用电锯，十天后，郑老板就安排明桂与李师傅分成两班 24 小时倒换着干。只是分解薄板，仍然由李师傅操作。

天洪他们初来乍到，暂时还没有找到离加工厂近又价格便宜的住房，为了省钱，几个新进厂暂时还没租到住房的工人，晚上下班后就在大块石料上铺张席子，旁边点盘蚊香，在加工车间里睡觉。江城的天气，躺在石料上睡觉冷热倒是没什么，但周围加工石材散发出来的气味叫人不舒服。

“唉，暂时在这里睡几天。”天洪自言自语，想着想着就进入了梦乡，在梦里他又见到了阿香，见到了儿子和女儿。

清晨，一缕嫩生生的阳光从工棚顶上的缝隙里照射进来，照着天洪头顶石板上巴掌大的地方，原本黑乎乎的石料在阳光下变得异常清晰明亮起来。就在那块阳光滋润着的巴掌大的地方，停着三只肚皮撑得晶莹剔透的蚊子，大概是受到了阳光的刺激，它们很惬意地振了振翅膀。

天洪从薄被中伸出脚丫，把手伸过去挠着痒痒，有点不情愿地打了个哈欠。忽然，他像个猴子一样轻巧地蹦起来，一只手掌飞快而准确地落在了那块阳光上，啪的一声伴随着一句狠话：“去你奶奶的。”三只被人血胀饱了飞不动的蚊子就全部壮烈了。旁边，明桂同几个工友还眯着眼在那里拍打挠痒说梦话。

头几天，天洪对车间里的环境还感到很不适应，陈师傅说：“新工人来加工厂首先感到的就是鼻子眼睛不舒服，有毒粉尘对咱工人是最大的威胁，干上几年，职业病就会找上身来，所以多数人干几年就走人了，厂里工人流动性大。”

“我们来江城暂时还没找到合适的工作，二哥介绍来了加工厂。”天洪说。

“唉，都是为了给家里找点钱，不然，谁会来干这个。”陈师傅咳嗽着，每天从鼻子里擤出浓浓的鼻涕中都带着血丝，擦着鼻子，他显得那么无奈。

加工厂车间里充斥着刺鼻的气味和粉尘，飘浮在空中的细微颗粒随着呼吸进入鼻腔、气管、肺里。许多工人出现头疼、恶心，甚至呕吐吃不下饭。半个月后，明桂也开始感到有些不适，他工作那个地方是下风口，车间里的所有气味和粉尘都要经过锯床这边，然后从身后的缺口吹出去。

来加工厂的日子过得真快，半年后的一天，天洪和师傅正在赶磨一批栏杆柱头，柱头上的汉白玉石雕狮子是用胶水粘到柱头上后再一块打磨成形，在高速旋转的细砂轮打磨下，弥漫着粉尘和胶水发出的刺鼻气味。

呼吸着这样的空气天洪感到头昏脑涨胸闷，他停下手中的活，对着粉尘笼罩中的师傅大声叫道：“师傅，这里气味和粉尘简直让人受不了，我们歇口气，去车间外面呼吸一下新鲜空气吧！”

连喊两声，没听见师傅回答，天洪正在疑惑，只听见一声闷响，透过弥漫的粉尘，天洪看见师傅倒在了地上，他心里一惊，冲过去抱起师傅，只见师傅头上冒出殷红的鲜血，是他倒地时头被石材棱角戳了一个洞，但师傅好像全然不知，他已经昏迷了。

天洪从口袋里掏出没有用过的新口罩，一边将师傅头上的洞死死按住，一边大叫：“快来人啊，陈师傅受伤了！”

老板一早送货去了，旁边的工友立即拨打了120急救电话，20分钟后，急救车来了，工友们七手八脚把陈师傅抬上救护车，天洪跳上车跟了去。

救护车风驰电掣向着医院奔去，随车来的医生给陈师傅止血处理了流血的伤口。陈师傅躺在那里微弱地出着气，眼睛紧闭，脸色灰白，豆大的汗珠不断渗出。

25分钟后车到医院，天洪帮助随车医生把师傅送进了急诊室，值班医生问：“病人是什么情况？”

天洪说：“我们是石料加工厂的工人，今天陈师傅在打磨粘接石料时突然昏迷倒下，头上的伤是被石材棱角戳破的。”

医生明白了伤者是怎么一回事：“他这是慢性中毒逐渐积累，今天又吸入了大量的有毒气体和粉尘造成了急性中毒性昏迷。”

天洪点头，情况的确如医生判断的那样，才来加工厂不久，他也已经有感觉，近来师傅咳嗽痰中带脓，擤鼻子带血丝，看来师傅的病非一日之寒。

加工厂里的人都说，陈师傅才来加工厂的时候是非常健壮的一个人，两三百斤重的石材他一个人可以轻松地抱起来打磨换位，那时厂里的人都叫他陈大力，而他的本名陈炳全倒是很少有人叫。可从去年以来，他的身体突然垮了，再也不是从前那个虎虎生威的中年大力士了。

医生写了单子交给天洪：“你先去交钱。”

“交多少？”天洪问。

“这种急救病人一般是先预交1万块。”医生回答。

天洪惊住了，他搜遍了身上，把钱掏出来放到桌上，不过一百多元，要住院治疗远远不够，脸上露出尴尬的神色。值班医生见了：“你赶紧打电话给厂里，叫他们马上派人把钱送过来。”

天洪面露尴尬：“我，我没有手机。”

值班医生指了指门边桌上的电话机，天洪走过去，拨通了厂里的电话：“喂，请找郑经理，我是张天洪，有急事找他。”

“我就是，什么事请说。”郑石林刚送了货回到办公室，拿着杯子正要喝茶，还不知道厂里出了事。

天洪简要地把陈师傅昏倒受伤和送医院的事告诉了郑石林。听了天洪的陈述，郑石林粗声大气地吼道："怎么搞的，又得叫老子出血。"

天洪在电话那头提醒正发脾气的老板："郑经理，医院这边还急着等厂里送钱来才动手术。"

"钱，钱，老子今天送货还一分钱没有收到！"郑石林继续在骂娘。

对于视钱如命的老板，天洪一时没了言语，老板还在电话那头骂骂咧咧。

天洪又提醒道："郑经理，医院在等着交钱，陈师傅一直昏迷不醒，你看？"

电话里天洪听见老板大声叫出纳："李姐，带上支票马上跟我去医院。"

交了钱，陈师傅被推进了手术室，医生说："检查结果，是头盖骨局部粉碎性骨折，要马上手术，叫家属来签字。"

天洪说："陈师傅家属在湖北老家，这里没有他的家人。"

医生说："那就由单位领导签字也行。"

郑石林极不情愿地在手术同意书上签了字。

在陈师傅住院的日子，只要抽得出时间，天洪总会去食店里买了煲汤给师傅送去。师傅头上动手术取了骨头碎片，还包扎着纱布，整个脸显得浮肿，不停地咳嗽，痰中带着脓液，每一次咳嗽，他的头就痛得像要炸裂似的。

他捧着头流着泪："兄弟，老板用得着的时候天天催活赶工期，你受了伤、病了，他躲都躲不及。"

天洪说："师傅，医生说你的伤得调养一段时间，你头上的伤口还没有拆线，要静心养伤，千万别因激动震坏了伤口。"

陈师傅流着泪点头说："谢谢你啦。"

这几天厂里工人都在议论陈师傅的事，贺天光说："像陈师傅这样慢性中毒出工伤事故，厂里每年都有几个。"

李挺玉说："厂里没有给工人们买医疗保险、工伤保险，得了慢性病都得自己担着。"

半个月后，陈师傅的伤口拆了线，郑石林催着天洪："把你师傅接回他租住的房子里养病，我们一个小厂，再住着受不了。"

天洪为难道："医生说陈师傅大脑受了伤，头骨恢复还需要住院观察一段时间，以免后遗症发生意外。"郑石林听后没了语言。

一个月后，陈师傅出医院了，送回到他和老乡合租的小屋。白天大家都出门干活去了，陈师傅躺在床上不甘心就这么下去，他咬着牙扶着椅子试图站起来恢复体力，像原来一样去工厂上班挣钱，他家里实在是太需要钱了：残疾的妻子、两个读书的孩子、多病的老爹老娘，都需要他挣钱。他刚努力站起来，手一松，又倒下了。

陈师傅因慢性中毒造成的手颤抖，生活自理尚且困难，要想回工厂去干活，怕只有等下辈子了。他再也不能回石材加工厂干活了，亲眼看见几个与他同样情况的工人，最后都被迫辞职回了老家。

天洪帮师傅代笔写了申述向郑石林要工伤赔偿，郑石林拿出进厂时双方签订的合同：上面明白写着工厂实行计件工资，各类保险由乙方自己购买。再说周围的工厂也都是这样执行的。

听了老板的话，天洪一时无语，但天洪决定这次再不能像在金银沟煤矿时那么软弱了，那是山高皇帝远的小地方，李占彪就是横行一方的土皇帝，经过那几次矿难，天洪学到了坚强，学会了争取自己的合法权益的智慧。

天洪找来与陈师傅要好的李挺玉师傅和几个技术骨干："李师傅，请你们几个来商量，是想请你们能为陈师傅说几句话，也是为咱自个说话，像陈师傅这样什么赔偿都得不到就被打发回老家，他今后的日子怎么过？他一家人的日子怎么过？今后谁再出现他这种情况又怎么办？"他说得声情并茂泪水长流。

十几年的打工生涯，把李挺玉磨炼成了一个有勇有谋的人："我们进厂时签订的合同中确实没有说明得了职业病怎么办，这让我们有理无处申。像陈炳全这样因工作造成慢性中毒伤残，都不知道怎样才能维护自己的合法权益。"

何保柱说："天洪兄弟说得对，今天我们替炳全争取福利，也是替我们自己留一条后路，搞我们这个工作，粉尘有毒气体避免不了，厂里没有给我们买社保医保，就连发纱布口罩，还是两天发一个，说是洗洗还可以用。你想，经过一天的过滤，口罩的夹层里尽是细微的粉尘，怎么洗得掉？第二天再用还不全部被吸到鼻孔里去了，我们生了病找谁去呀。这次我们一定要给陈师傅也是给自己争取个合法的权益。"

搞石材粘接的王义全师傅说："我们不能同老板硬来，因为进厂时签订的合同就让我们吃了亏，硬来就只有走人不干，咱出来打工就是为了挣钱，但我们可以与老板斗智，订货单位要得急的工件给他磨洋工，不急的件给他按时交工，老板是个精明人，他看得出来我们在同他斗，只要大家心齐，老板最后只能妥协。"王义全一口气说完深思熟虑的计划。

天洪点头："王师傅的主意好，老板抓不住把柄，也不好单独对谁发火使气。"

一切都在按照计划暗中进行，郑石林感到奇怪，这半个月，怎么工人全变了，接的不急的工件倒是做得快，早早地就完成了，而那些急件老是不见出货，弄得建筑公司一天来几次电话催货："郑老板，今天都几号了，怎么还不见把盥洗盆台板拉来，马上要交房了，过了工期你来赔呀，今后还想不想再合作了？"

"郑老板，你到底搞什么名堂，楼梯台面的材料到现在还不见拉来，你到底还叫不叫人活了，月底交不了房，来一大堆业主嚷嚷，你来帮我收场呀？"

每天这类电话此起彼伏，接连不断，接得郑老板心惊胆战，也伤透了脑筋，还有几家大公司甚至直接要求退货或索赔。去车间里催促工人干活，看到大伙都在忙自己手里的工作，可就是不出活，特别是急件，越急的件出活越慢。他想发火却找不到对象，谁都对他客客气气，绝不同他顶嘴。回到办公室，他悟了一天，终于明白了：工人们这是在故意对急件磨洋工不出活，现在市场竞争这么激烈，要的就是出活快，如果再这样继续磨下去，石料厂加工便宜、出活快的信誉就全毁了，那今后谁还来加工石材，那不真是要了命吗？

郑石林找到天洪："你师傅这几年确实为厂里出了力，现在伤残了，你同财务一道给陈师傅送3万元工伤补助费，你告诉他家里来人把他接回去。"说完这话，他长长地舒了一口气。

听了郑石林的话，再看看他的神情，天洪知道，自己精心导演的一场戏取得了预期的效果，他装作不明白："接陈师傅回哪去？"

"当然是接他回老家呀，坐火车回去，票我马上派人去买。"老板柔声说道。

天洪这才装作听明白了，点点头："行，我这就去通知陈师傅和他的家人。"

"张天洪，你是二哥保荐来的，我知道你工作踏实，人又聪明，精细活儿都干得下来了，在工人中又很有威信，现在陈师傅受伤回家了，原来的精加工班的班长就由你来接任。麻烦你给兄弟们说说，请他们支持厂里的工作，派工单标明的急件一定要按时交货，没有标明急件的可以缓一下，要是再像这样拖下去，厂里哪天接不到活就得关门，这对大家都不利，请你回去向大家伙说明，谢谢你了！"郑石林声情并茂，一脸诚恳地望着天洪。

天洪点头："我替陈师傅谢谢你啦！"

天洪带着财务室的王会计去了陈师傅合租的小屋，来到床前，王会计俯下身子："陈师傅，你受苦了，我代表郑经理来给你送3万元工伤补助费，希望你回去后好好休养，用这点钱在家里开个小卖店做点小生意过日子，我们是小厂，只有这个能力，还请你谅解。"

陈师傅流着泪颤抖地伸出双手，握住王会计的手说："谢谢郑老板，谢谢厂里的弟兄们！"

陈师傅的侄儿陈顺子在江城一家建筑公司打工，与陈师傅合租在一个屋子里，拿到钱的第二天一早，郑石林就派人送来了当天下午的两张火车票。吃了午饭，顺子背着二叔正准备出门，天洪带着加工厂的几位好友送他来了。

看着昔日一起工作的工友，陈师傅热泪盈眶，握住李师傅的手："谢谢兄弟，如果不是你们，我这把骨头就只有客死他乡了！"他挣扎着要跪下来给大伙磕头。

李师傅拉住他："炳全，别这样，都是患难兄弟，大伙这是帮你，也是帮我们自己，如果伤残者一分钱补助没有就被打发回家，天理公道何在？"

"伤残回家就是我们的……归……途……吗……"话没说完，陈师傅号啕大哭起来，旁边几位老哥也跟着掉下泪来。

顺子在一旁催促："二叔别哭了，我们快走，要不然赶不上火车了。"

天洪叫来了出租车，与顺子一道扶师傅上了车，又把二人送到火车上，安排师傅躺下，火车鸣笛要启动了，天洪热泪盈眶拥抱着师傅："师傅……多保重……一路平安！"

陈师傅回家去了，再也见不到一个生龙活虎的陈大力了。

在加工厂几个月干下来，天洪和明桂也感到身体乏力，头昏脑涨，失眠睡不好觉。这天，二人去中山医院检查，医生看了检查结果："根据化验单上的数据，你们这是职业病，从血样中的几项指标上来看，你们还算初期，这种工作干久了，严重的还会脱发、贫血、手脚颤抖，甚至患癌症。"

听了医生的话，二人吓得说不出话来，呆呆地站在那里，许久才回过神来。

天洪心里惊起一个念头：得想法早些离开石料加工厂。

这天，郑石林派天洪送一批加工好的浴室台面板到天河路建筑工地去，陈师傅走了后，最近郑老板经常派天洪去送货。小货车到建筑工地，迎面走来一位穿着西装的人前来验货，天洪一惊，觉得来人面熟，好像在哪里见过，再仔细瞧，他坚定了自己的眼光不会错：是他，换了马甲穿了西装也是他，不会有错。天洪试着叫了一声："周金山！"

听见有人叫，来人一怔，随即也认出了天洪："咦，张天洪，怎么今天来送货的人是你。"

分别多年的老同学，今天以这种特殊的方式见面。天洪高兴地伸出手来握住着周金山的手："几年不见，老同学在这里发财呀？"

"哪里发财哟，还不是给老板打工。"

"看你一身干净的西装，就不像是打小工的。"天洪笑道。

“在公司负责材料计划和采购，按现在的说法，算是个小白领。”周金山故意说得很轻松，“我听说你一直不想出来打工，怎么后来想通了？”

“去年儿子考上城里的重点中学，学费加生活费一年得一万出头，女儿上学一年也得花费，这才逼得我出来打工给他们挣学费。”天洪说这话时显得特别无奈。

“你们厂给我们工地送加工石材也有两年了，怎么今天才看到你？”周金山不解地问。

“以前是我师傅在送，他工伤后回家去了，老板才叫我来送货。唉，说来话长，我们出来打工走了点弯路。”天洪简要地把去山西，来江城的情况做了介绍。

听完天洪的介绍，周金山说：“听你这么说，我看那里是不能干了，这样吧，我去公司问问，看我们这边还招不招收新工人。”

“那就先谢谢你了。”天洪握着老同学的手，感谢的话不知从何说起。

周金山带着天洪一道来到总经理办公室，宋建华正在里面打电话，两人站在门口，只听见宋总正在电话中问：“人事部马经理吗？请你马上到我这里来一趟，对，刚才接到通知，为了迎接江城全运会，我们又中了一个大工程标，公司需要尽快招聘一些熟练工人进来，人事部今天先提个计划出来。”

听到这话，周金山转过头来高兴地对天洪说：“都说赶得早不如赶得巧，天洪，算你小子运气好，赶巧了，天河体育中心需要改扩建，公司中了其中新建工程项目的标，因此需要招聘一批工人。”

在公司大楼外面花园的长椅上，两个多年没有见面的老同学坐着聊了起来。天洪说：“想当年在学校，我俩兄弟坐一张桌子，你的数学成绩是全班第一。”

“要说聪明，全年级谁也比不上你，你写字、下棋还经常代表学校去地区（那时候重庆市还没有直辖，黔河属于四川省的一个专区）比赛，拿回奖旗，惹得好多女同学羡慕。”周金山笑道。

“毕业的时候，我俩都考上了重点高中，结果因为家里贫穷都没去读书，现在想起来后悔死了。”说这话时，天洪眼眶湿润了。

“唉，往事真是不堪回想，我在家干了一年农活，就跟着我叔叔出来打工了，临走时，我去找了阿香。”

“那时我同阿香刚好订了婚。”天洪微笑道。

“都怪我这之前犹豫了，没有抢在你前面同阿香说明我喜欢她，要娶她为妻。”周金山话里带着心酸的味道。

“我后来听阿香说，你跟叔叔出去打工时去找过她，向她表白衣锦还乡来娶她，阿香说她没有表态。”

周金山说："还没有等我衣锦还乡，就听同学说你已经同阿香结婚了，后来余明力才告诉我，早在学校读书的时候你同阿香就悄悄好上了，是这样吗？"

天洪点头："就是那次学校文艺会演认识她后，我就同她好上了。"

周金山："那次阿香在台上演出，你还说是哪来的天仙。"

天洪说："我就是那次认识阿香的，这么说来你还是我们的介绍人。"

周金山："结果被你捷足先登了。"

天洪说："谁叫你不敢大胆表白自己的态度。"

周金山说："难怪临走时我向她表白时，她没有表态。"

天洪问："金山兄在江城安家没有？"

"我一直梦想在衣锦还乡回去娶阿香，听说你们订婚后我还梦想着有一线希望，凭着我在城里小白领的身份，阿香会回心转意跟着我的，知道你们结婚后，我觉得希望破灭，才开始处对象，可一直找不到像对阿香的那种感觉，也就一直单身到现在。"说起这话，周金山神情显得有些落寞。

天洪安慰道："金山兄也别这么消沉，都说吉人自有天相，凭老兄白领身份加上一表人才，一定会遇上钟情的姑娘。"

周金山点头说："刚跟着叔叔出来那会，我那时不懂得什么，后才深刻体会到知识和技能才是改变人生命运的金钥匙，五年前，我报名参加了自学考试，去年拿到了工商管理的大专文凭，又凭着十几年的打工经验，当上了管理人员，这才丢掉了粗活累活。"直到一轮满月照在天空，两人还在庭院里意犹未尽地谈着各自的人生经历。

第二天，周金山领天洪和明桂到人事部填写了招工申请表。

体检合格后签订合同顺利地进入天成建筑公司。天洪高兴拉着老同学："金山兄，你帮了我们兄弟俩这么大的忙，今天无论如何要请老同学去吃个便饭。"

周金山笑着摆了摆手："老同学，一点小忙，吃饭就不必了，再说我今天与水泥供应商那边还有个约会，你这里就省了吧！"

天洪点头说："好，那就恭敬不如从命，我听你的，等你有空了我们再约好一起吃个饭。"

第十七章　同是天涯人

在建筑工地，一些特殊工种像电工、电焊工、吊装工必须持证才能上岗，其余多数工种像泥工、木工、石工、架子工、钢筋工、混凝工则很难分清楚工作界限。建筑公司要求工人们一专多能，以便于安排工作减少窝工，工地上都是根据工作需要安排活，为了适应工作多挣钱，工人们也都服从安排，反正工地上都是一些重体力活。

刚到建筑工地，没有技术专长的天洪和明桂只能干一些技术要求不高的打杂活：送料、搭脚手架、扎钢筋、浇注混凝土……凡是脏活累活杂活都干。两兄弟有的是力气不在乎脏活累活。当然，打杂工的工资比有技术专长的工人低。

建筑公司多半是露天作业，夏日里，顶着炎炎烈日，工人们挥汗如雨，搭脚手架、绑扎钢筋、制作模板、浇注混凝土、搬运各种建筑材料；寒冬里，顶着刺骨的寒风，坐着镂空的吊笼在百米高空给大厦穿衣抹墙。

换了一个工作环境，天洪感到高兴和满足，起码不会每天与有毒有害的气体粉尘打交道。每当他推着送料车，也就是那种两个胶轮的手推车，嘎吱嘎吱走在高高横架在城市上空的架子桥上时，都会用眼角瞟一下脚底下的城市，还有城市里那些如蚂蚁一样忙碌的人们，高高在上的天洪无不自豪地说："从高处往下看，人是多么地渺小，整个城市都在我的眼底。所以你看，其实每一份工作都挺有意思的，包括推送料车的工作，只要你愿意干这样的工作，就会拥有一种扬扬得意的心境。"从小受知青大哥影响喜欢看书的天洪，说出的话还真有点诗情画意的浪漫。

到天成建筑公司后，天洪和明桂从石料厂里搬到南河街来与同班的工友合租在一个房间里，南河街正处于城乡的接合部，临珠江边不远，一条早先的省级公路穿街而过。以前老街上处处"庭院深深"，曲廊回环、苍苔、古瓦、青石磴子，加上老街的青石板路，组成了古朴厚重的老街气场，富有诗意般的意蕴和幽深。

自从原住居民搬走，几千农民工住进老街后，古典幽静的环境很快就变得杂乱无章，打工仔选择这里是看中这里的房租低廉，出来打工的人晚上能有个地方伸展胳膊腿就知足了。

天洪他们住在老街东头一座有一百多年的历史的独立小院里，房子年久失修。因早几年就说这里要开发，房子的主人也就不愿意再投入资金修缮老屋，只是为了增加拆迁面积，才生生地在原本是一楼一底的屋顶平台上用废旧板材搭建了一层板房，原来一户人家居住的小院变成了三层可出租的楼房，单家独户的小院里硬是挤满了建筑公司的三十多个打工仔。

每天傍晚，小院里挤满了打工人，楼上楼下显得拥挤不堪。天洪他们住在底楼，三十多平方米的房间里摆了 6 张上下铺，分排在进门后的左右两侧，中间仅有 1.2 米的过道，箱包只能塞床下，屋里住了 12 个人，算不上是生活空间，只是一个睡觉时能让人放平身体的栖身之地。

晚上，拥挤的房间里，震耳欲聋的呼噜声、吱吱的磨牙声、叽叽喳喳的梦中吵架声充斥在这狭小的空间。天洪已经适应了这种生活，这总比住煤矿工棚、石材厂睡车间大棚好一些，起码每天睡觉前能打盆水在小院的角落里擦个冷水澡，比上不足比下有余嘛。

正屋紧挨着的偏房，是厨房，现在是打工仔们回来烧水煮饭的地方。

小院的地坝不小，有一百多平方米，地面铺满青石板，日晒雨淋石板被风化得有些斑驳，墙边一字排开有三个水龙头，供居住人洗漱；一棵树龄有两百多年的大榕树，如伞似盖地护着小院，让小院平添了几分诱人的景色，树下摆了两张从拆迁工地捡来的木质小方桌，摆在那里虽说有点摇晃，也颇受这群打工仔的青睐：暑天歇凉泡杯茶、围着小桌斗地主、摆个红黑象棋对杀、扯个圈子打长牌、自己弄点饭菜都用得着它。

每天晚上，离江城两千公里的石家庄，阿香在食堂门前的大石墩上站着眺望一会儿，她幻想着天洪能像上学时候那样，躲在哪棵大树后面或大石头后面，突然跳出来吓她一跳，自从那次学校演出的晚上，他俩悄悄好上后天洪经常这样作弄她，她有时故意沉着脸不理睬他，结果他又是作揖又是道歉嘴里直说：“好阿香，原谅我吧，下次再也不敢了。”

可过不了多久，他又要起小聪明作弄她。现在回想起来，那两小无猜的作弄让人感到温馨浪漫无限的留恋。青少年时期的男女爱情就是这样，留在记忆里的总是无比美好。

阿香跟随茗香姐来石家庄打工，建筑队有上百个人，都是王运生从黔河老家带出来的，运生今年 32 岁，初中一毕业就跟着叔叔出来到建筑工地打工，他聪明能干，十多年下来，已是能带领一支建筑队伍的小包工头了。

运生凭借着聪明能干诚实守信，从总包公司手中拿到工程，再带领自己的工程队组织采购、施工，完成分包任务。在乡亲们的眼中，运生诚实肯干，是工程队的主心骨。在业界，则称王运生这种人为“包工头”。

包工头在很多人看来是一个不太雅观的称谓，常常与拖欠农民工工资联系在一起，但他们却是建筑工程链条中一个必不可少的环节，连接着开发商、总包公司与农民工。运生从小生长在苗山，天生宽容豁达，他说：“大家都是乡亲近邻，兄弟姊妹，离家出来打工不容易，不团结就立不住脚。”

对于运生来说，工程队里雇用的都是自己本乡本村的农民，因此总包给了钱就不能拖欠工人的工资，这些工人都已跟随自己多年，他们对这份工作很了解、很努力。运生说：“每年最痛苦的事情就是从开发商手里讨要工程款，而每年又是以除夕前为最困难、最惊心动魄。”

王运生是高中毕业生，当年考上了重庆建筑专科学校，因家里还有三个弟妹在上学，负担不了他每年一万多元的学杂费，运生只得含泪放弃了去学校读书的机会，毅然外出打工。他一直在建筑工地干，十几年的打工经历把他磨炼成了一个全褂子：泥工、石工、木工、电焊工全干过。前两年，他还参加了成人自学考试，拿到了建筑工程的大专文凭，算得是工程上的精英。

像王运生这种包工头来自农村，有经济头脑，敢于承担风险。包工头要承包到工程就要与开发商和总包公司打交道，有时还要通过投标方式承揽工程，与开发商核算成本、讨要薪酬，他们懂得市场上的规则，学会了“官方的话语体系”和“市场经济准则”。他们游走在城乡之间，渐渐融入城市之中，随着自身经济条件的改善，他们更多会选择在城市扎根，从内心来说也更愿意留在城市。

茗香和阿香两姊妹负责买菜煮饭，附带打扫住地周围的卫生，这些农民工兄弟个个能做能吃，每天大锅的菜、大盆的汤、三个特大的电饭煲煮饭还经常不够吃，常常还要下点面条补充，好在兄弟们都不说啥，外面打工能有个热汤热饭吃饱就知足了。

外出打工的人都希望多干点活多拿点钱回家，工地上开工早收工晚，还常常加班到深夜。北方的冬天寒冷，阿香和茗香两姊妹每天半夜就要起床准备早饭。熬上一大锅二米粥，蒸上几大笼混合面馒头，炒几盘素菜，凉拌一大盆重庆人爱吃的凉拌菜，再放上两瓢油辣子，爽口极了，干活的人吃得多才做得多。

出来打工的人多数比阿香小，都叫她阿香姐，听着大家姐啊姐的叫得亲热，阿香心里热乎乎的。在这里，她觉得苦点累点都没有什么，周围的人都是一个村一个镇的乡亲，让她感到就跟以前在家务农时差不多，晚上，兄弟姊妹们坐在石头上小凳上聊天、讲儿时的故事，高兴了，大家喜欢围着阿香姐唱苗家的山歌，那是大家寄托思乡的最好方式。

阿香是个勤劳热心肠的人，看到弟兄们每天没日没夜在工地上，衣服脏了也没时间洗，他们出汗多，衣服穿上两天没洗，酸臭的汗味熏得人头晕，阿香看不过，以姐姐的身份招呼大家：“你们身上穿的衣服天天都要洗啊，在城里干活可不比你们在农村，还要有个形象才行，有忙不过来的拿过来阿姐帮你们洗。”

“阿姐你们买菜煮饭都忙不过来，哪好意思再给阿姐添麻烦。”几个小伙子嬉笑道。

“没事的，拿过来几把就搓洗了。”阿香指着后山二舅家的大小子顺溜：“去，去把衣服换了拿过来，闻闻你身上的臭味，今后还有哪个妹子敢跟你亲近！”

一群半大小子笑着指着顺溜：“看哪个妹子还敢跟你亲近！”

顺溜红着脸不好意思地进屋把放在床下盆子里的脏衣服端出来，还没走拢，那股汗酸臭的气味就飘了过来，他讪讪地放下盆子红着脸逃走了。

久没下雨，空气闷热得叫人难受，吃过晚饭，有的冲了澡早早地上床睡觉，几个怕热的拿把蒲扇在石板上坐着歇凉摆谈。收拾完碗筷，阿香把上午洗好的衣服拿来，一件一件地翻看有无破烂，见几条裤子的裆炸了线，她拿来针线，就着灯光缝补起来，顺溜过来，见阿香姐正在缝补自己的裤子，他蹲了下来看着阿姐，缝补完了，阿香把裤子递给他：“以后不准穿着开裆裤上班，这么大了，也不知道个羞耻。”

顺溜脸霎时间红了，接过裤子：“姐，我记住了。”

与天洪和明桂合租在一个房间里的同班工友，分别来自五个省市，有贵州的、四川的、重庆的、湖南的、湖北的。

进门右手边第一张床住着天洪和明桂两弟兄，明桂睡上铺，天洪睡下铺。

与天洪的铺正对着的是班长李友正，他来自贵州道真仡佬族苗族自治县的大苗山，40岁出头，家里有年老的双亲、老婆和两个儿女。儿子在城里读职业高中，女儿在镇上读初中，眼看友正挣的钱入不敷出，老婆田秀莲也出来打工给儿女挣学费，两口子有个想法，苦点累点也要让儿女们多读点书，如果能读个大学更好。他出来打工有15年了，班上的工友都亲切地叫他“友哥”。

友正膀阔腰圆，站在那里就像一头健壮的牯牛，显得比天洪还要壮实，擅长木工和砖工，十几年的打工生涯，把他锻炼成了一个工地上的全褂子，是建筑公司所倚重的顶梁柱。在工地上，像他这种身强力壮、吃苦耐劳、有经验敢担当的人不多，他们往往是工地上的核心人物，现场施工要依靠他们带领工人们干活，工地上的危险活、关键技术活都是他们带头想办法解决的。友哥长天洪五岁，都是武陵山区出来的，又都是苗族同胞，两人性格脾气相投最合得来。天洪聪明好学不怕吃苦，遇事肯动脑子，渐渐地为友哥所倚重，工作上生活上有什么疑难事友正总爱找天洪商量，天洪跟着友哥很快就熟悉了工地上的工作。

友哥上铺的林小涛，来自湖北恩施的土家族人，瘦瘦的身材，一笑俩酒窝，一副文弱书生的模样，喜欢把别人看过扔掉的报纸带回来，没事的时候翻翻看，在他嘴里总能蹦出一些时事新闻，同他熟悉后天洪才知道，小涛从小读书成绩好，爷爷是当地有名的士绅文人，家里有三十几亩祖上传下的田土，土改时评了个富农，爹爹读过几年书，爹爹从小顶着个富农狗崽子的帽子，历来做事小心谨慎。家里的人都希望小涛能走读书这条路，无奈小涛娘的身体不好，读到高中一年级，家里再也供不起他读书，爹流着泪说："小涛，是爹无能，是爹对不起你！"

小涛抹掉滚出的泪水："爹，你尽力了，娘，你安心养病！我回来种地就是。"中途辍学的他回家务农两年，家里还是一贫如洗，小涛这才出来打工。小涛为人直爽，同天洪脾气相投，在后来的日子里两人成了好朋友。

与天洪紧挨着的是黔河老乡陈祖辉，他家紧挨着小南海国家地质公园，离杉树岭30里路，同天洪是真正的老乡，祖辉中等个子，与天洪一样，在家里只读了个初中，身体略显瘦弱，说起话来有些腼腆，老婆周金慧在顺德一家电子厂里打工，是流水生产线上的工人。

祖辉的上铺是郑中材，来自湖南花垣县的苗家人，地处湘渝黔三省市交界的花垣县是以苗族为主的少数民族聚居地，这里悠久的历史渊源，美丽的自然风光，灿烂的地方文化，众多名胜古迹和独特的民情风俗把郑中材从小熏陶成了能歌善舞的高手，在他的举手投足中显现了天才般的潜力。初中毕业之际，正遇上部队文工团来湘西招文艺兵，考试的前一天，他冒着倾盆大雨翻山越岭60里，来到河边，渡船早就收了，为了不耽误明天早晨的考试，他冒雨游过河赶到城里。晚上，在县招待所他发起高烧，还咳嗽不止。第二天他拖着40℃高烧的身子去了考场，结果发挥失常，与文工团失之交臂。

与祖辉床对床的彭酉亮，来自重庆酉阳的土家族汉子，中等个子，身体结实健壮，说起话来洪钟有力，在他的身上有股子土家汉子的豪迈友善和乐于助人，出来打工也有十年了，他不怕出力，许多人干不了的事，班长安排了的，他都乐意干。班长特别喜欢他这样的人。公司领导见他机灵踏实可靠，派他去学习吊装，回来后在工地上开塔吊，他的工资也比一般工人稍高一点。

酉亮的上铺是付天力，来自重庆武隆县的一个高山苗寨，妻子曾溪美在江城一家电子厂流水线上打工。一双年幼的儿女和老娘留在家里。

右边最里面下铺的王福来，来自湖北利川的苗家山寨，家里留有老爹和一双未成年的儿女，老婆熬不了孤独，离婚跟着一个包工头走了。

上铺宋立升，与小涛同年，来自四川内江，以前家里种植甘蔗作为主要副业收入，现在吃糖的人少了，种植的甘蔗不值钱，村里的人干脆弃农打工，找钱还来得快些。立升家里贫穷，还没有娶媳妇，平时他少言寡语，好在身体还不差，干活是一把好手。

住左边最里面下铺的朱有余，来自四川资阳市乐至县，儿子读高中了，为了让儿子考上大学，他约了表弟赵四喜一同外出打工筹钱。

上铺的赵四喜，来自四川资阳山里，资阳县属于四川盆地中的丘陵山区，在老家解决个温饱倒是问题不大，就是缺钱：家里盖房子缺钱、儿女读书缺钱，老人看病缺钱。四喜前几年在资阳市里学习厨师，收入也还凑合，就是早晚太辛苦，还不如干建筑行业来得干脆，表哥朱有余要来江城打工，约了他同行，他也不想一辈子当厨师给别人煮饭，就跟着来了。

掐指算来，同屋的天洪、明桂、李友正、陈祖辉、彭酉亮、林小涛、郑中材、王福来、付天力都来自武陵山区，虽然他们老家分别属重庆、湖北、湖南、贵州，又分别是苗族和土家族，但千百年来的民族融合，使得在这面积11万平方公里的大山里说的都是西南地区的官话，在语音上大同小异。语言的互通，使得相隔几百里的人交流起来没有任何障碍，这在中国南方来说是一个奇迹。由于地缘关系，这些地方外出的人都习惯互称为老乡。

房东老板吝啬，在出租房内放置的几架上下铺都是拆迁单位使用多年淘汰的旧铁架子床，浑身锈迹斑斑，坐在床上一动就摇晃，睡在上铺的人翻一个身，下铺就像闹地震，发出吱嘎吱嘎的响声，能把熟睡中的人吵醒，有失眠习惯的人在屋里绝对睡不着觉。

第十八章　勇救打工妹

一天下班后，天洪去城里买胶鞋回来，天已经黑尽，回小街的公交车已经收班，只得步行回去。街上没有路灯，昏暗的月光下，天洪看见前面不远处一位打工模样的小妹刚走进一个拐角，黑暗处突然窜出一个瘦瘦的人影，悄悄来到小妹的身后，猛然伸手将小妹挎着的皮包抢走，向着昏暗的巷子深处跑去。

突如其来的事情把小妹吓住了，还没等她反应过来，后面不远的天洪早就甩开膀子追赶前面的抢包人去了。天洪从小在山里长大，翻山越岭如履平地，那瘦骨嶙峋像个吸毒瘾君子的抢包男子自然跑不过他，只两分钟，天洪就追上抢包人，伸手一把抓住瘦猴的手臂，哪知他急速地一个“金蝉脱壳”，手臂一缩同时向侧面一偏，外套就留在了天洪手里，瘦猴拔腿正欲再跑，天洪顺势将手中衣服猛然挥舞过去打在瘦猴的脸上，与此同时天洪抢步，急速的一个扫堂腿，那瘦猴站立不稳，一个饿狗抢屎扑倒在地。

天洪上前，闪电般地抓过那粉红色的皮包，厉声教训躺在地上的瘦猴：“好好靠自己的劳动吃饭，别再干这种伤天害理的事。”

地下的瘦猴哼哼唧唧不停地叫唤，牙齿磕出了血，一副可怜相。

天洪回过头去，看见被抢包的小妹朝这边跑来，他转过头去正要说话，躺在地上的瘦猴瞅准时机，嗖的一声从右边裤腿里抽出一把跳刀，右手拇指一摁，锋利的刀刃立刻凸现出来，刚才还死狗一样装死撒泼的瘦猴手里有了利器，就像打了“鸡血针”一样突然来了精神，他双脚回收，深吸了一口气，呼地跳将起来，挥舞着利刃向天洪狠狠地扑了过来，想来个一刀见血。

“注意，有刀！”后面跑来的小妹见此情况，急速尖叫着提醒天洪。

刚转过身的天洪突然感到背后似有一股寒气向他逼来，本能地向右一闪，同时叫女孩：“小妹别过来！快往远处跑！”

“哈哈！”扑了空的瘦猴怪叫一声，露出狰狞的面孔，舞着利刃又朝着天洪胸口扎来。天洪躲闪的同时猛然挥拳，打在瘦猴的手腕上，刀差点掉地。不过这瘦猴也不是个等闲之辈，看那招式平时也是练过武的人。只见他手握利刃，一刀比一刀扎得狠、扎得准，无奈瘦猴身体太弱，招招都被天洪化解。天洪并不急于跑走，左闪右进，虚虚实实，故作招架，实为拖延时间。

待女孩跑远了，天洪才故意露出破绽吸引瘦猴朝他扑来，瘦猴不知是计，以为机会到了，使尽全力猛扑过来，待刀尖快要靠近天洪胸窝的当口，天洪突然右闪，同时朝着瘦猴胯下飞起一脚，将其踢翻在地，又闪电般地迅速扑了上去，抓住瘦猴的右手腕向后一扭，只听见杀猪似的尖叫，估计瘦猴右手骨折了，天洪左手快速夺过跳刀，瘦猴怪叫一声瘫倒在地。

天洪跳将起来，抓起掉在地上的皮包，朝女孩跑开的方向大步流星地赶去。瘦猴龇牙咧嘴地从地上爬起来，又快速地从左边裤腿摸出匕首，呀呀叫着追到胡同口，见大路上人多，这才不敢舞着刀张牙舞爪地再追赶过来。

跑了一段距离，天洪停了下来，左顾右盼在找被抢了包的小妹。来到一个拐弯处，昏暗的灯光下一个女孩的声音轻轻传了过来："大哥，我在这里！"女孩正在电杆后面等他。

天洪眯缝着眼看过去，循着声音走到电杆下，看清了面前站着的确实是被抢了包的女孩，这才说道："小妹，以后晚上千万不能一个人单独走夜路，这一带巷子多，又缺路灯，很不安全。"

小妹流着热泪接过皮包："今天多亏了大哥，要不然这个月的工资就没了，我娘还等着钱回家买药呢，多谢大哥了！"说着，深深地鞠了一躬。

天洪抹了一把脸上的汗水："小妹你住哪里？干脆我护送你回去，免得路上又遇抢匪。"

深夜的古城街头，寂静无声，满天的繁星挂在天空，月光笼罩着一座座房舍和高楼，在家享受温馨的人们，谁也不会想到今天夜里这惊险的一幕。

一个周末的下午，天洪去城里给儿子和女儿买了学习辅导资料，随后去了邮局寄书回家。

太阳已经下山，回小街的公交车已经收班。天洪顺着来的方向甩开大步往回走。看着橱窗里琳琅满目的食品，吸着随风飘过来的肉香，饥肠辘辘的天洪紧了紧腰上的皮带压抑住自己的饥饿感："唉，又有几个月没有发工资了，口袋里没有几个钱，还是回宿舍去下点面条吃吧。"

天洪使劲吞咽了一口嘴里溢出的口水，把头转向马路，以减少那些散发着香味的食物对自己的诱惑。

走着走着，一阵凄厉的叫声传了过来，他转过脸去，看见对面灯火辉煌的娱乐城门口，一个黑脸大汉正恶狠狠地拉住一个清秀的小姑娘，大汉露出的刺着青龙图案文身的手臂，身高超过一米八五，虎背熊腰，看那情景体重在200斤以上。

“我是需要钱。”那个看上去不过十六七岁的小姑娘看着大汉，怯怯地小声说道：“可我不会卖身。”不卖身，就像电视里说的卖艺不卖身，天洪算是明白了，一定是这个恶汉逼迫小姑娘出卖肉体。

“不知好歹的东西，卖身？卖身算是老板看得起你，别敬酒不吃吃罚酒，老老实实地跟我进去伺候老板。”黑脸大汉边骂边把小姑娘往屋里拖。

小姑娘拼命挣扎，可惜气力不济，被黑脸大汉铁钳般的大手抓住手臂连拖带抱强行拉着向“欢乐 KTV”大门走去。小姑娘急了，大声向四周围观的人群求救：“叔叔伯伯，哥哥姐姐，求求你们救救我呀！”凄厉的叫声在这夜晚的小街上格外地凄惨刺耳。

大汉并不在意小姑娘的呼救，不在意小姑娘的拼命挣扎，也不在意周围愤愤不平的人群，依然拽着她摇晃着向屋里走去。

围观的人群虽然都义愤填膺，说着黑脸大汉的不对，可就是没有人敢挺身上前阻止，因为他们清楚地看到黑脸大汉的身后面站了三个手臂上同样刺着青龙文身图案的彪悍年轻人，傻瓜都知道他们和黑脸大汉是一伙的。

眼见小姑娘被那大汉强行拖走，凄厉的哭喊声划破夜空，让天洪热血上涌，他冲过马路来到跟前。当他与小姑娘那无助悲哀的眼神相对时，一种从未有过的激动让他心一横，跨上前大声喝道：“住手！”

黑脸大汉没想到这种场合下竟然有人敢当着众人的面阻止他，这一声呵斥让他感到非常意外，这太伤他的面子了，在这里他还是第一次遇到有不怕死的人。他停了下来，缓缓转过身子，眯缝着眼睛打量着大声呵斥他的天洪：原来是一个貌不惊人的中年人。

面对黑脸大汉投过来的凶光和不屑，天洪依然说道：“光天化日之下，你敢强抢良家妇女！”激动之下，他说话没有经过大脑，只是机械地随口学了句电视里的经典台词，却忘记了现在已是晚上了，而且那大汉还是一伙人。

黑脸大汉见足足比自己矮了一个脑袋、腰围小了一圈的天洪也敢对他说出这样的话，感到非常意外，也十分不屑，他恶声骂道：“这是哪里钻出来的穷小子，也敢来管老子的事，你是不是欠揍啊！”说完，示威似的抡了抡粗大的拳头。看到膀阔腰圆大汉恶狠狠的样子，再看他后面站着的面带凶相叉手冷笑的壮汉，要说天洪不怕那是假的，可他那天生的正义感，让他敢于冒险说出此话。

他不由自主地说道：“现在是新社会，是法治时代，你强迫小姑娘的做法是违法的。”

“违法？你他妈的也敢在老子面前说这话，好你个臭小子，活腻了是不？”黑脸大汉暴怒，大声骂道：“在这里，老子就是王法，拳头就是王法。”说着，他松开拽着小姑娘的双手，挥舞着拳头猛然向天洪扑了过来。

天洪没想到黑脸大汉竟然会放弃小姑娘猛然向他扑来，他本能地向旁边躲闪，但左膀子还是被迅猛扑过来的凶狠拳头擦过，人不由自主地打了个趔趄，左膀顿时感到刺骨的疼痛，他尝到了大汉的凶狠，知道自己受伤了。

好，既然你不仁，也就别怪我不义了。当扑了空的大汉再次发动攻击，挥动双拳直奔他脑门而来的瞬间，只见天洪快速灵活地转动身子，同时向后退了一步，闪电般地绕到大汉身后来了个借势发力——猛地一个扫堂腿，大汉绝没想到受了伤的天洪还敢还击，由于使尽全力扑了空，被扫腿的大汉重心偏移站立不住，像一袋面粉一样重重地倒了下去，摔了一个狗啃泥，巨大的惯性让他头脸着地，顿时满嘴鲜血，痛得他哇哇直叫。

负伤倒地的黑脸大汉可不是等闲之辈，只见他不等擦干脸上的血迹，就地一滚，敏捷地收拢双脚，正在来个鲤鱼跳。说时迟那时快，没容他腾跳站稳，天洪已抢先一步，双手握拳照着黑脸大汉的前胸急速地砸了下去。

天洪的还击是那么神速，旁边的三个恶人还没回过神来，就听见咔嚓一声，那凶神般的大汉已扑通倒在地上，杀猪般地惨叫起来。身后的三个叉着手的壮汉这才如梦初醒，哇哇吼叫着一齐向天洪扑了过来。

俗话说，双拳难敌四手，身手敏捷的天洪也难以面对三个如狼似虎的壮汉围攻，只见他左躲右闪，一边在灵活地挥拳抵挡，兜着圈子避开三人的正面夹击，一边在快速思考克敌的办法：如果让他们三面夹攻地耗着，情况肯定对自己不利，得想办法找出他们进攻的弱点，出其不意各个击破。

脸上斜拉着一条明显伤疤一米八的壮汉，对于天洪的虚虚实实兜圈子，不时被天洪的蜻蜓点水突袭一拳很是恼火，仗着自己人高马大，他首先哇哇叫着从正面扑了过来，准备来个晴空霹雳泰山压顶，一招就可以叫天洪骨折倒地，永世爬不起来。

旁边那个长着一对三角眼略显瘦小的汉子正从左侧面悄悄贴近，准备偷袭天洪。面对就要形成的两面夹攻，天洪只将身子一闪，轻声一纵，跳出二人合击，闪到三角眼身后，采用四两拨千斤的战术，借着三角眼扑过来的冲力，右手闪电般地抓住三角眼的右手腕，左手在上猛然抓住三角眼的右膀，同时抬脚用力向三角眼腰上狠狠地踢去。伴随着咔嚓一声和杀猪般的惨叫，三角眼就扑倒在凶猛扑过来的伤疤壮汉怀里，扑上来的伤疤壮汉被天洪突然踢过来的三角眼挡在中间，猛扑过来巨大的惯性驱使，已经收不住脚的他正好重重地压在折断了手臂的三角眼身上。

就在两个恶棍滚成一团的当口，第三个壮汉刀疤眼已经绕到天洪背后，正欲贴近他的身后搞突然袭击，一击致命。刚腾出手来的天洪已感觉到来自背后的威胁，他顾不得再向伤疤壮汉补上一脚让他爬不起来。只见他身子下蹲，双脚用力一蹬，双手向上伸展，轻身一纵，“嗖”的一声就从滚成一团还没有爬起来的二人头顶跃过，拔腿向前跑去。猛扑过来的刀疤眼见偷袭未成，对手要跑，紧跟着奋力一纵，也从二人头顶腾飞而过直扑天洪而来。

只听刚跑几步的天洪一声轻叫："不好！"原来，前面一堵四米高的砖墙挡住了他的去路，背后猛追来的刀疤眼抬眼一见，哼出一声："哈哈！天助我也，这下我看你小子还往哪里跑！"

绝地中的天洪明白，自己必须与随后扑来的刀疤眼先过招才脱得了身。他镇定地背靠墙根突然转身站住，两眼炯炯有神地直逼刀疤眼，已经伸出双手准备使出双峰贯耳偷袭的刀疤眼见状紧急刹车，刚才亲眼见证了三个同伙被天洪轻易打倒在地的他知道，眼前的小子绝非等闲之辈，不可轻举妄动。头脑中只一闪念，刚才直扑过来的那股锐气一下子就泄了，趁刀疤眼发愣的瞬间，天洪双脚用力一跺绝地拔起，一个鹞子腾空，在跃过刀疤眼头顶的瞬间，迅速伸出右脚狠狠地踩在刀疤眼左肩上，这一脚踩得急速有力，只听得"咔嚓"一声，刀疤眼顿时瘫软下去，倒在地上动弹不得，惨痛的号叫一声接着一声。

见第三个壮汉扑倒在地，天洪正要拔腿脱身跑离这里，这时新的危机出现了，先前滚作一团的两个壮汉，瞪着两双狼眼，嗷嗷叫着已经重新爬了起来，挡在天洪正前方，号叫着："别放走了这个臭小子！"要找天洪拼命。天洪明白，要想脱身就必须从这二人面前打斗通过。

身材高大的伤疤壮汉在刚才与同伙的猛烈相撞中只是一时被撞蒙了，胸部被三角眼的铁头撞伤青紫了一大块，但对于武功在身的他来说仍然具有战斗力，在强烈的复仇心理驱使下的他，真恨不得把天洪抓住生吃了，只见他瞪着血红的双眼，伸出他那钳形的大手，把钢铁般坚硬的手指直指天洪双眼和喉头。

刚才三角眼的铁头狠狠地撞在刀疤壮汉胸部，三角眼自己也被撞蒙了，他右膀虽然骨折，腰受了伤，但左手仍然凶猛有力，只见他弯腰忽地从裤腿里抽出寒光闪闪的匕首，哇哇叫着："绝不能放过眼前这个臭小子！"冲天洪扑了过来，眼看刀尖已经逼近天洪的胸口。

刚才倒地的刀疤眼见两个同伙向天洪扑去，也止住了装腔作势的号叫，倒吸一口气，右手从裤腿里嗖地抽出匕首，忽地一个鲤鱼跳蹿了起来，加入了围攻天洪的拼死战斗。

陷入三个伤兵包围中的天洪明白，再不抓紧时间，待手持利刃的他们合力围攻就走不脱了。机会就在瞬息之间，说时迟那时快，就在千钧一发之时，只见天洪灵活避闪着，同时挥舞铁拳左右招架，虚晃着又兜起了圈子，三个壮汉因刚才冒进吃了亏，虽然挥舞匕首虚张声势，但谁也不敢贸然突进，弄不好来个手腕折断匕首倒刺可不是玩的。就在三人犹豫之际，天洪轻身一纵，踩着面前两人的头顶，跳出三人的包围圈，跑了。

三个受了伤的壮汉相互望着傻愣了一会儿，猛然醒悟，一起挥舞着匕首追赶过来，但他们哪里跑得过从小在山路上奔跑的天洪，等过了两个街口，天洪早就不见了踪影。那位被强拉的小姑娘早就趁双方打斗之时，在周围群众的掩护下躲在街对面的大榕树背后，目睹了这场因她而引起的搏斗。

大街上灯火辉煌，几个强人不敢再明目张胆地挥舞着匕首追赶天洪，只得隐蔽匕首，直追到一个十字路口，四处寻找不见了目标，这才骂骂咧咧地互相搀扶着回到欢乐 KTV。五光十色的灯光下，黑脸大汉还躺在地下哼哼唧唧，伤疤壮汉蹲下，把龇牙咧嘴躺在地上的黑脸大汉衣服掀起来一看，只见胸部红肿，两条肋骨断裂凸起。

“妈的，都是这小子，坏了我的好事。”黑脸大汉躺在地上大骂，说完，又龇牙咧嘴地大声呻吟：“哎哟，疼死我了！哎哟！”三个受了伤的壮汉只得像抬死狗一样拖着拽着，把黑脸大汉弄进了屋，旁边看热闹的人这才嘻嘻哈哈地散开。

林老板龇牙咧嘴捂住流血的手掌在大厅的沙发上躺着，虎口处几枚原本清晰的牙痕已经被凝固的污血弄得模糊不清，见几个伤兵进来。

林老板惊诧道：“几个大汉怎么弄成这样？”

伤疤壮汉回道：“不知从哪来的武林高手，身手敏捷、神出鬼没，弄得我们兄弟无法下手。”

刀疤眼小声回道：“是我等无能。”

林老板气得脸青面黑，破口大骂：“真他妈的拿钱养了一群废物，四个壮汉还被一个外乡人给收拾了，真是奇耻大辱，奇耻大辱！这叫老子今后还怎么在社会上混！一群混账无用的东西！”

进屋的几个伤兵龇牙咧嘴，哼哼唧唧，就像蔫了的黄瓜，耷拉在那儿，任凭老板臭骂，显得极为狼狈。

走在华灯初放的大街上，看着灰溜溜地往回走的三个恶棍，天洪终于长长地舒了一口气，他摸了摸手掌，由于刚才用力过猛，这会儿还真有点隐隐作痛。

现在的天洪正是“十年磨一剑，霜刃未曾试”的当口。从小就跟着力威大哥学习武术，后来又去武陵仙山拜师父学艺的他，长这么大还从未与人真枪实弹地打斗过，今天算是遇上了，也是对方硬把自己逼上了绝路，今天如果不使出师父传授的招数肯定是过不了关的，对方可是四个横行一方的恶霸亡命徒。这时他才感到左臂抬不起来，来到路灯下撩起衣袖一看，已经青紫了一大块，那黑脸大汉冲他扑过来时自己幸亏躲闪得快，要是被他砸个正着，非得被砸断肩胛骨落下个终身残疾不可。

回家路上，天洪才觉得肚子饿得难受，摸摸口袋，里面还有两元钱，这原是留着回家的车费。

路边小食店亮着灯，门前的蒸笼还冒着热气。天洪问："老板，还有馒头吗？"

小店老板点头："还剩两个。"天洪掏出两元钱递给小店老板。

小店老板："兄弟，五毛一个，再来一袋豆浆，正好两元。"

天洪点头："正好这会儿口渴了。"天洪接过豆浆，咕咕咕一下子全下了肚，拿着馒头边吃边往回走。

天洪满脸倦意回到合租房，明桂问："哥，你上哪儿去啦？"

天洪答："我去城南书店给小宇买书去了，公交车收班了，走着回来的。"

明桂问："吃晚饭了吗？"

天洪答："路上吃过了。"天洪坐下，嘴里却在咝咝地吸着气，脸上现出痛苦的表情。

明桂见状急问："哥，怎么啦，是哪里不舒服？"

天洪用右手指指着左肩膀："这里受了伤。"明桂替洪哥解开衣服："啊，左臂怎么红肿了？"

李友正和彭西亮正好下班回来，李友正问："兄弟，左臂咋受伤啦？"

天洪答："回来的路上，路过欢乐 KTV，见几个大汉强拉一个小姑娘进去，我去管闲事，被大汉拳头砸伤。"

李友正蹲下，用手轻轻试着摸了摸天洪的左肩头，说："你抬手给我看看。"天洪慢慢将手抬起，脸上却露出痛苦的表情。

李友正说："兄弟别担心，没有骨折现象，我这里有自制的苗山跌打损伤药酒，马上来给你按摩。"他放下挎包，从床头拿出药酒："兄弟，你侧着坐好，左臂朝外，我好给你按摩。"友正把药酒倒在手掌里，抹在天洪的肩头上，慢慢地给天洪按摩。

李友正给天洪按摩了约半个小时："兄弟，你轻轻活动手臂试试看。"

天洪活动左臂，说："嗯，感觉没有刚才那么疼痛了。"

李友正说："明天我再继续按摩，坚持一周就差不多了。"

天洪感激道："谢谢友哥啦！"

第十九章　第一次回乡

现在的农民工进城打工，与四十几年前的知青下乡，正好来了个大换班，完全相反又极其相似。那时，是读了几年书的城市青年响应毛主席的号召，从大城市来到陌生的乡村接受贫下中农的再教育，面朝黄土背朝天干农活当农民。

现在是读了几年书的农村青年和中年（他们大多数也是读了几年书，有一定文化知识）带着发家致富的梦想，从农村来到城市打拼，他们下矿井、上高架、当流水线工人、摆小摊……干许多城里人不愿干的脏活累活，但他们的心灵深处，仍然为故乡留有一席之地。

在他们心里，再远大的前程都得从家起步；再忘我的奋斗家都是归宿。守住浓厚的亲情，善待难得的相聚，分离才会更有价值，发展才会更有意义。

他们像候鸟一样，一年仅有一次自己掏钱回家探亲的机会，拥挤的春运强迫他们忍受着火车上的煎熬，匆匆忙忙回去看望日夜思念的父母妻儿，假还没有完，又忙着买返程票，再次离家回到工作的地方。他们像一群候鸟，按时飞来飞去。

远处，传来轻盈的歌声：

游子你可记得故土的芳香，
儿女你可知道妈妈的柔肠。
一碗水，一杯酒，一朵云，一生情……

不知是哪位离家的游子又在那里思乡吟唱。

天洪和阿香小两口都出来打工了，家里只剩下老人和小孩，好在现在的儿子小宇能写信告知一些家里的琐事。

都说“烽火连三月，家书抵万金”。天洪每次接到阿香或儿子的来信，心情总是难以平静……家里老人孩子怎么样了，在外打工的天洪一直挂念着，这几天夜里他老是做梦，他梦见了老爹和娘，梦见了龙门坝的老屋，他想，今年再怎么忙也要回家看看，出来打工已经快两年没有回家了，心里那种思乡之情是难以用语言表达的。

元旦节这天，天洪去小街的电话亭给远在石家庄的阿香打电话：“阿香，近来还很忙吗？我想春节我们都回老家看看爹娘和儿女，你那里放假吗？”

电话那头，阿香激动的泪水滚了出来，要说回家她巴不得现在就走，也不知老人身体还好吗？女儿身上穿得暖和吗？当娘的心里可是时刻挂念着儿女。她不假思索地回答：“回家！我们都回家！”

“过年的火车票可是不好买，记住要早点去排队买票！”天洪在电话里叮嘱。

“知道了，你也别忘了早点去买票哟！”阿香回答，两口子快两年没见面了，做梦都在牵挂着对方，时间越长思念就越浓越深沉。

出来快两年了，天洪心中始终有一份乡情，一份思念，对天洪来说，乡情是龙门坝的古树、湾里的池塘、龙口渗出的涓涓细流、门前的桃李树，这些都承载着他儿时的记忆，是长大后魂牵梦萦的思念。

友正问天洪：“出来这么多年了，我怎么心里还老是想着老家那一档子事，你说说，这乡情是什么？”

“依我说，乡情是飞檐翘角的老屋、潺潺流淌的小溪、炊烟袅袅的小院、屋门口的青石板和叮当作响的牛铃声。”

“我读中学时学过一首诗：小时候，乡愁是一枚小小的邮票，我在这头，母亲在那头。”李友正初中毕业，从小学习成绩好，受下乡到他们那里的上海知青大哥的影响，课余时喜欢读知青哥哥姐姐带来的书，与天洪一样喜欢写毛笔字，喜欢古诗词。

出来这么多年了，在李友正床前的木箱里，始终装着一抔他承包地里的泥土，这抔泥土被他用塑料口袋里外包了三层，想家时他就拿出来，一个人坐在那里，静静地看着，直到眼圈湿润。他说：“这抔土代表着故乡，代表着游子的相思。”

李友正从小跟着知青大哥，会两句“江南几度梅花发，人在天涯鬓已斑”。摸着渐渐花白的鬓发他自嘲：“出来十几年，不知不觉就老了。”那模样很是伤感。

天洪看看友正，又看看自己，才感到岁月在不知不觉中已经悄然离去。

春节回家团聚，是埋藏在中国人内心深处的文化基因。每年春节，恋家的中国人总要回家过年的，无论有钱没钱都要回家过年，都要踏踏故乡的土地、尝尝家里的饭菜、享受家庭的欢愉。只有如此，躁动了一年的乡愁才能安然平复，也才有力量再次远离故土去外面打拼，生活就在这来去中继续。对于他们来说，返乡就成了一次抚平心灵的旅程。

约好春节两人都回家，阿香心里暖暖的，思念的心中一下子升起了希望，晚上，她把想法告诉了茗香：“姐，今天下午天洪来电话约我回家过年，不知运生兄弟怎么安排的。”

茗香说：“工地上的弟兄们有一年甚至两年没有回家看看了，谁不想家？”

茗香拉着阿香过去找到运生：“兄弟，春节回家的事你给大家考虑没有？”

“哪能不考虑，我这几天也正为这事发愁。今年接活还算好，工程一个接着一个，就是层层拖欠没有拿到现钱，工地上的弟兄们已经有半年没有拿到工资了……”话没说完运生眼圈红了，他这几天也在考虑这个问题，工程队这两个月一百多人的伙食开支还是他把自己的存款拿出来垫支了六万元，如果腊月二十还拿不到钱，兄弟们春节回到家就要成为泡影，总不能叫大伙跟着自己辛苦一年还空着手回家吧。看着兄弟们在工地上忙碌的身影，他知道，他们是想早点把接下的活干完，春节前能早点放假回家看望亲人，这几年外出打工的人越来越多，火车票越来越难买。

过了元旦，王运生几乎天天都去总包商那里打探消息，希望能早一点拿到拖欠的工程款，早一点去火车站买票，昨天去火车站打探回来的人说，卧铺和有坐的票早就售罄，就连站票也快没有了，唯一的希望就是看能否买到春节期间增加的临时客车。

这几年，国家把拖欠农民工工资的问题当作考核企业的硬指标，腊月二十上午，当拿到总包商那里补发的部分工程款，王运生立刻驾驶着三轮车直奔火车站。

这几天他每天安排两个人去火车站排队，拿到钱就立即送钱去买票。这是在其他包工头那里学到的，不然，等拿到钱再安排人去排队购票，黄花菜都凉了。

终于买到了回家的车票，是临时增加的列车，没有座位。拿到火车票，他长长地舒了一口气：“兄弟们终于可以回家了！”驾驶三轮车急往回赶。

王运生刚迈进屋里还没来得及喝一口水，一群打工兄弟围了上来：“头儿，买到票了吗？”运生点点头，把票从挎包里掏出来扬了扬，眼尖的牛娃看清了，高声叫道：“大伙快来看，运生哥给大伙买到火车票了！”

“啊，运生买到车票了！就要回家了！”一群人哭着乐着叫着，把王运生抬起来，高高地抛起、落下，又高高地抛起、落下，高兴和感激之情溢于言表。

“快放下，我把票分给大家收捡好！”运生大叫，众人这才停止了欢呼。

运生说：“我知道大伙想回家的心情，要说买票的事我比你们还急，我同你们一样想回家看望亲人。”

过年回家，买廉价快捷的火车票成了打工族最痛苦又最快乐的事，毕竟有了它就能回家，就能见到家里的妻子儿女爹娘。每逢年关，到处都攒动着一张张企盼回家的脸，不论他们来自哪里，所有的方向最终都汇成一个地方——家。回家虽然只是短暂停留，假期一过又要踏上远方的行程，但这些都没有什么，回家的感觉仍然是很幸福的。

踏着厚厚的积雪，阿香背着包，提着箱子回到了龙门坝。远远地，看见女儿小丽与院子里的一群留守儿童在那里玩耍，女儿眼睛尖，阿香还没有走拢，就听见女儿稚嫩的声音传了过来：“快来看，我娘回来了！我娘回来了！”

一群小伙伴听到喊声，不约而同地都把头转了过来，露出惊讶和羡慕，小丽伸出一双冻得像胡萝卜的小手跳着蹦着过来，衣服半敞开着，扣子掉了没有补，阿香迎了上去，眼眶里盈满了泪水：“乖乖女儿，来，娘给你捂捂手。”

女儿睁着一双天真无助的眼睛，怯生生地走过来，那眼神，只有娘能读懂：“娘，我天天都想你，睡梦里也想你，我好想你天天陪着我呀！”

“乖女儿，娘得出去挣钱给你和哥哥找学费。”

“娘，我不去上学了，我想天天跟娘在一起！”女儿抱着娘哭了。

阿香听了，心里像刀剜一样难受，抱着女儿轻轻地说：“小丽，从今以后，娘再也不出去了，就在家里陪着我们小丽！”

“真的吗？娘！”女儿睁大了眼睛望着娘，那神情，似乎不相信娘刚才说的话，一双肮脏的小手捧着娘的脸：“娘真的不走了吗？”

阿香点点头，强忍的泪水终于夺眶而出，在外打工最痛苦的，是对家人的亏欠，在外赚多少钱都不重要，重要的是家人的安康。

对于离家几千里打工的农民工来说，回趟家不是一件容易的事，几乎就要横穿半个中国，不仅路途遥远，坐普通的火车一两天，再转汽车，如此一来单面路程需要三天，去新疆打工的甚至四五天才能到家，多数还抢不到坐票，而且花费不菲，若夫妻两个回家，一个来回花费一千多元肯定是少不了的。这样一计算，不回家显然划算很多，不如省下钱来寄回老家。不过末了他们也会自我安慰似的补充一句：“家里的爹娘是理解的。”

一起打工的工友这几天陆陆续续都走了，明桂送天洪进火车站广场：“洪哥，到家后代我向爹娘问好，向姐姐问好，替我去玉秀家向他们解释一下我为什么没回家，我是想趁过年发双倍工资能多挣点钱，早点把玉秀娶回家，也让她在家乡父老面前风光一点，咱亏自己也不能亏玉秀。”明桂眼里盈满了泪水。

这几天，在回不回家的问题上明桂纠结了很久，最后还是决定明年再回去，像现在众多的年轻人一样，输什么也不能输在面子上，多挣点钱回去把婚礼办得热热闹闹像样一点，让玉秀也能挺胸扬眉一回。

天洪握着明桂的手，点头道：“兄弟放心，我一定把话带到，你也要注意身体，我不在时要会照顾自己，免得爹娘和玉秀他们担心。”

天洪知道，对于明桂来说，乡愁是距离，也是路费，出来打工两年了，挣的那点钱根本不够回家置办婚事，玉秀还在家里眼巴巴地等着他拿钱回家结婚，可是手里没有钱怎么办婚事？

原本冷清的山村，从腊月二十开始，因不断有外出打工的人回来过年，这几天突然又变得热闹起来。福伯说：“打工潮使整个寨子里变得冷清了。幸好每年还有个春节，寨子里才又有了人味，过年也才有了年味，唉，看看现在的农村，都变成啥样了！”

现在的农村正在以另外一种方式呈现在世人的面前——难得的家人大团圆，这就是年味，不过这需要用心灵去体会和感受。因为每年都有像余明桂这种回不来的兄弟姊妹让人挂念。

终于又回到杉树岭了，下了车，天洪深深地呼吸着家乡那带着清香的空气，一股说不出来的情感油然而生：“两年了，终于回来了。”

也许是长久没有回乡的缘故，离家的脚步越近，天洪心中越有一种莫名的激动，一想到就要见到阿香，见到爹娘，这种感觉就越强。四望群山，天洪有一股陌生的感觉。过了清溪河来到寨门，天洪的那颗思念的心反倒忐忑起来，一股莫名的惆怅骤然升起。正如唐朝宋之问《渡汉江》诗中所言：“岭外音书断，经冬复历春。近乡情更怯，不敢问来人。”

走在昔日熟悉的小路上，往日的回忆一幕幕又出现在眼前。在自家的承包地前，天洪站住了，他放下背包提箱，虔诚地跪下了，掬起一抔热土贴在胸前，止不住的眼泪立刻涌了出来，看着自家地里的庄稼凋零，早没有了往日的勃勃生机，折断一片青青的麦苗捧在手心，用心地嗅着。那神态就像一个婴儿吸吮着母亲的乳汁，一种到家的感觉顿时像一股暖流一样流遍全身，这种感觉在梦里有过，麦苗唤醒了他的体内的记忆。站在龙门坝上他双眼湿润了，他仿佛听见山下清溪河在传唱着祖先的祝福，大山在保佑漂泊的孩子找到回家的路。

院坝里，女儿小丽正蹲在地上，高兴地把手里的苞谷籽撒向小鸡群，看见有人来到院坝边，她眼睛顿时一亮，欢快地向来人跑去，嘴里急切地喊着：“爹！我爹回来了！”

天洪见状，放下手中的箱子，伸手把扑在怀里的女儿抱了起来。怀里的女儿亲切地拍打着他的脸，小手上黏着的黄泥似乎要把他的脸涂抹成大花猫，一种亲情从天洪的心底油然生起，一种异常舒服的感觉在他心里，手脏脸脏怕什么，他幸福地把脸贴近女儿那粉嘟嘟的花猫脸……

阿香听见女儿的叫声出门，正待招呼，看着眼前感人的一幕止不住热泪盈眶。

望着两年没见面的丈夫，阿香走过来把嘴贴近天洪耳边，小声地说：“你快进屋去看看，娘一直在等着你回来，看情况她快要撑不住了！知道你们要拿到钱才能回家，一直没好来电报催你回来。”

天洪应道：“我这就去！”边说边放下背上的背包，进门后直奔里屋床前，看着面容枯槁紧闭着双眼的娘，眼泪顿时涌流出来，他躬下身跪在床前，贴着娘的脸轻轻叫了一声："娘，儿子回来了！"

天洪娘，这位自小从没有离开过杉树岭的老人，在她生命的尽头，在她已经昏迷几天不醒的时候，听到这盼望已久的一声呼唤："娘，儿子回来了！"

这呼唤声，像在天边，似乎就在跟前，老人从昏迷中蓦然醒来，艰难地睁开迷糊的双眼，大口地喘着气，许久，嘴里才发出含混不清的话语："……回……来……"颤抖着要从被窝里伸出枯瘦的手去摸一摸她的洪儿。

天洪把头伸向娘的手边："娘，我在这儿！"他把娘的手轻轻地拿起，放在自己的脸上。

娘轻轻地、轻轻地抚摸着她思念已久的儿子，就像抚摸襁褓中的小婴儿，渐渐地，娘那饱经风霜的脸上露出了慈祥的笑容，眼角滚出两滴浑浊的泪水，她又张嘴想说什么，这次却没发出声来。

天洪把嘴对着娘的耳朵说："娘，儿子知道你想说什么，我在这儿听着。"娘干瘪的嘴慢慢地又张了张，还是没有发出声音，天洪怔怔地看着娘，她的双眼渐渐地失去了光泽，头一偏，手从儿子头上滑落垂了下来，慢慢地合上了双眼。

天洪抱着娘，伤心欲绝，他大声地哭着，泪水像止不住的小溪水，他要把两年来心中的思念和愧疚通通倾泻出来。

阿香拉着女儿，跪在阿婆床前失声痛哭。

接到电话，几个嫁出去的女儿也都回娘家奔丧来了，过年本是全家团圆欢乐的日子。可天洪家辛劳一辈子的娘走了，整个春节全家人是在悲痛中度过的。

山上下起了大雪，清早起来，群山银白一片。这几天，天洪老爹一直沉浸在丧妻的悲痛之中，吃不好睡不好，看着儿子媳妇忙里忙外在应酬前来悼唁老伴的宾客，里外几个火塘边坐满了烤火取暖的客人，老爹擦干眼泪，颤颤巍巍地站起来去院子里抱柴块给火塘里添火。

雪化了，院坝里有些湿滑，老人一步不稳滑了一跤坐在地上。天洪看见，飞奔过来把老爹抱回屋里，叫："小宇，下山去请医生！"

老医生来了，检查后："老人家这是髌骨骨折。"随后给老爹上了药，打了夹板。天洪叹息："这真是屋漏偏遇连夜雨啊！"

安埋好老娘，过完春节，几个姐妹又都走了：大姐去了遥远的新疆打工，二姐又回到自家开的小饭馆，三姐去了黔河城里摆小摊，幺妹回了加工厂。天洪也在收拾行装，准备过了初八就走。

夜静了，天洪躺在床上，因为老娘去世，一家人忙碌几天，特别是作为女主人的阿香，人累得都快趴下了，是精神的力量支撑着她：一定要让娘安安心心、体体面面地走，阿香安排完家里的一切才上床。

整个晚上躺在床上的天洪没有说几句话，太多的思绪、太多的不舍让他不知道怎么开口。娘走了，老爹受伤还躺在床上，女儿还小，上学放学怎么办？地里荒芜着怎么办？这些事，因为这几天忙着操办娘的后事一直没有时间思考，现在忙完了，可脑子里却一团乱麻，不知怎么才能理出头绪来！

听着天洪长吁短叹愁眉不展，阿香伸出手去拉着天洪的手轻声说："洪哥，回来看见家里的情况，我打算不再出去打工，女儿还小，娘走了，爹躺在床上需要人照顾，再说家里地也撂荒了。"

天洪听了，沉思了半晌："这样也好，你在家里照顾老人孩子，我现在江城这边情况要稍好一点，工资比以前提高了，工作也比较稳定了。"

夜里的悄悄话飘出窗外："你这几年在外面有没有胡思乱想？"阿香搂着天洪的脖子柔柔地问。

"哪有什么胡思乱想呀，我永远都把你放在心窝窝里。"天洪的情绪一下子松弛了下来，他亲吻着阿香，把她紧紧地搂在怀里，轻轻抚摸着。

"看看我们的儿子，都已经读中学了。"阿香感叹道。

"是啊，我们也是奔四的人啦。"天洪感慨。

"你在外面最重要的是安全，建筑工地上也随时会出事的。"阿香抚摸着洪哥的胳膊，心酸的泪水打湿了枕头："今后你一个人在外面挣钱，苦了你呀洪哥！"

"阿香，还是你在家里辛苦，娘走了，爹又伤病在床，这田里地里，猪牛鸡鸭，喂养桑蚕里里外外就全靠你了。"说着这话，天洪心里感到不是滋味，只感到眼角湿润，嘴里咸咸的，他听到了阿香的轻声哭泣……

雄鸡刚叫二遍，阿香就起来煮早饭，打工的人被窝还没有睡热又要匆匆离开。

清晨，天洪抱着女儿，亲了又亲，女儿抱着他的脖子一直不松手，把一张柔嫩的笑脸直往天洪的胡茬上蹭，撒娇道："爹，我不要你走嘛！"

天洪用衣袖擦去眼角的泪水，爱怜地看着女儿，强挤出一丝笑容："乖女儿，爹爹给你买新衣服去。"

阿香过来抱过女儿："小丽，我们送爹爹走好吗？"女儿懂事地点点头。

天洪抹了一把涌出的泪水，又踏上了外出打工的艰难路。

阿洪哥走了，又不知何年再能相见。阿香抱着女儿站在大青石上，望着丈夫远去的背影，泪水早已打湿了衣襟，龙门坝上，又响起了委婉凄美的山歌：

山塘里的白鹅，
清河里的野鸭，
一对对毛眼眼望着阿哥。
没吃完那个早饭又忙着上路，
青石上望阿哥你啥时回？
阿哥你啥时回……

歌声苍凉悲怆委婉得揪人心扉，随风飘逸。天洪的泪水一次又一次地涌出，这也许就是咱农民工的宿命：大山留不住他们，爹娘留不住他们，妻儿留不住他们，那是远方在向他们召唤——为了生活出门去挣钱。

杉树岭上久久回荡着：

青石上望阿哥你啥时回？
阿哥你啥时回……

从这以后，阿香毅然留在了家里，孝敬高龄的老爹，带着年幼的女儿，独自一人留在家里耕种承包的土地，喂猪养蚕。

对于天洪，春节回家，载去的是相聚，载回的却是离别。就像毛阿敏在《思念》中唱的：难道你又要匆匆离去，又把聚会当成一次分手。

第二十章　逃婚的姑娘

几个月后初夏的一个傍晚，天洪刚从建设中的百米高楼上下来，忽然看见一个似曾相识的身影，再仔细一看，好像是他那次在欢乐 KTV 冒死相救的小姑娘。天洪呆住了，怎么会……

小姑娘转过身来，也看见了他：“咦！大哥，怎么会在这里见到你？”小姑娘望着他，露出惊讶，眼睛却放出异样的光芒。

“我就在这里建筑工地上班，你怎么也走到这里来了？”天洪惊奇事情怎么会这么凑巧。

“我是来这里看我姐姐的，她在这里煮饭。”小姑娘说。

天洪突然明白了：“原来工地上给大伙买菜煮饭的王春柳就是你姐姐？”

姑娘点点头：“是的，春柳是我姐姐，我叫王翠柳。”

天洪感慨：“这世界真是太小了，八竿子打不着的地方也能凑到一块儿，难怪那次事情过后，每当看见送饭的春柳时我心里总有一种异样的感觉，但就是说不出来是啥异样，今天看到你，这心里的谜团终于解开了。”

小姑娘与她姐姐长得太像了，简直就是一个模子里倒出来的，只是姐姐稍显老成，妹妹略显得稚嫩。

几个月不见，小姑娘比以前丰满了，人也好像长高了一截，真是女大十八变，越变越好看，一根又黑又亮的长辫轻巧地垂挂在右肩胸部以下，一件淡雅的水红色衬衫，手工绣花滚边黑裙更衬托了她白里透红的柔美脸庞，浑身充满着青春的活力和蓬勃的朝气，天洪禁不住又仔细打量了姑娘一眼。

姐姐春柳是与未婚的男朋友喜子一道出来打工的，喜子的正名叫赵喜顺，在环城高速公路工地打工，小伙子一米七五的个头，长得帅气阳光，有人说他长得像青春偶像陆毅，喜顺对人谦虚有礼，他经常晚上或休息日过来看望春柳，也帮着挑水搬煤球，天洪经常在食堂见到他。

小姑娘是初来江城找工作的，姐姐托了同学介绍她到欢乐 KTV 去当招待员，说那里工作轻松工资高。出事那天是她第一天去上班，结果遇到了林老板，见她清纯靓丽，听说还是青头姑娘，点名要她去进行性服务，她不愿去，结果就出现了天洪见到的那一幕。

通过对话，天洪知道翠柳初中毕业后回家务农，刚满20岁，老家在重庆酉阳县土家族山寨。

翠柳姑娘有着武陵山女人的秀丽灵动和妩媚：细细的眉毛双眼皮，一双清澈明亮的眼睛，嘴唇丰润饱满，不笑的时候犹如红红的樱桃嘴一样乖巧，笑起来看得见细密整齐的牙齿，也许是从小长在大山里的缘故，姑娘脖子和腰身比别人多了一些弹性、一些绵软，散发出特别的韵味和妩媚。

翠柳姑娘是逃婚出来的，在她还只有几岁的时候，爹娘就给她定了娃娃亲，男方是同一个乡田坝村的人，叫郑继立，是家里的独生子，今年22岁。前几年外出打工，在珠三角一家私人油漆厂工作，厂里生产条件恶劣，几年下来，他患了慢性苯、铅、汞中毒，去年的国庆节前在工厂生产车间突然晕倒在地，一头撞在机器上，受了外伤，被送到医院，检查后发现他白细胞指标只有正常人的三分之一，中毒造成的神经性紊乱致使手脚颤抖，头像拨浪鼓摇动。

半个月后，郑继立明显的外伤愈合，厂里急忙接他出院送回出租房里，可他生活已无法自理，老板怕引起工人们的连锁反应，还算慈悲，给了他1万元，派与他一同打工的老乡把他送回了家。

回到家里的郑继立完全成了一个废人，手脚颤抖，自己吃饭都送不到嘴里。爹娘着急，老娘请来林半仙，算命先生摸脉看相后说："他这是犯了'大冲'。"

继立娘急问："请问大仙，我儿这病有解吗？"

林半仙眯缝着眼，半晌才说："这种情况只有结婚'冲喜'才能有解。"

继立娘想起了与王家定的娃娃亲，脸上露出笑容："他爹，咱继立不是与王家二妹子定有娃娃亲。"

继立爹点头："行，我明天就去王家商量。"

第二天继立爹来到翠柳家，一进门就笑脸道："哟，正好亲家两口都在。"

翠柳娘见来客了，急忙招呼："亲家公来了，请屋里坐。"

继立爹进屋坐了，笑着道："眼看儿女们都长大成人了，与他们一般大的都结婚成家了，今天我特地送来5000元的彩礼，希望能按照原来我们的承诺，叫小两口尽快完婚。"

翠柳爹已经听乡亲们说郑家的儿子打工中毒成了废人的事，对继立爹说的事感到为难："亲家送钱来，这……"老实巴交的翠柳爹不知如何面对。

还是翠柳娘脑筋转得快："亲家公，这样吧，我们先问问翠柳，看她的意见，现在的父母，当不了儿女的家哟。"

见翠柳的爹娘不明确表态，继立爹站起来说："亲家公、亲家母，5000元彩礼我放这儿了，咱们两家都还等着抱孙子呢。”翠柳娘拿起彩礼说：“亲家公，钱你还是拿回去，等我们同翠柳说好后再给你个信，行吗？”

继立爹满脸不高兴，但又不能说出这是林半仙的主意。讪讪说道：“亲家公，我先回去了，彩礼钱我放这儿，你们尽快给我个答复。”

傍晚，翠柳从坡上回到家，娘告诉她：“下午继立爹送了5000元彩礼来，说希望你们早点把婚结了。”

翠柳说：“娘，你们糊涂了，我还不到20岁，国家结婚法定年龄是男22岁，女20岁，我们不能违反国家的《婚姻法》呀！”

爹说：“郑家已经把5000元彩礼钱送到家来了，这可怎么办呀？”

“怎么办，我明天一早就把钱给他们送回去就是。”听到这话，爹点了点头。

第二天一早，翠柳来到郑家，继立爹和娘正在家里忙着布置新房。翠柳进屋，笑着说：“伯伯好！伯娘好！在忙什么啊？”

两位老人一愣，继立娘：“呵，呵，没忙什么。”

翠柳将彩礼红包从挎包里拿出来放到桌子上：“伯伯，伯娘，你们都在，我把你们拿的5000元彩礼钱送还回来，听说继立哥受了伤，身体不好，钱你们留下给他治病吧。我们都还年轻，还没有到国家法定的结婚年龄，等以后继立哥的病治好后再商量办也不迟啊。”

见翠柳说得合情合理，两位老人顿时没了主意。稍许，继立娘说：“翠柳呀，你看，我们把结婚的新房都布置好了，都说早结婚早享福嘛。你看周围像你们一般大的年轻人，有的都抱孩子了。”

翠柳说：“我们年轻人应该响应国家晚婚晚育的号召。伯娘，你们忙，我有空来看你们。”翠柳转身准备回家。

继立娘笑着站起身来：“翠柳，你来看看娘给你们都准备了些啥。”禁不住继立娘和爹的半拉半推，翠柳很不情愿地跨进刚收拾好的新房里。

谁知翠柳进了新房刚站定，继立娘退后一步，快速把新房门上了锁。翠柳听见身后关门上锁的声音，立刻转身拉门，见门已经被上了锁。翠柳叫：“伯伯、伯娘，求你们让我回去！伯伯、伯娘……”

任凭翠柳怎样拍门，继立娘就是不开门，翠柳被郑家软禁在为儿子布置的新房里了。继立爹去叫来继立的姨妈，两姊妹轮流在门口守护着阻止翠柳跑掉。新房里，面对躺在床上半死不活的“丈夫”，翠柳欲哭无泪。

继立爹立即去了乡里，找到当乡长的兄弟去计生办公室领来了“结婚证”。

为儿子“冲喜”的酒席正在紧锣密鼓地准备，郑家就是要来一个“生米煮成熟饭”，把婚宴办了。

第三天，就是郑家定下的结婚大喜日子，堂兄郑继伟代表郑家去接翠柳的爹娘，翠柳娘问：“翠柳去郑家退还彩礼已经两天了，也没见她回来？”

郑继伟笑答：“翠柳妹子过去就同意了结婚，昨天他俩已经去乡政府领了结婚证，又忙着准备喜糖烟酒，忙得没回来告诉你们，你们过去见到妹子就知道了。”

翠柳娘听了，将信将疑，面对老伴道：“她爹……”

翠柳爹叹了口气：“唉，翠柳没有回来，咱们去那看看，当面问清情况也好。”两位老人带着疑虑，跟着郑继伟去了。

喜庆的唢呐吹起，一对新人被人搀扶着到了现场，翠柳的手被绳子捆了用衣服遮挡着。

主持婚宴的司仪见新郎和新娘都已到位，清了清嗓子朗声道：“今天，是新郎郑继立和新娘王翠柳喜结良缘的大喜日子，我们衷心地祝愿这对新人……”

两位新人都木讷地站着，没有任何动作，司仪见了示意旁边的亲属帮助二人完成即将接下来的仪式，老娘急忙按着新郎的头，媒婆按着翠柳的头。

司仪又朗声道：“一拜天地，二拜……”话没说完，只见新郎抽搐起来，头不停地摇晃，腿站立不稳，随即一头栽倒在地，口吐白沫手脚颤抖，热闹的婚礼一下子被这突发的情况搅乱了套。

当所有人的注意力都集中在新郎身上时，翠柳的同学——伴娘王丽香趁着混乱一把拉了翠柳来到新房，迅速把翠柳手上的绳子解开，顺手把自己放在桌上的背包背上，带着翠柳快步钻进屋后的小竹林，把自己来参加婚礼路上穿的衣服从背包里拿出来：“翠柳，快把衣服换了走。”

丽香和翠柳从小就是好朋友、好闺密，两人的身高胖瘦相仿。翠柳顺从地换了衣服，丽香从内衣口袋里掏出早已准备好的300元塞进翠柳的衣服口袋：“你快去火车站，买票到江城去找春柳姐姐，走得越远越好，我掩护你。”

“那等会儿郑家找你要人怎么办？”翠柳担心王丽香惹上麻烦。

“你快走就是，这里我自有办法应付他们。”

翠柳含泪对丽香深深地鞠躬：“好姐姐，我走了。”转身向公路跑去。

郑家院子离公路不远，翠柳跑上公路，正好去火车站的过路客车远远来了。

翠柳招手，车停下来，她上了汽车。

到了西阳火车站，一列去江城的火车正到站在上下客，翠柳趁进站的人多闹闹嚷嚷进站之际，混进车站上了车。

车过秀山，列车开始查票，翠柳主动向列车长说明情况补了票。拿到无座位的火车票，翠柳才长长地舒了一口气：终于逃出来了。

丽香站在大石板上瞧见翠柳跑上公路上了客车，才若无其事地回到婚礼现场。从乡卫生院赶来的医生给郑继立灌了药扎了针灸，病人才慢慢平息下来。松了一口气的郑家老娘这才想起婚宴的女主角翠柳，问：“丽香，新娘上哪儿去了？”

王丽香一副很着急的样子：“刚才翠柳见外面闹哄哄的，就进新房休息去了，我知道她这几天心烦没睡好觉，怕打扰了她，翠柳进屋后我就在门外候着。刚才我进屋去叫她，见她没在，我还在着急呢！”

郑家人听了，进屋把几间屋子里里外外查了个遍，又把厕所厨房，甚至猪圈牛圈都细细查了，仍然没找到人。堂兄郑继伟说：“翠柳一定是刚才趁乱逃跑了，她本来就不愿意提前结婚，这下好了，弄得鸡飞蛋打。”

老娘急得号啕大哭：“我的个老天爷呀，她这不是想叫我们郑家……断……子……绝……孙……呀！”

老爹语无伦次地指着大路说：“还……还……还不快去追，追，说不定早……上了公路坐车跑了。”

一群人这才乱哄哄地追到公路，哪里还有个人影。

郑家老娘说：“她来那天，我怕她找机会逃跑，趁她晚上打盹时，就把她衣服口袋里的钱都收光了的。”

“身无分文？她能上哪去，我看八成是趁刚才混乱时跑回娘家躲起来了。”堂兄郑继伟一挥手，带着几个近亲边跑边找，一直追到翠柳娘家，里里外外搜了个遍，哪里看得见半个人影。

在土家族人看来，办喜酒跑了新娘可是件了不得的大事，新郎会被三乡四邻留下话柄，今后别想再有姑娘愿意嫁人，弄得男方没脸在这寨子里混了。

补了车票，翠柳身上只剩下 50 元了，她只得在站台售货车上买了两个馒头一瓶矿泉水，她必须留足去姐姐住地的公交车费。在拥挤的列车上整整站了 22 个小时，终于在第二天下午到达江城车站。

平时给姐姐写信时翠柳早把姐姐的通信地址熟记于心，一出江城火车站，她照着地址向民警问清了公交车的线路，几经转车，终于找到了在工地打工的姐姐。

听了妹妹的哭述，春柳埋怨道：“咱爹娘脑筋也太陈旧了，都什么年代了，还父母包办婚姻，你要真是进了郑家，这辈子可就完了，还算你精灵跑得快。”

“哪里是我精灵，多亏丽香姐拉我趁乱跑了，换了衣服给了钱，我才……”翠柳说起来还心有余悸。

姐姐抱着翠柳细声安慰道：“出来就别回去了，就在江城找个工作干几年，等有机会找个男朋友嫁了，看他郑家能把你咋样。”

翠柳抹着泪：“我听姐姐的。”

晚上，姐姐去找到老同学秦玉珍：“玉珍，我妹翠柳也来江城了，想在这里找工作，我思来想去，同学里就数你人缘广，想麻烦你给介绍一下，行吗？”

玉珍笑道：“真是，赶得早不如赶得巧，正好我有一个朋友开的娱乐城要招几个服务员，就凭咱们翠柳妹子的模样，去那里保准挣大钱。”

说着，她立即拿起手机，拨通了娱乐城的经理的电话：“喂，郦真姐吗？我这里有一个妹妹，想到你那儿来上班，模样嘛，那是没说的，天仙般的美人儿，行，我明天一早就带她过来。”

玉珍转过身对春柳说：“明早我就带妹子去欢乐 KTV 高档会所面试。”

春柳感激道：“玉珍，谢谢你了，我说嘛，同学中还是咱们玉珍的面子大，一个电话就把工作的事说定了。”

第二天早晨，玉珍开着玫瑰红色的捷达轿车早早地来接翠柳。第一次坐进这么高档漂亮的轿车，翠柳惊讶得嘴都合不拢，轻声问：“玉珍姐，你还会开车呀！？”

“这有什么，漂亮的女孩哪个不会开车！”穿得花枝招展、打扮得妖艳迷人的玉珍说。

翠柳问：“玉珍姐，你这是给老板当司机还是……”

“给老板当司机，哈哈哈！傻妹子，这是老板送我的车。”抹着玫瑰红嘴唇的玉珍语气中有些自豪。

“啥，送你的车，有这么好的事！？”翠柳惊讶得张大嘴望着玉珍。

“送车算什么，姐还有一套别人送的新房子。”玉珍说这话时神采飞扬。

听了这话，翠柳更是不解：“送车送房！？”

“是呀！妹子，跟姐好好学着点，趁着年轻漂亮，多挣些钱。”玉珍转过头盯着翠柳笑。翠柳摸着自己发烫的脸，尴尬地跟着挤出一丝笑容。

欢乐 KTV 会所的老板是一位颇有姿色的中年女人，名叫陈郦真，会所里上下的人都叫她“妈咪”，她在看人方面很有一套，三年前，玉珍就是被她这个“伯乐”慧眼相中的，介绍给了自己的老相好——一个身家亿万的房地产大老板做“二奶”，当然老板也送给了她这个“中介”不菲的酬谢。现在的玉珍，不但有轿车、豪华的小区房，而且还有自己开的高档化妆品专卖店，从此玉珍就从一个打工小妹，一下子成了富婆，完全是草鸡变凤凰了。

玉珍介绍："郦真姐，我又给你带个小妹来，名叫王翠柳，初中毕业，今年19岁，怎么样，有文化、有身段、有模样吧？"

当第一眼看到翠柳，妈咪就在心里内定下来：姑娘这身段、皮肤、笑容和那双水灵灵的眼睛，是块好坯子，比玉珍还强，好好调教一下，要不了多久就会出彩的，作为介绍人肯定还能从中得个大礼包。

"玉珍妹子介绍来的错不了，放心好了，绝对给她介绍个好人家，到时候，这第一功嘛，肯定算妹子你的。"两人用广东话说着，翠柳在旁边不知她们在说啥，只是觉得她们说的话跟自己有关。

第一天来上班，并且是到这么豪华的高档会所，翠柳满心高兴，终于逃婚出来，可以靠自己的双手挣钱了，她心里憧憬着美好的未来。

傍晚时分，开着豪华宝马来寻欢作乐的林老板来到豪华包间还没坐下，一眼瞅见跟在领班后面的翠柳，一个面带微笑的水灵灵的姑娘正在包间摆放水果盘，见来了客人，翠柳跟着领班甜甜地说道："欢迎光临！"

看着翠柳走出房门去拿茶水，满脸横肉、大腹便便的林老板指着翠柳问领班："这小姑娘她，新来的？"

领班点点头说："今天上午刚来，听说第一次出来打工，刚满19岁，名叫王翠柳，还是个青头姑娘。"

林老板对着领班说："好好，这个姑娘我要了，你安排一下，叫她进来陪我喝酒，晚上就跟我走。"说着，扔了一沓百元大钞给领班。

领班微笑着把钱放进口袋，翠柳拿着开水和茶杯进来，冲好茶摆在林老板面前："老板，请用茶！"翠柳学着领班刚才教给的话轻声说道，那声音，清脆柔和悦耳，粉红的脸蛋露出甜甜的微笑。

林老板淫笑着点点头，伸出有青龙文身的右手，一下子托住翠柳粉红的脸颊："这张脸太诱人了。"说着，左手直袭翠柳挺起的胸部，揉摸起来。

刚从大山里出来的妹子哪里遇见过这种场面，翠柳被林老板粗鲁的举动吓呆了："不！不！不！老板，求求你了。"

"什么不不不，进了这里，还来跟老子装清纯。"说着，左手一把抓住翠柳的手往怀里拉。

翠柳一边往后退，一边使劲想摆脱林老板的大手钳制。娇小的她哪里能摆脱林老板的大手，挣扎中身上的衬衣也被扯破了。情急之下，翠柳张嘴猛咬了那只在脸上乱摸的右手，只听哎哟一声惨叫，林老板右手虎口处顿时鲜血喷出．他不由得松开了手，翠柳乘机脱身逃出房间。

林老板捂着手杀猪般大叫：“快，给我抓住那个贱女人！”

门口站着的保镖大汉冲过来抓住翠柳，就遇上那天英雄救美的事。

乘天洪与一群恶棍打斗之时，翠柳在周围群众的帮助下逃离现场，躲在对面大树下，目睹了天洪与四个恶棍的搏斗，直到天洪跑远，她才悄悄打车离去。

逃回到姐姐的住屋，许久，翠柳还心有余悸，颤抖不已。姐姐回来见了，诧异道：“小妹今天刚去上班，怎么这么早就回来了？生病了吗？”

听见姐姐问话，翠柳哇哇大哭起来：“姐，我不去上班了！”

春柳急问：“出什么事啦？”

“他们……”翠柳哭着噎住了。

门外响起了喇叭声，听声音春柳知道是谁来了，急忙推妹妹：“快进里屋大柜子里躲起来，记住，不管外面发生什么都千万别出来。”翠柳抹泪点头进屋。

春柳刚转过身来，就见玉珍怒气冲冲地进来：“我说春柳，今儿个你家妹子是吃了豹子胆还是咋的？惹出这么大的祸！”

“玉珍，上午不是还高高兴兴坐你的车出去，怎么这就惹下大祸啦？”春柳故作糊涂。

玉珍气急败坏道：“她把来欢乐城的林老板手咬伤了，还把他四名保镖打伤致残。”

“她一个细妹子，有那么大的本事？”春柳睁大了眼不信玉珍说的情况。

“刚才欢乐城的陈老板亲口对我说的，我把通话录了音，这还有假？”玉珍说着，把刚才与陈郦真通话的录音放给春柳听。

听了玉珍的讲述和电话录音，春柳知道了妹妹今天第一次上班的遭遇，她暗自庆幸妹妹跑脱了，神情淡淡地对玉珍说：“老同学，谢谢你的一番好意，真如你说的那样，我看翠柳不用再去欢乐城上班了，这就谢谢你的好意介绍，算了吧，我们再另找其他地方上班。”

玉珍尖声叫道：“哟！你倒是捡根灯草，说得轻巧，林老板被咬伤，几个保镖伤成那样，你说算了就算了？王春柳，你叫我怎么给陈老板那边交代，还有林老板，和我都是好朋友，你妹子把林老板的几个兄弟打伤成那样，这医药费你们总得拿钱吧？”

看着玉珍充满怒气，春柳正色答道：“就像刚才陈老板说的，是外面一个不认识的人管闲事把保镖打了，你怎么能说成是翠柳把他们打伤了，翠柳一个细妹子能有那么大的本事把四个大汉打趴下？”

春柳的回答，让玉珍恼羞成怒，答不上来，整个脸上红一阵白一阵：“是哪个人打的我管不着，反正伤人的事是因你家妹子咬人引起的，林老板自会上门来找你们要人要钱，到时候我看你们怎么办？”

“怎么办？我到现在还没有看到翠柳人在哪儿，人可是我今早亲手交给你的，她要是出了事，我得找你要人！”春柳反咬一口，倒地号啕大哭，伸手拉住秦玉珍的衣襟。

“找我要人？”玉珍一下子蒙了，是呀，陈郦真刚才也没有说明翠柳现在哪儿，当时是她自己跑了，还是……不行，我得开溜，免得春柳找我要人。

玉珍甩脱春柳的手，骂骂咧咧往外走，临走时撂下一句：“你妹子还想跟着吃香喝辣，做梦！下她的苦力去吧！”怒气冲冲地扭着水蛇腰，颠着屁股走了。

听见秦玉珍开着她的捷达车走了，翠柳才从里屋出来：“姐……”抱着姐姐哭了。

春柳安慰：“人平安回来就好，咱不去会所上班，另外找地方。”

翠柳含泪点头：“我听姐姐的。”

几天后，喜顺终于托朋友的朋友，悄悄介绍翠柳去了时代服装公司。这是一家专门加工出口外销高档服装的成衣厂。

翠柳从小就心灵手巧针线活好。进厂跟着师傅学习，很快就掌握了操作缝纫机，半个月后，已能独立完成规定的任务，三个月实习期满就开始拿熟练工的工资了。公司实行的是不保底的计件工资，服装公司里几乎都是翠柳这种二十来岁的打工妹，个个心灵手巧技术过硬，公司的服装远销欧美市场。

第一次拿到正式工的工资，翠柳高兴极了，她特意到姐姐这里来，想好好感谢一下姐姐和未来的姐夫，哪知在这里巧遇天洪。望着天洪明亮有神的双眸，翠柳还是第一次面对面地仔细打量一个异性，看到他那帅气阳光的脸，翠柳柔嫩的脸庞一下子变得绯红，羞涩地低下了头。天洪被她看得不好意思，三十多岁的他看上去要比实际年龄显得年轻许多。

翠柳满含泪水：“张哥，谢谢你上次救了我，要不是你冒死相救，我……我现在还不知道在哪里……”她哽咽着说不下去了。

“妹子，快别说了，路见不平，我岂能袖手旁观。”

翠柳常来姐姐这里，一来二去，翠柳与天洪熟识了，翠柳也由原来叫“张哥”改口叫“洪哥”，看到天洪健壮的身体、俊朗的相貌、待人和蔼可亲，姑娘心里泛起了涟漪，要是能跟洪哥一辈子，也不算枉来世上一趟，要是再遇恶人，凭洪哥的功夫，谅他们也不敢胡作非为了。可是，洪哥会答应吗，洪哥有家小吗？一个小姑娘怎么好当面问这些话。小姑娘心醉了，这不就是自己想要的阿哥吗？嫁人就要嫁这种诚实可靠的男人。

服装公司的工作时紧时松，公司订单多时，为了赶活儿，女工们一天14个小时到16个小时连轴转，成衣间里的灯火彻夜通明，累得小姐妹们双眼红肿流泪，双手麻木得像失去了知觉，腰杆像断了一样的难受。

而近段时间，受国外经济危机的影响，外贸的订单少了一半，工人们经常歇工，靠计件拿工资的小姐妹们个个都着急了，家里等着用钱，住在城里吃穿用、住房、水电哪一样不用钱。

那天在欢乐KTV，周围那么多围观的人，翠柳绝望地呼救，可是就没有一个人敢上前说一句公道话，只有洪哥才不顾自己的安危挺身而出。如果有天洪这个哥哥做自己的保护伞那该多好。那天晚上翠柳乘乱跑脱后躲在附近行道树后面，亲眼见识到了天洪非凡的胆量，敏捷的身手，那么强壮的四个大汉都被他打趴在地，她知道洪哥的这一身武功非一般人所能。

该怎么报答洪哥的救命之恩，翠柳想到了以身相许，这也许是一个身无分文的女孩唯一能想到的办法，但也是她心甘情愿的办法。

晚上，睡在姐姐床上，翠柳失眠了，黑暗中，她想到了自己的不幸婚姻；想到老家体弱多病的爹娘身边没有一个子女；想到这霓虹灯下光怪陆离形形色色的人；想到了这城市里的诱惑和险恶……她想不下去了。

自从重新见到天洪后，翠柳一个人常在夜里暗自伤神偷偷哭泣，一个女孩背井离乡在外打拼，陪伴她的除了寂寞，恐怕也只有异乡的月光星斗，正当谈婚论嫁年龄的她渴望幸福，向往爱情，可是爱情在哪里？自从逃婚来到江城，她希望找到一个可以依赖的男人，好永远逃离郑家的追逼。

知道翠柳是逃婚到江城的，厂里的小姊妹说："你和郑继立的婚姻应该是无效的，因为你未到国家法定结婚年龄，结婚证又是赵家人背着你私自去开的，不是双方自愿去乡里登记领取的。"翠柳悬着的心总算落地了，过了年就满20岁了，如果找到如意郎君结了婚，生米煮成了熟饭，就不怕郑家人再来纠缠，就可以永远不回那让她噩梦的地方了。

几个月后，家里来信，信是堂弟代写的，信中说道：

翠柳：

自从你逃婚以后，郑家的人天天来找我们要人要赔偿，后来还是乡里林书记说了公道话，郑家才答应调解，5000元彩礼我们已经如数退回，另外再赔偿郑家办婚宴的经济损失5000元。你和春柳就安心在外打工吧……

接到家里的来信，翠柳长长地舒了一口气："终于解脱了！"

第二十一章　姑娘的心事

昨天珠江突然涨大水，是上游广西连日暴雨造成下游的珠江河水位暴涨。河边囤积的木材、楠竹全泡在水里，水泥河沙的堆放地也进水了，市防汛指挥部通知说，20小时内江水还将要猛涨7米。宋建华着急了，刚采购回来的建筑材料全部堆放在河边码头低洼处，若不及时转移可就要命了。

宋建华拨通了办公室主任的电话："李主任，珠江水暴涨，赶快通知和组织全体员工，包括在家轮休的人都去河边突击转移建材。"

宋建华带着公司办公室的人到河边督战，从晚上7点钟开始，工人们扛着背着转移材料，整整十几个小时浸泡在冰冷的河水里，建筑材料倒是全部转移到了安全地方，可许多工人都累得趴下了，连从来不吃药、从不生病的天洪也虚脱了，而且感冒发烧，高烧到40℃不退。

翠柳来姐姐家，春柳说："天洪昨晚上在冰冷的河水里累了一夜，重感冒病了，在小屋里躺着。"

翠柳急了："姐，我这就过去看看！"

同屋的工友们都上班去了，要晚上才回来。门虚掩着，翠柳轻轻推门进屋，一股浓浓的臭脚丫子味和酸腐的汗臭味扑鼻而来，差点把她熏倒，小屋里光线不好，只有朝南的门和朝北的一扇小窗可以对流透气，她进屋把窗户敞开，才勉强能看清屋里的情况，天洪的铺就在进门的右手边。

天洪回来后吃了感冒药躺在床上还在沉睡，翠柳看着这张烧得通红的帅哥脸，还是那么神奇迷人，她不好意思地暗自伤心起来，这么强壮的人都被累倒了，昨天抢险那是怎么个累呀！

迷糊沉睡中的天洪听见床边有动静，睁开眼睛，发现翠柳坐在床边望着他在流泪。他想坐起来，一个大男子在一个小姑娘面前哪能装熊趴下，从小到大，他还从来没有像今天这样装过熊，不行，得坐起来，千万别让小姑娘笑话他。

他想像那天同大汉过招那样一个鲤鱼跳就能坐起来，他微闭眼暗暗运足气，一下子弹跳起来。可是，还没等他坐稳，就像一口袋沉重的粮食，又轰然倒在了枕头上，他实在是累垮了。昨晚转移材料，别人一次扛一包水泥，他一次扛两包水泥，别人一次扛一根楠竹，他一次扛两根楠竹，一整夜滴水未进，也没有坐下来歇口气，又累又渴又饿的他终于倒在了冰冷的江水里，被湍急的流水冲进旋涡，幸好被明桂看见，冲过去一把抓住，几个工友用木板把他抬了回来。

看见满脸烧得通红的天洪，翠柳心疼地伸手按住他："洪哥，好好躺着别动，先把退烧药吃了，等会儿我去买点吃的回来。"

帮助天洪吃了药，翠柳出去，在小街食店里买了一罐煨好的土鸡汤，她扶起天洪，让他靠坐在床头，一勺一勺地喂他鸡汤。

手中盛满鸡汤的勺子冒着袅袅上飘的香气，姑娘那丰满有弹性的酥胸在眼前晃来晃去，令他心里不安。上午睡了半天，天洪这会儿感觉稍好了一点，但头上还是滚烫，脸上被烧得通红，他不好拒绝姑娘的好意，只是悄悄地闭上了眼睛，机械地张口、吞咽配合。

医生给天洪开了三天的病假，要他在床上静养。可躺着真叫他感到难受，长这么大感冒发烧躺在床上这是第一次，可不躺着怎么办，身体还没有恢复，头疼得要爆炸似的，浑身软绵绵的没有一点力，坐起来都感到天旋地转。明桂和同屋的工友们一早就上班去了，他昏昏沉沉又迷糊了。

今年世界经济萧条，外贸出口不畅，时代服装公司近来订单少，下午四点，翠柳又早早下班回来，买了汤面看他来了："洪哥，今天感觉好些了吗？"翠柳用手背试了试天洪的前额，感觉没有昨天那样灼热。

天洪点点头，坐了起来："今天又睡了大半天，这会儿感觉好多了。"

"来，把汤面趁热吃了。"翠柳把汤面递给天洪，又把筷子递给他。天洪语带歉意道："妹子，这几天太麻烦你啦！"

"洪哥你不该说这种客气话，没有你那天冒死相救，哪有我今天在这儿陪你！"翠柳眼里饱含着热泪。

天洪吃完面，翠柳洗了碗过来，轻轻地坐在床边，怔怔地看着天洪，一脸娇羞，更显得清纯美丽。

天洪睁开眼望着她，不知怎么的，这几天他感到小姑娘有些魂不守舍，坐立不安，好像有什么心事，天洪问："妹子今天怎么啦？"连问了两次，她像没听见似的，只是呆呆地望着墙壁。

看着翠柳微微上翘的嘴角、饱满双唇、莹润欲滴的脸庞像饱浸晨露的莲花，含苞欲放，格外地迷人，姑娘身上那种特有的淡淡的体香悠悠飘散，似远又近，一丝丝沁润着他、融化着他。天洪不敢再看下去，体内的荷尔蒙马上要起作用了。这时的天洪，脑子里似有两个小人在争吵，一个说：在外面有翠柳这么一个小妹相好，也不影响与阿香的感情，对双方都好；另一个说：你是一个有家室的人，不应该接受翠柳的这一份感情，哪怕是暧昧的情，不管怎么说这些都是不道义的。床上的天洪迷茫了：难道不该接受翠柳的体贴关心，不该有非分之想。

两人静静地不知坐了多久，月亮升起来了，照在小院的古树上，投下斑斑驳驳的一地银色，院子里静悄悄的，工地上这两天在整体滑模浇筑，工友们都在工地上加班没回来，经过两天的休息，吃了翠柳带来的汤面，天洪又恢复了往日的精神。看见洪哥基本好了，翠柳心里高兴，从小爱唱歌跳舞的她忍不住轻声唱起土家山歌：

晚风轻轻摇树梢，月亮静静上楼角。

幺妹轻轻往外走，金竹林里会阿哥。

土家人爱用歌声传达情意，翠柳的嗓子特别好，有土家人的柔肠豪情，山歌唱得婉转悠扬感人泪下，唱完这一段，她转过身去偷偷地看了洪哥一眼，只见天洪半闭着眼，正在那里静静欣赏呢。翠柳抿嘴一笑羞涩地转过身去又唱了起来：

妹等情哥哥不来，等得花落又花开。

铜壶装酒煨干了，油炸豆腐起青苔。

听到这里，天洪感到翠柳唱歌的味道变了，歌声里，他感到有一股刺入心骨的爱意，让人推却不得，心里却暖暖的。

唱着唱着，翠柳的脸上红润起来，她瞅了一眼眯缝着眼静听的洪哥，抿嘴一笑继续轻唱：

郎在高山打一望哟，妹在哟河里洗衣裳，

郎向哟妹子把手招，妹在河里抬头望啰，

棒槌哟捶在石板上。

听得如痴如醉的天洪，情不自禁地给翠柳鼓掌，喝彩道：“好！唱得真好！”

翠柳逃婚出来走得匆忙，除了穿着伴娘丽香的衣服，没有一件多余的，幸好姐姐春柳还有多余的衣服，姊妹俩高矮胖瘦差不多，若在街上，一眼就能确定她俩是亲姊妹。今天翠柳穿了姐姐的一件水红色的衣服，一条脚边绣花的淡蓝色裤子，一双黑色的坡跟浅帮皮鞋，鞋跟脆生生地叩响地面。翠柳身上的衣着虽然还带着武陵山的乡土气，但在天洪看来是那么地亲切，又似乎在哪里见过？哦，记起来了：那是年轻时的阿香姑娘，那么迷人，那么清纯有生气。

他不由得细细地端详起眼前的翠柳，怎么与年轻时的阿香是那么相像，高矮胖瘦都一样，在他看来两人就像是一个模子里倒出来的，就连一颦一笑嘟嘴生气都那么神似，翠柳简直就是年轻时的阿香。眼前的翠柳对于天洪，就像平静的水面上突然飞来的一只天鹅，让天洪有些神情迷糊欲罢不能。

有了翠柳的精心照顾，第三天，天洪已经完全恢复了往日的活力。这天下班后，翠柳又来了，她带来了盒饭，两人吃了饭坐在床上聊天。

昨天听友正说工地上还在进行滑模现浇，为了保证高层楼房框架的质量，浇注时工人们得一口气连续作业，同室的工友都在工地上加夜班，要半夜浇注完以后才能回来。

夜幕降临了，繁星像宝石一样镶嵌在深蓝色的天幕，闪烁着晶亮的光芒，远处的山峰早已隐进了漆黑的夜幕里，院子里静悄悄的。

门关着，后面的小窗开着，屋里仍然感到闷热，翠柳把外面的衣服脱下，只穿了一件贴身内衣。

屋里没有开灯，黑暗中，天洪拉着翠柳的手："翠柳，天晚了，我送你回姐姐那里去？"

"洪哥，我，我想你……想你抱抱我……"说着，她伸出双手，紧紧地抱住天洪的脖子，脸就贴在天洪胸口上，那颗热烈跳动的心让她感到一阵晕眩，男人的气息浓浓的就在眼前，顿时，一股幸福的暖流流遍翠柳全身。

翠柳柔嫩的小手轻轻抚摸着天洪肌肉凸起的胳膊，抚摸着他健美的胸肌，就是这有力的躯体，才能在危机之时爆发出惊人的力量。天洪被翠柳抚摸得心旷神怡，他不由自主伸出健壮有力的双手，轻轻地抱住了翠柳。翠柳紧闭着双眼，羞涩地把高高挺起的酥胸紧紧地贴在天洪前胸，颤抖的嘴唇紧紧地贴在洪哥的脸上，稍许，她才娇嗔道："洪哥，我要你，要你紧紧地抱住我，保护我。"

天洪记得哪本书上有这么一句话：只要彼此爱过一次，就是无憾的人生。他想，这也许就是说的此情此景吧。

两人紧紧地抱在一起。窗外，夜露如水，朗月如钩。翠柳微微颤抖的身体有点凉，她依偎在天洪的身上，她那十分细致滑腻的玉体贴在身上手上，感觉像条真正的美人鱼。

初夏的夜晚，一弯新月慢慢升起，挂在窗外的树梢，从小窗透进一束月光，喧闹的小街已经睡了，夜静得双方能听见彼此的心跳，月下看美人，越看越动心，翠柳细白的皮肤在月色中闪烁着迷人的光泽，令人目眩神迷。

突然，天洪像想起了什么，身体不由自主地打了一个激灵，使他有所醒悟，他慢慢地坐正了身体，轻轻地推开已经如梦如仙的翠柳，缓缓放下她柔软的双臂，尴尬地面向正望着他不知所措的姑娘，结结巴巴地说："翠柳妹子，真……对……不……起……怪我一时糊涂，我是有妻儿的人了，不能这样对你。"

"洪哥，为了救我，你连性命都可以不顾，要不是你，我早被那个禽兽……糟践……

我……不计较你有家，真心愿意同你好，有没有名分都无所谓……只要能看到你，得到你的保护……”翠柳眼里盈满泪水。

“要不是洪哥你一身好功夫，你早就葬身在那群恶人的乱拳之下了。”

“妹子，哥知道你是一个知恩图报的好姑娘，可我不能这样对你。”

翠柳说：“厂里的姊妹说，谁都把感情看得很重，可为了自己所爱的人，她们愿把感情献上。”

听了翠柳的真心表白，天洪更加坚定下来，他像平时练功时那样稳定了神，强迫自己沉下心来，他决心以自己的方式捍卫心灵深处那方净土，那份纯真的感情，千万不能因自己一时冲动毁了翠柳妹子的一生，要像保护自己的亲妹子那样保护她、爱护她。

人世间，感情这东西有时候非常奇特，有一种难以言状的内蕴，是最折腾人的。对于翠柳的悉心照料，天洪深深地感动，但有一个声音在内心召唤他：翠柳是个好姑娘，就像自己的小幺妹一样，她应该有一个属于自己的美好家庭，你是有妻儿的人，若是这样接受了翠柳姑娘的涌泉回报，轻易地同她上床，占有她清纯的身子，你还算人吗？从小师父告诫给人帮助，千万不能有所图报，有所图报的人就是小人，小人最终是不会有好报的。

想到这里，天洪慢慢地穿好衣服，把床边翠柳的衣服拿来套在她光滑如玉的胴体上，轻轻地替她擦去满脸的泪水，替她把衣服上的扣子一颗一颗扣好，翠柳流着热泪，像个木偶人一样呆在那里任由他摆布。

穿好衣服，天洪拉着她的手，就像小的时候在家里拉着自家幺妹的手：“我送你回姐姐家好吗？”

“要……得，阿洪哥！”翠柳拖长了声音，故意用家乡的土家话来回答他。

手拉着手，两人来到街上，正遇上姐姐春柳坐着男朋友喜顺的摩托车从城里买了衣服回来。

郑喜顺比春柳大两岁，来江城打工有七年了，他初中毕业跟了自家的二叔郑来福到江城建筑工地打工。叔叔是从铁道兵部队复员回来的，他在部队十年，当了排长，学会了建筑大桥、修建房屋。复员回到家乡时正遇上农村搞土地承包制，老乡们知道他见多识广，一致选了他当生产队长，充满活力的他把个队里的生产搞得风生水起。过了两年，逢上工业交通行业大上。

一个偶然的机会，郑来福在酉阳城里遇到原来的老上级刘连长，现在他已是桥隧公司一个项目部的经理了。见到郑来福，刘经理问：“来福还在家里务农吗？出来跟着我们干吧，我知道你小子头脑灵活。”

就这样，郑来福回家辞去了生产队长一职，去项目部担任大桥施工队的副队长，负责大桥施工。带领工人们顶烈日斗严寒大干，有了原来在铁道兵的经历，干什么活都难不倒他。

一天，刘经理对他说：“现在公司新接了工程，工地上缺人，你回老家去招几十个人来，由你负责带队，工程上我就认你。”就这样，他当上了工程队长，带着一伙乡亲在高速公路工地上干。

两年后，郑来福又回乡里招工，侄儿喜顺找到他：“二叔，我初中毕业了，想跟你去打工。”

郑来福看着侄儿：“哟，一年不见，你小子又长高了一头。”

喜顺来了个双手握拳亮手臂上的肌肉：“二叔，看，够结实吧？”

郑来福伸手捏了捏侄儿手臂的肌肉，满意地点点头：“行，明天跟我走。”

入秋的夜色，格外地宁静美丽。喜顺来找春柳，在王家院子不远处黄桷树后面，随手摘了一片树叶，放在嘴里，吹起了木叶曲。土家族后生，从小就跟着哥哥姐姐学吹木叶，唱木叶情歌，以歌传情。悠扬的木叶曲，越过夜空，在空中悠悠飘来。正在家里看书的翠柳听见：“姐，你听，又是哪家的后生在吹木叶。”

正在绣花帕的春柳也听到了木叶曲，轻声道：“一定是喜顺又在那里吹着木叶叫我。”

翠柳笑了：“姐，那你还不快去。”

春柳放下绣帕：“娘，我出去有点事啊。”

娘点头道：“去吧，早点回来啊！”

“娘，知道啦！”春柳向妹妹挤眼，翠柳点头一笑，春柳出门去了。

循着木叶曲的声音，春柳来到老黄桷树下，喜顺迎上前来：“春柳妹，我想跟随二叔去外面打工，特来向你辞行。”

春柳问：“啥时走？”

春喜答：“明天就走。”

春柳娇嗔道：“喜顺哥，这么快呀，这才毕业，说走就要走。”

喜顺说：“我二叔回来招兵买马，说明天就要走，我想这正是出门打工的好机会，就报了名。”

春柳点头：“嗯，男子汉就是要干出一番自己喜欢的事业来。”

喜顺说：“我这心里矛盾，是真舍不得同你分开。”

春柳说：“喜顺哥，说心里话，我也舍不得你走。可你出去是学本事，闯天下，我支持你去。”

喜顺张开双臂，紧紧地拥抱春柳，在脸上轻轻吻了一下：“那我俩订婚的事？”

春柳说：“喜顺哥，我们都还年轻，你放心去吧，我等着你。”

喜顺松开双臂，又随手摘下一片木叶，唱起了《木叶情歌》：

大山的木叶烂成堆，只因小郎不会吹。

几时吹得木叶叫，只用木叶不用媒。

春柳笑了，接唱道：

高坡上种荞哪用灰，哥妹相爱哪用媒。

用得灰来荞要倒，用得媒来惹是非……

第二天，喜顺跟着二叔到了工地。再后来刘经理带着队伍转战江城。

喜顺身体壮实，为人厚道，头脑机灵，干活踏实，跟着二叔在工地上干了几年也锻炼成了全褂子，很受项目部刘经理的称赞。叔叔也信任他，他所带领的青年班往往出现在工程中最难啃的“硬骨头”上。

自从春柳初中毕业，喜顺就怂恿她来江城打工。姐姐春柳23岁，原本今年喜顺家里叫他们小两口回老家完婚，可她还想挣点钱，不然结婚有了小孩，日子就艰难了。春柳看到周围好几个姐妹结婚后，没钱给自己的小家庭买间房，收入好一点的夫妻最多单独去租一个楼梯间或偏屋，更舍不得单独租房的夫妻只能在同屋的工友们加班的空隙，把出租小屋关了，像做贼一样在屋里偷偷摸摸地亲热一下，与其那样，还不如先攒点钱晚些结婚，所以两人的婚事一直拖着，不敢早结婚。

如今，春柳来江城工作打工已有五年了，一直在建筑公司的工地食堂工作，跟吃跟住，每月工资1500元。去年，春柳在喜顺的鼓励下进了市工会为外来打工族办的夜校，学习电脑打字和统计，喜顺说，将来自己也想办一个建筑公司，先分包工程，再慢慢变大，叫春柳好好学习，将来好派上用场。春柳与妹妹一样聪明灵巧，只是因为家里穷，才没有继续读高中，现在有条件有机会，她有信心学好。刘经理说了，等春柳学习毕业拿到资格证书，就到项目部去工作，那里正缺一个统计员。

第二十二章　找哥泪花流

空闲时，余明桂总爱把口袋里未婚妻玉秀的照片拿出来看上几眼，就是这几眼，让他感到温馨鼓舞。为了玉秀他要拼命地干，多挣些钱回去好早点把玉秀娶回家。玉秀比明桂小三岁，初中毕业回乡务农已经五年了，今年刚满22岁，明桂原本准备去年春节回家结婚，因去山西挖煤不但没有挣到钱，还在几次矿难中险些把小命丢掉；到了江城在石材加工厂干，又差点惹上硅肺中毒，到建筑公司后三角债让公司一直拖欠着工资，到春节补发时也还欠着几千块，口袋里没钱，明桂感到没脸回乡去娶玉秀，置办结婚那一套和办酒席请客，那可是要大把的钞票才行，他在给玉秀的信中说：

玉秀，你好！

原本说好春节回来把我俩的结婚酒席办了，因为到山西后没有挣到多少钱，到江城来后，公司还是拖欠工资，我们都还年轻，多等个一年两年没什么，我想多挣点钱再回来，一定要把我俩的酒席办得风风光光的，别让乡亲们笑话，说我们没出息……

看着信，玉秀眼里盈满泪水，她轻声呼唤：“阿哥，妹妹想你了！”

明桂和玉秀两家的父母都是那种老实巴交的苗岭农民，世世代代在杉树岭后山种庄稼，两家的爹从穿开裆裤时就是好朋友，又都是同一年结婚，又后来，两家都有了儿女。到了明桂懂事的时候，总爱和邻家的小孩子一起玩过家家，玉秀就是其中的一个。一次，村长逗小明桂：“阿桂，你长大了娶哪家妹子做老婆呀？”明桂冲口就说：“我娶玉秀做老婆。”

惹得村长和周围的人哈哈大笑：“就数你小子眼尖，看着人家玉秀长得灵气。”这话一经传出去，邻里的孩子都爱拿这事取笑明桂，更有的编着儿歌唱：

余阿桂人不大，就数小子眼尖。

看着玉秀灵气，要娶她当老婆。

眼见寨子里的娃儿取笑儿子，明桂爹觉得不妥，对玉秀爹说：“你看小孩编着歌唱，让阿桂和玉秀都不好见人了，不如我们来个顺水推舟，干脆就给孩子定个娃娃亲，你看要得不？”

苗岭山上历来有定娃娃亲的习俗。玉秀爹望着在院坝里一起玩耍的孩子点头道：“看两个娃儿要好的样子，我看行。”

再长大点，两人在一个学校上学，同学们都爱拿他俩开玩笑，因为有了两家长辈的承诺，他俩倒不觉得害羞，上学放学经常走在一起，成了让人羡慕的一对“小两口”。

灵秀的武陵仙山造就出灵秀的姑娘，二十出头的玉秀确实人如其名，长得玉人儿一般清秀，水蜜桃一样粉红的脸蛋，一双清澈明亮的眼睛流出灵秀。赶场天上，总有一些后生死皮赖脸地跟在身后要与她搭讪，玉秀总不爱搭理这些人，弄得追求她的后生好不尴尬：“不过就是脸儿长得秀，臭摆什么嘛！”

原来玉秀心里早有明桂哥，再容不下别人了。

自从明桂出去打工后，玉秀便陷入了相思之中：天冷了，也不知明桂添衣服没有，她知道明桂自小节俭，自己舍不得吃舍不得穿，不知他每顿吃饱了没有，也不知他衣服破了补好没有，无尽的思念让玉秀食不甘味，夜不能寐。就像李白《长相思》诗中：天长路远魂飞苦，梦魂不到关山难，长相思，摧心肝。

玉秀从小到大没有出过远门，走得最远的就是黔河城，而且仅去过两次，对外面的世界显得很陌生。明桂外出打工两年多了还没回过一次家，玉秀除了种好自家的承包地，还隔三岔五地去明桂家帮助未来的公婆做点事。明桂没按临走时两人的约定回家结婚，玉秀心里急，又怕爹娘知道了埋怨，常常独自一人在坡上落泪。定了亲的未婚青年长期分离那种思念的心情旁人是难以理解的。她给明桂写信，寄出去后一个月都没见回信。

这天晚上，玉秀悄悄对娘说：“娘，我想去江城找明桂哥，如果那里好，我就同他一起在江城打工好吗？”

当娘的当然知道女儿的心思：“你去也好！只是你从来没有出过远门，一个人出去让娘担心。”娘拉着女儿的手，泪眼婆娑。

“娘，我都这么大了你还担心个啥，你看寨子里的年轻人都出去了，不怕的，明桂哥住的那个地址，我闭着眼睛都能说出来，路长在嘴巴上，我多问几个人总能找到他。”见她这样说，娘默默地点头同意了。

临走前，玉秀去了明桂家，告诉未来的公婆自己要去江城找明桂。

告别了爹娘，在杉树岭街上坐中巴车到了黔河火车站，一下车，远远地看见车站广场上黑压压的一片人头攒动，售票厅里人山人海，挤满了南下或北上打工的人，长长的购票队伍从售票窗口一直排到了广场中央。

第一次出远门的玉秀被眼前的情景吓住了，她不知道买票该去哪个窗口排队，背着包提着箱子的她根本挤不进，站在人群后面又看不清各个窗口牌子上的字；去问讯处，窗口前也挤满了人，根本靠不拢去。急得满头大汗的玉秀顿时没了主意。正待她着急之时，旁边一位三十多岁的大姐轻柔问道：“妹子，出门看阿哥去？”玉秀随口应道：“嗯。”

玉秀细看大姐，轻声问：“请问大姐，到江城的火车票在哪儿排队买票？”

大姐转身仔细打量了玉秀，忽闪着狡黠的笑容问：“妹子是第一次出远门吧？”

“是的，我去江城找打工的明桂哥，他是我的未婚夫。”

大姐笑道：“这就巧了，我和老公也是去江城打工，咱们路上还可做个伴。”

说着，大姐用手指着前面：“3号售票窗口前穿深咖啡色皮夹克那位就是我老公，我俩也是去江城。”

在这里遇到了同路人，玉秀心里一阵高兴，这一路上也就不用担心了。

大姐走到前面，同排队的老公耳语了几句，回来小声对玉秀说：“妹子，排队的人太多，我叫老公等会儿多买一张票，免得你再排队了。”

玉秀高兴地说：“那就麻烦你们了，票多少钱一张？”

“225元一张。”

玉秀把放在内衣口袋里的钱掏出来数了数递给大姐：“那就谢谢你了！”

大姐拿着钱，走到前面递给老公：“这是那位小妹的钱，顺便帮她买一张票。”

男子接过钱：“知道啦！”他转身望着玉秀，眼里向玉秀扫过来一丝不易察觉的余光。

买好票，已经到了检票进站的时间，玉秀跟着大姐夫妻俩进站上了火车。

直到火车启动，玉秀一颗忐忑的心才安定下来。一路上，大姐不断地同玉秀套着近乎，热心地解答玉秀的提问。第一次出远门的玉秀太信任面前这位热心的大姐，甚至火车票拿到自己手上，也没有仔细看清自己坐的是那一趟火车，看着两人亲热地交谈，旁边的人都认为她们是亲姊妹。车厢里挤满了人，玉秀他们三人还好，挤在一张椅子上还都有座位。

列车员推着餐车一路叫卖过来，大姐递钱过去买了三份盒饭，她递给玉秀：“给，妹子，这份是给你的。”玉秀摆着手：“你们吃，我自己买。”

大姐笑道：“出门在外，妹子就别见外了。”说着把饭盒轻轻放到玉秀面前：“吃吧，别客气了！”事已至此，玉秀不好再推辞。

第一次出远门就遇上这么热心的好大姐，真让玉秀心里感到过意不去，娘还说出远门不容易，那是没有遇上热心的大姐，她心里感到暖暖的。

火车隆隆向前奔驰，想着明天就要见到阿哥了，玉秀心里像吃了蜜一样甜，伴随着列车铿锵铿锵的节奏，玉秀感到抬不起眼皮，趴在小茶板上迷迷糊糊地睡着了。

第二天傍晚，火车穿过大瑶山隧道群后，在一个车站停了，大姐拍了拍还趴在小茶板上迷糊的玉秀：“妹子，醒醒，我们下车了。”

玉秀：“嗯！到了？”揉了揉眼睛，没容多想就背上背包，提着箱子，跟着大姐两口子下了火车。出了站，玉秀无意中抬头看了一眼站牌——韶关站，她一下子警觉起来："大姐，我们是到江城去，怎么在这里就下车了？"

大姐一怔，随后嫣然一笑："妹子，你要去的地方离这个站近一点，如果到江城下车还要倒回来走一截，反倒远了，所以我们在这里下车，别担心，等会儿有车来接我们直接进城去，你跟着我们放心好了。"

从来没有出过远门的玉秀仍然有些疑惑地看着大姐，张嘴想说什么又没有说。大姐拍了拍玉秀的肩膀："妹子，别担心，去你阿桂哥那里没多远了，他们不是住在郊区，离江城城里不是还有几十公里路吗？我们这站下车还近一点。两天没有好好吃饭了，我们先去饭馆吃饭，等会儿车来了就先送你去阿哥那里。"

玉秀心里仍然犯嘀咕，只是一路上受了大姐的照顾嘴上没好再问，只得将信将疑地跟着大姐走。

出站不远的一条支路上，大姐带着二人来到"悦来饭店"，店老板从里面迎了出来，嘴里亲热地招呼："大姐请里面坐！"看那模样他们早已是熟人。

拿着菜单大姐点了菜，只一会儿，青椒炒肉丝、粉蒸排骨和虾米冬瓜汤来了，大姐说："我进去把碗烫一烫，这些个小馆子碗都洗不干净，让人吃着心里犯腻。"

拿着冒着热气的碗过来，大姐舀了一碗虾米冬瓜汤递给玉秀："广东人都说吃饭先喝汤苗条又健康，来，妹子，先喝碗冬瓜汤开开胃。"随后又给大哥和自己也舀了一碗。

玉秀接过散发着香味的汤："谢谢大姐！"

看着玉秀喝汤，大姐笑问："这汤好喝吗？"

玉秀点头："嗯，好喝。"

"多喝点先暖暖身子。"说着大姐大口地喝着汤，大哥也大口地喝着汤。

半碗热汤下肚，玉秀额头上沁出汗来。突然，她眼里瞥见大姐正与老公的眼神相互交流，点头微笑，她心里咯噔一下：难道……

这时玉秀突然感到头昏脑涨，坐立不稳，眼睛睁不开，终于，她倒了下去，在落地的一瞬间，大姐上前抱住了她。

小饭馆外，刚到门口的长安面包车鸣着喇叭，是大哥刚才打电话预约的司机到了，两口子急急忙忙把饭菜塞进肚里，大姐摸出两张百元大钞递给小店老板："不用找了。"老板会意地点了点头，脸上露出一丝怪异的笑容："大姐慢走，欢迎下次再来！"

大姐急忙同老公一道把昏迷的玉秀抬上车，关上门，向司机点点头："麻烦大哥了！"司机是老熟人了，按了一声喇叭，叫一声："坐好啦！"开车走了。

天黑了，长安面包车开着大灯，沿着蜿蜒崎岖的乡村公路向前跑着，大哥坐在前排副驾驶位置打电话与人联系。半夜12点，面包车来到一个偏僻的小山村，停在一家泥石垒起来的老房子跟前，大哥跳下车上前敲门。

灯亮了，一个四十多岁的独眼男人探出头来，看了来人，低声问：“货来了？”

“货来了！”大姐媚笑着指了指仍在昏迷中的玉秀：“你验验货，标准的黄花闺女，就按上次说的两万元，咱们一手交钱一手交货。”

独眼男子开了门，大哥与司机把玉秀抬进屋，平放在床上，大姐道：“今晚估计醒不了，明早保证活人一个。”

独眼男子将屋顶的100W大灯打开，先用手对着鼻孔试了试，玉秀正均匀地出着气酣睡，独眼男子对着玉秀淫笑端详，伸手褪下玉秀的裤子弯腰探头看了个仔细，用他那粗糙的大手一遍又一遍抚摸玉秀胯下细嫩白净的皮肤，玉秀的眼睛一直紧闭着，灯光下，一张粉红的脸庞秀气迷人。经过这一番折腾，独眼男子才流着哈喇子站立了身子，对身旁的两人连声称赞：“好！好货！”随后，他才转身从抽屉里拿出两沓钱：“给，今天下午你打电话后我才现去街上信用社取的。”

大姐接过独眼男子递来的钱：“还是大哥你干脆，咱们当着面人钱两清。”说着，把钱一张一张对着灯光仔细验过，放进挎包里：“大哥看好，货真价实的黄花闺女，今天你算捡着了。”

独眼男子淫笑道：“有劳嫂子了，咱们要的就是货真价实的黄花闺女，今后要再有这样的货色，给我堂兄也弄一个来。”

大姐挤着眼：“货有的是，只要你把钱准备好，哈哈哈！”

面包车的喇叭响了，一对拿了钱的狗男女出了门，跟着面包车往回走了。

清晨，一缕阳光从泥墙上的栅栏小窗照射进来，黑暗的小屋顿时有了光亮。沉睡中醒来的玉秀，药性过后脑子还有点胀痛，被原始野蛮的兽行蹂躏了一整夜的她，此时正躺在血泊中，苏醒后感到下身似有千万把刀在撕割，锥心地痛，她艰难地伸出右手，在下身痛处摸了一把，湿漉漉的，把手缩回来，一股血腥的气味扑鼻而来，她使劲睁开迷糊的双眼，滴淌着鲜血的手顿时把她吓哭了。

她忍着痛抬起头向下身看去。“哇！！”她惊叫了起来。原来，她发现自己全身赤裸，正被一个长相粗俗丑陋、身体强壮有力的独眼老男人半搂在怀里，身边雪白的毛巾上一摊鲜红的血迹，她忍着疼痛，惊恐地挣扎着坐起来，推开独眼男子：“你是谁？我这是在哪里？”

“我是你老公，这是在我们家里。”那男子揉了揉惺忪的眼，操着粤北的客家话，有些高傲地回答。

“家里？”玉秀脑子嗡地一下，似有所悟，又似乎还在云里雾里，脑子里慢慢地回忆起昨晚吃饭的场景，心里顿时明白自己是遇上报纸上说的“人贩子”了。

一定是“大姐”趁进厨房烫碗时给她下了药，对，肯定是这样，喝了汤后自己就什么都不知道了，在家时曾经听人说过人贩子的故事，自己一定是被大姐他们给卖了。难怪一路上大姐这么热心照顾，而自己竟然没有察觉，她痛恨自己，手捂着脸伤心地哭了，她扯自己的头发，扇自己的耳光，她问自己干吗要喝下那碗汤？

独眼男子昨晚野兽般地翻上倒下，骑在昏睡中的玉秀身上倒腾了一夜，直到凌晨尽兴后才倒下睡觉，这会儿他困顿极了，回答完话后头一偏又睡着了。不一会儿，打着呼噜的他被大声哭泣抓扯他的玉秀闹醒，他烦躁地转过头，伸手就是一个大耳巴子扇在玉秀脸上。玉秀粉嫩的脸颊上顿时留下五个血红的指印，殷红的鲜血顺着嘴角流了出来。

原来“大姐”夫妻俩正是人贩子，女的姓郑，名玉麟，跟着老公姜板成，早先在城里摆地摊，两人都是那种好吃懒做之辈，见这起早贪黑的买卖赚不了几个钱，就打起了歪主意。一次偶然的机会，郑玉麟听说拐卖妇女儿童能挣大钱，同老公一合计，就干起了这罪恶的勾当，广东、福建、山东是他们常去的地方。光是粤北山里，他们来来去去已经不下十趟了。

这次他们把玉秀骗到粤北大山里卖给这个独眼男人当媳妇，独眼男子姓江，名贵生。其父曾是十里八乡远近闻名的恶棍赌徒，一次寻衅滋事，被人活活打死扔到河里，由于当时正值“文革”时期，此事被不了了之。

从小失去父亲，缺少管教的江贵生，打小就脾气暴戾，读中学时与同学斗殴，用菜刀把别人砍伤，自己也被对方的同伙打爆了左眼，被学校开除。离开学校的他成天游手好闲惹是生非，成了乡里有名的“泼皮赖”，直到前几年整顿社会秩序，他被送去劳教两年，放出来后才有所收敛。

游手好闲惯了的江贵生什么活也做不来，为了生活，在乡场租了个门面做点小生意。远近的乡亲都知道他的秉性，没有谁敢把自家姑娘往虎口里送，以致四十多岁的他还单身未娶。

江家还是土改时分得的老式的土夹石砌的房子，墙体厚实，每间房只在墙的高处才有一扇不大的透气窗，窗口有粗壮结实的木棍栅栏。

这里是粤北大山里的小山村，远近的姑娘大都去沿海打工或远嫁他乡走了，山里家庭条件稍差的人家就很难娶回媳妇，江贵生的男性亲戚几乎都是买的媳妇，在这里，没有人认为买卖媳妇违法。

为了防止玉秀逃跑，早上临出门前，江贵生拿出早已准备好的特制不锈钢项圈，圈上带有几米长的不锈钢链条，像拴狗一样套在她脖子上，链条的一端扣在笨重木桌的横档上。吃过早饭，江贵生将卧室锁了，吩咐老娘道：“你在门口好生看着，我去镇上摆摊走了。”说完骑着摩托去了。

老娘坐在门外看守，对于像狗一样被套着的玉秀她仍然不放心。中午，老娘开门进来，见玉秀还蜷缩在床边，身边一摊殷红的污血，她皱皱眉头，铲来灶里的柴灰撒在血迹上扫了，从铁锅里端出饭菜放在桌上，朝玉秀喊了一声：“丫头，别坐在地上，该起来吃饭了！”

玉秀在地下没有动，她又喊了一声，玉秀仍然蜷缩在地上没有动，她顿时怒火升起，恶狠狠道：“不怕你犟，老娘就看你能饿几天，还怕治不了你，哼！”

走出门去，啪的一声关了门，重新上了锁。

这老娘六十多岁，早年死了丈夫，一个人独自带着儿子，她脾气暴躁，一张麻黑的长脸，眼睛凹陷，门牙外凸，活生生一个安徒生童话里的老巫婆在世，由于男人早死，儿子从小不争气，生活早已把她磨炼成了一个凶悍强壮的女人。

晚上，江贵生回来，吃了饭进屋，一眼瞅见桌上早中晚的饭还原封不动地放在那里，气就不打一处来，对着玉秀怒吼道：“怎么，你还想跟老子玩绝食？我就看你能饿几天，老子不信整治不了你个臭娘们！”说着顺手把门关了，过来取下玉秀脖子上的项圈，像抓小鸡一样抓住玉秀扔到床上，眼里充满邪火。

玉秀惊恐地望着他那只邪恶的独眼：“你，你又想干什么？”

这江贵生一身贼肉身强力壮，见玉秀反抗，顺手就是狠狠的一巴掌，打得玉秀两眼直冒金花，口鼻的血一下子喷了出来。

听见屋里儿子的叫骂，老娘一把拉开门冲了进来，伸出鹰爪紧紧按住玉秀的双手，让儿子腾出手来。江贵生几下扒光玉秀的衣服，一个跨步骑在玉秀柔弱的身上发泄，完全不顾玉秀惨烈的哭泣反抗。

连续几天，江贵生每天晚上都要强行在玉秀身上发泄，稍不如意就是一阵拳打脚踢，玉秀被打得鼻青脸肿，旧伤未好又添新伤，浑身上下没有一块好肉。

玉秀是一个刚烈的女子，她反抗绝食了几天、哭泣了几天，人虚弱得连说话的力气都没有了，即使如此，这对恶魔母子对她的折磨和看守仍然不放松。老娘说：“你是我们花两万元买来的，必须老老实实听从我们的话，服侍好你的老公，今后若能给我们江家生个一男半女才可以给你自由。”

老娘的话，骤然让玉秀明白了自己眼前的处境，她是个聪慧的女子，惨遭蹂躏极度虚弱的她沉静下来思考：明白了哭闹绝食在这两个毫无人性的禽兽面前没有用，如果再这样刚烈下去，结果就只有死路一条，而且家里人还不知道，不如先假意顺从麻痹他们，再想办法逃走。

想通后的玉秀不再绝食开始吃饭了，江贵生要她上床，她也不再反抗（反抗不会有结果）。老娘见买来的媳妇变了，对江贵生说："贵子，我说媳妇是打出来的嘛，想当年老娘不愿意跟着你那死去的爹过日子，还不是被他打怕打服了。你看才几天，就把你媳妇打服了，现在看来，还有点儿像跟你过日子的样子，你今后也少打她，叫她养好身体早点给咱江家生个儿子。"

江贵生点头："嗯，儿听娘的。"这话被玉秀偷听到了，心里顿时有了主意。

几个月后的一天，戴着项圈链条正在煮饭的玉秀突然倒在灶台上抚着胸口："心里不舒服，想吐。"老娘看玉秀脸色的确不好，进卫生间拿来盆子放在她面前，玉秀低头，哗啦啦地把早上吃的东西全吐了出来，吐得昏天黑地，泪水长流。接连三天玉秀都是这样。

这天吃完早饭，老娘对儿子说"贵子啊，是不是你媳妇有喜了，这几天吐得不行了，我看上医院去检查一下吧。"

儿子将信将疑地看着玉秀，见她依偎在床的一角轻声呻吟，他打开屋里的大灯，见玉秀脸色蜡黄一副病态，这才点头："我去隔壁叫车。"

出门前，江贵生把玉秀脖子上的项圈链条取下，扶她上了堂兄的长安面包车，堂兄鸣笛正准备启动，老娘锁了门跟了过来，堂兄问："二娘也去医院吗？"

"去，我怕你们男人家去医院说不清楚。"儿子知道老娘这是不放心，怕是玉秀在耍花招，路上要好好看住她，免得让她跑了。儿子开了车门，老娘上来，紧靠着玉秀坐了，一路上玉秀脸色非常难看，一直打着干呕。

到县人民医院挂了号，母子二人陪玉秀来到妇产科，妇产科廊道处有一扇大门，江贵生扶着玉秀正往里走，看门的护士过来，指着门边的牌子："男同志不能进去！"江贵生歪着头看，牌子上赫然写着：妇产科男同志请勿进入。江贵生见了干瞪着眼没说话。

老娘说："你就在这儿守着，老娘陪她去。"她只身扶着玉秀进了妇产科。在孕妇检查室外的长椅上等候。几分钟后护士叫号："10号进去。"玉秀举着号正要进去，老娘站起来："我陪你一同进去。"

护士说："大娘，医院有规定，孕妇进去检查，家属请在外面等候。"老娘不放心地探头仔细看了诊室，见是里外两间诊室，但只有跟前的这个门进出，这才放心退回坐在长椅上候着，玉秀只身随护士进屋，护士随手关了门。

诊室里就一个女医生和一个护士，进屋后玉秀扑通一声双腿跪下，轻声哭道：“医生求你救救我，我不是来检查怀孕的，我是来求救的。”

医生惊诧，但猛然明白，这种事她经历过，轻声道：“小妹别急，慢慢说。”

玉秀说：“我是重庆黔河人，三个月前被人贩子拐卖到山里，在他们家里，我被他们用钢圈套住脖子，上面拴着链条。”说着，玉秀解开衣服，让医生和护士看自己身上的累累伤痕。

玉秀轻声讲述着每晚的遭遇，字字血声声泪，凄厉的哭诉激起了医生的同情，她迅速拿起电话，拨通了医院保卫处：“请你们快到孕妇检查室来，这里有被拐卖的妇女需要帮助。”

玉秀继续轻声哭着讲述几个月来的遭遇：“……我看确实没有机会逃离，才想出了假装怀孕让他们送我上医院的办法。”

“那你怎么在他们面前表演呕吐呢？”医生问。

玉秀从衣袖里摸出一根鸡毛：“我悄悄用它在喉咙里扫几下就呕吐了。”

医生笑了：“想不到姑娘你还会这个办法。”

说话间，外面敲门：“张医生开门，我们来了。”

医生说：“保卫处来人了，姑娘别怕，就把刚才说的话再给他们重复一遍。”

穿着便服的保卫处人员进来，是一高一矮两个人，护士随手把门关上。张医生指着玉秀：“就是这个姑娘，从重庆被拐卖到山里，假装怀孕向我们求助来了。”

玉秀把刚才的话简要重复，又把身上的伤痕展示给两人看，哭着：“婆婆就在门外，买我那个男人叫江贵生，在妇产科大门外。”说话时她仍不停地颤抖。

大高个说：“姑娘别怕，有我们在他们不敢，等会儿你只需配合我们就是了。”

护士打开门，玉秀指着门外坐着的婆婆：“就是她。”大高个走到婆婆面前，亮出证件：“我们是医院保卫处的，有事找你询问，请你跟我们走一趟。”

婆婆一惊，正要撒泼，抬眼看见来人亮的证件，立刻软了下来：“我一个老婆子，你找我做什么？”

“想请你配合我们调查一宗案子。”矮个子的干事说。

大高个对矮个子的干事说：“小李你就在这里看住大娘。”随后，他向玉秀使了个眼色，玉秀会意，神情自然地向门口走去。

大高个跟随玉秀来到廊道口，玉秀指着正在四处张望的江贵生：“就是他。”

大高个上前亮出证件：“我们是医院保卫处的，有事找你询问，请你跟我们走一趟。”

江贵生一惊，见玉秀跟在后面，知道大事不好，猛然转身准备逃跑，被后面一位同来但没有露面的便衣挡住：“站住，我们只是有事找你询问，请你配合。”

江贵生愣了，突然发力挺身向面前的便衣撞去，便衣没想到江贵生不配合，被撞倒在地，只见他迅速地一个鲤鱼挺翻身跃起，大叫："站住，不准跑！"

正在这时，县公安局的警察赶到了，见江贵生行凶后想跑，堵在了他的前面："站住，跑不掉了！"原来是医院保卫处的大高个刚才来之前及时告知了县公安局，请他们速来配合。

正同小李出门的老娘见状，急叫："贵子，别跑了，媳妇是我们花钱买来的，又不是抢来的，怕什么！"

江贵生站住，警察怕他再行凶或再逃跑，掏出手铐上前将他铐了。

经过几个月炼狱般的折磨，玉秀终于被解救了，在县公安局，陈警官问她："林玉秀，你现在是回家还是继续去江城？"

她毅然回答："去江城找我的未婚夫！"玉秀把明桂的住址和电话写在纸上，陈警官拨通了明桂的电话，证实情况后替玉秀买了去江城的火车票。

玉秀长跪在地声泪俱下："谢谢你们救了我！"

火车到达江城，在火车站出口，玉秀终于见到前来迎接她的明桂哥，抱着明桂，玉秀痛痛快快地哭了："阿哥呀，妹子找你找得好苦……啊！"

明桂噙着泪水："收到你离家之前给我来的信，就一直着等你来，可左等右等都不见你的身影，这才写信回家去问，说你已经出来几个月了，这下可把我们急坏了。昨天接到韶关公安局的电话，才知道你被人贩子骗了，算你聪明，演了这么一出戏，才把自己给救了。"

"阿桂哥，我对不起你，我把人贩子当作了活雷锋，才被骗到大山里给一个独眼男人当媳妇，他们怕我跑了，把我像狗一样用项圈链条套在脖子上，稍有不服从就拳打脚踢，不把我当人，我看绝食哭闹不顶用，才假意顺从他们，再想办法逃走，于是我……"玉秀字字血声声泪，讲述几个月来的遭遇。

看着哭成泪人的玉秀，明桂流着泪："秀妹，是哥不对，是哥对不起你，才让你受了那么大的罪……"

周围下车的人望着这对哭成一团的恋人，不知道出了什么事。

"阿桂哥，我现在已经是个脏人，不配做你的媳妇了……"话没说完，玉秀又哭得死去活来。

"谁说的，玉秀，你永远都是我的媳妇。"看着面容憔悴、瘦骨嶙峋、遍体伤痕的玉秀，明桂轻轻地拥抱着她："玉秀，这不能怪你，你是为了来找我才受骗落入虎口的，你是为我受的罪，这都怪我无能，怪我过年没有回去，不然，你也不会千里迢迢来江城找我，受人贩子的骗。”

听着明桂发自肺腑的话，玉秀泪眼蒙眬地望着他：“阿桂哥，我们再也不分开了。”她张开双臂，紧紧地抱住明桂，生怕他在面前消失，滚滚热泪再次涌出了双眼。

“再也不分开了！”明桂流着泪喃喃重复。

“玉秀，来了就留下来在江城打工吧，多挣点钱今年过年我们回家就把酒席办了。”

玉秀抹着泪点头：“阿桂哥，我听你的。”抱着明桂，玉秀把乖巧的嘴唇紧紧地贴在他棱角分明的脸上。

明桂带着玉秀去了中山医科大学附属医院做伤情检查，看着她满身的伤痕，医生建议玉秀住院观察治疗一段时间，玉秀不肯：“那要用去多少钱啊，麻烦你给开点药，我们回去自已擦洗，再开点吃的药就行了。”

医生见玉秀坚持不住院，摇着头给她身上的伤包扎后开了药，并嘱咐：“两天后来换药，下周再来挂号复查。”

夕阳落到了山边，已是初夏的江城城里姹紫嫣红，绿树成荫，明桂拉着玉秀行走在回家的路上，两人轻声地谈着，久别重逢的幸福荡漾在玉秀心中。

第二十三章 城市边缘人

社会学家说："东部沿海一座座现代化城市的崛起，沿海工业的高速发展，何尝不是这些衣衫褴褛进城打工的农民带来的呢？这些从贫困山区走出来的农民工，用他们不畏艰苦的精神和勤劳的双手推动着中国的崛起，城市的每一栋高楼大厦里都有他们的汗水，每一件工业产品里都凝聚着他们的希望。"

当一缕霞光从东方喷薄欲出时，整座城市又苏醒了，沐浴在金色的阳光下，栋栋楼房掩映在翠绿的树木里，安静朴素。朝霞漫天，沿河的柳树、榕树、香樟与浮云一起倒映在江水里，林荫树下晨练的人们在轻柔音乐的伴奏下翩翩起舞。

清晨，这群居无定所为生计忙碌的打工仔，匆匆吃了早饭，步行4公里去建筑工地上班，他们舍不得花1元坐公交车，省下的钱又可以买两个馒头充一顿早餐了。南方的山岗在天洪眼里是那样的熟悉亲切，与梦中的家乡一样，眼前这片正在开发的旷野里，淡蓝的小花以及斑斓的小蕈，在树下静静地站立着，小蜜蜂和花蝴蝶们抖动着翅膀往来翩飞，松针上的小水珠亮着点点斑斓的阳光，水鸟们成群地从远处飞来，落到已经荒芜的稻田水面上，惊得悠游的小鱼儿慌慌张张地钻入水草下躲藏起来，在天洪眼里，这里的一切都是美好的。

夜里，远处是灿烂的万家灯火；近处是小街杂乱暗淡稀疏的灯光，在主城边缘的城乡接合部，这片早已经圈定等待拆迁的小街，是几千名与天洪一样的农民工兄弟晚上赖以栖息的地方。

尽管被城里的霓虹灯光看花了眼，静下来的时候，这些进城的农民工最思念的还是留在家乡的亲人。结了婚的人，最思念的还是与自己抱着亲热的老婆。

彭酉亮说："城里人下班回家有老婆抱，咱农民工的被窝里就只有赤条条的自己，一天两天还能忍受，半年一年……都憋出病来了，这些事搁在城里人眼里是一无足轻重的小事，在咱农民工眼里，这是一件同吃饭一样重要的事。"他说不下去了，眼里闪着泪花，家里老婆身体不好，还要照顾年老的双亲和儿女。

说起老婆，四十多岁的王福来竟哭了起来，长期在外打工，老婆在家照顾两个孩子和瘫痪在床的老爹，耕田犁地的重活让原本身体不好的她承受不了，夫妻长期两地分居让她产生了离婚的念头，去年她竟抛夫弃子跟着邻村的一个包工头私奔了，留下一双未成年的孩子和病床上的老人。

太阳刚刚落下了地平线。城里的人忙着下班往家里赶，一时间，大街小巷人头攒动，道路拥挤。随风飘来远处卡拉OK厅传出的音乐，天渐渐地黑了下来，四周一片漆黑，唯有建筑工地灯光通明、机器轰鸣。工地上人声鼎沸，打工兄弟们还在挥汗如雨地忙碌，李友正叹了口气：“知道兄弟们早已经饥肠辘辘，可工作摆在这里，大家忍忍，再努把力，连续浇注完了才放得了工。”

明桂问：“哥，还有水吗？”天洪摇了摇水壶：“还有一点，兄弟拿去喝吧。”

明桂接过水壶喝了一口，又将水壶递还给天洪：“哥，还有一口，你喝了吧。”

天洪叹了口气：“在这前不着村后不着店的工地，打工的人只得喝口凉水收紧裤腰带，再接着干吧。”

直到远处的万家灯火慢慢熄灭，建筑工地上的机器才停止了轰鸣。

郑中材肚子饿得难受，胃里像有千万颗钢针在乱扎，他的老胃病又犯了，只得拿起随身携带的水壶，喝了一口凉水。这种干法几年下来，他的胃溃疡更严重了，最近常犯，一痛起来腰都直立不起。没有医保，去一趟医院动辄花几百元，他舍不得，只得这么熬着，顶多就是去小街的药店买点止胃痛的药。

天洪抬头，见中材痛得满头大汗，脸部抽搐得变了形，他伸手在衣服的几个口袋里摸索了一会儿，终于从内衣口袋里摸出两块花生奶糖，是前天翠柳厂里小姊妹结婚带给他的喜糖，他放在口袋里几天了没舍得吃，见中材满手泥污，他剥了糖纸将糖递到中材口里：“兄弟，来，含颗糖稳稳心。”

中材用衣袖抹去涌出的泪水：“谢谢洪哥！”

“兄弟，我听医生说，像你这种有胃溃疡的病人，每次加班前应该随身带几颗糖或几块苏打饼干，避免饿了胃酸分泌太多引起胃痛。”

刚才浇注大梁不小心扭了腰的小涛蜷缩在墙角直不起腰来，不断地发出轻微的呻吟，脸上露出痛苦的表情，李友正过来坐在他旁边水泥板上，轻轻把他扶了过来：“兄弟，你趴在我大腿上，我给你揉揉。”

苗山上年龄稍大一点的人都会一点推拿按摩，以便有个三痛两病时能应急。李友正从腰上小口袋里摸出随身携带的小药瓶，拧开瓶盖，倒出一点自制的药酒在手心，替小涛按摩着。好一会儿，小涛才慢慢直了身子，长长地出了一口气。

“兄弟，你慢慢扭动腰试试能行不？”李友正看着小涛。

小涛扶着友正的肩膀慢慢站起来，左右活动腰试了试，含泪道：“谢谢友哥，按摩后感觉好多了，不然今天真要走不回去了。”

月亮早已升上了天空，城市里慢慢安静下来，大路两边高楼里星星点点的灯光渐渐稀少了，忙碌了一天的人们早已进入了梦乡，这群筋疲力尽的汉子，才拖着疲惫的身子，捂着饿得贴着背脊的肚子，互相搀扶着慢慢往回走。

几年来天洪心里一直存在着一个疑问，他思考了但始终找不到答案。一天晚上，他问李友正："友哥，你来江城都 16 年了，算起来你在家务农的时间没超过 12 年，那你说说，你现在算不算是一个城里人？"

"那不可能，啥时候咱都算不上是城里人。"李友正想都没想就做了回答。

"嫂子也在附近打工，为啥没想到在这儿买房安家？"

"买房得有当地户口，咱没有那么多的钱，也从来没有想着长久地住在这儿。"

"那多不公平啊，在这干二三十年，凭啥咱老了就非得回农村去？不能像城里人老了拿退休工资颐养天年。"

"啥公平不公平？人家要啥有啥，有房有车，娃儿上学有保障。城市不吸收你，你就是花个十万八万元买个户口也是个空户口，你在江城买不起房，公司没有给你缴纳'五险一金'，在江城住着你老了干不动了吃啥？你病了住医院钱从哪儿来？你靠什么生活？"

几句话把天洪给问住了，一直积淀在心中的疑问也一下子有了答案。

外出打工以来，他始终在问自己，我们这群打工仔的身份算什么？工人还是农民，像李友正他们这些已经在城里打拼了一二十年的人的身份又算什么？

李友正说："乡下和城市有很大的差别，小时候，就常听下乡到我们那里的知青大哥们说起城市里的高楼大厦、车水马龙，这些词语对我来说早就耳熟能详。"

天洪点头："小时候，城市对我们来说是身不能至，心却早已向往的地方。真正进城打工之后我才发现，城市远非我们想象的那么简单和美好。"

"是啊，现实和想象之间的差别，反倒让我们对城市越来越陌生了。"

天洪点头："大哥的一席话总算让我明白：原来，我们只是一群徘徊在城乡之间的人。我们因为贫穷不得不来城里打工挣钱，在城市里，别人始终把我们看成乡下人，我们也从来没有认为自己是城里人。"

"正是对城市抱有亲近和融入的梦想，我们才跋山涉水、背井离乡来到城市。正如一首民谣唱道：身上沾满泥浆，脸上挂着汗花，为了一个梦想，不远千里外出，进城打工的人，哪里才是故乡？"小涛说得泪流满面。

天洪说："打工的人一分钱攥在手心里都能攥出水来，来江城后我最奢侈的就是花 80 元给自己买了件厚实的老式夹克工作装。"

友正说："生活上的艰苦还能忍受，最让打工仔感到不公的是公司不给我们缴纳'五险一金'，按说，国家社会保障法是有规定的，公司同我们签订了合同，就必须履行法律义务，《劳动法》第七十二条明文规定：用人单位和劳动者必须依法参加社会保险，缴纳社会保险费。如果就靠我们手头这点工资，各种社保都自己拿钱出来缴，还能剩几个钱？”

说到单位缴费，酉亮愤愤不平：“有哪个单位愿意给你缴‘五险一金’，我出来打工也有十多年了，换了几家建筑公司，早就听说国家有规定，凡是正式签了合同的工人，用人单位都应该给他们缴费，可实际上没一家公司愿意给我们缴纳，你说叫我们农民工怎么体面地在城市安居下来，等我们做不动了，在城市享受不到退休工资和医疗保险，你住在城里吃啥？你病了咋办？”

中材说：“依我看，要想成为一个城里人，第一个‘拦路虎’就是高房价。我昨天无意中看了一下江城的房价，单靠我们的打工收入，几乎不可想象。即便像友哥两口子都在城里打工，除去生活必要的开支，这几年的收入最多够买一间房，友正哥你说呢？”

友正点头赞同：“中材说得对，打工人确实不敢往这方面想。”

像小涛这种“80后”“90后”的年轻人，从他们走出家门的那一刻起，就没有想过再回家去拿锄头，他们踏上的是一条进城打工的不归路。离开家乡，回家就只是看望家人。

小涛，这个来自湖北恩施的土家族青年，自从走出家乡的那一步开始，就立下一定要干出个人样的志向。无奈打工生活并不如意。一年打工下来除去必要的开支，剩余部分不过一万多一点。小涛的媳妇怀了孕，上坡去种麦子时摔跤造成大出血，送到医院没有抢救过来。如今四年过去了还没能续上老婆，不是他不想续娶老婆，是现实的情况让他望而却步。对于他来说又不愿意回老家去娶个农村姑娘，重复老爹过的日子。

天洪问：“小涛，出来打工几年了还单身流浪，想没想过在江城这边再结婚安个家？”

小涛眼圈红了：“我出来打工七年了，剩余的钱加在一块在江城还买不到一间小小的厕所，就凭无房无车无钱的穷样，有哪个条件好的姑娘愿意下嫁给我。”

小涛的话让农民工出来打工的意义完全坍塌了。他这个年龄段的年轻人与友正、天洪、王福来他们不同，中年人打工也很苦很累，可他们打工只是一个手段，通过打工的方式挣点现钱，是通向美好乡村生活的道路，他们能接受回老家盖房子，对他们来说农村是一条退路，是他们年老后的归宿，城市的苦和累只是眼前的过渡性阶段。但对小涛这种十几岁、二十来岁的新生代农民工来说，奋斗的目标是在城市安生下来，他这个年龄段的年轻人多数不会务农，又不愿回到农村，打工成为漂在城市赖以生存的手段。

漂泊的生存状态使得小涛不时地询问自己："我是谁？我是农民还是工人？我是城里人还是乡下人？我到底是什么？"

宋立升说："我们这些年轻的农民工，不管在饮食起居、穿衣戴帽、交友观念，甚至文化消费等方面，都不遗余力朝向城市生活方式靠近。"

西亮说："在城里打工，住在临时搭建的工棚或合租房里不是一件心情愉快的事，打工人应该享受的'五险一金'被老板忽视掉了，我们享受不到城里人普遍享有的'五险一金'，我们不属于流血流汗打拼的城市。"

天洪说："我们是城市边缘人，农民是我们的身份，工人是我们的职业。"

林小涛："城里人叫我们农民工，也就是这个意思。"

天洪他们参与新建的别墅小区竣工交付了，看着一辆辆高级轿车载着西装革履的老板和珠光宝气的夫人到来，趾高气扬地在那里评价着眼前的新居，指手画脚地挑剔房屋细节，拿着放大镜在找瑕疵："喂，过来看看，怎么搞的，这墙上的瑕疵，还有楼道，你去看看，比你家的老家婆的脸还要粗糙。"让辛辛苦苦干了几年的工友们的心里很不是滋味。

一栋栋别致的小洋楼，坐落在绿树花丛中，楼前的小花园里各种奇花异草姹紫嫣红煞是漂亮，天洪心里却似五味翻腾，不是滋味，看着眼前的情景，心里的那般苦楚也越浓，他感叹道："这人和人硬是不同，我们修建了别墅，却住在拥挤破旧的出租房里，城里的房子再好，可不属于我们。"

天洪记得中学时课文《荷塘月色》中曾经学过一段话："但热闹是他们的，我什么也没有。"那时的天洪还不能完全理解这段话的含意，这几年打工的亲身经历，让他彻底领悟。

走在城市大街上，天洪心里感到不踏实，一想起家乡荒芜的田地，他就觉得楼房在摇晃，离开土地的农民，就像那飘在空中的风筝，东摇西晃随风飘荡，心里怎么会踏实呢？

每天夜里，劳累了一天的天洪回到城乡接壤处的小街，回到十多个人合租的旧房子里，酸臭的汗味和嘈杂的话语声瞬间充满了小屋，城里房租贵，打工人舍不得把钱花在睡觉上，只要放得下一张两尺宽的小篾席和一床被盖就行了，一间小屋里像堆码货物一样住了 12 个人，就是为了节约用汗水换回来的打工钱。

天洪的铺上仅有一床用了几年的竹凉席，这床凉席是老爹把屋后阳沟的水竹砍回来亲手编织的，凉席浸透着老爹的一片心血和拳拳爱子之心，躺在上面，就像躺在自家的木床上，就像躺在爹娘的怀抱里，清凉中透着温馨。

同宿舍的黔河老乡陈祖辉家里有一双乖巧的儿女：大女玉儿和小儿晨晨。七岁的玉儿在乡中心小学读二年级，去年冬至那天，玉儿放学，她像往常一样在学校大门口等爷爷来接，可左等右等不见爷爷来，见同学们都回家走了，就和大她两岁的堂姐菊儿相伴回家。

田里路上结了一层冰，早上爷爷送玉儿上学回家路上，踩在结了冰的田坎上滑了一跤，小腿摔骨折了，躺在家里动弹不了；婆婆这两天病了起不了床，想托人带信给玉儿，可找不着人，院子周围人家都外出打工走了。

路面结了冰太滑，小姊妹俩手拉着手艰难地走着，路过水塘时玉儿脚下不稳，一个趔趄滑入水塘中，还差点把菊儿带下水，菊儿吓坏了急忙伸手去拉她，哪知人小手短够不着，她爬起来拼命呼喊："玉儿掉水塘里了，救命啊！救……命……啊！"凄厉的呼救声在空旷的原野里回荡。

偌大一个村寨不见一个人影，菊儿拼命地叫喊，就是没有人搭话，菊儿嗓子喊嘶哑了，坎上赶场回家的四爷爷听见呼叫，奔过来问："谁掉水塘里了？"

菊儿指着水塘："玉……儿，玉……"

四爷爷双手用力扯掉外衣，扑通跳入三米深的水塘中，摸索了好一会儿才把玉儿抱上来，把手放在玉儿鼻孔，人已经没气了。

听到口信的爷爷，拄着双拐艰难地赶到水塘边，看见乖巧的孙女躺在冰冷的水塘边，已经永远地停止了呼吸，他跪倒在孙女身旁，拼命地呼叫："玉儿，玉儿，你醒醒啊！……"泪水涌了出来。

山鸣谷应，群山回响着："玉儿，玉儿，你醒醒啊！……"

玉儿紧闭着双眼，污水顺着嘴角流了出来，一动不动地躺在地上，抱着冰凉的孙女，过分悲伤的爷爷呼喊着晕倒在了地上。

玉儿没有了，但日子还得继续过。第二年秋天，六岁的晨晨也上学了，村上的小学已经撤销合并到了乡中心小学。晨晨每天上学就成了家里人的一道难题。

陈祖辉回家，看到右脚骨折后一直未痊愈的老爹，每天还要艰难地拄着拐杖接送晨晨，老娘要操心田里坡上，还要照顾这一老一小，实在是忙不过来。他与老婆商量后把儿子带到了江城。老婆周金慧原本在顺德一家电子厂流水线上班，儿子接来后，她辞去了顺德的工作转到江城，去了一家电子厂打工，在这里她属于新入厂的工人，工资一下子就比原来少了三分之一。

晨晨来了，一家三口的住宿成了问题，祖辉见小院西边角落里有一间小偏屋，是原来房东堆放杂物和喂鸡养狗用的，有八平方米左右，他同主人说好，将房子修整收拾好后一家人搬了进去，租金每月 200 元。

为了晨晨继续读书，祖辉带着儿子找遍了附近的几家小学，都因孩子的户口不在江城而不予接收，他们去了区教委几次，也没能解决。眼看孩子失学在家无人照看，又不能把孩子带到人车嘈杂的建筑工地，金慧的电子厂更不允许带孩子上班，祖辉心急如焚，早上上班时间到了，他狠了狠心，拿来铁锁把小晨晨锁在黑暗的小屋里，孩子小，天天哭得嗓子都哑了，闹着要回家，夫妻俩急得不行，望着孩子相对而泣。怎么办？送回老家吧，谁来照看？想起玉儿的遭遇，两口子肝胆欲裂抱着儿子痛哭。

星期五这天，祖辉与同院子住的工友这几天全在工地上加班还没有回来；下班的路上堵车厉害，金慧也比平常回家晚了一点，天黑尽了才到家。

金慧开门一看，小屋里空空荡荡，孩子不见了，她屋里院里找了一转，才发现原本破旧的小屋柴门被晨晨摇下来一块，孩子一定是从破洞里钻了出去，又从小院半截残墙爬出去了。金慧急忙去小街上找，昏暗的灯光下仍然不见孩子的踪影，金慧急了，哭着叫着一遍又一遍地寻找。

晚上九点，祖辉和天洪他们下班回来，听说晨晨不见了，天洪立即叫大家分头在小街和附近的街道工地寻找晨晨。

两天过去了还是不见晨晨的踪影，祖辉绝望了，金慧哭得嗓子哑了昏死过去。

晚上，天洪在出租房里打开在地摊上淘来的老电视机，电视里面正在播放一则儿童招领启事，他一下警觉起来瞪大了眼睛看，电视上出现的正是他们找了两天的晨晨。他急忙出门叫道："祖辉兄弟快过来看，晨晨在电视里找到了。"

祖辉连续几天找孩子没能睡好觉，此刻正在床上迷糊的他听见天洪叫喊，穿着内裤光着脚丫和金慧从小屋飞跑过来，晨晨果然出现在电视里，民警叔叔带着他，正在播放招领启事，金慧抹着眼泪急急催促："辉哥，我们赶快去接晨晨！"

友正拿出手机照着电视里显示的联系电话拨通了民警的电话，祖辉一把抓过电话："民警同志你好，我是你们在电视里招领的孩子家长，对，孩子名叫陈晨，是前天走失的，谢谢你们，好，我们马上就赶过来。"

放下电话，小两口穿好衣服急急忙忙坐了公交车赶到江城火车站民警室，见到了正在哭泣的小晨晨，孩子张着一双惊恐的大眼蜷缩在角落里，一旁的陈警官正拿着饼干在哄他。

金慧快步奔到晨晨面前，一把拉住孩子的手，还没开口就哭了。见到妈妈，晨晨怔住了，随后一下子哭着扑进怀里："妈妈我好想你啊！"

妈妈沙哑着嗓子问："晨晨，你怎么到这里来了？害得爸爸妈妈好找。"

“妈妈，那个叔叔打我，你看。”晨晨伸出小胳膊，亮出手臂上被皮带抽打的一道道伤痕和手腕上被绳索勒出的紫色印记。

晨晨抱着妈妈：“我这里痛。”他用小手指着右边的脸，金慧凑近细看，右脸红肿，嘴角还有明显的血迹。

陈警官说：“今天下午，我们正在火车站候车厅巡逻，远远见到一个小孩坐在地上犟着不走，旁边一位中年黑衣男子凶巴巴地瞪着他：‘走不走？走不走？’黑衣男子见孩子还是不跟他走，一个大耳巴子扇了过去，孩子被打了一个趔趄，嘴角顿时流出鲜血。我们感到奇怪，从大人对待小孩的态度，眼前这一大一小两人明显不像是亲父子。”

陈祖辉问：“那后来呢？”

陈警官说：“我走过去，轻声问孩子：‘小弟弟，他是你爸爸吗？’孩子看了我一眼，满眼惊恐，望着男子不敢出声，那男子正露出凶光直直地瞪着他不出声。我握着孩子的小手安慰：‘孩子别怕，我是民警叔叔。’孩子这才怯生生地说：‘他……不是我爸爸……他是坏人。’我转过身，正要问那男子，只见他拔腿就跑，与我一起巡逻的另外两个民警见情况马上包抄过去，男子见跑不掉，猛力朝正面的民警小李撞去，小李快速地向右闪开，同时伸出左脚狠踢到男子脚腕上，男子一个踉跄扑倒在地，旁边包抄过来的小王一个饿虎扑食飞扑在男子身上，两人合力抓住了这名男子。”

金慧紧紧地抱着晨晨，浑身不停地颤抖，生怕孩子再被人抱走。

“经过审问知道，男子是前天晚上在你们住的那条街转悠，看见孩子一个人在小街上边走边哭，嘴里还不停地叫着：‘爸爸！妈妈！’男子见机会到了，拿出糖果：‘小弟弟，叔叔带你去找爸爸。’孩子将信将疑地望着他，他笑道：‘来，叔叔抱你去找爸爸好吗？’把孩子骗走了，今天正要带孩子离开江城，在火车站被我们抓了个正着。”

祖辉站起来向在场的民警鞠躬感谢，陈警官问：“你们怎么让小孩一个人在街上走？”

祖辉说：“孩子爷爷腿摔骨折了，没法照顾他，我们带他来江城，准备在这里读书，可是联系了附近的学校，说我们没有江城户口都不愿接收，白天上班就只好把他锁在家里，前天我们加班晚了点，他妈妈下班回家遇上堵车，天黑了还没有到家，孩子一个人在黑屋里害怕，就使劲地摇门，那扇门本身就是旧木板钉起来的，被摇垮掉一块，孩子就从门上的豁口爬出来，想上街去找我们。”

领回晨晨的第二天，祖辉夫妻俩带着晨晨，又去了区教委，把晨晨被拐的事说了，教委李主任说：“这类情况太多，如果单独解决晨晨一个人怕其他有孩子的外地家长也来闹不好解决。”

金慧声泪俱下急得给领导跪了下来："李主任，求求你们让孩子读书吧！"

李主任说："我个人非常理解你们的困难，但入学问题的确不好解决。"

祖辉急了，拿起手机拨通了陈警官的电话，陈警官在电话里证实了晨晨被拐，并讲述了玉儿的故事和躺在床上的爷爷，希望教委能酌情给予解决。

听了介绍，李主任拨通电话："喂，是民信小学的谢校长吗，这里有一个被拐骗解救回来的儿童需要暂时在你们学校借读，请你们安排一下，等会儿他们会来学校找你。"

放下电话，李主任说："民信小学就在你们小街不远，你们去找谢校长，就说我叫你们来的，等下学期再行调整。"

金慧和祖辉流着泪千恩万谢，领着晨晨去了民信小学，总算让孩子入了学。

每次外出乘车，看到行动不便的老人或抱小孩的妇女、孕妇，天洪总是主动站起来让座，旁边站着一位白发老人或挺着肚子的孕妇，让坐着的他心里不安。有一次，他刚上车找了一个座位坐下，见后面来了一个六十多岁拄着拐杖的瘸腿大妈，车厢内有些拥挤，坐着的人都装作没有看见，他站起来热情地招呼："大妈，这边来坐。"老人说了声："谢谢！"点了点头径直走了过来，然后看了看座位，掏出纸巾，把座位擦了两遍才坐下。看着大妈的动作，天洪心里就像打翻了的五味瓶，酸甜苦辣说不出是什么滋味。谁让我们是在工地干活的呢，老人肯定是嫌自己是个农民工衣服脏才这样做的，其实他身上这件半新旧的衣服还是出门前刚换的干净衣服，只是看上去有些旧。

在公交车上，天洪经常看见一些刚下班穿着不讲究甚至沾满泥土的农民工上车后，没坐在空着的座位上，而是选择坐在自己随身携带的编织袋或工具箱上，他们用这种方式来保持自己的尊严和城市的距离。

天洪知道城里人爱讲究，每次出门或乘车，他都要把工地上的脏衣服脱掉装进塑料口袋提着，换一套干净的衣服，擦一把脸才出门，这里可不是乡下，穿太脏了会让人瞧不起。可即便这样，又有谁把我们当作城里人呢？就好像我们头上刻着字，明确指明了我们的身份似的。

李友正说："城里人的眼睛就像孙悟空的火眼金睛，明亮得很，他们是从人的穿着和举手投足来区分的：一句话、一个眼神、一个习惯性的动作，他们马上就明白了你是哪里来的，错不了的。"

天洪问："难道咱农民工真的就低人一等，只配永远做一个城市的边缘人。脱离了土地失去了生存的根，又融入不了城市，让你永远漂浮着，就像土里的蚯蚓，在地里松土，为它增长肥力，但你永远只能沉在土里，不能浮出土面享受阳光。"

友正说："农民工只是将城市当作一个挣钱的地方。对物质生活极尽节俭，能吃饱睡下就行，为的是把工资积攒起来寄回老家。"

对进城打工的人而言，城市是一块磁铁、是一张大网，把他们吸住了网住了。小涛说："我再也不想回去过老一辈人那种面朝黄土背朝天的日子。"

天洪和明桂两弟兄工作踏实，聪明能干，公司要他们两人去室内装修队工作，因为室内装修是建房子的最后一道工序，装修质量好会让客户心里舒服满意。在一般人看来，室内装修工作要求工作细心，技术要求高。当然，挣钱比室外粗活多，是一个令人羡慕的工作。

天洪没有去，他喜欢在室外大自然下工作，就算是日晒雨淋也行。想当年就是贪图下煤窑挣钱多，差点把命都丢在那里，那种狭小的房间中的味道他可不愿意再受了，宋总见他不愿意去，安排他当了生产班长。

明桂自愿去了室内装修队，他想当一个有技术专长的工人，能多挣点钱，过年回家去也能风风光光地把玉秀娶了。有了在石材加工厂的工作经验，聪明好学的明桂跟着师傅认真学习，逐渐掌握了高档房屋的室内装修技术，这使他的地位和身价发生了质的变化。

原来的明桂只是一个勤快的打杂工，一年以后他成了装修队可以独当一面的多面手：砌墙砖、安瓷砖、粉墙壁、安装门窗、油漆门窗家具都行。

装修队实行的是计件工资，按照房屋面积，铺1平方米瓷砖多少钱，抹1平方米墙多少钱，油漆门窗柜子1平方米多少钱，都有定额在那里。装修工地离租房的小街路途远，为了抢赶工期多挣钱，加班晚了明桂经常不回去，就在装修屋里铺张凉席睡觉。天刚亮，他一个人就干开了，直到天黑尽了才收工。室内呛鼻的气味让人恶心，扬起的灰尘让人窒息，一天工作下来他老感到鼻孔里有异物。

装修合同约定，房屋装修采用无毒无害的名优产品，可为了降低装修原料成本，装修分包的老板暗地将油漆、胶水、涂料、石膏粉、板材等，换成没有资质和3C认证的假冒伪劣产品。粗一看，包装袋和包装铁桶上面标明的都是名优产品，实际上里面装的都是私人作坊生产的三无产品，原料中含有大量有毒有害物质。

近段时间，明桂和装修队的工友都喊头晕、嗓子干、流眼泪、吃不下饭睡不着觉，不知底细的工友们以为是这段时间工作太累造成的，因为平时喷油漆、刷涂料也会出现这些现象，大家也就没有往深处查找原因，谁都没有想到黑心的承包商老板为了多赚钱会不顾工人的安危，不顾今后房主的安危；没想到原料生产厂的老板敢如此大胆地生产有毒有害的三无劣质产品，而且还行销市场，甚至因为价格低廉而供不应求。

7月的江城，空气异常沉闷燥热。好在天洪他们合租的房子在底楼，所以，虽是闷热，还没阳光直接照射到屋里，加上屋外面还有个小院子，院子里那棵百年老榕树给他们遮挡了太阳。住在房东后来加盖的三楼顶层的工友们可就遭罪了，白天被火红太阳儿面炙烤，顶棚和四壁都被烤得滚烫，即使晚上回来，走进屋去就像进了桑拿室一样。

下班回来，天洪从裤兜里掏出钥匙正欲开门，忽然发现门是虚掩着的，推开门见明桂在家："兄弟，今天晚上没有加班啊？"天洪惊奇地问，平时为了多赶点活，在房屋装修队的明桂总是加班到很晚才回来，遇上落雨就在装修屋里打地铺睡。

"哥，这几天我感觉头像爆炸一样疼痛，不知怎么的，全身感到无力。"明桂躺在床上有气无力地回答。

"哦，天气这么热，是不是中暑了，多喝点水休息一下会好的。"天洪走过去把小窗打开，倒了一杯凉开水递给明桂，又把小风扇调了个方向让空气对流："这屋子本来就狭小，门虚掩着空气不流通就更闷热了。你休息一会儿，我去门口灶屋给你熬点绿豆稀饭。"明桂感激地点点头，姐夫对他这个兄弟的关怀，可以说是无微不至。

整个晚上，天洪感觉得到，兄弟是在强忍着身上的病痛尽量不肯出声，以免影响同屋工友们的休息。

早晨起来，天洪嘱咐："身体不舒服就在家好好休息两天，别那么玩命。"

"哥，你上班去，我马上也要去上班。"明桂心里着急，照这样下去今年春节回家结婚的计划就会再次泡汤。

天洪问："你身体能行吗？"

"昨天睡了一天，我想没什么了。"明桂有气无力地回答。

"桌上有稀饭和馒头，记得吃了。"天洪见明桂气色比昨晚好多了，点点头："那我先走了。"

路上他一直在想一个问题：近来明桂不知中了哪股子邪气，得了啥子怪病，原本一个活蹦乱跳充满朝气的年轻人，怎么突然一下子就蔫了，一定得抽空陪他去医院检查一下。

天洪走后，明桂喝了稀饭，拿上馒头，硬拖着病痛的身体又去上班了。去医院看病，哪有那么多钱；不去上班又怎么办？打工人是干一天活才有一天工资，哪能有点病痛就歇工的道理。

第二十四章　洪水中救人

今年第八号强台风来了，电视及广播里天气预报说这几天珠江上游和中游流域连续几天的大暴雨，导致河水猛涨，眼看大水就要漫过河堤。

天洪绕道去叫上明桂，这几天明桂身体一直不好，天洪担心他一个人又熬夜加班，两人从工地急急往回赶。大风吹得树叶漫天飞舞，眼看远处大块的乌云急速地向着这边飘来，乌云越积越厚，瞬间天就黑了下来。闪电划过长空，紧接着轰隆隆的雷声响起，天上下起了倾盆大雨，天洪来江城三年了，还从来没有见过这么大的暴雨。

不一会儿，路上就积起了大水。穿过老街的省道上，司机们都急着向前赶路，天洪他们居住的这条老街临近珠江，地势低洼，四周高处的雨水向老街这边汇集拢来，老远就能听见水流的声响。不过半个时辰，老街附近低洼公路段，瞬间变成了一片泽国，水中行驶的小汽车顿时熄了火，只剩半截车顶露出水面，只一会儿，急着冲向高地的大车也全都熄了火，在水中动弹不得，四周的流水还在向着低洼地奔腾而来。

老街西边低洼处，一辆滞留在低洼公路中间的老式长途大客车早已熄火，奔腾而来的大水早已漫到车窗，客车在大水的冲击下剧烈摇摆，大有被倾覆冲进珠江的趋势，车厢里的人惊恐万分乱作一团，有的站在座椅上，有的敲打玻璃准备爬出来，几个健壮的年轻人齐心合力打开车窗，拉着车顶上围拴行李的钢管架爬上了车顶，其他人也相互搀扶着往车顶上爬，爬不上车顶的老人和妇女则站在车厢的座位上，水在一寸一寸往上涨，周围是汹涌奔流的浊水。

狂风挟裹着大雨，还在不停地下，湍急的水流猛烈地冲击着大客车，车上除了两个会游泳的人只身游到街边房子爬上楼，多数人则挤在狭小的车顶，瓢泼大雨从天上倾泻下来，司机招呼："大家别往一边挤，注意客车的平衡。"

面对突然而至的暴雨有人拿出手机忙着打电话报警求救，可谁都知道这个时候报警也没有用，没有任何车辆能够在这个时候赶来解救他们。

在大水的冲击下，头重脚轻的大客车在水中东倒西歪，车顶上一片惊呼。挤成一团的人也随着汽车的歪斜东偏西倒，司机站在座椅上叫："大家不要慌乱，车顶的人蹲下，握紧钢管。"

此时，天洪和明桂正在大客车不远处的一户老宅院门前躲避大雨。听见大客车上老人妇女们的呼叫，生性豪爽乐于助人的天洪不会无动于衷，但救人得讲究方法。这么湍急的大水，赤手空拳可解救不了一车人。他正在四处察看有无能救人的家伙。

紧挨着老宅院旁边是一排小商铺，旁边挨着的第一家是卖日用百货的店铺，第二家是卖儿童玩具的商店，门被大水冲开，里面大大小小十多个充气玩具，被绳子拴着正漂在水面上，有充气的阿童木、海豹、猴子、狗、喜羊羊，还有几个塑料充气游泳圈，估计大水来得突然，店主人上楼躲避去了。充气玩具都漂在水面上，看见它们，天洪眼睛一亮，他游过去，牵着绳子把一大串充气玩具带了出来，这些玩具个头大，材质也比较厚实，完全可以充当救生工具。

"明桂，我们把这些个充气玩具送过去分给车顶上的人，帮他们游到房子这边上楼。"两人牵着充气玩具游到大客车旁，一手抓住车窗，一手把玩具顺过来准备分发。

车顶上的人都想挤过来要救生圈和充气玩具，顿时一片混乱，载荷不平衡的大客车开始倾斜。天洪喊道："大家不要乱，每人都有，我肯定把你们全部送到房里去，但先救妇女小孩和老人。"

话音一落，车顶上顿时安静了下来，天洪伸手递给最靠前的小姑娘一个充气娃娃："小妹妹，来，接住，我推着你过去。"

小姑娘把充气娃娃紧紧地抱在胸前，天洪把绳子打了一个结，套住小姑娘腋下，带着绳子往旁边游。到了屋檐下，小姑娘把充气娃娃递还给天洪，抓住门框进屋上二楼去了。

紧接着是个四十多岁的妇女，当时她已经吓得浑身发抖，天洪一边安慰她，一边给她套上救生圈，推到了房边："大嫂，抓住门框上二楼。"

明桂正在救一个老人，老人的手脚不灵便，费了好大劲才从车窗里探出半个身子，游泳圈套了几次都没套住。正在紧急之时，下班回来的李友正赶到，见此情况，急忙跳入水中游了过来，帮助明桂给老人套好游泳圈，推到老宅，扶着老人上了楼。

下班陆续赶回来的几个工友见天洪他们人手不够，也跳入湍急的流水中，帮着救助车顶上等待救援的人。

一个才三四岁的小男孩被眼前的大水吓得哇哇大哭，天洪游过去，一边哄着，一边把游泳圈套在小孩腋下，推着他到房边，抱着孩子上了二楼。

当车顶上还剩六个人的时候，大客车头一度在水面上翘起来，车子顿时倾斜成了30℃的斜面，车顶的人吓得大叫起来，一名孕妇惊慌中掉进水里。天洪急忙游过去，把带来的游泳圈套在她身上，把她送到老宅大门内。

明桂把一个几岁的小男孩抱上二楼，一下子跌倒在楼板，再也站不起来了，天洪喘着气安慰道："兄弟，你身体不好，不能再下水了，就在这里休息一下，等会儿我来接你。"

救完客车上的人，天洪来来回回已经游了十几趟，这时的他已经感到非常累了。后来赶到的农民工们正在大客车后面的一辆中巴车上救人，陡涨的大水已经淹过中巴车玻璃的一半，一位70多岁的老爷子怎么也爬不出窗口，呆呆地站在车厢里，水已经淹到脖子了，他感到呼吸困难，人快支持不住了。天洪带着游泳圈游过来了，他说：“大爷，别怕，我救你来了！”

老爷子喘着气说：“看到你就看到了希望。”当老爷子把手交给天洪时，忍不住老泪纵横：“我这把老骨头就交给你了，谢谢啊！”

中巴车后面几个开奔驰越野车的车主，这会儿蹲在车顶，抓着车顶上的钢管不肯走，奔腾而来的大水已经漫过车顶。他们宁愿在危险的地方守着自家的宝贝车，也不愿意到别处去。水位仍在不断升高，越野车随着大水的冲击向着江边移动。原本不愿意弃车的人心里明白，再不走就可能没命了，逃命要紧，几个人不约而同地伸出手，接过天洪递过来的游泳圈陆续游到老宅房边。一个老板模样的车主转过身问天洪：“兄弟，你们救人要不要钱？”

天洪说：“我们舍命救你们没有想到要钱，我们是自愿！”

老板点头，嘴里嘀咕：“舍命不要钱，还说是自愿，真是少见，少见！”

终于救完了车上的人，天洪和几个救人的农民工兄弟们都累得趴倒在楼板上再也不想动弹。突然，一个微弱的呼救声从远处传来：“救命啊！救……命……啊……”声音断断续续，累得趴下的人隐隐约约地听见了。

天洪想站起来，刚撑起来又倒下了，他已经筋疲力尽，微弱的呼声又响起来，他心里一紧，运了一口气，爬到二楼的窗边看出去，洪水中一个孩子抱着一块木板在江中漩涡里沉浮、挣扎，凄厉的呼救声渐渐微弱下去……

看着那沉浮的黑影，听着那渐渐微弱的呼救声，天洪抹了一把涌出的泪水，轻声说了一声：“我救孩子……去……”伸手抓了两个游泳圈，自己套了一个，从窗口毅然跳入水中，奋力摆动手臂，快速朝小孩游去。这时的天洪实在是太累了，太累了，他喘着粗气，几近僵硬的手脚已经不像先前救人那么敏捷，但是他还在努力朝孩子游去。

眼看手指尖已经触摸到了孩子的手臂，一个大浪过来，把孩子打远了，天洪从浪中探出头来，深深地吸了一口气，拼尽全力挥动大臂向孩子快速追去。

孩子幸好被前面一棵露出水面的树枝挂住了衣服才没有被冲走。大水还在猛烈地冲击着孩子，眼看他又要被流水冲走，天洪运足气突然发力跃出水面扑了过去，终于抓住了奄奄一息的孩子，他伸手把拖着的游泳圈套在了孩子身上。

天洪托着游泳圈上的孩子，靠近房子，用尽全力，把孩子托举到二楼窗口：“孩子，抓……抓……住……”

而他自己，已经没有力气爬上窗口，李友正赶过来把孩子接住抱到楼上。天洪用尽最后一点力把套在游泳圈上的绳子挂在窗钩上，他彻底瘫倒在游泳圈上，任凭奔腾的水流冲击。当陈祖辉下来拉他时，他连说话的力气都没有了。

被救的几十个人，过来握着天洪和工友们的手：“谢谢，谢谢农民工兄弟！你们真是活雷锋。”一个干部模样的人手里拿着获救者现场凑集的两万元，准备用钱表达他们真诚的谢意，还有几个人哭着跪下了。

天洪和兄弟们摆着手一再说明：“救人是应该的，应该的！”却没有一个人伸手去接那本该坦然接受的舍身救命钱。

天洪救出的那个小男孩的母亲浑身发抖，始终不肯松开怀里的孩子，嘴里不住地说：“崽啊，是好人，是好人救了你啊！”

玉秀到江城后，刚开始一直没有找到合适的工作，她去了职业介绍所，介绍所见她清纯靓丽，所介绍的工作多是歌厅舞厅、桑拿洗浴、足疗按摩，这些工作她都没有干多久就辞了，她的理想是找一个能养家糊口的技术活。

这天，翠柳又来找姐姐，顺路来看天洪，正遇见玉秀在照顾明桂。天洪下班回来，翠柳远远地看见了他：“洪哥，下班了。”

“翠柳妹子，你今天怎么想起到这来了，我可是有些时间没见着你来了。”

“哦！我去报考了一个经营管理学习班，每周要去学习四个晚上，厂里近来接的活多经常加班，所以来得少了。”翠柳红着脸笑吟吟地回答，在她心里，洪哥永远是她的偶像、永远的白马王子。

玉秀出来倒水见到天洪，微笑着招呼：“洪哥下班回来啦！”

看见玉秀，天洪突然出现一闪念，玉秀一直在外打零工，还没找到喜欢合适的工作，问问翠柳，说不定她能帮上忙，于是笑着问翠柳：“妹子，想向你打听一下，你们服装厂还要招女工吗？”

翠柳笑了：“洪哥这是想帮哪个妹子的忙哟？”

“哦，是帮我小舅子未婚妻的忙，喏，就是刚才出门来倒水的那个妹子，她叫林玉秀。”天洪指了指玉秀的背影，怕翠柳误会了。

翠柳点头：“行，我明天就去厂里问问。”

凑巧时代服装公司近来接的订单多，正想招几个手脚灵巧的缝衣车工，经翠柳介绍，玉秀去了时代服装公司应聘。她虽然没有学过缝纫机，可她把自己绣的花鸟带了去，精湛的绣品被总经理陈忠义和几位考官一下子就相中了。

服装公司以前很少有精细的手工绣花，都是机器绣花，可是一些定做高档服装的用户和外贸出口，专门强调要求手工绣花。玉秀来后，公司把玉秀精工绣制的花鸟放进了公司产品陈列室的橱窗里，郑重向客户承诺可以定做人工刺绣的服装。没过多久，公司的许多外贸订单点名要玉秀手工刺绣的花鸟，于是公司专门成立了手工刺绣车间，玉秀被指定为生产班长，她这个班的工人全是从大山里出来的少数民族姑娘，个个心灵手巧。

服装公司一下子增加了人，没有多余的宿舍，玉秀就在翠柳她们房间里用旧门板搭了一个加铺，白天把门板竖起来靠在墙上。翠柳比玉秀小三岁，两个人脾气对头，没多久二人就成了无话不谈的闺密。细心的翠柳发现，在粤北大山里那段难以启齿令人心酸的经历，始终是玉秀心中挥之不去的阴影，总觉得愧对明桂哥，总想着怎样来弥补自己的过失，报答明桂的一片真情。

一天晚上，刚下班回来的天洪正在开门，一眼看见门边站着两个人，暮色中看去，觉得来人眼熟，还是门边站着的人先开腔："天洪哥，下班了！"

天洪笑了："我说是谁呢，看着眼熟，原来是金义兄弟带着巧蓉妹子来了。"

天洪上前，拉着金义的手："兄弟和妹子请院子里坐。"三人来到大树下坐了，王金义这才把来江城的原因说明：

我听了洪哥你的劝告，对李占魁一直没有动手，但计划一直没有放弃。快两年了，我估计李占魁完全淡忘了巧蓉这件事，我才开始了行动，我先摸清了那只大狼狗的爱好，用肉包子毒死了恶狗，这条狗前后伤了我们十多个矿工，大伙恨不能杀狗剥皮吃肉。失去了狼狗的李占魁犹如失去了眼睛。在一个月黑头的夜晚，李占魁带着他的护矿队去2号井查岗，我知道他每次去2号井总是牵着狗带着队走在前面，去2号井那条石板大道，这天晚上我事先将陡坡处一块石板底下泥土掏空，只用树枝虚支撑着，把石板轻轻放在上面，造成假象，架空的石板只要有人踩上去，就会连人带石板滚下山岩，附近灌木多摔不死，但肯定要摔个残疾，听见李占魁带着护矿队的人来了，我在旁边的树丛里躲了起来。

不一会儿，只听见轰隆隆的巨响，随后有人呼喊："不好了，不好了，李二哥摔下崖了！"一伙人咋咋呼呼提着矿灯下坡去找人。

又过了好一会儿，才听到有人呼叫："二哥找到了，被悬崖边的灌木丛挡住，流了不少血，腿摔折了动不了，下来两个人帮忙。"

我一听，要的就是这个效果——让他这个恶棍也尝尝伤残的味道。头一天我就借口要办理手机卡拿回了身份证，下午又叫巧蓉借口买护发用品，坐车先去了县城。见那伙人抬着李占魁走了，我才悄悄回到宿舍，背上行李，连夜赶到大梁镇，趁着黑夜爬上去县城的运煤车到了火车站，巧蓉正在那里等我，我买了票带着巧蓉，凭着黄大哥临走前给的地址来找你。王金义一口气把来江城的经过说完。

“还是你小子聪明。班上其他兄弟的情况如何？”天洪问。

还没有回答王金义就哭了，稍息抹了泪说：“你走的那年冬天杨义全在一次塌方中肋骨砸断两条，矿上是没法干了，他媳妇阿华带着孩子找到矿上，哭哭啼啼要找李占彪给个说法，李占彪一直躲着不见，最后村长怕事态扩大，引起矿工们不满，参照朱志武的伤赔偿，只给了 1 万元就打发他回去。黄大哥今年春天也工伤残废了，他是为了救咱们班上的小个子周真力，被顶上掉下的岩石砸断了腿，是粉碎性骨折，右腿没有保住，最后还是在县医院把膝盖以下锯掉了，矿上是没法干了，拿着矿上赔的 1 万元，他回老家去了，你说说断了一条腿才赔 1 万元，这算什么？李占彪还说这是双方事先在合同里约定好了的，怪不得矿上。”

两弟兄在床上直聊到天快亮了，才迷迷糊糊地睡了。

第二天下午，天洪来到工地办公室，迎面见到周金山，天洪笑了：“金山兄，我正准备打电话找你，你怎么到这里来啦？”

周金山笑了：“我来这边工区帮助做材料采购计划，正想顺便来看你，你找我有啥事吗？”

天洪说：“我山西挖煤时睡在一个炕上的兄弟来江城找工作，想请你帮忙问问公司还在招工没有？”

周金山说：“我明天去人事部问了给你答复。”

天洪握住金山的手：“我替金义兄弟先谢谢你啦！”

周金山说：“举手之劳，何足言谢。”

“洪哥！”远处一位姑娘招手喊道。天洪转身，向着姑娘应道：“翠柳又来看姐姐啦！”

姑娘来到跟前，从背包里拿出一个口袋：“洪哥，这是我们公司参加广交会送的展品，散会后两折买的，看合身不？”

天洪试了衣服，点头道：“嗯，挺合身的样式不错。”

看着翠柳，周金山双眼都看直了，暗自思忖：“阿香怎么也到江城打工来了，天洪不是说她在家照顾老小吗，嗯，不应该是阿香，阿香只比我小一岁，怎么也是 37 岁的人了，这姑娘看上去不过二十出头不是阿香，可我怎么看着也是阿香，那她是谁呢？”

天洪见金山的模样，知道他一定是认错了人或看花了眼，笑问：“金山兄认识这姑娘？”

周金山摇摇头：“第一次见面……以前见过……也不是……”

天洪恍然大悟：“一定是金山兄把她认作阿香啦。”金山尴尬点头。

天洪说，我来介绍一下：“这位是王翠柳姑娘，在服装公司工作，我们工地食堂炊事员王春柳的妹妹；这位是我的同学周金山，公司供应部副主任。”

周金山伸出手来：“翠柳姑娘，很高兴认识你。”

翠柳犹豫片刻，也伸出手来：“金山大哥好！”握住翠柳纤细圆润的手，周金山问：“翠柳姑娘常来工地吧。”

翠柳回道：“我姐在食堂工作，我常来。”

周金山说：“哦，你们在这儿认识的？”金山的话中略带酸味。

翠柳回道：“说来话长，是洪哥救我时认识的。”

周金山顿时来了兴趣：“洪哥救你？怎么回事，说来听听。”

天洪笑了：“是这么回事，去年秋天，我去城里给儿子他们寄了书，公交车已经收班，我步行回家路过欢乐 KTV 会所时，见一大汉强行拖着姑娘进去，姑娘呼救，我多管闲事上前斥责大汉，谁知大汉丢开姑娘朝我扑来，我躲闪不及被砸伤左臂，我才奋力反抗，对方是四个保镖大汉，我只能兜着圈子与他们周旋，将他们一一打倒在地后才得以跑脱。”

周金山听得目瞪口呆，半晌才说：“太险了，也太精彩了，多亏你从小习武强身，练就了一身本领，佩服，佩服！”

翠柳热泪盈眶：“要不是洪哥救我，我现在还不知在哪儿。”

周金山明白了，说道：“这不是一般的情意，而是救命之恩，永世难忘。”

翠柳点头：“金山哥说得对，救命之恩，永世难忘。”

望着翠柳，周金山心中生出一股莫名的情：这姑娘简直就是阿香，相貌、身高、笑容。金山不由再仔细看了翠柳，他在心中已经爱上了这个姑娘，可不知姑娘有对象没有得慢慢打听。

第二天中午，周金山打了电话告诉天洪：“王金义到天成建筑公司的事已经说妥，明天就可以去建筑公司报到上班。”

晚上，翠柳来了，见天洪和巧蓉都在，说：“我已经替巧蓉报了名，明天上午就去服装公司面试。”

巧蓉流着热泪：“真不知怎么感谢翠柳姐姐。”

翠柳笑道：“不用谢，也是赶巧了，公司正在招收新工人。”

第二十五章　尴尬的夫妻

郑中材的老婆秦冬梅从佛山探望他来了，近在咫尺的两口子，却又有半年没有见面，更别说亲热了，其实两人相距不过几十公里，换乘公交车一个半小时就能到。下午歇气时，中材向友正请假："班长，我这会儿去街上办点事。"

李友正点头："今天活不多，就快完了，你先去办吧。"得到允许，中材匆匆走了，中途，他转弯去了汽车站接冬梅。

昨晚上了夜班的冬梅，上午在宿舍睡了半天，吃过午饭就匆匆乘公交车赶过来看望中材。昨天他来电话说有要事商量，叫她下午务必来一趟，晚上她还要赶回佛山厂里去上夜班。流水线的工厂里实行白班和夜班两班倒，缺不得人。

冬梅跟着中材回到小街的出租房，中材开门进院后随手把院子大门关好。拉着冬梅进了小屋，衣服还没有来得及脱掉，一把就抱着冬梅亲嘴，冬梅嗔怪道："你属虎呀，抱着别人就啃！"

"又有半年没抱着你亲热了，可想死我啦！"中材振振有词。冬梅轻轻推开他："也不兴讲究个卫生，工地回来手脸都没洗。"中材听了，急忙拿了面盆毛巾，去院子里洗了手脸，又打了一盆水过来，叫冬梅擦了汗，两人这才解衣上床。

太阳落山了，正当夫妻俩挤在床上亲热缠绵之时，院子里响起了大门开启的声音，随后，听着有人进院子，是同屋的李友正与付天力说着话往这边过来了。

冬梅推开丈夫翻身坐起，一把从床头抓过衣服捂在胸前，满脸臊得绯红，急得眼泪都流出来了；中材手忙脚乱地把裤子抓过来，可怎么也穿不上身，原来忙乱中的他把裤子拿倒了，提着一只裤腿就往腰上拢。

李友正来到房门前，见门上的明锁已经打开，从破旧的门缝里能隐约瞅见屋里面有人，而且还有一个女子轻声说话的声音。李友正一怔，霎时明白了屋里面是怎么回事，难怪中材下午说有事提前向他请假。

李友正急忙站住，随手用力拉住正要推门进屋的付天力，伸出左手轻轻摆了摆，故意说了声："天力，这会儿屋里热，我们去树下坐会儿再进屋。"付天力会意，他刚才也隐隐听到屋里的声响，打工人对眼前这种事都是心有灵犀一点通，二人转身来到树下小桌边坐下。

过了几分钟，中材和冬梅才从屋里出来，看见李友正和付天力，二人一脸尴尬，中材红着脸讪讪道：“友正哥你们回来了，怎么不进屋坐？”

李友正说：“路上走热了，我们先在树下歇会儿凉。”

冬梅反身进屋，倒了两杯凉开水来到树下：“大哥，走热了，喝杯凉开水。”

友正接了茶杯：“谢谢妹子，这次来就多住几天再走，中材可是想你多时了。”

“哦，厂里今年来生产一直很忙，几乎天天加班，中材说有事商量，我就来了，吃了晚饭还要赶回去上夜班。”此时冬梅的脸就像映日桃花一样绯红。

友正知道，冬梅说的是推口话，她倒是想多住几天，可是住在哪里？

付天力知道班长是关心话，可打工仔口袋里的每一分钱，都是流汗挣来的，家里还等着用钱，每天花几十元钱去住旅馆？谁舍得花那钱，建筑队里的工友来了老婆，实在没办法亲热，随便找个隐蔽一点的地方坐着或躺着把那个问题解决了就行了，值不得花那么多钱上旅馆去。

前年林田生媳妇李玉珠也来江城打工，她们服装厂就在小街附近不远处，可近在咫尺的夫妻俩却没法住在一起。林田生是砖工，看到老房的楼梯下空着，同房东商量，他每天从工地上捡回废弃的砖头，班里的工友也帮着捡废砖头回来。一个月后终于在楼梯下搭建了一间2平方米的楼梯间，房租还是100元。田生又在旧家具市场花150元钱买了一张2米宽的旧木床。

林田生歉意地对着老婆说：“床倒是放下去了，可屋里再没有空余，箱包只能放床下，鞋只能放在门外，进门就得上床。”

李玉珠噙着泪道：“不管怎么，咱俩总算在城里摆下了一张小床。”夫妻俩相对一视，心酸地笑了。

玉珠在工厂流水线上班。为了多挣钱，林田生白天上班，夜里与两个工友轮换着去值守工地。夫妻俩都上夜班这天，小小楼梯间就成了探亲兄弟们免费借用的临时旅馆。

前年，李友正的老婆田秀莲也出来打工了，他在江城，秀莲在东莞，虽然两人相隔不过百十公里，可一年也难见上两次面。今年，夫妻俩还是春节回家时一起在家里住了六天，这又有半年多没见面了。人说“三十如狼，四十如虎”，年富力强的夫妻俩，心里那个想念，是无法用言语来表达的，只要躺上床，友正脑子里就会浮现出妻子秀莲的影像。过年回家的几天里，两人要处理家里、田里和地里的琐碎事，要应付亲戚朋友的礼尚往来，要忙着一家人的吃喝，几天中两个人就像个陀螺一样不停地旋转，以致上床后早已疲惫不堪的夫妻俩连贴心话都没能说上几句就打起了呼噜。

出来打工十几年，开始时人年轻，夫妻俩天各一方还没觉得什么，这出来久了，人到中年，那种相思想念个中的苦，只有夫妻俩心里才明白。中秋前李友正又思念起妻子，他给秀莲打电话："天上牛郎织女每年还要来个鹊桥相会见个面，你看我俩又有大半年没见着面了，你过来吧！"

秀莲也想念近在咫尺的丈夫，恩爱夫妻哪有不想念对方的，前次他说的腰伤不知好利索了没有，想到这里，她甜甜答道："嗯，那我明天过来吧！"

中秋前一天的下午，秀莲下班后买了块大饼边吃边上了班车，风尘仆仆赶了过来，到小街时天早已黑尽。来到出租屋门口，昏暗的灯光下只见屋里十多个汉子全都光着脊梁只穿了条短裤衩，站着坐着躺着赤条条地挤了一屋。一把小风扇在那里有气无力地摇着，屋里的空气闷热得像要把人窒息。

秀莲站在门口，尴尬地同兄弟们打招呼："哟，下班了，全都在家啊！"

兄弟们也都认识李大哥的妻子，天洪起身招呼："嫂子来了，进屋里坐！"

秀莲探头看了看，没有进屋，她知道，天洪刚才的招呼是习惯性的客套，拥挤的小屋里根本没有她坐的地方，只得讪讪一笑："算了兄弟，屋里热，就不进去了，我去树下透透风！"

说着，她向树下走去。李友正赶紧拿了两张小凳出门跟了过来。

两人在树下的阴影中摇着扇子说着家里的事儿，月亮升高了，屋里的人已经躺下睡了，李友正小声问妻子："秀莲，你看今晚我们……"

秀莲探头朝小屋看了看，摇了摇头，带着哭声道："你们屋里有法儿睡吗？十几个大男人床挨着床挤在屋里……"

友正哀求道："好秀莲，我求求你行不行？这没有老婆的日子是人过的吗？有个老婆立在旁边，又找不到地方干那事。"其实友正的愿望很小，就是能同站在跟前，已经有大半年没在一起的妻子亲热一次。

秀莲无奈地说："我也是女人，能不想？可弟兄们都挤在屋里，床上连个遮羞的地方都没有，你说怎么办，忍忍吧。"说着这话，她整个身子都在颤抖，双手捂着脸嘤嘤地哭了。她在哭自己的命苦，哭老天爷的不公。

友正轻声："忍，忍大半年了，到哪天才是个头啊？"说完无奈地摇了摇头。想想，他还是不甘心就这么算了，少顷又巴巴说道："那……我在床边拉一道布帘子遮遮行吗？"他再次恳求秀莲，秀莲没有言语，扑倒在友正怀里轻声地哭了。

中秋的月亮照着这对恩爱夫妻，也在替这对人间夫妻叹息。想着自己大老远来，就是为了结夫妻间一个久藏的心愿，看着丈夫伤心无助的样子，秀莲心软了，她抬起头，抹了一把泪水，终于点了点头："你去把床上遮挡一下。"

友正像得到了一道特赦令，忙着进屋去，摸着黑轻手轻脚把床单围着床挂了半圈

（只有靠墙这面没围）作为遮羞布。又觉得布帘子不够严密还有两道缝隙，急忙用几个木夹子仔细把缝隙夹住，友正这轻微的动作还是惊醒了众人，黑暗中旁边的十一双眼睛在看着友正忙，他们既不好过来帮忙，也不好说什么，只得默默地看着班长一个人在黑暗中忙活，秀莲始终静静地站在门外，忐忑的心就像揣着个兔子，突突突地跳。

天洪见班长已经把床收拾停当走出门去，轻声道："明天还要上班，兄弟们都安心睡了吧！"同屋的人会意。

房里异常闷热，床上的人光着脊梁汗流浃背地在蚊帐里摇着蒲扇，摇着摇着就睡着了，白天干活太累了，他们打着呼噜，说着梦话，在梦里同老婆抱着亲热。

屋里一片漆黑，友正凭着感觉，牵着秀莲轻手轻脚地进了屋，默默地上床脱衣。两人屏住呼吸听了听，见没有什么动静，这才伸出手，轻轻地抚摸对方。友正的手摸到一对丰满的乳房，顿时像触了电，一股暖流瞬间流遍全身。秀莲用牙轻轻咬住友正的肩膀，紧张得整个身体都在颤抖，只把一张流着热汗的脸紧紧地贴在丈夫脸上，没有言语，只有心灵的沟通和人性的复活。

老旧的铁架子床，已有二十多年的工龄，浑身锈迹斑斑。平时床上的人稍有动作整架床就会吱吱作响，睡在上铺的人翻一个身，下铺就像闹地震一样摇晃并伴随着吱嘎吱嘎的响声。夫妻两人抱着亲热了一会儿，李友正才像做贼似的试了几次，想翻身起来趴在妻子的身上，无奈架子床摇晃太厉害，吱嘎吱嘎的响声逼得他停止了动作，秀莲则闭着眼，紧张得头都像要爆炸似的，她紧紧地抓住丈夫的双臂流泪。

细微急促的喘息和摇晃的床惊醒了上铺的小涛，友正哥两口子在床上任何一个微小动作，上铺的小涛都觉得地动山摇。他细声地出着气，轻轻地用手把两只耳朵捂住，一次又一次气沉丹田地做着深呼吸，让自己静下心来不去受下铺的干扰；他的身体僵硬着尽量不发出声响，以免影响下铺正在进入高潮的两个人，心里却在呐喊：这他妈的算什么事嘛，名正言顺的两口子却像做贼似的偷偷摸摸，人的尊严都上哪去了？

出门在外打工，异性相吸是青壮年男女都回避不了的现实，天洪周围的工友，许多人都会有一个相好，男女双方在打工地以"临时夫妻"名义组成"临时家庭"的情况前几年也开始出现了，他们认为：只要家里面的老婆（老公）不知道，不闹着离婚，就没什么，也算不了什么大事。话虽然这么说，但背后那种难以言说的爱与痛，物质条件的艰辛和精神心理的渴望纠结在一起。

从酉阳土家族山寨走出来的彭酉亮经常唱：

桐子开花朵打朵，
睡到半夜我唱山歌，

爹妈问我唱什么，

没有老婆我睡不着，哟喂！

小涛笑他："睡不着，那就找一个来抱着睡嘛。"

西亮说："哪有那么容易，又不是自个儿家里的老婆随便可以抱，要不，你抱一个来我看看！"

小涛说："我就抱一个来你看看，小街上多的是。"

彭西亮轻轻地哼了一声没有回答。西亮来自重庆市酉阳县岩云寨，老婆在家里带孩子照顾多病的爹娘，西亮是个心细体贴媳妇的好丈夫。每年回家从放下背包开始到离开家门，他总是忙着帮老婆料理家里的事，帮着打理田里地里的农活。

打工十年的西亮凭着自己的聪明好学，学会了开卷扬机和塔吊，他目前是工地上开塔吊的司机，持有特种行业上岗证。开塔吊属于高空作业，有高空津贴，基本工资也比一般人略高。西亮是一个热心肠的人，在外打拼的经历使他懂得关心帮助别人，工友们有困难，他总是尽己之力帮助，一起的工友也都喜欢亲近他。

同寨子的妹子景兰花是彭西亮的远房亲戚。兰花与赵云喜从小就定了娃娃亲，云喜上初中二年级那年冬天，上学路上在鹰嘴岩滑跌下坎，摔断了右腿，治好后右腿还有些萎缩，两条腿一长一短，走路就是一跛一瘸，乡里上学路途远，受伤后的他行动不便，初中还没有毕业便辍学回家，伤好后就一直在家务农。

兰花在校学习成绩好，初中毕业时学校推荐她去城里读重点高中，可是家里拿不出那么多钱，爹娘认为姑娘早晚是要嫁人的，读个初中毕业就行了，兰花回家务农了。土家人讲究信义，说好的事情不能反悔，等到两人都到了结婚年龄，兰花与云喜如约结婚。云喜心肠好，家里地里的活抢着干，他知道自己是个残疾人，原本配不上清纯漂亮的兰花，把兰花娶回家实际上是委屈了兰花。

兰花生得娇小秀气，婚后第二年就生下儿子雨宝。儿子满两岁了，看到周围的兄弟姊妹都外出打工挣钱盖新房，可自家还住在土改那年分的草房里，屋漏墙裂，她的心也动了。可她从没有离开过老家，连酉阳县城里都没有去过。春节期间，远房表哥彭西亮回乡来家串门，她鼓足勇气说："亮哥，我想跟你们一起去打工，可又找不到门路，你看……"

西亮笑道："兰花妹子想出去打工，可以啊，你就跟我们去江城吧，那里像你这般大的妹子多的是，服装厂、电子厂、医药厂、超市，这些地方都要招收女工。"听了这话，兰花约了寨子里的几个小姊妹，跟着西亮他们来到江城。

初到江城，兰花和几个小姊妹两眼一抹黑，啥都不懂，西亮毕竟有十多年的外出打工经验，他帮助小姊妹们联系租房，又带她们去劳务市场找工作。一周后，跟来的四个姑娘一个去了服装厂，两个去了电子厂，初中毕业的兰花去了超市。

签完合同，兰花和新招的员工进行了一周的学习，又跟班实习一周后就上岗了。一开始，对于刚脱离农村的姑娘来说，一切都是那么神秘陌生，超市工作要求所有员工都要熟悉商品分类，对商品摆放有严格的要求，每个员工必须做到眼明手快工作细心，出了差错自己要掏腰包赔钱，而且还要影响当月的奖金。

超市关门晚，每天下班已是繁星满天华灯绽放。第一个月，每个新手是熟悉商品，摆放商品，把那些大块头的商品摆上架，对于娇小的兰花来说，是一个难以逾越的考验，每天工作下来，兰花早已累得不想说话，不想吃饭，手膀子抬不起来，浑身像散了架一样疼痛难忍，23岁的她第一次感受到了工作压力。眼前工作的困难是她从未想到的，她哭了几次。

西亮下班过来看望她们，亲哥哥一样安慰鼓励她："妹子，出来打工的人都要经过这一关，咱们农村人啥苦不能吃？慢慢就会习惯了。"在这里，西亮哥就是兰花最亲的亲人，是她诉苦倾诉的对象。

第二个月，去电子厂的两个姑娘搬到厂里住鸽子楼去了，去服装厂的欣喜妹子因上班路途遥远，也搬到服装厂附近与厂里的小姐妹合租房子去了，剩下兰花一个人仍然住在破旧的出租房里。

出租房在城乡接合部，周围社会秩序不好，那些租房的年轻人看到就剩她一个年轻漂亮的姑娘住在这里，少不了来挑逗，甚至动手动脚在身上乱摸，兰花一个人住着害怕，把门关上哭，外面还不断有人敲门砸门要闯进来和她亲热。

这天西亮下班后去看她，见兰花两眼像桃子一样红肿，问："妹子，有谁欺负你了跟哥说。"

兰花哭道："超市下班晚，每天晚上回来的路上我总是提心吊胆，昨天下班回来，我刚到巷子的转弯处，突然跳出一个人把我背着的挎包抢了，包里面刚发的工资没有了。这个月生活还不知怎么办？"

西亮从包里拿出500元钱："妹子，你先拿着，钱不够哥下次来再给。"

兰花摆手不肯接钱，抹着泪："亮哥，你家里还等着用钱，这钱我不能拿。"

"妹子，你钱被抢了，这月还得吃饭生活，坐公交还得买车票吧，没钱怎么办？钱你拿着，不然哥生气了。"西亮再次把钱放入兰花手中。

兰花仍然不肯接钱，两人僵持着。突然，兰花伸出双臂抱住西亮："亮哥……"她说不下去了，这段时间在外打工的辛酸苦辣全都涌上心头，她抱着亮哥，就像抱着自家的大哥，伏在他肩上，痛痛快快地哭了，西亮心里也酸酸的，眼泪止不住流了下来。

有了西亮的帮助，实习结束，兰花终于能安心在超市工作了。她天生聪明勤快能吃苦，超市领导见她心细，安排她当收银员，两个月后就完全胜任了工作，在超市举行的岗位练兵比赛中她还获得了收银技术能手的称号。

兰花独自一人居住的安全问题，始终是酉亮最关心的问题，他要尽快想办法帮助兰花解决。不久，机会来了。陈祖辉的儿子晨晨下学期开学，将被划片分到离小街三里地的星光小学，为了孩子上学方便，祖辉提前一个月在学校附近租了一间 7 平方米的楼梯屋，只要摆得下一张床一张小桌就行，他们一家三口搬过去了，他原来租在院子角落那间小偏房就空了出来。

酉亮同房东说好，为兰花把房子租了过来，仍然是每月 200 元租金，兰花高兴地搬过来了，小街虽然比她原来租房的地方远两站路，但是有线路公交车经过，她上下班中途只需倒换一次车，也还算方便。

搬过来不久，新的问题又出现了，小院里住着三十多个青壮男人，每次回到小院，兰花总感到有几双眼睛在滴溜溜地注视着自己，让她感到很不自在，自己一人独住在院子的角落，院子里几十个身强力壮的饥渴的汉子，总让她心里胆怯不安，有几次她都想向亮哥诉说，可又不知怎么开口。这些事，细心的酉亮还是看出一些端倪。

在江城，酉亮和兰花，一个孤男，一个独女，背井离乡在外，两人既是出了五服的远亲，又是同一个寨子的近邻，日久天长，难免就生出一些情愫。一天，兰花对酉亮说："亮哥，你那里每月房租水电摊下来也要 100 元，不如你搬过来我们合租，反正屋里的大铺原本就是两张小床并到一起的，拆开来还是两张床，还节约钱。"

酉亮知道，这是兰花看到她们超市打工的一些年轻姐妹为了感情有个依托，避免外人生事，也为了节约房租，与相悦的人合租或组成"临时夫妻"住在一起。

这段时间酉亮心中始终有一个解不开的结，他知道，自己和兰花已经在相互帮助中暗生情愫，可想起老家劳累的老婆，酉亮没有立即答应，他不想伤害自己家里的人，也不想影响兰花的家庭，她家里还有老公儿子。如果单纯是为了节约房租，兰花完全可以找一个她们超市的小姐妹过来合租，他知道兰花这话，也包含了她的感恩心理。

见酉亮没有表态，过了几天，兰花又向酉亮说："亮哥，出门在外挣点钱不容易，你搬过来住我们可以先说好，不离婚，不伤害家人，过年回酉阳各回各的家，我们超市里好几个姊妹都是这么先说好，再合租在一起的。"说完，她闪着一双秀丽的眼睛怔怔地望着亮哥。

酉亮心动了，建筑队的兄弟们也有与单独出来打工的妹子合租房或组成"临时夫妻"的情况，在大家眼里，这早已经是公开的秘密，只不过这种事突然落在自己的头上，是他从未想过的，他没有勇气答应。

看着兰花期待的眼神，酉亮心动了，不是他想搬过来住，实在是他不放心这个远房表妹的处境，不定哪天出了事，或是楼上的年轻人为了她争风吃醋，岂不是害了兰花妹子。他默默地点头，回屋里收拾床上的衣服被子，又悄悄对班长说：“友哥，兰花妹子几次叫我搬过去合租，我不知该不该答应？”

友正点头：“这样也好，这些天我也看出些苗头，院子里有那么几个后生对兰花不怀好意，像个跟屁虫似的缠着兰花，还有几个半夜去撬兰花的门，那柴门哪里经得住撬？兰花是个刚烈女子，真要是让他们弄出事情来就不好了，你们是亲戚，是表兄妹，一起合租对外也还说得过去。”

天洪说：“正好王金义在找房子，你要是搬出去，他正好来填你的空，这样双方都省了房租费。”

酉亮将自己的衣被搬到兰花的小屋，友正站在小院里对着楼上大声说：“楼上楼下的各位兄弟听好了，酉亮兄弟搬过去与他妹子合住，有他哥哥在，那些半夜撬兰花门的兄弟今后就该歇手别再干这傻事了，正儿八经地回家去娶个媳妇。”

听了友正这话，楼上几个半夜撬门的年轻人也就没了话说，知道她情有所依，只得断了邪念。

看着身体威武健壮的酉亮，几个年轻人在外面不怀好意地歪笑:“还真他妈的堵心，眼见白嫩嫩的肉包子还没亲上一口就进了别人嘴里。”

“那是你小子没那福分，依我看，你们啦也就别费那心思了。”小涛说。

酉亮把小屋合拢的床铺拆开还原成了两张二尺宽的小床，对着摆放，中间拉了一道布帘子，算是兄妹之间男女有别。

在珠三角，打工的人笑把这种男女合租房住在一起的叫“临时夫妻”，在打工人的圈子里，更多人说这只算是“搭伙夫妻”。

李友正说：“对于我们农民工来说，愿望其实很简单，就是渴望过正常的日子，渴望有一张能睡下两个人的床，一个月能跟同在一个城市打工的妻子亲热一次，过一次夫妻生活。”

天洪知道，友正哥的无奈，也是大多数农民工夫妻的无奈，他的话说到大家的心口子上了，就说自己，哪天不思念家乡的亲人，哪天不在梦中见到阿香？

见酉亮和兰花合租房子，小涛悻悻地说：“亮哥这下好了，用不着再去街上找小姐解决了。”

“街上？去找发廊洗浴室那些妹子，你一天的工资还不够一次小姐的费用，哪有那么多钱？屋里娃儿读书，老人生病，家里盖房，那样不要钱，把钱用到那里你舍得？”酉亮问。

“那你找兰妹子不花钱？”小涛笑问。

“一年两套衣服还是要买的，不过那是你情我意，应该的。”对知根知底的同屋工友，西亮也不回避，他知道，你越是回避，越会被别人误解，在工友和老乡中，他们俩的这种关系根本用不着遮遮掩掩，普遍得很。

“是啊，生活有个帮手，感情上有个依靠，咱们又不是铁打的机器人，是有血有肉，有情有义的人。”朱有余说。

听到几个人的对话，天洪脑子里突然闪现出翠柳来，自从那次在小屋里自己中途刹车，才没干出越轨的事。但他内心深处，翠柳的影子总是挥之不去，出来这么久了，要说不想男女之间亲热那档子的事情是假话，甚至在睡梦中也常常出现翠柳的身影，还有一次梦里同她亲热，醒来发现裤裆里湿漉漉的一片，回想梦中的情景，好一阵才回过神来。平时，翠柳有空常来姐姐这里，来了也总过来看他，替他洗衣缝被，那种深深的情谊只有他才读得懂。

翠柳走后，西亮笑问：“洪哥，你是真傻还是装傻，这么久了你就没看出翠柳妹子对你的一片真心呀？我看与其这样不如干脆与她搭伙租房子算了，免得这么黏黏糊糊害相思病。”

天洪听了只是摇头笑笑：“使不得，使不得，她还是个姑娘，咱不能害了她。”他知道只要自己同意，翠柳会答应与他搭伙的，但他觉得这样做对不起翠柳，翠柳是个知恩图报的好姑娘，是个还没出嫁的清纯妹子，自己如果与她组成了“临时夫妻”，这叫翠柳将来还怎么与别人谈恋爱结婚？在心灵深处他始终牢记住师父的教导：给人帮助，千万不能有所图报。

晚上，周金山找天洪来了，两人坐在大榕树下聊天。周金山说：“天洪兄，我想……想请你从中介绍翠柳妹子，自从那天见到她，我这几天脑子里成天浮现的就是她的音容笑貌，别人给我介绍过几个女孩相处，都没有这种感觉，你说这是啥原因。”

天洪笑道：“啥原因，说明你心里喜欢上她了呗。”

周金山说：“公司办公室里也有几个姑娘喜欢我，其中还有农村出来的大学生，你说我怎么就没有感觉，倒是翠柳，只见过一面，就喜欢上了。”

天洪说：“要说翠柳，确实是一个清纯美丽、温柔善良、聪明伶俐的好姑娘，如果我现在还是单身，我一定会去追她。”

周金山笑了：“照你这么说，我喜欢她是值得的。”

天洪说：“当然值得，翠柳现在是服装公司的业务骨干，同你一样，在参加自学考试。”

周金山说：“那就更值得我景仰了。”

天洪狡黠一笑：“恐怕你一见钟情，是因为你从小就喜欢阿香，你的梦中情人就是阿香这种模样的姑娘，而翠柳姑娘的模样神态，一颦一笑简直就是阿香，你说是吗？”

周金山点头：“确实是这样，第一眼看到翠柳，我差点把她叫阿香了，后来再一看，才发觉年龄不符，但那模样、神态太像了。”

天洪哈哈一笑：“金山兄，算你小子有福气，翠柳姑娘现在还没有对象，我就从中给你们搭个桥，当回媒人吧。”

周金山笑了：“谢谢天洪兄，事成之后一定重谢！”

天洪突然拍手道：“我差点忘了，翠柳今天上姐姐家来了，春柳他们在街上租有一间小屋，就在街上，我们去找她。”

周金山站起来道：“走，我们现在就去。”

天洪站起来：“好，现在就去，把事情说了，先看看她的意思，不过，金山兄，这事得让翠柳妹子心里有个准备，你别急，好事不在忙上。”

周金山说：“是，好事不在忙上，一切听从你的安排。”

对离家外出的农民工来说，距离没有美，更多的是相思和寂寞，一年两年夫妻俩才见一次面，对男人来说是一种难以言说的煎熬。对留在家里的妻子，又何尝不是无可奈何的辛酸。

晚上熄灯后躺在床上，舒展着酸痛的胳膊腿，一群男子汉又开始谈论起来，有谈妻子的好处，有谈小街的发廊浴室，有谈人生的无奈，谈论的中心还是女人。

付天力说：“农民工不是干活机器，谁不想老婆孩子热炕头？但是孩子上学，家里老人得养活，没办法，我们也是人，也有七情六欲和精神需求。”

“夫妻一年见不了几面，天天这么干耗着，几个男人有这样的定力？什么苦都可以受，唯有相思受不了！”王福来话没说完，四十好几的大男人竟蒙着被子哭了。有道是男儿有泪不轻弹，只是未到伤心时。

同屋的人都知道他的老婆正是受不了这种夫妻长期两地分离的期盼，才同他离婚跟着别人跑了，家里老爹一气之下病倒在床，可怜 12 岁的大女儿每天上学回来还要给爷爷和弟弟煮饭干家务事，田地荒芜了，家里等着用钱，让远隔千里的他心里干着急，唉……这都是没法子的事。

只有小涛轻松地说：“只要勤快，到处都有艳阳天。”

郑中材说：“你小子到处都有艳阳天，我看你有几个臭钱在那里跳？听老哥的一句话：还是回家再续个老婆吧。”

一句话，小涛没了声响。自从老婆和那未出生的孩子没了，对于成家，对于女人，小涛便死了心，人生短短几十年，不过如此……

第二十六章　远乡的眷恋

中国农村那种“箫鼓追随春社近，衣冠简朴古风存”的桃花源般的田园生活，构建了千百年来稳定的社会秩序。

从打工兄弟的交谈中，天洪知道，像他这个年龄段的农民工兄弟们内心真正的归属始终是遥远的家乡，现在居住的城市对于他们来说不过是中转站。农村承包地每家人就只有那么几亩，出来打工的目的是让家里的人过上更好的生活，让孩子能去城里条件好一点的学校读书。

对他们来说，离开祖祖辈辈生活的村庄在外谋生始终是没有安全感的，特别是随着年龄的增长，他们对于今后老年的生活越来越迷茫了，如果说五十多岁还可以在外打工，那么十年后、十五年后该怎么办？

如果在家门口有致富门路，谁愿意别妻离子背井离乡去几千里外打工，去吃那份苦受那份罪？正如电视剧《外来妹》片头曲《等你在老地方》中所唱：

年复一年，梦回故乡。
天边的你在身旁，
随那热泪在风中流淌，
流得那岁月短又长。
年复一年，梦回故乡。
天边的你在心上，
把那沧桑珍藏在行囊。
独自在路上，忘掉忧伤，
抓一把泥土在手上，
塑成你往日的模样……

来建筑公司后，天洪看到一些来打工多年、有了积蓄和经验的中年人，就像他们工程队的王队长，两个月前就辞职回老家去了，听说在老家的县城里搞了个建筑公司；物资部的李春生，上个月也辞职回了老家，在县城里搞了个装修公司；难怪寨子里最早出去打工的天德哥曾对他说：“打工只能脱贫，却难以致富，只有创业才能长久致富。”这么来看他的话说得有道理。

对于天洪来说，龙门坝才是他眷恋一生的家乡，是他魂牵梦萦的故乡。在外漂泊打工的人，随着春节即将到来，许多人开始越发怀念家乡，无论取得多大的成绩、挣了多少钱，都斩不断对家乡的向往。出门在外四海为家，可家乡依然是自己的根。快过年了，在梦里，他们清晰地听见了故乡的呼唤，爹娘的声音，回到那片曾经养育自己的家乡故土，成了抹不断的思念。

天边，传来了悠扬的《游子吟》（电视剧《记住乡愁》的片尾曲）：

枫桥月，灞桥柳，
一声珍重离家走，
跨四海闯五洲，
长路漫漫难回首，
相思豆、连丝藕，
梦里常在画中游……

这是一首温情的故乡恋歌，听着歌曲，更让天洪产生了对家乡强烈的思念之情，是啊，打工在外的人，也只有梦中才能常回到故乡游。

睡觉前，哥儿几个又在闲聊，天洪说："尽管外出打工穿梭于城市和乡村之间，但我们心还在老家，打工的人手里有了钱首先想到的是在老家盖一栋新房，就是对家乡怀有感情和依恋，咱安身立命的根本依然在家乡。"

李友正说："农民嘛，就求个生活安稳。而安稳源自对家乡人文环境的了然于胸，源自对乡邻的知根知底。老家对我们来说，至少村子还在，老少爷们还在，还可以做个心满意足有尊严的农民。"

付天力说："有个安稳的农村回得去，又可以做个流动的农民出得来。故乡是人生的根，乡愁是血脉的情。"

朱有余说："前天我在报上看到一首民谣，歌中唱道：'身体离开，而心，却留在了那片土地……'说得真好，就像我们，心永远都在故乡。"

赵四喜说："咱农民工的乡愁就是山里的几亩地，是老家山和水，是我们从小生活的村子。"

付天力说："出来打工，我愿意忍受在异乡的孤独，因为城市给我们工作，但我更愿保留乡愁，因为那才是我们的归途。"

对于出租屋里这些读过初中甚至高中的农民工，读过几年书，多少都有点文墨，也能即兴说出几句略有文采的话来。

小涛的收音机里正在播放纪录片《记住乡愁》的主题歌：

乡愁是一碗水，乡愁是一杯酒，乡愁是一朵云，乡愁是一生情……

听着，听着，屋里有人轻声哭泣起来，天洪眼里也盈满泪水。

彭西亮从塔吊学习班结业后，就在建筑工地上学习操纵80米高的塔吊，每天，他要爬上60米高的操作室，第一次上去的时候，他心里怕得要命，一路上念叨着：“老天保佑！祖宗保佑！”看着下面像蚂蚁一样小的人在行走，他内心非常恐惧，师傅在旁边一直安慰鼓励他，慢慢地他才平静下来。

西亮有一股子不服输的劲头，当小涛说他胆小鬼时，反而激励了他学习的劲头，一周实习下来，他学会了塔吊操作，塔吊工作需要聚精会神全神贯注，工作时不能有一点看走眼，不能有一丝疏忽，几年下来，他没有出过一次差错。

每天，西亮上塔吊之前总要记住背上水壶，带上几个矿泉水瓶子，上了高架，吃饭和拉尿成了大问题，塔吊不是电梯，上下一次不但花时间，还影响工作，他自己想了一个办法，尿憋不住了，用瓶子接着，下班的时候带下来倒掉。

陈祖辉学习的是操纵重型卷扬机，专门起吊大型预制件。平时他总爱拿把卷尺，测量大件的几何形状，了解大件的物理结构，找准重心挂好绳索。他知道，安全起吊大件要靠平时的经验积累和胆大心细，以及同工友们配合默契。

正是李友正、张天洪、彭西亮、陈祖辉这些有经验敢担当的工人，才支撑起了建筑工地，保证了工程安全，他们是工地真正的精英骨干。

江城南面新城的建筑工地上，推土机、载重汽车穿梭来往，一座20层楼高的塔吊上，彭西亮正在小小的控制室里操纵这高耸神奇的塔吊运送材料。陈祖辉操纵着重型卷扬机在起吊大型预制件，李友正戴着安全帽，手里摇着红绿小旗，嘴里吹着哨子，在指挥大块预制件的吊装合拢，天洪领着班里的工友忙着将预制件拼装就位和焊接组装。一辆40吨的半拖挂工程车从他身边呼啸而过，卷起一阵尘土，喷出呛人的黑烟，天洪和工友们却雕像般地定在那里，专心干着自己的工作。烈日高照，黝黑的烟气在太阳的光芒下成为五颜六色的烟幕，在空中飞扬，仿佛在肆无忌惮地嘲笑这群只顾忙着专心干活的傻瓜。

中午，天洪和工友们坐在工地的跳板或预制板上，端着一个大饭盒，面前的砖头权当桌子放菜碗，来往车辆扬起的尘土，被他们就着饭菜咽进了肚子里。

三年前，天洪刚来建筑公司的时候，工地所在地还是一片稻田沟渠水塘，这里是富庶珠江三角洲的一部分，是中国的鱼米之乡。

而现在，笔直宽阔的林荫大道两旁矗立着几十栋百米高楼和一大片高档别墅小区，新建的楼群完全改变了昔日鱼米之乡的模样。走进小区，到处是珍奇的花草树木和曲径通幽的人造景观，绿化队的工人们正在做最后的装饰，绿树丛中鲜花竞放，一切都显示出这片高档住宅区已经初具规模，小区的几处大门上巨大的横幅上写着：热烈祝贺东方雅苑住房片区竣工！

售楼部迎宾厅里人头攒动，城里的人们一大早就排起了长队，争相购买新房。穿着工作服戴着安全帽的天洪，路过时抬头朝排队的人群里找寻，长长的购房队伍里面竟然没有一个像他这样的农民工。他知道，自己一年的工资领来不吃不喝，也买不回2平方米的房屋，自己不属于城里的人，没资格购买，也没有钱买房。但这片住宅区的建成，包含着自己的心血和汗水，为此，他从心里感到高兴和自豪；但想着今后居住在这片小区里的人与自己毫无关系，他又感到一丝失落和伤感，毕竟这里的舒适和豪华与他们这群建筑工人无关。

建筑工地上经常加班加点，难得有不加班回家早的时候，每到这些时候，吃了晚饭，多数人打牌、搓麻将、看录像去了。天洪从来不参加这些娱乐活动，嫌那些地方嘈杂，他喜欢搬个小凳与几个留在院里的老乡在大榕树下坐着唠家常。

李友正笑着问："兄弟，长久的夫妻分离，有没有想过在江城搞熟了后，把弟妹和儿女接来，像周队长那样在江城买套房子安个家，不是很好吗？"

天洪说："咱可不能同周队长比，他大小算个小老板。我同他不一样，我的根在在龙门坝，等儿女读书工作后，我还是要回去的，那里才是我的家。城里只是我们讨生活临时过路的地方。"

李友正点头："兄弟同我想的一样，我们的根在老家，来城里打工是为了养家供孩子读书，盼望儿女多读点书能有个出息，别再像我们吃苦受累四处奔波。"

天洪说："我这才体会到当年老爹为什么不同意我辍学回乡务农，像我们这样的农村人，走到哪里都是一个苦力，不是面朝黄土背朝天地，就是浪迹天涯东奔西走打工，挣不到几个辛苦钱。"

彭酉亮说："我从小学的是木工，在乡里给人盖过几年房子，刚来江城的那几年就一直在外面做散工搞装修，常常是接到老乡（包工头）的一个电话就奔向一个工地，那时是干一天活拿一天工钱，这种现象在建筑装修行业很普遍。老乡们都没有交社保，也没有哪个老板和公司组织我们交社保，我们也愿意把辛苦积攒下来的钱捏在自己手里保险，后来进了天河建筑公司，原想老板会给我们办理养老保险和医疗保险，结果还是没有办。"

天洪问："那你以后老了做不动了怎么办？"

"什么怎么办，老了回老家种地就是。"酉亮回答。

天洪笑了："出来十多年没有干农活了，可能手都生疏了。"

彭西亮说："种地咱是把老手，从小就学做的事情不会忘的。农民嘛，哪个不是活到老做到老。"

郑中材说："我今年回去，眼见路边的许多院子静悄悄的，没有狗叫，没有鸡跑，连过去欢蹦乱跳的小孩也不见踪影，通往院子的石板路上长满了荒草，整个院子里没有一点人气，大门上挂着的锁生了锈。我们那个院子原来住了三户人家，那两户现在连细娃都跟着出来了。"说着他眼睛湿润了。

李友正说："咱们住的这房，连我家的猪圈都不如，我家的猪圈还是条石砌的青瓦房，面积比我们住的这间房还大，养个七八头猪不成问题；去年我儿子没考上大学，也来江城打工，到年底他算了一下，一年下来扣去生活费，余下的工资不到1万元，今天我到售楼部去看了一下房价，要儿子三年工资结余的钱才能购买1平方米房子，就算打个30年工，也只买得起一间房子，如果再结婚生孩子花销，恐怕连这间房子都买不起，你说咱农民工怎么在城市里安家落户？"

天洪点头："昨天我请周金山吃饭，听他说，为了拿到工程，老板把工程赚的钱好大一部分都用来疏通关系送礼去了，一个工程到手，利润被总承包、分包层层抽成，真正到实际做事的打工仔手里，工资已经极其微薄。"

郑中材说："这几年打工我总算明白，靠这点收入要想在城里买房安家，过上城市人的舒心生活，想都不敢想。要说咱们打工者也有梦想，也想把他乡当故乡，实现梦想难啊。"

为了同家人联系方便，能向几千里之外的阿香问个好，上个月天洪同阿香已经在信里商量好，双方这个月都去买手机，昨天他收到阿香的信，说她已经去清溪镇上商店买了一部手机。

下了班，天洪特地去了旧货市场，在一个卖二手手机的地摊前，天洪蹲下，逐个问了手机的价格，他指着一个直板按键的旧手机问："这个多少钱？"

"算你老哥有眼力，这个手机嘛给150元。"小摊主人拿起手机，"这是诺基亚的老牌子，音质好，不信你试试。"小摊的主人拨了一个咨询电话递给他。

天洪的工友们多数用的这种诺基亚直板手机，他知道这个品牌。接过手机他贴在耳朵边，手机里的声音清晰洪亮，放下手机他还价："100元行不行？"

摊主犹豫片刻："今天开个张，算你老哥买着了，100块可是我收购进来的成本价，今后大哥可以多介绍些朋友来我这儿买，物美价廉。"天洪听说这种二手手机摊主最多70元就能收购进来，卖一个他有30元的赚头，不过他没有犹豫就在口袋里掏钱。

两人一手交钱一手交货成交，天洪喜滋滋地拿着手机去移动公司办理了手机卡，又预交了100元话费。拿着买来的手机，天洪兴奋得直想跳起来，终于有了自己的手机，虽然这是讲究时髦的年轻人淘汰不用的老套筒型号，天洪不讲究那些个时髦，他也没有条件花几千元去追求那个时髦，能打电话，能清清楚楚地听见阿香一句甜甜的问候，听到老爹的教训，听到儿子汇报学习成绩，听到女儿那充满稚气的一句："爹，我想你了，你啥时候回来？"就足够了。

回到宿舍，刚下班回来的小涛拿着家里的来信边看边在落泪，原来信里说他娘病了在医院，见天洪回来，小涛不好意思地问："洪哥，能把你的手机借我给娘打个电话吗？"

"行！"天洪没有犹豫，从口袋里掏出手机递给小涛。

电话接通了，医院那头一直没人接。出租小屋里中间过道太窄光线太暗，刚进屋的王福来眼睛还没有适应过来，就撞上了正在打电话的小涛手腕，啪的一声手机摔到地上，液晶屏被摔裂，液晶屏幕顿时变成了冬日的雪花，裂纹向外开放。看着惊慌失措的小涛和目瞪口呆的王福来，天洪没有埋怨，蹲下身小心地把手机捡起来细细看了，从床下箱子里找出透明胶纸，仔细把碎裂的液晶屏幕粘好。随即，他试着拨通了阿香那头的电话号码，当手机里传来阿香甜甜的声音："洪哥，你有事找我吗？"

他笑了："没有什么事，就是想你了，阿香，你能听清楚我说的话吗？"

阿香说："洪哥，非常清楚。"

一旁的小涛低声说："洪哥，对不起，刚才把你的手机摔坏了，我赔你一个。"

天洪高兴地说："不用赔，不用赔！还能听清楚说话，手机能继续用。"他又试着发信息："只是收发短信时看字有些费力，管他呢，只要能听清楚阿香说话就行，话费贵，我们一个月也就通几次话，不碍事的。"

小涛感动得流下热泪，洪哥就是气度大量，他关心这里的每一个人，那天听翠柳讲洪哥为了救她，一人打败四个彪形大汉的故事，更是敬佩得五体投地。

天洪拉着小涛的手："再给医院打电话，问问你娘的病情怎么样了，出来打工挣钱，都挺不容易的，手机能通话就将就用吧，兄弟你千万别再自责了。"

小涛接过天洪递来的手机再拨，湖北恩施人民医院的电话通了，小涛激动得说话都颤抖起来："你好，请帮忙找一下内科16病床的李香菱。"不一会儿，护士扶着老娘慢慢走了过来，拿起电话："喂，谁呀？"

"娘，我是小涛，娘，我是小涛呀！你今天好些了吗？"

"哦，小涛儿呀，多亏了那天你大伯娘把我送到医院，不然，我这把老骨头就……就……见不到你……了……"话没说完，娘哭了。

旁边搀扶的护士接过电话对小涛说："小伙子，你娘是急性胃穿孔，经过治疗目前基本愈合，再有几天就可出院了，你放心好了。"

听到护士小姐的话，小涛连说："谢谢，谢谢你们了。"

小涛放心了："现代社会就这么快捷简单，一个电话就把遥远的挂念解决了。"

天洪他们租住的南河街，曾经是珠江三角洲有名的古镇，在这片区域开发之前，小街的周围是一眼望不到头的稻田和江城城的绿色蔬菜基地，是中国真正的鱼米之乡，而现在这里早被林立的工厂、成片的高楼和建设工地所代替，还有那一大块一大块被房地产老板圈起来的囤积土地，上面堆满垃圾，长满荒草，让这块秀美的土地彻底改变了模样。

在外出的打工者中，天洪是个另类的人。他自幼以下乡的知青大哥大姐们为榜样，喜欢看书学习，初中毕业时是因为家里贫穷才没有继续读高中考大学。在外打工生存不易，每天要在工地上干 12 个小时以上，回到合租的小屋，其他人已是筋疲力尽倒下就睡，只有他还是拿着从公司技术人员那里借来的技术书籍和工程设计图纸看得入迷。

其他合伙租房的工友可没这看书的雅兴："看那些鸟书，还不如'斗地主''炸金花'来得刺激。"

林小涛说："没有其他娱乐活动，咱们打工仔，就这样过日子吧！"

天洪不这样想，不管做什么事，都得干一行，爱一行，钻一行。做什么事都有一股子认真劲。班长李友正总爱对班里的工友说："大家伙做事就得像天洪那样钻研技术，认真工作，干什么都走在前面。工程质量是百年大计，马虎不得，偷懒不得。再说工地上车辆和施工机械来来往往，稍不注意就会祸从天降，伤了自己还找不到原因。"

天洪刚回到合租房，口袋里的手机响了，他拿起手机："哦，阿香有事吗？"

阿香说："洪哥，咱家里明天又要杀一头猪，估计有两百多斤。"

天洪说："你一个人在家，一年还要杀三头肥猪，真是辛苦你啦！"

阿香说："知道你两弟兄喜欢吃家乡的老腊肉，明天杀了猪挑上几块半肥半瘦的肉熏成腊肉，等你们回来时带回去吃。"

天洪有些感动："每次吃着腊肉，都能感受到家的味道，随便到哪里，只有家里的菜才有家的味道。"

在天洪眼里，什么是家，家的一部分就是从小吃惯的家常菜。随便到哪里，同样的菜也是不一样的，只有家里的菜才有家的味道，只有天涯游子才品得出。

李友正说："依我说，家是加油站，家是避风港，家又是最好的睡觉地方，不管哪个时候倒下去我就会睡着。"

王福来笑了："那是因为家里床上有你最爱的老婆抱着你睡，我说得对不对？"

几个老哥一脸坏笑："对！对！对！哪像这合租房里，几条光棍，连个抱着亲嘴的人都没有。"

李友正回想着中秋节那次秀莲来这里探望他，就在这小屋里，拉一道布帘隔着，蚊帐里抱着老婆，脸贴着脸连大气都不敢出的狼狈场景，深深地叹了口气："唉，咱们也太窝囊了，妻子半年多没见面，自己连住旅馆的钱都舍不得，让她来这屋里担惊受怕，受了那么大的委屈，太对不住秀莲了。"

林小涛嬉笑："哪个说没有同你亲嘴的人，你出院子小街往左拐，美容室、洗浴室由你选的。"

"那是逢场作戏，你以为是真同你亲嘴呀，她那是隔着钱同你亲嘴。"付天力一脸不屑。

听到这话，刚才还在争辩的几个老哥全没了言语，出来快一年了，思念老婆那份情意，也只有在梦中才能实现，现实中想也是白想。

沉默了好一会儿，郑中材从上铺探下头来："我出来打工有12个年头了，每次离家时，我都怀着美好的愿望，就像出征的战士那样豪迈。可到了工地，这豪迈劲儿就不见了，不怕几位老哥兄弟见笑，夜里我常常躲在被窝里哭，哭我们的命苦，不然怎么会把一家老小扔在家里，自己孤身一人千里万里出来打工。"

"咱这农民工真的该这样吗？"天洪问，他是在问大家，也是在问自己。

李友正说："前年我大哥在建筑工地从脚手架上摔下来，还没有送到医院就咽气了。老板事前没有给我们农民工买保险，工伤死亡哪个赔你？事后老板反倒说他是自己不小心摔下来的，别人都好好的，就你一个人摔下来了。这下好了，死亡的责任全在他自己。扯了半年皮，后来还是一个重庆来的周律师知道后帮忙写了诉状，陈述了事故的详细经过，法院判决，老板才赔了3万元钱，大哥一家老小五口就靠他挣钱，他死了一家大小今后的生活真不知道怎么过。"

"你那是有律师帮你，总算赔了几万元钱，我那小兄弟在工地上干得好好的，突然祸从天降，正在吊装的一块预制板滑钩掉了下来，当场就把他砸成了肉饼，结果……"王福来话没说完，就哭了。

每当傍晚微风吹起时，小街远处总是传来哀婉悠扬的歌声：

当身边的微风轻轻吹起，

吹来故乡泥土的芳香，

归来吧，归来哟，浪迹天涯的游子。

归来吧，归来哟，别再四处漂泊。

踏着沉重的脚步，归乡路是那么的漫长……

在外面打工，天洪最喜欢听这首歌，听着听着，他眼眶里盈满了泪水，他知道，那是一个与他一样思念家乡的游子在吟唱，唱得如泣如诉，打工几年，这首歌一直伴随着他。他的耳畔仿佛尽是故乡的爹娘、妻儿呼唤他回家的声音。难怪有人说："世上再美的风景，都不及回家的那段石板路。"

天洪曾经问过小街上一位同样远离家乡的文化人，他在一家杂志社当编辑，天洪问："林老师，你给我说说什么是相思？"

林老师说："相思不仅仅是一种方言、一种声音、一种态度，它是你躲不开、扔不掉的一种牵挂。当你越走越远，当岁月开始长毛的时候，你才会发现，那遥远的家乡，远方的亲人，才是唯一能拴住你的心灵的东西，这就叫相思。"

天洪点头："在我心里，家才是唯一能拴住心的东西。就像每次回家，我都要下地帮着阿香干几天农活心里才感到踏实，那一颗悬在半空的心才落地，只有下地干着活，才感到是真正回到了家。"

林老师说："兄弟算是领会了相思的真谛。"

眼前清澈的珠江水、远处的白云山和这如诗如画的南国风景够美丽的了，可是，在天洪的心里，怎么也比不过家乡的山川那样吸引人。他知道，远在家乡的阿香也会同样挂念着他、思念着他。

想着想着，他拿起手机，给远方的阿香拨通了电话："阿香，又想你了！"

阿香说："洪哥，这几天，我也老是梦见你，我没有啥奢望，只想两个人在一起过平凡的日子，天长地久，永远在一起。"可现实，只有痴情和苦苦的等待，等着那个一两年也回不来的人。

每次发工资那天，是同屋兄弟们最高兴的日子，李友正作为打工工龄最长的老大哥，自然会在小院地坝里安排一桌酒席。同屋的人都是川渝鄂湘黔毗邻地来的，口味差不多，都喜欢麻辣口味。说起来大家最想吃的还是家乡的菜，那种麻辣鲜香的美味佳肴。

头天晚上，一屋12个人就在床上讨论起菜单。照例都是从回锅肉、水煮肉片、烧白、粉蒸肉、麻辣鱼、酸菜鱼、麻酱肘子、夫妻肺片、青椒肉丝、宫保肉丁、红烧肉说起，说得大家直流口水，连呼过瘾。

等打完了精神牙祭，天洪这才开腔：“你们算算这一桌办下来要用多少钱？”

一句话，把在场的人问了个哑巴。不是算不出来，一是出租房里没那些美味的作料，川菜湘菜差了作料味道就变了样；二是没有谁舍得出那个钱，聚餐是大家打平伙，哪个家里不等着用钱，打工的人对一分钱都捏得紧，不过就是吃一顿饭，发发牢骚出出酒气嘛，摆那些排场干啥。于是，众人对刚才提出的菜单又进行了大刀阔斧的修正，最后确定挑几样有代表性的川菜，荤菜控制在四个，炒两个素菜，煮一钵鸡蛋番茄汤就很丰富了。

又是一番争论，最后李友正宣布：“根据大家提议，回锅肉、烧白、粉蒸肉、麻辣鱼作为家乡菜的代表，买上两瓶 50° 的江津老白干，一箱啤酒。”一顿饭就这么凑合，但这对出来打工的他们来说，已经是一种难得的奢侈了。

李友正说：“照样是曾经当过厨师的赵四喜当主厨，天洪做二厨，其余兄弟打杂。”

第二天，在工地上吃过午饭，李友正就安排赵四喜溜空子提前去小街东头的菜市场采购东西做好准备。待大家下班后七手八脚，很快就办出一桌色香味俱全的川菜来，付天力去小超市买来两瓶 56° 的江津老白干，一箱雪花啤酒，一屋人欢天喜地来了个一醉方休。吃到最后，总有几个倒地，几个骂娘，平时不骂的趁着酒劲儿，把平时的委屈怨气通通骂出来，骂完了大哭一场方休。

天洪不喜欢喝醉，每次他只是一两白酒，一瓶啤酒，尽兴就行了，端着酒杯，他唱了起来：

思故乡望故乡，山川秀百花香。
思故乡想爹娘，冷和暖在心上。
思乡的人啊泪呀泪成行，
回家的路啊山高水又长，
团圆梦做了一场又一场……

唱着唱着，众人和了进来，眼里流着泪，远方的人，谁不思念故乡。

天洪自幼爱读书，请教林老师：“大哥，这‘一方水土养一方人’是什么意思？”

林老师说：“你知道什么是‘水土’吗？知道古人说：水有润下助土之功，滋生万物之德；土有化象和水之绩，舒纵欲托之能。四维之中，水为命之象，土为命之基。古人所说的‘水土’是一体的，在这里，水土又不等同于风俗。风俗是有时间性的，是可以改变的。而水土，则说的是特定的气场和依托，是亘古不变的。这里指的是一个特定地域的‘生气’或‘磁场’效应。”

天洪点点头，对林老师的解释，他似乎听懂了，又似乎还不太明白，在他心里，他的“磁场”在杉树岭、在龙门坝。

一轮皎洁如银的朗月高高镶嵌在广袤的夜空上，今天是中秋月夜，天洪想起这几年来，没能和家人一起过团圆节，家里老小生活在农村，而自己在城市中，但又与身处的城市无关。想着想着，他的眼睛湿润了。

第二十七章　乡村留守人

随着撤销杉树岭公社改为杉树岭乡，龙门寨大队也改叫龙门寨村，村里的青壮年们都外出打工挣钱走了，除了少数像阿香这样留在家里照顾老小的妇女外，龙门寨村只剩下老人和儿童了。

村子里有三十多个细娃在乡里读小学、初中，家里经济上还可以的家庭，细娃就寄宿在学校；有老人但家里穷交不起食宿费的儿童，只得每天来回三十多里山路走读，老人照顾起居；家里没老人又没钱的，就靠几岁、十几岁的儿童自己照顾自己。留在村子里的老人在家种地、养猪、养蚕、带孙子。

父母们都外出打工去了，正在读书的留守儿童成了花自飘零水自流的无娘儿，农村儿童的教育也因父母的缺失而急剧滑坡，越来越多的家庭实际上已经放弃了留守儿童的教育，放任自流任其发展。中国几千年传承下来的“养不教父之过”的传统观念，早就被严酷的现实抛在一边。

龙门坝青石板周围长满杂草，就连以前打麦晒谷的地坝上也长出了杂草，周围院子里多数房屋已无人居住，新盖的楼房因人去楼空大门紧锁，房前杂草丛生，屋后老鼠乱窜。以前热闹嬉笑的村委会，也只有几个村干部偶尔过来坐坐。

看着眼前的情景，村长天九摇头道：“青壮年都走了，咱们龙门寨村变成了老人村了。”

天被薄薄的云彩遮掩着，微风阵阵，裹着新禾的清香在杉树岭山间缭绕。天洪爹自从老伴去世后，突然变得苍老了许多，他天天傍晚都要去龙门坝前的大青石上眺望远山，看他的洪儿在回家的路上没有，老爹在心里轻轻地呼唤：“洪儿呀，你快回来，爹想你了，洪儿呀，你吃得饱吗？穿得暖吗？爹想你了！”

每天清晨吃了早饭，老爹牵牛去坡上放牛，家里养的这头水牛，跟着他六七年了，有感情了，水牛也知感激，耕田犁地特别卖力，前几年天洪在家时，代耕的几户人家的田地，要不了一个月就耕一个遍，余下时间周围邻居没喂牛的人户，也来借去耕田犁地，可老爹从来不要别人还工，只要喂饱草料就中，所以一年下来差不多半个寨子的田土大黑牛都耕过。这两年外出的人多了，撂荒的田地多了，来借牛的人家少了，大黑牛才歇了口气。老爹天天牵着它上坡放养，叮当叮当的牛铃声让他感到惬意。

寨子里留守的人越来越少，不但青壮年们出去了，连正在上学的半大娃也跟着爹娘出去了不少。有钱在县城里买了房子的人，把老人接了去帮助照看孩子上学。这几年老爹想找个老伙计来聊天都难，只好一个人坐在坡上凝望发呆，或对着大黑牛喃喃诉说。

老爹体形略偏瘦但还结实，年轻时候的他可是生产队里的好把式，耕田犁耙、栽秧打谷样样精通，依次养大五个儿女让他过早地累弯了腰，现在除了手脚有些不灵便，耳朵有点背，身板倒还硬朗，其他大毛病还没有，天气晴朗时还能自己慢慢走到杉树岭街上去赶场，在乡场上他不图买到什么，就图个能遇见儿时的伙伴，看看那些熟悉的旧物和小街。

背上早被汗水打湿，当阿香背着一大背篼桑叶终于走出山谷，来到一处向阳坡上时，太阳已经升起，飘浮在山腰的云雾也渐渐疏散，她长长地舒了一口气："嗨！"一阵风吹来，直立的杉树发出阵阵杉涛声，身上立时感受到悠悠的清凉。

今年女儿也去杉树岭街上住读去了，老娘去世后，老爹变得沉默寡言，成天在坡上与大黑牛为伴，屋里没了生气。隔壁的二伯娘年纪大了，平时少有言语，阿香要想找人拉话都难；二牛兄弟的媳妇灵芝在家，田里地里带孩子，她自己的一大堆事都忙不过来，哪里还有时间过来闲聊？

夕阳懒懒地照在那些原先长满稻禾的水田里，阿香一个人一年忙到头，田里地里仍然顾不过来，远一点的田地只好撂荒，庄稼长势也大不如以前了。

东西院子里的堂兄弟们都出远门打工去了，而今，几户人家的田土撂荒在那里无人耕种，长满了比人还高的荒草，阿香扛着锄头背着背篼路过地里，满处乱窜的田鼠吱吱叫着跳过脚背，"呀！！"随着她的尖叫声，一旁的田鼠被吓呆了，傻傻地躲在草丛中。看着祖宗留下来的良田熟土成了田鼠野兔生活嬉戏的乐园，她心里觉得不是滋味，斑驳的夕阳下，定格的画面显得有些悲壮。

天洪不在家，阿香一个人要操持田里地里的庄稼，要喂养圈里的猪牛，蚕房里的宝宝，要煮家里的饭菜。自从老娘去世后，老爹的身体大不如以前了，平时，能帮着放个牛、添个猪食、侍弄个菜园子已尽了力，再不能劳烦老爹了。夜深人静时，阿香常常回忆天洪在家时两人一起在家共同劳动的日子，再苦再累心里也觉得甜，看着眼前的一切，阿香感到有些孤单凄凉。

当那杜鹃啼遍，声声添着乡怨的时候，阿香站在青石板上呼唤："洪哥啊，啥时候你再回来啊？洪哥，你回来看看，龙门寨都变成啥样了，看着眼下的村寨荒芜，谁心里都不是滋味，从前我们一起上坡，有说有笑，现在孤苦伶仃的一个人，连找个人说说话都难，你说这日子……以前养蚕喂猪、上坡种地、下田栽秧，都是两口子一块儿干，现在干什么都是自己一个人，生了病也得硬撑着。”

天天上坡路过龙门坝大青石的时候，阿香都要驻足凝望，村子里留守的老人、妇女、孩子，也都喜欢来这里，站在高高凸起的青石板上，看得见杉树岭街上，看得见武陵仙山秀美的群峰，看得见遥远的南国……几百年来，寨子里的人把大青石叫望夫石，祖祖辈辈，坝子上的人都是站在这里送别出门远去的亲人，也是站在这里等待远方归来的亲人。

远处，隐隐传来一个女子的悠悠歌声：

天上落雨又打雷，一日望郎多少回，
山山岭岭望成路，路旁石头望成灰。
想郎想得心发慌，好像喝了迷魂汤。
走路忘了跨门槛，煮饭忘了滤米汤。
吃饭想起饭难咽，睡着都在眼睛边。

女子清脆凄婉的情歌和着山风清清悠悠地流淌，让人听着心酸。

大年三十下午，天洪迈着矫健的步子回到家，当阿香蓬松着头，满脸汗水站在他的面前时，天洪的心着实震撼了，这几年阿香明显变得苍老了，与他记忆中的差距很大。她今年才满 37 岁，但看上去怎么说也是四十开外的人了。天洪心里明白阿香这是操心劳累的，阿香在家的辛劳程度远比自己在外辛苦得多，在外面打工，起码下班后可以在躺在床上舒展一下，不用担心什么。而阿香家里地里，猪牛鸡鸭，桑蚕宝宝，全家人吃饭穿衣，哪样都得操心，哪样都得亲自动手才行，等到上床时，早已累得直不起腰了。

隔壁的二伯娘家里，目前就只有二伯娘和她的小儿媳妇灵芝在家留守，灵芝带着 7 岁的大女儿和 3 岁的小儿子。二伯娘今年 81 岁了，她生有两个儿子和两个女儿，目前腰不弯背不驼，还能看清孙女课本上的小字，她识的字还是在土改后扫盲班上学的，那时二十来岁的年轻人上进好学。几十年过去了，孙女课本上的字有一半她还认识。她身体尚好，大儿子的两个儿女也都是她一手帮着带大的，家里喂猪养蚕，主要靠她。

大儿子说：“娘，娃儿都上城里读中学去了，你也用不着再喂猪养蚕了，喂几只鸡你自己有个蛋吃就行了。”

二伯娘说：“你兄弟的细娃还小，我得帮着灵芝看孩子喂猪。”老人的心总是想着儿女。

西边院子住着天洪的三伯 80 岁了。两个儿子都在外面打工，孙子们也都外出打工去了，只有一个还在读书的七岁的小孙子跟着他。为了不给儿孙们增加负担，他至今还自个儿耕种着两亩地，地里有苞谷、小麦、红薯、洋芋、油菜和蔬菜。他和小孙子日常生活所需几乎全部来自自己侍弄的土地，粮食吃不完，油菜籽榨油，蔬菜自己种，他养鸡养鸭满足自己的肉蛋需求。可自前年以来，四伯的老寒腿病日趋严重，已经无法下水田栽秧打谷，平时吃的粮食还是几年前的存粮，去年存储的稻谷吃完了，他用苞谷小麦与别人换稻谷。四伯现在眼睛不好，走远路大不如前了，不过，每逢乡里赶场他还是要去街上走走，把吃不完的鸡蛋拿去卖，顺便买点猪肉、烟、盐。有空也去街上小食店里坐坐，喝点小酒。在乡里，是否有钱去场上买小吃是老年人富裕的象征。土地给农村老人提供的不仅仅是生存所需的物质，还有尊严的生活和老有所乐。他们住在自己的老房子里，不需要依靠子女生活，不需要低声下气地讨好子女，通过经济独立维护着自己的尊严。劳作对他们而言，不是负担，而是生活。现在的农村，基本上没有文化娱乐活动，老人们在耕种土地中消磨自己的时光，他们不习惯枯坐家中，地里收获对他们来说是一种最高的奖赏，也是一种成就感。

坎下李大爷家儿子媳妇都出去打工了，7岁的孙子今年也跟着儿子外出读书走了，家里就剩下李大爷一人，年轻时寒冬腊月战天斗地学大寨，落下严重的风湿关节炎。腿脚不便的他大田做不了只得撂荒，只能在自家院子附近的自留地里种点小菜，栽点红苕洋芋，他家稻谷还是吃的前几年的存粮。

每天，李大爷总爱在那三分地里种菜，弯着腰，挖一个坑，就放进去一棵青菜幼苗，再培上土，土培好了，又怕苗不稳，转身弓腰又查看一番，确定无事，才挺起身舒展舒展身子骨。老人的动作有些迟缓，却很细心，生怕自己的迟缓动作伤害到幼苗似的。其实菜园里种的菜已经很多了，什么都不缺，可老人还是舍不得让土地闲着，他要把整块菜地栽得满满的。看着老人那弯曲的脊背影射在夕阳里，天洪问："大爷，你这么大年纪了还在地里忙图个啥？"

他说："图个腿脚舒展，图个自食其力不拖累儿女。"

天洪问："大爷，你好像在等待什么？"

李大爷说："我是等地里的收获，等儿孙回来时满院子家的味道。"

天洪懂了："大爷，你是在等家人一年一次团聚的日子。"

郑中材在江城打工，妻子冬梅在佛山打工，3岁的女儿香雨就交给老家65岁的老娘，中材的父亲有一门精湛的木工手艺，生前的十多年一直在浙江一家红木家具厂打工，前年春节回家突然感到胸部疼痛，送到医院，说是肺癌晚期，住院花去了6万元，结果人还是没有留住，打工十多年老板没有给他办理社保医保，因为住院。把他十多年打工的积蓄全部用光了，原来存在银行里准备用来盖新房的钱也一下子全没了。

眼下中材家里就只剩下老娘和香雨了，以前，他是每月写一封信问候家里的情况，今年春节回家，他花了250元钱在城里给娘买了一部老年人使用的手机，教会了娘使用。

从此，他每周六晚上8点给老娘通话，问候家里的情况。

3月15日，又到了星期六，中材给家里打了几个电话始终无人接听。他心想可能是娘正在忙没听到；第二天一早，他再打电话还是没人接；第三天中材再打电话，仍然无人接听。这时中材心中突然有一丝不祥的预感，他赶紧打电话给住坎上院子的大伯娘："大伯娘，三天了家里都没人接电话，麻烦你给看看。"

20分钟后，大伯娘的电话打回来："中材，不好了，你娘因发病去世估计有三天了，小香雨倒在阿婆身上，我刚才摸了鼻孔，还有一丝气息……"

中材急问："我娘怎么啦？香雨怎么啦？"

大伯娘说："你别着急，我们马上送香雨去医院。"

放下电话，中材立即请假，连夜坐火车赶回去。下了车，他先去了县医院，看见女儿静静地躺在急救室的床上吊针输液，人还在昏迷之中。

大伯娘流着泪说："那天接到你的电话，我带着孙子小石头到你家敲门，敲了半天都没人来开门，我感到蹊跷，这才想起好像有几天都没看到你娘带香雨出来玩了。我急了，忙叫来坎下的中力帮忙把门撬开，走进屋里，眼前的情况让我们惊呆了：你娘趴在地上一动不动，鼻子耳朵里流出的血已经凝成紫血块了，香雨上身穿着棉袄，下身穿着单裤衩一动不动，四肢都冻得发黑了，我走上前用手去试婆孙俩的呼吸，发现你娘已经没气了，香雨还有一丝呼吸。正好村长路过门前，他赶紧拨打了120电话叫车，我把小石头交给村长媳妇，跟着村长背着香雨赶到公路上，叫的120急救车这时正好赶到。看当时屋里那情景，小香雨至少两三天没吃一口东西，只穿条单裤冻着。送到县医院时还昏迷不醒，医生说香雨再晚送半天就没救了。经过抢救，今早上才睁眼，跟着又昏迷了。"

大伯娘抹了一把泪："医院叫家里必须有人来陪伴，实在是找不到人，我只好把小石头托付给西院的侄儿媳妇慧美帮忙照看，她自己还带着不满1岁的小林林，我来医院陪香雨。"

中材拉着大伯娘的手泣不成声，稍息才平静下来："大伯娘，多亏你老人家，不然香雨就没救了。"

大伯娘说："你娘的身体一直有病，经常听她喊心口子疼，只是她不让告诉你们，说怕你们知道了担心。也是小香雨命大，田里还结着冰，那么冷的天，她下身只穿着单裤衩，两三天没有吃东西。"说这话时，大伯娘一直在抹眼泪，她也是独自一个人留守家里带着孙子小石头，自己近来也老是犯病，万一哪天有个三长两短，小孙子可就要遭罪了，小石头今年刚满 3 岁。

听了小香雨的遭遇，王福来哭了，自从老婆跟着别人离家走后，12 岁的女儿葵花，要带 7 岁的弟弟王自立上学，还要照顾卧病在床的爷爷，爷爷脑中风后半身不遂，吃喝拉撒睡都要人照顾，家里的生活费用全靠王福来一人扛。

放学了，葵花带着弟弟自立，走了 15 里山路回到家里，来不及擦一把满脸的汗水，急急来到爷爷床前，见床边桌子上给爷爷留下的汤面侧翻在桌上，葵花叫："爷爷，你怎么啦？"

爷爷迷糊地睁开眼睛，指指桌上的碗，又指指自己的嘴："啊……啊……"

葵花点头："爷爷，你还没有吃午饭吧？"

葵花很快给爷爷煮了一碗面，坐在床前，一口一口地喂着爷爷。爷爷噙着泪水，一口一口地配合着吃面。

吃完面，自立拿来尿盆："爷爷来拉尿。"葵花扶着爷爷坐起来，慢慢移动到床边。自立端着夜壶帮助爷爷拉完尿，葵花扶着爷爷躺下。

爷爷颤抖着："花……呀……难为……你……"

葵花噙着泪，挤出一丝笑容："爷爷，这是我们应该做的！"

沉重的生活压力，使小葵花越来越想念父母。可爹爹远在广东打工，想也见不到，如豆的油灯下，葵花给爹爹写信：

亲爱的爹爹，你好！

又有一年半没有见到你了，我和小弟都非常想念你，中风后躺在床上的爷爷也常叨念你。

爹，娘走后我夜夜都梦见她，爹，你能把娘接回来吗？小弟也常常哭着要娘……

几个月后，夜深了，初冬的晚上，寒气逼人。

葵花给爷爷洗了裤子，换了床单，安顿好小弟，又一个人坐在桌边，给远方的爹爹写信。

亲爱的爹爹，你好！

快两年没有见到你了，小弟经常问我，姐，咱爹啥时回来呀？

爷爷近来病情严重了，你寄回来的药给他吃了，可不见好转，近来，他大小便失禁，我每天晚上要给他换洗两次。

爹，我夜夜都梦见娘，梦见你，小弟也常常半夜醒来哭着要娘……

爹，你走后我一共写了 72 封信，乡里不通公路，我不知怎么把信寄给你，我听班里的同学（也是留守儿童）说，只要把信叠成了纸飞机，从山头飞走，爹爹就能读到信中的内容……

爹，我每天晚上写好信，把信叠成纸飞机，第二天上学时，我和小弟就站在路边的悬崖上，把信放飞出去，信飞呀飞呀，飞得好高好远……

爹，信你收到了吗……

来自重庆武隆苗家山寨的付天力平时不多言语，但近来常常一个人在旁边暗自伤神，听了中材家的遭遇，他在担心家里一对尚还年幼独自生活的儿女，为了多挣点钱，他和妻子曾溪美都出来打工了。天力家的房子单家独院坐落在大山顶上，周围 8 里路以内没有人家，因为这里山高，终年云雾笼罩，庄稼长不好，原来的院子住的几家人都搬下山了。他家里穷，住的还是土改分到田地那年爷爷盖的土墙茅草房子，目前已经是墙裂顶漏。之所以两口子都出来打工挣钱，就是想早点有钱下山修几间能遮风挡雨的房子，也给儿女挣点学费。

大女儿今年 11 岁，是付天力出来打工那一年出生的，生她那天，天上下着蒙蒙细雨，她娘曾溪美还在坡上点麦子，中午时，溪美感到下身坠胀，她以为要解手，刚挪到地边还没蹲下去就发作了，旁边婆婆要扶她回家，但是已经来不及了，孩子已经出来了。婆婆只得拿镰刀在衣襟上擦了擦，割断脐带，娘就在坡上生下了女儿，雨儿是早产儿，提前一个月出生了，生她的时候天上下着雨，她是淋着雨点来到这个世界上的，付天力来信说：就取名付小雨吧，小名雨儿。

自打雨儿来到这个世界上，就很少见到爹，为了多挣钱，天力一年甚至两年才回家一次，有时过年也不回，一是想多找点加班工资，二是回家路途花费太大。

三年后，雨儿娘又生了弟弟路儿，那天娘在坡上挖红苕，眼见肚子痛得厉害，子宫一阵一阵紧缩，婆婆见媳妇痛苦地蜷缩在一边，知道可能又是要生了，她担心媳妇又把孩子生在坡上，忙说：“赶紧扔掉锄头回家。”婆婆过来搀扶着媳妇往家里走，结果还是把儿子生在了路上。付天力写信回来：儿子大名叫付平路，小名就叫路儿吧！

大山里树木多，付天力的老爹原本是十里八乡有名的木匠，生前他一直在大山里游走给乡亲们修建房子，收入的钱交给生产队作为副业收入，“文革”中他被造反派揪斗，批斗罪名是：反对农业学大寨，不好好在队里务农，走资本主义道路。老爹脾气倔，连续几天批斗他都不认错，被造反派吊打得遍体鳞伤。几个月后，健壮得像条牛的老爹死了。

天力是刚强的老娘独自一人拉扯大的。亲眼见到娘的不易和艰辛，从小付天力就立下志愿，将来一定要让娘住上好房子，吃上白米饭。路儿满 3 岁了，妻子曾溪美同付天力商量，把一双儿女交给老娘照看，自己也来江城打工，在电子厂流水线上工作。

哪知天有不测风云，两年前老娘劳累过度，加之多年积下来的哮喘病犯了，还没等付天力赶回家就命归黄泉。这以后，留下雨儿姐弟俩相依为命。

其时正逢农村学校撤点并校，原来设在半山上的村小学撤销了，全乡的小学生都集中到山下乡里的中心小学，学校里像他们这种离校远的留守儿童太多，一下子涌来这么多要求住读的学生，陈旧的校舍根本无法解决，雨儿姐弟俩只得每天走读。从山顶到街上有15里路，每天上学来回有30里路程，雨儿懂事，知道父母在外挣钱不容易，舍不得在学校买饭吃，每天早上天还不亮就起床煮饭，匆匆吃了早饭，把剩下的饭菜用塑料饭盒装了放进小布袋捂着带到学校中午吃，每天带着弟弟去上学，风雨无阻。

放学回到家，天快黑了，10岁的雨儿还要独自去菜地里忙活一阵，雨儿从小因缺奶水长得瘦小，举着比她还高的锄头，咬紧牙关，使劲儿向下挖去，一锄，两锄……泪水伴着汗水；经常是摸着黑在菜地里浇水淋粪、采摘第二天要吃的菜。

雨儿人矮，挑着两只小塑料桶，摸黑走在崎岖的山路上，走着走着，脚下踏空，连人带粪桶滚下坡去，粪水将她淋了个透。路儿看见了，哭着奔过去，抱住姐姐流血的脚："姐姐不哭，姐姐不哭！"浑身粪水的姐弟俩抱着哭成一团。

为了节约钱不让父母操心，小姐弟俩吃的蔬菜是自己种的，鸡蛋是自家母鸡下的。不到7岁的路儿放学回来，就去自家林子里拾柴，姐姐煮饭时帮着烧火。

建村村通电网时，乡里干部说他家单家独户在山顶，早晚要搬下山来，牵线花费大，就没把电线接上山。晚上吃完饭，姐弟俩只得坐在煤油灯下做家庭作业。

这天放学后，雨儿来到班主任李老师办公室，怯生生地望着老师，半晌才鼓起勇气："李老师，能把你的电话借给我打一下吗？我和弟弟都快两年没有见到父母了，他们在江城打工。"

李老师抬起头，见到一双充满期望、满含泪水的眼睛，她看得心里酸楚，问清楚了电话号码，把电话拨到付天力工地，付天力正在百米高的架子上施工，无法下来接电话；她又拨通了雨儿母亲的工厂，车间办公室主任叫来雨儿的母亲。

李老师把手机递到雨儿手里，当听到娘一声："喂，谁呀！哦，是雨儿呀，你找娘有事呀！"

这个平常很坚强的女孩一下子哭了起来，只听她伤心地说："娘，你和爹两年没有回来了，我和弟弟都很想念你们。娘，你快回来吧，上星期，我们家的两只下蛋的母鸡不知怎么丢失了，鸡窝边一地鸡毛和血；前天，就是前天，我们家的小黑狗儿又无端地死掉了。娘，你不知道弟弟放学后看到小黑死在门槛上时有多么伤心，小黑是饿极了去外面找吃的，也不知在外面吃了啥子，外面一路上都是小黑流的血，它刚爬到门边就死了，它是想回家啊！弟弟扑上去抱着小黑，坐在地上整整哭了一个晚上。我知道，自从去年你们走后，小黑就是弟弟最亲最亲的伙伴，是它陪伴弟弟上山打柴、下地摘菜、一道玩耍。娘，弟弟已经有两天都没有来上学了，也不吃饭，就傻傻地坐在门边的地上，我怎么劝他都不顶用，娘，你和爹赶快回来吧！夜晚，对着空荡荡的破房子我们害怕，打雷闪电，电光就在屋里晃，炸雷就在头顶上响。娘，这几天我夜里老是做噩梦。娘，我害怕啊，弟弟撑不住了，我……也……撑……”雨儿哭得说不下去了，电话那头曾溪美也哭得泣不成声。

据统计，像香雨、葵花、雨儿、路儿这种农村留守儿童，全国超过3000万，而且数量还在不断增长。有人说：“打工经济牺牲了下一代受教育的权利和幸福。”看看雨儿他们，实际情况的确如此，他们像“野草一样成长”，渐渐地变得孤僻、内向、脆弱、自卑、不合群，甚至有一种被遗弃的感觉，这严重地影响了孩子心理健康发展。由于缺乏亲情滋养，这些幼小心灵，有的走向消极孤僻，有的变得任性暴躁，甚至成年后也会受影响。

社会学家说：教育能够改变或成就人的一生；而社会的不公和缺乏教育是滋生犯罪的土壤；一个人在童年受到爱的浸润，就会在内心里埋下善良的种子。

一些学者警示：缺少父母的关爱和教育的留守儿童，可能会成为被“毁掉的一代”，成为今后国家新的不稳定因素。已经显现的留守儿童的教育问题，成为农民工外出打工的一个潜在挑战。

龙门坝旁边，生产队用了几十年的保管室的屋顶不知什么时候垮塌了，没了屋顶的断墙和残破的瓦砾，显现出一派破败。更多的院子则关门闭户，没了人影，门前野草掩封了道路，野藤爬上了木柱，忙碌的老鼠和野兔见了人也不躲避，昔日人畜兴旺的乡村呈现一片“村破山河在，房春草木深”的寂静和冷落。

许多院子再也见不到打闹嬉戏的小孩，仅有一些七老八十走不动的老人留守在家，一切又显得那样寂静萧条。难怪媒体报道说：“在中国许多地方，广大的农村成了几个人的村庄，成了空心村。”

只有到了春节，外出打工的人才像候鸟一样，背着大包小包的东西，提着箱子，拖娃带仔经过几天的火车汽车，不远千里又回来了，一两年没有见面的孩子聚在一起，顽皮地点燃鞭炮，然后笑着四散跑开，随着爆竹声声，袅袅炊烟，才让人感觉到山乡又复活了，可好景不长，几天的热闹过后山乡又沉寂冷清下来。农村的家成了打工人一年一度的“度假村”。

村里的新房越盖越多，住在房里的人却越来越少，掩映在青山绿水间一栋栋新建的小楼毫无生气地矗立在那里，一把把锈迹斑斑的铁锁把门，院子里的荒草茁壮成长。晃动在小路、田头，屋檐下只见一些衰弱的老人。村庄似乎不再是一个有机的生命体，正在逐渐失去蓬勃活力。

天洪说：“我已经记不起，老家从何时开始没了打糍粑的习惯，以前，逢年过节家家户户都蒸大馍打糍粑，以显示家和年丰；也不知从哪年开始，村民们不再自己炒花生和瓜子了，以前花生和瓜子都是自己地里产的，而现在，去商店里买炒好的花生瓜子快捷省事；以前是腊月初一到三十，天天都有人家杀年猪，现在家里没人，喂猪的人家少了，去街上买一大块肉回来过年，但煮熟后吃才发现，买来的猪肉远没自家喂的猪肉香，吃着也不放心，听说多数猪还喂了瘦肉精，打了催长激素的，吃了要得毛病。”

友正说：“我们那个寨子现在也萧条了，青壮年劳力走光了，剩下的全部是老弱病残。原来我们那里的民风民俗特别淳厚，现在人气散了；我二兄弟出门打工五年都没有回过一次家，他原本想挣了钱回去盖房子，他住的老屋还是我爷爷结婚的时候立起来的，距今有六十年了，腐了烂了，只剩前几年增加的一间偏房还立在那里能够住人。寨子的小街上有一条石板路，原来平整干净，夏日晚上歇凉时，大家爱聚在一起唱歌跳舞；这次回家，看见石板路两旁新房子倒是立起不少，但是垃圾遍地，民风民俗也淡漠了！”

西亮说：“在我们那里，房屋街道还在。但寨子的灵魂早已丢了，宗族家训的血脉早已被抽空，只剩下碧水青山一张皮囊。”说这话时，西亮有些伤感。

中材接过话：“农村联系着亲情传统习俗也慢慢消失了，并不是人们有意想这样，只因村里只剩下了老弱病残，外出打工的人只能赶着点数着日子赶回家过年，当下的村子里已经没有保留这些传统的时间和人力条件了。”

赵四喜说：“庄稼人的平淡的生活，日出而作日落而息，祖祖辈辈都是这么过来的，怎么到现在就变了呢？连报纸上都在说，现在的农村，每年都有数千万亩良田熟土撂荒，农村的青壮年都离开了乡村，留下的老弱病残和带孩子的妇女哪里弄得过来嘛。”

第二十八章　巧妙讨工资

近段时间，建筑公司的老板一直躲着工人，又有近半年没发工资，老板推口说别人欠账不还，公司收不到钱运行困难，可细心的天洪前天在街上亲眼见到老板开着一辆崭新的保时捷在街上，引得路人啧啧吐言："看，好气派的车，这可是最新式的六缸保时捷越野车，顶级配置。"

"这种车我还只是在江城车展上见过，大街上还是第一次看见，这一辆车少说也要两百多万。"另一个人附和。

听到路人的对话，天洪感到气愤，老板成天叫穷说公司缺钱，每天开着最新款的V4.0的奔驰越野车还觉得不够气派，还买这么高档的车来摆阔。

"昨晚雨淅淅沥沥地下了一夜，天亮了仍不见停，看来又得窝工了。"付天力嘟囔道，同屋的几个兄弟都在发愁。露天施工的建筑业就是这样，对天气非常敏感，暴雨大风必须停工，打工的人是做一天才有一天的工资。

天洪到建筑公司打工后，虽然工作环境和生活环境有所改善，但工资上起色不大，建筑公司的老板，表面上看着对工人客客气气，工资也好像比一般的私企小老板略高一点，但到发工资的时候，比金银沟的李老板也好不到哪里去。到建筑公司来了三年多，哪年的工资都是拖到年底还不见发。元旦都过了，一年拿到手的工资才一半，又欠了几个月的工资没有发。

李友正说："有时候，也怨不得老板，上面发包工程的甲方如果资金不到位，总是找借口拖着不给总包单位；等总包单位拿到钱，先把自己的困难解决了，拖着不给分包单位；分包单位等一段时间拿到钱了，先把自己要紧的问题解决了，拖着不给下面一个一个的承包头；承包头拿到钱，也是先把自己被催得急的款项付了，剩余的钱才发给工人；钱就像这流水一样，一层一层地堵截，到我们手里就是几个月后了，所以这中间最倒霉的还是我们打工仔。"

天洪听得明白，又似乎不明白，感叹道："这一层一层的关系太复杂了。"

李友正见天洪怔怔地，知道他还没有听明白，讲了一个发生在前几年，也就是他原来打工那个公司的故事："干了一年，到过年了还拿不到工资，工人们的汗水白流了，大年三十晚上，身无分文的一群工人挤在一起，没有钱去买车票，拿什么回去面对家人。寒风呼号，工地上传来了悲哀的哭泣声。"

在出租小屋里，每天上床睡觉关了灯，是大家畅所欲言，发牢骚的时候。

付天力说："如今城里的老板发了财，住着豪华的别墅，出门有豪华轿车，哪像我们，还要为一天三顿饭，为晚上睡觉有一张二尺宽的床奔波劳累。"

宋立升说："每天上班最少干 12 个小时，人是累得够呛，还常常没日没夜地加班，有什么办法，谁叫咱是农民工呢？"

"唉，加了班还拿不到工资，老板这是又要马儿跑，又要马儿不吃草嘛，长期如此，咱可吃不消。"朱有余无可奈何地说。

"你们算算看，又快有半年没有拿到工资了。"郑中材几乎是带着哭腔在说，家里等着用钱，这不是要了命吗?

"今天已经是腊月十五了，看老板还没有发工资的意思，再有十多天就是大年三十了，再不发钱订火车票就来不及了，真让人着急！"王福来愤愤地说，他几年没有回家了，老婆离婚走了，又有几年没见女儿了，心里一直想念她们。

"路儿自从小黑狗死后一直少言寡语，整个人就像傻了一样，溪美说怕是患了自闭症，要带他去大医院检查，一直催我赶快寄钱回去，可这工资……"付天力说着，眼泪流了下来，全家人就靠着他一个人在外挣钱，可这钱……

"走，我们找老板去！"林小涛挥舞着拳头，愤愤地跳了起来。

都说狗瘦被人踢，人穷被人欺，李友正在心里劝说自己，好不容易才把一腔怒火压了下来，他是这群人的头，是老打工仔，知道光这样背后抱怨骂娘是没有用的，此刻他心里正在盘算着用什么办法去向老板讨要工资。

老板一直躲着不见面，天天骑着个电动车上班的机灵鬼阿祥，就多长了个心眼，悄悄跟踪了老板的小车，最后发现老板有好几套房子，但平常是住在珠江边的高档别墅小区——红玫瑰庄园。他把自己探来的信息告诉了李友正，他知道李大哥一定有办法把这个信息派上用场。

听到阿祥带来的消息，愤怒的农民工悄悄讨论，一致决定全体停工，上老板的家去讨要工资。

去之前，大伙聚在一起商议，天洪说："这次，我们来他个窝里掏心，今天下午，我们先暗地里去两个兄弟，躲在小区外面，注意观察进出的车辆行人，老板的两部豪华小车大伙儿是见过的，只要他进了小区没出来，我们就直接上他家去要，大伙看行不？"

"天洪这窝里掏心的主意好，派人暗地守在那里，避免了我们跑空路，我看就这么办，明早我们大家在珠江大桥南桥头集合一起去。"李友正说。

李友正叫来阿祥和阿朱："你们两个机灵鬼是广东人，去那里不会引起旁人注意，派你们今天下午就暗地躲在红玫瑰庄园大门外的树丛边，观察进出的人员和车辆。大队人马明天上午来。"

"大哥放心，这是我们大伙儿的事。"阿祥拍着胸膛。

"也只有辛苦两位兄弟了，好，现在就去，晚上要注意安全，千万别让他们发现了。"李友正握住两人的手，把 30 元钱塞到阿祥手里："去小卖部买点面包和水，去了后就盯在那里不动，拉屎撒尿轮流去，晚上也只能轮流打盹，仔细给我盯紧了，千万别让他给跑掉了。"

第二天一早，一百多工人在珠江大桥南桥头集合好后，李友正、彭西亮和天洪领着，分成三批来到红玫瑰庄园小区大门外聚齐。阿祥和阿朱迎了过来，阿祥说："大哥，老板还在里面，昨晚我们看见小车进去的，在小车入口处我清楚地看见了宋老板伸出头刷门卡。"

"辛苦二位了。"李友正握着二人的手说。

在小区门口，工人们打出了"我们要生存""强烈要求老板还我拖欠的工资""拖欠农民工工资天理难容"等红色横幅。

两位保安拦住不让进去："这么多人进去，损坏了东西我可负不了责。"

"我们来找老板讨要我们的血汗钱，你凭什么拦着不让我们进去。"人群中有人愤怒地吼道。

"我的职责是保卫小区的安全。"见人多气盛，高个子保安的话也软了许多。

"我们要找 18 号楼的宋建华，向他讨要拖欠我们的工资。"人群中有人吼道。

"兄弟，我们也只是个打工仔，小区的安保是我的职责。"矮个子保安可怜巴巴带着哭声，"你们这不是要砸我们的饭碗吗？"

"别听他的，把大门拉开，让我们进去！"

"砸他狗日的门！"人群中有人怒吼起来。

"对，砸他狗日的门！"人群中情绪一下子被激怒起来，说着，就有几个人冲到门前，弯腰捡起垫路的石板，就要砸门。

天洪知道，有理不在砸门，如果把门砸坏，那事情的性质就变了，保安就可以报警，这次讨薪的行动就达不到预想的效果。他跨步上前，拦住冲在前面的付天力和几个拿着石块的人："大家别乱来，我们是来讨要工钱的，不是来破坏公物的，你们这样做会把事情弄糟，付天力快把石块放下。"见天洪这样说，几个手拿石块的人嘟囔着把石块扔掉。

仍然有几个讨薪的人在与保安争执，叫着要保安开门，高个子保安只得拨通了宋建华家的电话，电话是家里的保姆接的："喂，谁呀？"

高个子保安说："我是小区保安，大门口有客人要找你家主人。"

"喂，找宋总呀，他一大早就出去了，不在家呀！"保姆说。

高个子保安转身对众人说道："保姆说宋老板不在家。"

"胡说，我们昨天下午就有人来小区门口候着他，亲眼看见他昨天晚上回来后根本没出去，也没见他的车开出去，不信我们可以去他的家门口对证。"说着，一大群人举着横幅又要往里冲。

矮个子保安退后一步立即用对讲机呼叫了小区物管办公室，办公室主任看着大门上的监控视频回答："为了不让事态扩大，可以叫他们派三个代表进来，你带着去，看他们要找的宋总在不在，请他们其余的人留在小区门外等候。"保安把主任的话转告门口的人。

李友正朝着天洪递来个眼色，天洪点点头，李友正问："大家觉得这个办法行吗？"

众人道："还可以。"工人们议论了一阵，选出了张天洪、李友正、彭西亮作为工人代表。

天洪三人在矮个子保安的带领下来到红玫瑰庄园18号楼。别墅是临江的独栋小洋楼，18号楼算是庄园里的最佳位置，从别墅围栏朝里看，整栋小楼装饰中西结合：外墙采用高档玉白色瓷砖贴面，门厅立着两根意大利进口大理石装饰的大柱，一对汉白玉石狮分卧在大门的左右两侧，屋檐是金色的琉璃瓦，窗户上装饰着意大利古香古色的彩色花纹玻璃，进屋的台阶是高贵的西班牙自然纹理的大理石，别墅周围种着金桂、香樟、樱花、黄桷兰树，小园子里开着蜡梅和好几种叫不出名字的鲜花；半地下式的负一楼是两个停车位，停着一辆崭新的保时捷越野车和一辆奔驰越野车。

按响了门铃，保姆走下楼来到小院门后，从猫眼里往外看，只见保安带着三个陌生人站在门外，矮个子保安通过门上的对讲器说："这三位是来找你们家宋总的，说他们知道宋总在家，小区大门外还有一百多人在等着见宋总呢。"保姆刚说："主人不在……"

口袋里的手机响了，她拿起手机，宋总在手机里说："你开门请他们进来吧！"

原来别墅小院大门的上方安有微型监控摄像头，宋建华在里面看清了门外确实是三个人，又听保安说还有一百多人在小区外面等着，知道今天是躲不掉了，这才叫保姆开门。

保姆带着三位神情庄重的客人走进会客厅，宋建华穿着栗色西装微笑着站起来，抬手做了个请的手势，招呼他们："几位代表请这边来坐，咱们有话慢慢说，李嫂，泡茶，摆水果、摆糖果。”

进入大厅，天洪环顾左右，室内装修得颇有格调：两扇落地彩色玻璃门正对着江景，客厅外面是一个露天的大飘台，飘台上有尽善尽美的人工花园和温馨的装饰灯，飘台上一张小巧精致的大理石桌子和四个大理石凳，大厅旁茶室里有舒适讲究的红木桌椅，雕龙镂空，尽显华贵。

李嫂沏上茶，摆上果盘，正要去摆糖果，天洪不卑不亢地说道：“宋总，咱们还是先谈正事，否则，你摆得再多我们也吃不下，又有半年没发工资了，兄弟们家里都等着用钱。”

宋建华笑容堆上脸：“兄弟，我记得你叫张天洪，是两年前由你的同学周金山介绍来我们公司的，两年来我们相处得还不错，我听工地的负责人说，你是一个值得信赖可以重用的人，特别是那次在大水中抢救物资的表现令人敬佩，别人扛一包水泥，你一次扛两包水泥，别人扛一根楠竹，你扛两根，直到累得晕倒在地。由于你的带头，大伙儿都干得很卖力，放在江边的建筑物资都抢救出来了，作为公司的老板，我很感激你，今后我们还会很好地合作……”

宋总的赞扬很让天洪内心激动，但他马上就清醒了，老板这是借赞扬在拉拢他，以此来冲淡今天的对立情绪。但今天自己作为同老板谈判的代表，如果工资再拖欠下去，工友们吃饭交房租都成了问题，更别说快过年了，家里都等着用钱。

天洪坐正挺直了身子，清了清嗓子，正眼看着宋建华：“宋总，今天我们三人是代表公司的上千名工人前来讨要我们下半年的工资，我们这些农民工，都是贫困地区来的，平时大家工作努力，公司为此接了不少工程，赚了不少钱，公司赚了钱也该为我们工人着想，我们都是上有老下有小的农民工，家里老小的生活，儿女上学都等着钱用，可是公司拖欠了我们半年工资至今未发，眼看快过年了，只好来向公司讨要我们血汗换来的工资。”天洪义正词言地陈述。

“大家的困难我是知道的，可是外面公司欠着我们的钱，业主单位欠我们的工程款，想必你们也知道，现在的工程都是自己要先垫钱，到处都是三角债……唉！”宋建华知道一百多名工人就在小区大门外，今天不安抚好，愤怒的工人随时都会冲进来，到时候这豪华的别墅……他开始诉起苦来，想说明这不是他故意拖欠工人的工资。

看着楼下车库里的豪车，室内外雍容华贵的布置，天洪知道老板这是故意哭穷。他迅速整理了自己的情绪正色道：“宋总也别把我们都当成傻子，公司的经营状况，负债情况，大家心里透亮，一年接几个亿的工程我们也知道，公司遇到难处，就像上次涨大水，大家齐心努力也就解决了；我们的困难也请宋总体谅，不然大伙儿真的闹起来，小区门口的人冲进来弄出问题，我们也不好说。”天洪柔中带刚的话，让坐在沙发里的宋老板无话可说，原本他是想好言安抚几名代表先把事情敷衍过去，看来行不通了。

李友正说：“宋总，咱们做事得讲良心，待人要讲真心，公司这么一再拖欠我们的工资，叫我们一家老小怎么生活……再说，我们是人，也要吃喝，今天来的许多工友兜里连吃饭的钱都没有了，马上要过年了，一家老小还等着我们拿钱回去。”李友正说得慷慨激昂，眼泪横飞。

彭酉亮说：“今天如果不解决拖欠的工资，我们就住在这里不走了，门外的工友也驻扎在小区里不走了，我先把话说到这里，咱们看谁硬得过谁！”

听到这话，宋建华一下子瘫倒在沙发里，豆大的汗珠不断涌出，他不断地用面巾纸擦拭着汗水，茶几上的面巾纸都快扯空了，双方就这么僵持着。

谈判中，几个代表的火药味浓得一点就要着，而天洪反倒冷静下来，他端起茶杯，慢慢品尝，心里却在盘算着怎么打破眼前的僵局，逼迫老板想办法拿出钱来，这才是今天来的目的。他想着想着话就到了嘴边：“双方就这么僵持着也不是办法，还是请宋总赶快打电话通知财务部筹钱解决今天的问题才是上策。”

天洪这时又假意充当起和事佬，实际上是逼老板赶紧拿出办法解决问题。

“是！是！是！”宋老板像得到一道特赦令，边擦汗边拿起电话，拨通了财务部主任的电话：“喂，是赵主任吗？我是宋建华，你马上催一下珠江郦城小区项目部，昨天答应的那笔款上午办过来没有，对，昨天双方已经说好了钱今天上午到账，如果还没有到就赶紧催。”打完电话，宋建华才如释重负，长长地舒了一口气，原本这笔钱他是打算在项目招标时用来打点几位领导和关键人物用的，现在为了解决眼前的危机，那边的事也只好先缓一缓了。

十分钟后，赵主任打来电话：“宋总，我刚才查了，珠江郦城小区项目部的钱今早九点钟已经到了公司账上。”

“那你赶快把下半年拖欠农民工的工资整理统计一下，看我们到底拖欠了多少，业主公司还拖欠我们多少，外面单位还欠我们多少，我马上到公司来，你准备一下，把今天收到的钱全部拿来先发给工人，剩余的拖欠工资，我们分期想办法解决，对，上午把拖欠的工资表统计出来，今天下午就发。”

放下电话，宋建华面向三位代表，一脸无辜的样子：“刚才的电话你们也听到了，我叫财务部马上给你们解决，请你们转告大家回去上班，其他事情容我们慢慢商量，先谢谢各位！请几位喝口茶，吃点水果再走。”宋建华满脸和善。

“谢谢宋总解决问题的态度，今天我还想放个话在这里，其他拖欠的工资，也请宋总像今天这样积极想办法解决，再有半个月就要过年了，忙了一年兄弟们都要回家，总不能叫我们辛苦了一年空着手回去嘛。”天洪一脸诚意。

“是！是！是！老弟说得对，其他拖欠的工资我们一定在过年前想办法解决。”宋建华扯出面巾纸擦了一把冒出的汗水，眼前的危机总算解决了。

走出18号别墅，天洪笑着说：“其实生活本身就是表演，许多时候完全可以混为一谈，真假难辨，今天我们就是来老板家表演给他看的，红脸白脸互相配合。”

“天洪兄弟，还是你脑子灵活，不然我和酉亮来，不但要不到钱，可能还当面大吵起来，弄不好一分钱要不到。”李友正满脸佩服道。

“还是天洪目标明确，依我的脾气，早就拍桌子打巴掌了，你说得对，我们不是来发火吵架的，是来要拖欠的工资。”今天彭酉亮算是领教了天洪那话里柔中带刚的威力，不然老板哪能今天就乖乖地给大家发工资。

三位谈判代表刚走到小区门口，众人拥过来：“谈好了吗？”

“谈好了，老板已经安排今天下午先发给大家一部分，其余部分过年前收到钱立即解决。”

“还是天洪兄弟有办法，几句话就逼得老板答应了。”李友正向大家介绍。

回家的路上，一行人述说着讨工资的艰难，王福来说：“都知道我们农民工打工难啊，可谁知道我们讨个工资更难！我三弟他们公司的农民工找劳动局，劳动局的人说公司的事我们管不了；他们花钱请律师写诉状，交立案费，七上县城，九进法院，跑市里两趟，再交1200元下公告，申请执行，几个月都执行不下来，事情没办成，光跑路就花去了1万多元，打官司至今也没有结果；工人们说与其这样，还不如不告呢，钱没有要回来，还平白用去一笔打官司的钱，几个领头的人还为此耽误几个月的工时。”

“昨天报纸上还登了一个农民工要拖欠工资，一百多名工人给老板跪下求他给钱，俗话说‘男儿膝下有黄金’，不是万不得已，七尺男儿是绝对不愿给人下跪的，男男女女一大群工人给老板跪下，仍然没拿到工资。”付天力说着眼圈红了。

朱有余喃喃道：“我们流尽了汗水泪水却还要为讨薪四处奔走甚至以死相逼，去讨回那本该属于自己的工钱。”

第二十九章　明桂和玉秀

时代服装公司的董事长兼总经理陈忠义，是个 40 岁的中年人，中等个子，老家在中山市一个偏远的农村。1990 年，他以高分考上了华南理工大学。收到入学通知书后，父母暗地里一直在想办法给儿子筹集学费。父亲是肢体残疾人，母亲有严重的心脏病，前几年为了给母亲看病，家里早就债台高筑一贫如洗了。看着家里的窘况，看着一筹莫展的父母和两个正在读书的弟弟妹妹，他知道，自己不能再给父母增加负担，不然，大学四年的高昂学费会要了二老的命。

忠义狠了狠心，抹着泪把入学通知书放进箱底的夹层，对父母说："爸，妈，上大学的学费太贵，我不想去读书了，昨天我已经报名去江城的服装厂工作，挣钱供弟妹们读书。"听了儿子的这番话，妈妈抱着他号啕大哭："忠义，是爸妈无能，是爸……妈……对……不……起……你……"

18 岁的忠义离别家人，来到江城的一家服装厂，当了一名裁剪组的学徒，开始了打工生活。从小在苦水里泡大的孩子，知道要改变自己的命运必须依靠自己的努力。每天，他比别人早到车间，扫完地，把师傅们的裁剪桌收拾好，烧好开水把茶泡上，师傅们才到。裁剪师傅们都喜欢这个不多言语踏实做事的小伙子，有时间都愿意教他一些裁剪知识，他的本职工作是给裁剪师傅配料，送裁剪好的裁片到流水线上，但只要有空，他就站在师傅旁边，看他们比画裁剪布料。一批完了，他又给他们送上衣料，拿走裁剪好的衣片。

陈忠义读高中时，是班里的数学课代表，高考时数学考了 145 分的高分，他是个十分精细聪慧的人，每天下班打扫车间，他会把还放在缝纫机上没有加工的布料和加工成形的服装仔细对照，对着买来的裁剪书琢磨师傅们的裁剪方法，然后找来报纸代替布料学习裁剪。一年下来，他已熟悉了厂里各种类型服装的裁剪。

一次，裁剪西装的周师傅病了，60 多岁的他病得很重，厂里昨天刚接到了国外订单，订单上说明是一个国际会议需要的急件。外国人体形与中国人不同，平时就只有周师傅裁剪国外订单，其他师傅没有裁剪过，厂里一时找不到人来顶替这项工作。见老板黎明华拿着订单急得直跳，陈忠义走近黎明华，细声说："黎总，我来顶替周师傅试试行吗？"

正在着急的黎明华见一个进厂不久学徒说出这话，狐疑地看着他，不信任地摇了摇头："你来……"他不相信眼前这个刚进厂才一年的毛头小伙说出的话。

陈忠义说："一年来，我早已把师傅们的裁剪方法记住了，每天晚上做完清洁，我就用报纸练习裁剪，基本熟悉了每个师傅的裁剪样式，不信，我把报纸裁片拿来给你看。"说着，他从柜子里抱来了一大堆报纸裁片，几个裁剪师傅的各种服装的裁片都有。黎明华选出一张175B型号的报纸裁片，把头天周师傅裁剪好没用完的西装裁片拿来一比，竟然丝毫不差，黎明华拿来西装布料，递给陈忠义："你当面裁剪一套170A型号的西服给我看看。"

陈忠义接过布料，在台板上摊平，略微沉思用尺子画粉在布料上画线，几分钟，陈忠义已将布料裁剪好，黎明华叫缝衣工马上加工，衣服打好，黎明华穿在身上，非常合体。这下，黎明华服了，他没想到一个学徒工偷师学艺，一年就把厂里几个师傅的裁片样式全记在了脑子里，并用报纸当布。他佩服这个小学徒。他不知道，裁剪布料对于有雄厚高中数学知识的陈忠义来说，完全是小菜一碟。

黎明华叫人送来新签订单要求的布料，看着陈忠义裁剪，服装厂几个裁剪夹克、大衣、女装的师傅走过来，见陈忠义仅根据几个型号要求的数据，熟练地在布料上比画，剪刀下的布料就变成了裁片，心里不由暗暗叫奇。

黎明华本人也是从服装厂学徒工干起，20世纪80年代初服装厂里搞改革，黎明华和老婆被分流下岗，只得自己出来摆了个小摊自己裁剪，老婆踩缝纫机，夫妻俩搞起了服装加工。几年后，有了一点儿积蓄才办起了这个服装加工厂，他知道创业的甘苦，也理解眼前这个小伙子为什么刻苦学习技术。

从这以后，陈忠义不再是打杂工，他正式担当了裁剪师傅。两年后，年仅22岁的陈忠义被黎老板委以重任，成了服装厂的总设计师。他不再是厂里的小打工仔，地位高了收入也多了。又过了两年，弟弟考上了华南理工大学，妹妹考上了广东省的重点中学。当哥哥的理所当然地担负起了他们的学杂费和生活费。

平时，陈忠义最爱看电视里的服装大赛，他还用省吃俭用积攒下的钱买了一部2000万像素的佳能单反数码照相机，对于那些豪华大方得体的服装，他都留下照片细细揣摩，每年的春季和秋季广交会，他都要去服装展厅细细观摩，服装厂在他的主持设计下逐步走向了世界。黎明华还经常带着他去法国、意大利观摩服装展销会，许多才上市不久的新款服装，经陈忠义改良和重新搭配，更受市场追捧，厂里接到的订单越来越多。

为了拓宽自己的视野，提高设计水平，陈忠义参加了全国高等教育自学考试，通过四年的努力，获得了服装设计本科的文凭。黎明华有一个独生女儿黎水月在华南理工大学学习服装设计和经营管理，回家听老爸说起陈忠义的故事，她感到惊奇，一个打工仔会有老爸说的那样神奇？她要亲自去见识见识。

在厂里，爸爸介绍水月认识了年轻帅气的总设计师，她亲眼看到服装橱窗里摆满了陈忠义设计的各式男女服装，她信服了。从此姑娘暗暗恋上了这个阳光聪明的打工仔，节假日，姑娘都会来厂里观摩学习陈忠义的创作设计。

服装厂的生意越来越好，又过了两年，服装厂扩大，改名为“江城时代服装股份有限公司”，主要承接国外的订单和来料加工。

这年黎水月大学毕业，回到老爸的公司，担任公司的副总经理。不久，黎水月与总设计师陈忠义结为夫妻。

几年后，小夫妻俩有了一双可爱的儿女，再后来黎老板因身体不好，退休回家休养，附带着帮助老伴照顾小外孙，放心地把服装公司交给了小夫妻俩打理。陈忠义的现代服装设计思想和新颖的设计实践，加上黎水月的现代服装经营理念，公司的出口额快步进入了全国服装十强行列，公司经营眼看着蒸蒸日上。

真是天有不测风云，人有旦夕祸福，正当陈忠义夫妻俩把服装公司办得风生水起的时候，黎水月病了，她患的是卵巢癌，前段时间工作太忙，经常出国参加各种展销订货会议，她没太在意自己身体的不适，等到发现的时候已是晚期，癌细胞已经转移扩散了。弥留之际，黎水月拉着陈忠义的手：“忠义哥，我没有福气，不能再陪伴你了，临终前，我只有一个请求，我死后……你一定……要找一个……心地善良、能善待……我们的孩子的人……做老婆，不一定要有钱……有学历，我……在……地……下……会……祝……福……你……们……”

“水月，你不能走，不能……走……啊……”忠义抱着爱妻，一遍又一遍地呼唤，他要把他的爱妻呼唤回来，他要留住他的水月！

“我也舍……不……得……你……们……”断断续续地说完，水月走了，她走得很平静，她相信他的忠义哥能做到。

水月走后，陈忠义悲痛不已，成天陷在痛苦的旋涡里，在他的情感世界里，天就像塌下来一样。随后的一年里，忠义夜夜都梦见水月，梦见他们还在一起讨论服装的改进，讨论市场的需求和发展；梦见他们相亲相爱，相濡以沫，可梦醒之后，枕边冷冷清清，枕巾上湿漉漉的尽是泪水。

水月走了，忠义对公司的事也疏于管理，幸好公司里的老职工体谅他的丧妻之痛，顶起了厂里的工作。老岳父来公司，见忠义成天陷在感情旋涡中，对他说：“忠义，水月在九天之上看着你，她不希望你这样萎靡下去，而是希望你振作起来，带领公司走向辉煌。”

老岳父的一番话如醍醐灌顶，忠义抹了一把涌出的泪水站起来：“爸，我听你的，听……水……月……的……”

陈忠义生得一副憨厚文静的相貌，生性聪明勤奋的他，又担起了公司的重担。但技术精湛的他压根儿不是生意人。他待人真诚，不贪不奸，他的理念是：让顾客来一个就能留得下一个，就会认准他的服装公司。在公司董事会和经营层开会中，他总是强调："服装公司经营是以质量、式样取胜，而不仅仅是价格取胜，只有赢得长久稳定的顾客群，公司才会发展壮大，那些哗众取宠、用铺天盖地的广告去赢得顾客的公司，是注定不会长久的。"

明桂自从改行到室内装修队后，常常加班到深夜。可分包装修的老板为了节约成本获取最大的利润，采购进来的装修原材料，像强力胶水、防水沥青涂料、石材黏结剂、油漆、涂料，多是一些没有经过国家3C认证的小作坊产品，原材料里面含有大量的苯、酚、酯、铅、汞、甲醛、甲醇等有毒有害物质。使用这些材料时，没有任何防护用具的工人经常会出现头脑发涨、口鼻流血的现象。

为了多出活，多积攒一点钱早点回家同玉秀把婚礼办了，明桂每天都加班到深夜，直到筋疲力尽才拖着疲惫的身子回到出租小屋，累得不想说一句话。近段时间来，他感到身体出现了异常情况：头晕头痛，浑身无力，渐渐地脸、鼻子、眼睛也开始出现了僵硬不自如，手脚出现了痉挛。天洪陪他去了江城中山医院，检查结果下来，发现他的白细胞只有正常人的一半，照片和CT发现，明桂的头骨里长了一个脑瘤，目前已经有1.5厘米大小，如果不及时摘除，任凭它生长，将会造成瘫痪甚至危及生命。

天洪陪同明桂找到总经理办公室，宋建华说："我这里是建筑单位，公司上千工人都在干，根本不会生你这种怪病。"

又去找到石材加工厂，郑石林说："你们离开厂里都两年多了，谁知道你是在哪里惹上的怪病。"拒不承担住院治疗的费用。

为了给兄弟治病，天洪只得把自己积攒的准备给儿女下学期的学费1万元取出来，送明桂去了医院。院是住了，医生说："做这个手术，最少得准备5万元，你这1万元够什么用？他这病拖不得，你们赶快回去准备钱吧！"天洪为难了，对农民工来说，这一分钱能难倒英雄汉。

玉秀知道明桂的病情后，立刻把来江城后打工积攒的8000元钱全部取出交给天洪；同屋的工友知道明桂的病情后，你500，他1000，一共凑了1万元钱，天洪又向建筑队的工友立下字据，借了2万元钱，医院这才同意开颅脑摘除脑瘤，手术后，明桂变了，一个原本机灵活泼的年轻人变得沉默寡言。

医院通知说：余明桂动完手术最后结算还欠1万多元，请家属尽快来结账。

明桂自责，为啥要得怪病，把姐夫和玉秀的积蓄都花光了还欠下几万元的债，说好的过年回去结婚也要泡汤，他觉得对不起玉秀。

这天陈忠义正在办公室与客户谈一笔生意，刺绣车间王主任叫玉秀来经营部拿派工单和加工图纸。玉秀来到经营部门口，见门虚掩着，她走上前轻轻地敲了敲门，经营部陈主任见她来了，将派工单和图纸交给她，玉秀正要转身离开，正在对面总经理办公室谈事的陈忠义正好抬头瞥见玉秀，顿时眼睛一亮，立刻招呼道："是林玉秀吗？来来来，这边坐，等会儿我们公司请国际进出口公司的邵总吃饭，想找个筛酒的人，你来了正好，就请你来陪客。"

"陈总，你是不是找错人了，我是刺绣车间里的刺绣工。"玉秀笑着推辞。

"没有错，就是你，今天早上我才叫人事部的李主任通知你到研发部来上班，专门负责高新产品研发和接待外面来的贵宾，可能通知还没有送到你们车间，你来得正好，免得再去找你了。"陈忠义笑着解释。

原来翠柳介绍玉秀进公司面试时，他就注意上了这个内秀外慧的姑娘，今天看见她这身绣花素打扮，更坚定了他的信心。

今天的玉秀，穿了一件水红色的衬衫，布料很一般，但做工非常精细，衣领和袖口上有精美的刺绣，是玉秀自己绣的；一条淡蓝的富春纺裤子陪衬着，裤脚和边上也有素雅的刺绣，穿在玉秀身上完全是人衣合一，显出青春活力和素雅清新，让人看了眼睛为之一亮。

见陈忠义这么说，经营部陈主任笑着道："玉秀，就照陈总说的，你就留下来吧，把图纸和派工单给我，我马上派人给你们王主任送去。"

听了陈主任的话，玉秀点点头，她很懂事地进了屋，但她没有坐，而是殷勤地给客人倒水续茶。进服装公司前，玉秀在外面服务性质的公司打工，曾经的磨炼正好在这里派上了用场。看着玉秀干起来还很内行，陈忠义满意地点了点头，自己的眼睛没有看错人。

玉秀进服装公司一年了，她言传身教，已经培养出来一批心灵手巧的姑娘，她带领的刺绣班组不断推出新样式，很受国际市场的欢迎，为了更好地让公司的新产品走向世界，陈忠义有意提携玉秀到公司研发组和办公室接待站来，以便更好地树立和宣传公司形象。

饭桌上，邵总说："还是陈老板公司出美女，随便在车间找一位来，都养眼靓丽，算你兄弟有艳福。"说完，狡黠地哈哈一笑。

陈忠义谦虚道："邵兄过奖了，这姑娘刚来公司不久，是刺绣的一把好手，我看她清纯勤快又懂礼节，就把她调到研发组，以后，还请老兄多光临指导。”

邵总端起酒杯：“好说，好说，来来来，咱们干了再说，干了再说！”笑着一口把酒喝了。

“好，干了再说！”陈忠义豪爽地端起酒杯一口干了。“来来来，吃菜！”

陈忠义向玉秀点点头：“来给邵总满上，满上。”玉秀轻轻地拿过酒杯，给邵总满上，随后给陈忠义也满上。陈忠义说：“玉秀，你也坐下来陪陪邵总。”

喝着酒，吃着菜，两位老总谈得很是投机，正是“酒逢知己千杯少”。两人也不知喝了几杯，陈忠义的脸渐渐地红了起来，他看来有点喝多了，舌头仿佛也不听使唤起来：“干……干……”可酒杯就是送不到嘴边。

玉秀见了，站起来对陈忠义说：“陈总，我来帮你喝了这杯酒吧！”陈忠义慢慢地把酒杯递给玉秀，醉眼蒙眬地：“你……喝，谢……谢！”

“小姐帮喝，不……算，不……算。”绯红着脸的邵总把个头摇得像个拨浪鼓，指着玉秀：“来……来……重新把陈总的酒杯斟满，斟……满……”

就这样，两人高兴地谈着，喝着，直到两人都喝得趴在桌上，这顿酒才算收场，玉秀请邵总的司机小陆帮忙把他搀扶进了奔驰车里：“小陆，麻烦你把邵总送回家。”小陆点点头：“玉秀姐，你放心好了。”

玉秀这才与公司的司机小王搀扶起陈忠义，把送他进了宝马轿车。到了家里，两人把陈忠义扶上床，小王帮着把陈忠义的皮鞋和外套脱了，陈忠义像一袋没放稳的粮食颓然倒在床上。

突然，陈忠义感到胃里有一股热流在涌动，他迷糊着眼歪着头，哇地一下，把酒桌上吃进肚里的东西哗啦啦地吐了出来，一股酒酸味立刻弥漫开来，床边和地板全被吐出的污物弄脏，小王傻在那里，不知如何是好。玉秀见了，对小王说：“王师傅，你忙了一天，明天一早还要来接陈总，你先开车回去吧，我把这屋里的卫生打扫了再走，我就住在公司职工宿舍，十几分钟就到了。”

小王点头：“玉秀姐，那就麻烦你了！”他开车先走了。

屋里地下一片狼藉，吐空了的陈忠义倒在床上，还在呼呼大睡。床边的污物散发着浓烈的酒酸味，熏得玉秀头昏脑涨，她皱着眉头强撑着打扫，平时她从不喝酒，今天酒桌上帮老板喝了两杯茅台，当时只是感到酒有点冲劲，没感到什么不适。刚才打扫污物熏了一阵，便感到头脑发涨四肢软弱无力，偏偏倒倒地坚持着把地下床上的污物打扫干净，醉眼蒙眬眼看支撑不住，一头栽倒在床垫边上。

夜里，窗外淅淅沥沥下起雨来，没有关闭好的窗户吹来一阵冷风，吹在身上凉飕飕的，昏睡中的玉秀睁开眼睛，头还是晕乎乎的，她似乎清醒又似乎还在醉酒中。她摇摇晃晃努力站起来，把毛巾毯搭在陈忠义身上，转身准备开门回家。

这时，躺在床上的陈忠义醒了，挣扎着要坐起来，玉秀急忙上前扶住他，陈忠义嘴里含糊叫着："水月……水月……喝水……"伸手一把抓住玉秀，玉秀吃了一惊，没意识到他想干什么，只见陈忠义把自己往怀里搂，冒着酒气的嘴巴还直往脸上凑，嘴里说着："水月，好久不见，你去哪儿了，可想死……我……了。"

玉秀想挣脱，无奈酒精还在身体里作怪，她感到头昏脑涨，全身软弱得没有一点劲儿。就这样，酒醉的两个人在床上翻来滚去，衣服被拉扯掉落全然不觉，不一会儿鼾声起来，倒在床上的两人又昏睡过去。

天刚蒙蒙亮，上身赤裸的玉秀酒醒了，她坐起来，看着身边半赤身裸体的陈忠义，又低头看见自己的模样，她哭了，指着陈忠义："你……你……你……"她气急得说不下去了。

玉秀的斥责让陈忠义睁开了眼，酒也给吓醒了，看着愤怒惊恐的玉秀，再低头看看自己的模样，他顿时明白了是为什么，语塞的他脸霎时红到了耳根，嘴张了张，没有发出声来。玉秀一边哭，一边手忙脚乱地穿好衣服，陈忠义见她要去开门，急道："水月……不……玉……玉秀，对不起，是我酒……喝多了，一时……糊……涂……把你……错当……成了……水月……"

玉秀拉开门没有理他，独自哭着跑出了门，踌躇了一会儿，她乘车去了医院。

东方才发白，明桂见她这么早就来了，问："玉秀，今天怎么这么早就来了……有什么要紧的事吗？咦，怎么哭啦？"他见玉秀双眼红肿，试探着问她。

玉秀只顾轻声哭泣，没有答话，半晌才断断续续地把昨晚在陈忠义家的遭遇哭述给明桂，明桂拍着床边："他当老板的也太欺负人了，我们告他狗日的！"

晚上天洪来医院，明桂把事情的经过告诉了洪哥，天洪立即带着玉秀去找义声律师事务所的周律师。周律师是"文革"前老高中，曾经在重庆黔河插队当知青，知道农民工生活的不易，了解农民工兄弟的疾苦和呼救无门，几年来的工作之余，他无偿为农民工兄弟提供法律援助，为数百位农民工打赢了官司，为他们争取到应有的权利，在江城农民工中很有名气，打工人称"我们的周律师"。听了玉秀讲述事情经过，周律师立即帮她写好了起诉书写并交到了区法院。

接到法院的传票，陈忠义哭了，这几天玉秀没来办公室上班，仍然回到她原来的刺绣车间去了。他泪流满面找到玉秀："玉秀妹子，求求你看在我儿女还小，看在我也是农村苦出身的份儿上，放我一条生路，那天确实是我对不起你，酒喝多了，迷糊中我错把你当成了黎水月，没有把持住自己，给你造成了伤害，是我对不起你。20年前我高中毕业，考上了华南理工大学，可是家里没有钱交学费，看着多病的父母和年幼的弟弟妹妹，我只得放弃了读书，自己出来打拼，20 年了才有这点家业，这还是继承水月家的财产，你如果坚持告我，我进牢里去了，那我的公司、我的家庭、我的一双儿女、公司的员工就全完了……”

见玉秀咬着嘴唇一言不发，他跪了下来：“玉秀妹子，求你原谅我一次！”

玉秀没说话，她捂着脸哭了，突然，她伸出右手使劲扇了陈忠义一巴掌，陈忠义被打得摇晃了几下，嘴角流出了殷红的血，他没有去擦，跪在那里没有起来。

见玉秀仍然不肯原谅他，陈忠义只得委托律师找玉秀进行调解，他喜欢玉秀，他就是听翠柳介绍玉秀被拐卖到粤北山区的遭遇，同情她，继而收下她来服装公司工作。玉秀聪明勤奋，心灵手巧，没来多久就很出色了，大有当年自己当学徒时的那种劲头，而且玉秀的身材模样与水月年轻时十分相像，看到玉秀，就像看到当年的水月。他从心里喜欢玉秀，陈忠义告诉天洪：“听说明桂兄弟治病还欠着医院和工友们的钱，我愿意帮助他还清欠款，资助他回家治疗，今后每月按月资助他生活费。”

知道玉秀找律师状告了陈忠义，服装厂里的姐妹都来为陈忠义说情。

一个寝室里的林翠婷说：“陈总不是那种欺霸女工的坏人，他平时对工人客气有礼，虽然水月去世有几年了，从来没有见他对哪个女工有过不轨。”

刺绣组的王春香含着泪说：“去年我女儿考上大学，他还奖励我 1000 元。”

制衣车间魏秋林说：“我钱包被小偷摸去，他叫财务部送来 500 元困难补助。”

姐妹们七嘴八舌，说着陈忠义的好来，姐妹们都觉得服装公司对自己不薄。

明桂支持玉秀告了陈忠义，但听了陈忠义委托的律师介绍的情况和转告的道歉后，他后悔了，自己病成这样，可能已经再无恢复健康的可能，陈忠义喜欢玉秀，自己应该成全他们，绝不能因为自己耽误了玉秀今后的幸福。

天洪听了律师的介绍，抽空专门去了陈忠义的农村老家调查，老乡们都说陈忠义从小就是一个诚实有爱心的学生，这次同玉秀的事情是陪客户喝多了酒，玉秀送他回家，酒醉中把她当成了已经死去的妻子水月，没把持住自己，在醉酒的情况下发生了这种事，但陈忠义本质上是一个讲信义重感情的人。这十多年来，他发达有钱了，但他并没有忘记生他养他的家乡，每当村里有考上大学的家庭，他都要拿钱资助，他说这是在帮助他圆当年那个没有完成的梦。

天洪代表重病的明桂和受到伤害的玉秀与陈忠义进行了交谈。陈忠义重申了自己的承诺。

天洪握住陈忠义的手：“我代表明桂和玉秀接受陈总的道歉和帮助，希望陈总振作起来，带领服装公司职工再建辉煌。”

天洪把明桂和玉秀的情况详细告诉了远在龙门坝的阿香，阿香流着泪说：“我们也不能太自私了，玉秀是个好姑娘，我们不能为了明桂耽误了玉秀一生的幸福，让她与一个瘫痪在床的病人生活，对她是不公平的，明桂我们接他回老家来，爹娘可以照顾他，我也可以经常回去帮忙照顾。”

对比翠柳逃婚的情况，天洪同意和支持阿香的看法。

听了洪哥调查的情况和阿香姐的意见，玉秀和明桂原谅了陈忠义，撤了诉状。陈忠义实践了自己许下的诺言：替明桂缴清了住院费用和借的欠款，又买好火车票请天洪和玉秀护送明桂回家，忠义亲自开车送三人上了火车。

临别，陈忠义含着热泪紧紧拥抱着明桂：“兄弟回家去安心休养，我会按时给你汇来生活费，有什么困难一定告诉我……啊！”

明桂热泪盈眶：“谢谢！谢谢忠义哥！”

第二天上午，列车到达黔河火车站，三人下了车。玉秀背着背包，提着箱子走在前面，天洪背着明桂跟着。突然，前面的玉秀呆站着不动，眼睛直直地盯着前方，天洪没注意到，背着明桂撞上了她。天洪问：“妹子，怎么站着不走了？”

玉秀指着广场右边灯杆下一个穿淡蓝色花衣服的年轻妹子小声说：“洪哥，那个年轻妹子身边的两个中年男女是人贩子，就是他们把我卖了。”

天洪说：“你看清楚了吗？”

“看清楚了，他俩就是化成灰烬我也能认识，那女的手舞足蹈的动作我永远记得，没错，就是他俩。”玉秀两眼冒着火，要马上冲过去抓住那两个贼人。

天洪迅速把明桂放在旁边石梯上，转身对玉秀说：“你快去车站警务室报警，我过去看住他俩，别让他们跑了。”

玉秀放下背包和箱子，只背了个挎包，向呆坐在石梯上的明桂说：“阿桂哥，你在这里看住行李，我去报警。”说完，跑进前边不远处的车站警务室。

天洪悄悄来到广场右边灯杆旁，不动声色地看着那个女子在表演，内容与玉秀刚到江城时哭述的一模一样。

那边，玉秀带着警察跑来了，女子还在鼓动三寸不烂之舌游说年轻女子，旁边的男子则警觉地向四周观望，突然，他看见玉秀带着警察正朝他们这个方向跑来，脸色骤变，伸手拉女子：“警察来了，快跑！”

说时迟那时快，正在背后监视他们的天洪突然跨步向前，伸手去抓男子，那男子见有人拦路，猛然甩手，狠狠地打在天洪的手臂上，天洪立即感到手臂像被铁棍猛击，青紫一块，他一惊，意识到此人不是等闲之辈，此时他顾不得疼痛，快速抬脚用力猛向男子腿弯踢去，那男子没注意到脚下的袭击，腿一弯，直挺挺地向前扑下去，摔了个嘴啃泥，嘴脸顿时流出了鲜血。

那女子也不是等闲之辈，扭头瞅见老公摔倒，她猛按挎包面上的按钮，挎包哗啦打开，她快速从里面抽出一把三节跳刀，锋刃跳出，她握刀直逼天洪而来，动作实在迅速；天洪瞅见，猛地头一低，就地一个驴打滚，绕到了女子的身后，趁女子还没来得及转身之时，收腹挺起，同时猛然出脚踢到女子的膝盖后面，女子砰地倒地，嘴脸狠狠地撞在水泥地面上，鼻子脸上鲜血立刻涌了出来。

“不许动，警察！”跟在玉秀身后的警察边跑边喊。

听见喊声，那刚才被踢倒在地的男子一个鹞子翻身站立起来，跛着腿跳着逃走，还没跑出几步，已被大步赶到的天洪一把抓住胳膊，手腕往后猛扭，那男子便杀猪般地号叫起来，一名警察赶到，帮助天洪把男子铐了。

此时，地上的满脸是血的女子一个挺身跳将起来，顾不得擦去脸上的鲜血，拔腿就跑，另一名警察赶到，大声喝道：“站住！”女子没有停下，呀呀呀叫着，挥舞着长柄跳刀，警察被闪着寒光的跳刀逼得后退几步，天洪放下被铐住的男子，猛追过来，那女子边跑边挥舞着刀：“谁敢来追，老娘可不是吃素的！”

天洪边跑边猛然扯下身上穿着的衣服，几粒纽扣顿时被扯飞，他挥舞着衣服追上女子，前面正在逃跑的女子顿时感到眼前模糊，衣袖晃动，看不清前面的道路，一不留神，脚下踢在了一块凸起的石头上，猛烈奔跑的冲力使她整个身体腾起来又狠狠摔下。天洪扑了过去，用衣服把女子头部紧紧蒙住，双眼被蒙住找不着北的女子，仍然困兽犹斗，边翻身跳起边挥舞长柄跳刀，还准备做垂死挣扎，警察赶到，合力快速把她铐了。

在警务室里，林警官问：“郑玉麟，这次你总得承认了吧，前几次抓住你都说是冤枉你。”

郑玉麟抹着眼泪大呼：“林警官，我确实是冤枉的，你们肯定是抓错了人！”

旁边的张警官冷笑道：“抓错了人，你睁开眼睛看看这是谁？”

张警官指着门外，只见玉秀从门外款步走了进来，问：“大姐，还认识我吗？”

郑玉麟抬眼细看一阵，说：“我……我不认识你。”

玉秀怒问：“你不认识我，你化成灰我也认识你，你骗我在韶关下车。”郑玉麟一惊，终于看清楚了面前的人，惊恐问道：“你是……”

玉秀愤怒地指着郑玉麟：“我是林玉秀，你这个骗子，没想到我能活着出来吧？你2万元把我卖到粤北山里，受尽折磨，差点就死在那里！我听江贵生说，光他们那个小山村，你就卖了三个妇女，两个儿童！”

林警官问：“郑玉麟、姜板成，在人证面前，你们还有什么说的？前几次都被你们蒙混过去了。”

这对贼男女终于耷拉着脑袋：“我……我……承认。”

林警官指着郑玉麟和姜板成说：“我们手里有充分的证据，老实交代，去了哪些地方，拐卖了多少妇女？多少儿童？”

郑玉麟回答：“我们去了山东、福建、广东。人数嘛，记不太清楚了，妇女大概是12个，儿童嘛大概七八个吧。

经调查取证，经他俩手上卖出去的年轻妇女和儿童就有二十多人。罪大恶极的人贩子终于得到了应有的惩罚。

一年半来的心结终于解开，人贩子受到了法律的制裁，玉秀心中一下子释然了：“感谢洪哥，要不是你在二人背后突然发力，这两个人贩子肯定跑掉了。”

明桂和玉秀从小在一起长大，深爱着对方，是那种渗透到骨子里的爱。双方都想拼尽自己的一切守护自己的爱人，哪怕是牺牲自己成全对方。

看着自己心爱的阿哥病在床上，玉秀心如刀绞，她真想把阿哥的病换在自己身上，还她一个健康的明桂哥，她在心里千遍万遍地责备自己，早阻止明桂哥去室内装修队就好了，他也不至于得这个怪病。

明桂知道，如果让玉秀留下来与自己一起厮守，那两人只能在贫困中死去。如今自己病成这样，绝不能拖累玉秀，不能让玉秀为自己操劳痛苦一辈子，不能因为自己耽误了玉秀的前程，他下定决心，一定要与自己心爱的人做个了断，哪怕这对自己是残酷和痛苦的，也绝不能苦了玉秀。

离别这天，明桂躺在床上，紧紧拉着玉秀的手，任泪水长流，两小无猜的情景一幕一幕浮现在眼前，心中纵有千个不舍万个不甘，也不能只顾自己而耽误了玉秀的前途，他知道，自己现在这个状况只会拖累玉秀。看着自己半死不活的样子，颤抖的手脚，他知道自己这辈子算是完了：“玉秀，你走吧，千万不能因为我毁了你的一生，下……辈……子……我……等……你……再……结……夫……妻……吧。”明桂流着泪，一字一句地向玉秀交代。

玉秀紧紧抱住明桂：“阿哥啊，咱们生死是一家人，今后生活再怎么难，我每月也要给你汇生活费……回……来……”玉秀哭得死去活来，晕倒在地。

阿香过来，抱住玉秀：“秀妹子，别哭了，有阿姐在，明桂会好好生活的，明桂有你这个知心妹子，今生今世也无怨无悔了。”

阿香替玉秀洗好脸梳好头：“妹子，咱苗家人不兴哭着分离，来，我们唱支山歌分别好吗？”

玉秀点点头，抹了一把涌出的泪水哽咽道：

阿哥啊，难忘你的情。

阿哥啊，难忘你的爱。

从小我们就是一家人，

今生今世永不分手啊。

远走天边也要回头看。

今生今世永难忘你啊！

我的阿哥呀……

玉秀边哭边唱，看着病床上的阿哥，她冥冥中感到，这也许是最后的生死分别，椎心泣血的痛，唱着唱着，玉秀又晕倒在地，天洪扶着玉秀，死死地掐她的人中，掐虎口，见玉秀慢慢缓过气来，他才说："玉秀妹子，我们得赶紧下山去赶车，晚了就误车了。"

玉秀跪在床前，紧紧地拥抱明桂："阿……哥……"

阿香过来扶起她，把背包替她背上，玉秀才万分不舍、一步一回头跟在天洪后面向山下走去。

山边又响起了凄凉的苗家山歌，如水如烟，如泣如诉：

阿哥啊，妹子走了！

阿哥啊，妹子走了！

今生今世舍不得你，哥啊！

远走天边也回头望，哥啊……

玉秀跟着天洪又回到了江城，她又回服装公司上班去了。

明桂出去打工几年，没有社保，没有医保，现在完全成了一个废人，吃喝拉撒睡都要家里人帮忙，爹娘年老多病上不了坡，原想明桂在外打工能寄点钱回来安度晚年，眼看一家几口人的生活成了大问题，幸亏有玉秀按月寄钱回来，一家人才能勉强生活下去。

陈忠义兑现了自己的诺言，一次性给明桂汇去了 5 万元作为他回家后继续治疗的费用，另外每月按时交给玉秀 1000 元，请她给明桂寄回去作为日常生活费。

玉秀同翠柳一道进了市工会为农民工举办的培训夜校，学习服装设计。

陈忠义思想上卸下了包袱，重新振作精神带领公司员工，把服装公司越办越好，工人们的工作被安排得满满当当，工资也比以前有较大增长。

学习结业，玉秀凭着自己的聪明能干加入了公司新服装设计班子，调公司设计室任副主任兼刺绣车间副主任；在家里当姑娘时，在杉树岭这一片她的刺绣和女红都是顶呱呱的。与生俱来的天赋，从苗家大山上走出来的她对女装边角装饰有着天生的敏锐和特别的观察力，拿出的设计样品深受外商公司设计室师傅们的赞扬。

翠柳现在到了销售部，负责协调对外贸易订单的生产计划安排。

每月接到陈忠义送来的钱，玉秀的心里都有一种莫名的感觉，渐渐地她被陈忠义的真诚所感动，他真是一个重情守信的男人。

半年后，在明桂的一再要求下，在天洪、阿香姐和服装公司姐妹们的劝说下，玉秀终于答应嫁给陈忠义。

结婚这天，公司里的姐妹们都来了，婚宴就安排在公司大小两个会议室里，公司把以前的免费午餐变成了今天的婚宴大餐。

天洪和同宿舍的工友都赶来庆贺。婚宴上，天洪应邀发言："今天，我作为林玉秀的亲属代表，参加陈忠义先生和林玉秀小姐的婚礼。这里，我要代表我的妻子和内弟，感谢陈忠义先生对我内弟和他家人慷慨无私的帮助，感谢林玉秀小姐的痴情和真心，陈忠义先生和林玉秀小姐的结合，是现代服装公司的幸事，相信他们的结合会给公司的发展带来新的活力。在这里我祝他们永结同心，白头偕老。"天洪的祝词，引来台下阵阵掌声。

第三十章　男工和女耕

有人把天洪和阿香这种因为家里老人小孩需要照顾，两口子只能一人外出打工挣钱，另一人留守操持的家庭称为亦工亦农，或称男工女耕。

太阳伏在东边的山巅尚未露头，朝霞便早早地映红了杉树岭山头。打扫完蚕房，阿香背着一个大背篼去采摘桑叶。山上的桑树都生长在田边地角，阿香背着背篼边走边采摘桑叶，偌大一面坡上现今就只有阿香一个人。往年坡上人多，大姑娘小媳妇在坡上采摘桑叶有说有笑山歌连连，孤单一人的她心中不免有些忧伤。

背着硕大的一背篼桑叶回来，还没有来得及喘上一口气，就赶紧准备猪食，往年有天洪在家，他们家每季要喂两张桑蚕，现在她一个人，只得缩小规模每季只喂一张桑蚕。田里坡上，圈里几头猪，大水牛要准备夜草，够她忙的。

每天晚上，喂完猪牛，收拾完家务已是深夜了，躺在床上，才感到了腰酸腿疼，阿香伸伸懒腰，自己给自己捶背捏肩揉腿："真舒服呀！"只有晚上倒在床上，她才能舒展一下胳膊腿。天洪不在家，她必须自己给自己加油，老爹骨折痊愈后，两条腿变得一长一短，走起路来有些跛脚，刚能走动他就坚持要去坡上放牛，牛可是农家人的命根子，别人牵上坡他不放心。

留在家里的人，总是思念着远方打工的亲人，在阿香看来，夫妻之间，就是由平淡的生活和遥远的相思构成的。

春节期间短暂的相聚，让阿香觉得格外珍贵，格外珍惜。当整个山乡还在沉睡时，阿香就起来煮早饭。天洪也起来了，他不能睡着享受让阿香劳累，回到家，坡上家里，他总是见什么事做什么，他觉得，这才是夫妻恩爱。坐在灶门口的长凳上添柴，两口子还有说不完的话，阿香依偎在天洪肩头上，殷殷地述说着离别后的思念，望着天洪，她眼里盈满泪水，在两人分别的日子里，多少次的呼唤，多少次的思念，多少次的梦中相会，一幕幕萦绕在心里，而现在，洪哥就在自己跟前，总有不尽的言谈和不尽的恩爱。

相聚相守总是短暂的，过了大年初五，外出打工的人又三三两两，相约着回打工的城市去，打工的人总是聚少离多。每次回家匆匆忙忙住几天，为了生活，为了多挣钱养家，他们不得不抹着泪水又匆匆离去，于是，夫妻双方又开始了新的思念。

一大早，阿香挎着满满一篮刚采摘的新鲜蔬菜，踩着树梢间洒落下花花搭搭的阳光斑点走进了小院。院内寂静无声，一只雏燕正单脚直立，把脑袋伸在腋下梳理羽毛，看见人来了，也不惊慌，仍然自顾自地在梳理羽毛。

自家的狗儿阿黑摇着尾巴跑了过来，兴奋地迎接着主人归来。春耕大忙时节又到了，秧田里水稻秧苗今年长得特别翠绿，远远望去，像一块绿丝毯铺在清凌凌的水波里。大田里，有男人在家的农户，早就扛着犁铧下水翻耕耙田，但现在这样的人家不多了。

早春的天气，太阳照在身上还感到凉凉的。冬水田里，及膝盖深的水还有些浸人心骨，老爹 80 岁了，骨折后下不了田，昨天阿香就跟老爹商量：“爹，明天你教教我，我自己来耕田耙田。”

爹看着她说：“苗岭山上自古以来，还没有妇女赶牛下田的先例，别小看了耕田犁耙，这可是个力气活，在这苗家山上没有单手提起一百多斤的臂力根本犁不了田，阿香你行吗？”

“爹，你放心，我能学会的，赶场时我听人说，清溪镇一些没有男人在家的妇女眼看着水田没人耕种，被逼着也学起了耕田，总不能等着让长成的秧苗烂在田里，一定不能让洪哥再担心家里的事。”

老爹称赞：“多体贴的好儿媳妇啊！”

第二天清晨，老爹就把水牛喂饱牵了出来，阿香特地穿了用洪哥的旧裤子改成的肥腿半长裤，扛着犁铧，跟在爹后面，去自家承包的水田。来到田边，老爹帮着把牛牵下水田，阿香放下犁铧，过来把枷套上牛脖子，理好纤绳。

老爹过来教阿香扶犁、吆喝、使鞭，大黑牛懂事地拉着犁铧缓缓前行，老爹站在田边，不时地纠正着阿香的动作：“眼朝前看，手扶好犁把。”

阿香喘着气满头大汗，跌跌撞撞，牛拉着犁铧，深一犁、浅一犁，犁沟歪歪斜斜向前延伸。半天下来，半亩大的一块水田终于犁完了。

老爹笑了：“阿香你还算不错，我第一次学耕田还没你耕得好，别泄气，下午再耕半天就熟练了。”

武陵山区的风俗，妇女是不下水耕田耙田的，这些事都是阿哥的事。可现如今男人们都外出打工去了，离家近的，农忙时回来帮着忙半个月，又回工地去了。像广东、长三角这些离家远的，打工的人回不了家只好请人代耕。可现今，想请代耕都找不到人，留守的妇女们也只有咬咬牙像阿香这样自己耕田犁耙。

周围留在家里的妇女，见阿香下田手扶犁铧，感到稀奇，也感到震惊，阿香姐能做到，我们也一定能做到。下午，就有几个留守的姊妹来观摩取经，几天后杉树岭周围的妇女都传遍了：阿哥出远门，阿妹照样能耕田犁耙、栽秧打谷。

四月的武陵山上一派繁忙景象，层层梯田里妹子们吆喝着水牛在耕田，栽秧的妹子叫了起来："阿香姐，给我们来一支山歌鼓鼓劲。"

阿香笑了，张口唱道：

说唱歌来就唱歌，山歌唱了舒心头。
往年山歌有人和，今年唱歌和不啰。
阿哥打工去远方，阿妹扶犁扬鞭忙。
不知阿哥走哪方，家家都是阿妹忙。

歌声婉转悠扬，田边一改往日的沉寂，几个妹子叽叽喳喳一阵，兰香妹子接着唱道：

金黄色的麦子哟，绿油油的秧苗啰。
往日唱歌阿哥和，今日阿哥唱不啰。
阿姐教我来唱歌，阿姐唱歌我来和。
阿哥远走天涯边，天各一方思念啰。

歌声凄凉哀婉，道出了阿妹们绵绵的相思和无奈……

田间歇气，姐妹在一起聊了起来，沉重的田间农活让她们感到孤助无援，人们常说的男耕女织变成了现在的男工女耕，夫妻俩天各一方，但不这样又怎么办？家里盖房需要钱，孩子读书需要钱，贫穷大山里的她们想不出更好的挣钱办法。

阿香苦笑着："都说穷家难舍，要是都走了家里这一摊子咋办？老人小孩总不能都跟着你去打工，打工人住的是什么地方：十几个人挤在一个出租小屋或工棚里，翻个身都会弄醒旁边的人，总不能叫老人娃儿也挤进去受那个罪吧，男人出去打工找点现钱给儿子女儿交学费，我们在家里，一来照顾了老人，二来也收点粮食一家子有吃的。俗话说：一工一农，一辈子不穷嘛！"

阿香的一番话，让愁眉苦脸的姐妹心里顿时开了窍，灵芝说："阿香姐出去打过工，说的都是实话句句在理，两口子都在家里这钱不会自己飞来，可都出去打工，老人娃儿哪个来照顾，男人嘛，总得让他出去闯荡挣钱。"

国家实行九年制义务教育，农村外出打工的人多数是初中文化，少有高中毕业，一旦初中毕业满过 16 岁，便头也不回地走出大山去城里打工。但总体来说，农民工是一个文化知识相对贫乏的群体，他们的打工生活写满了艰辛。

在工地上干的都是重体力高危险、或被城里人所看不起收入低的脏活累活：扛着一两百斤重的钢管爬那高高的脚手架、顶烈日抗严寒在百米高空上徒手作业。

离开煤矿几年了，天洪还常常想起一起下矿的张小烛、赵大发和杨义全。半夜里还常常做噩梦，梦见他们在一起永远也走不出那黑暗的矿井。梦中的天洪纳闷，小烛和大发早就离开人世了，怎么在井下又见着他们了，想着想着梦就醒了。回忆梦中的情景，天洪知道正因为他们是生死患难的兄弟，才会时常梦见他们。

建筑工地上到处是高耸的铁塔，震耳欲聋的机器轰鸣声、汽车喇叭声充斥在工地上空。五月的一天，天洪带领他的钢筋班正在拆卸吊装铁塔，眼看几十米高的铁塔还剩下八米塔座没有拆，天洪指挥着几个弟兄把稳定铁塔的浪风钢绳和地脚螺栓拆除，地上的工人们来来往往在搬运拆卸下来的构架，架子上还有几个工人在上面继续拆卸，工地上一片繁忙。

一辆25吨的自卸货车刚卸完石料，升起的翻斗还没收回，毛头司机就急忙开着高耸的料车径直闯了过来，高耸的翻斗猛地一头撞上了正在拆卸的铁塔，巨大的撞击力使铁塔剧烈摇晃，并猛然向一边倾斜，眼看就要翻倒下地。

塔下正在指挥拆卸的天洪见状，从地上快速抓起一根拆卸下来的角钢，飞身支撑住快要倾倒的铁塔，肩膀顶住角钢的一边，棱边深深地陷进了他的肩胛里，他咬紧牙关牢牢地撑住角钢，拼尽全力高喊："大家快跑开！铁塔马上要倒了！"

听到天洪的叫声，与王福来、付天力一起正在塔下埋头工作的李友正抬起头来，看见紧紧扶住角钢的天洪及猛烈摇晃的铁塔，立时明白发生了什么事情，他急忙拉着王福来和付天力跑出危险区域，看见天洪，他冲过去帮助天洪扶住角钢；王福来和付天力在挥舞着双手高声呼喊还在倾斜铁塔上下撤的几个工友："铁塔要倒了，注意抓牢保护自己！"

铁塔倾斜越来越严重，眼看就要支撑不住了，李友正叫了一声："天洪，推开角钢，一、二、三，撤！"两人拼尽全力推开压在天洪肩上的角钢，躲闪到旁边。骤然失去支撑，已经严重倾斜的铁塔随着嘎吱嘎吱的尖叫声，终于轰然倒下，在落地的那一刹那，溅起几米高的粉尘。

李友正转过身来，见天洪被角钢压了的肩上在流血，他哗啦一声，扯下自己的衣袖，把天洪的肩头包住，送他去医院。

看着铁塔轰然倒下，惹了祸的翻斗车司机当场就吓傻了，目瞪口呆地站在那里。看见塔上塔下的人们四下逃离，他才知道发生了什么事情。

工地上像这样的事随时都可能发生，杂乱的工地上缺少统一的指挥，即使是设立了安全员，多数也是兼职，是有名无实的摆设。建筑工地上全都是立体作业，随时都可能有重物从天而降，随时都可能发生意外伤人事故。

自从上次张天洪他们讨要工资谈判后，特别是听说天洪临危不惧，紧急之中一人撑住倾斜的铁塔，救出塔下塔上十几个工人，避免了一场重大的人员伤亡事故，总经理宋建华更加欣赏天洪这个人，知道天洪属于有文化肯钻研，在工人中有威信的人，他决定委他以重任。

倒塔事件后不久，天洪被宋建华委任为施工队长，从此以后，天洪要管理工地的一百几十号人，要安排协调各班组的工作，要协调工地上的立体交叉作业，要检查工人们的安全防范，又要保证工程质量，担子重了，天洪感到工作很充实。

每天早上进入工地前，天洪要召集各个工种的班组长碰头开个短会，与现场工程师和监理人员一道检查工程进度完成情况，安排当天的工作，提出安全注意事项。建筑工地上的农民工，多数没有学过专业知识，没有受过专业训练，不懂得安全生产常识，他们丢下锄头就来到工地，全凭在工作中边干边学。工地上人员流动大，在保证工程质量和保证安全生产上全凭现场班组长一级的指挥，所以特别需要张天洪、李友正这样既有责任心又有经验的工人来担当班组长。

有资料统计，仅在天洪打工的广东珠三角，每年工伤事故就有上万起，机器设备陈旧落后，安全措施只是贴在墙上的一纸空文，实际工作中没有谁去落实，工人加班加点超负荷工作，缺少岗前培训，政府监管不力……这些是造成大量工伤事故的一个深层次原因。

在渝湘高速公路指挥部黔河驻地办，刚刚参加面试完毕的张银翠，见两个人站在过道上谈工作，其中面对着她的那个人，她感到似曾相识，禁不住停下仔细打量起来：这是一个五十多岁的男子，戴一副金边秀朗架的近视眼镜，穿一件蓝色的细帆布夹克，半新旧的蓝色牛仔裤，足蹬一双蓝色的运动鞋，一身干练的打扮。只听见背对她的那个人说：“杨工，这次下来就长住黔河了？”

那个被叫作杨工的人点点头：“就在黔河驻地办住下来，负责机电工程管理。”

“以前来过黔河吗？”

“我1969年下乡到黔河的杉树岭公社当知青，直到1975年才调回工厂，对黔河的山山水水是有感情的，我这次来，也算是重返故里吧。”杨工笑道。

听到杨工的回答，正感到似曾相识的银翠心中一下子肯定了杨工的身份，对，一定是当年在龙门坝插队的杨大哥，她试着叫了一声：“杨其韵大哥，是你吗？”

猛然听见一个女声在叫他的名字，杨工抬头寻去，见叫他的是一个四十多岁的中年妇女，他疑惑地看着她问：“你是？”

“我是张银翠，龙门坝东院的，你是杨其韵大哥吗？”

“是，是！哎，你不报出姓名我还真的认不出你了。”杨其韵回答，指着银翠他笑了：“看看，当年这么高的小丫头，现在儿子都快娶媳妇了吧。”说着用手掌齐腰比画了一个高度。

“还小丫头，都奔五十的人啦，两个儿子早工作了，大儿子去年还娶了媳妇。”

看着鬓角依稀已有几缕白发的杨其韵，银翠问，“杨大哥怎么会在这里？”

“我现在就在驻地办上班。”杨其韵回答，随即问，“你来这里是？”

“哦，我是来应聘厨师，给你们煮饭。”银翠笑道：“但还不知来不来得成。”

“你以前干过厨师吗？”

“干过，我专门去厨师学校学习过，考了个三级厨师证，还在黔河城里开过几年餐馆，经营过北京水饺馆。”银翠回答。

“你有这个基础，一定来得成，那我们就有口福了。”他知道银翠从小聪明能干，做什么事都能干好。

三天后，驻地办通知银翠来上班，在食堂当厨师，兼负责食品蔬菜采买。

上班后，银翠才知道，杨其韵大哥现在是高速公路公司的业主代表，是教授级高级工程师，负责渝湘高速公路机电工程安装的技术管理工作。

银翠在驻地办当炊事员。来食堂吃饭的人多，上至老总下至员工，所以她的消息灵通，许多信息都是在饭桌上听到的。这天她听到高速公路的好几个项目部工地要招收熟练建筑工人的消息，便立即给天洪写了信，把这个信息告诉他，几天后，天洪接到二姐的信，信是这样写的：

小弟，你好：

告诉你一个好消息，我们黔河也在开始修建高速公路了，上个月，我到了渝湘高速公路指挥部驻地办的食堂工作。听公司的领导说这条高速公路沿线隧道桥梁多，许多项目部眼下正在招收技术熟练的建筑工人。

在这里，我还遇到了杨其韵大哥，就是那个教你写字下象棋的知青大哥，他在驻地办当业主代表。杨其韵大哥要我叫你回黔河来上班……

二姐　银翠

5.10

收到二姐的信，天洪犹豫了，来江城四年多了，他边干边学不但熟练地掌握了建筑工地许多工种的技术，而且现在还是带领一百多工人的施工队长，工资也比原来当杂工时翻了一倍，几年下来，工友们都互相熟悉亲如兄弟了。

二姐的来信还是让天洪心动了，回黔河打工，一来离家近，方便照顾家里，二来农忙时还能回家帮助阿香，毕竟老爹的年纪大了，儿女还在读书，阿香一个人田里地里屋里哪里忙得过来哟，况且她近来身体也大不如以前了。

天洪想，老家就是因为交通不便而贫困，现在修建高速公路，是山里乡亲们多少年的期盼，是件大好事，能为家乡的这条致富路做点贡献，也是自己义不容辞的责任，不管从哪方面说他都应该回去。

晚上，他拨通了阿香的电话，把二姐来信中的消息告诉了她，阿香听了，高兴道：“洪哥，这么好的机会还不赶快回来，老爹天天在念叨你干吗偏要去几千里外打工，不在近处找点事做。”

但真的写了辞职报告，他还是犹豫了，躺在床上辗转难眠，几年的打工经历，像一幕幕电影在眼前回放，余明桂、张小烛、赵大发、杨义全、黄富贵、李友正、彭西亮、付天力……一张张熟悉的脸在眼前闪过，搅得他睡不着觉。天亮了，天洪来到工地，还是去办公室递交了辞职报告。

办公室陈主任拿着天洪的辞职报告惊奇地问：“天洪，干得好好的，怎么突然想到要辞职？宋总还常常表扬你，开会时老提到你工作努力，脑子灵活，还准备叫你单独负责一个工地。”

“我爹年纪大了，老婆身体又不太好，家里来信说老家修高速公路，叫我回去上班。”天洪不好意思地解释。

下午，宋总打电话给项目部李经理：“你请张天洪来公司，我有事找他面谈。”

李经理立即到工地，天洪刚指挥完高速公路跨江大桥预制梁的合龙，李经理笑着说：“刚才宋总来电话请你去他办公室，路不远，你就坐我的车去吧！”

天洪简单向李友正交代后，坐上李经理的小车风尘仆仆地赶到了宋总办公室，宋总破例站在门口迎接他，让进门后宋总客气地请天洪：“沙发上坐！”

看着自己一身灰尘，天洪没好意思落座，宋总笑道：“到我这里还客气什么，坐坐坐！”

天洪见不好再推辞，从挎包里拿出毛巾垫在沙发上，在宋总对面坐了下来。

秘书给宋总和天洪泡了碧螺春茶，宋总望着天洪开口道：“听陈主任说你交了辞职报告，在这里干得好好的，怎么突然想起了辞职，公司最近又接了一座跨珠江大桥的工程，办公会上决定还准备叫你担当重任呢。”说完他端起茶杯，吹了吹水面上的浮沫，喝了一口茶。

“宋总，是这样，我老爹年纪大了，老婆身体近年来又不太好，家里来信说黔河正修建高速公路，我二姐已经帮我联系好，让我回去上班，一来离家近，二来可以照顾家里老小。我非常感谢公司领导对我的信任，但家里确实需要我回去。”天洪不好意思地一口气解释完，生怕自己中途停顿下来会改变主意。

宋总又说了许多挽留的话，见天洪执意要走，只得深深地叹了口气：“天洪，我理解你，一个人再怎么发达，还是家庭为大，既然家里需要你，我也不好再强留你了，但如果你今后还想再回公司来，随时欢迎。”

二人握手道别，天洪去公司人事部办理了离职的手续，去财务部结算工资，赵主任说：“宋总刚才来了电话，叫多给你发两个月的工资，以资奖励你对公司做出的贡献。”

“谢谢公司，谢谢宋总！”天洪眼圈红了，他感到，人间还是有温暖的。

走出财务部，天洪掏出手机，正准备给玉秀打电话告诉她要回黔河去了。转念一想，还是暂时别告诉她为好，她知道了一定会在心里泛起波浪，还是让她在这里安安心心地与忠义哥一起过日子吧！再者，她知道后一定会告诉翠柳，小姑娘的心一定会动荡不安，还是上车后再给她们打个电话告别吧，免得难舍难分。

知道天洪决意要回老家去打工了，李友正早早安排让郑中材回出租屋准备给天洪饯行的晚餐。晚上，大家围坐在小院大榕树下的小桌边给天洪饯行。饭菜还没有上桌，兄弟们你一言我一语，尽叙几年来的友谊。

王福来拉住天洪的手说：“兄弟，要不是你飞身撑住角钢，我和李友正、付天力恐怕早就见阎王去了，我这把骨头……”话没说完，已泪如雨下。

彭酉亮上前：“洪哥……你的救命之恩永世不忘！”抱着天洪痛哭起来。

付天力端着酒碗走到天洪跟前：“洪哥，我敬重你的智慧，敬重你的为人，去年讨要工资要不是你……”他抹一把热泪，哽咽着说：“雨儿和路儿一年见一次爹爹的愿望又要落空……”

李友正站起来说:“回到家乡既打工挣钱，又能照顾家里，是件可遇不可求的好事，天洪兄弟先行了，等我的老家修高速公路需要招收工人，我一定回去。”

饯行饭吃到最后，十几个兄弟抱在一起痛哭。他们是舍不得天洪离开，可又替天洪能回到家乡打工高兴。

火车站进站口旁，弟兄们围站在一起，说着离别的话。

翠柳拉着玉秀，努力分开拥挤的人群赶到车站，她们是听到春柳打来电话才知道天洪今天要回黔河，眼见天洪与众人道别后转身正欲向进站口走去，翠柳快步上前，一把拉着洪哥哥的手，还没开口就泪如雨下，好一会儿才平静下来:“洪哥哥，你走了，今后天各一方，恐怕再难见到你了！”说着，泪水又涌了出来

天洪噙着热泪，动情地说:“好妹子，今后见面的机会多，别难过了，在江城好好干，等你结婚的时候我过来看望你们！”

翠柳摇摇头，泪眼蒙眬地望着天洪，轻声唱起了亲人离别的土家山歌：

哥哥你回家转啰，小妹我十分留恋。

千言万语，万语千言，
难表我心中思念。
哥哥你回家转啰，小妹我实难留你。
我最思念的哥啊，何时才能再相见？
再相见……

翠柳唱得泪雨磅礴，伏倒在天洪肩上，椎心泣血的离别难舍之情实难述说，周围过路的乘客，诧异地望着这一对难舍难分的男女，玉秀过来，扶着翠柳："好妹妹，来，把脸上的泪水擦了，我们用笑容送别洪哥哥好吗？"

翠柳点点头，顺从地接过湿纸巾擦了脸，勉强挤出了一丝微笑："洪哥哥，一路注意安全！我回家一定来……看……你，哥……啊！"

天洪心里酸酸的，泪水瞬间滚了出来，滴在手上，他没有去擦："妹子，我走了，千万别一个人走夜路啊……"他说不下去了。

广播里正在播送K202次列车乘客进站的通知，天洪背过身去，抹了一把眼角的泪水，背好包，拉着箱子正要离开，翠柳扑过来搂住天洪："哥，一路平安！"甜甜地给了他一个离别的吻，挤出一丝笑容松开了搂着脖子的双手。

天洪挥着手检票进站去了，翠柳踮起脚尖，滚着热泪挥动着手中的绣帕，直到天洪的背影消失在人流中，她还站在那里，像丢了魂一样呆立着。

第二天下午，中巴车一路颠簸，终于到了杉树岭街上。天洪下车，长长地伸了一个懒腰，望着眼前的景象，旅途的疲惫顿时消失。

季节已经进入小满，烈日当空，满山翠绿，蛙鸣狗叫，微风送来庄稼地里的清香味，水一样消解着旅途的疲惫。一路的风尘瞬间被夹带着秧苗清香味的微风尽数带走，田里地里一片绿油油叶苗随风扭摆，预示着今年又将是一个丰收年。

背着包提着箱子，行走在熟悉的乡间小道上，天洪倍感亲切，清溪河在脚下汩汩流淌，发出哗啦啦的声响，仿佛在轻声传唱着祖先的祝福，大山在保佑漂泊的孩子找到了回家的路。

天边传来了歌声：

归来吧归来哟，浪迹天涯的游子。
归来吧归来哟，别再四处漂泊……

张天洪回黔河打工来了，推开家门，高声喊道："爹，你儿子回来了！"

见到天洪，老爹先是一怔，随后张着缺了门牙漏风的嘴笑了："这回你娃总算明白了故土难离的道理，哪里打工不一样？非要远天远地去江城打工。钱多钱少，一家人能在一起才是明道理。”

农民，永远都是淳朴善良的，而农村做父母的心永远只想着远方的孩子能平平安安，他们不图你赚多少钱，只要身体健康平安就好。

包茂高速公路，是国家骨干高速公路 7918 网九条南北纵线中的第七条，北起内蒙古的包头，南到广东省的茂名，全长 3130 公里，纵贯南北。其中重庆境内的长江以南段又名渝湘高速公路，全长 413.6 公里。这段路经过重庆的江北、南岸、巴南、南川、武隆、彭水、黔河、酉阳、秀山。两跨长江、三跨乌江，沿途尽是高山大川，这里集中了瓦斯、滑坡、煤层、天然气、断层、岩溶等地质现象，堪称地质博物馆。仅这一段高速公路沿途就有 120 多座隧道，总长 142 公里；141 座桥梁，总长 140 多公里；这段路中特长隧道、特大桥梁比比皆是，渝湘段的桥隧比高达 68%；造价高，建设难度大是这段高速公路的主要特点。建筑工人们自豪地说：“渝湘高速公路是修在大山肚子里，修在高山云水间的高速大通道。”

天洪以其熟练的技术通过了招聘考试，来到渝湘高速公路工地，可以不去遥远的异乡打工了，桥隧承包的合同段项目部就设在离黔河城不远的真阳隧道出口，天洪的工作是大桥钢筋工，就是给大桥安装钢筋骨架，这是个力气活，更是个技术活，来不得半点虚假。

武陵山区沟壑纵横，高速公路在这些地段往往是桥隧相连。专家们说：这里的桥梁和隧道已经不能用一座一座来表述，而常是一群桥隧来表述，是十几座桥隧紧密地串联在一起。一个桥隧群相连 20 公里是常有的事。要说这里的大桥，常常是一两公里长的特大桥，桥墩都是几十米甚至一百多米高的大个，随便一根钢筋就是几百斤重，安放钢筋时要几个人配合倒顺钢筋到位，特别长的钢筋更要塔吊配合，这两年天洪在江城跨珠江的大桥上这种事干得多。现在的天洪，早已不是几年前刚走出龙门坝的那个农民了，经过几年的磨炼他已掌握了大桥扎钢筋、搭建模板、滑板、浇筑混凝土、大型预制块吊装合龙等专业技术工作了。

秋分过后，艳阳高照，早晚已带有几分凉意，黄澄澄的稻田都开始了收割，洋芋苗开始枯萎，玉米、黄豆都陆续收割回屋里，只有荞麦，绿绿的叶、红红的秆，在风里摇荡出粉白的浪，这个季节它是最青春妖娆的。

金色的季节，正是大山里的收获季节，这段时间阿香一个人一直在田里地里忙，要把成熟的粮食收回家，还要翻耕田土，备足肥料，把小麦油菜种下地。由于劳累过度，她的腰腿痛又犯了，晚上痛得不行时她只得贴几张伤湿止痛膏。知道洪哥他们目前工地上正忙，她有意没有打电话叫他回来帮忙抢收抢种。

这几天，见周围的工友陆陆续续有人请假回家，在家种了十多年庄稼的天洪知道眼前正是抢收抢种的大忙季节，也想请假回家帮忙。

晚上，他打电话回家："阿香，我想请十天假回来帮你抢收抢种。"他以为阿香一定会很迫不及待地欢迎他回去。

却不料阿香在电话里说："洪哥，你才到新单位上班没多久就请假，领导会有看法的，前天你电话里还说最近工作特别忙，各项工作都在争时间抢进度，所以你就安心在工地上干，家里的事就别担心了，放心吧，我不会让庄稼烂在地里。"

项目部承建的斑竹沟特大桥和真阳特大桥的桥墩施工正在紧张进行，由于近段时间不断有农民工请假回家抢收抢种，工地上缺少人手，眼看秋雨季节就要来临，项目部的领导心急如焚，如果大家都强调自家的困难，那工期就延误了，这段时间艳阳高照天气正好，是大桥的旱桥墩上升工程的大好时期，也是水下桥墩基础升出水面的关键时期，要保证大桥工期，就必须抓紧当前的黄金时机。

日前，高速公路建设指挥部发文要求各个建桥单位务必抢在阴雨季节到来之前完成桥墩的水下部分和地下部分的基础浇灌，错过了这个黄金季节，大桥竣工最少得延后半年甚至一年。特大桥和特长隧道正是渝湘高速公路的控制性工程，它们的建成时间，直接影响到高速公路的通车时间。天洪在江城环城高速公路大桥工地干过，懂得大桥施工就像农业生产的季节，季节错过了影响的可是一年的收成。阿香说得对，就安安心心地在工地干吧。有了在江城建筑工地和珠江大桥建设工地的工作经验，让他干起活来得心应手。

建设工地上最需要的是技术好有担当精神的工人做领头人。很快，项目部领导发现，天洪是一个值得信赖的好工人，一个月后，天洪就被委以重任，担任了大桥施工队的副队长兼钢筋班的班长，这可是一个重要的岗位，钢筋工这道工序质量的好坏，直接关系到大桥的百年大计，关系到大桥的承载能力，也关系到大桥的使用寿命，天洪知道这个工作的分量。

重庆的八月，白天烈日炎炎，在地下几十米的深坑里布扎桥墩钢筋是最艰巨最辛苦的工作。因为这个时候，地面的自然风吹不进去，全靠送风，基坑里鼓风机的噪声，风管的震动声尖锐刺耳。吊进来的钢筋被烈日晒得滚烫，钢筋工们还得握住安放绑定，只有爬到地面如厕时，他们才能感受到片刻的凉风吹过。

立秋过后，天气渐渐地凉了，特别是一早一晚，被汗水湿透了衣服的工人，山风一吹，背上凉飕飕刺骨的寒，站在深深的沟壕里给高耸入云的大桥桥墩架起钢筋铁骨的工人们，与站在高高的脚手架上指挥巨大的塔吊运送钢筋的工友们，必须齐心合力。

沟壕里不时有阵阵的穿堂妖风吹过，稍有疏忽，就会站立不稳出现危险，粗壮的钢筋拿在手里，可不像拿着竹竿那样轻巧，必须是多个岗位的工友联合努力才能让倔强粗壮的钢筋服服帖帖地准确就位。一个水中或深沟里的桥墩，光水下或地下部分就是二三十米甚至更深，露出水面或地面的桥墩又是几十米甚至百米以上，一座大桥所使用的钢筋就是几百吨甚至上千吨，需要天洪他们一根一根不偏不倚精准地固定到位。

从江城工地养成的习惯，每天晚上天洪总要先对照图纸熟悉第二天的工作，主动与现场工程师和监理工程师们研究施工方案，以便第二天施工时不出差错，项目部的领导和工程师们都喜欢这个新来的钢筋班长。

为了把已经成熟的晚稻抢收回家，阿香天刚蒙蒙亮就去收割水稻，天黑了才从大青石上挑着晒得半干的稻谷回家，一片乌云从武陵仙山那边飘过来，眼看头顶黑了下来，就要下大雨了，阿香加快了脚步，就在她前脚刚拢屋时，后脚大雨就倾盆而至。山区的雨说来就来，说停就停，云过去了雨就停了，天又放晴了。

阿香前几天挖红苕淋了雨，发着烧一直没退，看着田里沉甸甸的稻穗，她心里着急，吃了点药又下田忙着抢收去了。一个人在家，不忙又咋办？总不能眼睁睁地看着到手的粮食烂在田里，直到月亮爬上了树梢，她才挑着满满一挑湿漉漉的稻谷回家，摊晾在转角屋的地下。四周静悄悄的，只有远处水田里有一声声蛙鸣传过来。吃过饭，喂了猪，阿香这才吃了一粒康泰克，安心地上床睡着了。

睡梦里，她梦见洪哥笑盈盈地拉着她的手问：“阿香，粮食都收回来了吗？”

“都收回来了，洪哥，你就放心吧！”说完这话，她醒了，想着梦中的情景，她甜甜地笑了。

第三十一章　大桥工地上

斑竹沟特长大桥，全长 1.4 公里，两个主桥墩高达 82 米，建设在深山沟里的斑竹沟大桥，前后连接着斑竹沟和真阳两座特长隧道，大桥工地周围的地形错综复杂，山峰就在脚下，明溪暗河就在脚下，白色云雾飘浮在山腰，游走在脚下。

时令正值三伏天，白天烈日炎炎，天洪带领工人们在地下 20 米深的桥墩基坑里布扎桥墩钢筋，这是最艰巨最辛苦的工作。大桥主桥墩基坑里，地面的自然风吹不进去，全靠鼓风机强制送风，可送进来的全是热风，鼓风机和风管的震动声尖锐刺耳，让人心跳加速。

吊进坑里的钢筋被烈日晒得滚烫，工人们稳稳地将粗壮的钢筋安放绑定，工人为了保证钢筋准确到位绑扎，不惜手被滚烫的钢筋烫起一串果子泡。人在基坑里，就像在蒸高温桑拿，汗水顺着衣服、裤腿汩汩地往下流，一天喝几壶水还解不了渴。为了赶在雨季到来之前桥墩伸出地面，工人们白天黑夜地加油干。

项目部的工程师们也在研究图纸，编写施工方案。

天洪拿着图纸来到曾工身边：“曾工，我请教一个问题，你看明天主桥墩的这些钢筋吊装和就位应该怎样安排才安全？”

曾工说：“我也正在思考这个问题。”随即他招呼张工和监理部陈工：“刚才天洪提出一个问题，你们过来我们研究一下。”

几个人在一起比画着现场可能遇到的情况，反复推敲更好的施工方案，以便第二天施工时不出差错。天洪提出了他的建议，受到几位工程师的好评。

曾工说：“要是所有的工人都像天洪你这样钻研技术精益求精就好了。”

陈工赞扬：“项目部和监理部的领导都喜欢你这个新来副队长。”

阿香前几天挖红苕淋了雨，发着高烧一直没退。天刚蒙蒙亮，阿香勉强支撑着坐了起来，她把药放进嘴里，喝了一口开水起床煮早饭。

老爹见了说：“阿香，你还发着烧就别去下田了。”

阿香说：“爹，看着田里沉甸甸的稻穗心里着急，刚才吃了药没什么啦。”晚稻都熟了，吃过早饭，挑着箩，阿香又去稻田收割水稻走了。

旁边稻田里，灵芝割完水稻过来："阿香姐，你还在发烧，怎么又下田来了。"

"一个人在家不忙又咋办，总不能看着到手的粮食烂在田里嘛。"

灵芝说："阿香姐，今天我来帮你割。"说着灵芝下田帮着收割水稻。阿香急着摆手道："你家里还有一大堆事等着你呢？"

灵芝问："天洪哥回黔河工作来了，大忙时节你咋不叫他回来？"

"唉，他们工地上正忙，说是误了时节通车要延后一年，我就叫他别担心家里，安心在工地上干。"

灵芝点头："工地上的人都这样，二牛来电话也说走不开。"

阿香说："听洪哥说他最近当了个施工队的副队长。"

"那就更忙得走不脱了。"灵芝笑道。

傍晚，阿香将大青石上晒得半干的稻谷挑回家，一片乌云从东南方飘过来，眼看头顶黑了下来。阿香加快了脚步，她前脚刚拢屋，后脚大雨就倾盆而至。山区的雨说来就来，说停就停，不一会儿，云过去了雨就停了。

当了副队长的天洪，感到担子重责任大了。曾工问："天洪，钢筋班目前有多少人？"

天洪答："68 个工人，个个都是身强力壮，一当一的好劳力，但却有一半的人是刚丢下锄头不久的农民，还需要磨炼一段时间才能个顶个地用。"

曾工点头："是啊，咱们项目部的工地上，说起来有 1200 个工人，却有一半是刚走出大山的农民，工作流程、生产技术、安全规范全不懂。"

天洪说："所以就需要有经验的工人带着他们。最近，新来的工人感到钢筋工的工作太累，高空工作危险，一些人想换工种或走人不干了。"

曾工感叹："艰苦的工作对于新工人来说，是一道关卡，得多鼓励他们才行。工地上多有几个像你这样的带头人就好了。"

天洪说："曾工，我想在班里办个学习讲座，请你给兄弟们讲技术、讲安全、讲质量保证，行吗？"

曾工笑道："好啊，我们明天就开始，多培养一个懂技术讲安全的工人，大桥质量就多一份保证。"

第二天下午，曾工来到钢筋班，天洪招呼："兄弟们，趁吃饭前的这一个小时，我们请曾工给我们上技术课。"工友们鼓掌欢迎。

曾工走上台："钢筋班的兄弟们，大家好，张队长昨天同我商量，叫我来给大家讲课，咱们钢筋班的兄弟大多数是丢下锄头就来到工地。大桥建设是百年大计的工程，既是力气活又是技术活。钢筋工就是给大桥安装钢筋铁骨，我们所安放的每一根钢筋关系到大桥的质量，关系到大桥的使用寿命……”曾工深入浅出的讲解，赢得了工人们的鼓掌。

王天林说：“我才来工地一个月，觉得工作危险辛苦，原想不干了，今天听了曾工的课，知道了钢筋工作的重要，我愿意跟着天洪班长好好干。”

李成真说：“曾工说得对，高速公路是致富路，也是造福子孙后代的幸福路，我们来这里吃点苦受点累值得。”

当了大桥施工队副队长的天洪，每天清晨上班前，要查看工地的安全隐患，要写下当天安全事故注意事项。等工友们来到工地，天洪在每日例行的班前会上强调安全和布置当天的工作，桥墩越升越高，安全也越来越重要。

大桥桥墩混凝土浇筑常常需要加班连着浇注，曾工和监理部陈工来到工地，见天洪还同工人们在忙，问：“今晚加班不是你轮班，你怎么还没下班？”

天洪笑答：“晚上加班，更要注意安全，大意不得，你俩不是也都在加班吗？”

陈工道：“大桥混凝土浇筑，监理必须在场保证工程质量。”

直到深夜工作完成，工人们都下班了，天洪一个人还在工地上查看有没有安全隐患，检查完毕才拖着疲惫的身体下班。

茫茫武陵山区属砂质页岩和石灰质岩石交融的地质，山势陡峭，常常是下雨山涧水暴涨；天晴小溪水断流，加之道路崎岖险峻，给需要大量用水的隧道和桥梁施工带来致命的困难。各个施工单位都在到处寻找水源，但都收效甚微。

狭窄、崎岖的施工便道上，桥隧项目部租用的二十多辆消防水车和槽罐车在拉水供应施工，工地上仍然供不应求。

一辆 8 吨吊车，正在起吊翻到在边沟里的槽罐车。而前面不远处，一辆消防水车一侧的后轮悬在空中，司机跳下来，一脸恐慌地在一旁查看岌岌可危的水车。

项目部里，桌上的两台电话同时响铃。总经理程士宏拿起其中一个电话：“喂，你那里又有什么情况？”

真阳大桥工地询问：“程总，真阳大桥工地的水怎么还没到？”

程士宏答:“刚才司机来电话说水车抛锚了,后面几辆水车全都堵在路上动不了。”

旁边的电话还在响铃，程士宏拿起电话：“喂，斑竹沟大桥，出什么事了？”

斑竹沟大桥工地报告：“程总，斑竹沟大桥因为缺水，下午又停工了。”程士宏摇着头，显得有些无奈。

黎总工说：“我们下午开个会具体研究一下解决方法，再这么停工下去……”

下午会上，程士宏传达了高速公路指挥部通知：“要求各施工单位积极寻找水源解决施工用水，若再这样缺水停工下去，三年建成通车的计划就要落空。隧道和大桥施工都需要大量用水，用车拉水杯水车薪供不应求。”

斑竹沟大桥陈队长说：“我统计了一下，我们斑竹沟大桥这个月就有 14 天是停工等水。”

黎总工说：“看来，再不能依靠水车运水施工了，得组建一支专业的供水队寻找水源，把水抽上山，彻底解决施工缺水的问题。”

曾工说：“我们这里属于喀斯特地貌，地面溪河很难稳定蓄水，有点水都蒸发或渗漏了。”

程士宏说：“立即在全项目部抽调 20 个人组成一支精干的供水队，队长就由斑竹沟大桥的张天洪来当，把真阳大桥的赵强调过来当副队长，等会儿项目部就出个任命的通知。”

临危受命担任供水队长的天洪，带着他的队员背着干粮挎着水壶带着仪器，爬山过涧、钻地缝、蹚阴河，在附近山沟里寻找水源。五天过去了，还没有找到可稳定长期供水的小溪和阴河，找到的几条阴河流量都太小且不稳定，没有使用价值。

这天，天洪一行来到一处水草丰盛的山洼，见有一位放牛的老汉，天洪走过去：“请问老爹，这一片水草这么丰盛，附近有阴河或水洼吗？”

放牛老汉指着周围：“这一片没有见过阴河，这里的山属砂质页岩，山涧小溪往往是下雨水暴涨，天晴水断流，区水利局也来找过，找水难呀。”

在斑竹沟附近坡上，见到一位八十有余的老汉在放羊，天洪上前：“请问老爹，这附近见到过阴河或水洼吗？”

周老爹：“这周围没有见到过阴河，前年我在前面的黑山谷山凹放羊时，曾听到过细微的流水声，但没有见到有地下阴河。”

天洪问：“老爹可否带我们前去有流水声的地方寻找？”

周老爹问：“你们找阴河干吗用？”

天洪指着远处的大桥说：“我们修建高速公路大桥隧道施工需要大量的水。”

周老爹点头：“嗯，这是造福子孙的好事，我这就把羊赶回去带你们去找。”

周老爹带着一行人下到黑山谷底，这是一条很深的山沟，正对着远处的斑竹沟大桥，群山在这里被神来之手将东西两边的山岭截然分开，从山形地势看若有大雨，这里正是水流汇集之处。望着山形地势，天洪不禁赞叹：“好地形。”

周老爹说：“前年我在这里挖药材时，仿佛听到过流水声。”

天洪问：“你老是晴天还是雨天听到的水声？”

周老爹："是晴天，雨天这里积水没法来。"

天洪招呼队员："大家在这片洼地里分散开来仔细搜索。"周老爹也跟着队员们边走边侧耳细听。

走在前面的赵强突然喊道："队长，这里好像有流水声。"周老爹过来，眼前的景物让他回忆起来了："就是这里！"

天洪过来，这是一处树木繁盛藤蔓缠绕、无法靠近的地方。烈日下，几个人趴在地下，耳朵贴着石板侧耳倾听，地下传来细微的流水声。

他高兴地叫起来："地下有流水声，大家把这周围的藤蔓荆棘砍断清除。"

赵强带领队员挥舞弯刀将藤蔓荆棘砍除，把地上的杂物清理干净，流水声比刚才大了。顺着流水声，天洪同两名队员翻开大石板，终于找到了地下裂缝。

众人围拢过来，赵强用四节手电筒照射，只见一米宽的裂缝下，黑洞洞的深不见底。哗哗的流水声从下面传来。天洪说："我先下去探看，你们再接着下来。"

天洪背着手电筒，顺着绳索慢慢往下滑，直到地下20米深的阴河。在手电筒照射下，眼前的情景让天洪惊呆了，只见幽深的阴河浪花翻滚，是一条不小的阴河。

天洪喊道："下面有一条水源丰富的地下阴河。"

赵强高兴道："队长，我们几个也下来。"

天洪说："好，记住把橡皮艇带下来。"

地下阴河黑洞洞地从远处流来，天洪和赵强两人划着橡皮艇深入阴河勘察。赵强用竹棍试探着水深和流速："队长，这阴河的流量看起来很稳定。"

天洪说："来的时候，我一看周围的山势地形，就觉得这次有谱。"

赵强说："刚才你在下面说阴河的水大，老爹就说他在这一代放羊有几十年了很少见到水流大、流量稳定的阴河，这条阴河可是集九岭十八弯的小溪水汇流而成的地下阴河。"

再往里河道狭窄，橡皮艇进不去了，二人倒回来，天洪说："等会儿我们把带来的水位自动监测仪安放好，先测量一下。"

赵强点头道："行，只有水量足够大才值得修坝铺管抽水。"

天洪回项目部汇报了找到地下阴河的情况，设计院张工跟着供水队观察和测量了周围的山形，断定几十平方公里的山水都渗漏到了这条阴河来了。

查看水位自动检测仪的记录，从测得的水量数据来看，足以解决四座隧道和四座大桥施工用水。项目部放心了，研究决定在阴河里筑坝建立提水站，安装输水管。程士宏说："张队长，再给你20个工人，争取在一个月内工地用上水。"

天洪举手行了一个军礼："保证完成任务。"

为了尽快铺设好管道，天刚蒙蒙亮，天洪和赵强各带领一支供水队队员着冒晨雾出发了。到处是悬崖绝壁，高山深谷，山里根本没有路，全靠供水队员披荆斩棘开辟出一条简易的路来。烈日高照，天洪带着队员扛着水管、背着水泥河沙和水桶，翻山越岭、蹚河过涧铺设水管。

几天后，天洪指挥队员们安装完斑竹沟大桥工地上的最后一根水管。赵强看了一眼周围兴奋的工友，启动了水泵按钮。

通过启动远程控制按钮，阴河摄像头传来水泵启动的镜头和地下水流动的镜头。天洪吩咐："大家休息一会儿，喝口茶、抽支烟，几分钟后水到。"

不久，水管里传出哗哗的声音。天洪喊道："注意，水快来了！"

水管里传出哗哗的声音越来越大，突然，从水管里哗啦啦地流出水来。

众人欢呼："出水啦！"斑竹沟大桥建设工地终于引来了地下水，工地上一片欢腾。

天洪和赵强分别带领队员，给另外三座大桥和四座隧道工地铺设输水管道，一个月后，桥隧工地全部用上了地下水，当最后的真阳隧道顺利通水，工地上一片欢腾。黎总工抑制不住喜悦："困扰工地半年的施工难题终于破解了！"

曾工道："各个工程队的工程进度和工作效率一下子提高了。"

程总握着天洪的手："辛苦你们了，供水队这次为工程立了大功。"

天洪红着脸谦虚："这是我们供水队应该做的。"

程士宏立即将寻找地下水源解决施工难题向高速公路指挥部做了专题汇报，指挥部立即向全线各施工单位通报推广桥隧项目部的找水经验。渝湘高速公路全线缺水影响施工的问题总算是解决了。

第三十二章　生死之交情

渝湘高速公路沿线地形复杂多变，通过武隆和彭水时是馒头状巨型山体，顶部大，山势平缓。而通过黔河这一段，山体形状变了，山势变得瘦削陡峭，山形婀娜秀丽，武陵仙山这一段的山形更是秀丽风采，峰林山头连绵。

桥隧项目部接到指挥部送来的设计图，为保证施工期间的用水，要求在四座特长隧道山顶建设两个500立方米的蓄水池，水池采取永临结合，通车后蓄水池则作为隧道消防水池，建设中要考虑到防震防灾，百年大计。

黎总工说："高速公路指挥部要求这次建设的蓄水池可不是临时措施，要考虑到防震防灾，是百年大计。高位水池离隧道口垂直标高必须保证90—120米，以保证消防水枪的射程。"

陈工说："我们昨天上山去考察，发现要在隧道顶上平整出一块几百平方米的坝子建蓄水池都非常困难。"

天洪来项目部拿大桥图纸。推开门，见项目部里的几位领导正神情凝重地在开会讨论。他轻轻地走到黎总工的背后，俯身贴在耳边轻声说："黎总工，我来拿斑竹沟大桥2#桥墩修改后的配筋图。"

看见天洪，坐在黎总工对面的程士宏眼睛突然一亮，冲口道："水池工程队长的人选有了。"

黎总工问："你说谁有了？"

程士宏重复："一直定不下来的水池工程队长人选有了。"

黎总工再问："你说谁是人选？"

程总笑道："远在天边近在眼前，就是你面前的张天洪，担任水池工程队长怎么样？"

众人一怔，看着天洪，这才一齐拍着巴掌："对对对，我们讨论人选怎么单单就把张天洪给漏掉了。"

天洪不知道开会的人在说啥，一脸茫然地看着大家。程总笑道："张天洪，项目部准备组建一个修建蓄水池的专业工程队，研究了几次，一直找不着合适的队长人选，我提到你，大家都赞成。"

天洪点头道："既然领导们同意，我就试试看吧！"

程总说："张天洪本人答应了，队长的事就这样决定了，等会儿项目部下个通知，任命张天洪为队长、赵强为副队长，立即从施工班组中抽调精干人员组建水池工程队。"

黎总工说："刚才驻地办通知我们，整个水系统和机电系统的技术顾问是业主代表杨其韵。"

不到一周，项目部就抽调了60个精干人员组建了水池工程队。程总和黎总工来到水池工程队新搭建的工棚，给新组建的工程队全体人员开会。人员到齐，正要宣布开会，工棚外面有汽车喇叭声。天洪朝门外看了一眼，是驻地办的三菱越野车来了。

车停下，从车上走下来一个人，天洪出门迎了上去，看着来人眼熟，禁不住仔细打量起来。待来人走进跟前，他终于叫了起来："杨，杨老师，杨大哥……"

天洪声音哽咽，伸出双手紧紧握着杨其韵的手："大哥，30年了，我一直在找你，今天终于见着了。"

杨其韵歉意道："近段时间，一直在公司里忙着搞机电系统施工设计，昨天施工设计终于通过了专家审查。今天一早就赶下来，刚才路上接到程总的电话，说你们在斑竹沟隧道工地开会，就直奔工地来了。"

项目部、监理部的领导同设计代表一起来到现场进行查勘。眼前陡峭的山峰上荆棘丛生四处危岩，一般人徒手上山都困难，现在要在隧道顶建两座500立方米蓄水池，黎总工转过头问："张队长，谈谈你的看法？"

天洪脱口而出："任务艰巨！"看了现场，作为施工队长的他真正感受到了工作的压力，感到难以完成。

天洪转身问："杨工，我们还从来没有遇见过这么困难的工作，这么复杂的地形，你是专家，工作怎么开展，你给我们出个主意吧！"

杨其韵拿着图纸，对照着眼前的地形仔细比照了一会儿，才抬起头看着眼前一群神情茫然的工人说："渝湘高速公路沿途有120多座隧道，其中有40座1公里以上的长隧道，20座3公里以上的特长隧道需要修建消防水池，别的项目部都能克服困难，我想大家也一定会想办法完成。"

黎总工说："我们先上山头去实地勘察地形，正好今天业主代表、设计代表和监理部的人都在，工程难度大，我们共同想办法解决。"

杨工和黎总工的话，一下子给大家吃了一颗定心丸。天洪招呼："大家准备工具，先上山勘察地形。"

为了尽量少占耕地，避开人口密集的街道、院落，高速公路的线路走向一般都比现有公路高，隧道桥梁大都穿过荒山野岭的半山腰，隧道口附近绝壁悬崖，荆棘丛生荒无人烟，举目四望还真有“千山鸟飞绝，万径人踪灭”的味道。

山势陡峭，处处悬崖绝壁，去山顶根本没有道路可走。杨其韵只得根据图纸上的蓄水池设计的方位，用铅笔同天洪商量着在图纸上选择了一条“路”，他们将按照图上标识的路线攀爬上山。

天洪带着两个工友挥舞着锋利的弯刀，在荆棘丛生的荒坡上奋力砍出一条50厘米宽、仅能容一人挤过的“通道”。

后面的人背着测量工具、钢钎、十字镐、绳索，双手抓牢通道两边的荆棘，一个紧跟一个努力地向上攀爬。

一行人爬得气喘吁吁汗流浃背，眼看还有20米就要到达山顶。突然，一块巨石矗立眼前，挡住了去路。天洪站在壁立的巨石前观察，发现几条大拇指粗的葛藤从巨石上垂吊下来，他上前试了试，又叫两个人上来合力拉着试了试，见安全可靠。这才开口道：“我先爬上去把绳索套好扔下来，大家再随后上去。”

天洪将带来的绳索背在背上，抓住葛藤敏捷地攀上巨石，将绳索在一丛粗壮的荆棘上套牢，才将绳索的另一头扔了下去。

下面的人手握绳索足蹬岩石，背着工具和测量仪器一个接一个爬上了巨石。杨其韵虽然快60岁了，但身体健康，精神矍铄，也像年轻人一样抓住绳索攀登了上去。

从隧道口到山顶攀爬，不过300米的距离，经过两个小时的努力，一行人才到达山顶。山顶面积不大，站在上面举目四望，一座座造型奇特、风姿绰约的砂质岩峰林在云雾中时隐时现，或似仙女亭亭玉立，或似翁婆对坐促膝，或似八仙过海飘逸。

要在几座隧道的山顶上建造蓄水池，天洪深深地吸了一口气：“难！”扭头再看杨工，只见他顾不得擦去满头的大汗，正对照图纸在指挥随行的设计代表和监理工程师用仪器在测量山坡的高度和距离，一边还在念念有词地进行计算。

少顷，杨工才抬起头，见天洪正在朝他这边看，他向天洪招手，天洪过来。杨其韵说：“你安排人把地面荆棘清除，再把地表的草皮和覆土刨开，用钢钎把山上的地质情况仔细探一探，要在这里建两个500米的蓄水池，可不是件小事，水池本身结构的自重加上基础、堡坎、蓄水，总重量将超过1600吨，还必须防震，只有这样，才能谈得上供水安全。”

天洪点头，随即招呼：“一班长，带着你的人砍去山顶生长的荆棘杂草；二班长，带着你的人，用铁铲锄头刨开表层覆土；三班长，用钢钎凿地探查。”

杨工和随行的工程师在用探测仪测绘地质结构。

眼见太阳偏西了，杨工招呼："把背上来的干粮拿出来，大家歇一会儿，吃了再干吧。"一群人坐着或站着，就着凉水匆匆吃了午饭。

经过详细的地质勘查和现场设计讨论，斑竹沟隧道高位蓄水池的设计修改草案拿出来了：

1. 打深孔灌钢筋水泥桩解决护坡基础不稳的问题。

2. 采用30厘米厚的双层钢筋整体筏板式基础，解决蓄水池的基础牢固问题。

3. 为了解决山顶地势狭小问题，两个500立方米蓄水池采用背靠背连体方式修建，以减少占地面积。

4. 为了解决水池的稳定性，即使在地震情况下也不至于出现水池开裂或倾斜问题，水池采用半埋式，即水池有二分之一的高度沉在原始地表的岩石地下。

连续几天，一行人对4座特长隧道顶上的实际地形进行了踏勘、测量、讨论，修改的方案由参加踏勘的设计代表带回院里，设计院根据勘察讨论意见出具正式的设计方案。

这一带的山峰瘦削陡峭、风化严重，沿途不是坚硬的石灰石，就是风化的红石谷子和红色黏土。天晴时，脚踩在风化的红石谷子上，就像踩着豆子一样滑；下雨时，脚下的红色黏土变成了黏糊糊的稀泥，走在上面就像脚底板下抹了油。因此山顶修建高位蓄水池，采用何种方案把几百吨建筑材料和施工机具运送上山就成了最棘手的问题。

望着陡峭的山峰，黎总工说："建索道，不但造价高，而且建站台的材料、设备、钢缆怎么运送上山去？"

曾工摇着头："坡度大、山体小，根本不可能建造简易盘山公路。"

天洪说："我思来想去，只能想办法修建一条简易的盘山骡马驿道比较现实，占道不宽，山区的骡马、毛驴都善于走山路，顶上的巨石那段无法上去，采用钢管搭建滑轨，把材料拉上去；施工用水，可先在山顶修一个20立方米的小水池，铺设水管抽水的办法解决。"在外面打工几年让天洪增长了见识。

杨其韵点头："天洪的办法切实可行。"项目部研究后，也觉得天洪的建议可行，杨其韵还打电话将此方法介绍给了其他项目部。

在工地，天洪不太习惯叫"杨工"，他更习惯叫他大哥。当年知青在龙门坝的时候，他就这么叫那些知青为杨大哥、王大哥、李大哥。

修建盘山施工便道那段时间，杨其韵几乎天天都要来工地检查，及时与水池工程队一道研究解决施工中的问题。毕竟地形复杂，道路崎岖陡峭，四个隧道要运送一千多吨材料和设备上山，施工的危险程度可想而知。

这天，天洪在电话里说："昨天在驮运水泥上山时，两头骡子滚下悬崖，还摔伤了两个工人。"杨其韵放心不下，放下电话就从驻地办驱车急急赶到工地。

骡马运输队的周队长正与天洪查看昨天出事的几个关键弯道，一定要找出事故原因，避免再发生类似的事故。经过仔细勘察，发现是弯道上几处垫路的石板在负重骡马多次踩踏下松动了，脚踩上石板像跷跷板一样摇动，致使两头驮着水泥包的骡子失足摔倒，骡子连同石板和水泥包轰隆隆滚下山崖。

几乎在同一时间，在陡坡处，十几名搬运设备上山的工人艰难地推拉着 1 吨重的混凝土搅拌机上山，脚下的红石谷子打滑，结果搅拌机滚下坡时将下面推着设备的两名工人擦带着一起滚下山坡，半道上两名工人幸被树枝挂住，才免去一死，搅拌机轰隆隆滚下悬崖，钢架摔散，搅拌桶完全摔瘪报废了。

见施工队的工人们说起这些事还心有余悸，杨其韵说："摔死骡马的事我明天同桥隧公司项目部的黎总他们商量一下，请他们从安全措施费中拿出一部分来补偿骡马主人，大家千万别因为这事耽误工程进度，另外，每天上午、下午队里要派专人仔细检查施工便道上的每一块石板和梯步，在危险地段还要用大绳和安全网围上，一定不能再发生类似事故。"

天洪对着施工队和运输队的工友说："杨工说得对，摔死骡子摔死马咱也得接着干，不能因为这事停工误了工期，影响高速公路的通车时间。"

艰巨的任务没有难倒天洪和他的农民工兄弟。一个月后，眼见四个隧道的山顶蓄水池筏板基础和打孔桩都开始挖坑浇注，杨其韵带着项目部的工程师和监理上斑竹沟隧道山顶来检查工作。

天洪正挥汗带领着大伙用震动泵捣实筏板混凝土，旁边两台混凝土搅拌机正在搅拌打孔桩的混凝土。看着天洪他们克服重重困难取得的成绩，杨其韵感到欣慰，他敬佩天洪敢于承担重任的精神和细心务实的工作态度，带领着这支农民工队伍努力完成这项难以完成的任务。

太阳慢慢降落在对面山头上，眼见今天的混凝土已浇注完成，天洪喊道："大家收拾好机具，关闭电源，收工。"

下山路上，几个人还在边走边研究水池墙体 9 米长的螺纹钢筋运送上山时，怎么避让急弯陡坡。陡峭的羊肠小道上尽是风化后的细小红石谷子，踩在上面，就像脚底下踩着豆子，稍不注意就会摔倒。山路崎岖狭窄，坡道上光秃秃的，没有可以攀扶的荆棘，旁边就是悬崖峭壁，让行走在上面的人胆战心惊。

杨其韵小心翼翼地走着。突然，他一声惊呼，身体随着脚底急速向下滑动的红石谷子向山下滑去，上身不由自主地向后倾倒，人就像出膛的炮弹飞速向着悬崖射去……

千钧一发之际，身后的天洪飞身跃起，左手抓住快速下滑的其韵大哥的手，右手随手抓住路边满是毒刺的野花椒树枝，想要稳住下滑的其韵大哥。只听见咔嚓一声，茶杯粗细的野花椒树枝承受不住两人下坠的冲力，被生生地折断，天洪也随着其韵大哥快速向下滑动，眼看其韵大哥的身子就要悬空，满手鲜血的天洪顾不得疼痛，甩掉手掌里的野花椒枝，带血的手掌牢牢地抓住了崖边凸起的岩石，五根手指像钻进岩石一样紧紧扣住，此时其韵大哥的整个身子已经冲出岩石外悬吊半空中，天洪的上半身也已经向外倾斜，全靠天洪扣住岩石的右手稳住。

眼看二人已经命悬一线，后面奔来的曾义生和王立刚伸出有力的手，抓住天洪的右手使劲往回拽，一厘米，两厘米……悬崖边的二人被慢慢拖了回来，最后终于脱险得救。看着刚才发生的惊心动魄的一幕，王立刚长长地松了一口气："好险呀，杨工已经悬空了，要不是天洪哥舍命相救……杨工可能……"

被拖上来的天洪和其韵瘫倒在大石头旁边，惊魂未定的杨其韵抬眼见天洪的右手掌正在冒着殷红的鲜血，曾义生抬起他的手掌，血肉模糊的手掌上满是被野花椒刺破的小洞，花椒枝上的毒刺断在了掌心和指头上，疼得他嘴里咝咝地直吸冷气，由于事发突然，天洪当时确实顾不了那么多了，只得抓住什么算什么。

杨其韵摸出手帕将天洪的手掌包扎了，下了山，他急着招呼越野车司机小丁："快，开车立即送天洪去医院处理伤口！"

小丁发动了三菱越野车，一路疾奔到黔河中心医院急诊室，医生看着这只血肉模糊的手问："伤员的手掌血肉模糊，这是怎么啦？"

杨其韵向医生简要述说了受伤的原因，医生开了单子递给杨其韵，招呼护士："准备手术。"

医生给天洪清洗伤口，护士拿着镊子，小心翼翼地将断在手掌里的毒刺一颗一颗地夹出来，再次清洗，上药。

医生说："你这个伤口面积大，容易感染，需住五天院观察。"

天洪央求道："医生，医院就不住了吧，这几天工作特别忙，离不得人，我每天下午来打针换药就是，另外，你给我开点消炎药吃就行了。"

杨其韵说："高速公路近段时间工作特别忙，你就行个方便吧，谢谢啦！"

医生点头："我给你开吃的药，记住每天下午五点钟以前，来打针换药。"

天洪笑道："谢谢医生，我保证按时来换药。"

回想这次生死经历，杨其韵感激不已："天洪，你真是我的救命恩人。"

天洪红着脸道："大哥你才是我们的救命恩人，如果没有你来，蓄水池工程我们真还不知道该怎么办，有了你我们就像是有了主心骨，再大的困难也不怕。"

"哪里哟，还是你们这群农民工兄弟的精神鼓舞了我，有了你们这种吃苦耐劳、不畏艰险的精神，再大的困难也能克服。"

闲暇时天洪常给大哥讲述他们打工中的辛酸故事，说到动情处，他泪眼模糊："我们这些农民工出来挣的都是点辛苦钱，甚至可以说是拿命换来的钱，我给你讲我身边的几个人，你就会知道我为什么这样说。"

大哥点头认可，多年的施工管理见闻告诉他，公路、桥梁这些基本建设队伍，参战的人员大多数是刚丢下锄把不久的农民工，在杂乱无章的建筑工地，经常会发生各种意想不到的事情，工作中断手断脚、工伤死亡的事件也经常发生。

晚上休息时，其韵大哥特别爱听天洪那悠悠话语中飞出的故事，天洪把天南海北的打工经历讲给大哥听，天洪健谈，他始终忘不了一起同生死共患难的农民工兄弟，忘不了那些同甘共苦、相濡以沫的工友，忘不了他们在一起所受的苦难。

大哥说："今后退了休，我想把你和兄弟们讲的故事写出来。"

天洪眼睛湿润了："那敢情好，这么说来，我那些死去的兄弟也可青史留名，没白来世上一趟了。"

大哥动情道："兄弟们的血汗不能白流，他们对社会的贡献应该流传下去，让后人知道，在中国的现代化崛起中，曾经有这么一群农民工，他们的悲壮故事，他们所做的巨大牺牲和贡献不应该被历史的红尘湮没。"

大哥是个有心人，晚上夜深人静的时候，他总是把听到的故事速记下来。

在黔河城里，天洪遇到了天福，这才知道天福离开金银沟煤矿后，一直在外打零工，他去过厦门，到过温州和宁波。天福小的时候也认识来龙门坝插队的知青大哥，那个时候他正在读小学。通过其韵大哥的介绍，天福也到桥隧公司项目部上班来了，就分到天洪的水池工程队，兄弟俩又在一起工作了。

杨其韵是个随和的人，每次项目部的领导请他一道去城里吃饭，他总是推辞："吃顿午饭开车跑几十公里不值得，还耽误下午的工作。"

"下午就不来工地了，找个地方休息娱乐一下，你们当业主的有什么事打个电话就行了，哪里用得着成天泡在工地上嘛！"

杨其韵摇摇头，他喜欢在工地上与大家一起吃大锅菜、大钵汤。完了，跟工友们一起探讨施工方法，商量解决施工中的难题。

天洪回黔河工作后，天德哥经常抽空来看望他，知道他工作出色而且还担任了施工队长。两兄弟虽然相差十多岁，但两兄弟性情相投，非常谈得来，有一次天德说：“兄弟，你干脆辞了桥隧的工作，到我的公司来当施工队队长，怎么样？”

天洪面露难色道：“黔河修建高速公路可是一件千载难逢的大事，我们黔河人理所当然要出力才对，而且我这工作还是杨其韵大哥介绍的，我二姐也在高速公路上班，不好说走就走，等渝湘高速公路通车后我再去你公司行吗？”

天德点头：“兄弟说得对，最近我也在高速公路上分包工程，我们都来为家乡建设出点力，前几年没有铁路和高速公路，我们上一趟重庆城要两天半，而且山路崎岖危险，经常有车翻下山崖，等过两年高速公路通车后，只要三个小时就可以到达重庆主城，那就方便多了。”

第三十三章　工程突击队

两年后，大部分高速公路的桥梁已经进入桥面铺设阶段，各长大隧道也都贯通，进入了隧道内部装饰和机电设备安装；路基施工也基本完成，开始进入了路面层铺设阶段。

武陵山区的砂质和石灰岩地质决定了边坡开挖后坡体疏松，经常有滑坡和落石事故发生，这给高速公路施工带来极大的威胁。长岭隧道出口不远处，路面上几辆工程车正在行驶，突然，高边坡上泥石松动，从坡上瞬间滑下几十吨泥石，前面的三辆车幸免躲过，后面两辆工程车不幸被泥石掩埋，司机开门跳车侥幸逃走，眼看着自己的车辆被掩埋，司机在一旁吓得直打哆嗦。

高速公路指挥部和桥隧公司项目部的几位领导赶到现场，立即抽调附近几个工程队的人突击抢险。根据各个项目部汇报的边坡事故，高速公路指挥部要求各项目部立即组织专业队伍治理边坡，防止意外发生。

桥隧公司项目部统计了一下，仅项目部所属地段，需要治理的高边坡就有六公里长，这些边坡高达几十米甚至上百米，治理工作危险且艰巨。

程总说："隧道供水系统已经顺利完工，把张天洪和赵强的水池工程队调来搞边坡治理如何？"

黎总工答："好啊，张天洪率领的工程队的确是一支能打硬仗的队伍。"

天洪带领着他的工程队，又担负起了公路两旁危岩和高边坡的治理工程，这又是一项危险而艰巨的工作。

斑竹沟隧道出口100米处，连续两天的大暴雨，边坡上垮塌下来的泥石阻断了交通。压路机、摊铺机、搅拌站全都停止了工作，各种被堵在路上的施工车辆排成了长龙，在这荒无人烟的大山里，前不着村后不着店，连解决吃饭问题都困难，被堵在路上的司机个个愁眉苦脸。

天洪带领着他的工程突击队赶到事故现场除渣排险，稀泥加上巨石，增加了工作的难度，挖土机、推土机无法靠近事故现场，排险全靠人工。

汗水和稀泥把工程队的农民工们糊成了泥猴。雨后初晴的太阳，火辣辣地晒在身上，身上的稀泥成了泥盔甲，粘在身上特别难受。为了打通道路，工人们没有退却，坚持在现场排险。

经过 30 个小时的连续排险，当最后一车垮塌下的泥土运走，被中断的道路终于贯通，被阻塞了两天的司机，欢呼着冲过来同突击队的工人们握手：“谢谢！谢谢你们！”

一位司机热泪盈眶，抱着泥猴子一样的天洪：“真不知怎么感谢你们！”

天洪笑道：“不用谢，这是我们的职责。”

长 3.68 公里的真阳隧道，其中有 2.5 公里要穿过瓦斯高发的富煤层区，这里以前是乡办小煤矿的采煤区，煤质好油分高，但因时常发生瓦斯爆炸，被县安监局封闭了煤矿。但高速公路隧道绕不开富含瓦斯的煤层区。

一天，隧道掘进队的工人正在安放雷管炸药、布设线缆，旁边小煤矿遗留下来的旧巷道里，传来轰隆隆的爆炸声，正在隧道口带领队员排险的天洪听到，连喊：“不好，掘进队的兄弟还在里面。”戴着突击队的人带着湿口罩冲进隧道救人。

天洪和赵强跑在前面，前方旧巷道里的棚子全部被震倒塌了，新掘进的隧道被呛人的烟雾笼罩，烟雾中几个掘进队的人向这边拼命奔来。

天洪上前，扶住了满脸鲜血的李队长：“兄弟，怎么啦？”

李队长说：“煤矿的旧巷道瓦斯爆炸了……”话没有说完他就向一边倒去，后面的几个工人跑着跑着就倒了，天洪带着突击队员架起倒地的掘进队工友，朝隧道口跑去。

赵强没有走，他在仔细搜索掘进队落下的人。突然，身后传来微弱的声音，灰黄色的烟雾中，地上伸出一只手摇动，赵强冲过去拉起地上的人，架着摇摇晃晃地走朝洞口走去。

天洪架着李队长来到通风口，看着突击队员们架着掘进队的工友鱼贯而出，天洪问：“赵强出来了没有？”

陈晓虎说：“我出来的时候看见他还在那里寻找落下的人。”

李队长喘着气：“掘进队还有人在里面没出来，你快把我放下救他们去。”

天洪将李队长交给陈晓虎：“你架着李队长快走，我去接应赵强。”

天洪回来，烟雾中他远远看见有团黑影在朝这边移动，他心一动加快了脚步。

见赵强架着掘进队的工友艰难地向前移动，眼看快要倒下，天洪冲过去，从中间撑架起两人，像练功那样憋着气硬撑着把两人架到了隧道通风口，三个人同时倒下了，突击队的小曾和王力生冲过来。天洪喘着气摆手：“把他俩架走……我……自……己……走……”

小曾架起赵强，王力架起掘进队员走了。这时的天洪胸口感到针扎般的刺痛，呼吸也显得急促起来，他快要支持不住了。天洪鼓励自己：不能倒下去，倒下就意味着死亡。他挣扎着扶着隧道壁，一步一步向外挪动，终于倒在了隧道口。

3.2 公里长的长坡隧道，处在群山的低洼处，隧道掘进时，不时发现隧道里地下有阴河潺潺的流水声，勘察发现长坡隧道与一条阴河走向正好重叠，没有发大水的时候，阴河与隧道还能和平共处。

入夏后，连续十多天的大雨，正在开挖的隧道里到处冒水，为了保证工期，隧道的掘进工作没有停下。

天上又下起了大暴雨，渗漏下来的积水从隧道底下的阴河里突然喷发出来，正在隧道里施工的工人还没有来得及撤出，明晃晃的大水夹杂着泥石呼啸着奔腾过来，隧道瞬间变成了暗河，洞内多处地段冲垮塌，隧道口被塌方堵住，掘进队的工人被堵在隧道里，陈队长带领工友们爬上隧道内的拱架，才避过一劫。

洞外，高速公路指挥部的领导和设计院的工程师火速赶往现场组织力量减灾救人。闻讯赶来的工程突击队已经赶到现场，正在配合隧道外的大型挖土机抢险。

天上仍然下着大雨，穿着雨衣完全不管用，里面的衣服全被雨水和汗水湿透了，突击队员们干脆脱了雨衣大干。

指挥部给突击队送来了加餐，程总招呼："大家快来吃饭，休息一会儿再干。"

天洪说："一班的人下来吃饭，二班接着干，等会儿一班的人来替换。咱们吃饭不能停工，早一分钟打通隧道泄洪，掘进队的兄弟就多一分安全。"

工友们端着热腾腾的大骨萝卜汤，拿着鲜肉包子吃着，一会儿就沁出汗水，周身舒坦了。

半夜里，指挥部医务室给突击队送来感冒药和一大桶熬好的姜汤，送来了棉大衣。陈医生招呼："夜里山风大，气温低，大家来喝一碗姜汤暖暖身子再干吧。"

天洪想起那次在江城抢运建材中又冷又饿晕倒在水里的事，顿时热泪盈眶："指挥部的领导想得真周到。"

经过 26 个小时的连续奋战，眼看隧道里的水在往下退，已经能听到洞里的人声了，可突击队的人有一半累得倒下了，想着被堵在隧道里的工友，突击队员们喘一口气，喝一口水，又接着又干起来。天洪问："兄弟们累不累？"

众人答："累，但里面的兄弟们盼着我们，早一分钟打通，掘进队的兄弟就多一份安全，抢险不能停。"天洪带着突击队队员在齐腰深的泥浆里清除塌方，清理淤泥，昼夜奋战，一定要把堵在洞里的兄弟们救出来。

指挥部的领导一直守候在隧道口指挥抢险泄洪，组织工程师们在现场开会讨论彻底解决隧道冒水的问题。经过 42 个小时的奋战，隧道塌方终于清除，堵在隧道里的大水倾泻而出，隧道终于疏通，掘进队的兄弟们全部被安全救出。

指挥部和项目部的领导握着突击队员的手："谢谢你们，谢谢你们！"

为了彻底解决隧道地下冒水问题，设计代表罗工提出："根据国内外处理隧道暗河的案例，这种冒水不能堵，也堵不了，只能采取泄洪疏导的方法解决。"

程总点头说："罗工的建议好，根据这次阴河洪水流量的测量，挖一条泄洪隧道（涵道）专门用来解决泄洪，这样，再发大水时就不会危及隧道安全，才能保证高速公路的安全通畅。"

指挥部杨总赞同道："对，采用疏导的办法解决阴河冒水的问题，一劳永逸。"

很快，桥隧公司项目部组织工程队，开挖长坡隧道的泄洪道，以后下大雨发大水，再也没有出现过此类事故，保证了隧道的安全。

第三十四章　天洪受伤了

渝湘高速公路建设进入了尾声，大部分高速公路的桥梁已经进入桥面施工；长大隧道全都贯通，进入了隧道内部装饰和机电设备安装；路基施工基本完成，开始进入了路面层铺设；供水系统顺利完工后，天洪带领的工程队又担负起了公路两旁危岩和高边坡的治理，这又是一项危险而艰巨的工作。

武陵山区的砂质和石灰岩地质决定了边坡开挖后坡体疏松，滑坡垮塌。由于受地形限制，这里高速公路开挖的边坡高达几十米甚至一百多米，边坡治理工作危险且艰巨。要保证高速公路施工期间和通车后的行车安全，高边坡的治理就成了一个重大的难题。

这天，天洪又带领他的工程队在真阳隧道出口路边搭建高速公路边坡保护钢管架，路边高坡上几台大型挖土机在没有采用任何保护措施的情况下，正在边坡上清理乱石。这些悬在高坡上的乱石，小则几吨，大则十几吨，散布在一片坡度超过 45° 的倾斜坡梁上，坡下就是高速公路主干道，如果不及时进行清理，下雨后泥土松动，这些巨石随时都可能滚下山坡，危及公路上的施工人员和过路车辆的安全，工程指挥部高度重视这个问题，提出两条腿并举的治理方法。

1. 在坡上的乱石处理前，先沿公路边沟用钢管搭建一道防护墙作为临时防护堡坎，防止坡上松动的滚石顺坡滚下砸伤人车；

2. 调集大型挖土机在有安全保障措施的情况下清理乱石，在乱石清理完毕后再沿边沟外侧做钢筋混凝土的锚杆框架梁护坡。

两项治理工程分别由两个施工单位承包。

天洪所在的桥隧公司项目部负责沿公路边沟搭建钢管架临时防护墙。钢管运来了，天洪带着他的工程队开始搭架。十几天后，在高边坡危岩下的公路边上，矗立起来一堵一百多米长的钢管架防护墙。

护坡工程则由路建公司项目部总承包，其中清理斜坡上的乱石分项工程，由于牵涉到要与当地居民扯皮，分包给了当地的成林建筑公司负责施工。

十几天后，几百公斤以下的小块乱石基本挖出清理走了，剩下的二十几块孤立的巨石还悬吊吊地分布在斜坡上。坡下的高速公路上施工车辆来来往往，清理这些巨石可不是一般的小事，必须有周密的施工计划、详尽可靠的安全措施，在做好安全防护后才能动手。

成林建筑公司是家私人小公司，平时主要靠找关系揽活接工程，施工机具仅有几台中型挖土机和几台工程运输车，以前只是在城区建房，从来没有治理过公路高边坡，这是第一次分包高速公路的工程，公司完全没有这方面施工经验，没有安全意识和安全防护措施，凭的就是野蛮施工。

施工场地几十米外就有几户农家院子，因此注定了处理巨石不能采取常规的放炮爆炸的方案。老板郑浩东来到工地，见工人鼓捣了几天成效甚少，急功近利的他着急了："他娘的，照这么磨磨蹭蹭地搞，不得做亏呀！"

施工员胡成杰是个四十多岁的老施工，他建议老板："可以试试在巨石周边上打眼儿放小炮的方法把巨石零敲碎炸让它逐渐变小，放炮时布上双层安全防护网，将巨石炸裂变小后再运走。"

"你说得倒是轻巧，那要用多少人工打眼儿，要炸坏多少防护网？"郑浩东摇头，怒气冲冲道："亏你还是老施工员！？照你这方法简直是把老子的钱往荒山坡上扔。"他没有采纳施工员的建议。

抬眼，看到坡下公路沿线已经搭建起一百多米长的钢管架防护墙，顿时两眼放光——加快处理这些巨石的办法来了，他指着身边一块约10吨的巨石说："把石头下面的土掏空，让其自行滚落下坡怎么样？下面有这么长的防护钢架抵挡，不会出什么大问题。"他自认为这是个省力省钱的办法。

胡成杰在旁边提醒老板："这样恐怕不安全，坡下面的桥隧公司正在施工，这么大的巨石滚下去，万一砸伤下面的人就麻烦了，掏土时弄不好还把我们自己的挖土机给撬翻。"

郑浩东不耐烦地挥了挥手："要照你刚才说的那办法，不知要搞到猴年马月去了。"胡成杰感到老板提出的办法会出安全事故，他仍然想说服老板不能这么蛮干，但话到嘴边没有说出来。他想，老板提出的方案倒是可以加快工程进度，虽然存在安全隐患，但是石头滚下坡后在平地上处理起来就容易多了。带着侥幸的心理，胡成杰没有再发表反对意见，而是跟着老板坐奔驰越野车回城去了。

按照老板的吩咐，坡上正在清理滚石的三台挖土机立即改变了原来的施工方法，准备按照老板交代的方法干。中间的一台挖土机率先开到一块约5吨重的巨石旁边，伸出长长的挖臂在巨石下方掏出泥土，随着巨石底下的泥土被掏空，巨石开始松动，眼见巨石上方与坡面之间的裂缝越来越大，挖土机手心里害怕起来，迅速地将伸出的挖臂安全收回，他松了一口气，从口袋里摸出龙凤牌香烟点燃，美美地吸了一口，抬起头向四周看了一眼，左前方和右前方的两台挖土机学着他刚才的方法，也开始掏巨石下方的泥土。

他瞥了一眼巨石正下方的公路，钢管架上有几个人正在上面搭架。突然，他像想起了什么：哦，坡下施工人员的安全。

他慌忙张口喊了一声："坡下……注……"但此时已经来不及了，后面的话还没出口，几吨重的巨石突然启动，向着山坡下偏移……启动……随着轰隆隆的巨响，巨石顺着山坡向着下面的公路飞滚而去……

"天洪，坡上石头滚下来了！"公路上正在递送钢管的天福抬头，瞥见高坡上的巨石携带着泥土飞滚下来，急得大声叫着比画着提醒钢管架上的人。

正在高架上全神贯注指挥搭钢管架的天洪茫然不知发生了什么事，瞪着双眼，看着大喊大叫的天福，他完全不知天福哥在说什么，周围机械施工发出的巨大噪声淹没了天福的叫声，他仍然没有放弃手中的工作。

还没等天洪反应过来，只听砰的一声巨响，急速飞滚而下的巨石狠狠地砸在他踩的那根钢管上，2 米宽、10 米高、100 多米长的钢架剧烈地震晃起来，把天洪从 10 米高的钢架上弹了下来，整个身子飞向公路当中，啪的一下将他狠狠地摔在地上，沥青路面把他反弹起来，然后又重重落下，地上满是鲜血。

从惊恐中醒悟过来的天福奔过去大声呼唤："天洪，你怎么样啦？"天洪头上的安全帽被甩出老远，头上早已血肉模糊，口鼻不住地往外冒血，浑身上下被鲜血浸透，双眼紧闭着，任天福怎么呼唤都不睁眼。

闻讯奔跑过来的施工员郑华民急忙掏出手机拨通了 120 急救电话："区中心医院吗？高速公路真阳隧道出口这边工地一名工人从十多米高的架子上弹下来摔在公路上，伤势严重，已经昏迷不醒，请速派急救车来，对，是高速公路真阳隧道出口。"

坡上，挖土机手亲眼见到巨石滚下惹了大祸，下面公路上的工人愤愤不平，几个工人吵吵嚷嚷叫着跑上来，要把肇事的人抓住，刚才被吓蒙了的小伙子这才清醒过来，来了个"三十六计，走为上策"，转身就向旁边的盘山公路奔去，跑到路上，见一辆摩托车正朝他开来，急忙招手："大哥，搭一个。"

摩托车吱地一下停了，他跨步骑了上去："去城里有急事，快！"摩托车载着他飞快地开走了，等下面桥隧公司项目部的工人跑上来抓他时，早就不见了人影。

旁边两台施工的挖土机眼见中间这台惹了祸，也停止了挖掘，找地方躲开了。

20 分钟后，黔河中心医院的救护车赶到，几个工人把浑身鲜血、昏迷不醒的天洪轻轻托起放到担架上，送进救护车里，天福跟着上了车。救护车载着天洪，风驰电掣，把他送到了黔河中心医院重症急救室。

第三十五章　亲情的呼唤

急救室里，接到浑身鲜血已经重度昏迷的天洪，医生迅速剪开血衣，做了止血和急救处理。值班医生朝急救室门外叫道:“谁是伤员单位负责人,来这边拿单子去缴费。”叫了几遍，没有人回答。

医生大声问道：“伤员单位有人来没有？”

天福答：“项目部还没有来人，是我送他来的医院。”

医生问：“伤员姓名？年龄？”

“张天洪，年龄42岁。”

“工作单位？”医生问。

“我们是打工的。”天福答。

“我问你打工的单位？”医生加重了口气。

“打工的单位是桥隧公司项目部。”天福回答。

医生看了天福一眼，将写好单子递给他：“这是缴费单，你去大厅收费处缴费。”医生递过缴费单，嘴里嘀咕道：“出了这么大的事单位也不派个人来，就叫一个农民工跟着，管个屁用。”

天福接过缴费单，看清了上面清清楚楚地写明：急诊预缴1万元，他拿着缴款单呆呆地站着没动。

医生催促他：“快去啊，缴费后马上手术，你咋还站在这里？”

“我，我身上只有20元，我拿啥去缴费呀！”天福把衣服裤子的几个口袋都向外翻着找钱。

“那你赶快打电话叫单位送钱过来呀！”医生看着天福几个口袋掏空了在找钱，他知道农民工的口袋里绝不会掏1万元来。

“我，我没有手机。”天福红着脸尴尬回答。

医生指着门边：“门边桌子上有座机。”

业主代表杨其韵正在陪同着沿线几个项目部的经理和工程技术人员，挨个自查互查安全措施，刚检查到真阳隧道入口段手机响了，是桥隧黔河项目部的程总打来的。程总说：“真阳隧道出口发生了安全事故，是右侧边坡上滚落的巨石砸在公路的钢管防护墙架上，把上面正在搭架的工人弹到公路上，现在已经送黔河中心医院急救去了。”

“工人叫什么名字，伤得如何？”杨其韵着急地问。

“工人叫张天洪，浑身是血，已经昏迷不醒。”

杨其韵听了，顿时着急：“项目部跟人去医院没有？”

程总说：“我们是接到工地施工员打来的电话后才知道的，听说他们一起工作的堂兄张天福一道跟着去了。”

“现在的医院急诊都要先交钱，你们赶快商量一下预缴款怎么解决。”

“我刚才已经到了出事现场查看，是边坡施工的路建公司不采取安全措施野蛮施工造成的，事故是他们的全责，这笔钱应该他们负担。”程总说。

“现在是救人要紧，万一伤员错过了最佳抢救时间，我们后悔都来不及了，你叫工人们保护好事故现场，我和检查组马上就到，事故现场录像，以备今后划分责任时用；另外，请你们立即准备好支票马上送医院，请他们竭尽全力抢救；我马上通知路建公司项目部的负责人到现场来，你最好亲自去趟医院，越快越好。”

布置完这一切，杨其韵乘坐的三菱越野车已经到达出事现场。程总正在路边站着接医院打来的电话，程总道：“好，我知道了，请你们抓紧抢救伤员，我们马上送支票来。”

放下电话，程总和杨其韵简单交谈了几句，驱车去项目部接了出纳，拿着支票开车急急赶到医院。急诊室的医生已经将天洪推进手术室抢救。

这边，杨其韵立即用电话通知了阿香：“阿香，告诉你一个消息，不过你千万别着急，安排好家里的事情，你就赶快到黔河城里来，可能你要在医院陪住几天，天洪受了点伤，目前在区中心医院外科住院部。”

“洪哥怎么啦，伤得重不重？”阿香急了，哭着问。

“我还没有见到他本人，具体伤情我不太清楚，不过你别着急，医院正在全力抢救。”杨其韵安慰她。

太阳已经偏西，阿香放下手里的事，临出门时对老爹说：“爹，我去黔河城里有点急事，猪牛你照料一下，我后天回来。”

老爹点头：“家里有我，你安心去就是。”阿香背上背包，急匆匆下山去了。

冬天的太阳懒洋洋的，照在身上一点也不暖和，阿香抄近路一路小跑，不一会儿，汗水把里外衣服都湿透了，浑身就像蒸过桑拿一样冒着热气。等她赶到街上，进城的末班车早已开走了，她急得直跺脚，抬眼看见“杉树岭建军诊所”，这是天洪大姐的儿子刘建军在街上开办的诊所，刘建军正在忙着给病人配药。

阿香走进去，顾不得客气：“建军，城里打电话来，说你舅舅在工地上受了伤，要我赶快去，班车也走了，你看……”

“舅娘你别着急，我收拾一下马上骑摩托车送你到清溪街上去，那里四点半钟还有一趟末班车进城。”

阿香点点头：“那就麻烦你了。”

“一家人，应该的。”说着，建军停止了手里的工作，转身向媳妇交代了几句，拿出两个头盔，递给阿香一个：“舅娘，这个你戴上，我们马上就走。”

摩托车就停在门口，两人骑上就出发了，到了清溪，进城的末班车正在启动。

天黑尽了，班车才到城里，下车后的阿香又是一路小跑，到了中心医院问清外科住院部，来到窗口，她探头问值班护士：“请问今天送来有个叫张天洪的伤员住哪？”

值班护士查看电脑后道：“住二楼重症监护室。”

阿香听到后转身向电梯间跑去，见两部电梯都在往上走，她等不及，三步并作两步跑上楼梯，冲到重症监护室。护士开门示意她轻点声。

阿香进门，见一个浑身缠满纱布的人静静地躺在那里，旁边摆满了仪器，身上插满了管子，还没开口她就哭了：“洪哥，你怎么了，你到底怎么了？”

天洪没有回答，他还处在重度昏迷中。

天福走过来，示意她别哭，随后扶着她走出病房。低声告诉她：“阿香你别急，已经过抢救医治，这会儿正在输液观察，你千万别着急啊！”

入院已经五天了，天洪一直处于重度昏迷中，静静地躺在重症监护室的病床上，不会翻身、不会进食、不会排泄，甚至连眼皮都不会动，医生说：“像他这种脊椎和头部严重受损的病人，随时都可能停止呼吸，现在我们只能采用保守治疗延续他的生命，得赶快确诊受伤部位的情况后才能决定手术。”

阿香来医院的第二天就托隔壁二牛的媳妇灵芝告通知了家里的老爹，说天洪住院，请灵芝帮助老爹喂猪。

看到浑身裹满纱布的洪哥，阿香的眼泪哭干了：“洪哥，结婚时我们不是说好了要白头到老吗？你怎么不守信用，你可不能抛下我们娘儿不管，一走了之啊！”

区中心医院从来没有收治过这么严重的外伤病人，从目前照片和 CT 的情况来看：伤员头部遭到严重的撞击，有多处骨折现象，前胸几根肋骨全部骨折，脊椎遭到严重的损伤，多个内脏器官受伤瘀血。入院几天了医院还迟迟没有拿出手术方案。

杨其韵天天都抽空来医院看望天洪，与阿香商量后提出要求：“医院如果不能尽快拿出治疗方案，就立即转院到重庆西南医院。”

医院会诊后回答：“医院的意见是就地治疗，如果因伤势严重，伤员在转院途中出现危险，医院负不了责。”

听了医院的答复，阿香和几个姊妹顿时没了主意，还是其韵大哥见多识广，他向医院提出：“如果不能转院，医院的现有技术力量又解决不了，就请你们立即向市里几家大医院求援，请他们派出专家来黔河会诊，尽快提出治疗方案，伤员的情况耽误不起，随时都可能有生命危险。”

医院同意了杨其韵的建议，立即联系了市里有关医院，并连夜派出救护车从重庆外科医院和西南医院接来三名专家会诊，专家们看了片子，听取了主治医师的汇报，又到病房查看监测仪器，对天洪进行了会诊。

专家一致认为：伤员从那么高的钢架上猛烈地摔到地面，又像皮球一样反弹后落地，还在重度昏迷中，照目前的情况来看苏醒的希望渺茫，救活也可能成植物人，出现奇迹的可能性不大，伤员多个内脏损伤，只能采取逐步修复手术，先保住命，争取人能苏醒过来。

阿香不相信：“洪哥平常身体棒得铁棍打在身上都不怕；大雪天里穿件单衣都不会感冒；在江城，四个强壮的恶汉都没能把他打倒的人，怎么会没有希望说走就走了呢？我不相信医生的结论，洪哥绝不会丢下我们娘儿三个独自一走了之，他一定会醒来，一定会重新站起来的！”

肇事的成林公司一直躲着不送钱到医院，两家施工总承包单位为天洪昂贵的抢救治疗费一直在扯皮推诿，谁都知道，一旦自己拿钱出来，那可就是肉包子打狗——有去无回了，伤员的治疗费和后期的康复费、赔偿费可是一个无底洞，不可轻易承担责任。

肇事的成林公司老板郑浩东，可是个在城里黑白通吃颇有名气的人物，一直不承认是他们的野蛮施工造成的。一天晚上，他悄悄来医院找到阿香，威胁说：“你找我们私人小公司没有用，你们要死死咬住桥隧公司没有给天洪买保险这件事，如果他们给工人买了第三方责任险，出了事故就是保险公司拿钱，现在他们没有买保险，出了工伤事故理所应当由他们赔付。”

阿香急得哭起来：“你们野蛮施工造成了事故都不愿意拿钱，叫我们怎么办？”

“桥隧公司是外地人，工程完工后早晚是要走人的，你们现在不赖着他们，今后就没有机会了，我们成林公司是本地人，在上面有很硬的关系，得罪了我们，可没有你们的好果子吃，你去打听打听我是哪个。”郑浩东恶狠狠地丢下这话，头也不回地走了。

阿香才不在乎郑浩东的威胁，她要精心护理洪哥，让他重新站立起来。在医院里，阿香就是天洪的特别护理：翻身、喂饭、洗衣、接大小便、做按摩。

杨其韵接到公司的通知，要他立即赶回重庆，参加机电施工设计方案会审，虽然人回城去了，但心里一直挂念着天洪的病情和治疗进展情况。

桥隧和路建两家总包公司互相指责对方不注意安全，不采取安全保护措施，天洪的治疗费用谈判一直没有结果，肇事的郑浩东则干脆玩起了失踪，打电话不接，到公司、去家里都找不着人。

医院一直在催促施工单位预缴开腔的手术治疗费，桥隧公司项目部认为已经垫支了急救费用，从现场情况分析，事故全因成林公司野蛮施工造成；而成林公司来参加会议的人强调自己只是一个办事员，做不了主，对于医院缴费的问题不表态。由于找不着成林公司的郑浩东，进一步的医疗费没法落实，需要立即手术治疗的问题陷入了僵局。医院只好采取停药的办法逼施工单位缴费，还电话通知了桥隧公司项目部，提出要将仍然处在重度昏迷中的天洪搬出重症监护室。

眼看医院就这么在重症监护室拖着，迟迟不给天洪做进一步的手术，阿香欲哭无泪，听着两家总包公司为治疗费用问题争执，阿香知道，再这么等下去，洪哥可就没命了，她狠了狠心：回家去了。

在杉树岭街上，她找到了在乡畜牧兽医站工作的堂兄余明全：“全哥，我想把家里的大水牛卖了，明天赶场，有湖北那边的买主过来，你帮我做个中，把牛卖了吧！”话没说完，阿香就哭了。

明全道：“妹子，牛可是咱庄户人家的命根子，你卖了牛今后耕田犁地咋办？”

“天洪还在重症监护室里昏迷不醒，医院要拿到了钱才做手术，你说我们咋办，现在是救人要紧啊，哥，求求你帮帮这个忙吧！”阿香边哭边说，她知道今后没有牛的农户就只有靠自己的双手一板一锄地耕作了。

“既然你这么说，我就帮妹子这个忙，湖北来买牛的人今晚应该到，就住街上的食店里，我晚上先去找他们说说。”明全安慰妹子。

回到家里，阿香只得把天洪受伤的真实情况告诉给老爹，听说要卖牛给天洪缴手术费，老爹半晌没说话，无助的泪水滚出了深陷的眼眶，这牛可是土地承包到户后家里添置的唯一值钱的家产，也是他唯一的知心朋友，每天在坡上，他都要对着老伙计唠上几句，再说，自己家里和这东院西院的几户人家的耕田犁地全靠它，卖了牛今后耕田犁地咋办？可不卖牛儿子的手术费咋办？

躺在床上，老爹流着泪一宿都没有合眼，心里痛得慌。

第二天一大早，阿香踩着露水去割回一大背篼青草喂牛，等明全哥把湖北买牛的老乡带到龙门坝时，牛已经喂饱。湖北老乡看着膘肥体壮油光水滑的水牯牛，又看了牛的牙口，高兴地点了点头。

明全知道他已经相中了："牛是庄稼人的命根子，我妹子他们原本不想卖牛，可是为了救治重伤在医院的妹夫才出此下策，兄弟就出个价吧。"

湖北老乡思考片刻，伸出拇指和食指比画。

"8000！"明全朗声念道，扭头看着阿香和老爹，征求他们的意见，老爹木然地点着头，双手捂住脸哭了；阿香冲他点了点头。明全伸出右手拍了湖北老乡的右手掌："好，8000就8000，不过要现款，妹子他们急着用钱。"

"兄弟，8000可是我出的最高价了，我本来想说7000，听了你的介绍，知道妹子家里急着用钱，我也就慷慨大方一次，不再磨磨蹭蹭地讨价还价，这也算做件善事吧，我身上就带了8000元现金。"

湖北老乡从口袋里把钱拿出，交给阿香："妹子，点点吧。"

阿香点完钱，噙着泪点了点头，转身把牛鼻绳交给湖北老乡："谢谢大哥了。"

旁边站着的老爹一直默默地看着买卖交易，泪水止不住地往下流，始终没有言语，湖北老乡转身牵着牛正要出门，老爹扑过来，抱着牛脖子大声哭了出来，哭得泪水磅礴，哭得伤心欲绝："大黑呀，老汉舍不得你走啊，你走后叫我老汉同谁拉话啊！"老爹抱着牛脖子的手久久不愿松开，自从老伴去世后，这么多年来，大黑就成了老爹孤独时倾诉的对象。

看着陌生的人牵着自己要出门，大黑哞哞叫着不肯走，阿香流着泪过来拍拍大黑的脖子，悄悄地对它说了几句贴心话，大黑这才顺从地跟在女主人身后走了。

大黑走远了，老爹颓然地一屁股坐在地上，捶胸顿足号啕大哭。

到了杉树岭小街上，几个买了牛的湖北人租了货车把牛运走，在把牛鼻绳交给湖北老乡的瞬间，阿香抱住牛的脖子哭了："大黑呀，不是救你主人天洪，哪个舍得卖你哟，这实在是没有办法了呀……"

运牛的车走了，阿香带着钱上了班车，赶到医院天已擦黑，到了缴费处把8000元缴了，她才长长地舒了一口气："这下总该做手术了吧！"在她心里，卖一条大水牛的钱总可以支付第一笔手术费了吧。

也许是阿香想得太简单了，晚上八点钟，护士小姐送来一张近几天的住院费用结算通知单，当阿香看到预交费结余一栏明白地写着: 当日结余3960元时，她一下子傻了，六点钟才交的8000元，不到两小时怎么就只剩下一小半了，这时的她才感到"叫天不应，叫地不灵"。抱着床上静静躺着的天洪哭了："洪哥，咱真的就没救了吗？"

万般无奈的阿香趴在床边哭啊哭啊，她已经用尽了自己的最后一点力，她感到筋疲力尽伤心欲绝，她感到自己也快支撑不住了。突然，她止住了哭泣，拿起手机拨通了杨其韵的电话："大哥，你说怎么办啊？我今早把家里的耕牛卖了，下午来把钱缴了，请医院尽快给洪哥做手术，可刚才护士通知，说把这几天的钱扣了，剩下的钱……还……不……到……一……半……这……可……"

电话那头，大哥愤怒了："不行，阿香，你们这种办法不行，咱们得找到肇事的单位，必须叫他们拿钱出来给天洪治疗，否则，我们就去法院状告他们。"

稍许，杨其韵打来电话："阿香，把你农业银行的卡号告诉我，我马上给你打5万元钱来。"

阿香急了："大哥，使不得，使不得呀！"

电话那头，大哥也急了："阿香，眼下救人要紧，你赶快把卡号告诉我，等会儿钱到了你的卡上就去楼下把天洪做手术的费缴了，我马上打电话给两家总包商量，请他们先行垫支解决，至于肇事的成林公司，肯定要通过法院出面解决了。"

很快，大哥从自己的工资卡上转了5万元钱到阿香的农行卡上。

随后，杨其韵拨通了桥隧公司项目部程总的电话："程总你好，听说你们同路建公司项目部一直在为张天洪的医疗费互相推卸责任，张天洪受伤虽然是对方的主要责任，但他毕竟是与你们签订了合同的职工，人命关天，你们再不能互相推卸责任不管了，你们知不知道，伤员家属可是连家里的耕牛都卖了来缴医药费，如果你们再推诿不管，他们就只有把你们告上法庭了。我想，这是你们不愿意看到的吧，你们是否先行垫支钱把手术做了？救人要紧。"

"好，我马上同财务部联系。"程总也感到问题的严重性，爽快答应。

接着，杨其韵又拨通了路建公司项目部李总的电话："李总你好，张天洪在医院里等着你们的钱做手术的事你知道吗？不管怎么说，肇事的成林公司是你们通过招标找来的工程分包单位，你们是合同关系，分包单位出了安全责任事故，总包单位负有不可推卸的连带责任，这点我想你是明白的，如今成林公司的郑浩东玩失踪，如果你们再推诿不管，伤员家属就只有把你们告上法庭了，人命关天的大事，你们是否可以先行垫支钱先把手术做了救人要紧。"

见业主代表星夜打电话这么说，第二天一早，两家公司各去医院缴了5万元，区中心医院在收到15万元后，立即根据会诊专家的意见进行了手术。

高速公路集团公司那边的审查会一结束，杨其韵就赶回来到了医院，天洪刚从手术室里推出来，区中心医院集中了医院技术最好的医生，手术做了整整十个小时。杨其韵迎上前去："请问陈主任，病人张天洪的手术情况怎么样？"

外科主任说："幸亏病人的身体素质好，这么严重的外伤和内伤，整个手术中病人的心脏和血循环一直都很正常，手术比较成功，从目前的情况来看，有奇迹出现的可能。"

"那我代表伤员家属谢谢你们了，这以后还请你们多费心观察，我们家属肯定会配合你们，手术后的第一步就是要争取病人早日苏醒。"

陈主任点点头，长长地出了一口气，这台手术做下来，他已经感到非常疲倦了，助手急忙过来搀扶他。

做了手术的天洪静静地躺在重症监护室里，其韵大哥在病房外长廊上听阿香轻声地述说成林公司的情况，当听到郑浩东威胁阿香的那些话时，大哥愤怒了："管你有哪个关系，中国是法治社会，总还有个法律管得住你！"

他立即打电话找到当律师的同学咨询写诉状的事，还打电话给远在千里之外的三弟咨询，他在江城市的一个区法院当院长。听了他们的建议，杨其韵回到办公室连夜动手写了诉状，并把现场调查情况和照片录像资料整理了出来。

诉状递到法院，很快，法院向成林公司送出了传票，限他们两日之内必须垫支部分医疗费，公司主要负责人必须参加三方协商会谈。

阿香知道，有知法懂法的大哥撑腰出主意，就不怕郑浩东他们赖账不管，现在的阿香，心里充满了感激和希望。

天洪入院已经是第15天了，手术后的他仍然处于重度昏迷中。每天傍晚，阿香给他洗漱完毕，总要坐在病床前在天洪耳边小声给他拉家常，回忆初恋的情景，轻声唱着天洪熟悉的山歌，她特别爱给他唱《牧羊曲》：

日出嵩山坳，
晨钟惊飞鸟，
林间小溪水潺潺，
坡上青青草……

旁边的护士看着阿香这么痴情，疑惑道："大哥的伤情这么严重，人已经深度昏迷这么多天了，能苏醒过来吗？大姐对他讲的和唱的他能听到吗？"

阿香抹了一把泪，微微一笑："能听到的，洪哥平时最爱唱这些歌，他的心能听到！"阿香是噙着泪，用浓浓的亲情唱给他最亲爱的人听。

阿香不怕别人笑她不懂医学，笑她痴情，她要用最执着的情和爱来唤醒天洪，她要创造奇迹，她相信她的洪哥不会抛下他们自个儿走了。

就这样，阿香不辞辛劳不知疲倦地配合医生做好24小时贴身护理。在天洪昏迷的第30天，奇迹终于出现了，那天，困倦迷糊中的阿香还在哼着《牧羊曲》，刚唱到“举起鞭儿轻轻摇”，突然，她伸到被子里的手隐约感觉到昏迷中的天洪慢慢弹动起右手，她心一惊，急忙向洪哥看去，只见那双迷糊沉睡了30天的眼睛，眼皮慢慢地慢慢地开始颤抖，阿香揉了揉眼睛再细看，发现天洪的眼皮在缓慢地睁开，已经可以看见里面的眼球了，阿香心里一惊，不由得叫了起来：“洪……哥……”声音细小得只有她自己能听见，难道洪哥真的要苏醒了？

困倦迷蒙中的阿香终于清楚地看见了，看见了她的洪哥眼睛细微的动作，她高兴得声音颤抖：“医生……快！快！看，他眼珠子……在……动……了！”

听见她的呼叫，天洪的眼珠子跟着转了过来，他看见了，看见了阿香那双布满血丝但仍然清泉般俊秀的双眼，他嘴角微微翕动，但没有发出声来，在送到医院的当天，他的气管和食管就被切开，安插了呼吸管和进食管。

“看见了，看见了，洪哥的眼珠在转动了！”阿香再次呼叫。

正在值班的医生听见重症病房里呼喊，立即奔了进来：“我看看！”兴奋得声音都在颤抖。

值班医生弓着腰凑近了，细看天洪的眼睛，终于看清楚了，病人的眼珠子随着他的手指转动在跟着转动。

“张天洪苏醒了！张天洪苏醒了！”随着值班医生这激动人心的呼喊，整个外科病室的人都知道了。

“这简直是奇迹，连重庆外科医院和西南医院的教授专家都说他可能不会苏醒了，奇迹，真是奇迹。”外科室的医生、护士、病人在议论。

阿香用颤抖的手指拨通了杨其韵的电话：“大哥，天洪刚才苏醒了！”

“啊！天洪苏醒了！”听了阿香的话，杨其韵还不太相信自己的耳朵，直到阿香再次重复，他才急急地说了句：“我马上就来！”

杨其韵立即驱车从驻地办赶到医院。

醒过来的天洪，动弹不得，只觉得浑身疼痛，他咧着嘴看着阿香，喉头滚动着，没有发出声音，但那分明在问：“阿……香，我……怎……么……啦？”到现在他还不知道自己受了重伤手术后躺在重症监护室里。

阿香把嘴贴近他耳朵轻声安慰他：“洪哥，你在工地受了伤，现在在医院治疗，你好好躺着别动，医生一会儿来给你检查。”她把手伸进被子里，抚摸着天洪冰凉的双脚：“洪哥，我摸脚你有感觉吗？”

天洪艰难地轻轻摇了摇头。

“一点感觉都没有？”阿香问，心里沉甸甸的，心酸的泪水涌了出来，不过，她相信医生，相信洪哥会有感觉的。

西斜的夕阳将一树梅花的瘦影投进窗来，其韵大哥来后一直站在重症监护室门口没有进来，默默地看着阿香与天洪的交流，见医生示意不宜久留，他才进来，把嘴贴近天洪的耳边："天洪，你醒了，真替你高兴，好好配合医生安心养伤，相信你会康复的，我也会常来看望你的。"

在法院的干预下，桥隧公司项目部、路建公司项目部、成林公司三方又坐下来谈判，杨其韵代表病人家属参加了会议。根据现场调查取证及照片和录像播放，法院初步认定成林公司对事故应负主要责任，责令成林公司先垫支医药费，治疗又继续了。

成林公司副总——郑浩东的二弟极不情愿地带着财务小姐来交了部分医疗费，天洪苏醒后，成林公司就要求医院将天洪从重症监护室转到普通病房，医院通知他们缴费时还常常打不通电话，对事故赔偿的事也闭口不谈。

还是天洪自身的身体素质好，入院40天后，医生给他拔掉了插在脖子上的管子，做了气管和食管的恢复手术，几天后，天洪终于可以自主呼吸和进食了，他心里第一次唤起了生的希望。

医生通知阿香："今天开始可以给天洪进食了，但要循序渐进，先喂流质，再半流质，慢慢来。"阿香给他喂了牛奶和菜汤。

第二天，阿香专程买来农家土鸡炖了汤，闻着香气扑鼻的鸡汤，天洪开始有了食欲，他暗暗鼓励自己：多吃点，早日恢复健康。

第三天，阿香熬了新米粥，用勺子一勺一勺慢慢喂进天洪的口里，他迷糊着眼，慢慢地咀嚼，眼里饱含着泪水。

苏醒后的天洪，手慢慢有了痛的知觉，受伤的胸部和脑部骨折也慢慢在愈合，但腰部以下仍然完全是麻木的。在医院里，阿香就是天洪的特别护理，翻身、擦身、喂饭、洗衣、接大小便。听说按摩对瘫痪病人恢复健康特别有用，阿香专门去了楼上的中医理疗科，观摩医生怎么给病人按摩，还去新华书店买了按摩的书，对照着书上说的穴位学着给洪哥做按摩。

"洪哥，按摩后你的感觉怎么样？"阿香问。

"嘿，你还别说，前段时间手还麻木没有啥感觉，这段时间你按摩后，麻木感慢慢消失了。"

杨大哥又来医院看望天洪了，见到阿香正在给天洪按摩，杨大哥笑了："几天不见，阿香按摩技术真是越来越专业了。"

"阿香按摩后，今天早晨我试了试，已经可以抬手了，刚才我还把手抬到了胸口，但你掐屁股、掐脚，我完全没有感觉。”说到这里，天洪神情有些黯然。

外科室的陈主任来了，看见阿香满头大汗正在给天洪按摩，笑道：“张天洪，你真有福气，娶了这么好个老婆，要不是她的精心护理，我们都没有把握你能否苏醒，为了让你早日康复，下肢不萎缩，她坚持天天给你按摩，照她目前这个水平去足疗店当个按摩师都有资格了。”

天洪点头：“阿香现在是名副其实的按摩医生，我这两个手臂在她的按摩下感到越来越有力，脚虽然现在还不能动，但还没有萎缩，这些都是阿香的功劳。”

杨大哥笑了，他为天洪的乐观精神所感动，为阿香不离不弃和坚守的精神所感动，多么好的一对夫妻呀！照他们这样坚持下去，天洪康复还是有希望的。

三个月后的一天上午，阿香正推着天洪的轮椅在院子里散步，抬眼见一个年轻女子迎面匆匆朝他们走来，还没走拢，女子就扬起手喊道：“洪哥，洪哥！”

天洪一惊，声音那么熟悉，那么甜润清脆，他在记忆中搜索，眼睛放出了光芒：是翠柳，一定是她。

年轻女子来到跟前，停住了，她仔细地望着眼前这个偏倒在轮椅中身上缠着绷带，一双脚无力地耷拉在轮椅踏板上的男子，这是自己曾经爱恋熟悉、生龙活虎、目光炯炯的洪哥吗？看着眼前的天洪，翠柳眼中的泪水顿时涌了出来，她弯下腰，轻轻搂抱住了天洪：“洪哥，你，你，你受苦了！”

阿香曾经多次听天洪说起过翠柳的故事，见年轻女子叫着洪哥，顿时明白眼前这个女子一定是天洪经常提起的翠柳，她微笑道：“妹子，你怎么知道洪哥住在医院，直接找到这里来？”

翠柳站起身来，抹了一把眼泪招呼道：“你就是阿香姐吧，洪哥受伤让你受累了。哦，洪哥受伤的事我是听玉秀姐说的，前段时间公司里实在是太忙走不开，直到前天我才向公司请了假，昨天早晨上的火车，今天上午10点到的，一下火车我就赶过来了，刚才我先去了病房，护士说你们在花园里散步。”

山区的早晚天气还是有点凉，翠柳看见阿香身上还穿着单薄的衣服，知道阿香没有时间回家去拿衣服。翠柳转身去了百货公司，替阿香姐和洪哥买了衣裤。巧的是阿香姐的个子高矮，胖瘦与自己几乎一模一样，翠柳简直就是年轻时的阿香，所以买衣服没费多少工夫就买好回来了。

“阿香姐，这两套衣服是你的，这两件是给洪哥买的，你试试合不合身？”

阿香眼里闪着泪花：“妹子，谢谢你了，大老远地专程来看望洪哥就已经是情分了，还让你破费钱买衣服……”

翠柳噙着泪说："要不是洪哥舍命救我，哪有我的今天……这点心意请阿香姐一定收下。"

阿香握着翠柳的手："妹子！……"说着，眼泪滚了下来。

翠柳笑了："这才是我的好姐姐，还有一件事想同你商量，我想留下来照顾洪哥两天，你回杉树岭去把家里的事打理一下，我听玉秀姐说，为了洪哥你把家里的庄稼都放弃了，圈里的猪牛都卖了，还有老爷爷需要安排，阿香姐，你回去收拾两天，这里有我护理，你放心好了。"

听了翠柳这番真诚的话语，天洪点头："阿香你赶快回病房收拾一下立即走，不然晚了就赶不上回杉树岭的末班车了。"

阿香抬头看看墙上的挂钟：上午 11 点半，她知道 12 点半钟还有一班回杉树岭的末班车，抓紧时间去汽车站还来得及。

车到杉树岭，太阳已经落在山头，晚霞的余晖把山头照得色彩斑斓，阿香在小街买了一瓶矿泉水和两个馒头，就风尘仆仆往家里赶。

天洪问："翠柳妹子，你现在同周金山的关系处得怎样了？"

翠柳腼腆道："金山哥对我体贴关怀，上个月我流感十多天，高烧不退，结果烧成肺炎，多亏他及时送我去医院急诊。住了几天院才好。"

天洪说："我和金山从小就是最要好的同学，知道他是个有爱心、有责任心的人，他聪明能干，好学上进，是一个值得信赖和托付的人。"

翠柳点头："洪哥说得对，通过这两年的相处，我觉得他确实是个值得信赖的大哥。"

天洪笑了："这么久了，你们还大哥相称，没有谈婚论嫁呀？"

翠柳脸一下子红了，细声说道："上个月我们去办了结婚证。"

天洪拍手道："太好了，早就盼望看到这一天，妹子有了可以托付终身的人，哥哥也就放心了，那你们准备啥时请客呢？"

"金山哥说近来工作太忙，没时间筹备请客，同事那里就散喜糖，过年回老家补办宴席请乡亲们。"

天洪点头："这样也行，我正等着吃你俩的喜酒呢。"

"金山哥的家就在你们龙门寨后山，是吗？"

"你阿香姐的娘家也在后山，他们是邻居。"

每天清晨，在床边陪伴的阿香醒来后都要拉着洪哥的手做操，给洪哥全身按摩一遍；喂过早饭，用轮椅推着洪哥到楼下花园呼吸新鲜空气；晚上，阿香总爱讲他们儿时一起上学的趣事，摆杉树岭的新闻，让洪哥开心。

其韵大哥近来工作一直繁忙，但只要抽得出时间，他都要去医院坐坐，同天洪摆些工地上的事，摆大桥和隧道的工程进展，天洪特别爱听这些琐事，听到它，自己好像又回到了繁忙的工地，又与大伙在一起。

有了阿香的悉心照顾，半年后，天洪终于能依靠自己的双手支撑上半身，慢慢地，他能自己拧毛巾擦汗，双手支撑着坐起来靠在枕头上，天洪在心里不相信那些医疗专家的结论，他相信自己的潜力，相信自己通过努力能重新站立起来，他每天坚持活动上肢，做上肢锻炼，但沉重的下肢始终没有知觉，无法运动。

重伤病人最担心的是生褥疮，重庆的夏天，气温高达40℃以上，酷热的夏天过去了，天洪身上竟然没有一点褥疮，哪怕是绿豆大的一小点都没有。

半年下来，阿香瘦了十多斤，天洪反倒长胖了十多斤，人显得白白胖胖，脸色红润得像一只熟透了的苹果。

一天，来医院看望他的三姐麦香进了病房，天洪正在自己拿着杯子喝水，进屋后的麦香朝他轻声问道："请问张天洪是这个房间吗？"

听见三姐的问话，天洪怔住了，带着疑惑的神情问道："三姐不认识我了？"

麦香看着答话的人也怔住了，疑惑地问："你……你是小弟？怎么长变了？"

天洪笑了："三姐你啥眼水（眼力），连自家的兄弟都不认识了！"

麦香跟着笑了："背时（重庆土话）小弟，住几个月院你怎么长变了，像整了容一样，叫人一下子认不出了。"她掏出手帕，把笑出的眼泪擦了。

跟着进来的三姐夫也笑了："几十年来你都是户外劳作，皮肤黝黑发亮，黑里透红，像一条健壮的水牯牛，你照镜子自己看看现在的模样，白胖红润，难怪你三姐认不出你了。"

自从天洪住院后，天德哥在百忙中常抽空来看望他，一次天洪问："天德哥好像近来有什么心事，是不是又在考虑什么新项目？"

天德说："我最近老在想一个问题，但一直下不了决心。"

"啥问题这么难，让你一直下不了决心？是不是又有啥新的投资打算？"天洪问。

天德点点头，少顷，才缓缓地说："看见你们这些打工伤病的兄弟，我在想，发家致富奔小康，是不是一定要通过外出打工才能实现，咱们能不能就在家门口致富奔小康？"

天洪说："嗯，哥想的倒是个新鲜事。"

天德说："这件事我想了很久，就是厘不清个头绪。"

天洪说："那你把目前厘出的一点头绪说来听听，或许能帮你出主意。"

天德说："我有心准备回乡创办一个现代农牧场，让乡亲们足不出户就能在家门口致富。"

"哥，你这个主意太好了！"天洪一下子兴奋起来，"我也曾经想过这个问题，也是没有厘清头绪，其实，农村特别需要你这样有知识、有魄力、有眼光的人带领乡亲们共同致富，天德哥，把你的具体内容说出来听听。"

天德说："看来我们两兄弟还真是心有灵犀一点通，这是我们自己的事业，不是以前公社时期的生产队，管他庄稼好赖，上班一窝蜂，出工不出力，收成是集体的，用不着使那么大的力。我现在要搞的是股份公司，公司里每个员工都持有股份，公司的利益就是大家的利益……头绪我还没有完全厘清，近段时间我准备抽时间去北京、江苏、广东等地考察一下再说。"

"太好了，出去实地考察，开开眼界，那就等你考察回来咱兄弟再聊。"

第三十六章　索赔与智斗

天洪受的是重伤，受伤的头部、胸部还需要一段时间的治疗康复，腰椎以下还没有恢复知觉，天洪看着最近三天的账单，欠费金额一天天在增加，阿香打电话告诉肇事的成林公司，请他们派人来缴费，可成林公司不是没人接电话就是推托说老板不在。

桥隧项目部和路建项目部，认为自己已经垫钱支付给天洪做了手术，日常费用应该由肇事的成林公司负担，而医院这边收不到钱则随时可能停药。

对于目前的僵持情况，杨其韵代表伤员家属特意抽空去参加了法院召集三方的调解会。会上，桥隧公司项目部强调成林公司应该负全责；路建公司项目部则提出桥隧在安全生产防护上存在问题，应该承担一定责任；成林公司则一再装穷叫苦不想拿钱。杨其韵觉得一直这么互相推诿扯皮下去，对天洪的治疗和后期养护赔偿不利，向法官建议是否采取分成负担的方法解决。法官觉得这个方案可行。

根据各方提出的意见，法院经过合议，提出以下的调解意见：

前期住院治疗期间的整个费用由三家单位共同负担，其中，桥隧公司项目部负责20%，路建公司项目部作为总承包承担连带责任，负责20%，成林公司负责60%；

康复期间的费用及出院后的一次性赔偿：包括伤者家属来医院护理的误工费、伤员今后的生活费、误工费、治疗费等由成林公司负责，其数额具体情况由张天洪与成林公司协商解决，协商不成，交法院判决。

前期的治疗费桥隧公司项目部和路建公司项目部都已经垫支了一部分，而成林公司对天洪的医疗费一直赖着拖着，对阿香来护理的误工费一直装聋作哑不予支付，天洪自从受伤后，住院期间的误工工资一直没有着落，眼看家里的两个主要劳动力没有实际工作收入，一家五口人的生活陷入了困境。

见成林公司老板一直躲着玩失踪，天洪和阿香着急。高速公路建设进入了最紧张的时期，杨其韵近来工地上特别繁忙，对于全程跟踪理赔是心有余而力不足。

这天，幺妹菊香匆匆赶到医院："哥，让成林公司老这么拖着不拿钱也不是办法，我听朋友说，如果请城里的律师帮助进行赔偿问题的打理，事情可能要顺利得多，我们也可省去许多麻烦。"

天洪点头："幺妹说的可能还是个办法。"

第二天，菊香请来了江律师。这江律师中等个子，45岁左右的年纪，见人总露出一脸和善。他来到医院，详细询问了事故的经过，听取了天洪和阿香的想法，很快拟好了条款，看到他的热心和干练，一家人放心了。

听了情况介绍，江律师说："从你们目前的情况看，这个案件比较复杂，牵涉到两方三个单位，需要跑的单位多，你们可以同律师事务所先签订合同，然后我们就抓紧后面的工作，争取多获得对方的赔偿，兄弟放心，我在政府和法院都有关系，案子交给我来办，你们尽管放心好了！"

听他这么一说，天洪问："请问你们的服务收费是怎么个收法？"

"我们的服务收费标准是赔款总额的10%，或者你们直接付6万元给我，放心吧，市场行情基本都是这样，兄弟，我们律师事务所是专门为民申冤、为民办事的单位。"

听了江律师的话，天洪多长了一个心眼，口里却客气道："江律师说的意见容我同家里的人商量一下再给你答复，今天暂时还定不下来。"

法院几次来函和电话催促成林公司去医院缴费，郑浩东这才后悔当时没有听施工员的建议，结果挖土机手按照他的命令施工惹出了大祸。

正在焦头烂额之时，二弟进屋道："刚才听到消息，说张天洪那边已经请了东城律师事务所的江律师进行事故赔偿打理。"

"江律师……"郑浩东脑子在打转。哦，记起来了，就是去年同兴利公司争斗时兴利公司请的那个江明利律师。

原来，去年成林公司与兴利公司为了争夺城东的一块建商业大楼的地皮，与兴利公司的人大打出手，成林公司请了人帮忙械斗，结果伤了兴利公司的几个人，兴利公司也不是吃素的，在城里也是呼风唤雨独霸一方的主儿，械斗吃了亏的兴利公司立即请了江律师把成林公司告了，说成林公司是欺压一方的黑恶势力，要求法院出来主持公道，法院判决前，就是因为兴利公司请的江律师事先给郑浩东漏了底，开庭时又把兴利公司给绕了一下，所以最后判决，双方的官司打成平手：各自医治各人的伤员。这次张天洪索要赔偿也找的是他，那就打个电话叫他先了解对方的态度和底线再说。

成林公司的老板郑浩东，上初中二年级时，因为看上了同班最妖媚的女同学李金花，与同时看上李金花的同学王劲山争风吃醋起来，两个还不懂事的愣小子都找了帮手，双方约好晚上在城东车站外坝子决斗，结果双方都伤了人，学校知道后把郑浩东和王劲山开除了。王劲山的叔叔在地区当官，托人把侄儿弄到部队当兵去了；郑浩东可没有这么硬的亲戚关系，被学校开除的他从此浪迹于社会，与地痞流氓小偷混在一起。改革开放之初，他去了广东，靠倒卖旧服装和旧电器发了点小财。

20世纪90年代，城里开始大兴土木。当了20年兵的二叔郑成林从解放军工程兵连长的岗位上转业回来，将自己的转业费拿出来，成立了一个小小的建筑队。二叔在部队上受过伤立过功，结婚十多年了一直没有儿女，而建筑队的许多事务打理还需要自己信得过的人才行，二叔见侄儿郑浩东在社会上还算吃得开，脑子也灵活，就叫他来建筑队协助自己管理。借助改革开放的东风，不到十年工夫，建筑队发达了，变成了成林建筑公司。

干工程兵出身的二叔做事认真，干什么事都喜欢亲力亲为，在修建城里最高楼层的宾馆时，他亲自带着工程师上楼顶检查大楼的封顶情况，不小心脚下踏空，从顶楼上摔了下来，被安全网接住，但人已经大出血，送到医院，是脾脏破裂，弥留之际，他把公司托付给跟了他十年的侄儿。

郑浩东可不像二叔那样认真做人，踏实做事。在广东打工的日子里，他学到了社会上呼朋唤友那一套，他喜欢结交上层人物，结交有权有势的人，公司在他手里靠着请客送礼，也拿到了不少工程，把个成林公司搞得风生水起。当了公司老总的他仍然改不了少年时代的恶习，喜欢与社会上的混混一起喝酒，出了事，这些朋友也不惜两肋插刀给他扎场子（帮忙）。

郑浩东在黔河城东的繁华地段，有一栋豪华别致的独栋小洋房，楼房共有三层，金黄色的琉璃瓦盖顶，橘黄色的外墙瓷砖，欧式的挑廊在夕阳下熠熠生辉，尽显出主人的身份，院内青砖铺地，西边停放着一辆德国原装的奔驰越野车。小洋楼是叔叔生前修建的，叔叔去世后连同公司归了郑浩东，叔叔的寡妻只分得城西一套三居室的商品房和 20 万元现金，没有子女的她在安享晚年去了。公司每年盈利，郑浩东也给婶娘送个三五万元做生活费，毕竟公司有婶娘的股份。

二弟郑强东把江律师请来了，郑浩东迎出门外，一脸笑容握手客气道：“江律师请屋里坐。”主客进屋坐定后，郑浩东随即吩咐：“上茶，上碧螺春好茶！”

江律师从皮包里拿出在天洪那边拟定的条款微笑着递上：“请郑总过目。”

郑浩东接过来浏览了一遍，笑着道：“具体条款嘛我就不细看了，江律师，我们这是第二次合作，我的为人老兄是知道的，请你来，就是想请你从中帮忙，知道你老兄不会坑我们，不过我最关心的还是张天洪出院后一次性赔偿的钱是多少？”

茶来了，江律师端起茶杯呷了一口，看着郑浩东道：“工伤事故如果是死了人，那还撇托（简单）些，按照现在通行的标准，也就赔个 20 来万，可是像张天洪这种重伤在床，这治疗费、生活费、护理的人工费、老人赡养费、儿女的生活费、教育费这些七七八八的钱全部算起来，恐怕你 100 万都……”

没等江律师说完，郑浩东就不耐烦了：“那我们赶紧想个办法，叫他上西天算了，免得长麻吊线，敲麻糖似的一次一块，叫老子心里不舒服。”

听到这话江律师点头："这的确是一个少用钱的方法。"

但转念一想，不对，这办法弄不好要出事，搞不好还会连累自己。于是他笑道："郑总也别这么着急，容我们想个办法，反正泥腿子们也不懂法律。"

江律师最后这句话郑浩东算是听懂了，他笑着拍了拍江律师的肩头："还是哥哥懂兄弟的心，那就劳哥哥费点心把这事搞定，事成后我奖励你 5 万元，如果赔对方的钱低于 10 万元，我再加 1 万元，怎么样？"

"有郑总这句话，我试试看。"江律师笑着把材料清理好装进皮包。

"一言为定。"郑浩东笑了："有了内应还怕搞不定你个泥腿子？"

江律师又到医院来了，一进病房，就笑盈盈地来到天洪床前："我昨天查法律条款和资料搞到半夜，将有关赔偿问题摘抄下来，请你们过目。"

说着，他把材料递给天洪，天洪浏览了一遍。江律师说："今天早晨，我又去了区工商局了解成林公司近两年的经营情况，据他们说，肇事的责任主体方成林公司目前经济情况不太好，外面的三角债弄得他们焦头烂额，资金断链。我想，大家都是乡里乡亲的，我们如果把他们逼得太急，他硬说拿不出钱，你还不是没有办法。这一点，可能你们在前面已有体会。我来就是请你们具体提出出院后要求对方一次性赔偿的数目，由我去找他们协商。"江律师这个算盘打得很好，如果天洪他们点头答应就一切都好办了。

天洪同阿香轻声商量了一会儿，也提不出个具体数额来，因为他们没经历过这事，不知道赔偿的行情。

"我看出院后要他个 8 万元行不？"江律师出主意。

"8 万元？太低了吧。"阿香说。

"那就叫他们再加 2 万，10 万元怎么样？这已经不算少了，再说，住院治疗已经花了不少钱。"

听了江律师的话，天洪多了个心眼，我们不懂可以问其韵大哥，他见多识广，肯定知道该赔多少，于是他说："一次性赔偿多少，今天也定不下来，我们商量一下再给你个答复怎么样？"

听了这话，江律师知道天洪他们不好诓骗，只得悻悻地说："好，你们尽快商量，我看你们两口子都在医院待着，家里一定差钱，早点定下来，赔偿的钱早点到手也好解决家里的燃眉之急。你们可以先把委托律师事务所的合同签了，以便我们能名正言顺代表你们向成林公司提出索赔。"说这话时江律师一脸虔诚。

其韵大哥在重庆城里开完会，就急急地赶回医院，听完天洪请律师的情节后愤怒了：“天洪，这种律师你别请了，他要你一大笔诉讼服务费不说，估计还把你的底线告诉了被告方，又过来骗取你们的信任，他故意提出这么低的赔偿诉求是诓你们上当，像你这种重伤瘫痪，后期的赔偿不会少于50万元，他是先来骗取你的信任，然后签一个低价赔偿合同，千万不能答应，有什么情况你告诉我。”

在杨其韵的工作中，很大一部分内容就是与各种合同有关，对于合同谈判他熟悉，而且他的女儿女婿都是法律专业的博士毕业生。

经大哥这么一点拨，天洪终于明白了江律师的险恶用意：难怪他这么热情上心，三番五次地来游说，一再要我们说个一次性赔偿的数目，他是勾引我们上钩，顺着他设定的框框走。

天洪打电话：“江律师，谢谢你的帮助，我们的医药费肇事方还欠着不交，各种赔偿到现在还一分钱没给，你要的那个服务代理费我们也没钱支付，我们商量了一下，准备还是通过法院，事情明摆在那里，我就不信没有个国法管住他们！”

听到这话，拿着电话的江明利一下子瘫倒在沙发上，捶胸顿足，嘴里喃喃道：“唉，真他妈的倒霉，到嘴的鸭子又飞走了。”

成林公司仍然要无赖，躲着不缴后续的治疗费，天洪这里天天接到医院的欠费通知，医院还口头提出：“再不缴费就停药。”正在城里中学读高三的小宇来医院看望父亲，正好听见了这句话，他愤怒了：“不行，非得找他们成林公司评理，把人整伤了还赖着不交钱，非得告他们不可。”被愤怒充满头脑，正在冲刺高考的他书也看不进去了，脑子里满是父亲躺在病床上的样子。小宇犟起来，三条大牯牛也拉不回来，同学们都在紧张地复习备考，他脑子里却成天在思考怎样去状告这些没有人性的老板。

小宇去新华书店买了两本法律通俗读本，没给任何人打招呼就逃学回到龙门坝家里，把书和复习资料扔到一边，他要静下心来学习法律埋头写诉状，他要为父亲去讨回公道。

学校给阿香打来电话：“是张宇的家长吗？你家张宇已于昨天离校回家，听他寝室的同学说好像是为他父亲打官司的事回龙门坝去了。现在是高考复习的关键时期，请家长配合我们做好他的思想工作，尽快回校参加即将开始的模拟考试。”

接到电话，阿香急了，马上给隔壁灵芝打电话：“灵芝，你看见我们家小宇回家没有？看见了，是昨天下午回来的，那请你叫他来接个电话。”

少顷，灵芝回电话：“阿香嫂子，我叫了小宇几次，说你找他有急事，可他就是不过来接电话，坐在桌前在写什么东西。”

阿香急得掉下眼泪："现在可是小宇考大学最关键的时候，可他不接电话，这可怎么办啊？"

天洪气得青筋直冒："你，你赶快回去把那浑小子给我拽回学校来，这么关键的时刻临阵逃学。"

阿香说："你还需要人照顾，我不能走。"

天洪急了："那……怎么办？"

情急中，阿香突然想起了大哥："对，给其韵大哥打电话，请他出个主意。"

阿香拨通了杨其韵的电话："大哥，小宇现在书不读了，老师说他跑回龙门坝写诉状去了，打电话给他不接，洪哥急得恨不能马上回龙门坝把他拽回学校。"

杨其韵说："阿香，你和天洪别急，我这就把手里的工作交代一下，请假上龙门坝劝他回学校。"

阿香抹了一把眼泪："谢谢大哥了。"

杨其韵立即把急着要办的工作向监理和施工单位交代清楚，又去新华书店买了几本最新的高考复习资料，第二天一早，驱车来到杉树岭，上山的道路泥泞，小车上不去龙门坝，他只好把车停在街上，冒着大雨步行上山。

一进门，看见小宇正伏在桌上写诉状，杨其韵笑了："哟，咱们小宇真不简单，知道帮爸爸维权写诉状了。"

小宇抬头，猛然看见进来一个浑身湿透的人，脸霎时红了，不好意思道："伯伯来了，请进来坐，想了一肚子的话，就是不知怎么写才好，都两天了，写了又改，改了又写，只起了个头就写不下去了。"

杨其韵笑了："小宇，写诉状可不是一个简单的事情，写之前不但要对事情发生的来龙去脉了如指掌，而且要把发生的事件提高到法律层面来分析述说，材料中的内容要有理有据，不是你这样闭门造车就能行的。"

看着浑身湿透的杨其韵，小宇急忙把爹爹留在家里的衣服找出："伯伯，快把湿衣服脱下换了。"

杨其韵换好衣服坐下，温柔地看着小宇问："小宇，你知道你爹辛劳半辈子最大的愿望是什么吗？"小宇摇摇头。

"你爹最大的愿望就是你能考上大学，完成他未竟的夙愿，要知道他是为了给你筹集学费才去打工受的伤，如果不是为你们两兄妹读书筹钱，他是不会离开家乡外出打工的。你不同家里人商量放弃高考复习这件事让他很伤心，昨天我去医院看他，见他急得不行，恨不得马上回来劝你，可他躺在病床上无法回来，我见他一直唉声叹气，泪流满面，才赶来找你。小伙子，人生在世难免会碰到这样那样的难事，但挫折是一种在逆境中催人奋进的动力，你千万不要辜负了父亲的期望。至于去找肇事公司赔偿，我们正在想办法，你放心，我们有照片、有录像、有证人证词，证据摆在那里，他们想赖是赖不掉的，你安心学习就是了。”

杨其韵的女儿是清华大学毕业的法学博士，当年女儿考大学时，他曾经辅导过她，他有一套辅导学生学习的方法，见小宇点头，他决定在龙门坝住下来，陪伴小宇学习。对照新买来的高考冲刺复习资料，他教给小宇一些复习记忆的方法，鼓励他努力考上大学。

三天后，小宇终于想明白了，看着倦容满面的杨其韵歉意道：“伯伯，谢谢你的关心和帮助，我有信心考上大学，我把书收拾好今天就跟你回学校去。”

杨其韵高兴地拍着他的肩膀：“这就对了，我就知道小宇会想通的，我们爷俩拉个钩，你若考上大学，伯伯奖励你。”

小宇笑了：“那咱们一言为定。”

“一言为定，我们马上出发回学校去。”杨其韵伸出小指，与小宇拉了钩。

小宇跟着伯伯信心十足地回到了学校，投入到紧张的高考复习中。

杨其韵帮助天洪写好了督促成林公司伤残赔偿的诉状，递交到区法院。

一件意外的事情助推了事情的解决。在打黑扫毒的行动中，公安局和检察院收集到郑浩东聚众吸毒和欺行霸市涉黑的问题，郑浩东害怕了，接到法院送来的传票，他心里明白张天洪受伤的事故就是因为他不顾安全乱指挥造成的，如果再躲着赖账是行不通了。

郑浩东咨询了几个朋友，像天洪这样的情况，通常要赔偿八九十万元，社会上混迹多年的他知道，当前必须稳住，现在天洪不再请江律师，请他卧底帮忙的事也只好作罢。但几十万元的赔偿费毕竟是心头肉啊，得像挤牙膏一样慢慢给他磨，能少赔一点是一点，他一巴掌拍到桌子上：“奶奶的，就这么办。”

正在工地的杨其韵接到阿香打来电话：“大哥，成林公司刚才来人说包括目前欠医院的费用和其他赔偿，他们最多只拿得起 30 万元，还说我们不同意就慢慢磨，反正成林公司现在拿不出钱来。”

晚上，杨其韵专程到医院看望天洪，对他说：“赔偿 30 万元绝不能同意，治疗费用这么高，估计到出院 20 万元都用不下来，30 万元除去医院的费用，剩余的还不到 10 万元，你今后的治疗，一家人的生活怎么办，咱们不能接受这个数。”

成林公司一直赖账，医院已欠费停药了，成林公司还没有缴费的意思，杨其韵通过法院和总包的路建公司项目部对成林公司施压，再不缴医院的欠费就要扣成林公司的工程款去抵押。听到这话，成林公司才极不情愿地来医院续缴了目前拖欠的治疗费。

郑浩东感到奇怪，不懂法律的泥腿子张天洪怎么敢这么硬气地同自己斗，他一直没有想明白，直到听人说张天洪背后有杨其韵撑腰，他才终于明白，狠狠道："不给那个老家伙点厉害，他还不知道马王爷长的是三只眼。"

第二天晚上，杨其韵从工地上回到驻地办已经很晚了。放下图纸，洗了脸，他才感到肚子饿了，也难怪，已经晚上9点半了，忙得还没有来得及吃晚饭。他信步走出小院，去街上找吃的。

来到美食街口，多数食店已经打烊了，只有两家夜啤酒店还亮着灯光，正在左右张望的杨其韵，被从斜刺里猛然窜出的一个高大黑影狠狠撞倒在地，他啊了一声，顿时感到胸部疼痛，躺在地上起不来了。

听见门外叫声，啤酒店老板开门出来，见有人倒在地上，他蹲下细看："高速是公路指挥部常来店里吃夜宵的杨工。"

老板急忙叫："小李、王力出来帮我一下。"

三人小心翼翼把杨其韵抬进店里，并立即打电话叫来黔河中心医院的急救车。啤酒店老板跟车去了医院，照片检查，杨其韵右边肋骨被撞断两根，胸部瘀血。

撞倒杨其韵的黑大个回去向郑浩东报告："郑总，刚才在美食街，那个讨厌的老家伙已经被我撞倒下地，估计少说也叫他断掉两根肋骨，几个月起不了床。"

郑浩东叹了一口气："我的意思，让他上西天最好，免得挡我的事。"

黑大个傻傻呆在旁边："郑总……我不敢……"

杨其韵在医院里住了10天，天天电话不断，要处理工地上问题。医院见他工作太忙，勉强同意他出院休养，两天来换一次药。

杨其韵回驻地办后，边工作边养伤，三个月后骨折才基本愈合。

在杨其韵的支持下，经过多次谈判，成林公司的一次性赔偿像挤牙膏一样一点一点增添到了45万元，天洪怕再谈下去会鸡飞蛋打，想同意了。

其韵大哥说："我们再坚持一下，50万元是底线，一个子儿不能少。"

杨其韵说这个话他是有底气有依据的，因为按照天洪目前的情况，赔偿应该在60万元以上，通过他前段时间暗地调查，知道成林公司老板郑浩东因吸毒涉黑、欺行霸市、聚众斗殴等多宗问题，正被公安局和检察院调查取证，且成林公司目前的经营现状不好，接工程不像原来那样容易了。

这天，杨其韵来到医院，他把病房门关了，轻声把调查的情况告知了天洪和阿香，最后他说："知道这赔偿谈判是件两难的事，按说一次性赔偿50万元确实低了，可如果再提高，万一成林公司郑浩东被抓，公司失去了还债能力或者破产关门，那可是叫天天不应、叫地地不灵。"

天洪道："大哥分析得有道理，就照你说的办。"

天洪拨通了成林公司副总郑强东的电话："郑总你好，赔偿的事请你明天来医院我们具体商定。"郑强东打电话问了大哥，正在一筹莫展想息事宁人的郑浩东同意了这个方案，不过他强调："现在欠医院的费用的和出院前的治疗费要一并包含在这个一次性赔偿内。"

第二天，副总经理郑强东代表成林公司前来谈判，郑强东说："上次缴费后的欠款，到出院前的一切费用均包含在内，一次性赔偿50万元，我们就算两清了怎么样？再要想多加，咱们就只好死猪不怕开水烫，不谈了。"

因为事先与其韵大哥商量好了，天洪心里有底，他装作糊涂揣着明白，慷慨地答应："好！我不懂算账，一次性赔偿就按郑二哥你说的，50万元一次了清。"

"另外需要说明一点，因为别人欠公司的账多，目前我们只能先付30万元，后面的20万元容我们缓几个月再还，怎么样？"郑强东说。

天洪思考片刻，爽快答应："好，一言为定。"

正在这时，其韵大哥敲门进来了，其实，他早到了，只是一直坐在隔壁房间里听着双方谈判，为了防止成林公司在协议文字上耍花招，他坐下亲自帮着双方写好协议，看着双方签字盖上手印。

第二天，天洪拿到了第一笔30万元赔偿款。一个月后，成林公司的郑浩东因为聚众吸毒和涉黑，被公安机关逮捕，成林公司的一切经营活动停滞下来。

听到这个消息，天洪感慨道："要不是大哥神机妙算，当时若再想要高一点，我们就可能鸡飞蛋打一分钱都拿不到了。"大哥笑了，他为天洪争取到了一笔他应该获得的赔偿。

高考成绩下来，小宇如愿以偿考上了重庆邮电学院的计算机系软件专业，一家人忙着高兴，天洪流着泪对其韵大哥说："要不是你及时帮助小宇回学校复习，小宇就只有像我们一样外出打工了。"

其韵大哥谦虚道："还是小宇自己努力，我不过是给他指了条路。"

小宇来医院，拿着入学通知书，见父亲正同杨其韵在谈话，他跨进病房，扑通一声，跪在杨其韵面前，声泪俱下：“伯伯，谢谢你在我迷茫时挽救了我，让我重新振作起来回学校复习，不然，哪有今天的喜悦。”说完，他郑重其事地给杨其韵磕了三个响头。

杨其韵急忙去拉小宇：“免了，免了！小宇，我们可不兴这一套。”

待小宇坐在椅子上，他拿出早已准备好的红包递给小宇：“这是伯伯给你开学后买电脑的钱。记住，进大学只是学习专业知识的开始，计算机软件的发展领域宽广，是一个学无止境的专业。我就是搞计算机软件设计的，知道这里面学问大，够你一辈子钻研的了。”

小宇拿着钱，泣不成声：“伯伯，你的话我会永远记住！”

杨其韵陪着小宇走出医院，四下的城区和山野已经笼罩上了一层薄薄的彩色的幕，城外无数的岗峦都带着一种奇妙的半明半暗的色泽，一群群鸟儿飞旋在这片绿色的上空，欢快地鸣叫着。杨其韵指着蓝天上翻飞的鸟儿：“小宇，要像它们一样，永远在科学的天地里自由翱翔！”

小宇点点头：“永远在科学的天地里自由翱翔！”

第三十七章　天洪回家了

出去打工的人，除了像阿香确实因为家里老小需要照顾而回来，很少有中途回来的。当然杉树岭也有中途回来的打工者，回来的这些人几乎全是伤残或患病，就像明桂一样，身体倒下的那一刻，他回到了故乡，甚至都没有向打工的单位讨个说法。

已经拿到成林公司第一笔赔偿款，再在中心医院住，一天的各种费用算下来要花费几百块，已经拿到手的30万元陆陆续续已经支出后期康复治疗的12万元，再住医院就是用自己的钱了，天洪同阿香商量："现在伤情稳定了，再住下去也没什么意思，咱们请医生开点药，回家慢慢康复怎么样？"

天洪的话正合阿香的心意，她含泪点头："行，要说我也不习惯住在医院，咱们回家，我给你定时服药、换药和按摩。"在医院陪护天洪，聪明的阿香学会了消毒、清洗伤口、上药、保健按摩，医生说过了，这伤得慢慢调养，两个儿女还在读书，天洪明白自己不能再出去打工挣钱，住在医院，阿香也照顾不了家里，田里地里都荒芜了。回龙门坝养伤，至少阿香还可以种菜养猪，多少耕种一点田土，起码一家人的生活有个着落，不像住在城里，什么都得花钱。

通往龙门坝的简易公路是改革开放后在重庆市村村通公路的规划中修建起来的，说是公路，也仅仅是一条可容拖拉机或轻型车行驶的毛坯路，路左边的高坡和右边悬崖都没有护坡加固，村里的青壮年都外出打工走了，路刚修了个毛坯就被搁置下来，大部分路段连石子都没有铺，更别说硬化路面，仅是一条泥泞的简易道路而已。

简易路贯通后也的确给村民出行带来了方便。这几年打工回来修新房的人增多，简易公路上拉河沙石子水泥的重车较多，不到两年，路基就被碾压成一道一道的沟槽，大雨一冲刷，到处是水毁的路段，坑洼不平的路面上大坑小坑积满了泥浆水，村里拿不出钱来维护公路，开车上山常常走不通，路上事故频发。去年，天洪的大姐和大姐夫就是骑摩托车下山时被滑摔下坎，大姐金香负了伤，大姐夫在医院抢救无效，在用光了一辈子省吃俭用存下的一点钱后在医院凄然去世。

在收费处补缴完欠款，医院派长安面包车送天洪回家。这几天，天气晴朗，艳阳高照，上山的路上，幸亏老司机的驾驶技术好，面包车一路颠簸，总算爬上了龙门坝，阿香将行李箱和轮椅从车上拿下来："洪哥，我背你回家去。"

天洪摆手："还是我自己坐轮椅回去吧！"

阿香指着院子道：“你看，后阳沟和高门槛轮椅过不去。”

天洪看着院子，眼睛湿润了，摇了摇头，只得顺从地伏在阿香背上。

以往，天洪每次回到家乡，回到大山，总要到地里逛逛，山里转转，他深深地依恋这片土地，不去，总有怅然若失的感觉。走进田间，俯身扶正那些成长中的幼苗，轻轻揩去叶片上的灰尘；在桑树林，修理一下乱生的枝条。然后，站在大青石上喊一嗓子：“杉树岭，我回来了！龙门坝，我回来了！”大山回旋着：“杉树岭，我回来了！龙门坝，我回来了！”那种惬意，是无法用言语表达的。

可这一次，天洪没有这么潇洒、这么豪迈，伏在阿香的背上只轻轻地说了句：“龙门坝，我回来了！”瞬间他泪流满面。

回到家的第一个晚上，天洪一直处于兴奋状态，坐在轮椅上这里摸摸，那里看看，总也看不够。乡村的夜晚，静谧空旷，月亮一会儿藏在树后，一会儿躲进云层，像是在窥探天洪在做什么。

清晨，阿香推开窗门，天洪兴奋地尽情呼吸着山里的清新空气，从医院回来，天洪心里总有说不出的快乐和亲切。

一缕金色的霞光照进窗来，窗前小鸟啁啾与他说话，潮湿的泥土味儿，清新的花香、苦涩的野草味，杉树叶特有的清香味都随着微风飘进了敞开的窗户，嗅着这家乡的气息，天洪心潮澎湃，在区中心医院躺了一年后，他又回到了这块生养他的地方。在医院的时候，他常常梦见家乡的大山，在梦里他还是一位精力旺盛年轻健壮的小伙，扛起犁头牵着水牛向田里走去。

“唉，外面再好都不如家乡好。”天洪喃喃道。阿香是理解天洪对大山对土地的那份深深的依恋之情的。吃过早饭，阿香把天洪背起来放到轮椅车上，推到屋外地坝，让天洪尽情享受家乡的温馨，看看他久违了的青山绿水。

天九哥来看望天洪，对他说：“现在各级政府都在扶持农民发展多种经营，退耕还林有补贴、喂养桑蚕有补贴、喂猪有补贴、喂鸡可以直接到乡政府去申请扶贫的仔鸡……”

听了村长的话，天洪想，一家人种田、喂猪、养蚕就可以有不错的收入；外出打工，除去吃用，能拿回家的净钱也超不过 2 万元。天洪心里又在憧憬着美好的未来。他在思考怎样用好成林公司赔偿的这笔钱。

儿子读大学去了，女儿今年也考上了市重点中学，现在里里外外的事全靠阿香一个人扛着，老爹年纪大了，坡上田里早就不行了，阿香舍不得让田土荒芜，一个人又在近处的几亩田地里忙起了农活，天洪说：“阿香，远处山梁上的田地撂荒算了，桑蚕和猪也别喂了，你一个人哪里忙得过来。”

可阿香有自己的打算，庄户人不喂猪养蚕钱从哪里来，肥料从哪里来？

每天清晨，阿香早早起来忙，照顾天洪吃早饭，喂了猪就上坡去了；中午回来，背一捆柴，抱一把新采摘的蔬菜，又忙着煮午饭，喂养桑蚕；晚上，一家人吃了饭洗涮完毕，又忙着喂猪和准备第二天的事。9点钟，准时给天洪洗漱、换药、做保健按摩。

天洪嘴里没说，可心里明白，是阿香把家的重担全挑了起来，这使他心里难受，别人家的重担子都是男人挑，自己家里只能靠女人站在前头，替一家人挡着风雨，当着牛马。看着阿香汗如雨淋劳累的样子，看着她坐在灶前煮猪食边烧火边打瞌睡的样子，他心疼得不得了，甚至彻夜难眠，作为一个男人，活在世上，眼睁睁看着自己的心爱的女人吃苦受累，自己一点忙都帮不上，还成了个累赘。自己还算是一个男人吗？这还是当年虎虎生威的那个天洪吗？

夜慢慢陷入灰暗中，迎面吹来的风变得清凉凉的。天洪悄悄吁一口长气，双手用力挺起了上身，腰以下仍然一点知觉都没有。窗外是一片晴朗的夜，从窗户透进的月光里，他仔细端详身旁的阿香，此刻的她微微打着鼾睡得正熟。

想着烦心的事，看看自己现在这个样子，天洪嘤嘤地哭了，像一个伤心的小孩那样哭了，眼泪流淌下来，滴落在阿香的脸上，阿香翻了一个身，醒了。

“洪哥，你在干吗？”她翻身坐起来，靠坐在天洪身边轻声问，语气中带着无限的关心和心疼，天洪近来反常的情绪她看在眼里急在心头。闲下来时，她也时常劝解他，可自己的言语是那么地苍白无力，有道是“男儿有泪不轻弹”，洪哥心里想的什么她完全明白，怎么办呀？得想个办法让洪哥尽快从自责颓废的阴影中走出来才行。

天洪仍然在抽搐，阿香伸出温暖的双手抱着他的头，他像雄狮一样低低地吼叫了一声，安静了。在阿香的怀里，他在无声抽泣中慢慢入睡，阿香像哄孩子一样轻轻地抚摸着他的头，一直到鸡叫头遍，透过窗户进来的月光，阿香看见天洪安详地睡了，她才极度困倦地倒在枕头上睡了。

早上，太阳升起来了，一抹阳光斜探着身子落下，被两株高大的杉树遮蔽，演变成几柱丝丝缕缕斑驳的光影，花花搭搭地涂抹在墙上。

阿香一大早就上坡去了，天洪双手用力把上半身撑起来靠在床头上，他醒着，满脑子乱纷纷的，成林公司先前赔偿的30万元，除去支付医院的治疗费、儿女的学杂费生活费、先前借亲朋好友的钱、这几个月的生活开支，余钱不到10万元了。

成林公司余下的20万元的赔偿费迟迟不见还，家里老小五口人，靠阿香一个人实在不是办法，如今自己不但一点事干不了，还成了阿香的拖累，成天躺在床上永远没有个头，让他心有不甘，难道下半辈子就这样窝囊地睡在床上？

听着山风吹动树叶发出的沙沙声，和着远处的狗吠和缥缈的蛙鸣，瞅着窗外明媚的阳光，他回忆起阿香的好来，一幕一幕，像演电影，在脑子里流过：阿香今年刚满41岁，岁月的刀痕在她脸上似乎没有留下多少痕迹，她依然美丽端庄，做起活来不亚于一个强壮的男人。

明桂回来后，每天也在努力地争取站立起来生活自理，无奈中毒后遗症还没痊愈。近段时间明桂又突然感到头痛难忍，他没有告诉阿香姐，一个洪哥就够她累的了，还要田里地里养猪喂蚕煮饭。

后山的村长余明富知道了，叫上正好回家的儿子，用滑竿将明桂抬到街上，村长陪同明桂爹将明桂送到了区中心医院，做了CT和核磁共振检查。

医生看了以前的病历，又仔细看了刚拿到的检查报告说："这次检查余明桂头颅里面又长了一个瘤子，有蚕豆大小，开始压迫大脑神经了，若不及时手术摘除，可能导致双眼失明、双耳失聪，甚至失去自主行动的能力。"

老爹问："做手术需要多少钱？"

医生说："他这病耽误不得，做开颅切除脑瘤，得准备10万元。"

老爹顿时蒙了："10万！上哪里去找这10万元呀！"

余明富说："江医生，我们回去马上筹钱，尽快来住院治疗。"

阿香知道了明桂的病情后，告诉了天洪，天洪抹着泪说："你明天去街上取5万元给兄弟送去，叫他去中心医院做手术把瘤子取了。"

阿香说："咱家赔偿的钱就只剩8万元了。"

天洪说："谁叫我们是兄弟，救人要紧啊！"

第二天一大早，阿香急急去街上取了钱给明桂送去。见姐姐急急送钱来，明桂泪流满面，抱着姐姐放声大哭："姐，这是洪哥用命换来的钱，我怎么能要呢？"

"洪哥说了，谁叫我们是兄弟！钱你拿着赶快去医院治疗。"

玉秀娘给千里之外的女儿打电话："听村长说明桂前几天头疼得厉害，去医院检查，结果说是头颅里又长了个肿瘤需要手术。"

接到电话，玉秀立即去银行把这两年自己积攒下的5万元工资打到了明桂的银行卡上。这才打电话给明桂："阿桂哥，这么严重的病你还瞒着不告诉我，我刚才给你银行卡上打了5万元，短信说已经到你卡上，钱是我这两年攒下的工资，你赶紧去医院做手术，千万别耽误了治疗，啊！！"

听着玉秀的话，明桂伤心地哭了："玉秀，你嫁了人心里还挂念着我……我……

我对不住你啊！”

玉秀泪流满面：“阿桂哥，你千万别这么说，这辈子我们不成夫妻还是亲兄妹，我们是打断骨头连着筋的一家人。妹妹给阿哥寄钱治病是天经地义，你就别推辞了，赶紧去医院检查治疗，万一钱不够我再想办法，千万别耽误了，啊！”

从医院回来后的第二天，老天一直下着雨，眼看着明桂一天不如一天，人经常处于昏迷之中，老爹和阿香着急，崎岖的山路像是抹了油，一走一滑，村里没有青壮年了，找不到能抬明桂上街的人，阿香三天两头过来看望兄弟。

弥留之际，明桂忍住剧痛，战战兢兢地挣扎着坐了起来，用颤抖的手一字一句，断断续续给玉秀写了绝笔信：

亲爱的玉秀：

也许是上天的安排，注定我们要这样分别……玉秀，谢谢你和忠义哥对我的关心和帮助。玉秀，今生今世我们不能在一起，来世，来世我等你，我一定会加倍地爱你。

玉秀，希望你好好地同忠义哥过日子，他是一个好人，是一个有爱心有担当的人，希望你们一家人幸福快乐地过日子，我在地下也会祝福你们。

再见了玉秀……

字写得歪歪扭扭，许多字还残缺不全，但它表达了明桂对玉秀的一片痴心和二十多年的爱恋之情。笔从明桂的手中滑落下来，明桂歪倒在床上，又昏迷过去。

两天后，在剧痛的折磨下，明桂静静地走了……走了！他没有等来见玉秀最后一面，就这么孤苦伶仃地走了。

明桂走了，他叫姐姐替他瞒着暂时不告诉玉秀，可办丧事的第一天，玉秀娘还是从村长的口里知道了明桂的事，她立即打电话给玉秀：“秀，刚才我才知道，明桂今早走了，知道你生孩子刚满月怕你着急，他们暂时不准备告诉你。”

接到娘打来的电话，玉秀失声痛哭，她颤抖着从抽屉里拿出阿哥的照片，凝视着照片她悲痛欲绝，她不相信她的阿哥已经永远离她而去，她急着要买车票立即回杉树岭去见阿哥最后一面。

玉秀拨通陈忠义的电话：“忠义，明桂哥今早走了，我想立即回去一趟，你看……”

忠义理解妻子，知道她和明桂从小青梅竹马，他要帮助妻子去了却这最后的心愿：“玉秀你别着急，把女儿交给婆婆，你简单准备好行装马上就走，我马上给你订火车票，然后过来送你去火车站。”

忠义立即打电话订了火车票。待玉秀背着背包出门时，忠义已经把车开到楼下，他亲自驾车送妻子去火车站上了火车。

第二天黎明火车就到达黔河站，下了车，玉秀急急奔向汽车站，去杉树岭的早班车正在启动，她快步跨上正在关门的汽车。上午10点钟，汽车到达杉树岭，下了车一路小跑，她要赶到中午下葬前见上阿桂哥最后一面。

许久没有走过山路了，生完孩子刚满月的她身体还没有完全恢复过来。过了清溪河就开始爬山，背着背包她感到浑身无力，汗水早就把里外的衣服浸透了。路上没见着一个人，天上飘着淡淡的云朵，气温还在30℃，四周没有一丝微风。

月子里自己带婴儿，玉秀太疲倦太虚弱了，她喘着气迈不开腿，在路边地里找到两根搭四季豆架的竹棍，双手用力拄着，顽强地迈动双腿往前挪动。走着走着，她双眼一黑脚一软，倒在了路边水沟里，清凉的溪水把她激灵醒了，坐在水沟里，她心里着急，再不赶快站起来赶路，就见不着她的阿哥了。按照山里人的习俗，像明桂这种年轻人去世，是中午下葬最当时。玉秀看着手表心里着急，她哭着唱着给自己鼓劲，坚定地站了起来，拄着竹棍加快了步伐。

太阳当空了，精疲力竭的玉秀终于赶到了明桂的墓地，在告别人群准备合上棺盖的那一瞬间，玉秀赶上前，双手扶住棺木盖，她终于见到了安详躺在棺木内的阿哥，刚毅的脸上微微发黄，泪痕中留着一丝淡淡的忧伤，看那神情，他似乎在静静地等候一个人，一个他永远也不会忘记、永远挂念的人。

玉秀不相信眼前棺木内静静躺着的这个人就是她的阿哥。他，他不应该这样躺着不搭理她，他，他怎么会在这里呢，他应该像以前那样，扑过来搂着她亲吻，亲吻啊！

“阿哥，你醒醒，我是玉秀，我回来看你来了！阿……哥……你……醒……醒……我……是……玉……秀……回……来……看……你……来……了！”

玉秀哭着叫着，轻轻地摇动明桂的双肩，她希望她的阿桂哥醒来，希望阿桂哥坐起来再亲吻她一下，一下，哪怕一下也行。

明桂没有回答。玉秀再次呼唤：“阿哥，你醒醒！我是玉秀。”她听说人是有灵魂的，即便是人死了，亲人之间心灵仍然是可以沟通的。

墓地周围挤满了前来送行的亲友，泪流满面地看着这一对曾经的恋人生离死别的凄惨场景。

突然，沉睡中的明桂眼睛似乎动了一下，两滴带血的泪珠从两边眼角滚了出来，玉秀颤抖地掏出手绢，轻轻替明桂擦去泪珠，带血的泪珠在雪白的手绢上慢慢浸润开来，渐渐地开出两朵血红的山茶花来。

送葬的人们挥动铁锨，泥土慢慢地掩盖了棺木，玉秀长跪不起，任泪水长流。阿香过来扶起玉秀：“来，妹子，我们唱首苗家山歌给明桂送行！”

玉秀抹泪点头，哽咽唱道：

哥呀，你就放心走吧，
咱们今生相遇为亲人，
来世咱们还会再相聚，
哥啊，我的亲哥哥啊。
哥呀，你就放心走吧，
孝敬爹娘我已记心上，
打断骨头咱连着筋呀，
咱们是一家子亲人啊。
哥啊，你可看见我的泪水，
哥啊，你可听到我的呼唤……

古老凄凉的苗家山歌在杉树岭后山悠悠飘荡……

第三十八章　雪上龙门坝

有诗曰：“爱心是一片照射在冬日的阳光，它能让贫病交加的人感受到人间的温暖；爱心是广袤无垠沙漠中的一股清泉，它能使濒临绝境的人获得生存的希望；爱心是一首动人的歌谣，它能使心灰意冷的人获得精神的慰藉；爱心是一场久旱的甘霖，它能使悲观失望的人获得心灵的滋润。”

大雪纷飞，地上的积雪已经盖过脚面了，这几天正赶上寒潮南下，山上的气温骤降到 -10℃，滴水成冰，中国南方正经历着百年罕见的冻雪天气。

寒风刺骨，漫山遍野白雪皑皑，怒吼的北风夹着寒流，电视里反复播送着南方诸省抗击冻雪天气的消息：火车被迫停运了；汽车被迫停运了；高速公路上，汽车摆着长蛇阵滞留在路上前进不得后退不得；电视机里正在播出冻雪压断了高压电缆，造成大面积停电的新闻。

看着眼前的雪景，龙门坝几个九旬老人都说：“活了一辈子没有见到过这样的大雪！”远山近水都披上了厚厚的白雪。落叶的树木早已被季节打磨成光秃秃的枝干，麦田里的那抹淡绿也已被大雪覆盖，不知是因为太冷还是环境变化太突然，林子里已难觅小鸟的身影，让纯净的白色之美平添了几分萧条。

冒着纷飞的大雪，不到七点杨其韵就赶到汽车站，汽车站的场坝里摆满了各式公交客车，原来绝大多数客运线路都停运了。还好，去杉树岭清溪的线路还有一班车正待发出，是因为司机想要赶回清溪家里看生病的娘，不然也停运了。

杨其韵过来，见司机正满头大汗地在给车轮绑防滑链。一名乘客说：“师傅，你这是不是多余的圈圈哟？”

另一名乘客抱怨说：“师傅，我们都急着回家，你这不是耽误时间吗？”

司机抹了一把汗回答：“翻山时你们就知道是不是多余的圈圈了。”

大雪纷飞，翻越大山的路上，班车像蜗牛一样缓慢行驶，山路崎岖，沿途有不少车侧翻，还有翻下悬崖的。

“这路真是太危险，刚才我们误解师傅啦，看来，绑上防滑链真还不是多余的圈圈。”刚才抱怨的乘客向司机歉意。

下午 1 点班车才到清溪街上，司机停稳车后站起来抱歉道：“各位乘客，路上结冰车到此为止，有到杉树岭的乘客只好自行想办法了。”

从清溪到杉树岭街上，还有十公里，沿途要翻越一座高山，这段路不是主干公路，山高坡陡，上山下山尽是坡度大山路狭窄的盘山道，晴天行驶都要格外小心才行，更别说冻雪天，路面结着厚厚的冰，光滑坚硬，没有谁会拿命玩儿。看眼下的景况，这段路怕是一个星期都无法通车了。

望着眼前的情景，同车的人都就近投亲靠友或找旅店歇息去了，唯有杨其韵下定决心，今天再难也要赶到龙门坝去看望天洪兄弟，躺在床上的天洪可是天天盼着他来。昨天接到阿香的电话，他心里明白，天洪目前的心情是所有瘫痪病人的通病：焦虑不安、唉声叹气、觉得愧对家人，甚至不想活在世上。

全车只有杨其韵一人独自毅然冒着鹅毛大雪，背着一大包东西顺着公路继续向前赶路。谁知刚抬腿走了几步，脚下一滑，一个趔趄，人在冰冻光滑的路面上被甩出老远，连人带包哧溜溜地滑进路边水沟里，沟里的水早就结了冰。被摔蒙的他躺在沟里，半晌，才摸摸胳膊动动腿，发觉都还能活动，这才用双手慢慢支撑着爬了起来，他想找根棍子拄着走路，可路上光秃秃的什么也没有。

杨其韵也是60岁的人了，在结了冰的公路上摔第三跤的时候，他没有立即爬起来，他心里明白，自己这个年纪要再这样摔下去，去住医院的将不是天洪而是自己了。他坐在地上观察：前面是弯曲的"之"字形下坡路段，坡度大，路面呈鱼脊背，公路中间是不敢再走了，如果滑倒，连抓的东西都没有，弄不好会顺着结了冰的公路冲下悬崖摔个粉身碎骨。

终于，他看见路边不远处有几丛竹子，他掏出小刀在竹丛里削下一根竹棍。

为了少摔跤，他决定试着走边沟，他左手拄着竹棍，右手边走边抓住沟边的树枝石块，小心翼翼地行走在结了冰的边沟里，一步半滑，好在两只手能使力稳住行走，虽然又跌了几跤，但是抓着拉着总算没有再摔大跟头。

大雪还在纷纷扬扬地飘，十米以外什么都看不清楚，狂风夹着寒冷，带着怒吼，一阵比一阵强劲。脸早已经被吹麻木了，手也快冻僵了。就这样，他沿着公路走了三小时，终于来到杉树岭街上。

雪还在下，抬眼四望，白茫茫的一片大地真是好看，他没有心情欣赏雪景，摔了跤的屁股和大腿疼痛难忍，他坐在街沿上自我按摩了一会儿才站起来，在食店买了几个热馒头狼吞虎咽下了肚，拄着竹棍又匆匆赶路。已经下午三点半了，还有二十里山路，他必须在天黑之前赶到龙门坝，不然大雪覆盖了的小道会让他迷路的。

雪比刚才小了，但北风还在呼呼地吹，被汗水湿透了的内衣让寒风一吹透心地凉。积雪的路面结着光滑的冰，他几次滑倒，又几次站起来行进在茫茫雪原，一条弯曲的山间小路上，只留下他一个人深深的脚印，脚印从清溪河往龙门坝上延伸。天黑尽了，杨其韵才看到了熟悉的龙门坝，看到亮着灯光的东院。

听见狗叫，阿香来到门口，看见披着一肩风雪背着一个大包的人站在门口，脸上和手上伤口的血痕已经变色，浑身沾满草皮枯叶，衣服被剐破了几十处，她惊诧得张大了嘴：“咦，怎么是……大……哥……你？”她结结巴巴地问。

大哥凄苦地笑笑：“早上出门，城里还只是飘着小雪，不想越往深山里走，雪下得越大，公路上结了冰，汽车捆着防滑链还打滑，几次差点掉下悬崖，结果车到清溪就不敢再往杉树岭走了。”

“那大哥是怎么过来的？”阿香知道，清溪到杉树岭还要翻越十公里的盘山路，沿途弯多路陡，晴天行车司机都小心翼翼不敢大意。

“路上车都不敢走了，也没有一个行人，我是一个人走过来的。”大哥回答时故意显得很轻松，可阿香从大哥满身被摔的痕迹，脸上的血迹和擦破了皮被冻僵的双手，还有他被剐破的裤腿和衣服，就明白他这一路走来有多么不易。她哭着接过大哥背包：“今天这个天气，大哥真不该冒着危险来！”

“天洪在呼唤我来，我岂能半途而废？”大哥凄苦而自豪地说。

阿香打了热水过来请大哥洗了，把天洪的衣服裤子找来给大哥换了，又端来药盘，细细地给大哥脸上和手脚上的伤口消毒、上药、包扎。

天洪在里屋听见外面的对话，知道大哥为了他在这风雪天孤身一人，九死一生，冒着生命危险赶来看望他，他知道这份情谊不是一般的友情、亲情，还没开口就热泪盈眶，他哽咽道：“大哥来了吗？快请里屋坐。”

大哥提着背包一瘸一拐进了天洪房间，见天洪正双手用力撑着坐起来，急忙上前，伸出包扎着纱布的双手紧紧握住天洪的手：“兄弟，我看你来了，你看我给你带……什……么……来……了。”他抹了一把涌出的泪，把背包里的东西一件一件拿出来摆到床前条桌上：多功能场效应治疗仪、轻便按摩电锤、一大包消毒棉花、纱布、剪刀、镊子、酒精、碘伏、消炎药、人体穴位图、经络图……东西堆了满满的一桌子。

“还有专门用来蒸煮消毒器具的不锈钢高压锅、电磁炉、不锈钢蒸锅、电水壶。”大哥边说边从背包里拿出来放到旁边凳子上。

天洪感动得热泪盈眶：“下这么大的雪你还专程来看我，亲哥哥也做不到啊，这可叫我怎么报答你啊？”

大哥指着桌上堆着的东西：“兄弟，这是专门给你买的药品和治疗仪，你康复治疗用得着。”

阿香说：“天洪早就盼着大哥来。”

“一直忙，抽不出时间来看你，昨天晚上才向领导请了假，不巧今天遇上了大风雪，想起我们当知青那几年，还不就是这么过来的，大雪天上山砍柴，挖荒地，去几十里远的煤矿背煤，哪样苦没有吃过！”大哥说。

“假如人有来生，我，我一定要报答大哥的恩情！这辈子，唉……”天洪说不下去了，热泪又夺眶而出。

“兄弟，快别这么说了，要说报答首先该是我报答你，那次从高位水池下来，要不是你舍身相救，我早就变成一堆黄土了，快别说报答的话了，谁叫我们是生死患难的兄弟呢？天洪，你管他有无来生，好好安心养伤，争取重新站起来，你身体素质好，人还年轻，有这个能力。”

大哥双手紧紧地握住天洪的手，他是在鼓励天洪，在传递一种力量，他要把这种力量传递给天洪兄弟：“像张海迪那样身残志坚，坚强地活着，活得有意义！”

天洪点头：“像张海迪那样身残志坚，坚强地活着，活得有意义！”

阿香插嘴：“在医院，天洪天天拿着张海迪的书看，他说张海迪高位截瘫，还写了那么多的书，做了那么多的好事，成了一个对社会有用的人，他说要向张海迪学习，争取站起来。”

“对，像张海迪学习！天洪，你从小喜欢锻炼，身体素质好，连重庆大医院来的专家对你这么快就康复成现在这个样子感到惊奇。我带来的多功能治疗仪，主要是用来帮助你激活下肢，避免肌肉萎缩；这种长柄按摩电锤也可以帮助你自己活动下肢。一会儿我先给你讲解使用方法，做示范教你怎样使用这些仪器，你再细细对照着说明书自己琢磨治疗，相信医疗奇迹会在你身上出现，相信你会重新走向大山、走向田野。”

“谢谢你大哥！有你的鼓励和支持，我有信心有能力重新站立起来。”天洪紧握拳头朗声回答，脸上终于露出了久违的笑容。

看到回家后一直背着思想包袱的天洪脸上露出了久违的笑容，阿香欣慰地笑了：“大哥，还是你有办法，这段时间天洪一直愁眉苦脸唉声不断，你来了他一下子就像变了一个人，这下子可好了！”

大哥笑了：“我知道，天洪兄弟害的是心病，我是专门来给他治病的心理医生。”大哥哈哈大笑，天洪抹着泪跟着笑了。

老爹乘这边的说话期间已经将鸡杀了放在火上炖了，阿香腊肉香肠招待大哥，天洪说：“阿香，给我们来点酒，要好的。”

“阿香，不用忙了，我这里专门给兄弟带有舒筋活血的药酒，兄弟可以每天喝一点活动筋骨。”大哥从背包里拿出两瓶同仁堂的药酒。

饭后，杨其韵与天洪兄弟又摆谈起自主康复治疗和锻炼。杨其韵将人体穴位图和经络图挂在墙上，指着图说："天洪，你是习武之人，相信你对这两张图非常熟悉。"

天洪笑了："大哥说得对，我从小跟着师父习武强身，师父就给我讲人体穴位和经络的重要性。习武之人对主要的穴位都要倒背如流。"

杨其韵说："你有这么好的基础，治疗起来就非常容易了。"

第三十九章　天洪站起了

挫折就像一块巨石挡在前面，懦弱的人面对它止步不前，坚强的人依靠它站得更高。大哥来后，天洪心里重新燃起了希望，他盼望着康复，盼望着重新站立起来。夫妻俩订下计划，互相鼓励，为天洪能重新站起来努力。

天洪一下子像变了一个人。他那乐观的天性又展现了出来，他坚信自己从小锻炼，有强壮的体魄，眼前这点困难算不了什么。每天，他拖着还不能活动的下身，坚持用大哥送来的场效应治疗仪和按摩锤给自己治疗，虽然医院已经给他下了定论：今生只能以床为伴，难以站立起来。但他仍然坚持不懈，他有一个梦想——自己能重新站起来，能重新走向田野。

每天，太阳还在山边，天洪已经用他那恢复功能的双手支撑起下身，开始了一天的锻炼。他对照着治疗仪使用说明书的介绍，根据大哥做的示范琢磨着治疗仪的使用方法，从小学习武术的他对身体穴位、经络有切身体会和理解，大哥带来的穴位图、经络图他一看就明白，通过研究，他对自己下身的康复治疗制定了一套方法。

天洪不想过多地依靠阿香——他心爱的老婆，阿香太辛苦了，自己这一百多斤不能再压在她瘦弱的肩上。家里那么多的事，大黑牛卖了，现在，一家几口人的农田需要她一锄头一锄头地挖。

有梦想的人才有行动的动力。天洪坚持锻炼，坚持按摩治疗三个月之后，在一次治疗时，他的脚指头居然有了反应——可以随着脉冲的节律跳动，他兴奋极了，立即打电话给杨其韵："大哥，告诉你一个好消息，我的脚指头可以随着脉冲节律跳动了！！"

"啊，这真是天大的好消息，这说明治疗开始有效果了，说明你的神经系统在开始恢复愈合了，有时候奇迹就发生在坚持不懈中。天洪，坚持下去，相信你的下肢一定会恢复知觉，你一定能重新站立起来！"

"谢谢大哥的鼓励，相信今年我一定会重新站立起来！"天洪紧握拳头坚定地说，他太高兴了，他相信自己的潜力。

阿香听见里屋响动，以为出了什么事，赶紧进屋来，天洪拉住她："阿香，你看，刚才治疗时我的脚指头可以随着脉冲的节律颤动了，今年再辛苦你一年，明年我就能同你一起下田上坡了！"

阿香禁不住热泪盈眶："看你，高兴得简直忘了自己姓啥了！"

"阿香，看着你风里雨里，我不忍心啊！"天洪用手抹去涌出的泪水。

收割水稻的时候，杨其韵大哥又来看望天洪，他带着数码相机，给天洪照了相，还给天洪一家照了两张全家福。

完了，大哥坐下来说："兄弟，我看看你的治疗成果。"他伸出手来掐住天洪的脚指头，天洪点头："嗯，脚上有疼痛感觉。"

大哥笑了："这说明你下肢康复治疗开始有效果了，兄弟，咱们坚持下去，一定会成功，你一定会重新站立起来。"

"大哥，借你的吉言，我一定会重新站立起来！"天洪紧握拳头朗声道。

这天上午，天洪正在用按摩捶理疗下肢，三姐麦香带着师父来了。一进门，麦香说："小弟，你看看是谁来了？"

天洪抬头看见三姐身后的来人，一怔："师父！你来啦……"他激动得流下了眼泪。师父上前，拉着天洪的手："洪儿，昨天遇见你三姐，听说了你的近况，为师特意看你来了。"

"师父请坐，徒儿有礼了！"天洪端坐抱拳向师父揖了揖。

多年没有见面的师父还是那么红光满面、精神抖擞。二人正交谈着，阿香闻讯赶回来了，急忙给师父沏茶，端了过来："师父请用茶。"

"谢谢啦！"师父接过茶，品了一口，详细询问了天洪的伤情和一年多来的治疗情况，又细细查看了天洪的恢复情况，并让天洪活动肢体给他看。这才朗声笑道："洪儿不必着慌，为师今儿个来就是想助你一臂之力，让你早日下床行走。"

"洪哥当真还能下地走？"阿香惊喜问道。

师父捋着胡子道："凭咱洪儿的身体状况，凭洪儿一年多来的恢复情况，为师才敢说这话。"

三姐指着师父的背包说："师父这次是安了心要帮助小弟康复，他把换洗的衣服都带来了，说是要住下来帮助你康复。"

天洪听了，含泪向师父磕了三个头："感谢师父的大恩大德。"

师父拉着天洪："洪儿见外了，徒儿有难，为师怎能袖手旁观？"

天洪说："师父，我连做梦都想着重新站立起来走向田野。"

师父哈哈一笑："那我们就订立个康复计划，争取早日站立起来。"

天洪破涕为笑："是，争取早日站立起来！"

天洪爹笑道："感情大哥还是医生。"

天洪说："爹，当年跟着师父学习武术时我就知道，师父家是祖传的中医世家，曾祖父曾经进京服侍过皇上，皇上驾崩后回到故乡依旧行医。师父的爷爷和父亲都是当地有名的郎中，师父从小就跟着行医的父亲学习医术。"

天洪爹说："难怪师父问起你的伤情很专业，那大哥怎么又到了仙山寺庙？"

师父说："当年日本人进攻湖南，滥杀百姓，把我们那个村的人都杀光了，我当时正在外村出诊才免遭屠杀。当晚我回村在死人堆里找到奄奄一息的父亲，他拼尽全力留下一句，去……武……陵……山……寺……庙……找……陈……"师父抹着热泪说不下去了。

稍后，师父才说："我掩埋了家人，烧了日本人的军火仓库，在一片噼噼啪啪的爆炸声中连夜逃走。"

天洪爹问："那后来呢？"

师父说："我来到武陵仙山寺庙，找到父亲的师兄，他是庙里的方丈，收留了我。但这里也不太平，土匪啸聚。我从小跟随父亲习武学医，在寺庙当了武僧教头。"

天洪说："我听寺庙附近的村民说，乱世中师父多次率领众僧人抗击土匪兵痞抢劫骚扰，保住了寺庙平安。修行之余，师父还在寺庙中治病救人广施德恩远近闻名，被周围信众和百姓尊为'活菩萨'。"

师父谦虚道："活菩萨说不上，治病救人倒是事实。"

天洪爹抱拳道："仙山庙里的'活菩萨'我早有耳闻，原来就是大哥，今天有幸得见，久仰，久仰！"

师父打开药箱，在床边坐了下来说："洪儿，为师今天就开始给你治疗。"

"谢谢师父！"天洪抹去热泪笑了。

师父在天洪家住了下来，与天洪爹称兄弟，相处融洽。师父今年八十八岁，长天洪爹八岁，天洪爹恭称师父为大哥，师父尊称天洪爹为成力兄弟。

每天，师父用祖传的跌打损伤治疗方法替天洪疏通经络，用祖传的舒筋活血的药酒给天洪按摩治疗，指导天洪进行恢复身体功能的锻炼，还亲自熬制汤药强壮天洪的身体。

师父的精心治疗，天洪的刻苦锻炼。三个月后，天洪问："师父，我现在可以拄着拐杖下地走动吗？"

师父点头说："你下地试试看。"

天洪将身子移动到床边，脚伸向地下，拄着拐杖，他定了定神，一使劲，终于可以自己站起来了。

师父鼓励道："洪儿，伸腿，迈步！"

天洪拄着拐杖，坚定地迈出了第一步，第二步……

“我可以站起来走动啦！”天洪大声喊道，激动得流下了泪水。

看着天洪下地拄着拐杖在室内走动，师父说：“洪儿，拄着拐杖走路仅仅是康复的第一步，坚持下去，争取早日丢掉拐杖自由行走。”

天洪朗声道：“是，争取早日丢掉拐杖自由行走。”

一旁的天洪爹连连称奇：“还是大哥的方法行，用中国传统的伤骨治疗，只几个月就帮助天洪站了起来。”

师父捋着胡子笑了：“我中华医学源远流长，博大精深，加上洪儿从小习武强身，经历过无数次的摔打，自身素质好，我这只是因势利导，帮助他调动内部的潜力发挥出来，善哉，善哉！”

阿香问：“师父，洪哥还有多久才能扔掉拐杖行走？”

师父道：“估计还得有几个月的功能和体能锻炼才行。”

师父又给天洪制订了一套功能锻炼计划。每天清晨，天洪在师父的指导下进行系统的康复训练，功能训练得有人带着陪练效果才好。师父不顾自己年事已高，坚持充当天洪康复训练的陪练。

看得一旁的天洪爹眼热，也跟着师父比画起来。

引得院子的几个小儿哈哈大笑：“四爷爷也跟着师爷爷返老还童啦！”

天洪爹也哈哈大笑起来：“四爷爷返老还童啦！”

天洪坚持锻炼，两个月后，已经能丢掉拐杖在院子的地坝上自由走动了，师父鼓励他：“坚持下去，定能重新走出家门，走向田野。”

三姐匆匆来了，一进门就说：“师父，师母近来身体欠佳，让我来接您回家。”

天洪爹点头：“大哥来这里也五个月了，眼看洪儿已经能丢掉拐杖行走了，家嫂身体欠佳，你就先请回去照顾家嫂吧。”

天洪说：“师父放心，徒儿会按照您教授的方法继续锻炼，师母身体欠佳，您就先请回去照顾师母吧。”

师父点头：“相信下次我来，徒儿已能四处走动了。临别，为师再嘱咐一句：坚持体能锻炼，让身体重新强壮起来。”

天洪朗声回答：“是，坚持体能锻炼，让身体重新强壮起来。”

送别了师父回家，天洪在思考着下一步的打算：除了锻炼身体恢复健康，还得抓紧时间抽空学习。他打电话给儿子：“小宇，你这次回家前，去城里新华书店帮我买几本书回来。”

小宇电话上问：“爹，要哪些书？”

天洪说：“有关农村政策方面的书、农牧业方面的技术书、国内外农业科技发展方面的书。”

阿香听见父子二人的电话，插嘴道：“干脆，我明天去清溪街上买个书架回来。”天洪点头：“还是我老婆想得周到。”

星期天，儿子把买的书带回来了，天洪将新书分门别类地摆放在书架上，阿香说：“嗯，洪哥这下有点读书人的味道了。”

每天清晨，天洪锻炼完身体，就坐下来系统地学习，他心里始终想着怎么样带领乡亲们共同致富奔小康、振兴龙门寨的事。

阿香把家里的大小琐事都包揽了下来，她鼓励天洪：“安下心来学习，别惦记着家里的事，带领乡亲们科学种田发展生产是大事，耽误不得。”

李友正给天洪来电话：“天洪，我同秀莲也回到家乡来了，儿子在外打工，有了一技之长和稳定的收入，女儿也读大学了。肩上的担子也就可以放下了，出来快20年了，该回家乡去了，毕竟大山才是自己的家和归宿。”

兄弟两人在电话里谈了很多回乡后的事。

第四十章　大山的呼唤

天洪清晨的体能锻炼完了，正坐在书桌前看书，天德哥来了，一进屋就看到了对着门安放的书架，架上摆放着各类书籍，书桌上摆着《改革开放以来中央一号文件汇编》。天德笑道："兄弟开始研究学习了，这是好事啊。"

天洪说："哥，我正在利用康复身体这段时间学习有关'三农'政策的文件，补补农牧业方面的科技知识，我想，今后这些都是用得着的，你说是吗？"

"兄弟的想法太好了，利用身体康复期间，系统学习党的政策和文化科学知识，储蓄力量，为我们的宏图大业出力。"天德极力赞扬。

天洪说："学习知识，储蓄力量，我正是哥的这种想法。"

天洪站起来："哥，你请坐，我去给你沏茶。"

天德一下惊呆了："兄弟，你……可以扔掉拐杖自主行走啦！"

天洪点头："丢掉拐杖有半个月了。"

天德说："啊，兄弟这么快就扔掉拐杖行走了，上次回来，你还只能拄着拐杖挪动。"

"多亏师父来替我治疗，指导我康复锻炼，才使我重新站立起迈步行走。"

握着天洪的手，天德激动万分："回乡创办农牧业公司，我正愁没有得力的助手，这下好了，有了你这个最好的助手……"

天洪问："哥这两个月都去了哪些地方考察？"

天德说："我近来去沿海发达地区参观考察，还专门去了北京、上海、江苏近郊农村的菜篮子工程。"

天洪说："哥都出外打工创业二十多年了，已经当了建筑公司老总还惦记着家乡，惦记着家乡的父老乡亲。"

天德点头："是啊，人在城里，心里仍然记挂着龙门寨的乡亲，带领大家共同致富，一直是我的心愿。"

天德每次回龙门坝都要来看望天洪，他觉得天洪是一个有思想爱思考的人，兄弟两人心相通谈得拢；而天洪觉得天德哥变了，变得不那么专心在外面干事业了，每次同自己谈论的都是农村这些年的变化，面对村里变得越来越荒凉、越来越没有人气，他不住地叹气："龙门寨是李张陈杨王五个家族整整20代人的艰苦创业，才有了今天的层层梯田、果树桑林、成片杉林。可现在，大片的良田熟地荒芜、桑林破败，看着让人心疼啊，再这么下去……”他说不下去了。

“是啊，我近来也老是做梦，梦见我们龙门坝祠堂的祖先在责问我们，说我们是败家子，又像在呼唤我们：别让我们几十代人辛苦开垦出来的田土荒芜了。”说着，天洪眼睛湿润了。

“龙门寨现在荒败成这个样子，真是叫我们愧对祖先呀！”天德叹息着说。

天洪满怀敬意说道：“天德哥，你可是咱龙门寨的致富带头人，前些年为了摆脱贫困，在你的影响下，乡亲们进城打工，光你公司里的职工，就有一半是村里的老少爷们。乡亲们摆脱了贫困，村子里也盖了许多新房。”

天德说：“建筑公司早已经走上正轨，平常有二弟天义在主持公司的日常工作，才使我得以有空研究与建筑公司无关的事。”

“你回来同我谈论的都是一些生态农业、绿色饲养和特色观光农业方面的事，我还是没有猜透哥葫芦里面卖的是什么药，只是觉得哥在秘密行动。”

天德说：“的确，我最近在秘密行动，我仔细研究了中央有关‘三农’问题的文件，思考下一步的发展方向。渝怀铁路通车，高速公路年底也通车了，让山里人走出大山变成了现实，现在山里的农产品一天就可以摆到大城市的餐桌上，这对我们来说，可是千载难逢的机遇啊！”

天洪不由肃然起敬：“哥，还是你有见识、有胆量、有办法，如果你回来带领大伙奔小康，让乡亲们在家门口就能致富，这事保准能成功。”

天德说：“兄弟，我可没你说的那么神奇，我只是在脚踏实地想办一件能让乡亲们富裕起来又不让咱龙门寨衰落下去的事。”

天洪说：“现在青壮年都外出打工去了，都不种地了……”

二人正说着，村长天九来了，笑着问：“兄弟二人在谈啥呀？”

天洪说：“在谈龙门寨怎么奔小康。”

天九点头：“这确实是我们应该谈论的问题。”

天德说：“近来我老在反思，要是农村的人都进城打工不种田了，14 亿人的吃饭怎么办？总不能粮食、油料、肉类都靠进口吧？饭碗端在别人手里心里总不踏实！”

天九说：“可如果还按以前的小农经济的方法种田，则永远走不出贫困。现在县乡干部下乡扶贫，把重点放在了登记审核发放困难补助上，这种扶贫是治标不治本，没有扶到根子上。”

天德点头：“古人说‘授人以鱼，不如授人以渔’。帮助困难户发展生产，搞好家门口不离乡土的致富，才是扶贫扶到根子上。”

“哥说得对，外出打工只能脱贫，却难以致富；只有创业，把家乡建设好才能长久致富，家乡才是我们农民的立足之本啊！”天洪满怀激情地说。

天德说：“常听到有毒有害农产品的新闻报道，查出三聚氰胺牛奶、瘦肉精猪肉、抗生素鸡、福尔马林保鲜、激素催养家畜家禽……”

天洪说：“我在江城就听说城里人宁愿花几倍的价格买国外进口的食品，也不买咱自己国内有问题的农牧产品，这些产品连生产者自己都不敢吃。”

“所以我才由此想到回乡创办现代化的生态农牧业。”天德说。

天九说：“听你这么说，我想你一定有了主意。”

“还只是初步设想，我在北京的大超市里看到真正有信誉的品牌土鸡，价格是养鸡场笼子鸡的几倍，小汤山的绿色蔬菜价格比喷洒农药的蔬菜贵几倍，人们还争着买。你说，到底肯养哪种鸡，种哪种菜？”

“当然是说的这种散养土鸡，绿色蔬菜。”天九笑答。

天德笑了：“养鸡，就给他来个‘武陵山溜达土鸡’，怎么样？我们不是去卖堆头，是去卖精品，卖城里人喜欢的绿色放心食品。”

天九说：“山区放养的场地多，用尼龙网把山林四周围起来，就是一个天然的大型散养鸡场，不过光养鸡还成不了农牧业。”

天德说：“当然不只是养鸡，大块的水田我们仍然用来种植水稻，其余那种连牛都走不开去不了的小块水田旱地，我们可以改用来种植桑树果树。”

天九说：“山区除了农业，还可以推广良种牛羊，放养黑山猪。”

天德问：“记得我们刚当兵时部队驻在河北，常见到村子里的人像养狗一样养猪，不圈不拴敞放，让它满街跑，这种肉好吃。我在北京超市看见长白山的散养山黑猪，价格卖到一百多元一公斤，宣传栏中有这些猪放养地的照片，还可以追索产地。买的人还多。”

天九说：“咋不记得，人畜同理，让它们自由自在地生长。”

天洪说：“那咱们来个圈地养猪，就叫‘武陵山散养黑猪’，怎么样？”

“这个名字好。”天德从挎包里拿出相机，“这是在长白山散养黑山猪调查时的照片和录像。”

天洪看着照片和录像，不住地点头：“这些照片和录像你尽可以拿给乡亲们看，让他们长长见识。”

天德说：“不搞因循守旧的小农经济，要搞现代化的农牧业，现在城市的人不缺钱，他们缺的是放心的绿色食品，我们就走这条路，你们看如何？”

天洪点头：“搞现代化农牧业，需要哥这样懂农业生产，有理想、有担当、有能力的中年人来牵头。"

"都说万事开头难，只是……这个头怎么开才好？"天德在问兄弟，又像是在问自己。

天洪笑了："哥，你这已经开了个好头，今后就是一步一步付诸实现。"

"兄弟说得对，我们已经开了个好头，后面的事容我调查研究后再拿主意。"

晚上，阿香坐在床前笑问："下午天德哥和村长来，我看你们三兄弟谈得火热，都谈论些啥？"

天洪说："谈的是怎样带领乡亲们在家门口致富的问题。"

"这倒是个好主意，只是天德哥在城里建筑公司干得好好的，怎么突然想起这件事？"阿香疑惑地问。

天洪道："天德哥是做了充分调查研究后才提出这个问题的，还说这是他很久就有的心愿。"

"那敢情好，我知道天德哥是个能人，由他出来牵头，就一定能成功。"阿香心里一阵高兴。

天洪说："阿香，天德哥创办现代农牧业公司，我们也积极参与入股进去，你说好不好？"

"这事我举双手赞成。我们把赔偿剩余的钱全投进去。"阿香说。

天洪笑了："知妻莫过夫，我就知道我老婆会支持这件事，我们搞现代农牧业，你今后再也不要背着个背篼满山跑着采摘桑叶了。天德哥说得对，把愿意留在家乡的人都联合起来共同致富奔小康，搞成像广东、江苏农村那样的现代化新农村，那该有多好。"

说到变化，天洪眼里放着异样的光芒，他在为阿香描绘一幅美丽的蓝图，也是在鼓励自己重新走向田野。他做梦都在想着改变家乡的面貌。外面打工看得多了，高楼大厦、别墅小区，但那都是别人的，如果家乡重新聚集起人气，搞新农村建设……想到这里，他心潮澎湃热血沸腾。早日康复走向田野成了他的奋斗目标，也成了他每天行动的动力。

天洪出去打工几年。尽管一次次背井离乡又一次次回到大山，他始终对故乡有一种深深的眷恋。他心里一直在做着一个梦：一个重振家乡的梦……这个梦，他做了很久，但一直没有找到答案，今天同天德哥的一席谈话，让他心里豁然开朗："对，就是这个梦——带领乡亲们共同致富奔小康的梦。"

第四十一章　回乡来创业

清晨，天洪正在龙门坝上进行体能锻炼，他肩挑两个石磨蹲下—站立—蹲下—站立，现在的天洪，已不是在医院那个白白胖胖的天洪了，经过师父的指导，每天的功能恢复训练和体能锻炼使他的身体逐渐健壮起来。

张天德带着区农业技术推广站、畜牧兽医站和规划局的老师考察龙门寨来了。见到天德，天洪停了下来，来不及擦一把热汗招呼道："天德哥回来了？"

天德说："今天是带着技术专家考察来了。"

天德随即将身后的三人一一向天洪介绍："这位是区农技站的邢老师；这位是区畜牧站的郑老师；这位是规划局的陈老师。都是我请来实地考察龙门寨发展规划的专家。"

天洪握着三位专家的手："欢迎各位老师来龙门寨，站在龙门坝大青石上，能清楚地看见杉树岭、看见龙门寨全景。"天洪向几位专家介绍龙门寨的七坡六梁四塆一坝的情况。

正介绍着，天德抬头，看见天九正陪着几个人朝坝上走来，是乡长和乡党委陈书记，还有几个好像是城里来的领导。

天德上前握着陈书记的手："欢迎上级领导来龙门寨检查指导工作！"

陈书记笑了："我们陪区上的领导来龙门寨搞调研，正巧你也回来了。"

陈书记将一同前来的领导逐一介绍："这位是区发改委的秦主任；这位是区农业局的张主任；这位是区水利局的李总工；这位是区农村商业银行的王主任。"

天德和天洪分别同几位领导一一握手，天德说："咱们奔小康建设新农村，离不开上级领导的指导，离不开上级部门的支持！"

陈书记笑问："听天九说你正准备回乡创业发展？"

天德点头："目前正在做准备，还希望得到你这位老战友的支持。"

陈书记笑道："好啊！热烈欢迎你这位成功人士回乡创业。"

天九说："陈书记，我们三人，是同时参军入伍的战友，工作上你可得支持我们哟。"

陈书记笑道："那是当然啰，谁叫咱们是同生死共患难的战友。"

李乡长问："天德这次回来是？"

天德指着身边的几位老师介绍道："这位是区农技站的邢老师；这位是区畜牧站的郑老师；这位是规划局的陈老师。都是我请来实地考察龙门寨发展规划的专家。"

天九说："天德准备在龙门寨创办一个现代农牧业公司。"

李乡长说："听说你们要创办农牧业公司，我同陈书记特地陪同区里几位领导赶来给你们助阵。"

天德再次同几位领导握手："欢迎各位领导前来助阵，真是太感谢啦！"

杨其韵正在办公室电脑上以阿香的名义写诉状："在张天洪一家最艰难的日子里，成林公司一直找借口拖延余下的赔偿款；现在张天洪全家的生活都靠他妻子一人扛着，张天洪上有八十老父，下有两个正在读书的儿女，赔偿款还拿不到手，真是天理难容，希望法院能督促成林建筑公司履行三方调解意见，尽快将余款付给张天洪。"

一周后，杨其韵拨通了郑强东的手机："郑总你好，我刚才接到法院的电话，说他们昨天已将'再次催促执行法院判决'的通知送达到了贵公司，一年多了还没拿到应得的赔偿款，实在是说不过去了。"

郑强东："法院的通知我们已经收到，公司前段时间的经营状况，想必杨工也知道，实在是收不回账拿不出钱来，今年春节后生产经营才刚回过气来，我马上叫会计将公司资金清理一下，争取这两天将余下的20万元转给张天洪。"

杨其韵："感谢郑总的这种态度，希望郑总能言而有信。"

第三天，郑强东打来电话："杨工，刚才我公司已经将张天洪的20万元赔偿余款打入他的农行卡上，请查收。"

杨其韵："谢谢郑总的理解和支持，我马上通知张天洪。"

杨其韵拨通了天洪的手机："天洪，刚才郑强东告诉我，成林公司已经将剩余的赔偿款打入你的农行卡上，你查查到账没有？"

天洪答："大哥，刚才我收到了农行发来的短信，通知我说成林公司的20万元已经到账。谢谢大哥，不是你通过法院一再催促，这笔钱还不知要等到猴年马月才能拿到。"

阳光明媚，天德回来了，来到龙门坝他先去了村委会，天九和天洪正在办公室里核对村里的贫困户补助。

见到天德，天九面带愁容道："村里连选个干部都难，天礼前年去世后我一人肩挑村长和支书。今年天旱歉收，村里有30多家人连种子肥料钱都没有收回，梁上的15户人家大春几乎是颗粒无收，唉，难啊！"

天洪说：“村里就天九哥和文书李昆山两个干部，成天忙在扶贫工作上了，昆山哥累病了，我来帮忙。”

天九说：“要说，发放的困难补助只能解决他们眼前的困难，帮助乡亲们奔小康才是我们的责任啊。”

天德说：“我想先在龙门坝开个村民大会，先征求大家的意见，然后我把准备办农牧业公司的事给大伙详细说说，你看……”

天九说：“那太好啦！我这就广播通知大家来开会。”

天德说：“这次回来，我准备把在外面20年积攒的200万元全部拿出来注册办现代农牧业公司。”

天九说：“这么说来，你真是准备回乡来大干！”

天德点头：“我把农技站、畜牧站和规划局老师对龙门寨环境、土质、地形考察情况给乡亲们说说。我们要创办的是全新的农牧业公司，是要把龙门寨建成绿色的肉、禽、蛋、渔、蔬菜生产基地和蚕桑生产基地。”

天洪说：“还是你这个当老总的有魄力，乡亲们可是早就盼着振兴龙门寨，在家门口创业致富奔小康。”

天九说：“天德，我们是同生死共患难的战友和兄弟，你要做的事就是我的事。”

天德补充：“是我们大家共同的事业。”

天九摸出钥匙，打开许久未曾使用的村广播站大门，用毛巾擦了擦，进去坐下，清了清嗓门，打开广播，朗声道：“龙门寨村的老少爷们，各位在家的姐妹们，请你们听到广播后，放下手中的活儿，马上到龙门坝上来开会，村里有重要事情同大家商量，村里有重要事情同大家商量！”通知反复播送了三遍。

龙门寨坡上、田间、地头的高音喇叭里反复响着天九播出的通知，回响着天九的声音：“龙门寨的老少爷们……”

正在街沿上伸展胳膊腿的长庚爷爷听到这不同寻常的广播通知，自语道：“村里一定是有重要事情，我得去坝上看看。”

正在菜园子里种菜的天洪爹听到广播，立即放下锄头：“嗯，我先去坝上看看啥要事。”

听到广播，感冒发烧正躺在床上的二伯娘挣扎着坐起来说：“一定是村里有大事，我得去看看。”

灵芝说：“娘，你还在发烧，我抱着孩子过去看看是啥事，你在家里休息就别去了。”

二伯娘边穿衣边说：“早上吃了药好多了，我还是去看看啥事。”

灵芝笑了："娘，那你先去，我抱着小牛牛跟着也去。"

正在坡上放牛的祥伯，听到广播，把牛拴了："我去龙门坝看看啥事。"

福伯正在坡上放羊，听到广播，赶紧赶着羊回家，去了龙门坝。

龙门寨村里好久没有开过这样的村民大会了，天九忙着在烧开水，天德和天洪忙着把办公室里的条桌和长板凳搬到地坝上一排排放好。摆好桌凳，三人站在龙门坝前，微笑着迎接来开会的人。

寨子里的人陆陆续续来到坝子上，天洪爹来了，见到天德正站在坝前迎接，微笑着打招呼："天德回来了？一定是有啥要紧事吧。"

天德笑答："回来与大伙商量办现代农牧业公司的事。"

二伯娘来到坝上："今天有啥喜事？好久不见面的老姐老哥们都来了！"

天洪爹高声说道："是天德回来创业办农牧业公司来了！"

二伯娘笑了："有这么好的事！"

见到长庚爷爷拄着拐杖来到坝上，祥伯一怔："哟，连咱们寨子里的老村长老寿星长庚叔也来啦！"

长庚爷爷摸着白胡子哈哈一笑："听说天德回乡给咱们办好事来了，我能不来凑凑热闹？"

福伯朝着长庚爷爷拱手道："都托老寿星的福，看来咱龙门寨又要重新热和起来了。"

长庚爷爷："咱们都是托党的政策的福，这次真的是要振兴咱们乡村了。"

天九扫视了一下坝上来的人，高声道："村里在家的人今天都来了，连老人、妇女，儿童也都上龙门坝开会来了。"

祥伯高兴道："人多好啊，众人拾柴火焰高嘛。"

李大爷说："咱们致富奔小康，还得有一个好的带头人才行啊！"

天九点头："天德回来，就是准备带领大家一道创业奔小康。"

李大爷说："有天德回来带领大伙，这事准成！"

福伯说："振兴咱们龙门寨，还要靠大家齐心努力才行。"

天洪爹凑兴："天九，去把村委会存放的锣鼓拿出来，今天咱也喜庆喜庆。"

天九点头："好嘞！今天大家就喜庆喜庆！"说着，进办公室把锣鼓拿了出来。

天洪爹朝福伯、祥伯、李大爷几个点头招呼："来哟，老伙计们。"

几个八十多岁的老人拿起拴着红绸的鼓槌，敲起喜庆的锣鼓：

咚咚咚锵！咚咚咚锵！咚咚锵咚锵锵锵！

咚咚咚锵！咚咚咚锵！咚咚锵咚锵锵锵！

随着锣鼓声响起，孩子们拿着风筝气球在坝子上嬉戏奔跑，还有几个孩子翻跟头倒立着用手走路。

二伯娘看得眼热，禁不住老泪纵横：“多少年了，没有这么多人聚在一起热闹，没有这么高兴过了。”

祥伯妻说：“是啊，成天闷在家里，村里家里早没了人气。”

全村老老少少近百人聚集在龙门坝上，连吃奶的孩子也被娘抱着来到坝上。

天九看了看，寨子里在家的老老少少基本上都到齐了，拿起话筒笑逐颜开道：“今天请全村老少爷们来开会，是有一件重要事情同大家商量，下面，请我们的前支书天德讲话。”乡亲们热烈鼓掌。

天德热泪盈眶抱拳道：“父老乡亲们好，大家好，今天请大伙来开会，主要是想同大伙合计办现代农牧业公司的事。记得当年我南下广东打工，乡亲们挽留我时我说过：我还会回来的。20年了，当初的承诺我一直记着。”

乡亲们又一次热烈鼓掌。

天德继续道：“去年，我去医院看望天洪，他问我有没有回乡创业的打算？我说正在考虑，不过想法还不成熟。天洪兄弟给我谈了他的想法，说他心里一直装着家乡，下面我给大伙说的打算，多数是天洪兄弟提出来的，他说出去打工这么些年，心里无时无刻不在想着家乡，外面搞得再好，都是在帮别人搞。这句话对我触动很大，打这以后，我脑子里总是在想怎么才能振兴咱龙门寨，带动乡亲们共同致富奔小康。”

祥伯提问：“天德，听说前些日子你去了外地考察，说来我们听听。”

天德笑答：“是的，前些日子我去了北京、广东、江苏和山东，考察那里的城里人想吃什么，农村人想的是什么。”

天洪爹提问：“先富起来的农村是怎么奔小康的？”

天德答：“这几年，那些地方在外面打工挣了钱先富裕起来的农民纷纷回乡创业，创办现代特色农牧业公司，员工都是本乡本土的农民，让乡亲们在家门口既能打工挣钱，还能照顾家里，离土不离家或者不离土。”

天洪说：“咱们龙门寨也可以这么搞啊。”

天德点头：“所以我准备回乡同乡亲们一道在家门口创业发展。”

天洪爹站起来：“天德，我们还想听听你这次考察回来后的打算。”

天德笑道：“以前我们不敢搞，那是因为交通不便，生产出来的东西运不出去卖不掉，现在渝东南通了火车、通了高速公路，在咱们黔河还修了机场通了飞机，这给我们发展现代化农牧业提供了方便，这些大家可能已经感受到了。上个月，我还随民间组织的考察团去了美国和欧洲，看这些发达的国家是怎样搞现代化农牧业，他们有许多经验值得我们学习借鉴。我也希望更多的在外打工不顺或有所成就的兄弟姐妹回来共同创业，振兴家乡……”

天德的话还没讲完，在场乡亲们给以经久不息的热烈鼓掌。

祥伯高兴道：“天德，你这些话算是说到我们心窝子里面去了，青壮年都走了，你看咱农村现在都成啥样了？振兴龙门寨这个主意好，刚才我们几个老哥老姐们都在说，天德这是在为大家做好事，我们拥护支持。”

天德谦虚道：“学习外地经验，让咱们龙门寨也像沿海农村那样因地制宜搞特色农牧业、生态农牧业，还可利用我们秀美自然景色的优势搞旅游观光农业、乡村旅游，把城里人都吸引到我们山区来消费，欢迎他们来投资，也许几年后，一个崭新的农村将出现在龙门寨，出现在杉树岭，出现在黔河。”

台下又是一次满含热泪的掌声。

天洪爹说：“看来，在我们闭上眼睛前还能看到一个六畜兴旺、欣欣向荣的龙门寨，这可是大伙的心愿啊！”

长庚爷爷点头：“谁说不是，咱龙门寨老祖宗留下的家业，可不能在我们手里荒废，有天德带领我们共同奔小康，振兴龙门寨，我举双手赞成。”

“龙门寨可是咱们李张陈杨王五个家族20代人的创业，才有了今天的层层梯田、坡地桑林、成片杉树啊，如果在我们手里败落下去，咱对得起列祖列宗吗？”福伯说得泪水长流。

祥伯说：“看看咱们龙门寨，再没有人来撑头带领我们搞，都成啥样了？”

天洪站起来，说：“天德哥，你的话说到我们心里了，创办现代农牧业公司是为龙门寨乡亲办好事。今天，我就代表全家把我伤残赔偿剩余的20万元全部投资入股。”

天洪话音刚落，天德和天九站起来鼓掌，长庚爷爷、福伯、祥伯、李大爷、天洪爹、二伯娘这些老人全都起立鼓掌。

祥伯含泪道：“我建议大家都像天洪这样自愿报名入股，办公司我入2万元。”

李大爷举手：“对，自愿报名入股，办公司我入2万元。”两位老人的话，又一次引来会场热烈的掌声。

张天九举手：“祥伯和李大爷的建议好，办公司我入3万元。”

王田生举手：“办公司我入3万元。”

二伯娘举手：“我入2万元。”

长庚爷爷：“我也入2万元。”

赶来开会的人，全都争先恐后举手报了入股现代农牧业公司的份子。正在这时，只见王文轩携张灵秀匆匆赶到会场，还没来得及歇一口气，王文轩举手说：“办现代农牧业公司，我俩入10万元。”

天德紧紧握住王文轩的手：“小姑父，使不得，使不得，这是政府给您老的养老钱，再说，灵秀小姑身体不好需要留点钱备用啊！”

王文轩激动地说：“办现代农牧业公司，在家门口带领乡亲们致富，是龙门寨父老乡亲多年的心愿，有天德你带头，就没有办不成的事，这个股，我们是特意赶来入的，请一定收下我们这份心意。”

张灵秀附和道：“文轩代表了我的话，有天德你带头，咱们龙门寨一定会富起来，我还要等着住咱们龙门寨新村的房子呢。”

天九大声道：“小姑说得对，龙门寨一定会富起来，只要我们大伙齐心努力。”

一句话，说得大伙心潮澎湃、热血沸腾，欢乐的锣鼓又响了起来。

咚咚咚锵！咚咚咚锵！咚咚锵咚锵锵锵！

咚咚咚锵！咚咚咚锵！咚咚锵咚锵锵锵！

云影无语，层峦叠嶂；流水有声，花开山野。武陵山，这片神秘的土地，你记下了龙门寨的春天，也必定会记下收获的秋天。

第四十二章　共同奔小康

龙门坝动员大会的第二天一大早，天德就指挥建筑公司的人，在打扫建好后一直未住人的三层小楼房。

天洪爹路过，问："天德，打扫新房，要搬回来住呀？"

天德笑了："是打扫出来给农牧业公司当办公楼。"

天洪爹："当公司的办公楼？这么好一栋新楼房，你就无偿地拿出来，自己一家还住原来的老屋。"

天德笑道："四爹，咱们新创办公司，就要有全新的气象。寨子里多数乡亲不都还是住在原来的老屋吗？"

天洪爹点头认可，天德说："咱们成立新公司还得有新气象。"

天洪爹伸出大拇指："新公司，新气象，说得好！"

天德说："咱们要走共同富裕的道路，不能只是我一家富了，乡亲们还过着穷日子。"

天洪爹点头："你说得对，咱们走共同富裕奔小康的路。"

祥伯笑问："天德，咱们农牧业公司啥时正式挂牌呀？咱们可都盼着呢。"

天德笑答："祥伯，你老人家看，我们这不正在安排公司的办公楼吗？"

祥伯疑惑："这么好的一栋楼，你自家不住，拿来给公司做办公楼？"

天德笑了："咱们公司今后对外有许多业务，没有一个好的办公楼哪成？总不能在破破烂烂的老房子里办公接待外面来客，让现成的楼房空着。"

祥伯点头："老话说'人靠衣衫马靠鞍'，新公司确实得有个形象才行。"祥伯竖起了大拇指。

天洪爹："天德不愧是见过大世面的人，知道这些规矩。"

现代农牧业公司召开了选举会，凡是在家的人都作为代表参加选举会议，许多外出打工未回龙门寨的人家，都委托了亲友代表自己投票。

会议在公司办公楼会议室（一楼客厅）召开。

村长张天九宣布："代表们都到齐了，今天的第一个议程，是选举公司董事会、监事会成员，今后根据公司的发展情况，还将进行增补，现在发选票给大家，请大家填写选票。”

张天洪说：“今天的监票我们请李振山、张成祥两位老人担任。”到会的人鼓掌赞成。

天九和天洪将选票发到参加会议的代表手中。拿到选票后，乡亲们在认真地看填写选票。二伯娘眼睛不太好，灵芝在旁边小声给娘读着选票上的人名。

长庚爷爷拿着选票叫重孙子：“小豆子，你来帮太爷爷画圈。”

10 岁的小豆子坐在太爷爷身边轻声念道：“董事会候选人有：张天德、张天九、张天洪、王文轩、李昆山……”

长庚爷爷点头：“行，董事会这几个人，我同意，你都给我画圈。”

小豆子继续轻声念道：“监事会成员名单有：王田生、李振山、张成祥。”

长庚爷爷点头：“行，监事会这几个人，我同意，你都给我画圈。”

负责监票的张成祥和李振山，在把代表们填写好的选票收集起来，王田生在清点选票，张素秀和小豆子拿着选票在计数，张成祥和李振山旁边监票。

张素秀和小豆子将选票的计数结果报告给张天九。

张天九拿着选举结果：我现在宣布龙门寨现代农牧业公司董事会和监事会选举结果：

董事会成员：张天德、张天九、张天洪、王文轩、李昆山得票数均超过法定人数，当选为董事会成员；王田生、李振山、张成祥得票数均超过法定人数，当选为监事会成员。

与会代表全部起立，热烈鼓掌。

会后，董事会和监事会在一起联席召开了第一次会议，会上，推举张天德为董事长，张天九为副董事长；张天洪为总经理；推举王田生为监事长。

一个月后，是龙门寨现代农牧业公司正式挂牌成立的大好日子，龙门坝上张灯结彩，在家的男女老少都来了，不少在外打工的人也特地请假回乡来了。

龙门坝上喜气洋洋，乡亲们满怀喜悦，孩子们拿着风筝气球在坝子上嬉戏奔跑，坝子四周摆满了鲜花，氢气球升起来了，气球下挂着大幅标语：

沿着党的十八大指引的方向奋勇前进！

热烈祝贺龙门寨农牧业公司挂牌成立！

共同奔小康，建设新农村！

齐心建设富强美丽的新农村！

杉树岭乡党委陈书记和李乡长带着杉树岭乡各村社的干部，上龙门坝参加“龙门寨现代农牧业公司”挂牌仪式来了。

张天德迎上前去，紧紧握住陈书记的手：“欢迎老战友带队前来助战，这一仗，我们一定要争取胜利。”

陈书记：“今天，我们大家是向龙门寨学习来了，也是给你们助阵来了。”

张天九迎上前，紧紧握住李乡长的手：“欢迎乡领导光临龙门寨指导。”

李乡长：“看，我身后的各村干部，都是来给你们道喜，向你们学习来了。”

张天洪上前，握住前来与会的各村干部的手：“欢迎大家来龙门寨传经送宝。”

大山村村长王山林握住天洪的手：“共同奔小康、建设新农村，龙门寨走在了全乡的前面，我们向你们学习来了。”

张天德向前来参加大会的来宾拱手致谢：“欢迎大家参加龙门寨现代农牧业公司成立和挂牌仪式。”

见参加会议的客人，主人均已到齐。村长张天九上台：“现在我宣布，龙门寨现代农牧业公司挂牌仪式现在开始。首先，请公司董事长张天德讲话。”

张天德微笑着走向主席台，向大家鞠躬，朗声道：

尊敬的陈书记、李乡长及各位来宾，尊敬的父老乡亲：

你们好！

龙门寨现代农牧业公司经过一个月的筹备、申请，已经获得区工商、税务批准，终于万事齐备，于今天正式成立了，这里，我代表筹备组的全体同事，感谢乡亲们的支持，感谢区乡领导的支持，正是有了你们的支持，龙门寨现代农牧业公司才得以顺利挂牌成立。谢谢大家。

与会的乡亲和来宾热烈鼓掌，锣鼓敲起来：

咚咚咚锵！咚咚咚锵！咚咚锵咚锵锵锵！

咚咚咚锵！咚咚咚锵！咚咚锵咚锵锵锵！

龙门坝周围，孩子们点燃鞭炮，欢呼跳跃，坝子上一派热闹喜庆的场面。

张天九宣布：“现在，我们请乡党委陈书记和乡政府李乡长为我们挂牌。”

张天洪和张天德共同抬出披挂红绸的“龙门寨现代农牧业公司”木牌。

陈书记和李乡长共同接过木牌，挂在公司办公楼的大门框上。

乡亲和来宾热烈鼓掌欢呼：“现代农牧业公司挂牌成立啰！”

群山回响着：“现代农牧业公司挂牌成立啰！”

天洪爹招呼：“老伙计们，咱们把喜庆的锣鼓敲起来。”

祥伯附和：“敲起来，敲起来。”

几位八旬老人又把喜庆的锣鼓敲起来了：

咚咚咚锵！咚咚咚锵！咚咚锵咚锵锵锵！

咚咚咚锵！咚咚咚锵！咚咚锵咚锵锵锵！

祥伯招呼道："细娃们，点燃鞭炮，响起来。"

霎时，鞭炮齐鸣，细娃们唱起来、跳起来，大人们也跟着唱起来，跳起来。

稍息，张天九宣布："现在，我们请乡党委陈书记讲话。"众人鼓掌。

陈书记向大家鞠躬，朗声道："龙门寨的父老乡亲、各位来宾，今天是'龙门寨现代农牧业公司'挂牌成立的大喜日子，我谨代表中共杉树岭乡党委致以热烈的祝贺。共同奔小康，建设新农村，龙门寨走在了全乡的前列，为全乡实现党的十八大发出的建设新农村的号召带头做了表率，我们向龙门寨村的乡亲们表示最衷心的感谢。咱们全乡都要向龙门寨学习！"乡亲们和来宾报以热烈的掌声！

张天九宣布："现在，我们请杉树岭乡的李乡长讲话。"众人鼓掌。

李乡长向大家鞠躬，朗声道："龙门寨的父老乡亲们，值此'龙门寨现代农牧业公司'挂牌成立的大喜日子了，我谨代表杉树岭乡政府向龙门寨的乡亲致以热烈的祝贺。共同致富奔小康，建设新农村，你们带了好头，我代表全乡人民感谢你们！向你们学习。"乡亲们和来宾报以热烈的掌声！

张天九宣布："现在，我们请天宝寨的李宝林村长讲话。"

李宝林抱拳道："今天，我和杉树岭乡各村的支书、村长是来龙门寨学习的，你们抱团共同奔小康的行动，值得我们学习。回去后，我们也要像你们一样创业，带领乡亲们共同致富奔小康，建设好我们的家乡。"

张天九宣布："现在，我们请天生寨的支书邓长和讲话。"

邓长和抱拳道："我同张天德是一同参军一同复员的老兵，今天，我是来向老战友学习的，向龙门寨的乡亲们学习的。天生寨的乡亲们都说，要学习龙门寨抱团致富奔小康，建设新天生寨。"乡亲们和来宾报以热烈的掌声。

几个八十多岁的老人，拿起拴着红绸的鼓槌，又敲起喜庆的锣鼓：

咚咚咚锵！咚咚咚锵！咚咚锵咚锵锵锵！

咚咚咚锵！咚咚咚锵！咚咚锵咚锵锵锵！

孩子们拿着风筝气球在坝子上嬉戏奔跑；来宾和主人在热烈谈论着共同致富、团结起来奔小康的话题。

公司的办公室楼顶插着彩旗。楼顶闪烁着用霓虹灯管做的"团结、创新、奋斗"几个大字。

"振兴龙门寨，共同奔小康"的大红横幅悬挂在龙门坝上。

龙门寨现代农牧业公司成立后，天德把城里建筑公司的工作完全交给了兄弟天义打理，自己只挂个不管具体事务的董事长。天德全部身心地投入到农牧业公司的创办中。

天德主持公司办公会议，天洪将农牧业公司成立各个专业队的情况做了说明。各专业队长都根据现有情况和发展方向进行了汇报。

天洪说："根据大家汇报的情况，公司将制定出短期和中长期发展规划。"

天洪的师父跟随三姐又来道龙门坝，来到农牧业公司办公室，天洪和天德迎出门来，天洪握着师父的手："师父，你看，我能走向田野了。"

看到朝气勃勃的徒弟，师父笑了："洪儿，还是你有恒心、有毅力，不然哪里能这么快就康复好了。"

天德握住师父的手："我代表龙门寨的乡亲感谢师父，感谢您的神手妙医治疗好了天洪兄弟，让他能重新站立起来带领乡亲们共同奔小康！"

师父朗声道："知道你们兄弟干的都是大事，是造福子孙后代的好事。"

天德抱拳谢道："师父高寿是我辈的福气，九十高龄还在造福乡亲，造福子孙，值得我等后辈景仰！"

师父笑道："你们兄弟的事业才是造福乡亲的伟业。"

天德谦虚道："承蒙师父夸奖，我们一定尽力而为，振兴新农村。"

白天，天德和天洪深入到农业队、畜牧业队、桑蚕队了解情况，发现问题梳理出来。晚上，董事会成员还在一起研究解决问题的办法。

夜深了，天德和天洪还在各自的办公室里挑灯夜战看书学习，桌上摆着党的十八大报告和中央有关农村政策的小册子、农业技术书籍、畜牧业技术书籍。

三月上旬，龙门寨村里党支部进行改选。许多在外打工的党员专程从打工地赶回来参加选举大会。

支部大会的会场上悬挂着"中国共产党龙门寨支部委员会选举大会"。

支部书记张天九组织党员们学习党的十八大文件及有关农村政策的文件后，党员们进行了新一届党支部成员的选举，张天德当选为龙门寨村党支部书记；张天洪当选为党支部副书记，张天九为支部组织委员，报上级党委审批。

参加会议的全体党员热烈鼓掌，张天德站起来，向大家鞠躬道："感谢龙门寨的党员同志们给了我这个机会，我一定不辜负大家的期望，带领龙门寨的乡亲们共同致富奔小康，建设新农村。”

张天洪发言：“咱们龙门寨，有老支书张天德同志带头，我作为他的副手，一定不辱使命，协助天德书记搞好工作。”

几天后，乡党委陈书记和李乡长参加了龙门寨村的党员大会，宣布了乡党委对龙门寨村党支部改选的批文。

三月中旬，龙门寨村委会改选，张天九又全票当选连任龙门寨村村长。

张天九发言：“感谢乡政府的支持，感谢龙门寨乡亲们的信任和鼓励，我一定同乡亲们一道，建设好咱们的新龙门寨村。”

听说张天德又当选为龙门寨的党支部书记，王运生回来了。他来到公司办公楼找到天德：“天德哥，听说你又当选为龙门寨村支书，我想回来加入农牧业公司共同创业，行吗？”

天德一愣，看着运生，随即伸出双手，紧紧地握住运生，天德问：“兄弟，你在外面干得好好的，有自己的建筑队，每年承包几千万元的工程，怎么也想起回乡加入农牧业公司来了？”

运生答：“自从全国大小城市房屋限购，房地产开发缩减规模后，外面的工程越来越难接了。再说，在外面做得再好，那也是在给别人盖新房，所以我想，不如回来帮乡亲们规划建设农民新村，建设咱们的新龙门寨。”

天德高兴道：“好啊！运生兄弟你这个想法太好啦！天洪也常同我谈起过规划建设新龙门寨，可就是苦于没有这方面的专业人才来运筹规划组织实施。”

王运生说：“我可没有哥说的能力，我只不过是在外面打拼十多年，见识学习了不少新东西。”

天德笑道：“谁说咱运生兄弟没有能力，你凭着自己的努力自考了大学文凭，算得上是我们寨子里的秀才，咱们建设新龙门寨，缺少的就是你这样有文化、有见识，又有实干精神的人才。”

王运生从西装口袋里拿出支票递到天德手里：“天德哥，这是我带回来的20万元，作为我的入股。”

天德感激道：“兄弟，你这真是雪中送炭，替我们解决了大问题，目前，公司各项工作都在开展，缺少的就是运作资金。”兄弟俩的双手又紧紧地握在一起。

渝湘高速公路全线通车了，桥隧公司项目部要转战新的项目离开黔河，张天福也辞职回来了。

天福来到农牧业公司办公室：“天德哥，我回来加入农牧业公司创业来了。”

天德笑问：“兄弟，听说天洪受伤后，你当了工程队长，在桥隧公司干得好好的，怎么也想到回来了？”

天福回答：“天德哥，干得再好那也是替别人打工。还远离妻儿，如果能在家门口致富，我去那么远干啥。听说农牧业公司正在创业发展，我就辞职回来了。”

天德紧紧握住天福的手:“天福兄弟，欢迎你回来加入农牧业公司创业队伍里来。”

天福从挎包里掏出信封说：“天德哥，这是我在外面打工的攒下的5万元，算着入股咱们农牧业公司吧。”

天德说：“谢谢，谢谢天福兄弟。你回来，咱们公司又多了一位能干的将才。”

许多在外打工的人听说王运生、张天福两位成功人士都回乡创业，加入现代农牧业公司，陆陆续续又有人回来了。

龙门坝坎下李振山大爷的大儿子李秋生回来了，来办公室找到天德：“天德哥，我也回来参加咱们农牧业公司创业。”

天德紧紧握住李秋生的手：“欢迎秋生兄弟，咱们农牧业公司就是缺你这种当过兵、见过世面、有雄心壮志的青年。”

李秋生说：“天德哥，我在部队上是汽车修理班长，复员后出去打工几年，一直在公司搞机修，当班长。”

天德高兴道:“这太好了，咱们公司搞现代化的农牧业，少不了各类机器保养维修，你回来，正好可以顶起这方面的工作。”

李秋生说:“天德哥，我二弟冬生下个月也要回来，他们那里的安装工程正在扫尾，他说，要走也得把手里的工作做完，有个交代再走。”

天德问：“我记得冬生兄弟复员前是在海军部队服役？”

李秋生答：“是的，他在海军潜艇部队搞电器维修，复员后去了造船厂打工，专搞电气安装。”

天德高兴道:“那太好了，咱们农村最缺的就是机械、电气安装这类技术人才，有你们两员大将，搞现代化咱们就有了保障。”

李秋生掏出一个信封说：“天德哥，这6万元是我两弟兄入股农牧业公司的钱，我爹说，我们家是龙门寨最老的住户，振兴龙门寨是我们义不容辞的责任。”

天德感慨道：“龙门寨能有今天，我们张氏家族能有今天，还得感谢你太祖祖李人田当年的宽厚胸怀和义举，收留我们张家、杨家、陈家、王家、龙门寨才有今天。”

李秋生激动道：“天德哥，让我们一道建设美好的家园，实现在家门口共同致富奔小康的愿望。”

天德道:“对,让我们一道建设美好的家园,实现在家门口共同致富奔小康的愿望。”

西院大伯的大儿子张天文回来了，出去打工前，他是龙门坝生产队的队长，是农业生产的一把好手，出去后一直在铁路建设工地当工程队长。

天文回来，直接去了公司办公室找天德：“天德哥，我辞职回来参加农牧业公司的创业来了。”

天德高兴地握着天文的手：“欢迎兄弟回来加入农牧业公司创业，咱们公司又多了一员猛将。”

天文谦虚道：“满 50 了，猛不起来啰。”

天德笑道：“50 岁的人正当年，回来参加创业的人，中年人占了多数。”

天文道：“在外打工，数中年人最恋家，最思念故乡，对我们来说，打工只是暂时的外出，回来建设好家乡才是心中最想干的事。”

天德说：“谁说不是，就像我，出去二十多年了，心里一直放不下家乡，50 岁了还想回乡创业，同乡亲们一道建设家乡。”

天文从口袋里拿出一个大信封：“天德哥，这是我入股咱们农牧业公司的 3 万元钱。”

天德摆着手说：“兄弟还有两个正在读书的孩子，你得给他们留着。”

天文说：“给他们留了一点，两个娃都支持我将这 3 万元拿来入股支持公司的发展，真妮现在师范大学读书，课余时间兼职在搞家教，说要自己养活自己。”

天德竖起大拇指称赞道：“这妮子真有出息。”

清明节一大早，龙门寨最年长、辈分最高的长庚爷爷，带着龙门寨目前健在李大爷（李氏最年长者）、陈大爷（陈氏最年长者）、杨大爷（杨氏最年长者）、王二爷（王氏最年长者）及福伯、祥伯、天洪爹，来到了龙门坝上的龙门寨宗族祠堂，拜谒龙门寨的先贤祖宗。

几百年来龙门寨的乡亲和睦相处，同甘共苦，使得五个族姓的人互通婚姻，水乳相融，早已难分你我了。

龙门寨祠堂里分别供奉着五个族姓的祖先。现今，龙门寨的宗族祠堂经过修葺，已经焕然一新。祠堂内，五个家族的祖宗牌位在五个区域依次整齐排放着。

长庚爷爷带着寨子里五大家族的众位长辈，给祖宗牌位敬香、跪拜。

长庚爷爷说：“龙门寨的列祖列宗，今天我们来拜祭，就是想告诉你们，咱们龙门寨又要兴旺发达了，山水改造、田地改造要适合现代化生产，其间若有冒犯或不恭之处，还请老祖宗们原谅，请老祖宗们保佑龙门寨顺顺利利、人丁兴旺、事业发达。”

说罢，长庚爷爷虔诚地拜了三拜，众位长辈也跟着拜了三拜。

杉树岭乡各村支书、村长，又聚集在龙门寨现代农牧业公司的会议室里开会，会议由李乡长主持。

李乡长宣布：“今天，大家聚集在龙门寨现代农牧业公司会议室里，畅谈发展农村经济，讨论如何实现共同奔小康这个话题。”

陈书记发言：“党的十八大提出‘壮大集体经济实力，发展多种形式规模经营，构建集约化、专业化、组织化、社会化相结合的新型农业经营体系’是我们的当前工作的指南，大家可以围绕这个话题畅所欲言。”

张天德发言：“我先抛出一个大胆的想法，今后我们全杉树岭乡，在自愿的前提下抱团组成一个联营公司，共同打‘杉树岭’品牌，执行同一个标准，统一销售，根据各自的自然条件优势发展生产，壮大集体经济实力。”

青山寨支书林青山发言：“天德兄的建议好！我正想提出这个建议，还怕你们走在前面的老大哥不接纳我们。品牌效应好，产品畅销、有市场、有效益、还省人省事，搞联营公司我们青山寨算一个。”

张天洪发言：“龙门寨办农牧业公司一年多来，我们的体会是：小农经济单枪匹马成不了大事。一个村的生产体量太小，难以树起品牌，甚至一个乡都难以树起品牌，要一个地区才行。”

天生寨支书邓长和发言：“我赞成抱团搞现代化、集约化、树大品牌，生产城里人喜欢的绿色无公害的食品，让城里人吃得放心，我们卖得省心、舒心。”

大山村村长王山林发言：“龙门寨走在了我们前面，树立了榜样，联合起来创业，联合起来奔小康这个主意好。”

天洪发言：“现在的有毒有害的农产品就是不遵守行业规范，自毁名声、自毁出路，我们搞统一标准品牌后，农副产品定会卖得出、卖得好、有效益。”

天宝寨村长李宝林发言：“咱们山区不是一马平川的平原，不能再像以前那样死守着农业，死守着粮食生产，要像天德说的，搞农林牧副渔全面发展，各个村寨根据自身地理优势侧重发展。”

邓长和发言：“改革开放三十多年了，农村的现实让我们认识到一家一户的小农经济，抵抗不了天灾，也难以致富，顶多就是混个温饱。我们要像党的十八大提出的搞规模化、现代化、集约化的农牧业，提高生产力，才能共同奔小康。”

天德发言："抱团创业，我们龙门寨仅仅是开了个头，闭门造车搞不成现代化，各村寨可以根据自身情况，发挥各自优势，今后要咱们要多碰头探讨，互相学习，取长补短。"

陈书记总结:"今天我们开了一个很好的研讨会,天德说得对,互相学习,取长补短。全乡都要发展起来，抱团致富奔小康，建设新农村。"

第四十三章　希望的田野

五一节，龙门寨现代农牧业公司在龙门坝召开了全体员工大会，听说在天德和天洪领导下在家门口创业，许多在外地打工的人纷纷请假回来一探究竟。

龙门坝上挂着横幅“庆祝五一国际劳动节”“共同奔小康，建设新农村”。

广播里，播送着彭丽媛演唱的歌曲《在希望的田野上》：

我们的家乡，在希望的田野上，

炊烟在新建的住房上飘荡，
小河在美丽的村庄旁流淌，
一片冬麦那个一片高粱，
十里哟荷塘十里果香，
哎嘿哟嗬呀儿伊儿哟，
嘿，我们世世代代在这田野上生活，
为她富裕，为她兴旺。
……
嘿，我们世世代代在这田野上奋斗
为她幸福，为她增光。

龙门坝上张灯结彩、彩旗飘扬，留守在家的老人、妇女、儿童和特地赶回来参加大会的打工人都来到坝上。龙门坝上人头攒动，熙熙攘攘，乡亲们兴高采烈地谈论着共同奔小康、建设新农村的话题。

见参加公司会议的员工都已聚集在龙门坝上，主持会议的公司副董事长张天九宣布：“为了更好地开展工作，根据龙门寨现代农牧业公司董事会和监事会的提议增选王运生、张天福、李秋生为董事会成员。今天来的人多，我们就简化程序，采取举手表决的方式，大家有意见没有？”

众人回答：“没有意见。”

天九道：“好，现在进行举手表决，同意王运生为董事会成员的请举手。”参加会议的人齐刷刷地全都举起了手。

天九问：“不同意王运生为董事会成员的请举手。”台下无人举手。

天九宣布：“好，王运生获全票通过。”

天九问："同意张天福为董事会成员的请举手。"众人举手。

天九又问："不同意张天福为董事会成员的请举手。"台下无人举手。

天九宣布："好，张天福也获全票通过。"

天九问："同意李秋生为董事会成员的请举手。"众人举手。

天九又问："不同意李秋生为董事会成员的请举手。"台下无人举手。

天九宣布："好，李秋生也获全票通过。"

天九宣布："下面，我们请董事长张天德讲话。"

天德健步走上台，向大家鞠躬，说："今天又新增加了三名董事会成员，让我们向他们表示热烈的祝贺（众人鼓掌）。建设新农村，对我们来说，是新课题、新事物，在家里闭门造车是造不出来的，我们必须'走出去，请进来'两条腿并举。走出去，就是走出去考察学习；请进来，就是请专家能人来帮助我们振兴新农村。"

祥伯说："天德这个建议好！"

二伯娘说："我赞成！"

李大爷说："我老头举双手赞成。"会场上响起热烈的掌声！

龙门坝上摆放了几张桌子，旁边立着一块投影幕布。

张天九宣布："下面，我们请总经理张天洪做关于《振兴龙门寨，建设新农村的规划》的汇报。"

天洪微笑着走上台，向大家鞠躬，然后朗声说道：

今天，我要向大家汇报的题目是《振兴龙门寨，建设新农村的规划》：

这个规划，是我们请市规划设计院的工程师，在充分调查了龙门寨的地形地貌的基础上做的，规划建议我们村在有条件的时候，将以龙门坝为中心，建立相对集中的居民点，逐步、分期建设龙门寨新村。

市设计院还根据龙门坝的地形，给出了新村的几种设计方案。下面我们请王运生上台来协助我将设计方案展示给大家。

王运生上台协助天洪展示龙门寨新村第一套设计方案：（投影显示总体布局平面图和透视图）；

王运生协助天洪展示龙门寨新村第二套设计方案：（投影显示总体布局平面图和透视图）；

王运生协助天洪展示龙门寨新村第三套设计方案：（投影显示总体布局平面图和透视图）；

王运生协助天洪展示龙门寨新村的四种大小不一的单栋楼房设计方案：（投影上显示四种不同的单体楼房的总体布局图和透视图）。

张天九宣布："下面，我们请龙门寨党支部书记，农牧业公司董事长张天德对规划做具体解释。"

张天德解释："咱们今后建设的龙门寨新村，水电气将实行统一建设，统一管理；新村形成后，将根据市、区的部署安排，配套医疗、学校（不止限于儿童教育，也包括成人教育）、商店、水厂、电站、养老院、球场。逐步将目前分散在六沟八坡一坝的老房，按照市设计院的方案，分期建设、搬迁到龙门坝周围，建设龙门寨新村。今后，凡是想盖新楼房的人家，可以根据自家的经济能力，人口数量，在规划的楼房样式中选取，采取自筹70%资金，村里资助30%建设经费的方法，由村里安排建筑队统一施工，以保证房屋质量……"

天德的话还没有讲完，台下乡亲们报以热烈的掌声。

长庚爷爷张着缺牙的嘴："这才叫新农村嘛！"

祥伯称赞道："天洪的规划好，天德提出的建设管理意见，我举双手赞成，看来，在我们闭上眼睛之前，还能看到一个六畜兴旺、欣欣向荣的龙门寨！"

天德笑道："有父老乡亲们的支持，我们共同努力，我想时间不会太久……"

天德的话还没有讲完，乡亲们又报以经久不息的掌声。

晚上，在公司三楼小会议室里，公司董事会和监事会的人在开会研究。

张天德看了一眼到会的人，说："今天我们董事会、监事会的人开一个会，讨论这次外出考察的人员的组成、考察线路及考察时间。"

张天洪发言："我建议，这次外出考察，董事会的人员全部参加，我和监事会的人员留在家里安排日常事务。"

张天九发言："我赞成天洪的建议。家里也得留人。"

张天德发言："这次考察重点是畜牧业、渔业和蔬菜，除了董事会的人，建议阿香和灵芝作为专业队长也参加考察，咱们路线就从邻近的贵州开始，再去陕西、江苏、回到重庆荣昌和长青湖。"

张天九发言："咱们出去的一行人还是来个分工，领队天德，副领队是我，运生负责录像和拍照、天福负责食宿安排、文轩小姑父负责资料收集和文字记录、秋生负责机电部分的学习和资料整理、阿香和灵芝侧重收集畜牧和蔬菜的资料。"

第二天，天德带着公司考察组的人出发赴外地考察学习去了。

在贵州，看到当地高大、健壮的黑山羊、黄山羊在山坡上悠闲地溜达吃草，几位前来考察的人感到惊诧。天九指着面前高大健壮的黑山羊说："个头这么大，只是不知这羊的肉好不好吃，如果像水牛肉，就缺少市场。”

牧场主人笑道：“欢迎你们来考察参观牧场，中午，请你们吃一顿羊肉大餐，你们自己评价羊肉品质，如何？”

天德笑道：“谢谢，谢谢主人家的热情接待，午餐就按照你的安排。”

中午，饲养场的主人特地请考察组的人吃了一顿羊肉大餐。

阿香指着桌上：“粉蒸羊肉，烤羊排、红烧羊肉、羊骨萝卜汤。”

天德夹起一块红烧羊肉放进嘴里：“嗯，这羊肉吃着口感好，肉质细嫩。”

天九吃了一块粉蒸羊肉：“同龙门寨的山羊肉吃着差不多。”

天德说：“这一只黑山羊的出肉率，足足相当于我们本地山羊两只的出肉率。”

天福点头道：“在山西挖煤时，就听贵州出来的人说，贵州的黑山羊个头特别大，而且肉质好，我还不相信，说他吹牛，今天总算眼见为实。”

王文轩点头道：“这里的黄山羊和黑山羊适合我们山区放养。咱们就多引进几头种养回去繁殖发展。”

天德点头：“小姑父说得对，今天咱们就黑山羊、黑山羊各引进 10 只母种羊，各 5 只公种羊。”

李秋生说：“还是咱们董事长大手笔。”

牧场主人笑道：“经常有人来买种羊，但你们算是大手笔，我就在上个月卖种羊的基础上给你们打个 9 折价如何？”

天德握住牧场主人的手：“谢谢老哥，下午我们就把种羊选了运回去如何？”

牧场主人点头：“我叫他们把羊赶回来，吃了饭我们就去羊圈挑选种羊，我们用专车运送。”

一行人来到秦岭山区，看到个头雄壮、耐力好、性格温顺、饲养容易的秦川大黄牛在坡上耕地，一片片黝黑的泥土翻下，大黄牛悠闲地迈着步子。

张天福啧啧称赞：“看这翻下的泥坯，秦川黄牛的力量不亚于黔河的水牛。”

天九说：“相比之下，秦川大黄牛更适合咱们山区，它灵活，饲养起来也比咱们的水牛容易。”

种牛场长笑道：“秦川大黄牛，名列中国优良黄牛品种之首，在咱们陕西农村，特别是秦岭山区，几乎家家户户都饲养黄牛，牛既可以用来耕田犁地，肉吃起来也非常鲜嫩。”

天德问：“这秦川大黄牛耕田犁地怎么样？”

种牛场场长笑了：“这位大哥问得好，秦川黄牛可是国内最有名的良种使役牛。

比水牛易饲养，耐粗饲料，适合山地放牧饲养，耕田犁地都行。”

王文轩说：“咱们的中学教科书上都有秦川黄牛的一席之地，介绍它是国内的良种耕牛，比我们那里的黄牛体形大，力量大。”

天德笑了：“好，咱们今天就先引进5头种公牛，10头种母牛。”

种牛场场长：“你们算是大买主，价格就按照前几天卖牛的价格打个九五折，怎么样？”

天德握着种牛场长的手说：“感谢你们培育了这么好的种牛。”

种牛场场长：“我们是国家定点的种牛基地，培育优良品种，是我们的职责。”

在江苏农村，一行人来到专供城市鲜奶的养牛场参观，立刻被奶牛场宽敞、明亮、整洁的环境所震惊。只见奶牛场为奶牛设计的是自由卧栏，卧栏内铺设干草垫料。

阿香惊奇地说：“这牛住的比人住的还要整洁干净。”

奶牛场场长说：“为奶牛提供舒适清洁的环境，能减少奶牛生病、提高免疫能力，还能提高产奶量。”

奶牛场技术员笑了：“人畜同理，牛是有灵性的动物，在舒适的环境下，牛的心情好、采食好，产奶才多。”

奶牛场工人在牛栏吊着的记录表上记录，场长解释道：“这是关注和记录奶牛的采食状况、休息状况和泌乳情况。”

奶场的工人们正在挤奶，墙上喇叭里播放着山野的轻妙音乐。

正在仔细观察的阿香感到奇怪：“这牛也懂音乐呀？”

挤奶工人笑了：“它们能听懂，挤牛奶的时候给奶牛放音乐，可以多产奶。”

阿香点头：“这可是我们以前想都不敢想的事情。”

“人畜同理，宽松愉快的环境，自由自在地生长。”天九感叹。

天德：“这次来想多引进几头良种奶牛，等会儿与他们场长谈。”

李秋生在旁边仔细观看奶牛场的供水、自动配料、自动清扫、监控等设备，并用相机记录下来。

一行人来到苏州郊区大棚蔬菜基地，场长介绍：“我们大棚蔬菜基地，主要是供应城市畅销的精品、反季节蔬菜和比应季略早上市的蔬菜。非常受城里人的欢迎，除国内优良蔬菜品种外，我们还引进了国外的品种。”

技术员介绍：“我们大棚基地分成几个区域，一区是菌类，二区是反季节蔬菜，三区是早上市蔬菜，四区是精品蔬菜。”

灵芝感慨："看了这些大棚蔬菜，真受启发，我们回去，也可以在龙门坝附近发展大棚蔬菜。"

天德说："今天来就是学习大棚蔬菜的栽培方法，自古以来，祖先留下的都是按季节种植和收获，还要采购一些优良的蔬菜品种回去发展。"

阿香在仔细向大棚管理的员工和技术员了解管理大棚蔬菜的技术和经验。

王文轩在一旁，用手里的单反相机拍摄大棚蔬菜的管理规程、育种技术。

王运生在拍摄大棚结构、大棚建筑的各个细节部位。

李秋生则在仔细观看喷灌、温控、监控设备，仔细地做笔记、录像和拍照。

天德和天九则在同场长进行大棚蔬菜种植管理和市场调查、产品生产安排、运输、销售方面的问题。

选用优良品种是一种省钱、省事、高起点发展畜牧业的捷径，从江苏回到重庆，考察组来到荣昌中国重庆畜牧科技城。

天德指着科技城里琳琅满目的广告照片："早就听说重庆的荣昌猪有名，今天得见，果然名不虚传。"

王文轩点头道："中学的教材中就专门介绍了荣昌猪，说它是全国的三大保留优良品种，猪的个头中等，生长快，皮薄肉嫩、口感好。"

来到种猪场，场长带着考察组边走边谈，从猪的选种、育种、杂交、品种优化等方面细细道来，李秋生在用录音机录音。

天九说："我们来是想购买你们的优良母猪与种公猪，想请场长先将种猪场做个简单介绍。"

场长笑了："你们来这么大一帮子人，我就猜出你们来的用意。我们这是国家种猪培育基地。荣昌猪对环境的适应力强，耐粗饲，性情温顺，易于调教，公猪采精容易，母猪泌乳性能好，护仔能力强。"

天九说："买你们的良种猪，就是想回去与咱们武陵山本地的优良黑山猪杂交，来个借种优化，培育出适应武陵山的气候特点的优良品种。"

场长笑了："借种优化，说得好。种猪场培养种猪供应市场，就是这个目的。"

天德面向同行的人说："荣昌离我们近，咱们还是来个大手笔，不妨多引进几头种猪。"

天九建议："我看成年种母猪引进 10 头、种公猪引进 5 头；再引进仔母猪 10 头、仔公猪 5 头。"

天德点头道："天九的主意好，我赞成，仔猪花钱少，有后劲，几个月后就可以长成熟配种了。”

场长介绍道：“在我们荣昌，每年出售仔猪超过 100 万头，你们购买的种猪，我们有专门的运猪车给你们送去。”

天德握着场长的手：“感谢你们想得如此周到！”

从荣昌乘车向东，考察组来到长青湖渔场水产研究所。

所长接待了考察组一行，天德握住王所长的手说：“我们是来了解山区的水库和稻田适合养殖什么鱼，讨教一些养鱼技术。”

王所长说：“稻田养鱼不算是什么新技术，在江南鱼米之乡，稻田养鱼很普遍，山区确实少有稻田养鱼。稻田养鱼品种很多，鲫鱼、鲤鱼、草鱼、鲢鱼都可以在稻田喂养。水源充足情况下，一亩稻田可养殖 600—1000 尾鱼。利用鱼吃掉稻田里面的害虫和杂草，鱼儿的粪便给水稻自然均匀地施肥，养了鱼的稻田，可以不施肥、不喷农药、不用除草，省时省力。一亩稻田产 300—500 百斤鱼、千斤粮是可能的。”

陈技师介绍：“山区养鱼，还有一项技术，就是夜里在每块稻田中安装几盏灯吸引害虫，山区的虫多，看到有灯光的地方就会聚集在一起，掉进水中的虫子，就成了鱼儿们的美食，除虫养鱼一箭双雕。”

天福赞赏道：“这的确是省时省力省钱的好事。”

天德扳着指头计算：“咱龙门寨有 550 亩稻田，每条鱼平均半斤，1 亩稻田就按 800 尾鱼计算，就是 400 斤鱼，550 亩就能产 22 万斤鱼，每年就有 200 万元的收入。”

王文轩点头：“天德这笔账算得对，推广稻田养鱼技术是一箭双雕的事，国外把这叫立体农业，值得在咱们山区推广。”

一行人在王所长的带领下，又实地参观了水库养鱼和鱼苗繁殖基地。

天德紧紧握住王所长的手：“谢谢你给我们上了一堂生动的科学普及课。”

天九握住陈技师的手：“谢谢，谢谢你们的宝贵经验。”

天德说：“我们今天就在你们所定购一些鱼苗，先在水库和部分冬水田试养，总结经验，再大面积推广。”

王所长点头：“行，等会儿去办公室具体商谈，我们有运送鱼苗的专车。”

天德握着王所长的手：“太好啦！那就拜托你们啦。”

考察回来的当天晚上，董事会和监事会的成员以及各专业队的队长在公司会议室里开会。

张天德主持会议：“今天我们开个董事会、监事会及各专业队长联席会议。主要是汇报这次几个省市考察采购情况，研究下一步的工作如何开展。”

天九发言：“我们这次外出考察采购的重点，是充分发挥我们山区的优势，发展现代畜牧业、渔业和大棚蔬菜。我们采购的黑山羊、黄山羊、秦川大黄牛和蔬菜种子已经到了，采购的奶牛和种猪这几天也将陆续运到，第一批鱼苗明天就到。会后，我们立即分别深入各个专业队去布置和落实。”

天德说：“公司农牧渔业并举，农业是我们的传统行业，而现代畜牧业对我们来说，就是一项新的东西，怎么发展现代畜牧业？以前我们养的牛羊是老品种粗放型散养，收益低；现在我们引进了优良品种与本地的优选品种进行杂交，目的就是逐步培养独具特色的新品种。下面，请天洪分别从几个方面进行说明。”

天洪说：“发展畜牧业，公司将立即组建几个专业队，拟从以下几个方面开展工作：

1. 培育“武陵山溜达土鸡”品牌，选育本地优良的品种鸡如红凤凰、黑头、丹顶，在山上大面积围网饲养本地良种散养鸡。

2. 培育“武陵山散养黑猪”品牌，将引进的“荣昌猪”与本地优选的清溪黑猪进行杂交，逐渐培养出适应武陵山的品种，在东坡上大面积围网散养。

3. 发展秦川大黄牛、黑山羊、黄山羊，在西坡、北坡开辟牧场，另外，我们的稻草、苞谷和高粱的秸秆，甚至麦秸秆进行发酵后都是喂牛羊的好饲料。

4. 发展奶牛，逐渐发展鲜奶的深加工，直接供应城市的大超市，杉树岭的村干部上次来开会，提出了全乡联合起来，搞农牧业产品的深加工，鲜奶深加工就是其中的一项。

5. 发展规模化养蚕，逐渐将全村的桑树移植到南坡，并培育新的桑树苗200亩，将南坡发展成桑蚕基地，在南坡平缓地方建立大型的新式蚕房。

6. 先在龙潭水库和部分冬水田推广养鱼，逐步推广稻田养鱼，增加收入。”

天福发言：“天洪提出的方案好，我在浙江打工时见过用尼龙网把山林四周围起来，就是一个天然的大型散养鸡场。”

阿香发言：“国家奖励养蚕，蚕茧的收购价格比原来提高了许多。龙门寨坡上到处都是桑树，只是一家一户栽种比较分散，要背着个大花篮满山遍野采摘桑叶，可以将小块的水田和石头多不宜种庄稼的旱地用来栽植桑树发展养蚕。”

天德点头：“阿香这个建议好，我们要大力发展栽桑养蚕，不能再像以前那样背着背篼满山跑着采摘桑叶，只有形成规模才有生产效益。另外，咱们在桑树下养鸡，形成立体农牧业。”

阿香发言：“我听说，桑树林子里养了鸡，减少了病虫害，因为虫子和它们的幼虫都被鸡吃了，这种鸡蛋营养价值高，特别好卖。”

天德说：“阿香妹子，你是养蚕高手，以后桑蚕队就由你来负责，这可是我们公司最稳定的副业收入，一定要发展壮大才行。”

阿香点头：“好，我就来领这个头。”

灵芝发言：“这次外出考察，看了郊区的大棚蔬菜，很受启发，龙门坝就适合建立大棚来发展精品蔬菜。”

天洪说：“灵芝妹子说得对，公司目前正在准备大力发展蔬菜种植，特别是发展大棚蔬菜，种植适销对路的反季节蔬菜和菌类产品。你们蔬菜队可以先提出具体发展计划。”

天德说：“以前我们山区除了种粮食，就是养猪喂牛，现在交通方便了，我们要大力发展蔬菜种植，这是收益高、见效快的产业。”

天洪说：“国家对鲜活农产品公路运输有特别的优惠，整车运输在收费公路一律实行免费的绿色通道政策。”

灵芝说：“天洪哥，真有这个政策？”

“这是国家支持农业发展特别制定的一项政策，我也是通过学习党的‘三农’政策知道的。”天洪笑道。

天德竖起大拇指称赞：“这就是学习实实在在带来的好处。”

第四十四章　全面建小康

考察回来后，龙门寨现代农牧业公司的各项工作热火朝天地开展起来。

张天全以前是龙门坝生产队的队长，打工回来当了农牧业公司农业队的队长。

一大早，天德来到农业队，见张天文正带领农业队的队员在坡上进行梯田改造，将以前隔成小块，划分到各家各户的水田又打通连成了片，便于牛耕和今后机械耕种。火热的劳动场面，看着令人感动。

天德笑着同大家打招呼："这么早就干开啦！"

张天文笑答："弟兄们都说，共同奔小康，不拿出点劲头来干咋行？"

李二牛说："以前各家各户单干，农牧业公司成立后大家又团结成一家人了。"

"这下子，咱们的梯田又连成片连成块了。"旁边陈林灿指着大田说。

李二牛说："天德哥说得对，团结起来是共同奔小康，建设咱们的家乡，不铆足劲干咋行？"

"龙门寨是咱们李张陈杨王五姓的祖先几百年的努力奋斗才有了今天的层层梯田，桑树杉林，绝不能让它在我们手里荒败了。"杨青田动情道。

天德道："青田说的是，如果都外出打工走光了，土地任其撂荒在那里，对不起给咱们创下家业的祖先啊！"

张天木带领着造林队的人，将分散小块、连牛都走不开去不了的水田和小块边角土地改用来种植果树。天洪来了，见大伙热火朝天地在改田改地植树，高兴地向大家致谢。他拿起锄头同大伙一块边干边谈了起来："辛苦兄弟们了，外出打工这么多年，回来习惯吗？"

"回家老婆孩子热炕头，哪有不习惯的。"陈林山说着哈哈一笑。

张天木说："咱们回来是振兴家乡，累点苦点也值得。"

杨青力说："这几小块水田原来是我家的承包田，牛都打不过转，靠我一锄一锄地挖，几块田加起来才收一挑稻谷。"

天洪道："是啊，传统的小农经济富不起来，咱们走的是专业化、集约化、规模化生产，对以前不适应的小农方式必须进行改造才行。"

张天木点头："哥说得对，咱们不能再走以前的老路，小农经济只能是解决个温饱，难以致富奔小康，就说我，前几年在家务农，拼死拼活地干，也就混了个温饱。”

杨青力说：“就像我以前在这田里，一锄一锄地挖，哪能挖出小康来？”

天洪动情：“咱们现在的改造，就是为今后的长久致富打基础。”

东坡梯田改造工地，人们唱着古老的歌曲在抬石垒坎。

上山伐木哟，造新房。

披荆斩棘哟，开荒忙。

抬石砌坎哟，垒梯田……

大山上回响着：

抬石砌坎哟，垒梯田……

长庚爷爷拄着拐杖精神抖擞地来了，天九笑问：“长庚爷爷，你老人家怎么也来了？”长庚爷爷哈哈一笑：“看着你们年轻人都在热火朝天地大干，我在家里坐不住啊！”

张天禄笑道：“爷爷九十多了还这么硬朗，这么精神。”

长庚爷爷说：“我抬不动石头，挖不动土，但我见多识广，可以坐在田头给你们做技术指导啊。”

“欢迎长庚爷爷亲临指导！”天九带头鼓起掌来，众人也跟着鼓起掌来。

长庚爷爷说：“咱们龙门寨的梯田，都是先辈人留下的，你们这些娃娃还没有垒过石坎，这可是个技术活啊。”

天九说：“现在的年轻人，确实没有垒石造田这方面的经验，有你老人家坐镇指导，就能成。”

张天禄抱来石头，放在长庚爷爷身边：“爷爷，你老别站着，坐着看我们哪点不对，给我们指出来。”

长庚爷爷乐呵呵地答应：“好好好！”坐在大石头上真当起了技术指导。

长青湖的第一批鱼苗运来了，直接送到了龙潭大坝上。看着活蹦乱跳的鱼苗，天德说：“今年咱们先在龙潭和湾里的冬水田喂养，总结经验，再全面推广。”

长庚爷爷笑道：“我今天是特地赶来看咱们修的龙潭水库养鱼。”

天德满怀敬意：“爷爷，这龙潭是你老领导修建的，你老立了头功哟。”

长庚爷爷谦虚：“这是大家的功劳。”

鱼苗放入稻田里，看着小鱼儿在田里游，祥伯笑道：“山上水田也能喂鱼，确实是件新鲜事。”

福伯扳着手指算："咱龙门寨前山有五百多亩水田，要是都能附带养鱼，一年能收入200万元啦，真还是件好事。"

"听阿香回来说，晚上在田里放几盏灯，让山里的飞蛾虫子扑灯，掉进水里，鱼儿吃了肥壮，还能减少庄稼地里的病虫害。"天洪爹笑道。

祥伯点头说："一举多得，还免去了喷洒农药。"

福伯说："这就是天德说的生态农业。"

在龙门寨西坡，这片昔日被打工人外出撂荒的坡地上长满荆棘和荒草。这里是农牧业公司准备改造成牧场和牛羊饲料基地的地方。张天九来了，见李大爷带领一批还做得动的七八十岁的老头，挥舞锋利的弯刀在坡地上清除荆棘杂草。

"李大爷，你们这群老人真是老当益壮不减当年勇啊！"

李大爷说："祖宗开垦的地，这几年又撂荒在这里，看着让人心疼，看着你们都在坡上大干，让我们在家坐不住啊。"

陈大爷抹了一把汗："昨天我们几个老头一商量，重的干不了，这轻松活儿我们还行。"

杨大爷说："咱们不能坐在家里享清福吃现成，也得出点力呀。就算我们看不到那一天了，我们的儿孙们总能看到，'前人栽树后人乘凉'嘛。"

"谢谢几位大爷，你们也要注意别像年轻人一样弄得太累了。"天九嘱咐。

"谢谢村长关心，我们多注意就是。"几位老汉同声回答。

西坡上，龙门寨牧场改造队队长李秋生带领一批打工回来的兄弟，正在清除未来牧区范围内的乱石，大伙干得热火朝天，汗水早已湿透了衣裳，李秋生问："兄弟们累不累？"

大伙齐声回答："给自己干活，不累。"

天九看望大伙来了，李秋生看见村长来了，远远地打着招呼："天九哥来了。"

天九说："看着你们干得火热，我也来跟班同你们一道干几天吧。"

"天九哥，你是战场上负过重伤的功臣，可千万别同我们年轻人比着干。"

天九说："适当干点，没啥。"看着身边的人又问，"秋生，目前你召回了多少个兵？"

李秋生答："要想把乱石坡地改造成放牧场和饲料基地，没有人哪成，我就写信打电话动员本家外出打工的兄弟，愿意回来的欢迎，结果，就一下子回来了十多个。我也就不当光杆司令啦。"

天九问："听说冬生兄弟也快回来了。"秋生答："快了，就最近几天吧。"

天九高兴道："有你们这些骨干，咱们农牧业公司就不怕成不了事。"

李秋生招呼大伙："兄弟们，把劲头拿出来，凡是今后妨碍放牧的乱石，挖坑就地深埋，或推下坡去，先集中堆在坡下坳地，覆上土还可种植饲料。"

旁边已经清理出来的坡地上，李林生吆喝着秦川大黄牛在翻耕撂荒地，这是准备用来种高粱和苞谷（用作牛羊的饲料）的地。下一步北坡改造后，准备种植从新西兰引进的高产牧草，说是发展奶牛用。

秋生说："咱们现在人手还不够，只有脚踏实地一项一项来。过几天还有打工的人回来，有了人，北坡的改造也准备要动手了。"

龙门坝旁边，王运生正带领建筑队的人在搭建蔬菜大棚，李冬生来了："运生哥，我到建筑队报到来了。"

运生紧紧握住冬生的手："冬生兄弟回来真是太好了，我还正愁大棚的温控和光照控制没有技术人员咋搞，奔现代化就是需要你们这种专业技术人才。"

李冬生答："我去报到，天洪哥叫我来配合你们建造大棚。"

王运生问："兄弟啥时回来的？"冬生答："昨天晚上刚到。"

王运生说："一路上辛苦了，兄弟咋不先休息两天？"

"见你们都在忙就过来了，在家坐不住啊！"

蔬菜大棚下，灵芝正带着蔬菜队的姐妹在已经搭建好的两个大棚下平整土地，准备播种第一批大棚蔬菜。二伯娘兴冲冲地来了。黑牛嫂笑问："二伯娘，你老人家怎么也来啦？"

二伯娘笑答："金华和银华两姊妹在西院办了个幼儿园，我就把两个孩子都送过去了，幼儿园有三十多个孩子，孩子愿意去，说幼儿园里小朋友多，好玩。"

黑牛嫂赞叹："金华嫂办幼儿园，这一下子解放了好多姐妹。"

灵芝点头道："是呀，不然两个孩子拖着我哪走得脱嘛。"

黑牛嫂说："二伯娘，你老都 82 了，该歇歇气了。"

二伯娘笑答："我来给你们撒个种，看个苗，做个蔬菜技术指导还可以吧！"

黑牛嫂拍手道："你老种了几十年的蔬菜有经验，有你坐镇指导太好了。"

秋天，当最后一批秋蚕收茧后，为了形成规模养蚕，阿香带领桑蚕队的姐妹将原来一家一户零星栽种的桑树移植到南坡上，南坡上原本就有成片的桑树。

看着姐妹们汗流浃背，阿香歉意道："辛苦大家了，这些重体力活原本是男人们干的。"

春姑说："阿香姐，不辛苦，再说，先苦后甜嘛，姐妹们说是不是？"

众姐妹答："对，先苦后甜，等桑树成林后，咱们就用不着背着背篼满山转着采摘桑叶了。"

冬去春来，正是植树的好时节，阿香带领着姐妹们在桑树林边的苗圃地里压条繁殖桑树苗。阿香说："到秋天，就可以将这些压条繁殖的桑树苗移栽过去，将梁上几块分散的桑树林连成一大片。"

"桑树下养了鸡，今后桑树也用不着我们除草、除虫、施肥了，林子里的鸡把草和虫子都吃干净了。"哈哈哈，春姑一串爽朗的笑声。

青杏说："我听说桑树林散养鸡下的鸡蛋，可以卖到3元钱一个，打开桑叶鸡蛋和普通鸡蛋大不一样，用筷子都可以把蛋黄给夹出来，而且营养价值高。"

春姑说："那咱们就在桑树林里面多养鸡，多下蛋。"

青杏问："阿香姐，这就是天德哥说的规模种桑养蚕，立体农牧业吧。"

阿香答："说的就是这个意思吧。"

第二年春天，龙门寨成片桑树规模移植已经初具规模，开春后，桑树林下面放养着上万只良种鸡，起到了自然除虫、自然施肥的效果，桑叶长得特别肥大。

王运生带领建筑队回乡的人，正在桑树林基地旁边修建大型新式蚕房。

在阿香眼里，这一切都是无比美好。山坡上响起了歌声，是阿香带着姐妹们在歌唱：

要问天下哪最美？武陵苗乡山和水。
山中苦荞缠祥云，谷子金黄桑林翠。
水养莲荷映彩霞，河虾欢跳鲤鱼肥。
山棒石榴榴花红，水迎白鹭鹭高飞。
山美水美看不尽，苗乡谁不爱心内。

现在的龙门寨，正一步一个脚印地在二次创业，大山上，一派生机勃勃欣欣向荣的景象。看着眼前的景象天洪感慨道："还是团结起来奔小康好。"

天德道："咱们共产党员的责任，就是带领乡亲们共同富裕、振兴农业、建设新农村。"

第四十五章　致富先修路

龙门寨的各项工作都在轰轰烈烈地展开，三楼会议室又在开会讨论下一步的发展。

天德说："今天我们开会的主要议题是'修路'，现在流行一句话'要想富，先修路'龙门寨的发展被上山的公路所制约，修修补补勉强能通汽车的公路根本满足不了公司发展的需要，计划在原有简易公路的基础上进行扩建。"

天九发言："我和天德都是工程兵复员，知道修建公路是一项技术含量高的事，必须请专家来规划设计才行。"

天洪发言："我在高速公路搞了几年，我倒有个主意，去请高速公路指挥部的工程师来帮助我们规划设计怎么样？"

天德点头："嗯，这个主意好，明天我俩就去高速公路驻地办请教他们。"

天九发言："修路是件好事，可劳动力是一个大问题，仅凭我们在家的人，肯定无法在完成公路扩建。"

天洪笑了："我们可以借助筑路机械来施工呀！"

天九问："可哪来现成的筑路施工机械和车辆？"

天洪说："咱们花钱租借，筑路机械和运料车辆包括驾驶员都可以租借。"

天九笑了："嗯，天洪这个主意好。秋生熟悉机械设备，你明天去城里打听一下。"

"行，我明天去城里先摸清情况。"秋生点头道。

第二天，天德和天洪来到高速公路驻地办杨其韵的办公室，天洪上前，双手握着杨其韵的手："杨大哥，又有事请教你来了。"杨其韵伸出手："欢迎，欢迎。"

天洪指着天德："杨大哥，还认识张天德吗？"

杨其韵笑了："认识，是大队长福伯的大儿子，我们下乡时在清溪中学读书。"

天洪说："天德哥现在是龙门寨村的党支部书记，龙门寨现代农牧业公司的董事长。"杨其韵紧紧握住天德的手，笑着请两人坐下。

天德说："龙门寨准备扩建上山的公路，特地来请教杨大哥。"

杨其韵谦虚道："我不是学公路工程的，但隔壁办公室的李工是交通大学路桥专业毕业的，对修路很在行，我们是高中同学，当年他在清溪公社插队。"

正在这时，隔壁李工过来，问："其韵兄，'五一'你回家吗？"

杨其韵笑了：“还真是说曹操，曹操到，李工，杉树岭来了两位老乡，正想向你请教公路扩建方面的事。”

“找我请教？”李工笑问。

“我介绍一下，这位是杉树岭乡龙门寨村的支部书记张天德，这位曾经在桥隧公司项目部干过，当过工程队长的张天洪。”

“张天洪，几年不见了，以前我们经常见面。”李工热情地同天洪握手。

“前年我受伤了，有两年没有见面了，以前我常来你办公室讨教。”天洪答。

天德上前，双手紧紧握住李工的手：“感谢李工，我们龙门寨村准备扩建上山的道路，特地前来请教二位专家。”

李工笑道：“后天正巧是‘五一’长假，干脆，我同杨工去帮你们规划设计。”

“太好了！”天德高兴道。

“嗯，李工这个主意好，放假我们一道去，哦，还有隔壁设计院的驻地代表张工，上午他还问我‘五一’回不回家，请他一道前往就更好了。”

“那赶紧去请他过来。”李工说。杨其韵起身，去隔壁请张工。

杨其韵同张工刚进门，天德上前紧紧握住张工的手说：“感谢张工，感谢你们来帮助我们。”

张工谦虚道：“不用说谢，不用说谢！我也是从农村考上大学出来的，知道乡下没有公路的艰难，帮助你们修致富路，是我们应尽的义务。”

天洪上前，握住张工的手：“两年没有见了，记得地下找水，隧道顶上修高位水池吗？”

张工笑道：“怎么不记得？张队长，我俩算是老朋友啦。”

李工说：“黔河是我的第二故乡，帮助乡亲们修致富路我们理当尽力。”

“李工说得对，帮助乡亲们我们理当尽力。”

杨其韵拿出纸杯和绿茶，给几位泡上了茶。李工说：“请支书将龙门寨公路的情况先给我们介绍一下。”

天德介绍道：“龙门寨的上山公路是十多年前县里搞村村通的时候修建的，因为资金欠缺，只修了个毛坯路基，铺了泥土和石子，因村里的青壮年都外出打工走了，全路段仅仅用石磙子碾压了一遍。十多年来一直没有大修。打工的人回来建房，运材料的重车压坏了路基，直到前年区领导要来检查工作，乡里组织在家的老人和妇女，才简单平整了一下路面，这两年又压坏了。”

“这么说来，龙门寨上山的道路确实不能使用了。”李工问。天德点头：“是的，基本不能用了。”

张工说："这次去，我们把设计规范、手册、资料和测量的仪器机具都带上。"

李工点头："把电脑也带上，白天测量，晚上整理资料，争取放假这几天就能拿出初步方案来。"

天德感激道："那就太好了。"

"张工的建议好，我们都马上准备一下，把几部对讲机也带上，测量时用得着。"杨其韵说。

天德抱拳拱手："感谢各位专家放弃休息帮助我们设计致富路。"

杨其韵说："咱们说好了，'五一'早上坐三菱越野车去龙门寨。"

下午，天德和天洪刚从高速公路驻地办回到龙门坝，后山村的村长余明富和支书杨正龙来了。

余明富握着天德的手："天德哥，这次公路扩建我们后山村也想参加进来，自古以来，抗土匪守护山寨，咱们前山和后山原本就是一家人，只是在公社化时，才生生地把咱们拆散分成了两个大队。"

"另外，后山村的乡亲们想加入农牧业公司，不知行不行？"杨正龙补充。

天德一手握着余明富，一手握着杨正龙："热烈欢迎你们加入农牧业公司！咱们前山后山联合起来搞，发挥各自的优势，共同致富奔小康。"

天洪说："公路扩建是件大事，需要大量的劳动力，你们参加进来正好，完工后，大货车就可以直接开到龙门坝，开到后山余家湾。"

天德紧握拳头，铿锵道："一句话，'团结就是力量，人多好办大事'。"

天洪说："单家独户搞不了现代化的农牧业。欢迎你们加入进来。"

杨正龙热泪盈眶："这话真是说到我的心坎上了，看到你们前山搞得轰轰烈烈，我们后山的乡亲们着急啊，这下好了，咱们联合起来奔小康。"

余明富说："今后，咱们前山后山又是一家人了，听说你们前山在家门口致富，后山外出打工的人也有不少人回乡想同你们联合起来搞。"

天德点头："好啊，前山后山一条心，联合起来奔小康！"

"五一"这天，龙门寨寨门上彩旗飘扬，锣鼓喧天，大横幅上写着"龙门寨公路扩建工程"，沿路悬挂着"要想富，先修路""举全村之力，修好致富路""前山后山联合起来奔小康"的标语。

杨其韵和李工、张工开着车带着工具和测量仪器来到寨门前，受到前山和后山的乡亲们夹道欢迎。天德、天九、天洪、杨正龙、余明富上前，一一同三位工程师们握手，热烈欢迎他们的到来。

寨门前简短的对话后，几个人沿着简易公路步行上山。

李工说："这次修路咱们严格按照新颁布的县乡公路的标准设计和施工，全路段实行坡度、弯道规范化，路面硬化，危险急弯地段加设钢梁防护栏。"

杨工说："全路段还要在桥梁、寨门、垭口和几处急弯处安装监控摄像头，要搞就要高标准严要求。"

张工建议："设计这段时间，你们可以先准备施工机具和石料，争取测量设计完了马上就能开工建设。"

天洪说："这两天李秋生正在城里联系租赁施工机具和准备需要的建材。"

天九说："这次是前山和后山联合起来修路，已经组建了工程队。"

天德说："张天洪任工程总指挥，天福任公路队的队长，余明力任副队长，李秋生任机械施工队队长，他们几个都在高速公路建设中担任过施工队长，有一定的工作经验。"

李工高兴道："有担任过高速公路施工队队长的人来带队，质量监督上我们就放心了。"

天洪指着山下："张天福正带着公路队的人在清溪河边准备修路的河沙石子；对面坡上，余明力带着队员在打眼、炸石、开山。"

张工点头："看来你们的准备工作都已全面开展了。"

李秋生正在城里施工机械租赁公司，坝子里停放着各种类型、各种型号的挖土机、推土机、装载机、翻斗货车、吊车。公司朱经理陪同李秋生在停车场挑选施工机械。朱经理说："我们公司是全城最大的租赁公司，施工机械齐全，你把公路的里程、车道路数告诉我。"

李秋生说："我们是扩建乡村公路，全长约13公里，按照县级公路双车道设计，沥青路面。"

"我就按照县级双车道的工程13公里给你提出一个机械组合方案，可以吗？"朱经理问。

李秋生说："我们是村里自筹资金修路，还请朱经理能给我们个优惠价。"

朱经理点头："支持农村我们有优惠，除驾驶员的工资按照国家规定的标准，全部机械设备一律按照九折计算。"

李秋生握着朱经理的手："谢谢你们的理解与支持。'五一'过完，这些设备就可用上了。"

朱经理答："行，我今天就给你们调度安排，保证不耽误你们的工程。"

"那太好了，咱们这就签合同！"李秋生说。

朱经理说："我们去办公室签合同。"

白天，李工、张工与天洪一道，带着几个曾经在高速公路打过工的人，在沿路测量地形规划路线；杨工和冬生带着几个人在选择监控位置，进行规划设计。

晚上，天洪陪着工程师们在灯下整理白天的测量数据，在电脑上设计画图，还不时停下来小声讨论。夜深了，阿香端来糖水荷包蛋和热气腾腾的鲜肉包子招呼道："几位大哥，休息一会儿，吃点东西吧。"

杨工点头："谢谢啦，这么晚了你也没有睡呀？"

阿香说："刚才过来，见几位大哥还在忙，就去厨房给你们准备了点夜宵。"

李工说："天洪，还记得以前在工地上，我们常在一起讨论施工方案吗？"

"怎么不记得，我常拿着图纸来向你们请教。"天洪笑着说道。

天德去了城里，在农村商业银行区分行里申请贷款。曾经到龙门寨考察的王主任正好在办公室。天德上前，握着王主任的手："王主任，我们村扩建乡村公路，寻求贷款来了。"说着，将《公路扩建规划书》和贷款申请递给王主任。

王主任看了规划和申请，说："为了满足你们修路工程的需要，我们会尽快审批，优先到账，争取这周就给你们解决。"

天德感激道："我们一直在为修路缺钱发愁，没想到这么快就能解决。"

王主任说："支持乡村振兴是我们义不容辞的职责，你放心。"

几天后，公路设计方案和图纸出来了。龙门坝上，几个工程师对着图纸在给公司董事会和公路队的队员们讲解设计方案和技术要求。

张工指着设计图纸说："为了保证在施工期间的道路通畅，在设计时，我们增加了临时性的辅助道路，这样，在施工期间就不会中断道路运输。"

"谢谢你们考虑得如此周全，记得在对越自卫反击战时，为了保证前线的物资运输，在许多关键路段，我们都设有辅助道路，以保证道路畅通无阻。"

李工说："在公路扩建当中，我们几个工程师会经常抽空过来进行质量监督和解决修路中遇到的问题。"

"施工中有什么困难请一定要告诉我们，我们会抽时间过来帮助你们解决，千万不能压着问题不解决就过了。"张工说。

“谢谢各位老师的提醒，谢谢你们的无私帮助，公路建设当中，肯定希望你们多来指点监督。”天德感激道。

开工的炮声响了，龙门寨寨门前，大横幅上写着“要想富，先修路”，龙门寨门前彩旗飘扬，李秋生带着机械化施工队浩浩荡荡开进寨门，前山后山的乡亲们都来看致富路开工。

几台挖土机伸出长长的臂在挖山、推土机在忙着平整路基，天洪头戴安全帽，身穿蓝工装，与李秋生、张天福、余明力在协调施工。工地上一派热气腾腾的景象。

春节到了，在外打工的人回来了，一踏上龙门寨的土地，就感觉到昔日荒芜的土地又焕发出了勃勃生机，翠绿的麦田像一块块绿丝毯铺在山坡上，大棚蔬菜基地整齐地排列在龙门坝的东面。

张天全刚上龙门坝，迎面就遇见了阿香。阿香一愣，笑问：“二哥回来啦，二嫂呢？”

天全说：“她说走小路近些，走小路先回去了。”

“二哥怎么不走小路回来呢？”阿香问。

天全笑答：“两年没有回乡了，我想一路看看龙门寨的变化，看看新修的公路，就沿大路步行回来。”

阿香问：“二哥看了感觉怎么样？”

天全说：“简直不敢相信，才两三年的时间，龙门寨变化太大了。”

阿香说：“二哥这两年没有回乡赶上参与建设，龙门寨确实变化大。”

天全感叹：“龙门寨的变化看着让人眼热，回来的车上，我还在同你二嫂商量，这次回来，就不再出去了，也参加到创业队伍里来。”

“太好了，公司就是需要你这种能干的人回来带头。”阿香说。

还没有过完年，天德早早地来到办公室，公司有一大堆事情等着他处理。天德刚在董事长办公室坐下，有人敲门，天德说：“请进！”

张天全进门就说：“天德哥我回来申请加入公司来了。”

天德笑着伸出双手，紧紧地握住天全：“欢迎，欢迎！农牧业公司缺的就是你这种能干人。”

张天全摸出一个胀鼓鼓的牛皮纸信封：“天德哥，这是我入股的5万元钱。”

二人正说着，王铁丹和李成生进屋，王铁丹说：“天德哥，我和成生两人也是来申请加入公司来了。”

“欢迎，欢迎！”天德右手握着王铁丹，左手握着李成生。

天德问：“兄弟几个在外面干得好好的，怎么也想到回乡参加创业来了？”

张天全说：“看着家乡的巨大变化，我们再袖手旁观问心有愧呀。”

王铁丹说：“振兴家乡人人有责，咱不能看着你们在家乡大干，我们在外面挣钱。”

天德点头：“说得好，振兴家乡人人有责。”

李成生说：“我们加入进来，今后儿孙们问起来我们才理直气壮，问心无愧。”

天洪刚进总经理办公室坐下，门外一下来了几个人。天洪招呼道：“大家请坐。”

张天文说：“这几年打工有点积蓄想盖新房，我来申请加入龙门寨新村。”

天洪说：“目前已经收到16户人家申请建房，你准备申请哪一种户型？”

“我们家人多，就申请这种250平方米的户型吧。”张天文说。

天洪拿出申请表：“天文哥，你先把申请表填好。”

李冬生、王铁丹和李成生进屋，冬生说：“天洪哥，我们也是来申请建房的。”

天洪把申请表递给他们：“你们几位来得正好，刚好凑足第一批建房20户，过了正月十五就开工，目前钢材、水泥、红砖都已经准备好了。”

天洪正在替几位申请盖新房的人登记，天德来了，见四位乡亲申请盖新房。

天德笑道:“欢迎大家积极参与龙门寨新村建设,今后大家住在一块儿,学校、医院、商店都在一起。生活方便。”

张天文问：“那以前的老屋宅基地怎么处理？”

天德说：“按照中央文件精神，以前分散的老屋宅基地可以统一改造复耕。”

张天文点头:“嗯,这个办法好,以前的房屋分散,土地分散,现在便于土地连成片，便于机械化耕种，规模化种植。”

天德说：“龙门寨新村建好后，老屋宅基地改造复耕，咱龙门寨村还可以增加一百多亩可耕地。”

龙门寨新村终于要破土开建了。已经平整好的新村工地现场上，彩旗飘扬，人头攒动，人们喜气洋洋，到处欢声笑语。

天洪微笑着走上台，看了一眼现场宣布：“龙门寨新村开工仪式现在开始。”

现场掌声雷动，欢呼声起，孩子们在四周点燃了鞭炮。

天洪继续说：“在外打工攒了钱的乡亲们积极加入龙门寨新村建设中，目前已有20户人家自愿报名申请，缴纳了房屋订金，还有20户人家也在申请，根据农牧业公司和村委会协调安排，第一批新房今天正式破土开工建设。前山以龙门坝为中心建设，后山则以余家湾为中心建设。”掌声又起。

天洪宣布：“现在我们请村党总支书记、公司董事长张天德讲话。”

天德上台，鞠躬，朗声道：“乡亲们，大家盼望已久的龙门寨新村今天终于开工了，几百年来，我们的祖先都是依山傍水，分散而居，现在的新村实行集中建房居住。我们走的是共同富裕的道路，是建设社会主义新农村，咱们新村的建设采取分期分批逐渐形成。承建新村建设的是我们公司自己的建筑队，运生和他的队员在外面打工历练了十多年，他们责任心强，有精湛的技术，请大家放心。给新村配套的学校、医院、商店、水厂等也将陆续开工。今后，大家的生活会更加方便……”现场上爆发出热烈的掌声。

天洪朗声道：“现在我宣布，龙门寨新村破土动工！”

随着天洪一声令下，现场的推土机轰鸣着奔向土堆，挖土机伸出悬臂，挖出了第一铲泥。

半年后，第一批新建的独栋小楼房正在封顶，运生正带领建筑队的人在屋顶上忙活。小区里已经种下了第一批树木，有婀娜多姿的桃树、梨树、李树，伟岸挺直的松树、柏树和杉树交相辉映。

天洪带着质监站的工程师在检查房屋质量。看着一栋栋质量优良的新房，质监站的工程师不住点头道：“城里的高档商品房的质量也不过如此。”

天洪说：“我们公司建筑队的工人可都是在外面打拼了十几年的技术工人，干起活儿来精益求精。”

新的龙门寨小学校，就建在原来村小学的地基上，一栋宽敞明亮的教学楼已经耸立在操场边，李冬生正带领机电队的人在教室里安装电灯。

教学楼前的操场已经平整出来。高大的杉树像哨兵一样站立在操场两边。

原来村委会的老地基上，新村的医院正在兴建，紧邻着新修的公路，宽敞明亮的医院楼已经封顶，张天全正在带领队员进行室内装修，李冬生带领机电队的人在房间里布线、安装电灯。

医院楼前一排伟岸挺直的红豆杉树苗迎风摆动，欢迎着前来参观的人们。

大湾水厂工地，张天武正带领建筑队队员在安装水塔，天德和李乡长来了。

天德介绍：“咱们在山下的清溪河建有抽水站，水塔是用来给新村配套的生活用水；湾里新修的水库和原来的龙潭水库，主要是给农业生产配套和保证稻田养鱼用水，由于水源有了保障，已经全面推广稻田养鱼了。”

李乡长点头：“全面建设小康你们走在了全乡的前面，小康不是靠天吃饭，是靠自己干出来的。”

第四十六章　联合创大业

金秋十月，党的十九大胜利召开，极大地鼓舞了乡亲们的创业热情，龙门坝上，大幅标语“沿着党的十九大指引的方向奋勇前进！”“振兴乡村战略，是实现农村现代化的指路明灯”“团结起来，振兴农村经济，走共同发展的道路。”

龙门寨现代农牧业公司又在龙门坝召开职工大会，大会由总经理张天洪主持。

天洪宣布：“现在，我们请公司董事长张天德做‘团结起来，在党的十九大精神指引下胜利前进’的工作报告。”乡亲们热烈鼓掌。

天德说：“全国人民期盼关心的党的十九大胜利召开了，习近平总书记在党的十九大上，代表党中央向全党、全国人民提出了‘实施乡村振兴战略’的伟大号召，这是党中央第一次将乡村振兴提高到战略高度来要求我们，咱们农村真的是要有翻天覆地的变化了，让我们乘着改革开放和乡村振兴战略的东风，大干促大变，振兴农业、振兴乡村、建设我们美好的家园……”天德的讲话还没有完，会场爆发出热烈的掌声。

长庚爷爷说：“‘乡村振兴战略’这个词，我还是第一次听说。”

祥伯说：“看来，咱们农村真的是要大变了，国家把乡村振兴都提到战略高度来了。”

经过乡党委和乡政府批准，龙门寨前山和后山又合并成了一个行政村，仍然叫龙门寨村，由张天九任村长，余明富任副村长，全村共有330户人家，1480个在籍人口。

村里成立了党总支，下设前山和后山两个党支部，张天德任党总支书记，张天洪任前山党支部书记，杨正龙任后山党支部书记。

成立大会上，党总支书记张天德说：“现在的龙门寨是天时地利人和，正是我们集中力量办大事的好时机。”

村长张天九说：“我和明富统计了，到目前为止，前山和后山外出打工的青壮年，有近一半的人回来参加创业了。”

陈书记点头：“太好啦，不知不觉中，龙门寨已经有近一半打工的人回来啦！”

李乡长说：“有了人，振兴新农村就有了保障。”

经过一年半的改造和建设，完全按照新标准修建的公路全线完工。通车这天，龙门坝上彩旗飘扬，锣鼓喧天。陈书记和李乡长来了。高速公路驻地办的杨工、李工和张工作为特邀代表也来了。

张天洪笑容满面地走上台："现在我宣布，龙门寨村扩建公路通车典礼现在开始。"欢庆的锣鼓响起。孩子们欢呼："通车啦，通车啦！"

李秋生驾驶着披红挂彩的东风牌加长大货车，把龙门坝大棚蔬菜基地急需的大棚钢梁运送上山来了。

余明力驾驶着披红挂彩的解放牌加长大货车，把后山新建奶牛场顶棚急需的钢梁运送到了余家湾。

长庚爷爷指着龙门坝上的大红横幅笑着说："要想富，先修路，确实有道理，这下子山里山外的物资流通便利了，不用背着一个大背篼上坡下坎。"

祥伯说："这可是我们前山和后山一年半辛苦的成果啊。"

福伯说："还多亏了在高速公路上磨炼了几年的天洪带着公路队的人起早贪黑地干，才能有今天的通车。"

天洪爹笑道："如果没有秋生带领的机械施工队，就凭天洪他们二十几个人，还不知修到哪年才能通车。"

"是啊，现代化的施工机械，确实比人工厉害多了。"福伯点头认同道。

经过两个冬春的努力，龙门寨前山终于实现了将桑树全部集中到南坡的计划，看着成片桑树林郁郁葱葱，枝壮叶大，阿香欣慰地笑了："两年多的辛苦，姐妹们的愿望终于实现了。"

王运生带领建筑队的人，正在南坡桑树林旁新建的两座大型的新式蚕房进行最后的装修。李冬生带领电工班的人正在给蚕房里安装照明灯、换气扇和摄像头。

阿香带着桑蚕队的姐妹们在打扫室内，安置木架。铺蚕席，为放蚕做准备。姐妹们说说笑笑，忙着手中的活，蚕房宽敞明亮，两排高大的红豆杉像卫兵一样矗立在蚕房旁边，给蚕房遮阴。

蚕房终于布置好养上了蚕。阿香同姐妹们背着背篼采摘桑叶回到新式蚕房，姐妹们放下硕大的背篼，来不及擦一把汗，就忙着给蚕虫添加桑叶，蚕房里只听见一片沙沙沙的声音，花花搭搭的阳光照射进来，让人心里无比惬意。

杏花指着成片新扦插栽培的桑树幼林："这几片幼树林也初具规模，明年就可以采摘了，到时候又可增加几百张桑蚕。"

桔红抹了一把汗："以前采摘一背篼桑叶漫山遍野要跑上半天，现在不到半个小时就装满了，太方便了。”

“不然怎么叫集约化、规模化生产。”杏花说。

桑树林周围围上了尼龙网，桑树林下面放养着一万多只良种鸡，给桑树起到了自然除虫、自然施肥的效果，桑叶长得特别肥大。

迎春和夏雨提着鸡蛋进屋，蚕红羡慕道：“你们才出去一会儿，每人又是满满的两提篮蛋。”

迎春说：“桑树下到处都是鸡蛋，你们采摘桑叶可要注意别踩着蛋啊！”

“放心吧，见到鸡蛋我们都是顺手把蛋捡到一块儿的。”杏花笑道。

阿香拿着鸡蛋看：“今年林子里放养的鸡多，下的蛋又大又多。”

迎春问：“阿香姐，这就是立体农业吧？”

天德进屋，刚好听到迎春的问话，笑答：“是的，这就是现代化立体农业带来的收获。”阿香笑道：“天德哥来啦。”

天德说：“来看看你们今年养了多少桑蚕？”

阿香答：“今年的桑叶长势好，又比去年多放养了两百张蚕。”

天德道：“太好了，桑蚕茧和林子里的散养鸡可是咱们农牧业公司目前最可靠的副业收入。”

阿香说：“新式蚕房通风好，蚕虫的病害少，林子里喂了鸡后，也用不着给桑树喷农药了。”

天德点头：“这就是生态农业的好处，一举多得。”

迎春说：“明年，新栽植的桑树长大后，还可以多养两百张蚕。”

“习总书记说‘绿水青山就是金山银山’，守住咱们的青山就是守住美好生活。”

阿香满怀信心：“总书记说得太好了，对我们来说，就是守住龙门寨青山绿水，守住这片桑树林就能奔小康。”

龙门寨北坡已经开辟成新西兰牧草基地，引进的新西兰牧草一片翠绿，显现出一派生机勃勃的景象，牧草用来专供新建的奶牛场。

两排新建的奶牛场就坐落在北坡的坝子上，背靠着整面北坡。

走进宽敞、明亮、整洁、温馨的奶牛场，眼前三十多头奶牛在自由卧栏里悠闲地吃草、喝水、听着山野的轻妙音乐。

杏姑带着奶牛场的工人们正在清洗消毒自动挤奶器，为挤奶做准备，奶牛场里现代化的挤奶、配料、供水、自动清扫、监控等设备一应俱全。

挤好的牛奶一桶一桶整齐地靠墙排列，一名女工在盖盖子贴标签。一切看起来都井然有序。

杏姑现在是奶牛场的场长，她向参观的领导介绍："奶牛场现在还在发展壮大，奶场里现在又有 15 头母牛怀孕，小牛犊生下一年半就性成熟可以配种了，两年半就可生牛犊进入产奶期。"

区畜牧站的刘主任不住地点头称赞道："龙门寨建奶牛场的起点高、要求高，虽然建场才两年，发展到今天这个规模确实了不起。"

区农业局的张主任说："龙门寨的发展为全区树立了一个振兴农村经济的榜样，值得在全区推广。"

奶牛场不远处是鲜奶加工厂，李秋生正带领着机电队的工人在安装鲜牛奶深加工设备。区乡的领导来参观，李秋生向前来检查工作的领导介绍："今后，前山和后山采集的鲜牛奶都集中在厂里进行深加工，我们是严格按照国家标准和市奶制品联营公司的要求进行的深加工，联营公司也随时会派质量监督员来抽查，加工的成品牛奶当天就可以到超市上架出售。"

龙门寨的变化，吸引了远近的乡亲前来参观，近段时间不断有杉树岭各村的乡亲来参观学习。看着西坡改造后满坡的良种牛羊在放牧，王山林赞叹："看着坡上的牛羊肥壮，真让人羡慕。"

天九说："咱们山区，应该因地制宜发展多种经营。"

林青山点头："是啊，大力发展养殖业、畜牧业才是山区农民致富的金路子。"

天九介绍："西坡是龙门寨的饲料基地和牛羊放牧场，经过这两年的发展，目前坡上的黑山羊已经达到 250 只，黄山羊已经达到 320 只，还有 230 只母羊正怀着仔；成年秦川大黄牛加上新出生的牛犊也发展到了 150 头。"

王山林说："天九兄，我们也准备优先发展畜牧业，你们的种羊、种牛得给我们大山村留着点。"

天九回答："我们现在的种牛种羊都是留着来发展的，都没有宰杀。"

昔日的野猪坡，经过改造，围栏成了散养猪饲养基地，坡上放养着两千多头"武陵山散养黑猪"，让猪们回归自然，愉快地成长。

天洪带着大型连锁超市的采购部主任和采购员在现场取景拍照。

天洪介绍："这位是养猪场场长李宝生，请他给你介绍养猪场的情况。"

李宝生说："围栏饲养黑山猪，是学习长白山黑山猪的饲养，猪仔是荣昌猪和本地黑山猪杂交的后代。这种猪个头中等，生长快，皮薄肉嫩、口感好，香味浓郁。"

天洪说："为了利于猪们生长和采食，猪场采用同龄猪在一起饲养，整个猪场分成16个放养场地。"

李宝生指着散养的猪说："猪在这里不是杂乱无章地饲养，而是养成猪采食、排便有固定的区域，便于打扫和管理，猪在这里不是吃了睡，睡了吃，而是让它们有散步溜达的地方，符合它们生长的原始天性。"

天洪说："这种猪经常日晒雨淋，不易生病，也不用打激素和抗生素。"

采购主任说："这种放心猪肉，肯定会受到消费者的欢迎，价格高一点也值。"

山上水源有保障了，稻田养鱼经过两年的试点，今年已经大面积放养鱼苗，各村寨的乡亲们络绎不绝地前来参观学习。王山林说："天九兄，我今天特地带着大山村的人来学习稻田养鱼，你给我们介绍一下，让乡亲们亲身感受感受。"

天九介绍："我们龙门寨前山，去年仅部分水源有保障的稻田养鱼，就出售了8万斤鲜鱼，收入80万元，今年已经开始了大面积投放鱼苗，为了保证稻田的水位，前山和后山都修了山湾水库，建立了抽水站。今年稻田养鱼已经扩大到了750亩，估计今年能收入300万元。"

同来的王正甲老汉睁大了眼睛，问："300万元？"

同来的李天力老汉惊叹："300万元？要卖300万斤稻谷才能行啰！"

两个老汉看着半尺长的鱼儿在稻田里游来游去，信服地点了点头："嗯，看这水里的鱼儿，这账还没算错。"

经过两年的发展，龙门坝的大棚蔬菜基地已经初见成效，每天都有时鲜蔬菜供应城里的市场。林青山带着青山寨的人来龙门坝蔬菜基地参观学习了。只见宽敞明亮的大棚里生长着各种菌类、应季蔬菜、反季节蔬菜和精品蔬菜。

林青山赞叹："看了你们的大棚蔬菜，真是大开眼界。"

蔬菜队长灵芝说："我们目前主要是生产城市畅销的精品、反季节蔬菜和早上市的蔬菜，非常受城里人的欢迎。"

青杏感慨道："看了大棚蔬菜真受启发，支书，我们回去也可以在青山坪发展大棚蔬菜。"

林青山说："自古以来都是按季节种植和收获。大棚蔬菜栽培，可以实现四季收获供应城市，我们回去也搞。"

茶花拉着灵芝道："灵芝姐，我们搞大棚蔬菜有什么不懂的地方，还要请你指点哟。"
灵芝笑答："咱们互相学习。"

龙门寨的巨大变化，极大地鼓舞了杉树岭乡的乡亲，杉树岭街上到处是“向龙门寨学习，团结起来共同奔小康”“振兴乡村经济，建设新农村”“全面建成小康社会而努力”的大幅标语和声音。

公路上，开来一辆包租的公交客车，车身上拉着“向龙门寨学习，建设新农村”的大红横幅，客车在杉树岭街没有停顿，径直向龙门寨山门飞驰而去。

后面紧跟着又开来一辆包租的公交客车，车身上拉着“青松岭向龙门寨学习参观团”的大红横幅，也径直向龙门寨山门飞驰而去。

杉树岭乡各村的支书、村长及农牧业公司的领导，齐聚在乡政府的会议室里，共商振兴杉树岭成立杉树岭现代农牧业联合公司的大事。会场上悬挂着大幅标语：“沿着党的十九大指引的方向奋勇前进！”“振兴乡村战略，是实现农村现代化的指路明灯”“团结起来，发展农村经济，走共同发展的道路”“绿水青山就是金山银山，守住绿水青山就能创造美好生活。”

会议室里坐满了来开会的人，大家讨论热烈。青山寨支书林青山说：“振兴乡村发展经济，团结起来奔小康，龙门寨走在了我们的前头，给我们做出了榜样，各村向龙门寨学习，都在创办股份制的农牧业公司。”

天德说：“龙门寨办公司这三年来，我们的体会是，要想富起来，就必须利用现代化的科学技术，树品牌搞规模效应，一个村显得势单力薄，如果杉树岭十几个村能联合起来，才能走向市场创出名牌。”

天宝寨村长李宝林说：“天德说得对，在市场搏击中，一个村势单力薄，只有全乡联合起来搞联营公司，才能有规模效应发展品牌优势。”

天生寨支书邓长和说：“今天杉树岭各村的干部都来了，我建议，咱们说干就干，今天就讨论办联合公司的具体事项。”

大山村村长王山林说：“长和的建议好，我赞成今天就讨论成立联合公司的具体事项。”

李乡长笑了：“今天开会的主题，就是讨论成立杉树岭现代农牧业联合公司的事，之所以刚才没有忙着宣布会议主题，就是想先听听大家的意见。”

陈书记说：“既然全乡都有联合起来的愿望，今天我们就成立联合公司的具体事项进行讨论。”

李乡长说：“目前，全乡各个村都组织起来成立了现代农牧业公司，除了龙门寨的前山和后山已经联合起来了，其余各村都在单干。”

林青山笑了："既然乡长和书记都发了话，我建议今天先讨论联合章程，推举联合公司董事会成员，推举联合公司董事长、总经理。"

邓长和附和："青山的建议好，组织起来了才好开展工作。"

陈书记说："林青山是乡党委委员，他刚才提出的建议实际上是前天乡党委开会提出的意见，接下来，我们就这三项内容进行具体讨论。"

会议连着开了两天，下午，陈书记宣布："继续开会，经过两天来的讨论和协商，大家一致同意成立杉树岭现代农牧业联合公司，今天的会议由李乡长主持。"

李乡长宣布："下面，我们请联合公司董事会的成员林青山代表董事会宣读联合章程。"（与会代表热烈鼓掌。）

林青山："我代表新成立的联合公司董事会宣读《杉树岭现代农牧业联合公司章程（草案）》：

杉树岭乡各村寨代表，经过充分协商和讨论，在自愿联合的基础上，决定成立杉树岭现代农牧业联合公司。特制定以下章程……"

李乡长："下面我宣布经过大家充分讨论协商，选举产生的杉树岭现代农牧业联合公司董事会成员：张天德、张天洪、林青山、李宝林、王山林、邓长河、陈月升。"与会代表热烈鼓掌。

李乡长："下面我宣布经过大家充分讨论协商，选举产生的杉树岭现代农牧业联合公司董事长：张天德；副董事长：林青山、李宝林。总经理：张天洪。"（与会代表热烈鼓掌。）

李乡长："下面我宣布经过大家充分讨论协商，选举产生的杉树岭现代农牧业联合公司监事长：王山林，副监事长：邓长和。"（与会代表热烈鼓掌。）

李乡长："请新当选的杉树岭现代农牧业联合公司董事长张天德讲话。"

张天德走上讲台，鞠躬、抱拳道："感谢大家对我的信任，成立杉树岭现代农牧业联合公司，是全乡人民的愿望，我愿同大家一道，把咱们的联合公司办好办强。联合公司成立后，咱们全乡统一打造'杉树岭'系列品牌，发展适销对路的农、林、牧、副、渔产品；发展农牧产品深加工，走绿色发展的道路，让我们山区的人民也能享受到新农村带来的幸福。习总书记说'绿水青山就是金山银山'守住咱们的绿水青山，就能创造美好生活。"（与会代表热烈鼓掌。）

陈书记发言："全乡要在十九大'实施乡村振兴战略'的精神鼓舞下，团结起来振兴新农村，让我们的乡村更美好。"

李乡长发言："联合公司还要积极吸引城里人下乡来消费，依靠杉树岭的自然资源优势，我们要制定发展观光旅游、消夏度假的规划，通过一系列的计划落实，增加乡亲们的收入。”

张天德发言：“联合公司之后，各村首先要摸清家底，制定经济发展方向，公司董事会的领导也要深入各个村社调查研究，帮助各村尽快发展起来，群众发动起来后，关键看领导有没有决心和勇气带领大家致富奔小康。”

张天洪发言：“联合公司成立，我们要做的事情还很多，要向区工商局、税务局申报备案批准；要调查市场情况制定发展方向；要详细调查各村的优势和劣势，扬长避短发展经济……”

杉树岭现代农牧业联合公司成立后，为了更好地发展生产，张天德带领联合公司董事会和监事会的成员，深入各个村寨，实地调研，与村干部和乡亲们交谈，制定各村的侧重发展方向。

在田边，张天德一行仔细询问水源、手插到田里捞出泥土，查看田土肥力。与村干部讨论水稻良种引进和推广稻田养鱼的问题。

在地头，张天德一行仔细观察地里的庄稼长势，查看地土肥力，研究制订种植计划。

在桑树林，张天德一行仔细观察桑树长势，询问桑蚕饲养情况，天德说：“栽桑养蚕是山区最经济可靠的副业收入，在桑树林下散养鸡还可增加收入，农牧业公司一定要重视发展桑树种植。”

在农户猪圈边，张天洪与农户和村干部讨论发展养猪，天洪说：“一头猪就是一座小型肥料厂，养猪不但提高人们生活，增加集体收入，还增加粮食产量。”

在大棚蔬菜基地，张天洪一行仔细查看大棚的情况，观察棚里的蔬菜生长情况，与村干部讨论大棚蔬菜的发展问题。

在坡上，张天洪一行看着眼前的牛羊，与村干部和乡亲们讨论发展畜牧业、发展鸡鸭鹅的养殖。

下午，从杉树岭街上开上山的通勤车到龙门坝停了，玉秀牵着女儿下车，阿香正好路过看到：“咦，玉秀，你怎么回来了？”

玉秀转身，也看见了阿香：“姐，我带着欣秀回来看望两家的老人。”

听着玉秀的话，阿香眼角湿润了：“这么些年了，你还记挂着明桂，惦记着明桂家里的爹娘。”

玉秀抹着泪说：“我心里一直记着阿哥，一直惦记着爹娘。我娘来电话告诉了我村里的事，知道天德哥回来带领乡亲们致富奔小康。我回来，就是替两家的老人交入股农牧业公司的钱。”

阿香说：“你们家老老小小一大家人，加上娘家的两位老人，还记得替明桂爹娘交入股的钱。”

玉秀说：“阿桂哥走了，就算我替他孝敬老人的吧，姐你也就别推辞了。”

阿香抱着玉秀哭了：“难为妹子有这份心。”

玉秀抹着泪：“姐，我们是难舍难分的一家人。”女儿欣秀在旁边瞪着一双大眼睛，玉秀拉着女儿：“来叫大姨。”

欣秀看着阿香，甜甜地叫了一声：“大姨好！”

阿香笑着应道：“哎！让大姨看看，咱们欣秀好秀气。”

阿香陪同玉秀来到公司财务部：“李主任，这是后山的林玉秀，她特地从江城回来，给林银山家和余义云家交入股公司的钱。”

李定生说：“玉秀妹子在学校时我就认识，这么远还专程回来。”

玉秀说：“也顺便带女儿回家看望两家老人。”

李定生从抽屉里拿出入股登记本，玉秀从挎包里拿出两个大牛皮纸信封：“李主任，这是两包，各是3万元。”李定生接过钱，用点钞机清点钱数，玉秀在旁边填写入股登记表。

阿香陪同玉秀母女回到余家湾娘家，娘正在灶上煮晚饭，爹在灶跟前烧火。

玉秀疾步上前：“娘，我回来看你和爹来了。”

老眼昏花的娘一时没有看清楚眼前站着的妹子是谁，听见叫娘，以为是小女儿翠云回娘家来了，应了一声：“哎！翠芸回来了？”

阿香笑了：“娘，你老看走了眼，是玉秀妹子从江城回来看你们来了。”

明桂娘问：“啥，是玉秀回来了？我看看。”娘抹了一把涌出的泪水，过来拉着玉秀，上上下下地细看，一边叨念：“几年了，还是原来的模样。”

“娘，爹，玉秀回来看你们来了……”玉秀话没说完，热泪滚了出来。

明桂娘抹着泪说：“回来就好，回来就好！”玉秀拉过欣秀：“叫阿婆。”

欣秀脆生生地叫道：“阿婆好！”明桂娘眼睛湿润了：“哎！欣秀好！”

玉秀又拉着欣秀来到爹跟前：“叫爷爷。”

欣秀脆生生地叫道：“爷爷好！”明桂爹满面笑容地：“好好好！欣秀好！”

阿香说：“爹，娘，今天玉秀去农牧业公司帮你们交了3万元的入股金，今后每年你们也可以参加公司分红了。”

明桂爹：“这怎么使得，你们老老小小一大家子人。”

玉秀笑道："爹，办农牧业公司是天德哥带领我们奔小康，我们理当支持不是，这钱也算我替明桂哥孝敬二老的吧。"

明桂娘抹着眼泪："难为你这么多年了还记挂着明桂。"

玉秀热泪盈眶，拥抱着老人："娘，记着，一辈子都记在心里。"

第四十七章　振兴新农村

杉树岭卫生院龙门寨分院的新楼落成了，今后龙门寨的乡亲们有个伤病再也不用愁了。从龙门寨走出去的第一位大学生李慧娟回来了，她是医学院毕业自愿回到家乡，目前在乡卫生院当副院长。

龙门寨分院新楼建成，李慧娟找到天德："天德叔，我想回村医院来。"

天德一愣，见慧娟一脸真诚，伸出手热情欢迎道："你是我们村走出去的第一个大学生，也是第一个自愿回乡的医生，农村就需要你这种有知识有理想的青年人回来创业。"

天洪大姐金香的儿子刘建军和媳妇李玉玲在杉树岭街上开诊所十多年了，他俩医专毕业回乡，在杉树岭卫生院工作，改革的大潮中下海自己开诊所兼营药店，小两口把个诊所办得红红火火，深受杉树岭乡亲们的信任。

建军来到农牧业公司董事长办公室，天德正在里面。建军说："大舅，我和玉玲也想到龙门寨卫生院来工作，行吗？"

"小两口的诊所办得好好的，怎么也想起来龙门寨卫生院。"天德问。

建军说："我爹临终前嘱咐我把诊所开到村上来为乡亲们服务，我回来也算是遵从他的遗愿吧。"

天德噙着泪："是啊，大哥的遗愿是回乡创业，振兴龙门寨。"

"龙门寨医院正好给我们创造了机会。"建军眼角闪着泪花。

天德紧紧地握着建军的手说："欢迎你们回来参加创业，振兴家乡是我们这辈人的事，更是你们年轻人的事，你行医十多年了，有经验有技术，龙门寨医院正需要你这种人。"

李慧娟拉着李玉玲："姐，有你们回来，医院就能办起来了。"李玉玲："我们还得向你学习。"李慧娟："姐谦虚啦，我得好好向你和建军哥学习。"

新建的龙门寨幼儿园落成了，就在公司办公楼的旁边，幼儿园园长李金华同妹妹银华，还有两个新近从幼儿师范毕业的老师，正带着孩子们在门前坝子上做游戏，孩子们那天真烂漫的脸上一脸幸福，完全没有了以前的忧愁和孤独。

天九来幼儿园了解情况，见老师们认真负责，不由点头称赞道："感谢你们创办了幼儿园，让家长们都能安心工作。”

金华腼腆道：“谢谢村长的鼓励，谢谢公司给我们建了这么好的幼儿园。”

天九面向孩子亲切招呼：“孩子们好！”众儿童齐声回道：“伯伯好！”

天九问：“在幼儿园玩得高兴吗？”众儿童朗声回答：“高兴！”孩子们又唱着、跳着玩起来了。

天九问:“金华妹子,新幼儿园刚开张,有什么困难你尽管说出来我们想办法解决。”

金华看了银华一眼，腼腆地说：“昨天银华跟我说想买些儿童图书，让孩子们增长知识。”

天九笑道：“给小朋友们买书是好事呀，董事会开会时提到过这事，只是事情多了给忘了，我等会儿去给财务部说，明天你们拿支票去城里买书。”

“谢谢村长！”金华满脸兴奋。

天九摆手：“不用谢，支持你们的工作是应该的。”

龙门寨小学经过筹备和申请终于恢复了，新建的教学楼就在原来村小学的位置上，教室明亮宽敞。龙门寨村的孩子，从此可以不用每天来回走30里路去杉树岭街上学了。已经退休几年的王文轩一再向党委和学校申请，终于同意他的请求，不拿工资担任龙门寨小学教学工作。天德的小女儿金玲和天文的大女儿真妮从师范大学毕业，自愿申请分配回乡，担任龙门寨小学的老师。

孩子们在学校读书，再也不是花自飘零水自流的无娘儿了。

灵芝把儿子送进学校，同杏姑聊了起来。灵芝说：“把孩子交给这些老师，咱们放心了。”

杏姑点头：“咱们少了后顾之忧，把心思都放在公司的创业和发展上。”

听见这话，刚进门的天德笑道：“替大家解决后顾之忧，就是希望家长们安心工作，孩子安心学习。”

灵芝招呼：“天德哥来啦！”

天德点头：“我来看看新建的学校还缺少啥不？”

灵芝眼睛湿润了：“领导想得太周到了，这么好的学校，啥都不缺了。”

天德说：“习总书记要我们再苦不能苦孩子，咱再穷不能穷教育。要保证贫困山区的孩子上学受教育，有一个幸福快乐的童年。”

一个秋高气爽的日子，当年插队龙门坝的知识青年，带着技术、带着信息，也带着致富门路，又回到第二故乡来了。天德带领龙门寨村领导班子的成员在寨门处热烈欢迎知青们的到来。

紧紧握着杨其韵的手，天德笑问："这么多年了，你们还没有忘记龙门寨啊？"

杨其韵说："龙门寨有我们的青春和梦想，是我们的第二故乡，怎能忘得了？"

李力威握着天洪的手说："哟，当年的小天洪都成公司的总经理了！"

天洪腼腆道："小天洪都快变成老天洪啦，不过，在你们这些大哥哥大姐姐面前，还是小天洪。"说着，哈哈笑起来。

文丽萱说："村长，我们这是回乡探亲来了。"天九笑道："对对对，是回乡探亲来了。"

上山的路上，一行人边走边询问龙门寨的变化和农牧业公司的发展。

天德介绍："龙门寨在外打工的人听说农牧业公司成立后，在家门口也可以致富奔小康，已经有一半的人回乡创业来了。"

天洪介绍说："振兴乡村，靠的就是打工回乡的青壮年，过了国庆，村里又有十多个年轻人要回来加入咱们的创业队伍里来。"

上了山梁站在高处，天德指着眼前的几面山坡给回乡的知青们介绍说："咱们搞现代农牧场走的是规模化、集约化、现代化的发展的道路，彻底改变过去那种小农经济的模式。包括咱们的梯田都要尽量连成大块，那种不利耕种的小块土地改种果树或桑树，发展多种经营。"

天洪指着远处："你们看，现在的南坡已基本上形成了大片桑树林，林子里面散养着 1 万多只良种鸡，桑树林旁边就是去年建成的两座新式蚕房；东坡上大面积地围网养殖武陵山散养黑猪；北坡是畜牧基地，种植牧草喂养奶牛，在那里新建有奶牛饲养场和鲜奶加工厂；西坡是放牧基地，发展秦川大黄牛、黑山羊、黄山羊。"

天德指着近处："在龙门坝周围，新建了大棚蔬菜生产基地，后山的余家湾也建起了大棚蔬菜基地。"

天九指着周围正在翻耕播种的稻田说："引水上山后，以前的冬水田，收割完水稻后，都用来种油菜和冬小麦了，一年收两季庄稼，提高收入。"

杨其韵说："我们当知青那会儿很少有冬水田种小麦和油菜，说是怕第二年蓄不上水插不上秧，现在修了水库还能抽水上山，还建有两座水库解除了后顾之忧。"

看着眼前龙门寨的变化，听着几位村领导的介绍，回乡来的知青，一个个听得心情舒畅、神采飞扬。

杨其韵感慨道："天德书记，龙门寨的今天真是了不得，前年我回来时山上还是一片荒凉，看着让人心疼，你回来办农牧业公司创业，不过三年的时间，龙门寨就大变了。"

李力威说："今非昔比，事在人为嘛，有天德书记带领乡亲们创业建设新龙门寨，就一定会成功。"

王文轩说："天德书记还有很多创意，等会儿再慢慢给你们细说。"

来到龙门坝，站在大青石上举目四望。整个龙门寨跃然眼前，老知青们仿佛又回到了当年，抚今忆昔，意气风发，感慨万千，不由诗兴大发：

杨其韵：

忆往昔峥嵘岁月稠。

李力威：

恰同学少年，风华正茂。

文丽萱：

书生意气，挥斥方遒。

汤茵茵：

指点江山，激扬文字，粪土当年万户侯。

陈莉芊：

曾记否，到中流击水，浪遏飞舟。

当年的文丽萱，现在是新兴旅游公司的副总经理，看到龙门寨的变化，不由问道："不知农牧业公司有没有利用龙门寨地理秀美、风光旖旎的优势，发展乡村旅游、观光旅游的创意。"

王文轩笑道："有啊，龙门寨背靠武陵仙山，面朝小南海国家地质公园，有这么好的风光，怎么会漏掉这一项致富门路，等咱们龙门寨大变样后，下一步就要发展你说的乡村旅游、观光旅游、度夏避暑旅游。"

文丽萱笑问："天德书记，我想了解一下你们发展乡村观光旅游，增加乡亲们收入的规划内容。"

天德答："文总提出的建议也正是我们想要做的，把咱们杉树岭与武陵仙山、小南海国家地质公园连成一线，形成黄金旅游线路，只是具体怎么搞，我们没有这方面的经验，不知怎么开展这项工作。"

李力威笑道："那就请文总来帮助规划如何？"

天九说："好啊，我们这就下聘书，请文总当我们的旅游项目部的顾问。"

文丽萱微笑着点头："好，下午我们再一起详细研究如何开展乡村观光旅游。"

杨其韵指着汤茵茵介绍："别小看了当年的小姑娘，茵茵现在是市里一家大型连锁超市集团公司的采购部主任。"

听了杨其韵的介绍，天德眼睛突然一亮，上前紧紧握住汤茵茵的手："欢迎汤主任来我们龙门寨现代农牧业公司采购绿色产品，我们保证质量，保证供应。"

汤茵茵说："我们公司目前正准备定点培育一批绿色食品生产基地，以保证超市的商品供应，目前正在考察和选点，我这次回龙门坝，就是来考察绿色时鲜产品的基地选点，通过我们今天的考察，咱们龙门寨肯定算一个。"

天德笑了："这两年，我们一直在为绿色产品的销路发愁，你们真是给我们雪中送碳来了，现在好了，能作为你们大型连锁超市的定点生产基地，就不愁产品没有销路了。"

汤茵茵说："下午，我们再一起专题讨论，先做一个策划，把咱们龙门寨现代农牧业公司的概况、产品名称、产品卖相、产品的特点等照相、摄像，做成宣传广告画册，在超市试销你们的产品，取得顾客的认可。今后，龙门寨甚至可以在我们的连锁超市设立专卖柜台。一段时间后，有了顾客的认可和口碑，销路就打开了。"

李力威笑道："想不到打开销路还有这么多的工作要做，有这么复杂。"

杨其韵说："一个公司的产品要想打开销路，站稳市场，这是必须经历的一个过程。"

汤茵茵说："只有打开了销路，站稳了市场，咱们的产品才会供不应求，长盛不衰。"

天洪笑道："这里，我们还想请茵茵大姐给我们公司领导班子成员和销售人员办一个讲座，帮助我们提高认识。"

汤茵茵点头："好啊，你说的这件事也正是我们要做的，凡是我们定点采购的生产基地，我们都要先办这种培训班然后再定点采购。这样做，对我们双方来说都好，你们了解了规则和要求，我们才能采购到质量放心的产品。"

天洪点头："那咱们说干就干，培训班明天上午就开办咋样？"

汤茵茵说："我们这次回乡，原本就是打算在龙门坝多住两天，行。培训班明天就开始讲课。"

天洪说："谢谢茵茵大姐。"

汤茵茵建议："张总，要想不愁销路就需要优良品种。"说着，她拉着陈莉芊给大家介绍："莉芊大姐现在是市农科所的高级农艺师，是专门研究蔬菜水果的专家。"

天德高兴地握住陈莉芊的手说："欢迎陈老师来龙门寨指导工作。"

陈莉芊谦虚道："说不上是指导，龙门寨的果树稍加培植，就是优良品种。另外再引进一些价值高品质好的时鲜水果、时令蔬菜就更好了。"

天洪点头道："陈老师说的是，我们时下正准备扩展果树的栽培，正愁选择什么品种好，大棚蔬菜也刚刚起步，请陈老师一起给我们指导。"

陈莉芊道："利用屋前屋后、田边地角，零星土地，可以种植高产耐放，受市场欢迎的蜜柚、脐橙；大棚里培植高价值的菌类都是路子。"

天洪说："陈老师说得对，真是高人一出口，就是金点子。"

李力威笑了："哈哈哈，下午莉芊一定要再出金点子才是。"

正说着，天九指着大路上："看，乡里陈书记、李乡长到龙门坝来了。"众人鼓掌欢迎。

天德笑问："书记、乡长又指导工作来了？"

陈书记笑了："哪里哟，是来迎接给我们传经送宝的知青哥哥姐姐！"

李乡长解释："刚才接到天洪的电话，说知青大哥大姐传经送宝来了，我们就急急赶来，远道的客人来了，我们怎能不来？"

陈书记、李乡长分别与众位远道而来的知青哥哥姐姐们握手问好。

天洪说："刚才我们正在同知青大哥大姐们谈论公司的发展，他们今天是专程给我们传经送宝来了。"

陈书记满面笑容："有你们这些大哥哥大姐姐的支持，咱们奔小康，全面建成小康社会就更顺畅、更有信心了。"

李乡长握着杨其韵的手说："龙门寨发展现代绿色农牧业的路子是走对了，但这必须有外部的环境才会畅销，如今有了你们的大力支持，他们就如虎添翼，一定能成，就说上龙门坝这条公路的扩建，如果没有你们这些大哥哥的支持，哪能有这么好的乡村公路？"

杨其韵谦虚道："振兴龙门寨，我们有义不容辞的责任。现在，我给大家隆重推出城乡快捷物流公司的总经理李力威，前面大家说了这么多，快捷的物流将时鲜农产品及时运送到城里大型超市上架出售，才是最可靠的保证。"

天德上前，紧紧握住李力威的手说："李总来得正好，及时快捷的物流，正是我们农牧业公司当下最急需想解决的问题。"

李力威点头："我们城乡快捷物流公司，就是专门解决山区时鲜产品快速进城入超市的物流公司，公司在市内已经有30家分公司和200多个接送鲜货的集散点，今天回龙门寨，就是想在这里搞一个试点，将接送货的集散点办到乡镇，甚至办到交通方便的村寨，明天我还要到城里考察设立分公司的地点。"

张天九感激道："今天各位哥哥姐姐回乡，给我们带来的不仅是技术、信息，更是致富的门路，我代表全村的父老乡亲，感谢你们的到来。"

天德说："刚才我已经同公司董事会的人商量，决定聘请你们五位知青大哥大姐为公司的特邀顾问。感谢你们回来传经送宝，谢谢你们！"

一群人正在高兴地说着，阿香喊道："大家准备过来吃饭了！午宴就在公司一楼的客厅里。"

天九应道："好，我们马上就过来。"

阿香已经指挥着摆好了午宴，桌上的红烧溜达鸡、清蒸鳜鱼，火爆肚条、粉蒸山羊肉、酸菜老鸭汤、烤黄牛排，及各色时令蔬菜、当季水果，全都出自公司。

天德领着客人们来到公司一楼客厅里，汤茵茵指着桌上丰盛的食物说："满桌的绿色食品，让人看着舒心、吃着放心。你们的绿色食品去大超市，肯定会受城里老百姓的欢迎！"

天九笑道："汤主任说的正是我们希望的。"

陈莉芊说："龙门寨人杰地灵，有天德书记的带领，有上级领导的支持，定能带领乡亲们奔小康。刚才我们几个还在说，退休后也回龙门坝来加入农牧业公司创业，在这里养老。"

天洪拍手道："热烈欢迎哥哥姐姐回龙门寨来发挥余热和养老，到时有你们施展才能的地方。"

阿香招呼："大哥哥、大姐姐，你们都是稀客，大家快坐下。"来宾和主人依次坐下。

陈书记举着酒杯站起来："我这里借花献佛，热烈欢迎知青大哥哥大姐姐的到来，咱们振兴乡村，全面建成小康社会，还得借助外援，借助你们这些哥哥姐姐的帮助。"

天德也举着酒杯站起来说："我提议，大家共同举杯，为我们的友谊，为哥哥姐姐荣归故里，干杯！"

众人举杯："为我们的友谊，干杯！"

吃着美味绿色的食品，来客都赞不绝口，连声说好。一群人边吃边谈。

杨其韵举杯站起来："我代表回乡的知青感谢龙门寨的乡亲，感谢杉树岭乡的领导。杉树岭是我们此生的第二故乡，振兴家乡我们理当尽力。我提议，为杉树岭的发展、为杉树岭的繁荣昌盛，干杯！"

众人举杯："为杉树岭的繁荣昌盛，干杯！"

汤茵茵举杯站起来："这次回乡，我们亲眼看到了龙门寨的巨变，看到整个杉树岭乡的巨变，让我们感到欣慰和高兴，我们愿为家乡的振兴出力，回去后，我愿意帮助联系市内各大超市和大型连锁酒店来杉树岭考察，建立时鲜农副产品和名优特产品的直通渠道，让咱们杉树岭富起来、强起来……"众人热烈鼓掌。

陈书记抱拳站起来："刚才茵茵大姐的发言令人感动，谢谢你们心里想着我们，想着杉树岭的父老乡亲，有了你们的帮助杉树岭乡一定会富起来、强起来。"

李乡长说："茵茵大姐，我有个建议，明天的商品市场讲座，就搬到联合公司的大会议室去，通知各村寨的领导和销售人员都来听讲座，受教育。"

汤茵茵："乡长的这个建议好，全乡打的是'杉树岭'品牌，肯定要求是同一个生产方式和检测标准。"

吃过饭，主宾都来到三楼小会议室，三五一群坐下来继续商谈振兴龙门寨的具体计划和措施。

天洪笑问："丽萱大姐，我们接着聊上午未完的话题好吗？"

文丽萱："好，我们接着谈。"

天德说："我出去考察，见国内许多著名景点附近，就有不少农家乐和村办的旅店和休闲点，专门让城里人来乡下小住休闲。"

文丽萱："杉树岭风光秀丽，又紧靠着武陵仙山和小南海这条黄金旅游线路，搞观光旅游、消夏旅游和乡村文化游完全是可能的，在重庆的四面山、金佛山、仙女山、万盛黑山谷这些旅游点附近的乡村，都有这类旅游服务。"

天洪问："这类服务是以个人搞还是集体搞好？"

文丽萱："当然是集体为主搞更好，投资大一点、设施设备齐全、服务有保障，受城里人欢迎。城里人讲究清洁卫生，硬件好一点服务好一点，哪怕收费高一点也愿意。"

天德说："我们准备成立一个旅游服务分公司，正在筹备这方面的工作，有不懂的地方还要请教丽萱大姐。"

天洪说："欢迎丽萱大姐退休后来龙门寨指导我们搞旅游服务。"

"明年我就退休，到时候我一定来。"文丽萱笑道。

李乡长说："联合公司还可以在杉树岭街上搞一个有档次有规模的旅游中心，接待南来北往的游客，街上地处交通要道，又通班车，来去方便。"

文丽萱点头："街上建旅游中心，乡长这个建议好。"

灵芝来到陈莉芊身边，红着脸问："莉芊姐，哪里能买到大棚蔬菜栽培方面的书？我们现在搞大棚蔬菜没有经验，主要是靠自己在摸索。"

陈莉芊笑了，从挎包里拿出两本书来："这是我写的两本书，这次特意带来的，送给你们吧。"

灵芝双手接过书激动地道："谢谢，谢谢莉芊大姐！"

阿香接过书："啊，是《大棚蔬菜栽培技术》和《经济果林栽培技术》，太好了。谢谢莉芊大姐！有了书，就像你常在身边，随时指导我们一样。"

陈莉芊谦虚道："书中只是我个人几十年收集的资料和工作的心得体会，对你们会有一点帮助。”

天德说：“力威大哥，想请你再给我们说说快捷物流的事。”

李力威：“快捷物流公司就是通过物流信息快速安排就近的车辆，将固定接收点收到的物资或鲜货快速接运，送达指定的接收点。”

天德问：“那我们怎么通知你们物流公司呢？”

李力威：“就像现在的网上约车、滴滴打车一样，需要一个网络平台来联系物流公司和客户。”

天德问：“去哪里找这种网络平台呢？”

李力威：“我听其韵说天洪的儿子在城里搞了个电子商务平台，就是专门充当物流公司和运输客户的中介公司，有了他们传递信息，物资流通就方便快捷了。”

天德点头：“力威大哥，你的一席话让我茅塞顿开。”

李力威：“杉树岭可以建我们公司的物资中转点。”

天德说：“我抽空去城里找小宇，了解他们公司运作的情况。”

第二天上午，杉树岭农牧业联合公司会议室里座无虚席。主持会议的天洪见参加会议的人员都已到齐，健步走上台宣布：“今天，杉树岭乡各村村长、支书、农牧公司的领导、技术员、销售、质检人员都来了，说明大家都重视这个培训班，首先，请天德董事长讲话。”

天德朗声道：“今天，‘公司名优特产销售培训班’现在开讲，我们有幸请到了都市连锁超市集团采购部的汤主任来给大家讲课……”全场爆发出热烈的掌声。

汤茵茵微笑着走上讲台，鞠躬：

父老乡亲，兄弟姐妹们大家好。我就是当年那个梳着小马辫的小姑娘，我回娘家来了（会场上响起热烈的掌声）。这次回乡，亲眼看到了杉树岭乡的巨变，让我感到欣慰和高兴，我愿为家乡的振兴出力。听陈书记和天德董事长说他们在为乡里的时鲜农副产品销路发愁。我今天要告诉大家的是，我们公司目前正在考察、选择和定点培育一批绿色食品生产基地，以保证城市商品供应，我这次回杉树岭，就是来考察名优特产和绿色时鲜产品的基地选点，通过这两天的考察，咱们杉树岭算一个（会场上又响起热烈的掌声）。一个产品要想站稳市场，必须取得顾客的认可，这就需要我们生产者对产品严格把关。要知道，也许我们一次小小的放松，就会造成无法弥补的名声损失。今后，杉树岭的产品可以在连锁超市设立专卖柜台，一个公司的产品要想打开销路，站稳市场，会有一个过程，一段时间后，有了顾客的认可和口碑，销路就打开了。

只有打开了销路，站稳了市场，咱们的产品才会供不应求，才会有更多的超市同我们建立固定的供应关系。下面我将按产品类别进行讲述，只有你们了解了规则和要求，我们才能采购到质量放心的产品……

全场爆发出热烈的掌声。

天德上台发言："今天，汤主任给我们上了一堂生动、丰富的产品质量讲座，相信大家受益匪浅。都说产品质量是企业的生命线，一个企业要想发展生存下去，必须把产品质量放在首位，公司马上要成立质量检测监督部门，由副董事长林青山负责，还要抽调一批责任心强的人担任质量检测员，为公司出售的产品把关。"

天洪说："这两年，我们一直在为绿色产品的销路发愁，今天，汤主任是给我们雪中送炭来了，大家要珍惜来之不易的机会，公司要上下一心、人人参与，从生产源头把好产品质量关，让我们的'杉树岭'品牌走向全国、走向世界。"

汤茵茵说："有了好的产品，不愁没有销路，请乡亲们放心，回去后，我还会帮助杉树岭联系市内其他超市和连锁大型酒店来杉树岭考察，建立时鲜农副产品和名优特产品的定点采购地，让咱们杉树岭的乡亲们早日富起来……"

汤茵茵的发言还没完，会场上又响起热烈的掌声。

天洪的儿子张宇大学毕业后，放弃了去沿海大城市当白领就业的机会，毅然回到故乡黔河工作，他像父亲一样挚爱着大山。

小宇与几个志同道合的同学一道创业，在黔河城里办起了"城乡电子商务公司"，利用电子商务平台，让城乡的生产用品和生活用品快捷流动起来，让家乡的人们也能享受到商品快捷流通带来的好处。

杨其韵来电商公司看望小宇，看着不大的公司办公室，简陋的办公用具，杨其韵问："小宇，听说上海和江城有好几个单位来函邀请你去工作，工资高、条件好，你怎么不去呀？"

小宇笑答："伯伯，你这个问题我们几个同学创办公司前就反复思考和对比过，现在的黔河，通了铁路，通了高速公路，又建起了机场通了飞机，物资流通的硬件有了，但还需要软件平台来连接和沟通城乡的卖方和买方，物资货物才能流通起来。所以比较起来，我们还是更愿意把家乡建设好，让我们的子孙后代都能受惠于此。"

听了小宇的回答，杨其韵不由肃然起敬："年青一代，有你们的理想和追求。"

小宇说："我们的理想就是建设好美丽的家乡。"

杨其韵伸出大拇指赞叹道："好！好！还是你们年轻人想得深远。"

小宇说："昨天，天德大伯来城里，专门同我们公司商量，尽快将电子商务平台办到乡下去，让杉树岭乡当天宰杀的肉类，当天产下的鲜蛋、鲜菜能在下午就摆到重庆城里的超市货架上、橱窗里，一来东西新鲜卖相好，价钱也好；二来资金周转快。”小宇一口气把公司的最新动向说了出来。

杨其韵问：“那能做到吗，一天的时间就摆到主城区的超市货架上？”

小宇说：“我们测算了一下，完全做得到，现在从黔河到重庆 280 公里，真正的车程只要三个半小时，我满打满算五个小时到主城区集散站，再转运到各个连锁点上架再花三个小时。鲜货清晨出发，傍晚就能分转到了超市上架。城里下班的人去超市，刚好能买到，就像现在的快递，只要物流的货车安排到位，是完全做得到的。”

小宇信心十足，就像一位身经百战的老战士，信心百倍地说完。

杨其韵高兴道：“听李力威说城乡快捷物流公司目前已经将车辆衔接安排到位了，再加上你们公司的物流信息，快捷流通一定能成功。”

小宇说：“伯伯，我妹妹小丽今年考上了重庆工商大学，她说今后毕业也像我一样回家乡工作。”

杨其韵称赞道：“还是你们年轻人想得深远，有志气。”

国庆节前一天傍晚，金色的晚霞照耀在龙门坝上，张宇开着长安轿车，带着妹妹张丽，回到了龙门坝东院，天洪和阿香正在院子里等着他们。

看到女儿，阿香笑了：“小丽，回来了？”

张丽快步，扑进了娘的怀抱：“娘，我回来了！”

张宇说：“娘，我也回来了！”

天洪说：“小宇开着车回来，有公司经理的派头了。”

张宇谦虚道：“爹，公司刚起步，处处都要精打细算。”

爷爷来到门口，满脸笑容：“哟，都回来了。”

张宇笑答：“爷爷好！”

张丽过来，拉着爷爷的手说：“爷爷好！”

张宇说：“刚才回来的路上，小丽同我说，她大学毕业后也回黔河来工作。”

张丽说：“是的，我的愿望同哥哥一样毕业后回黔河工作，建设美丽的家乡。”

听到两个儿女的话，阿香热泪盈眶地说：“好好好，都同你爹的愿望一样，建设好美丽的家乡。”

爷爷笑容满面：“这才是咱们大山的儿女，才是咱们龙门寨的子孙。”

农牧业公司鲜货快捷流通的工作已经万事齐备，清晨 6 点半，李力威带着快捷物流公司的车队准时到达杉树岭农牧业联合公司办公楼前的广场。广场上整齐有序地堆满了刚刚宰杀的鸡、鸭、猪、牛、羊、鲜鱼，以及各种时鲜蔬菜、水果。

李力威下车，天德和天洪迎上前握手："李总一路辛苦，这么早就赶过来了。"

李力威说："车队是昨晚送货到武隆城里，今早5点半过来正好赶趟。"

天德指着身边堆满的鲜货："这够你们装满运走吧。"李力威笑着点头。

林青山和李宝林在广场上指挥公司员工分门别类按送货地点装车。

李力威用力握着张宇的手："小宇，谢谢你，有了你们电子商务公司的信息沟通，快捷物流公司才能最大限度地满载快运。"

张宇说："谢谢伯伯，有了你们快捷物流公司，我们电子商务平台才有用武之地，城乡的物资才能快速流动起来。"

7点50分，天洪的手机响了，是汤茵茵打过来的："是张总吗，我是茵茵，你们上午8点能准时发货吗？"

天洪："茵茵大姐，我是天洪，货物现在已经全部装车完毕马上出发，估计11点半能到主城集散点。"

汤茵茵："辛苦你们啦，这么早就装车完毕。"

天洪说："时鲜产品赶的就是时间，谢谢你们那边精心安排的接货和分送。"

李宝林招呼员工："大家再仔细检查一遍货物堆码捆扎好了没有。"

员工们齐声回答："都仔细检查过了。"

7点53分车队一切准备好，李力威坐上第一辆东风车里，与天德、天洪、林青山、李宝林、张宇握手道别。随后李力威手掌用力朝前一挥："出发。"

十辆满载时鲜农产品的大货车发动机轰鸣，车队出发了。天德、天洪、林青山、李宝林、张宇和农牧业公司的员工挥手道别："一路平安！"

上午，李友正带着贵州道真县大苗乡的乡亲们包租客车到龙门寨参观学习来了。天德和天洪迎上前。握着手，天洪说："昨天电话说你们今天要来，估计上午能到，我和董事长一直在等候你们。"

"谢谢董事长，谢谢天洪兄弟。"李友正笑着致谢。

天洪介绍："这位是我在江城的患难兄弟李友正，这位是咱们公司的董事长张天德。"

天德握着李友正的手道："多次听天洪讲述你们的故事，欢迎你们来龙门寨交流经验。"

李友正说："共同致富奔小康是件新生事物，我们没有经验，向走在前面的龙门寨学习来了。”

天德谦虚道：“欢迎给我们提意见，帮助我们发展。”

天洪说：“董事长马上要去城里开会，由我陪你们上龙门寨去。”

天德拱手抱歉：“我去开会，晚上回来再聊。”

李友正握着天德的手：“大哥先忙去，晚上聊。”

上山路上，李友正望着眼前宽阔的柏油路问：“上山的路是省道还是……”

天洪笑了：“这是我们贷款自己施工建设的乡村道路。”李友正疑惑：“啥，你们贷款自己修的乡村道路？”

同车的大苗乡众乡亲赞叹：“啧啧，就凭修这条公路，就值得我们学习。”

汽车开上了龙门坝，眼前的风景让大苗乡的来客惊奇：“真是大开眼界！”

站在大青石上，天洪向客人们介绍：“前面这一片玻璃房是大棚蔬菜基地；南坡是成片的桑树林，旁边是新建的两座新式蚕房，养蚕规模比原来扩大了两倍，桑树林下围网散养了一万多只鸡；东坡上大面积地围网养殖的是武陵山散养黑猪；北坡是牧草基地，种植牧草喂养奶牛，那里新建有奶牛饲养场、鲜奶加工厂；西坡是放牧基地，发展秦川大黄牛、黑山羊、黄山羊。”

李友正感叹：“龙门寨真不简单，仅仅几年工夫就让大山改变了模样。”

天洪问：“友哥，你们村里的公司办起来了吗？”

“我们村的农牧业公司已经挂牌了，乡里其他村也正在筹备。”友正答。

忽然，天洪手指前面：“好像又有人来了。”

刚上山来的一辆长安面包车停下，第一个下车的人远远地扬手：“洪哥！”

天洪迎上前去握住祖辉的手：“兄弟，你们终于来了。”

陈祖辉说：“一直在忙着筹备公司挂牌的事，想来走不开。”

李友正伸出手握着祖辉问：“兄弟，还认识吗？”

陈祖辉惊诧道：“怎么友哥也来了？”

天洪笑了：“兄弟见面，怎么会不认识。哈哈哈！”

李友正：“同你一样，带队到龙门寨参观学习来了。”

陈祖辉：“洪哥，我今天带着南海乡的乡亲向你们学习来了，你们现在可是大有名气的榜样哟。”

几个人正在说着，公路那边又响起了喇叭。天洪看去：“又来客人了。”

刚上山来的一辆长安面包车停下，第一个下车的健壮汉子远远地扬手：“洪哥！岩云寨的乡亲向你们学习来了。”

听着声音，天洪大声道："是西亮兄弟吗？"西亮笑道："是我，洪哥。"

一个女子的声音清脆地叫道："洪哥，我也来了。"天洪惊奇地问道："哦，兰花妹子也来了。"

兰花笑答："我来向姐妹们学习新式养蚕。"

天洪迎上前去："欢迎，欢迎岩云寨的乡亲们来交流经验。"

天洪身后的李友正、陈祖辉笑出声来："怎么苗家寨里来了个土家汉子。"

西亮惊诧地看着面前的人，伸出手来握着李友正："友哥，想死你啦！"

李友正笑了："分别有两年没见面了吧？"

陈祖辉上前握着彭西亮的手："大老远你带着寨子里的人来啦？"

彭西亮："现在通了高速公路，一个多小时就到了，辉哥也是来取经？"

李友正："共同的目标和追求，让我们在龙门寨这里又见面了。"

陈祖辉："洪哥，今晚我们兄弟一定畅饮细谈，请你给我们介绍致富经验。"

天洪笑道："今晚畅饮细谈，大家天各一方难得见面。畅饮细谈。"

第四十八章　美丽的乡村

文丽萱办理好退休手续，来到了杉树岭，在大山里当过几年知青的她，办起事来，还是那么说干就干雷厉风行。下了车，她径直来到联合公司办公室。天德正在办公桌前批改公司发展规划。文丽萱轻轻敲了敲门。

天德抬头，见文丽萱到来，笑着站起来，伸出双手："欢迎丽萱大姐到来。"

对面办公室的天洪过来，握着文丽萱的手说："早就盼望大姐来亲临指导。"

"昨天一办完退休手续，我就赶过来了，正好咱们一起筹备暑期度假游。"

听说文丽萱来了，旅游公司经理王蕊香过来，高兴地握着文丽萱的手说："欢迎大姐到来，咱们旅游公司刚成立，一切都刚起步。"

文丽萱笑了："一张白纸，好写最新的文字，好画最美的图画。"

王蕊香端来沏好的香茶："大姐喝点茶休息一会儿，等会儿我们去看新建成的旅游中心。"

天洪笑道："我们一道去。"

杉树岭旅游中心坐落在清溪河边的植物园里，清溪河在楼前静静流淌，园内高大的红豆杉，婀娜的柚子树、桃树、梨树上结着累累硕果，散发着沁人的芬芳。

新建的栋栋苗族转角楼错落有致地散布在园中。文丽萱不住地点头称赞道："好美丽幽静的环境。"

王蕊香说："旅游中心的房屋建设就是大姐您推荐的房屋设计图纸，您说，要突出咱们渝东南的民居风格，让住惯了钢筋水泥屋的人换换口味。"

天洪介绍："旅游中心传统的别墅有 180 张床位，足够三个大型旅游团住。另外，还在各村兴办有农家乐和山乡娱乐休闲中心，专门让城里人来乡下休闲消费；在龙门寨和大山村搞起了乡村旅游和避暑度假游；在天宝寨和青松岭建起了珍稀植物园，里面还饲养了野鸡、野兔这些小动物，让来游说的人们更有兴趣。"

文丽萱："嗯，这些创意好，向城里人宣传美丽的乡村，宣传全面建成小康社会的新农村风貌，也增加乡亲们的收入。"

天洪开车与王蕊香陪同文丽萱来到龙门寨暑假体验中心，这里住着一百多个老人和孩子，他们是来避暑度假和体验农村生活的。来度假的老人多数下乡当过知青，熟悉农村生活。现在的他们则充当起了孙子们乡村体验的技术指导。

王蕊香介绍：“为了吸引城里的老人孩子，体验中心里有几亩菜地，分成一百多小块并编了号牌插在地块里，是专门配置给度假人自行种植蔬菜用的。让来乡里小住的他们，可以亲自播种一茬蔬菜，在走前可以吃到自己亲自种下的菜，让孩子们有一分收获的喜悦。”

不远处，几个孩子正蹲在地边玩耍，突然，一个胖乎乎的男孩叫道：“快来看呀，前天撒的白菜籽发芽了！”几个小伙伴奔过来，胖男孩指着刚露出牙尖的菜籽，一脸兴奋和自豪。

旁边一位扎着小辫的姑娘撇了撇嘴：“这有什么嘛，你去看看我们的菜苗，有这么高了。”她用手指比了一个 3 厘米的高度。

一位穿着花布短袖的男孩自豪道：“我奶奶喂的花母鸡还下了蛋呢。我今早吃的鸡蛋就是自家的鸡下的。”

看着孩子们叽叽喳喳地诉说着喜悦，文丽萱笑了：“你们还真有创意，不但吸引了城里的人，还让孩子们从小学到了知识。”

天洪说：“大姐，这些创意还是你传授给我们的。”

三人来到奶牛场，只见隔栏外围着一群孩子，对听着音乐挤奶的奶牛感到新鲜，在指指点点地评说。文丽萱笑道：“嗯，那个穿蓝色短袖的男孩，就是我大哥的孙子，也在这里凑热闹。”

天洪说：“孩子们最爱去的地方，要数野猪坡看猪们抢着挣食。”

文丽萱点头说：“这些都是城里看不到的新奇事。”

王蕊香说：“龙门寨医院就在度假中心旁边，老人孩子有个小病也不用担心。”

天洪说：“为了让度假的孩子不荒废学习，孩子们还可以去学校听王文轩老师讲书法、听金玲诗词朗诵，真妮老师的乐器和唱歌，把学习也搞上去了。”

文丽萱笑了：“难怪我听哥哥说他们这次来差点没有报上名，我当时还感到奇怪，原来避暑度假里有这么多的学习内容，难怪报名踊跃。”

天洪说：“我们就是听从了你的建议，以农牧业公司为主体办旅游度假中心，以农家为辅搞农家乐，让乡亲们在家门口也能致富。”

文丽萱点头道：“嗯，这种方式好，既向城里人宣传了美丽乡村，又让乡亲们在家门口能致富。”

王蕊香笑了：“来旅游度假的人还带回去许多山里的特产，让我们的农副产品实现了就地销售。”

文丽萱问：“照这么搞，乡亲们还愿外出打工吗？”

天洪说：“年轻人愿意出去闯世界见世面，中年人则愿意回来在家门口致富，与老婆孩子在一起。”

陈莉芊退休也到杉树岭来了，天德区里开会去了。办公室里只有天洪安排生产计划。陈莉芊来到总经理办公室：“张总，我报到来了。”

天洪起身，热情地握着陈莉芊的手说：“欢迎莉芊大姐回杉树岭。在你的指导下目前各村的大棚蔬菜都搞起来了。”

陈莉芊说：“现在退休了，就能安心来帮助你们发展水果和大棚蔬菜。”

天洪说：“有你的亲临指导，咱们的水果和大棚蔬菜定能再上一个台阶。”

正说着，灵芝来了，一进屋，就上来握住陈莉芊的手：“知道大姐今天要来，各村的果蔬队长都到龙门坝来了，就是想听你给我们现场讲解传授知识。”

天洪说：“让大姐歇会儿喝口茶，我开车送你们上山，耽误不了。”

陈莉芊从包里拿出保温杯，喝了两口：“走，我们上山去，别让姐妹们等着。”

天洪笑道：“那就主随客便，我送你们上山。”

车来到山上，各村的蔬菜队长已经到了，陈莉芊下车：“哟，姐妹们都来啦！”

阿香上前握住陈莉芊的手：“大姐一路辛苦啦！”

众人来到大棚内，满棚的蔬菜青葱翠绿，郁郁葱葱。陈莉芊笑容满面地与熟识的姐妹们打着招呼。

灵芝说：“莉芊大姐正式退休了，今后就住在咱们杉树岭，指导我们发展大棚蔬菜和水果……”灵芝话还没有说完，大棚里爆发出热烈的掌声。

天洪说：“莉芊大姐今后就是我们杉树岭联合公司聘请的特别顾问。”大棚里又响起热烈的掌声。

接下来，各村果蔬队长提出大棚蔬菜栽培中的疑难问题，陈莉芊同大家一起讨论解决的办法。

一行人跟随灵芝来到梁上的果林，灵芝说：“陈老师，下一步我们想利用边角空地发展优质水果，只是不知如何开展工作。”

陈莉芊说：“确定发展方向前，一定要做市场调查。前几年，有许多地方盲目地发展黄桃生产，黄桃味道好、糖分高、易剥皮，特别适合做水果罐头；但它容易损坏变质，难保存，遇上天气不好就烂掉不少，许多地方把树都砍了。”

灵芝问：“那杉树岭适合发展哪些水果呢？”

陈莉芊：“我来之前调查了一下，武陵山区的纬度和雨量湿度，适合发展蜜柚、脐橙、香梨、百花桃之类味道好、有销售市场优质耐贮存的水果。”

“陈老师真是同我们想到一块儿了，前几天，我们几个去了一趟重庆城里的大超市，调查水果销售情况，超市的营业员同您说的一样，优质又耐贮存的水果才有销售市场。”春杏翻着笔记本说。

陈莉芊说：“咱们杉树岭历来就是水果之乡，这里的桃李梨杏自古以来就远销省内外。只是原来修枝不及时，施肥不够，造成了产量低品质不好。”

灵芝说：“我看果树栽培书上说，要想水果品质好，得勤修枝，多施农家肥。”

陈莉芊点头：“灵芝说得对，要想水果品质好，得勤修枝，多施农家肥。”

青杏说：“以前交通不便，水果丰收了卖不出去，烂了不少，只好拿去喂猪。”

听着大家的交流，陈莉芊笑了：“实践出真知，你们都是种植高手、行家里手。”

灵芝直摆手：“让陈老师见笑了，我这些都是从你送给我的书上看到的。”

春节前夕，周金山携翠柳带着儿子回来了，杉树岭下了车，二人直奔联合公司办公室。见到天洪，周金山说：“张总，我和翠柳报到来了。”

天洪一怔，笑道：“老同学又来调侃来了，你们在外面干得好好的，怎么也想到了回乡？”

周金山道：“看着你们在家乡搞得风生水起，我们在外面坐不住呀。再说，外面始终是替别人打工。”

翠柳说：“我一直想回来，在外面打工，租着别人的旧房，自己连个住房都没有，哪有回来住自己的别墅快乐，洪哥说是不？”

天洪点头：“嗯，是这个理。”

天德回来，听见三人的对话，上前握住了周金山的手：“这不是后山金山兄弟吗？”

“天德哥，我和翠柳想回来同你们一道创业。”周金山一脸诚恳地说。

天德笑道：“欢迎，欢迎！咱们公司正缺少一位计划部主任，你回来正好！”

周金山直摆手：“天德哥，使不得，使不得，我回来就是想当普通一兵，跟着你们一道建设家乡。”

天德说：“其实我同天洪早就想让你回来，只是怕耽误了你在外面挣钱，不好提出来。你是自学成才的大学生，有这个能力。”

天洪点头：“董事长说得对，金山兄有这个能力。至于翠柳妹子，就去公司的销售部，把你在服装公司的那一套本领用起来。”

翠柳笑了："回来之前，我还在想着回乡来干啥，总不能闲在家，洪哥这么一说，我心里踏实了，洪哥放心，我一定努力把工作做好。"

天洪说："把你的那一套销售本领教给同事们，你们服装公司可是国际上很有名气的公司哟。"

天德说："咱们杉树岭的产品也想走向全国，走向世界，把你在服装公司的经验带回来。"

杉树岭现代农牧业联合公司在会议室召开会议，参加会议的有乡领导，联合公司领导和各村的村长、支书、公司经理。

天德主持会议："习总书记提出：'从现在到2020年，是全面建成小康社会决胜期。'联合公司成立后，杉树岭的乡亲们都铆足了劲在干。"

陈书记说："全面建成小康社会就是要真抓实干，小康社会是干出来的。保障国家粮食安全和重要农产品有效供给，是农业发展的首要任务。对我们这样一个有着近十四亿人口的大国来说，手里有粮、心中不慌，任何时候都是真理。"

李乡长发言："是啊，乡亲们说奔小康是跑步前进，田间地头再也见不到原来的集体大锅饭时那样出工不出力、地里不出东西、肚里吃不饱饭了。"

天洪发言："联合公司从成立发展到现在，杉树岭乡发生了翻天覆地的变化，乡亲们的收入多了，生活好了，这次我们下乡检查，看到全乡以前被打工人撂荒的土地全都种上了庄稼。"

李宝林发言："为了联合公司更好地发展，我建议联合公司再进行一次全乡范围内的生产发展调查，调整部分不合理的产业结构，帮扶相对薄弱的公司发展生产。"

天德说："宝林这个建议好，大家除了搞好自己的公司，还有义务帮助相对薄弱的公司发展，联合公司是一个整体，打的是同一个品牌，走的是共同发展奔小康的道路。"会场上响起热烈的掌声。

天德、天洪、陈书记、李乡长及联合公司董事会和监事会成员又到龙门寨来检查工作，研究下一步的发展方向。

龙门坝上，彩旗飘扬，大红横幅上"决胜全面建成小康社会""创新发展，振兴乡村""真抓实干，为全面建成小康社会努力奋斗"。

站在大青石上，能看到杉树岭乡的全貌，望着龙门寨生机盎然的景象，陈书记感慨道："仅仅几年，龙门寨就发生了翻天覆地的变化，咱们全杉树岭也在发生着深刻的变化。"

李乡长说："振兴乡村战略，全面建成小康社会是党中央的部署，也是全国人民的希望。"

天德说："全面建成小康，让我们的乡村充满阳光、充满希望。"

天洪指着四周朗声说道："很快，咱们全杉树岭也要像巨龙腾飞起来了！"

朝阳下的杉树岭乡绿水青山更显出江山如此多娇。大青石上，披着朝阳的天德、天洪、陈书记、李乡长登高远望四周的山野，心里在思考着下一步的发展。

后 记

我曾在大山里当过八年知青，其中1968年在国营林场和小煤窑打工，算是最早的农民工，回城后当过六年半的工人。大学毕业后搞了几十年工程技术管理，并因修建国家骨干高速公路——渝湛高速重庆段和包茂高速重庆段（渝湘高速），在沿线的工地住了整整10年，与天洪这些农民工朝夕相处了5年，了解他们的生活。长期接触农民工兄弟，使我对他们的人性和思想感情有较为深刻的理解。

朋友问我："你花整整10年时间和心血写这本书的目的是什么？"

我说："写《大山的呼唤》，是要呼唤那些外出打工的人们和卓有成就的有识之士回乡创业，振兴乡村，不要让我们世代居住的生机勃勃的家园成为'空心村'，不要扔掉几千年来祖先创下的家业，不要让大量的良田熟土荒芜，建设现代化的新农村需要他们，乡村振兴需要他们，端稳14亿中国人民的饭碗需要他们，中国的长治久安需要他们。"

我的第一部长篇小说《逝水年华》获《小说选刊》第二届全国小说笔会征文二等奖，并由组委会出版发行，受到广大读者的好评，该书被国家图书馆、首都图书馆及国内众多图书馆收藏，并被美国国会图书馆和哈佛大学、耶鲁大学、普林斯顿大学、加州大学、俄亥俄大学等二十多所世界知名大学的图书馆收藏，该书主要描写"文革"前后中国的社会形态，"文革"前下乡的知识青年的真实生活和爱恨情愁。今天我又拿起笔描写农村的知识青年——青壮年农民工进城打工的故事。

我曾经当过多年的农民和工人，深知这些社会底层劳动人民的疾苦，大学毕业后，我作为技术干部和工程管理的业主代表在高速公路建设工地上与张天洪相识，被他直爽乐观、任劳任怨、兢兢业业的工作态度和助人为乐的精神所吸引，与他建立了深厚的友谊，他伤残出院回家后，在大雪纷飞滴水成冰的元旦，我给他送去了治疗仪和消毒器具，希望他能通过治疗重新站立起来，希望医疗奇迹能在他身上发生。

这些农民工因为贫穷而离开亲人离开故乡的土地去城市打工，他们建造了城市的高楼大厦自己却住在拥挤的旧屋或工棚，他们在工厂里生产了各种各样的商品自己却无力购买，他们流尽了汗水却还要为讨薪四处奔走，他们千辛万苦挣来的血汗钱常常不够医治打工时落下的职业病，不能医治好打工留给他们的伤痛。他们用自己的身体任劳任怨地推动着中国社会的进步，为中国城市化进程、为中国的现代化贡献了血汗、青春、情感，乃至生命，却没有享受到医疗保险和养老保险等权利。

乡村的青壮年都外出打工去了，“80后”“90后”甚至“00后”的农村青年，一旦初中毕业，放下书包就义无反顾地进城打工，虽然他们的身份是农民，却完全不懂农时季节，不会种庄稼，不习惯农村生活，现今广阔的农村已难觅他们稚嫩的身影，他们活跃在城市的工厂和建设工地。或许再过10年、20年，农村目前这批七老八十的人过世后，广大农村的田野里真的将后继无人，在我实地调查和走访了农村后认为，这不是危言耸听，而是不争的事实。

《天下周刊》杂志聚焦“空心村”，对赣西北的“空心村”进行了调查，11个自然村平均居住不到8人，这只是全国广大农村的缩影；村民外出打工，从乡村走向了城镇，留下了“空心村”“空壳村”“一个人的村庄”；就连我当年知青下乡那个100多人的小山村，现在也仅剩4个古稀老人还在那里留守。这不是诗人的浪漫想象，而是调查者的真实记录。“城镇化”是一种大势所趋，偌大的国家，超过半数的人城镇化了，这是必然的结果。

有关部门对全国农民工调查数据显示，在近3亿的农民工中，签订正式劳动合同的农民工仅占38%；而参与了养老保险的只占16.7%，仅占到全体农民工的1/6。

乡村很自卑，几千年来农耕文明培养起来的那种“童孙未解供耕织，也傍桑阴学种瓜”式的存在感，古老的民俗被现代文明时髦世界击垮了，那种知足常乐、与世无争、勤俭节约一代一代流传下来的民风也快要丧失殆尽。

可喜的是近几年来，一批打工找了第一桶金的能人（就像本书中的人物张天德、张天洪），带着资金和技术回乡创业，他们搞菜篮子工程，因地制宜发展绿色养殖业，规模化养猪，引进良种牛羊，办现代化养鸡场，发展果树栽培，搞生态绿色农业，旅游观光农业，他们舍不得祖宗留下的家业就这样败落下去，希望把自已的家乡建设成繁荣富强的新农村，带领乡亲们在自己的家门口勤劳致富。

挣脱小农经济的羁绊，是一次翻天覆地的创新和变革，是一次伟大的革命，自古以来，以小农经济为主要形式的乡村生产始终处于低收入水平，乡村要彻底改变这种生产方式才能走出低谷，才能全面建成小康社会。

写作过程中，我似坐上光阴之箭穿越时空，一次又一次回到了几年前，我和书中的主人公又生活在一起，每天从早到晚夜以继日，我为他们的欢乐而欢乐，为他们的痛苦而痛苦，为他们的困惑而困惑，我的键盘常常被激情的泪水打湿，甚至痛哭不已，无法继续写下去。我常常忘却了现实生活中的人和事，忘记了人间的寒暑，以书中的季节为季节，甚至忘了现实季节变化中更换增添衣服。这本书，我不是用键盘和笔在书写，而是用心血和泪水在书写。

我时常梦见山崖上成片的映山红，大山里静静的站立的墓碑，荒草里掩埋着的沉默土堆；仿佛还能听见深夜北风席卷山林时海啸山鸣般的声音，武陵山秀美的景色，淳朴而粗犷的民风，贫穷而又勤劳的人民都在梦中一次又一次地再现。我舍不得和我书中的人物分开，当我把他们一个个地送离人间的时候，我自己倒先被生离死别的痛苦折磨得椎心泣血、痛彻心扉。

记得2012年，我回到当年下乡的大山里，听乡亲们说光我所在的生产大队，就有5个去山西小煤窑挖煤的人在矿难中失踪，如今10多年过去了，活不见人，死不见尸，家里人至今没有拿到抚恤金和赔款，人就这么不明不白地消失了，听到这些，我震惊了，从那个时候开始，我就开始关注农民工群体。

我是在用心血书写天洪、天德、阿香、明桂、玉秀、黄富贵、张小烛、赵大发、李友正，写他们的喜怒哀乐、悲欢离合，我希望能找到一个合适的切入口，来反映土地真正离不开天洪这样的农民兄弟，祈盼本书对读者在思考当今社会问题的时候能有一点帮助。

朋友说："为了写这本书，看你，人都苍老了一头，满头青丝中也增添了缕缕白发。"我回答道："是责任和担当，让我这样夜以继日地用心血书写这本书。"

列夫·托尔斯泰说："每一座墓碑下都埋葬着一部名著！这就是人！这就是生活！这就是人生！"本书就是献给那些在打工路上逝去的兄弟姊妹的一篇祭文，在这个复杂的尘世中，这些或悲或喜的生活篇章成就了故事，也成就了生命！

本书的主题思想是：呼唤有创业精神的有志青壮年回乡创业，带动振兴乡村经济，带领乡亲们共同致富奔小康，振兴新农村，建设美丽乡村。

党的十九大提出了实施乡村振兴战略，全面建成小康社会，把农业、农村、农民问题提高到战略高度来重视，相信这关系国计民生的根本性问题会得到解决，现代化的社会主义新农村会建设得更加美好。

2019年6月10日